人◦岁月◦生活

[苏] 伊利亚·爱伦堡　著

冯南江　秦顺新　王金陵　译

（中）

海南出版社

·海口·

图书在版编目 (CIP) 数据

人·岁月·生活：全三册 /（苏）伊利亚·爱伦堡
著；冯南江，秦顺新，王金陵译. -- 海口：海南出版
社，2024.6

ISBN 978-7-5730-1605-8

Ⅰ．①人… Ⅱ．①伊… ②冯… ③秦… ④王… Ⅲ．
①回忆录—苏联—现代 Ⅳ．① I512.55

中国国家版本馆 CIP 数据核字 (2024) 第 093256 号

人·岁月·生活（中）
REN · SUIYUE · SHENGHUO (ZHONG)

作　　者：	［苏］伊利亚·爱伦堡
译　　者：	冯南江　秦顺新　王金陵
责任编辑：	于晓静
装帧设计：	MM末末美书 QQ:3218619296
责任印制：	杨　程
印刷装订：	三河市兴达印务有限公司
读者服务：	唐雪飞
出版发行：	海南出版社
总社地址：	海口市金盘开发区建设三横路 2 号
邮　　编：	570216
北京地址：	北京市朝阳区黄厂路 3 号院 7 号楼 101 室
电　　话：	0898-66812392 010-87336670
电子邮箱：	hnbook@263.net
经　　销：	全国新华书店
版　　次：	2024 年 6 月第 1 版
印　　次：	2024 年 6 月第 1 次印刷
开　　本：	787 mm×1 092 mm　1/16
印　　张：	102.75
字　　数：	1 560 千字
书　　号：	ISBN 978-7-5730-1605-8
定　　价：	198.00 元（全三册）

目　录

◎ 第 三 部

◎ 第 四 部

目　录

第三部

01

1921 年，柏林之秋

　　1921 年晚秋，我离开了无忧无虑的布鲁塞尔，来到了柏林。德国人的生活就像在火车站上一样，谁也不知道明天会发生什么。报童们喊着："《柏林日报》！最新消息！萨克森发生了共产党暴动！慕尼黑有人蓄谋叛乱！"人们一面默默地读着报纸，一面走去上班。商店老板每天都要更换标明货物价格的货签：马克不断贬值。在库尔福斯特大街上走着一群群外国人：他们用低价收购古董。穷人住宅区的几个面包房被捣毁。看样子，一切都要土崩瓦解，但是工厂的烟囱在冒烟，银行职员工整地抄写着巨额数字，妓女拼命地涂脂抹粉，新闻记者在报道俄国的饥馑或鲁登道夫（1865—1937，德国将军，法西斯总体战理论的创造者，第一次世界大战期间任德军参谋长）高尚的德国人胸怀，小学生背诵着帝国往昔的辉煌业绩。到处都可以看见小型舞厅，一对对瘦弱的舞伴机械地摇晃着身子。爵士音乐震耳欲聋。我记得当时的两支流行歌曲：《你喜欢香蕉吗？》和《我的黑皮肤的索尼娅》。在一个舞厅里，一位声音沙哑的男高音歌手凄惨地唱着："明天就是世界末日……"然而，世界末日却迟迟未来。

　　凯勒曼（1879—1951，德国反军国主义的作家）发表了描写德国革命的长篇小说《11 月 9 日》。我不知道，这个日子是否能告诉年轻读者一些什么。1918 年 11 月 9 日，德皇匆匆逃往荷兰，社会民主党人宣布成立共和国。然而，在政府的各部里，却坐着过去的达官显贵，守门人毕恭毕敬地问候道："您好，三等文官老爷。"我住在布拉格广场的一个公寓中，旁边就是宽阔的恺撒林荫道，我在城内走了一遭，参观了巨大的霍亨索伦广场。公寓的房间里依然挂着有小胡子的威廉的肖像。

我和诗人卡尔·爱因斯坦成了朋友。这是个快活的浪漫主义者，有一个光秃秃的大脑袋，上面有个引人注目的小瘤子。他说，他在西线当过兵，患了精神失调症。他对黑人雕像的爱好，他那些亵渎神圣的诗以及那已成为过去时代的烟云的失望与希望的混合情绪，使我回想起自己旧日的朋友们——"洛东达"的老顾客。卡尔·爱因斯坦写了一个关于耶稣的剧本，被控犯了渎神罪。我出席了法院的审理。那是在一间昏暗的大厅里进行的。通常，宗教狂热症的概念是和天主教、罗马教皇的训谕以及宗教裁判所连在一起的。但是烧死塞尔韦特医生（1509—1553，西班牙思想家，医生）的不是天主教徒，而是被天主教徒视为自由主义派的加尔文宗信徒，他被判处火刑是因为没能将生物体的机能和上帝联系起来。在卡尔·爱因斯坦案件的审判过程中，法院鉴定人引证了20世纪许多知识渊博的神学家的著作。

（1945年，我看见了饱经战火的柏林。曾用来审讯卡尔·爱因斯坦的那座建筑物，只留下一段残壁，上面有俄国工兵写的几个字：此处地雷已清除。）

1921年，柏林的一切都使人有一种虚幻感。房屋正面胸脯丰满的瓦尔基里（斯堪的纳维亚神话中的战争女神）照旧毫无表情地耸立着。电梯仍在开动，但室内却是一片寒冷和饥饿。电车售票员殷勤地扶着三等文官夫人下车，电车的路线也还像过去一样，但是没有人知道历史的路线。灾难佯装成幸福。使我吃惊的是陈列在商店橱窗内的许多玫瑰色和天蓝色的胸衣，它们是用来代替价钱昂贵的衬衣的，胸衣本身就是一种招牌，即使它不能说明生活的幸福，也可以权充体面的证据。在我有时光顾的"约斯蒂"咖啡馆中，一种名为"莫可"的劣等饮料盛在金属咖啡壶中，壶把上还套了个小手套，以免烫伤顾客的指头。点心是用冻土豆做的。柏林人还像过去一样吸着雪茄烟，这些烟被称作"哈瓦那雪茄"或"巴西雪茄"，其实不过是用浸透尼古丁的白菜叶做的。说得动听一些，一切都几乎像帝国时代那样有条不紊。

一天晚上，我和刚从莫斯科来的弗·格·利金一起外出散步。咖啡馆很早锁上了门："宵禁"是战争年代的残余。有一个人走到我们跟前，建议我们去一个夜间营业的咖啡馆。我们坐上地下电车，随后又在昏暗的街道上走了很久，终于来到一座挺不错的住宅。室内的墙壁上挂着一些穿军服的家人的照片和一幅表现日落景色的图画。主人给我们端来了香槟——柠檬水和酒精的混合物。没过一会儿，主人的两个小姑娘来了，她们赤身裸体地开始跳舞。其中一个和弗拉基米尔·格尔曼诺维奇攀谈起来，她说她很喜欢陀思妥耶夫斯基的小说。母亲用满怀期望的目光望着外国客人：也许，他们会喜欢自己的女儿，并且用美元付钞，如果付马克那就太糟了，明天早晨它又会贬值。这位可敬的妈妈叹了口气说："这难道是生活？这是世界末日……"

我来到柏林前不久，一群疯狂的民族主义分子杀害了首都党的领导人之一埃茨贝格尔。"俾斯麦帝制协会"的拥护者毫不知耻地称赞杀人行为。法学家装出一副研究法律条文的样子，社会民主党人腼腆地叹了口气，而未来的党卫军分子却在练习活靶射击。

所有这一切都不妨碍把灾难当成天经地义的、秩序井然的生活。残废者尽量不使自己的假腿发出响声，没有胳膊的空袖筒也用扣针卡住。面部被喷火器烧伤的人戴上了大墨镜。在首都的街道上，失败的战争也没有忘记使用迷彩伪装。

报纸上说，送入育婴堂的婴儿30%会在最初几天内死亡。（那些侥幸活下来的也成了1941年的新兵和希特勒的炮灰……）

"乌发"影片公司正在匆忙地拍摄影片，除了不描写刚刚结束的战争以外，影片的题材可说是五花八门、无所不有了。然而，观众需要的却是装模作样的痛苦状、疯狂的暴行和悲惨的结局。我偶尔参观了一次电影的拍摄。父亲企图把女主角藏起来，情夫用鞭子打她，逼得她从7层楼上跳下去，男主角随后也上吊自杀了。导演对我说，为了适应出口的要求，他们还要给影片拍摄另一个幸福的结局。我多次看见，那些面色苍白、身体孱弱的少年多么兴高采烈地欣赏着银幕上一群耗子吃一个人或者一条毒蛇咬伤一个美人的镜头。

我参观了"突击"派的画展，我面前不是油画，也不是写生画，而是一些用画笔和颜料代替枪炮和炸弹的人的歇斯底里的画作。我在自己笔记本中记下了几幅画的名字：《血的交响乐》《无线电的混乱》《世界末日的色调》。

精神上的郁闷要求发泄，甚至批评家们称之为"新表现派"或"达达派"的东西，跟绘画其实并没有多少关系，而是同索姆河大会战的回忆、同暴动和叛乱、同贴身穿的胸衣有着密切得多的联系。"突击"派画展的发起人瓦尔登有着一副尖削的面孔和长长的头发。他喜欢谈孪生子、直觉和文明的没落。他在草草布置的画廊里就像在舒适的新居中一样感到特别自在，他用邻近一个咖啡馆送来的咖啡和奶油蛋糕款待了我。

我来到了马格德堡，房屋的正面、电车、售报亭都被慷慨地画上了同样歇斯底里的彩画。领导市政建设总局的是天才的建筑师布鲁诺·陶特（1880—1938，德国建筑师）。柯比意（1887年生，法国著名建筑师）是从几何学获得灵感的。是啊，他住在法国……然而布鲁诺·陶特却生活在一个动乱的国家里，这儿有饥饿和投机，有昨天对巴格达的幻想和明日对印度的远征，有"啤酒馆叛乱"和工人暴动。（希特勒掌权后，布鲁诺·陶特逃到日本，他很高兴能在那儿看见现代化建筑——传统的日本房子是明亮而宽敞的。）

我记得莫斯科街头的至上主义派的绘画，但马格德堡的见闻却使我异常惊讶。不论塔特林、马列维奇、波波娃、罗琴科的语言使人感到多么生疏，有时甚至枯燥无味，然而终归是艺术的语言。在德国的绘画中，那矫揉造作的风气和根本没有分寸感使我感到压抑，我觉得画在啼哭。

霍夫迈斯特画的科尔布捷

我记得哈森克勒韦尔（1890—1940，德国表现派作家）的诗集的封面：一个满脸失望的人在叫喊。当时的诗歌里充满着五花八门的预言，韦尔弗（1890—1945，奥地利作家）和温鲁都在预言世界的毁灭。然而街上的行人对诗歌却漠不关心，他们疑心重重，沉默不语。

我常遇见列昂哈尔德·弗兰克（1882—1961，德国作家）。这时他已满40岁，成了有名的作家，但仍然像个好幻想的年轻人，他以为只要人们彼此看上一眼，微笑一下，恶的魔力立刻就会消失。而且他后来也很少变化，无论什么东西也不能使他变得冷酷无情。我在法西斯占领巴黎时见过他，战后他住在联邦德国，常与柏林和民主德国的作家们进行友好的谈话。他有一本书的名字叫《人是善良的》，这是十分片面的评价——弗兰克知道什么是党卫军，不过他本人倒真是个善良的人。

阿尔图尔·霍里切尔摇晃着灰色的鬈发说："你瞧吧，不出一年，柏林的工人准会向莫斯科伸出手去……"

在外国商人和新式富翁（人们称他们为大投机商）看中的一个街区里，有一个"洛马尼谢斯"咖啡馆，这儿是作家、画家、小投机商和妓女的聚集地。这儿也可以碰见躲避墨索里尼的蓖麻油（墨索里尼对被逮捕的人常常采用灌蓖麻油的刑罚）的意大利人和逃出霍尔蒂（1868—1957，当时匈牙利的独裁者）的监狱的匈牙利人。在这儿，匈牙利画家莫果利·纳吉同利西茨基就结构主义进行争论。马雅可夫斯基向皮斯卡托尔（1893—1966，德国导演）介绍梅耶霍德的戏剧。意大利的幻想家幻想着工人对罗马进行国际性的远征。然而，机灵的人却在搞小面额外币的投机生意。每逢礼拜日，举止端庄的市民去赫德特尼斯教堂做礼拜，总要怯生生地瞧瞧"洛马尼谢斯"咖啡馆，仿佛教堂的对面就是世界革命的大本营。

西柏林在当时也不愧是"西方的"，这不仅和历史的风云，也和自然界的

20世纪20年代，柏林的"洛马尼谢斯"咖啡馆

风向有关：在柏林、伦敦和巴黎，有钱人都选中了西部地区，因为风通常是从大西洋吹来的，工厂普遍设在东部郊区。

西柏林的人指望西方，但同时也憎恨西方：防御共产党人的愿望和复仇的愿望交织在一起。在一些商店的橱窗中可以看见这样的话——"此处不卖法国货"，但实际情况并非如此，大投机商的妻子根本不必为何处能买到赫尔林香水的问题而伤脑筋：爱国主义是会在发财致富的欲望面前让步的。但是莫斯科室内剧院来柏林巡回演出时，却不得不把法国小歌剧《日罗弗莱—日罗弗里亚》〔法国作曲家勒科克（1832—1918）的作品〕改为《孪生子》，把《亚德琳娜·勒库弗勒》改为《撒克逊的王子》。

在东柏林和北柏林有时可以听见唱《国际歌》的声音。那儿既没有人买卖外币，也没有人因皇帝的出走而啼哭。那儿的人们过着半饥半饱的生活，一面工作，一面等待革命的爆发。他们很有耐心地等待着，也许太有耐心了……我看见过几次游行。人们板着面孔列队走过，不时地举起拳头。但是游行定要在两点钟结束，因为这是吃午饭的时间……我记得自己同一个工人谈话的情形。他企图向我证明，工会会员数目的增加就意味着无产阶级的胜利。对组织的热爱，是一种值得称道的情感，然而在德国，我觉得未免太过分了。（1940年，我看见了没有汽车的柏林，柏林的汽车正在欧洲的公路上疾驰：第三帝国正在征服世界。然而，街上的行人一见红灯立刻木然不动，谁也不敢穿越街心。）我的交谈者在1922年还只懂初级数学。而外面已经是列宁和爱因斯坦的时代……

在亚历山大广场上的一个啤酒馆里，我第一次听到希特勒这个名字。一个顾客热情地谈论着巴伐利亚人：瞧，这才是真正的好汉！他们马上就要出动了。这都是自己人，是工人和真正的德国人。他们要让所有的人——法国人、犹太人、投机商人、俄国人都受自己的支配。邻座有人表示反对，但是希特勒的拥护者却固执地反复说："我是以一个德国人和一个工人的身份说这话的……"

马克继续贬值，我来的时候，报纸只卖一个马克，不久，买一份报纸就得付30马克。一条新的地下铁道建成了。"小型舞场"里，一对对男女拼命蹦跳着，仿佛在执行一项艰巨任务。劳合·乔治（1863—1945，当时的英国首相）宣布，德国必须分文不差地拿出全部赔款。由于长期营养不良，死亡率不断上升。大家都在谈论斯梯涅斯和施本格勒。斯梯涅斯是大家十分熟悉的人物：他是无冕皇帝，是鲁尔的统治者，是新的奥林波斯山上的赫菲斯托斯（希腊神话中的火神）。读过施本格勒（1880—1936，德国哲学家）的著作的人不多，但是大家都知道他的一本书的名字：《西方的没落》（俄译名为《欧洲的没落》），他在这本书中痛悼他所熟悉的文化的毁灭。肆无忌惮的投机商、杀人凶手、不怀好意的记者都在援引施本格勒的话：既然死亡的时刻已经来临，又何必客气呢？就连"西方没落"牌的香水都上市了。

罢工常常发生。有一次在"约斯蒂"咖啡馆里，一个穿戴考究的顾客突然倒在地上。邻桌的一位医生在诊断后高声说："给他一杯真正的咖啡吧……这是长期营养不良引起的虚脱……"生活越来越困难，但是人们继续认真而努力地工作着。

在拥挤不堪的电车里，有人骂我是"波兰狗"。在一幢考究的资产阶级住宅的正门旁边的墙上，挂着一个牌子，上面写上"专供老爷出入"，就在这面墙上我看见有人用粉笔写了这样几个字："杀死犹太人！"

包括价格、谩骂和失望在内的一切，都无比庞大。

《行动》杂志的诗人们写道，实行新经济政策之后，他们再也不相信俄罗斯了，德国人将要向世界表明，什么才是真正的革命。一个诗人说："首先应当在各国同时杀掉一千万人，这是最低数字……"〔赫尔岑曾著文评论过"德国革命的梭巴开维支"海因岑（1809—1880，德国共和主义者，政论家，巴登起义的参加者；梭巴开维支是果戈理《死魂灵》中的人物），后者曾幻想："只要从地球上消灭二百万人，革命事业就会一帆风顺。"〕《红旗报》的一个撰稿人对我说："你的《胡利奥·胡列尼托及其门生历险记》是一本不成体统的书！我不明白，它怎么能在莫斯科出版。一旦我们掌握了政权，我们是不会要这种书的……"

当时的总理是魏尔特。他打算拯救德意志共和国，所以在拉巴洛同苏维埃俄国签订了协议。英国人和法国人愤怒了。至于德国人民，他们继续在等待，一部分人在等待革命，另一部分人则等待法西斯的暴动。

1952年，我在维也纳的世界保卫和平大会上遇见了魏尔特总理。那时

1919 年的德国电影《卡里加里博士》

他 75 岁。在一次拖得很长的会议之后，我们进行了交谈。魏尔特说："作家在写完一部小说时，定会有一种满足感——即使这部作品只有薄薄的数十页。一个政治活动家的晚年却是另一回事，对他来说，重要的不是个别成就，而是结局。我可以说，我的一生被一笔勾销了。起初来了希特勒。我知道，将要爆发战争。我不得不到国外去。战争结束了，又来了阿登纳。我和他在一个党内，他比我大三岁。我对他说，他在重复自己前任的错误。他是个聪明人，却不能理解这一点……我不愿活到第三次世界大战。可是我能做些什么呢？难道在你们的大会上发表演说吗？但是请原谅，这是孩子气。"他闭上了自己那双呆板而疲惫的眼睛……

夏季的一天里，"执政官"社（1920 年至 1933 年德国秘密恐怖组织）的一个法西斯分子在格鲁涅瓦尔德大街上刺杀了外交部长拉特瑙。当警察查出了凶手们的线索后，他们全体自杀了。法西斯分子的葬礼是按照军队仪式举行的。

店主们来不及改变货物的价格，就想出了一个办法：价格的基数不变，只增加其系数。昨天系数是 400，今天就成了 600。郊区影院的银幕上总是那个癫狂的卡里加里博士。柏林一天内要发生 9 起自杀案件。专门研究同性恋的理论与实践的杂志《友谊》开始出版。

德国在那几年里发现了自己的肖像画家——格奥尔格奥尔格·格罗斯。他笔下的投机商的手指很像一根根小灌肠。他所画的过去和未来的战争的英雄们，都是一些身上挂满铁十字勋章的仇恨人类的家伙。批评家说他是表现派，其实他的画是冷酷的现实主义和预见的结合，但人们却不知为什么把这种预见叫作幻想。是的，他敢于描绘赤身露体坐在办公桌旁边的三等文官，描绘正在解剖尸体的穿得花枝招展的胖太太，以及正在盆里拼命洗去手上血迹的凶手。在 1922 年，这看来只是一种离奇的想象，但是在 1942 年却是司空见惯的了。格罗斯的绘画是富有诗意的，它们和希尔德斯汉姆市木雕的勒达（希腊神话中的女神）像、哥特字母的印刷体格言、市政厅下面的酒馆和堆在狭窄的中世纪街道上的酒曲的气味具有相同的性质。

格奥尔格·格罗斯画中 20 世纪 20 年代的德国

格罗斯生着一对孩子般的明亮的眼睛，脸上时常流露着羞涩的微笑。他是个温和、善良的人，憎恨暴虐，幻想着人类的幸福。也许正是这个原因使得他毫不留情地画出了未来的党卫军、战利品的爱好者、奥斯威辛的砌炉工得以滋生的肥沃的温床。

当时，全世界都注视着柏林。一些人感到不安，另一些人抱着希望：欧洲未来数十年的命运取决于这座城市。这里的一切——房屋、风俗、道德以及对数字、螺丝钉和图表的信仰，都跟我格格不入。虽然如此，我那时依然写道："我用那么枯燥的描写来补充我对柏林的评述，大概会使你庆幸你没有住在柏林……我请求你相信我对你说的话：爱柏林吧，这是个有着令人生厌的纪念碑和不安的眼睛的城市。"我怀着不安与希望在这个城市里住了两年：我觉得我生活在前线上，只是那短暂的炮火沉寂的时刻拖长了。但是我也常常问自己：我在等待什么？我希望相信，但是又不能相信……

马雅可夫斯基在 1922 年秋天初次来到柏林后，便表达了自己的爱意：

德意志啊，今天我在你的土地上漫步，

我对你的爱情也越来越深。

　　有时诗人看见的东西是批评家所没有看见的，于是就责备诗人犯了错误。有时诗人和其他人一起错了，于是批评家就像善良的主考人一样赞许地点点头。马雅可夫斯基说到德国时，重复了 1922 年千百万人的想法。不错，巴伐利亚苏维埃共和国的灭亡，卡尔·李卜克内西和罗莎·卢森堡的遇害已是过去的事了，但是日后又燃起了汉堡起义的烈火。对于当代人来说，一切都尚未定局，1922 年秋天，我和其他人一起在等待革命。

　　不能说德国人性情温和，不走极端。不仅是表现派的艺术，就连德国历史的很多篇章都过于夸张了。

　　马雅可夫斯基写道，赢得胜利的德国工人将要"穿过勃兰登堡门的威廉拱门"。然而历史做出了另一种决定：11 年后，穿过大门的是疯狂的希特勒分子，而在 1945 年 5 月则是苏联士兵……

02

在柏林：俄国侨民的出版物

我不知道那几年里柏林有多少俄国人，大概数量很多——街上到处可以听见说俄语的声音。俄国饭馆有几十个，里面有巴拉莱卡琴、祖尔纳琴、茨冈歌手、发面煎饼、串烤羊肉，自然还有人在拼命干活。这儿有一座小型剧场，有 3 种日报，5 种周刊。一年之内出现了 17 个俄国出版社，出版了冯维辛和皮利尼亚克的作品、烹饪书、神父的著作、技术手册、回忆录、诋毁文。

在塞尔维亚的什么地方，弗兰格尔的将军们还在签署战斗命令。《双头鹰》报登载了"皇帝陛下"的诏书。苏沃林的儿子在《新时代》报上拟定了未来政府成员的名单，外交部交给马尔科夫第二，内政部交给了布尔采夫。一些骗子在招募饥饿的人组织荒诞的"敢死队"。然而，昨天的步兵中尉们和骑兵少尉们已经不再幻想突击俄罗斯的城市，而是在为取得法国或德国的签证奔忙了。哥萨克的首领克拉斯诺夫放下手杖，专心写作长篇巨著《从双头鹰到红旗》。

有些亡命之徒并不甘心立刻去当出租汽车的司机或工人，他们还想过往日的生活。布尔什维克远得很，所以只好对自己流亡外国的同伴们进行报复。在米留可夫的报告会上，保皇党人枪杀了立宪民主党的纳博科夫。黑帮分子猛烈攻击克伦斯基，认为他是著名女革命家格夏·格利夫曼的儿子。"黑色骠骑兵"波萨日诺伊写道：

米留可夫的舌头没上镣铐，

整天胡说八道，

他忘记了，

耐心在逐渐消失，

报仇的怒火

将燃成熊熊烈焰。

他将死在我的手里，

黑色的骠骑兵们！

我记得一个名叫博斯图尼奇的人写的一本书——《共济会与俄国革命》，书中说，社会革命党人切尔诺夫实际上就是李卜曼，十月党人古奇科夫是共济会员和犹太人，名叫瓦基耶。俄国是被标着魔鬼的五角星的瓦特曼自来水笔和库普费尔贝格香槟酒所毁灭的。

革命前的著名记者瓦西列夫斯基——涅-布克瓦写道："布尔什维克使索洛古布堕落。"他以革命前写的长篇小说《恶毒的巫婆》为证。布尔采夫说叶赛宁是"苏维埃的拉斯普京"，科·楚科夫斯基由于写了《阿赫玛托娃和马雅可夫斯基》这篇文章便被说成是"苏维埃的走狗"。那位写了一些骂我的充满排犹情绪小诗的凯兰斯基说了句俏皮话："马雅可夫斯基的乐器是排水管。"有名望的作家也不甘落后于新闻记者。季娜伊达·吉皮乌斯诋毁安德烈·别雷。小说家叶·奇里科夫本应十分感激高尔基，但却写了一篇诽谤文章《俄国革命的斯梅尔贾科夫》（斯梅尔贾科夫为陀思妥耶夫斯基的《卡拉马佐夫兄弟》中的人物）。布宁咒骂所有的人。白党的报纸每天都讲布尔什维克的末日即将来临。

所有这些只不过是一杯水中的风暴，是被推翻的庞巴杜尔们（谢德林作品《庞巴杜尔及其情妇》中的人物，通常指昏聩的官僚）的歇斯底里，是几十个外国情报机关的活动或个别幻想家的梦呓。侨民中有许多人根本不懂自己为什么成了侨民。一种人跑出来是由于恐惧，另一种人是由于饥饿，第三种人是因为他的邻居跑了。有的人留了下来，有的人走了，一个兄弟去科斯特罗马参加星期六义务劳动，另一个兄弟却在柏林的"熊"饭店洗碗碟，他们的观点是相同的，性格也很相近。千百万人的命运都是由平常的机调决定的。

似乎一切都上了轨道，大地和深渊分开了，实际上过渡时期依然是一片混乱。出版家拉德日尼科夫出版了高尔基和梅列日科夫斯基的著作。另一位出版家格热宾在自己的出版物上印着"莫斯科—彼得堡—柏林"，而他印行的作品的作者却是各种各样的，有勃留索夫和皮利尼亚克、高尔基和维克托·切尔诺夫。

出版《胡利奥·胡列尼托及其门生历险记》的出版社有一个富有诗意的名字——"赫利孔"（希腊神话中缪斯们居住的一座山，后意为诗人得到灵感之处）。这儿没有缪斯居住过的山，只是在亚科布大街上有个小小的办事处，一个名叫阿·格·韦什尼亚克的年轻人坐在那儿，他的外貌很可爱。他对艺术的爱好立刻博取了我的同情。阿布拉姆·格里戈里耶维奇出版帕斯捷尔纳克和茨韦塔耶娃的诗，以及安德烈·别雷、什克洛夫斯基、列米佐夫的作品。侨民批评家称他为"半布尔什维克"。而我们则给他取了个绰号叫"穆尔祖克"。他把莫斯科幼稚的名士派风气带进了柏林的日常生活。马林娜·茨韦塔耶娃在《手艺》一书中献给他一组诗，她这样描写阿布拉姆·格里戈里耶维奇的眼睛：

> 眼中有一只只雄鹰和岁月，还有月色溶溶的一年，
> 你那整个眼神忧郁的异族……

我跟他和他的妻子薇拉·拉扎列夫娜成了好友。后来韦什尼亚克夫妇搬到巴黎去了。希特勒分子侵占这个城市的时候，我们常去老朋友家进餐。我忐忑不安地和他们分手了，日后获悉，这一对和蔼可亲的好人在奥斯威辛遇害了。

柏林有一块地方很像诺亚方舟，上流人士和手脚不干净的人和平共处，这个地方叫"艺术之家"。俄国作家每逢星期五都在一个普通的德国咖啡馆中聚会。托尔斯泰、列米佐夫、利金、皮利尼亚克、索科洛夫-米基托夫读短篇小说。马雅可夫斯基发表演说。叶赛宁、马林娜·茨韦塔耶娃、安德烈·别雷、帕斯捷尔纳克、霍达谢维奇朗诵诗。有一次，我瞧见从爱沙尼亚来的伊

戈尔·谢韦里亚宁也在这里，他还是像过去那样赞美自己，也还是朗诵那些"诗"。在画家普尼的报告会上发生了一场风波，阿尔希片柯、阿尔特曼、什克洛夫斯基、马雅可夫斯基、什捷连别尔格、加博、利西茨基和我激烈地争吵起来。但在庆祝高尔基文学活动 30 周年的晚会上，大家却平静得多。意象派组织了自己的晚会，就像在莫斯科的"飞马之家"里一样，乱哄哄地闹了一阵子。有一次，叶·奇里科夫来了，他在马雅可夫斯基的旁边坐下，侧耳静听。

现在，我自己也觉得这一切不像是真的。如果是在两三年之后，诗人霍达谢维奇（更不必说奇里科夫）无论如何也不会来到有马雅可夫斯基的地方。看来，此刻一切都在变化中。有些人把高尔基叫作"半侨民"。后来成了保皇党刊物《复兴》撰稿人的霍达谢维奇，这时正同高尔基编辑一个文学刊物，他说他打算回苏维埃俄国。阿·尼·托尔斯泰的周围是一批路标转换派，他有时把布尔什维克赞扬一阵子，说他们是"俄罗斯土地的搜集者"，有时又生气地骂上一阵。雾气仍在弥漫。

"艺术之家"的成就主要是由它的第一任主席、象征派诗人尼古拉·马克西莫维奇·明斯基促成的。他当时 67 岁，矮小而粗壮，脸上露出笑容，像只听话的猫似的打呼噜。现在他的名字已被大家遗忘，但是在我还是个年轻人的时候，许多人都在谈论他。维雅切斯拉夫·伊万诺夫和他争论，勃洛克为他写诗，姑娘们熟读登在《朗诵者》上的他的诗歌："梦是短暂时，梦是无忧无虑的，梦境只有一次……"

1905 年，明斯基和其他许多象征派诗人一样，经历了对革命的迷恋。他获得了出版报纸的许可，由于命运的戏弄，"绝对的个人"迷信的宣扬者变成了第一个合法的布尔什维克报纸《新生活报》的正式编者。他不参与编辑工作，但却在报纸上发表诗：

> 全世界无产者，联合起来！
> 我们的力量，我们的意志，我们的权利。
> 要像迎接节日一样投入最后的战斗。
> 谁不和我们一起，就是我们的敌人，应该灭亡。

左：1923 年，爱伦堡在柏林
右：20 年代初，维克多·鲍里索维
奇·什克洛夫斯基在柏林

    他是个平庸的诗人，但是对 19 世纪末的审美教育的发展，他的作用是不容争辩的。

    《新生活报》不久就被沙皇政府查封，明斯基被送交法院。后来他到了国外，一直居住到去世（他死时 83 岁）。

    也许，正是因为他没有亲眼看见革命和国内战争，所以无论对苏维埃作家还是对最顽固的白侨都一律宽厚相待。我觉得，他并不十分了解他们之间的区别，因此常常陷入窘境。例如，他向列·舍斯托夫证明集体是有权利的，他要求马雅可夫斯基承认言论自由，为此他还引证了柯罗连科的传统，但是在和阿·尼·托尔斯泰谈话时，他却总要夸奖一番未来派、意象派和其他新的流派。不过他说这些话时完全出于善意，所以谁也不怪罪他。他对谁都以笑脸相待，对待女人尤其亲切温柔。

    他三番五次向我说："体力劳动者很少会取得成就，必须把脑力劳动者团结起来。必须对儿童进行教育，未来在他们手上。教育工作是青年人应担负的任务之一。"他对生活，尤其是对俄罗斯的生活非常陌生。有一次，我差点笑出声来，因为他将自己设计的孤儿院叫作"阿尔玛"，"阿尔玛"是拉丁文，意思是乳娘，俄语中是不用这个词的，恰巧我的朋友的一只狼狗也叫阿尔玛。事后，明斯基哼哼唧唧地笑了。在"艺术之家"迎接新年时，他读了一首祝酒诗：

让我们像孩子一般，

快活地迎接 1923 年……

结束那些荒谬的纠纷，

安德烈·别雷将和萨沙·乔尔内交好……

什克洛夫斯基将容忍莎士比亚作品的内容。

帕斯捷尔纳克将获得莱蒙托夫的诗才。

为奖赏明斯基主席的日夜操劳

将响起暴风雨般的掌声……

柏林还有一小块"不属任何人"的土地，苏维埃作家和侨民作家在那儿碰面，这个地方就是《新俄书》杂志。出版者是亚历山大·谢苗诺维奇·亚先科教授，一位法学家和文学爱好者，他带着苏维埃的护照从俄国来到这里，和明斯基一样，努力团结一切人。简直找不出一个没有给他的杂志写过稿的人！我赞扬了塔特林的工作，反驳了那些诽谤苏维埃诗歌的侨民。亚历山大·谢苗诺维奇叹了口气说："太尖锐了，太尖锐了。"不过我的文章还是发表了。我的文章旁边就是过去的托尔斯泰主义者、保皇党人伊·纳日温的咒语："古老的俄罗斯转眼间变成了下流人的王国……而年轻

1922 年，列米佐夫、别雷、皮利尼亚克、托尔斯泰和索科洛夫-米基托夫、亚先科在柏林的《新俄书》杂志编辑部

人在毁灭，将军们在酗酒、偷窃、干非法勾当，后方拿鲜血做投机生意并胡作非为……我侨居国外，继续努力进行民族的和皇室的工作，但是我心中渐渐产生了怀疑……所有的人都变得下流，胆怯害怕。我们的未来是令人痛苦和阴暗的……"而在下一期的杂志上，就有马雅可夫斯基的文章："我开始在《消息报》上发表作品。正在筹建马甫出版社。正在组织未来派的公社……"

周围是柏林和它那漫长的毫无生气的街道，这儿有低劣的艺术品和漂亮的汽车，有对革命的期待和第一批法西斯分子的枪声。诗人霍达谢维奇用俄国人的眼光描绘了柏林的夜景：

> 一对对黏在一起的情侣犹如雕像。
> 还有沉重的叹息。以及雪茄烟浓重的烟气……
> 等着吧：将刮来凛冽的寒风
> 钻进庞大柏林的一个个孔隙……
> 粗野的日子将从一幢幢房屋后面
> 朝俄国城市的后娘上空升起。

"俄国城市的后娘"这几个字颇不易懂。坐在俄国学校里的那些规规矩矩的孩子们，20年后在俄国城市的母亲的身上抽打出一条条伤痕。不过，霍达谢维奇和许多俄国作家一样，都厌恶德国的生活。

列米佐夫弓着背坐在家里，用古怪的连体字编写《俄罗斯古代文字》。别雷说，他正在研究勃洛克。阿·尼·托尔斯泰正同画家普尼一起编写论俄国艺术的书。马林娜·茨韦塔耶娃在柏林完成了自己的一部优秀作品——《手艺》。

我做了许多事，两年里，我写了《尼古拉·库尔博夫的生与死》《Д.Е.托拉斯》《十三个烟斗》《六个结局轻松的故事》和《冉娜·涅伊的爱情》。在完成了《胡利奥·胡列尼托及其门生历险记》之后，我感到自己走上了正路，找到了自己的题材、自己的语言，实际上，我是在徘徊，我的每一本新书几乎都否定了前一本书。关于这一点我以后再谈。现在我要讲一讲

1922 年，安德烈·别雷、阿霞·杜尔耶夫娜（别雷妻子）、爱伦堡在柏林

另一件事：我和结构派画家埃·利西茨基出版了一份杂志——《作品》。

利西茨基坚定地信仰结构主义。他为人温和，极其善良，有时还很天真，他体弱多病，有过一段情史，他的爱情就像 19 世纪那样盲目并充满自我牺牲精神。然而在艺术中他却是个倔强的数学家，他的灵感准确，特别喜欢清醒状态。他是个不平常的有心计的人，展览会的陈列架上的展品本来不多，但经他一布置，往往显得很充实，一本书的装帧他也可以弄得十分别致。他的画既表现了色彩感，也表现了构图的技巧。

《作品》是由"西徐亚人"出版社出版的。不难猜到，革命的斯拉夫派和顽固的民粹派同我们所宣扬的结构主义有着多大的距离。第一期出版后，他们就忍受不了，拒绝继续印我们的刊物。

至于我自己，我是在每一本书中都和自己"绝交"。所以当时维克托·鲍里索维奇·什克洛夫斯基称呼我"保罗·扫罗维奇"。这个称呼出自他的口中是没有恶意的。他一生所做的差不多也是他的同辈人所做的，换句话说，他多次改变自己的观点和评价，但他这样做时并不感到痛苦，相反还带着几分寻衅的样子，只有他的眼睛是忧郁的，想必他生来就是如此。我觉得这个热情的人常常变得很冷淡。在柏林这段时期他也是冷淡的。他在那儿完成了《感伤的游历》，在我看来，那是一部优秀的作品。它的结构特点是从一个情节到另一个情节的突然转变（"菜园里是接骨木，基辅城内是男仆"）、相近的联想、迅速闪动的画面和突出的个人语调，所有这些都是由内容决定的：什克洛夫斯基描写的是俄国的动乱年代和他自己内心的不安。

什克洛夫斯基那对忧郁的眼睛在柏林时显得加倍忧郁，他怎么也无法适应国外的生活，他当时在写《搓》。

这本书在生活中有一个没有预料到的续篇：它促成了一个女作家的诞生，现在有些年轻读者误认为这位女作家是法国人。埃尔扎·尤里耶夫娜·特里奥莱当时住在柏林，我们经常见面。她是莫斯科人，是莉里雅·尤里耶夫娜·布里克的姊妹。革命初期，她嫁给法国人安德烈·特里奥莱，即安德烈·彼得罗维奇（我们也像埃尔扎一样，只称呼他彼得罗维奇），并和他一起前往塔希提岛。（彼得罗维奇是个特别的人，他酷爱马。在巴黎时有一次他对我说，他打算去丹麦度假：那儿的牧场极佳，他的马匹可以得到很好的休息。）安德烈·特里奥莱从塔希提岛回来后便留居巴黎，但埃尔扎·尤里耶夫娜却来到了柏林。她非常年轻，很招人喜欢，她绯红的面颊好像雷诺阿的某些油画，但神情是忧郁的。维克托·鲍里索维奇·什克洛夫斯基将埃尔扎的四五封信收进了自己的《搓》里。书出版后，高尔基便对维克托·鲍里索维奇·什克洛夫斯基说，他喜欢那几封女人的信。过了两年，莫斯科的"同人"出版社出版了埃尔扎·尤里耶夫娜的第一本书《在塔希提岛上》。埃尔扎·尤里耶夫娜后来移居巴黎，我几乎每天晚上都在蒙帕纳斯遇见她。1928年，她在那儿认识了阿拉贡，不久便用法文写作了。

什克洛夫斯基在《搓》中

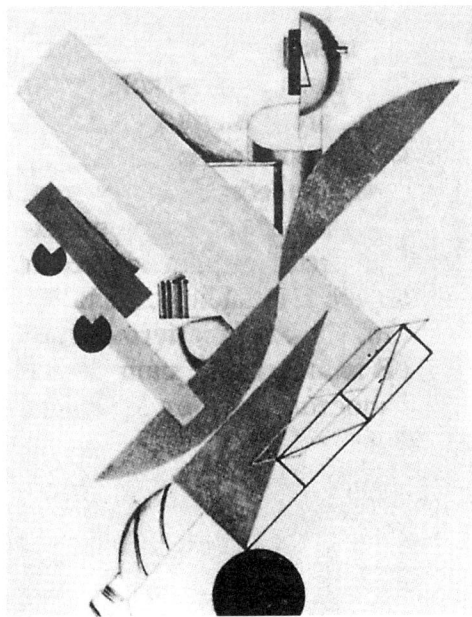

《作品》杂志

责备自己的女主人公，说她太爱"全欧文化"了，因此她才能脱离俄国而生活。维克托·鲍里索维奇·什克洛夫斯基的感情是容易理解的：他是偶然来到柏林的，非常怀念祖国，急切地盼望着回去。

鲍里斯·安德烈耶维奇·皮利尼亚克来到了柏林，好奇地打量着陌生的生活。他是个有才华的人，但有时头脑不清。他很熟悉自己描写的东西，他笔下的生活的冷酷细节以及他那不平常的表现方式使国内外读者为之震惊。20 年代皮利尼亚克的作品正如他的许多同辈人的作品一样，有着时代烙印：这就是粗糙和奇特的结合，饥饿与崇拜艺术的结合，以及醉心于列斯科夫和热衷于市场上听来的吵骂声的结合。他是 1937 年初的第一批遇害者之一，如果他活着，很难说他的创作道路将是怎样的。1922 年在柏林的时候，他说革命是"农民的""民族的"，他骂"将俄罗斯从俄罗斯割裂开来"的彼得大帝。他的纯朴有点滑头：他崇拜古代俄罗斯的一种自卫形式——装疯卖傻（看来这个词在任何一种欧洲语言里是找不到的）。

叶赛宁在柏林住了几个月，他苦恼不堪，当然，又胡闹了一阵。意象派的库西科夫形影不离地追随在他的周围，手里拿着吉他唱道：

> 人们说我是坏蛋，
> 是个狡狯凶狠的切尔克斯人。

他们一面喝酒一面唱歌。伊莎多拉·邓肯曾想劝导叶赛宁安静一些，但毫无用处。他一次又一次地酗酒。皮利尼亚克喝醉了酒就要对俄国的混乱发一通议论，而叶赛宁绝望时却摔碟子扔碗。

《前夜报》开始出版了。我曾同它的思想家们交谈过两三次。路标转换派公开承认，共产主义不合他们的心意，但是对于布尔什维克建立了军队，赶跑了外国干涉者并反击了波兰，他们是赞成的。他们说："我们拥护强有力的政权，其余的就走着瞧吧。"我在给女诗人什卡普斯卡娅的信中写道："'前夜派'是不会原谅我拒绝为他们写文章这件事的，可是又有什么办法呢？我在他们看来是太左了……"新闻记者瓦西列夫斯基——涅-布克瓦在《前夜报》上写了一篇极其尖锐的文章，把我大骂一顿，他提起《胡利奥·胡列尼托及其门生历险记》里有一个女混血儿曾把一块块烤肉饼摔在爱伦堡这部长篇小说的主人公脸上，便说该用一只带硬骨头的火腿打我的耳光。

阿·尼·托尔斯泰忧郁地坐着，他沉默不语，只顾吸他的烟斗，间或神态自若地微微一笑。有一次他对我说："你瞧着吧，侨民生活是不会产生任何文学的。任何一个作家在这个圈子里生活两三年就会给毁掉的……"他知道自己很快要回家了。

"西徐亚人派"赞扬拉辛和普加乔夫，他们有时引用《十二个》，有时引用叶赛宁关于"铁客"的诗。路标转换派说，布尔什维克是伊凡雷帝和彼得大帝的继承人。他们全

鲍里斯·皮利尼亚克

都发誓忠于俄罗斯，全都强调"根基""传统"和"民族精神"。然而普通的侨民们在"三马车"餐厅喝上几杯，听见有人唱"驶出一艘艘彩船……"后，就痛哭流涕地咒骂起来，就像他们坐上最后一列俄国加温车逃离祖国时那样啼哭咒骂。

托尔斯泰是对的：对于大多数俄国作家来说，侨民生活就是死亡。问题在哪儿？难道任何一种侨民生活果真都会毁掉作家吗？我不认为是这样。伏尔泰的侨民生活是 42 年，海涅是 25 年，赫尔岑是 23 年，雨果是 19 年，密茨凯维奇是 26 年。作家们侨居外国期间写成的作品有《老实人》《德国，一个冬天的童话》《往事与随想》《悲惨世界》和《塔杜施先生》。问题不在于和祖国分离，无论这种分离有多么痛苦。在侨民生活中是可以出现各种类型作家的——有的是侦察兵，有的是辎重兵。丹东说过，祖国是不能放进自己的鞋底带走的，这话不错，但是你可以将祖国保存在自己的心中，保存在自

己的意识里。可以怀着巨大的思想而不是浅薄的仇恨离开故国到遥远的异乡。这就是赫尔岑的命运不同于布宁的地方。

"西徐亚人派""欧亚派""路标转换派"在这一点上是相同的：他们拿俄国来对抗腐朽的、垂死的西方。对欧洲的这种揭露，是斯拉夫派昔日见解的独特的余音。

在我现在所叙述的这些岁月之后过了四分之一个世纪，某些思想和文字突然复活了。毫无疑问，卑躬屈节不是吸引人的场面，它贬低了崇拜者，也贬低了被崇拜者。18世纪的讽刺作家就曾嘲笑过那些拼命"法国化"的俄国贵族。我讨厌苏维埃社会里的一种市侩，他们看了一部庸俗的美国影片后就对自己的太太（这种人不说妻子，一定要说太太）说："我们还差得远呢！"然而，我却不仅要拜倒在莎士比亚或塞万提斯面前，还要拜倒在毕加索、卓别林、海明威面前，我不认为这样会贬低自己。不断吹嘘自己的优越性是和对外国的卑躬屈节连在一起的——这是片面性的不同表现。我也讨厌另一种市侩，他们有的出于真心，有的是用伪善的口吻，对一切好东西嗤之以鼻，只要这些好东西是外国的。

在伦德贝格的《作家札记》中有一段关于1922年年初的记载："一群俄国作家聚集在维利饭店楼上一个漂亮的咖啡馆里，有的喝茶，有的喝酒。他们开始碰杯。有的提议为文学干杯，有的提议为智慧干杯，有的提议为自由干杯。一个脱离了祖国的哲学家举起酒杯，由于内心痛苦，咬紧嘴唇说道：'反对暴力！'大家都默不作声。这举杯反对谁是很明显的。沉默了片刻后，他们又继续互相拥抱和碰杯。只有爱伦堡和我待在一旁。爱伦堡在想些什么，我不知道。我想的是，在文明人感到亲切的这个欧洲的墓地上，一个半穷困的中年人过着奴隶般的生活。"当然，我不记得当时我在维利咖啡馆中想些什么，这次会见我记不清了。然而我很清楚自己那些年里的思想。

"西徐亚人"这个词来自勃洛克的著名诗篇。无论勃洛克的语言有多大魔力，这篇诗的某些诗句对我来说仍然是陌生的：

我们要在密林和树林里

为漂亮的欧洲

让出一条宽阔的路！

我们要把自己亚洲人的面孔

转向你们！

来吧，到乌拉尔来吧！

我们再开辟一个战场，

让散发出积分气息的钢铁机器

跟蒙古的野蛮队伍较量！

不，我不愿接受"亚洲人的面孔"！这几个字从历史上看是不公正的，当然，印度的哲学家和诗人并不比英国少。伦德贝格当时觉得欧洲是个使他心里感到亲切的墓地。然而我没有给欧洲唱安魂曲。我的长篇小说《托拉斯》是在那几年里写的，这是一部描写美国托拉斯的活动使欧洲毁灭的故事。这也是一部讽刺作品，如果我现在写它，我就要加上一个副标题：《第三次世界大战的若干片段》。欧洲对我来说不是墓地，而是战场，它有时可爱，有时不可爱：我年轻时在巴黎看见了它，那时它就是这样，1922 年我在动荡不安的柏林发现它也是这样。（现在我看它也是这样。自然，可以用不同的方式去对待欧洲——"打开窗子"堵住门，也可以回忆一番我们整个文化——从基辅罗斯到列宁——同欧洲文化不可分割的联系。）

那时我还想些什么呢？我想的是怎样使"积分"顺应人性，使正义屈从艺术。我知道，可以对第一个决心走未经勘测的道路的民族的功绩感到自豪，然而，这条道路在我看来远比一个国家的传统或一个民族的灵魂更为宽阔。

我不记得究竟谁在维利咖啡馆中喝过茶和酒。也许，有一个曾经喝过茶和酒的人后来又跑进"三马车"餐厅，一杯伏特加下肚后，又滔滔不绝地谈论起俄国的使命来了。契诃夫记录过一段独白："爱国者：'您知道吗，我们俄国的通心粉比意大利的好得多！我可以向您证明！有一次在尼斯，侍者给我端来一盘闪光鲟，我差点哭出声来（俄国的闪光鲟在世界上最有名，这里是嘲笑法国的闪光鲟不好吃）……'"

距离在维利咖啡馆举杯祝酒已经过去了 40 年。老一代的侨民消失了：人们在衰老，在死亡，他们的子孙成了勤恳的法国人、德国人、英国人。曾被极端保皇党分子刺杀的立宪民主党人纳博科夫的儿子，现在是美国最有声誉的作家之一，他起初用俄文写作，后来用法文，现在用英文。

报纸曾多次指出我们渔业的缺点。但契诃夫写的那种闪光鲟仍然是……

03

诗人杜维姆"冰冷的睡梦"

1922 年，在特罗顿诺大街上我住的一个简朴的市民公寓里，来了一个与我素不相识的人，他用腼腆而高傲的声音说道："我叫杜维姆。"当时我还没有读过他的诗，但是内心立刻感到一阵惶恐：站在我面前的是个诗人。大家都知道，世界上写诗的人很多，但诗人却很少，同诗人的会见使你震惊。普希金说过，在灵感没有到来的时刻，诗人的心灵只是在"领略冰冷的睡梦的滋味"。不正是这个虚幻的冰冷在燃烧着周围的人们吗？杜维姆的"冰冷的睡梦"是激烈、痛苦和狂暴的。

他向我打听俄国诗人们和莫斯科的情形。他的全副精神寄托在两种激情上：对人的爱和对艺术的艰苦追求。我们立刻找到了共同语言。

几乎整整一生我们都是在不同的世界里度过的，很少见面，见面也很偶然（从前人们爱说"同海中的航船一样"，我现在要说，如同热闹的航空站里的旅客，扩音器刺耳地尖叫着："请登机……"）。我对尤里安·杜维姆的爱是那样温柔、虔诚和自然，这在我是少有的……

第一次见面，他的美就打动了我。他当时 28 岁。然而，他直到生命结束时也一直保持着自己的美。他腮上的一颗大痣赋予他严整的脸型一种悲剧的性质，他的微笑是忧伤的，差不多带着歉意，骤然的动作和深深的羞涩融合在一起。

诗人不应长久地滞留在地面上，年轻的文学家们都称呼杜维姆"老头儿"，然而他并没有活到 60 岁。

不仅手上的寿纹是弯曲的。有些书呆子责备杜维姆，说他某些时候对什么不了解，回避过，摔过跤，跑得太远，退到了一旁等等。杜维姆在第二次世界大战的年代里曾写道："政治不是我的职业。它是我的良心和热情的功能。"当然，他走过的道路不是一条笔直的大道，但是，何时何地又有诗人从混凝土公路上正步走过呢？……杜维姆患有广场恐惧症：他很难穿过一个大广场。然而他又不得不多次越过荒地和沙漠，从一个时代走进另一个时代。

马雅可夫斯基说他是"激动的、心神不宁的"，并指出了他的矛盾，并把这归之于 1927 年波兰的环境："显而易见，他乐意写《穿裤子的云》那类作品，然而，正式的诗歌在波兰尚存在不了多久，哪儿还会出现《云》之类的作品。"但是，马雅可夫斯基是在沙皇俄国写了《穿裤子的云》的，杜维姆也是在反动的波兰翻译了这篇诗的。如果他没有写出《穿裤子的云》，那仅仅是因为诗人和诗人彼此不同罢了。

1939 年，一位苏联的波兰文学专家断言杜维姆的创作特点是"没有思想性和逃避生活"。在杜维姆逝世前数月，我从"保卫自由和文化大会"（这是由美国人资助的一个机构）的广播中听见评论员说，杜维姆出卖了波兰，背叛了诗歌，丧失了天良。

如果只看见一个人走过的一步路，要了解他的整个道路是不可能的，生活的道路只有站在山顶上才能看清楚，从门下空隙里往外瞧是看不到的。岁月改变着国家的面貌，也改变着人们的思想，但是诗人将某种最重要的东西倾注在自己的全部创作中。马雅可夫斯基说得对，杜维姆是"激动的、心神不宁的"，他一生都是如此，当他和自己的朋友"斯卡曼德尔们"——斯洛尼姆斯基、伊瓦什凯维奇、列洪（一群希望革新波兰诗歌的诗人给自己取了"斯卡曼德尔"这个绰号）走进"小泽米扬斯卡亚"咖啡馆时是如此，而当他和许多旧日的朋友绝交，决心返回新波兰时也是如此。当他年轻时咒骂古典的条规，说些无理取闹的话时是如此，而当他死前不久感喟地说"我充满了这么多陈词滥调，诸如信仰、希望、爱好人、恨坏人……"时也是如此。

1950 年 11 月在华沙举行的第二届保卫和平大会上，一个学识非常渊博、当时非常有权威的人物指着谦虚地坐在大厅深处的杜维姆对我说："瞧，这就是改造的作用！一个情绪多变的诗人现在也参加了保卫和平的斗争……"
我用微笑代替了回答：这时我想起了杜维姆早年的一首诗，由于这首诗，到
处有人骂他。他在诗中写到石油，写到流血，并号召士兵们扔掉步枪。这是
在第一届保卫和平大会的四分之一个世纪以前。然而有些现在坐汽车的人早
已忘记了马车，他们只记得那迷人的马蹄铁的形象（俄国从前有一种迷信说
法，马蹄铁会给人带来幸福，所以凡拣到马蹄铁的人都将它钉在家里的墙
上），这类人的特点是手长记性短。

马林娜·茨韦塔耶娃写道："每一个诗人——进犹太人区。"杜维姆喜欢这
些诗句，他向我朗诵过多次。当他还不到 30 岁的时候，他就描写那些强迫诗
人迁居犹太人区的家伙，他也描写了那些身居犹太人区却并未屈服的诗人：

> 不，无论是凭借职务或依靠奉承
> 你们都弄不到我自由的诗人称号。
> 上帝不会把那些星座
> 别在你们的制服和肩章上。

波兰对杜维姆并不总是那么亲昵，但他始终爱着波兰。波兰人的爱国主
义天性是和三部悲剧性的历史联系在一起的，我听了杜维姆的自白，对此将
终生不忘。（不错，自白里有着由于羞愧而带来的嘲笑。）他非常眷恋自己的
故乡罗兹，但是这个城市没有一点地方可以引起你的游兴。1928 年我来到了
华沙，后来又到了罗兹——朗读我的作品的片段。杜维姆再三恳求我到了罗
兹一定要看看彼得罗科夫大街，看看市场和"萨沃伊"旅馆，看看工厂和穷
人居住区巴鲁特。我那次去罗兹就住"萨沃伊"旅馆，参观了工厂、巴鲁特
区和一座大型监狱，会见了文学家、工人、宪兵、中学生、波兹南的一个工
厂主和地下工作者。我当时在笔记本中写道："'罗兹'是个短名字。还有一
些短句子：'五个箱子''三节车厢''一盘鹅肉''医生''警察''殡仪馆'。
思想更短。'一美元——八兹罗提''我要死啦''我能挣扎过去''见鬼''逮
捕'。好城市，爽直的城市！全欧洲也找不到这样的愤恨，这种生活毅力，这
么强烈的苦闷。"我碰见杜维姆时便对他说："美妙的城市！"他笑了一下，

罗兹在他的眼睛里想必是另一副样子：我在那儿只住了一个星期，而他是在那儿长大的，他的爱是那么强烈，许多东西都会因此变样。前不久，我读了杜维姆的诗：

> 让那些最美的人去赞美
> 索伦托和克里米亚。
> 我是罗兹人。哪怕是黑烟
> 也使我感到心情舒畅。

大概，杜维姆远比许多书呆子甚至朋友们所认为的要复杂得多。不过，我在后面还要谈起这一点。现在我继续谈谈他对波兰的爱。

1940年，杜维姆经过长途跋涉来到巴黎。那是个非常奇怪的冬天，或者像法国人所说的，"奇怪的战争"！入夜以后，城市一片漆黑，但是在百叶窗紧闭着的饭馆和咖啡馆中，却是灯火辉煌，人声喧哗——军人们在寻欢作乐。前线上的士兵无事可做，巴黎的警察却忙得不可开交：没有人能确切地知道，法国在同谁作战——是同德国人还是同共产党人？巴黎人在窗子的玻璃上贴了许多薄薄的纸条，以免空袭时震坏了玻璃，然而一切是那样平静，一种令人难以忍受的平静，未必有谁能猜到，几个月后，不是谨慎的守门人的窗玻璃，而是整个法兰西变成了碎片。那年冬天我病了，我没有见到谁——许多朋友不愿和我见面：有的出于畏惧，有的由于恼怒——友谊是友谊，政治是政治。但是，杜维姆却来看望我。他心中只怀念着波兰，巴黎在那个冬天对他来说是陌生的。我们的友谊经历了艰苦的磨难，我们拥抱了，彼此也了解了。

我们分别了6年。不用说，谁都

1931年，尤里安·杜维姆在自己的办公室

知道这是些什么年头。1941 年秋，当苏联情报局的战报每天都在报道"我军撤离……"的消息，而在莫斯科街头走过一队队步伐不整齐的上了年纪的后备军人时，当西方正在为我们唱安魂曲时，我接到了一封来自纽约的电报——杜维姆谈到了友谊、爱和信心。（除了几本笔记本外，我什么也没有保存下来，因此想不起电报的文字了。）杜维姆后来写道："当希特勒在东线取得辉煌'胜利'的时期，我给爱伦堡拍了一封电报，对红军未来的胜利满怀信心。"

1928 年，爱伦堡和尤里安·杜维姆在华沙

1946 年春天，我坐在纽约杜维姆的房间里的一堆箱子中间：再过一个星期，他便要动身去法国，然后转赴华沙。他异常快活和激动。当时住在纽约的许多波兰人都试图劝阻他：他们说返回华沙是"背叛行为"。当然，对于杜维姆来说，和自己从前的朋友决裂并不容易，但是他的整个心灵都寄托在即将同波兰的会见上，他快乐，激动，像一个初次赴约的少年。

1947 年秋天我在波兰的时候，杜维姆一连好多天不分昼夜地带着我在华沙的废墟中间散步。"不，你瞧，多么美！"城市的外貌令人寒心。古城的废墟总是美丽的：时间是一位天才的建筑师，它善于使荒芜变得和谐，然而，刚刚被战争毁灭的城市使你不忍直视——那一片片瓦砾的景象，那残破的房屋和壁纸的碎片，以及那螺旋形楼梯，人们有的住在地下室里，有的住在防空洞内。然而，杜维姆却在这满目疮痍的华沙看到了美：因为他是波兰人，也因为他是个诗人。

我想谈谈杜维姆对俄国人民和俄国诗歌的爱。看来，往事可能遮住许多东西：对于沙皇的制度和罗兹大街上的俄国警察他记忆犹新。波兰统治集团在 20 年中只是加深了仇恨：俄国的一切都遭到唾弃。杜维姆没有理会这些。许多年来，他都埋头翻译俄国诗人的作品。当他向我朗诵他翻译的《铜骑士》时，我听出了那复杂的普希金韵律。在最后几次会面中，有一次他对我说：

"俄国的语言仿佛是特意为诗歌创造的……"

还在 20 年代的时候，他就盼望去俄国旅行。1948 年春天，他来到了莫斯科。在他来到的当天，我们一同去饭店吃饭。他告诉我他想看些什么，实际上他什么都想看。但是当天晚上他就病倒了，被送往博特金医院。医生们怀疑他是癌症。

患病的杜维姆被一名医生送往已请到波兰医生的布列斯特。苏联医生用拉丁语把诊断意见告诉了同行。杜维姆的拉丁语水平比那些年轻医生都高。他只求速死。不料波兰的医生们断定杜维姆患的是胃溃疡，给他做了手术，他便像是复活了。5 年后他死于心肌梗死。这样一来，他就没能参观莫斯科，他所看到的也就只有医院的病室和他居住的"民族"旅馆的那个房间，后来他说他觉得这个房间跟罗兹的"萨沃伊"旅馆的房间一模一样。

我有一些亲密的外国朋友，每当同他们谈话时，我立刻会感到有一条界线……我们的生活无论过去或现在都完全不同。但是我和杜维姆在一起时却从来没有这种感觉，我们之间不仅没有"铁幕"，哪怕一层薄薄的窗纱也不存在。

海涅写道："只要我一死，他们就会把我的舌头从尸体上割下来。"诗人的作品给德国带来荣誉，丰富了德国的抒情诗，但是一百年之后，在他的故乡杜塞尔多夫，有人把他的书放在火堆上烧掉了：种族主义者不会宽恕《一个冬天的童话》的作者，因为他是犹太人。当我 1928 年在波兰的时候，排犹主义者大肆诽谤杜维姆，他拿一份报纸给我看，上面说，他的诗"有一股蒜味"（犹太人爱吃蒜，这里有嘲弄、侮辱的意思）。

杜维姆有一篇诗，描写一个穷苦的犹太孩子站在窗下唱着悲哀的歌曲，他希望哪位老爷会扔给他一个铜币。杜维姆想将自己的心抛给孩子，跟他一起到别人的窗外去唱悲歌。

在人的世界上唯独没有一个地方
收容唱疯人歌曲的犹太流浪汉。

1944 年，杜维姆写了一份呼吁书，标题是《我们是波兰的犹太人》。现在我摘录其中一段："我立刻听到这样的发问：'这个"我们"指的是谁？'问题是有一定根据的。向我提问的是些犹太人，因为我经常对他们说我是波兰人。现在，将要向我提出这个问题的波兰人，绝大多数认为我依然是个犹太人。下面是我的回答，它对两者都适用……我是波兰人，因为我乐意做一个波兰人。这是我的私事，我没有义务向任何人解释。我没有把波兰人分成纯种的和杂种的，我把这件事交给外国和祖国的种族主义者去做。波兰人如同犹太人以及其他任何一个民族一样，我将他们分成聪明的和愚蠢的，诚实的和虚伪的，有趣的和枯燥的，欺人的和受欺的，可敬的和不配受到尊敬的。我还要将波兰人分成法西斯主义者和反法西斯主义者……我可以补充一句，在政治上我将波兰人分成排犹主义者和反法西斯主义者，因为排犹主义是法西斯主义者的国际语言……我是波兰人，因为我生在波兰，在波兰长大，受教育，因为我在波兰领略了幸福和痛苦，因为在流亡期间我曾千方百计地设法返回波兰，即使有人在异乡为我安排了天堂般的生活……我是波兰人，因为我用波兰话倾吐了初恋的激情，因为我用波兰语道出了爱情带给我的幸福和不安。我是波兰人，也因为白桦和白柳较之棕榈或柏树对我来说更亲切，而密茨凯维奇和肖邦比起莎士比亚和贝多芬对我来说更可贵，为什么？对此我也不能给予合理的解释……我听见有人问：'好吧。既然您是波兰人，为什么您要写：我们是犹太人？'我要回答他说：'由于血统。''这岂不是种族主义吗？''不，绝不是种族主义。恰巧相反。血有两种：一种是在血管中流动的血，一种是从血管中流出来的血。第一种血，是人体内的汁液，研究它是生理学家的事。那些认为这种血除生理学特性之外还具有某种特性的人，现在我们看到，正把一座座城市化为废墟，正杀害着千百万的人，而最后，我们也看到，给自己人民带来了死亡。另一种血，这是国际法西斯主义首脑从人类身上榨取的血，以便证明自己的血比我的血、比千百万受苦受难的人的血更优越……犹太人的血像一条条又深又宽的溪水在流，深黑色的血流汇成一条汹涌澎湃的大河，在这条新的约旦河中，我接受了神圣的洗礼——这个洗礼就是同犹太人的流血的、强烈的、苦难的兄弟情谊……我们是什洛伊姆、斯鲁勒、莫依什克（全是犹太人常用的名字），全身长癞，还有一股大蒜的臭味，我们有许多使人难堪的绰号，我们使自己的行为配得上阿喀琉斯（《伊利亚特》中的英雄）、狮心理查（即英国国王理查一世）和其他英雄。我们在华沙的地道和仓库里，在难闻的下水道里惊扰了我们的邻居——老鼠。我们拿着武器在街垒中间战斗，我们挺身站在轰炸我们陋室的飞机下面，我们是自由和正义的战士。'阿隆契克（犹太小孩的名字），你不是没有上过前线吗？'他上过前线，仁慈的先生，他在保卫华沙的战斗中牺牲了……"

这些话是用"血管中流出来的那种血"写成的，成千上万的人传抄它。我在 1944 年读了它之后，久久不能同任何人说话：杜维姆的话是活在许多人心中的誓言和诅咒。他有力地披露了它们。

一年又一年过去。希特勒自杀了。波兰排犹运动的首领们纷纷逃往英国和美国。但是杜维姆心中的创伤并未痊愈。我记得同他的最后一次见面，这是个相当艰难的年头——1952 年……我们回忆了很多往事，也谈了许多正在发生的事。尤列克（我要在这里这样称呼他）突然站起身走到我的跟前，他拥抱了我，但为了掩饰自己的激动马上又说："咱们上'佐鲁什卡'咖啡馆去吧，那儿有意大利咖啡……"

我想起了海涅：除去研究人类品种的专家所感兴趣的那个东西外（这里指法西斯的种族歧视，因为海涅和杜维姆都是犹太人），杜维姆和他还有一个共同点——强烈的敏感所产生的讽刺。杜维姆有时显得高傲些，他的许多诗伤害了那些尊重官级的人们，他说过一些挖苦人的话。有一次他对我说："你知道吗，刺猬的心肠大概是最软的了。"他受到感动时总想说句笑话。1950年保卫和平大会期间，一个年轻姑娘走来兴奋地对杜维姆说，她非常喜欢他的作品《第七个秋天》。杜维姆有点不好意思，他突然转身对我说："你记不记得，有个密探原来是我的崇拜者……"这是 1928 年的事，当时我在华沙，有两个密探监视着我。一个身材高大，面孔和神色很像一名拳击手，另一个身体孱弱，黑头发，眼睛高度近视：在街上他常常丢掉我不管。我对此已习以为常，有时还请他们给我买张报纸或一盒纸烟，总之，已经搞熟了。有一次，我和杜维姆在街上散步，我们谈论着诗歌，突然我发现那个黑头发的密探并没有胆怯地跟在后面，而是和杜维姆并排走着。我生气了，提醒密探要懂得礼貌，但是他回答说："我这样做不是出于职务要求……杜维姆的谈话我怎能不听呢？……"这个出人意料的回答让我们哈哈大笑起来。

杜维姆写了很多描写小市民的辛辣的诗。我想起了 1928 年冬天"小泽米扬斯卡亚"咖啡馆里的情形。去那儿的不仅有"斯卡曼德尔"诗人，不仅有毕苏斯基的漂亮的副官，崇拜艺术界的德乌戈绍夫斯基-维尼亚瓦，而且还有在午饭前一小时喝咖啡、吃奶油点心的那些附庸风雅的华沙人。杜维姆是这样挖苦他们的：

> 一个笨头笨脑的小伙子在下午一时，
> 毕恭毕敬地走进一家咖啡馆，
> 他大模大样、神气活现地坐下，
> 几乎跟外国人没有什么两样。
> 可怜虫拼命地大摆架子，
> 装扮成拳击家或瓦蓝人，
> 也许还想装扮成勋爵大人……
> 谁也没有注意他，
> 于是他强作欢颜，
> 决定做一个西班牙人，
> 名叫德·门多斯-伊-奥利瓦。
> 他既是潘普那的生意人，
> 又是阿利坎特的歌唱家，
> 还是西班牙的侨民兼保皇党。
> 但这一切都枉费心机，
> 即使他来自托莱多，
> 也不过像一个有抽水马桶的厕所。
> 他回到了小科希科沃街上
> 门牌 17 号的家中，
> 还得向一个糊涂的老太婆
> 倾诉满腔痛苦。

有时许多人觉得，杜维姆情愿愤怒地重复普希金的诗句："走开吧，和平的诗人与你们有何相干！"实际上杜维姆喜欢那些他称之为"普通人"的人，而当时"普通人"这几个字尚未成为报纸上的名词。他将自己的一部优秀诗作

《理发匠》献给了查理·卓别林，绝非出于偶然——卓别林是一位能打动人心的嘲笑者，他在我们这冷酷的时代努力保卫可笑的小人物。诗里这样写道：

> 在冷清的理发馆里，几个理发匠在墙边打盹，
> 等了几小时也不见顾客，只得懒洋洋地消磨时间，
> 自己给自己刮脸、理发——老是自己给自己效劳，
> 有时交谈几句，打个盹，睡一觉，然后又醒来……
> 暴风雨即将来临，天昏地暗，公鸡放声高唱，
> 理发匠们心惊肉跳，跑出去一看——雷声隆隆！
> 理发匠们啼哭、埋怨，理发匠们都傻了眼，
> 有时呆若木鸡地站着，有时几乎要抱头鼠窜。

1926年，坐在理发馆或议会大厅里的波兰政治家们未必听见最初的雷鸣。但诗人听见了。

1928年，我在一篇谈杜维姆的文章中说："同他争论是不可能的。他是用联想来思考，用半谐音来陈述理由的……"是的，杜维姆首先是抒情诗人，但这并不妨碍他比那些用固定方式思想并喜欢引经据典来说明问题的意识清醒者更能清楚地认识时代。杜维姆用诗表现自己，也许，正因如此，读过他的诗的人都认为他的诗表达了他们的思想与感情，也表达了某种共通的东西。一个波兰人对我说，他在战争年代打游击时像念咒似的一再诵念杜维姆的诗：

> 我在那儿也许只住了一天，
> 但也许住了一辈子……
> 我只记得清晨和白茫茫的雪景。

杜维姆年轻时非常喜爱阿瑟·兰波——一个喜欢恶作剧和有预见的人，一个叛逆者，一个生着一副失望的天使面孔的少年。在我们最后一次见面的时候，他突然说："看来，没有谁比勃洛克更会诉说最困难的东西……"他对诗人们的爱是不偏不倚的，他以相同的热情翻译了《穿裤子的云》和《伊戈

尔远征记》，没有求助于任何人。然而，勃洛克对他毕竟更亲切些……我很喜欢杜维姆的诗《在圆桌周围》和它那采自舒伯特歌曲的题词"噢，崇高的艺术，在悲痛的时刻多少次"：

> 亲爱的，让我们再次
> 到托马舒夫去消磨一天。
> 那儿依然有金色的暴风雪
> 还有那宁静的九月……
> 在别人的家具已被搬走的
> 那白色的房屋和房间里，
> 我们得结束我们早先那场
> 尚未结束的争论，亲爱的。

也许，这就是"最困难的东西"了，诗是坦率的，看来它产生于空虚，如同勃洛克的《夜晚》和魏尔兰的短歌一样。

有人说，朋友们有时也不了解杜维姆，我也这样想：我想的是非凡的复杂往往变得很平易，一个博学多识的聪明人同时又有一股孩子气，一些可笑的滑稽戏和一篇艰深的抒情诗竟出自同一作者的手笔。他给孩子们写诗，在一篇诗里描写了只做相反的事的怪人亚涅克。孩子们一面听诗一面笑，但杜维姆却惭愧地微笑着：他自己很像他所嘲笑的亚涅克。

当我最后一次去他家时，他正在跟8岁的夏娃逗着玩。不知何故我们两人心中一阵难过，但我没有想到，我再也见不到他了。

他爱树木。我记得他的一首诗：他想在树林里认出人们将来为他做棺材的那棵树，这首诗里有一股清醒的忧伤感，类似"我在热闹的大街上徘徊"。

在华沙的公园中，在郊外，在诗人伊瓦什凯维奇的花园里，我瞧见树木时，心中便想起尤里安·杜维姆的那棵树。他比我小3岁，却已去世多年。我早已习惯于各种各样的损失，但仍然摆脱不了沉重的心情。

然而我认识他，这是多么好啊！

04

古怪的天才——安德烈·别雷

在"普拉格尔-迪尔"咖啡馆里，有时可以碰见一些俄国作家。他们之间的谈话总是吵吵闹闹，纠缠不清。侍者们对这些神秘的老主顾一直不习惯。有一天，安德烈·别雷和舍斯托夫争吵起来，他们谈论的题目是人格的毁灭，而所用的语言只有职业哲学家才能听懂。后来，不祥的"宵禁"来临，咖啡馆该熄灯了，但是这场哲学争论并未结束。

安德烈·别雷

怎能忘记那最后的场面呢？安德烈·别雷和舍斯托夫在旋转的门扇中间叫喊着。他们都想推门出去，但谁也没有注意到这样哪能出得去。舍斯托夫戴着大礼帽，蓄着胡子，拿着一根大手杖，很像流浪的犹太人。而别雷则发狂似的叫喊，不停地挥舞双手，蓬松的头发高耸在头上。一个饱经世故的年老侍者对我说："这个俄国人大概是个大人物……"

1902 年，安德烈·别雷，说得更确切些，鲍里斯·尼古拉耶维奇·布加耶夫，是莫斯科物理数学系的学生，22 岁。当时他曾将自己写的一些蹩脚的象征主义诗歌

送给公认为新诗的导师瓦·雅·勃留索夫去看。瓦列里·雅科夫列维奇·勃
留索夫在日记中这样写道："布加耶夫来访，他朗诵自己的诗，谈到化学。他
恐怕是俄国最有趣的人了。在奇怪的青年时代，智力已完全成熟并衰老了。"
亚·亚·勃洛克和安德烈·别雷有多年的友谊，但在他们的关系中，有亲近，
有严重的分歧，也有妥协。看来，勃洛克是可以和别雷处熟的，然而并非如
此，和别雷处熟简直不可能。勃洛克在 1920 年和别雷见面后写道："他和从
前一样，天才，但古怪。"

　　天才？怪杰？预言家？丑角？……安德烈·别雷给所有同他见过面的人
留下了强烈的印象。1934 年 1 月，曼德尔施塔姆得知别雷的死讯后，写了
一组诗。他看出了别雷的伟大：

　　　　向他呼喊的有高加索的山峦
　　　　还有挤成一团的、温存的阿尔卑斯山，
　　　　他的一只看得见东西的脚掌
　　　　踏在能发声的庞然大物凸起的幼芽上。

同时他也表示了其他人所共有的不安：

　　　　请告诉我，据说有一位果戈理死了？
　　　　不是果戈理，是个平庸的作家，一只小鹊鸦（这是个双关语。小鹊
　　鸦和果戈理的小称是同一个词）。
　　　　就是那个曾在当时制造混乱，
　　　　为人机灵，相当轻浮，
　　　　不记教训，不求甚解，
　　　　蓄意搅浑水、滚雪球的家伙……

　　我在 1919 年对安德烈·别雷做了如下的描写："大而圆的眼睛是苍
白、疲惫的脸上两堆熊熊的篝火。他那高大的前额上，耸起一丛丛鬃毛似
的头发。他朗诵诗时的姿态，很像女巫在预言什么，一面朗诵，一面挥动

着双手：他在加强节奏——但不是诗的节奏，而是自己隐秘念头的节奏。这有点滑稽，但别雷有时候很像一个出色的丑角。只要他在旁边，不安、苦恼以及对某种自发危险的预感立刻笼罩了周围的人……别雷比他自己的作品高大得多。他是一个没有找到肉体的流浪的幽灵，是股越出堤岸的洪流……为什么在谈到别雷时就连'天才'这个光辉的字眼听起来也只像个封号？别雷可以成为一个预言家——他那假托神命的先知的狂妄闪耀着神的智慧。但是降临在他身边的'六翼天使'并未完成使命：他打开了诗人的眼界，让他倾听天界的韵律，赠给他'智慧的蛇的舌头'，但却无法触及他的心灵……"

写这段话的时候，我对别雷的了解只限于他的作品和几次仓促的会面。在柏林和滨海小镇斯维涅蒙德的时候，我常常见到别雷，这时我才明白，我所说的六翼天使和心灵的话是错了：我把不幸、折断的翅膀、支离破碎的个人生活和语汇的过多闪光当成了内心的冰冷。

现在，当我想着这个确实非凡的人物的命运时，我找不到谜底。大概，伟大的（而且不只是伟大的）艺术家的道路是不可知的。拉斐尔死时很年轻，没有来得及表现出自己的一切。然而，莱奥纳多·达·芬奇度过了漫长的一生，他有过发现，有过发明，而他的科学著作是在他的全部发现和发明仅仅具有历史价值时才出版的，他用自己调制的颜料作画，颜料很快褪色了、暗淡了、脱落了，千百万人知道的不是绘画天才莱奥纳多，而是关于佐贡多的"神秘的微笑"的臆造的传说。有的作家比自己的作品渺小：每当你想起这个人时，便会感到奇怪，他怎能写出这样的作品？……也有另一类作家。我和40年前一样，现在仍然认为安德烈·别雷比他自己的全部作品伟大得多。

我不愿说他的作品是渺小的或枯燥的。我觉得，他的诗集《灰》里面的一些诗就很优美。长篇小说《彼得堡》是俄国散文史上一桩大事。安德烈·别雷的回忆录更是令人神往。但是这些书没有再版，也没有人翻译，无论国内还是国外也都没有人知道它们。

苏联大百科全书对别雷的父亲，数学家布加耶夫使用了一些好听的字眼，但别雷却不走运——照1950年的说法，他被称作"诽谤者"。（我又想起了精密科学的优越性：对数学家的工作，"诽谤者"这个标签是贴不上的……)

现代读者很难看懂安德烈·别雷的作品：他自己创造词组，任意变换词的位置，故意加强散文的节奏，这些都给阅读造成了困难。甚至在他去世前不久写的著名的回忆录中，安德烈·别雷也不断"搓雪球"："巴尔特鲁沙伊季斯像峭壁一样高大忧郁，人们称呼他尤尔吉斯，和波利亚科夫相好……他没有脱衣服就坐下来，双手扶在手杖上，如同在云雾包围中的悬崖，他被卷烟的烟雾紧紧围住，他作了一副怪相，顺手弹掉了卷烟上的烟灰，一面弯起胳膊肘，眨了眨眼睛，在他那明显露出红筋的鼻子上面，有几条深深的横的皱纹……"这些话好像是用古代语言写成的，像《伊戈尔远征记》一样需要加注。并非任何一个年轻的苏联散文作家都读过安德烈·别雷的作品。然而，如果没有他（正如没有列米佐夫一样），俄罗斯散文的历史很难想象会是个什么样子。安德烈·别雷的贡献在当代某些作家的作品中也可以感觉出来，而这些作家也许从来没有读过《彼得堡》和《列塔耶夫的小猫》。

文学发展的道路比作家个人的道路更令人难以捉摸。从来没有人使用从鸢尾根或夷兰花中提炼出的纯香精油，但全世界的化妆品制造商都离不开它。各种食用香精也一定得加水冲淡后再食用。很少有人能从头到尾读完韦列米尔·赫列布尼科夫的全集。然而这个大诗人却继续对现代诗歌发生影响——通过隐秘的、曲折的途径：由受到过赫列布尼科夫影响的人发挥影响。对于安德烈·别雷的散文也可以如此说。

他的道路如同他的句法结构一样，复杂而难以理解。1932 年，在离库兹涅茨克市不远的一个邵尔人居住的小村子里，我看见了最后一个萨满教的巫师。他知道自己的日子已屈指可数，开始念咒时，他显出一股懒洋洋的神气，这也许是由于饥饿或习惯吧，但是过了几分钟，他就陷入神魂颠倒的状态，激动地喊出没有人能懂的语言。每当我回想起别雷的某些发言时，便立刻联想到这个巫师。我觉得别雷在说话和写诗时，常常处于疯狂状态，就像萨满教的巫师在念咒——匆匆忙忙，总好像看见和预见到了什么，但又无法为自己所看见的东西找到适当的词句。

他受到了施泰纳（1861—1925，德国神秘主义哲学家，人智学的创始人）和人智学的鼓舞，在多尔纳赫建立了庙堂，他不像沃洛申那样，而是严肃和疯狂的。1922年，柏林有很多小型舞场，那些半饥半饱、茫然无措的德国男女一连几个钟头跳时髦的狐步舞。当安德烈·别雷第一次听到爵士音乐时，他梦见了什么呢？为什么他开始疯狂地跳舞时，要用自己先知的眼睛吓唬年轻的舞伴呢？他早已白发苍苍，面孔由于日晒而发黑，而眼睛越来越厉害地脱离着面孔，它们有自己的生命。

他身上充满了不幸：爱情的悲剧、和勃洛克的友谊、经常出现的失望情绪、文学事业上的孤独。

还在1907年的时候，他便给自己写了一个墓志铭：

> 他相信金色的光辉，
> 却死于太阳的利箭；
> 他用思考衡量时代，
> 却不善于生活。

他死时54岁，不是死于太阳的利箭，而是死于疲劳：他想和时代的步伐一致，但往往不是超越时代，便是落后于时代——"不善于生活"。看来，他什么都尝试过：神秘主义、化学、康德、索洛维约夫、马克思。在离开多尔纳赫后，他担任了无产阶级文化协会文学讲习班的领导人，他给苏联报纸撰写论述社会主义经济发展的文章，编了一本令人莫名其妙的《疯人语》，他多次埋葬了自己，但又重新"制造混乱"。

顽固的侨民憎恨他：他们认为他是变节分子——他和舍斯托夫、别尔嘉耶夫用谈天消磨夜晚，和梅列日科夫斯基交了朋友，但突然于1922年在柏林发表声明说，真正的文化在苏俄，逃避革命的人都是些垂死的、散发着臭味的家伙。

"西徐亚人"派认为他是自己人，很难说这出于什么原因，大概是因为他赞美过勃洛克的正气。安德烈·别雷身上没有一点"西徐亚人"派的精神，而且他害怕索洛维约夫论述过并鼓舞了勃洛克的"泛蒙古主义"。安德烈·别雷揭露了西欧资产阶级生活的无意识性，但他不是站在幻想古代游牧生活的"西徐亚人"派的立场，而是站在文艺复兴时期的人文主义者的立场揭露的。

我记得他的两次自白。别雷在柏林同马雅可夫斯基谈话时（我曾说过，别雷对长诗《人》的评价很高）曾说："您的一切我都接受，无论是未来主义或革命性，但有一点我不喜欢，那就是您对机器的热衷。功利主义的危险性不在于年轻人迷恋科学的实用方面——我对此只能表示祝贺。危险性在另一方面——在于为美国做强词夺理的辩护。惠特曼的美国再也不存在了，青草的嫩芽枯萎了。现在的美国是人遭到蔑视的美国……"另一次是在别雷和接近路标转换派的一位大作家争论时说的。别雷喊道："革命不合您的心意，您信仰新经济政策，您赞美秩序和强者。然而我拥护十月革命！明白吗？如果有什么不合我的心意，那就是您所喜欢的……"

我在本书中说过，别雷在1919年就预言了原子弹的出现。他和我谈话时，常说数学家、工程师和化学家放弃了自己为人类服务的天职，却在努力改进导致毁灭、灾难和死亡的工具。（他在自己1915—1916年的日记《在转折时期》里谈到了这点。）

天才吗？毫无疑问。软弱的天才。他死前不久曾想弄明白这个矛盾。"30年来，这样的评语一直伴随着我：'他背叛了信念。抛弃了文学……他毁掉了自己身上的艺术家，变成像果戈理那样的病人！……他是个最轻浮的人物，一个抒情诗人！……死气沉沉的纯理性主义者！……神秘主义者！……后来成了唯物主义者！……'我提供了许多证据来评判自己：那就是自作聪明（由于过早使主题复杂化），那就是在我所认为的多声部交响乐的世界观的改编工作中过分强调了对位法的技巧，正如一个没有乐器的作曲家是不能用自己可怜的、感染过伤寒的喉咙唱出圆号、长笛、小提琴、定音鼓的合奏的。"大概，这就是最正确的解释：绝顶复杂的总谱和微弱的人声。

孤独感就是由此而来。在海边的时候，他身体健壮，看上去精神饱满，他对我说："最困难的莫过于寻找同人、同人民的联系了。"他送给我一本《彼得堡》，上面写着："……出于经久的联系感。"我说的不是词的偶然组合，而是固执的念头。他多么希望和人们建立活生生的联系啊！然而命运却不理睬他。个人的悲哀像一团冰冷的东西，又像是"蔚蓝天空中的一轮金色的太阳"。曼德尔施塔姆在献给别雷的诗中写道：

    在你和国家之间
    只有冰冷的联系。

这诗句是在别雷去世后第二天写的。

05

列米佐夫及“伟大和自由的猿猴院”

我在前面说过，安德烈·别雷和阿列克谢·米哈伊洛维奇·列米佐夫对我国散文的发展有过影响，尽管他们的作品现在几乎被人遗忘了。这两个作家毫不相同。安德烈·别雷完全沉溺于幻想世界中，不发表哲学议论一天也活不下去。他跑遍了世界，兴奋，激动，而且喜欢争辩。列米佐夫是个足不离户的人，他生活在地面上，甚至可以说是生活在地面下，像一个巫师，又像一只鼹鼠，他的灵感来自词根，不像别雷那样卖弄聪明，却举止古怪。

在 1921 到 1922 年间，年轻的苏联散文作家鲍里斯·皮利尼亚克、弗谢沃洛德·伊万诺夫、左琴科等许多人踏上了文坛，他们几乎都迷恋过别雷或列米佐夫。我翻阅过我那个时期写的作品（《不足信的历史》《尼古拉·库尔博夫的生与死》《六个结局轻松的故事》），那些支离破碎的句子，那些别出心裁的词语使我大吃一惊，而我当时还以为这种写法很自然呢。皮利尼亚克的《赤裸裸的一年》和“谢拉皮翁兄弟”派的青年作家的许多作品都是如此。如果这算是一种病的话，那么，照报纸的说法，它是成长中的病。

别雷和列米佐夫对青年作家的影响是那么明显，使得高尔基在写给康·亚·费定的信中说：“可是，您不要以为我推荐您尊别雷或列米佐夫为导师，绝不是这个意思！不错，他们的词汇非常丰富，这当然值得注意，正如另一位掌握了纯俄罗斯语言宝藏的大师——尼·谢·列斯科夫值得注意一样。但是，您得发现自己。这也是有趣的、重要的，而且也许非常有意义。"

关于别雷，前面已经谈过了。现在我想回忆一下 1922 年我在柏林认识的列米佐夫。在一座德国小市民的住宅里，一个驼背的矮子坐在一间摆满了奇奇怪怪物品的屋子里面，他生着一只大而有趣的鼻子，一对活泼而狡猾的眼睛。他的妻子谢拉菲玛·帕夫洛夫娜正在为客人张罗茶水。我看见书桌上放着一份手稿，是这位书法大师的手迹。在一些小绳上面挂着各种各样纸剪的魔鬼：有善良的和凶恶的、狡猾的和温厚的，它们很像一群刚刚出生的小羊羔。阿列克谢·米哈伊洛维奇微笑着：在那一天，除了这些熟悉的玩意儿外，他还有一个新的客人——皮利尼亚克，后者正在向列米佐夫讲科洛姆纳的一些稀奇古怪的故事。

列米佐夫在柏林时和在莫斯科或彼得格勒一样，写同样的故事，玩同样的把戏，剪同样的小鬼。我这样说是因为我现在正在读他出国前同他有来往的一些人写的札记。费·格·利金在 1921 年写道："一些土生土长的俄罗斯人目前依然健在，猿猴的帝王阿列克谢·米哈伊洛维奇·列米佐夫就是这样的人，愿上帝保佑这个俄国人长寿，他在饥饿和寒冷中，彻夜地用笔写个不停。"1944 年，康·亚·费定在《高尔基在我们中间》一书中回忆革命初年的情景时说："一个驼背的人，样子有些像海马，腿有点弯曲，在涅瓦大街上跑着，他穿一件大衣，戴一顶便帽，眼镜赋予他一副喜爱挖苦人的外形……他那大而聪明的后脑勺隐藏在高耸的大衣领里，下巴和嘴唇则向前方鼓出，他那只大鹰钩鼻子下端正在敏感地翕动，大概想嗅一嗅从那鼓出的嘴唇间呼出的气息。"（我上面引用的利金的那段文字是在普遍模仿列米佐夫的年代写的，然而费定在 20 年后谈到阿列克谢·米哈伊洛维奇的时候，竟情不自禁地使用了早被忘却的列米佐夫语言……）

除了上述那些玩意儿外，列米佐夫还创建了一个秘密团体——"伟大和自由的猿猴院"，

阿列克谢·米哈伊洛维奇·列米佐夫

这也是他的玩意儿之一。他将自己的作家朋友叶·伊·札米亚京、帕·叶·晓戈列夫和一些"谢拉皮翁分子"分别封为骑士、公爵和主教。我的封号是"生有步行虫的喙的骑士"。

1946 年来到巴黎后，我去找阿列克谢·米哈伊洛维奇。我们将近 20 年没有见面了。用不着再提这是些什么年头。阿列克谢·米哈伊洛维奇也遭受了很多不幸。在德国人占领的年代，他挨饿、受冻，日子过得极其艰苦。1943 年，谢拉菲玛·帕夫洛夫娜去世了。我这次看见的是个背比先前驼得更加厉害的老头子。他孑然一身，

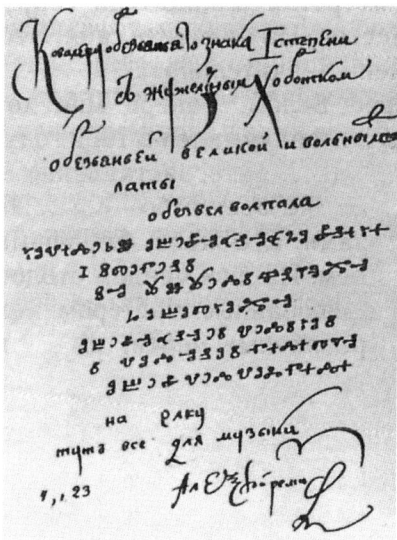

1923 年，列米佐夫留在《人鱼》一书上的题字

生活在永恒的贫困中，没有人关怀他，他已被人遗忘。但是那俏皮的火花，依然在他的眼中闪耀，房间里照旧摆着那些小鬼，同时，他继续用古代的花体字书写，记录自己的梦境，给亡妻写信，还写一些谁也不愿印刷的作品。

不久前，科德良斯卡娅给我寄来一本记述阿列克谢·米哈伊洛维奇晚年生活的书。我瞧见他的照片。他已双目失明，勉强能写几个字，自称是"盲作家"，但是奇怪得很，眼睛仍然保持着先前那种奇特的表情，他一直工作到生命的最后一天，他写的仍是那类东西：《耗子的笛子》《孔雀翎》《两个野兽的故事》。他死于 1957 年，活了 80 岁。他死前不久在日记中写道："多么想玩一玩，但是做不到——眼睛啊！……今天一整天我的脑子都在写作，然而没法记录下来。"他一直到死也没有停止过逗笑——在最后几年出版的几本书上，印着这样几个字："猿猴院最高委员会审定。"

这样的坚定、自信和内心力量似乎令人羡慕。然而有什么可羡慕的呢？列米佐夫只不过领略了人类的一切不幸罢了。他常常遭到指责，说他的作品中堆满了毫不足信的东西，其实他的命运远比他所能想象的东西更为荒诞。

作家总是想给自己主人公的行为提出根据，即使他们的行为违反常情。诗

1948年，阿列克谢·米哈伊洛维奇·列米佐夫在巴黎

人用逻辑来为自己不合逻辑的诗句辩护。我们了解，为什么拉斯柯尼科夫（陀思妥耶夫斯基的《罪与罚》的主人公）要杀害老太婆，而于连·索勒尔要向雷娜夫人（司汤达的《红与黑》的主人公）开枪。然而生活不是作家，生活可以不做任何解释地把一切搅乱，或者就像列米佐夫所说的那样，把一切翻转过来。列米佐夫是所有俄国作家中最俄国化的作家，然而却在国外度过了36年，他说："我不知道，为什么会是这种结果……"

列米佐夫年轻时对政治十分热衷，那时他在大学读书，参加了社会民主党，后来被捕，在流放中和卢那察尔斯基、萨温科夫以及未来的普希金专家帕·叶·晓戈列夫一起度过了6年的光阴。他在流放中遇见了自己未来的妻子谢拉菲玛·帕夫洛夫娜这个天真的社会革命党人。列米佐夫在谈话中总要强调一番自己之所以脱离革命工作，是因为他认为自己是一个无能的组织者，也因为自己太热爱写作了。他在去世前不久写的日记中谈到他参加革命工作的经过："俄国爆发了革命。对生活要进行改造。我开始感觉到教堂门前台阶上的穷人和工厂里肮脏的小屋。"3个月后他继续写道："在我看来，历史是血腥的，不是战争便是镇压，人受到了各式各样的折磨和摧残。一个人希望能吃得饱，能安稳地睡觉，能自由地思考。然而食不果腹的人是想不到这个的。吃不饱饭也就睡不足觉。为生活奔波摧残和窒息了思考。革命是由面包引起的。"

列米佐夫在最后几本作品中的一本里谈到屠格涅夫时，又回到这个问题上来："所有想革命的人都扑向陀思妥耶夫斯基的《群魔》，想从中探索革命的道路……谁也没有想一想《处女地》里那个热情而活泼的玛丽安娜，我知道她是从来也不安静的，也没有谁去想一想她那位公开向往大地上人类自由的妹妹以及《前夜》中的叶琳娜，顺便说说，在《群魔》里寻找'恶魔'完全没有找对——人的生活是困难的，人依靠幻想来减轻这种生活困难，这哪儿是'群魔'！不，不是地方，如果要说起群魔，那就请瞧瞧屠格涅夫、托尔斯泰、皮谢姆斯基和列斯科夫所描写的世界吧——那儿有一大帮恶魔，它们的名字就是闲散和任意的闲散。"

在《水塘》和《结义姊妹》两书中，列米佐夫描写了革命前的俄国的真正群魔。罗曼·罗兰在《结义姊妹》的法译本序言里写道，这本书揭示了旧社会的虚伪，说明和证实了暴风雨何以来临。

布宁知道自己为什么要过流亡生活一直到死，但列米佐夫在谈到白色侨民的时候却总是用一种不友好的口吻——"他们"，他常说："无论他们怎么说，朝气蓬勃的生活是在俄国。"科德良斯卡娅举出了阿列克谢·米哈伊洛维奇这样一段话："1947 年使我牢牢地记住了三个有力的评语：'顽固分子''下流东西''苏维埃的恶棍'。"当我 1946 年夏天拜访他时，他说："我有苏联的护照"——他想以此来安慰自己并伤心地微笑起来。

他在国外的生活也是飘忽不定的，不是被迫搬家，就是被驱逐出境。在柏林时，托马斯·曼曾为他辩护。在巴黎时，人们责备他在家中繁殖老鼠。他一直借债度日，不知道怎样才能付清窄小住宅的房租。

康·亚·费定写道："列米佐夫可以算作，而且实际上也是文学的'右翼战线上'最奇特的人物。"当然，"右翼"这个词指的不是政治，而是美学：费定是拿列米佐夫和"列夫派"作对比的。然而我觉得喜爱古代民间的句法结构和字根的并非只是列米佐夫一人，赫列布尼科夫也是如此，但是如果没有赫列布尼科夫，"列夫派"就显得不可思议了。

列米佐夫说，在同时代人中间，安德烈·别雷、赫列布尼科夫、马雅可夫斯基和帕斯捷尔纳克别的人对他更亲近些。阿列克谢·米哈伊洛维奇的趣味并非十分"右"。在绘画方面他喜欢毕加索和马蒂斯。喜爱古代的语言并非出于保守思想，而是希冀探索新的语言。

列米佐夫常常以眷恋之情回忆米·米·普里什文。他在去世前不久写的一封信中对莫斯科隆重纪念米哈伊尔·米哈伊洛维奇一事感到异常欢喜。普里什文在自传中试图解释艺术的本质时说："作家列米佐夫当时也有革命的思想，并且和卡利亚耶夫（1877—1905，社会革命党人，因参加恐怖活动被沙皇政府绞死）很要好。列米佐夫不是一个逃到艺术里避难的轻率的逃兵。当他开始写自己那种精确而华丽的特殊文字时，卡利亚耶夫继续尊敬他。有一次，卡利亚耶夫在自己生命快终结时偶然间在车站上遇见了列米佐夫，他以微笑向他表示问候，接着在走动中天真而浑厚地问道：'莫非还在画那些小昆虫吗？'"

当然，读雷马克作品的人要比读霍夫曼作品的人多，阿普赫金（1840—1893，俄国抒情诗人）远比丘特切夫通俗。然而，统计学并不能解决问题：不同的飞行高度需要不同尺寸的翅膀。

列米佐夫是个诗人和童话家。他在送给我的一本书上写道："这里的一切全是为圣诞树写的。"圣诞树有一个时期在我国不受尊敬，后来恢复了它的权利。阿列克谢·米哈伊洛维奇在书本中和在生活中一样：开玩笑，胡思乱想，有时兴高采烈地搞一些荒谬的把戏，有时又显得挺悲伤。不只孩子们喜爱圣诞树，一生中根本不需要童话的人也着实不多。大作家阿列克谢·米哈伊洛维奇·列米佐夫长年的劳动结晶——"小昆虫"的功劳就在这里。

06

我是"现代虚无主义者"吗

列米佐夫将我封为"猿猴院"的骑士，而且还定名为"生有步行虫的喙"，这绝非偶然：步行虫在自卫时分泌一种刺激性的液体。批评家称我是怀疑派，是凶恶的犬儒主义者。

在这本书的开头，我曾说我想写出自己的自白，大概，我的诺言并非全能实现。在天主教堂的忏悔室里有一张帷幕，以便不让神甫看见向他诉说自己隐私的人。有人说，作家的生平就在他的书中，这不错，作家在把自己的特点放在虚构的主人公身上时，他是伪装了自己，并掩饰了一切痕迹，然而实际上除了书本以外，他还有私生活、爱情、欢乐和牺牲。在我描写自己的童年和青年时代时，曾不止一次掀开忏悔室的帷幕。但写到成年时期，我便对许多事情保持沉默，越往下写，我越发经常地闭口不谈自己生活中那些甚至向密友也难以启齿的事情。

虽然如此，这本书仍是一个自白。我说过，我常常被称作怀疑派。1925年，列宁格勒出版了伊·捷列先科的一本书《现代虚无主义者——伊利亚·爱伦堡》。（采用了"虚无主义者"这个词的屠格涅夫后来写道："我采用这个词不是出于责备，也不是为了侮辱，而是准确和恰当地表现了一个显露出来的历史事实，它变成了告密和不断责难的武器——几乎成了耻辱的标记。"）我现在想弄清楚人们常常贴在我身上的这个标签是否正确。

自幼以来我就对自己从父母、老师、成年人那儿听来的那些真理的绝对性抱怀疑态度。后来也是如此，盲目的信仰我有时觉得很美，有时觉得讨厌，但它始终不是自己的。年轻时，我有时曾试图克制自己，然而在我达到但丁称之为"人生道路的中程"的年岁时，我明白了，见解可以改变，禀性是无法改变的。直到老年我才写下了自己对盲目信仰的态度，我拿来与之作对比的是批判的思考和对思想、人们以及自己的忠实。

> 我没当过模范学生，
>
> 也不曾随着岁月的流逝成为完人。
>
> 我觉得在使徒们中间，
>
> 不轻信的多玛最通人情。
>
> 听到什么他从不轻信——
>
> 无稽之谈难道还少？
>
> 看来不止一位使徒
>
> 说他极其危险。
>
> 多玛可能是脑筋迟钝，
>
> 可他一旦想好了便动手去干，
>
> 他只说他想的事情，
>
> 而且不违背自己的诺言。
>
> 他用自己的尺度衡量生活，
>
> 他有自己不可动摇的原则。
>
> 不正是因此他才从不"轻信"，
>
> 受到拷问他也默默无言？

　　我在这本书中曾多次谈到我的怀疑的性质。如果我是个社会学家或物理学家，天文学家或职业政治家，那我也许比较容易越过生活的原野。我不愿因此就说，政治活动家或学者的道路上铺满了玫瑰花，然而，他们在遭受了暂时的挫折和失败的当儿，也看见理智正在取得胜利。但我是个作家，就作家的工作性质来说，不仅应该关心社会制度，还要关心个人的内心世界，不仅关心人类的命运，还要关心个别人的命运。

第 三 部

我们现在常常说起文学和艺术的衰退，说"物埋学家"胜过"抒情诗人"。契诃夫在 1892 年写道："难道柯罗连科、纳德松和现代一切剧作家不是柠檬水吗？难道列宾或者希什金（1832—1898，俄国杰出的风景画家）的画看得您脑袋发昏吗？它们可爱，有才气。您挺欣赏，不过同时您无论如何也忘不了您想抽烟。如今，科学和技术在经历一个伟大的时代，可是对我们这班人来说，这却是一个疲沓的、发酸的、枯燥的时代，我们本身就发酸，枯燥，只会生出些杜仲胶孩子（格里戈罗维奇的一个中篇小说叫《杜仲胶孩子》），这一点只有斯塔索夫（1824—1906，俄国艺术史家兼批评家）看不见——上天赐给他一种难得的本领，就是喝了泔水也会醉。"回顾往事，有时也使你感到宽慰：当安东·巴甫洛维奇写我上面引用的那封信的时候，他不知道，他的道路正通向顶峰，不知道在梯弗里斯的一家报纸上登载着马克西姆·高尔基的第一个短篇，不知道 12 岁的小男孩萨沙·勃洛克将会成为一个伟大的诗人，而俄国的诗歌正处在蓬勃发展的前夕。涨潮和落潮总是相互交替的。有时涨潮拖延了一些时间。法国的印象派出现在 19 世纪的 70 年代。当他们中间许多人还在精力最充沛的时期，塞尚、高更、凡·高、图卢兹－洛特雷克就来接替他们。20 世纪初，博纳尔、马蒂斯、马尔凯、毕加索、布拉克、莱热第一次展出了自己的作品，仅仅过了四分之一个世纪，退潮便开始了。现代美国文学是那些生于 1900 年前后的作家们创造的，他们是海明威、福克纳、斯坦贝克、考德威尔，人们称他们为"迷惘的一代"，然而不是他们，而是后一代迷失了道路，陷入了泥潭。在涅克拉索夫去世和亚历山大·勃洛克的第一部诗集问世之间，相隔差不多有 30 年。

我看见了不少大作家和大艺术家的出现，因此我不能抱怨说自己生在艺术衰退的时代。不，我感到沉重的是另一方面：我生活在人类的异常飞腾和异常堕落的时代，生活在自然科学迅速进步、技术不断发展、公正的社会主义思想节节胜利同千百万人的内心空虚极不协调的时代。我经常看见异常复杂的机器和充满了偏见与史前穴居时代的粗鲁感情的异常无知的人。

我前面说过，我童年时代的莫斯科是一种什么情景：漆黑的夜晚、《莫斯科小报》、眼睛只盯着巴黎的假绅士、不识字的工人、外国商品。当时西方很少谈起俄国：那是个皮鞭子的国家，那儿有凶悍的哥萨克，有小麦和毛皮、炸弹和绞架。现在只要翻一翻无论哪个大陆的无论什么报纸，你就会发现他们是多么频繁地在谈论我们。所有的人都望着莫斯科——有的怀着希望，有的怀着戒心，我童年时代那个沉闷的绿色城市成了真正的首都。新中国诞生了。印度获得了独立，到处掀起了风暴：许多亚洲和非洲的国家一个接一个地推翻"白人"的统治。是的，一切都变了样。当我是个孩子的时候，我怎能想象飞渡大洋只需几个小时，怎能想象无线电和电视的出现以及人能飞往宇宙呢？奇迹，一日千里的变化啊！

但是，难道在那个少年时代我能想象将来会有奥斯威辛和广岛吗？我们受的是19世纪的教育，我只知道有两个极端：进步与野蛮、文明与愚昧。但是在20世纪，许多现象都令人困惑莫解。我记得1943年有人在前线上拿给我看一名德国军官的日记。作者是个大学生，他喜欢引用黑格尔和尼采、歌德和斯蒂芬·格奥尔格（1868—1933，德国象征派诗人）的话，对现代物理学的发展有浓厚兴趣，可是瞧他写了些什么："今天我们在凯尔采消灭了4个犹太狗崽子，他们藏在地板下面，后来我们笑着说，我们已经学会了消灭耗子……"不久以前，我们看见帕特里斯·卢蒙巴在遭受怎样的折磨。摄影记者拍摄了拷打的场面，他们的照相机是最出色的。

野蛮如果来自愚昧无知，那倒不难理解，但是在有知识的人，有时还是有才能的人中间表现出来的野蛮行为，却令人难以理解。未来的党卫军分子都在我所熟悉的那个德国的学校中学习过，从童年时代起，教师就告诉他们说，康德写过《纯粹理性批判》，歌德在去世时高喊过："多一些光明！"然而，所有这些并不妨碍他们10年后将俄国的婴儿扔进井里。有人会对我说："这是狂人的残暴思想。"当然不错。但是使我震惊的不是希特勒登上历史舞台，而是德国社会面貌改变得如此迅速：受过高等教育的人竟成了吃人的野兽，文明这个制动器是脆弱的，碰到第一次考验便出了故障。

但是对法西斯分子又有什么可说的呢。我发现，在先进社会里，某些似乎具有崇高思想的人的行为也异常卑下，他们为了追求个人的幸福安宁竟不惜出卖同志和朋友，妻子宣布与丈夫脱离关系，滑头的儿子在遭遇不幸的父亲的脸上抹黑。

我不知道，是不是在建设新社会的斗争中，有时甚至是残酷的斗争中，敌人是不择手段的，是不是必须要在几年内弥补上几百年的疏忽。总之，许多人的发展是片面的。前面我提到的那本《现代虚无主义者》的作者指责我"迷信爱情"，他说这是市侩习气："在有些情况下，对于软弱的或缺乏知识的人，性爱尚可起推动作用，然而一旦爱情有了恰当位置……"我想起了彼特拉克、莱蒙托夫、海涅，我觉得指责我的人就是一个"软弱的或缺乏知识的人"，虽然他以共产主义者自诩，但对"有了恰当位置的"爱情的理解，却是在替市侩习气辩护。

我果真是个怀疑派、犬儒主义者和虚无主义者吗？我现在正在回顾自己的过去。我想亲自理解和验证许多东西，也不止一次犯错误。但是我十分清楚，无论我受到怎样的委屈，无论我对某些现象感到多么愤慨，我绝不会背离自己的人民，因为他们是最先决定要彻底消灭我所憎恨的那个贪婪、伪善、种族或民族主义的妄自尊大的世界的人民。我认为，怀疑派宁愿面带苦笑在某个中立的角落里度过自己的一生，而犬儒主义者要写的也许正是一些能迎合最吹毛求疵的批评家的东西。

萨特有一次对我说，决定论是一个错误，因为我们永远有选择的自由。现在当我回想他走过的道路时，我再一次发现，在自己的选择中，我们在那么大的程度上受到历史情况、环境、对别人的责任感以及这么一种社会气氛的约束，这种社会气氛不自然地提高人的声音，或者相反让它窒息，改变着一切比例。

在有些时代，只要你选中"超越战斗之上"的位置，就可以保持对人的爱和人道精神。但也有另一些时代，那时精神上独立的昔尼克学派变成了犬儒主义者，而第欧根尼的桶（第欧根尼，约公元前400—325，古希腊昔尼克学派的哲学家，传说他住在一个桶里，以表示自己对文化的轻视和希求返归自然状态）变成了事不关己高高挂起的那类人的藏身之所。然而时代不是由人来选择的。

批评家在哪些方面说对了呢？那就是，由于自己的气质我不仅看到了好的东西，也看到了不好的东西。说我喜欢讽刺，这也没有错。我越是焦急和激动，针和刺就越是厉害，这个现象相当普遍。当时甚至还有一个文学术语叫"浪漫主义的讽刺"。

在我的早期作品中，讽刺占了重要的地位。常常有一些贪图私利者、伪善者、凶恶的市侩突然出现在舞台上。后来我发现，在一个人的身上往往同时存在着善和恶。我写了《第二天》。然而标签仍保留下来了。亚·尼·阿菲诺格诺夫和我是在 30 年代认识的，他在日记中写道："爱伦堡对所发生的一切全抱有怀疑观点……"这段文字出自朋友之手，但是在意见中却流露出已固定了的名声的惯性作用。我何必重提四分之一个世纪以前的事呢？ 1953 年我写了《解冻》，书名本身似乎就表明了作者对时代和人的信任，然而批评家对此书却大为不满，因为我描写了一个毫无感情的坏厂长。

在有些作家的眼中，周围的一切仿佛都是好的、善的。这与作者个人的好心肠没有关系。我觉得，契诃夫在生活中比托尔斯泰更温和、宽厚、善良。然而契诃夫说得很公正："我每天晚上醒来，就读《战争与和平》。我带着好奇心情，带着天真的惊讶心情读着，倒好像以前没有读过似的。这部小说好极了。只是我不喜欢拿破仑出现的地方。拿破仑一出现，立刻就来了紧张，来了种种花招，为的是证明拿破仑比实际情形更愚蠢。皮埃尔、安德烈公爵，或者十分渺小的尼古拉·罗斯托夫所做和所说的一切，都好，都合情理，自然而动人……"托尔斯泰把尼古拉·罗斯托夫描写成一个非常有魅力的人物，然而他却不会描写拿破仑。至于契诃夫，他十分出色地描写了欺侮人的人，而受欺侮的人在他的笔下也绝非天使。

人更需要什么——是对恶习、对心灵的缺陷和社会的症结的揭露呢，还是对高尚、美与和谐的肯定呢？我觉得，这个问题是无聊的：人两者都需要。杰尔查文和冯维辛生活在同一个时代，一个留下了《时代的语言！钢铁的语言！》，另一个留下了《纨绔少年》。过去从来没有，现在也没有，将来也未必会有一个没有恶习的社会。一个作家只要感到自己有些志向，他的责任就是指出它们，而不用害怕那些幸运儿会给自己扣上怀疑派或犬儒主义者的帽子。

我爱别林斯基，因为他有公民的热情，有对艺术的强烈的爱，有强烈的正义感。我常常想起他的话："……当我们发现小说里写得成功的只是坏蛋的典型，而正派人的典型却写糟了，这就清楚地表明，或许是作者担负不了自己的责任，超出了自己能力和自己才能的范围，从而损害了艺术的基本规律，换句话说，用杜撰和修辞上的雕琢来代替创造；或许是他毫无必要地违反自己作品的内在意义，只是出于外部的道德要求而将这些人物放进自己的作品中，从而又破坏了艺术的基本规律。"

有时我是违反了艺术的规律，有时只是对事件和人做了错误的估计。只有一点我是无罪的：我从不漠不关心。

我的见解可能会引起文学上的争论。须知我谈的都是自白，而又不时地引证别林斯基、托尔斯泰、屠格涅夫、契诃夫的话。不过我应该谈到眼睛和心灵，谈到对时代的忠实，因为我曾为后者付出了无数不眠之夜和不少失败的篇页。不写这一章，我是无法继续写下去的。

07

1924 年的柏林：幕间休息

我说过，我这一代人一生中遇到的比较平静的年代是屈指可数的，现在我要开始叙述的时期应该说是这样的年代。

1923 年秋天，大家都觉得德国正处于内战的前夕。汉堡、柏林、德累斯顿、爱尔福特响着枪声。人们在谈论共产党的"无产阶级百人队"，谈论法西斯分子的"黑色国防军"。斯特莱斯曼总理呼吁爱国主义。塞克特将军在检查炮兵的炮弹是否充足。外国记者守在电话机旁。一场风暴看来是不可避免的了。远处已经响起微弱的雷声。然而，什么也没有发生。工人们意志沮丧、疲惫不堪。小市民的头脑中一片混乱，他们再也不相信任何人了，憎恨斯梯涅斯和法国人，害怕警官，但同时又幻想着稳定而持久的秩序。社会民主党夸耀自己有模范的组织。工会在认真征收会费。然而缺乏决心……总理下令解散萨克森和图林根的工人政府。我看见了号召罢工的传单，人们看了看它，又沉默不语地走去上工。

慕尼黑被看作是法西斯分子的大本营。老幼皆知的鲁登道夫将军和尚不出名的希特勒正企图夺取政权。悲剧的初次排演以一个很像滑稽戏的名字——"啤酒馆的叛乱"登上了历史舞台。柏林人冷淡地对待来自慕尼黑的电讯：又一起叛乱，勒姆大尉，一个叫希特勒的人……"道威斯计划"（国际专家委员会在美国银行家道威斯主持下制订的德国赔款计划）、斯特莱斯曼的精明外交、经过 10 年毫无希望的贫困后的突然富足等这样一个新时期即将来临。报纸开始大量登载耸人听闻的凶杀案或电影明星的奇遇。

工厂已经来不及完成订货。不久前无人问津的商店里如今挤满了顾客。画家格罗斯笔下的主人公们在库尔福斯特大街上的饭店里喝着法国香槟,"为新时代"干杯。

论述战时经济转入和平时期经济的著作比比皆是。对于一个普通人来说,从充满历史事件的生活转入平时的生活也并不容易。我在柏林度过了两年多的岁月,时时刻刻感到一场风暴日益迫近,但我突然发现,外面的风倒是停了。老实说,这时我感到不知如何是好:我对和平生活没有精神准备。

"艺术之家"早已寿终正寝。那些短命的出版社也相继垮台。俄国作家们各奔前程:高尔基到了索伦多,托尔斯泰和安德烈·别雷回到了苏维埃俄国,茨韦塔耶娃移居布拉格,列米佐夫和霍达谢维奇前往巴黎。

外国的投机商人也相继离开柏林:马克稳定了。报纸上有消息说,美国的新总统正力促法国人退出鲁尔,德国的复兴开始了。德国人有的正在坦然享受平静的生活,有的则已谈论起复仇的准备工作了——被占领者并没有放弃重新成为占领者的念头。然而,气压表的箭头不断上升,人们心里想的不是未来的战争,而是即将开始的休假了。

我写了许多东西,看来在那些年月里,职业拯救了我,日后这种情况也曾多次出现。我不知道,这种职业是"神圣的"呢,还是只不过是十分困难的。现在我不谈虚构,也不谈想象力,只谈我流的汗。我说过,我写了多少本书(随之还举出书名),但在这后面隐藏着的首先是劳动,是撕碎的稿纸,是修改了 10 次的词句,是无数不眠之夜——总之,隐藏着任何一个作家所熟悉的一切。有些时候,我对自己生气极了,甚至准备放弃写

1925 年,英雄画家格奥尔格·格罗斯笔下的主人公们为"新时代"干杯

作，但后来我还是伏在稿纸上，全身心投入这一工作。推测自己有没有写作才能已为时太晚。

我写完了一部感伤的长篇小说《冉娜·涅伊的爱情》，并寄往彼得格勒。我在这本书中表现了革命年代的浪漫主义热情和对狄更斯以及对长篇小说情节的喜爱，也表现了自己不仅有描写从事毁灭欧洲的托拉斯的愿望，而且有描写爱情的愿望。

当我走在漫长单调的柏林大街上时，偶尔也吟诵一些诗句，但这些诗我日后没有拿去发表。下面就是那时写的那些诗中的一篇：

> 要这样去死，为了让火光发颤，
>
> 为了使两颊有股烟味，为了让信使
>
> 像妈妈那样对风的心脏喃喃说道——
>
> "你平息吧，停止吧，别吭声"，
>
> 为了没有你，为了不用双手去握
>
> 窗户的皮带，为了不再说"你留下吧"，
>
> 为了在临死前根据满天繁星
>
> 和车站上的动荡不安来给你算命，
>
> 要这样去死，须知喧哗和茶水，
>
> 小吃店的店主，肉饼上永恒的蔷薇，
>
> 这就是死亡，对于你的"别了！"
>
> 我已注定决不回答。

形式好像是取自帕斯捷尔纳克，但内容是我的：我继续工作、吵闹，自然，也还嘲弄别人，但我的心里却像一团乱麻。

〔莫里亚克（1885—1970，法国作家）在一部旧的长篇小说中说："就连苦难也成了奢侈。"是的，我们常常碰上这样的年头，那时就连悲伤，就连由心灵的委屈、单恋或孤独带来的苦痛也成了奢侈品。〕

彬彬有礼的市民、雍容华贵的贵妇人、官员以及小学生迎面走来。拴在香肠铺门口的小猎犬不耐烦地打着哈欠，等待着女主人。

第 三 部

我毫无留恋地告别了柏林。如果抱有"虚无主义者"心中的某些幻想，分别就要困难得多……

我们嘲笑浪漫主义，其实我们自己就是浪漫主义者。我们抱怨事件发展得太快，使我们来不及思考和仔细认识所发生的一切。但是当历史刚一停住脚步，我们又马上感到惶恐——不能适应另一种节奏。我写了几部讽刺性的长篇小说，便被视为悲观主义者，但在我的心灵深处，却盼望整个欧洲的面貌会在 10 年内改观。我在自己的思想中已埋葬了旧世界，但它突然复活了，甚至体重有了增加，露出了微笑。

我们历史学家称之为"资本主义的暂时稳定"的时期来临了。读者在读本书的这一部时，可能会想：前两部有趣得多，这一部倒退了……有什么办法，幕间休息毕竟不是戏剧演出，1924 年不是 1914 年，也不是 1919 年。

作家们明白，在暂息的年代他们可以写作。正是在那个时期，出现了海明威的几部出色的长篇小说，巴别尔的《骑兵军》，马雅可夫斯基的《关于这个》，马丁·杜·加尔（1881—1958，法国作家）的《谛波父子》，茨韦塔耶娃的诗篇，托马斯·曼的《魔山》，阿拉贡的《巴黎的农民》，法捷耶夫的《毁灭》以及其他许多杰作。然而，要描写没有动员令、没有战争、没有集中营的年代，描写人们寿终正寝的年代，而且还要描写得生动有趣，却很不容易。福楼拜曾幻想写一部没有情节的长篇小说，但没有写成：显然，就连平静的叙述也需要某些事件。不过，可以告慰读者的是：暂息的时间并不长。

08

奈兹瓦尔的诗——它进入我的生活

　　记得是 1923 年 9 月，马雅可夫斯基和埃·尤·特里奥莱的共同朋友，红头发的罗姆卡——语言学家罗曼·奥西波维奇·雅可布逊从布拉格来到柏林，他在苏联代表团工作。在后来被编入文选的一篇马雅可夫斯基的诗中，作者这样回忆外交信使奈特："他一只眼睛斜睨着打了火漆印的信件，喋喋不休地议论着雅可布逊，他那聚精会神学诗的神气，使你感到可笑万分。"雅可布逊的面色红润，生着一对淡蓝色的眼睛，一只眼睛有点歪斜，他酒量很大，但从不醉酒，只是有时 10 杯酒下肚后，往往扣错衣服扣子。他的博学使我惊讶——赫列布尼科夫的诗的结构、捷克古代文学、兰波的诗歌、寇松（1859—1925，20 世纪 20 年代初的英国外交大臣）或麦克唐纳（1866—1937，20 年代曾任英国首相）的阴谋等他无不知晓。有时他也捏造点什么，但如果有人揭穿了他，他便微笑着回答说："这是我工作上的假说。"

　　雅可布逊开始怂恿我去布拉格，他说那儿有巴洛克式的建筑，有年轻的诗人，甚至还有摩拉维亚香肠（雅可布逊很讲究吃，虽然他还十分年轻，但已渐渐发胖）。

　　年底，我来到了布拉格。年轻的诗人们热忱地欢迎了我，他们问起马雅可夫斯基、梅耶霍德、帕斯捷尔纳克和塔特林的情况——我是他们遇见的第一个苏维埃作家。（奈兹瓦尔在死后出版的回忆录中提到了这件事。）

　　弗朗齐歇克·库布卡在谈起自己同苏联作家和艺术家的会面时写道，他常常在布拉格看见我，已经不记得某次谈话到底是在哪次见面时谈的。我也记不得我第一次遇见那些布拉格的朋友是在什么时候——是在 1923 年还是更晚一些，但我清楚地记得自己初到布拉格时的一个夜晚，当时雅可布逊带我去"旋覆花社"（捷克左翼艺术拥护者这样称呼自己）的参加者所选中的"人民咖啡馆"。在一个长桌旁的沙发上，坐着诗人维捷斯拉夫·奈兹瓦尔、雅罗斯拉夫·塞费尔特，散文家弗拉基斯拉夫·万丘拉和"旋覆花社"的理论家卡雷尔·泰格。除此之外还有几个年轻的艺术家，可惜我已经不记得他们的名字了。奈兹瓦尔一面喝李子酒，一面兴高采烈地叫喊。后来万丘拉回家了，而我们就从一个酒馆转到另一个酒馆，破晓时分，我们来到一个冷冷清清的小吃店，按照当地的习惯，这儿是喝内脏汤的地方。

只要有奈兹瓦尔在场，其他的人就很难引起注意：他不仅占满了整个屋子，而且我觉得，整个布拉格也被他占据了。他热情洋溢地发表议论，朗诵诗，一会儿又跳起来依次拥抱我们每一个人，并且不时地挥舞着他那鳍一般短而宽大的手臂。他很像一只海狮。他的外貌十分奇特，画家阿道尔夫·霍夫迈斯特为他画像时就像小孩画一棵树或一座房屋一样，一眼也不看他，但不到一分钟便用寥寥数笔画出一幅惟妙惟肖的画像。一天夜里，奈兹瓦尔在静静的小国街上高声朗诵诗。警察请他不要妨碍别人睡觉。奈兹瓦尔继续叫喊。他没有带身份证，但信手从口袋里掏出一小张揉皱的报纸——上面印着一幅霍夫迈斯特为他画的漫画

1923 年，列·布里克、奥·布里克、雅可布逊和马雅可夫斯基在德国

像。他故作大度地拿给警察看："奈兹瓦尔。诗人。"

奈兹瓦尔的诗的力量首先在于它的直率和天真。人们经常会说"像孩子一样天真"。我曾说过，被称作巴拉达诗体和回环体诗的诚实的作者弗朗索瓦·维永，实际上是一位最有才能的大师。奈兹瓦尔具有高度的诗歌修养，他喜爱捷克的浪漫主义者，喜爱诺瓦利斯（1772—1801，德国诗人）、波德莱尔、兰波、纪尧姆·阿波利奈尔、马雅可夫斯基、帕斯捷尔纳克、艾吕雅、勃勒东（1896—1966，法国作家，超现实主义创始人之一）、杜维姆。他不放过任何一种诗歌形式——从十四行诗到只有内在韵律的诗，从古典主义到超现实主义——他喜欢素材带来的困难，而且总是以胜利者的姿态克服困难。他的天真不是小孩子的那种，而是像夜莺，像银莲花，像夏季的雨。每时每刻他都在发现世界，他观察自然界，观察人的情感，甚至还观察日用品，仿佛在他之前人类数千年的文明根本不存在似的。他的新奇感不是因为他想成为革新者，而是因为他对一切都是以新的态度去观察和感受：

> 在开阔的天空下，在平原中央，
> 展出了一幅幅玫瑰色的油画。
> 那儿的屋顶用的是烧制的黏土——
> 这是从高处看到的米兰的模样。
> 朝霞突然碎裂——
> 成为许多小片。
> 太阳哟，太阳哟，请把小馅饼品尝！

诗歌对他来说是一种自然现象，正如水对鱼一样，他一天也离不开诗。他爱诗人，感到同他们有一种亲属关系，有一种相通的东西——从早年同勃勒东和艾吕雅的友谊直至晚年和纳齐姆·希克梅特的交往都是如此。他一发现新的诗人，便兴奋异常。有一次他请我高声给他朗诵列昂尼德·马丁诺夫的诗，他一面赞美，一面用他那对鳍向空中拥抱。他有一张十分善良的面孔，这个面孔是不会说谎的。他在晚年写了一本回忆录，他对我说，写回忆录真不容易：他知道世界上发生了许多变化，但是他不愿背叛自己青年时代的朋

左：霍夫迈斯特为奈兹瓦尔画的漫画
右：霍夫迈斯特在 1923 年为爱伦堡画的漫画

友。他没有出卖任何人，写得勇敢而多情。我觉得，他敢于这样做正因为他是个诗人。（我想起了帕斯捷尔纳克的一段平凡而英明的话，意思是说，一个坏人不可能成为优秀诗人。）

奈兹瓦尔常常用诗议论诗：

> 愿您严厉而优美！祝您一帆风顺！
> 陨星雨般的眼泪，女人眼睛的誓言，
> 还有群山中的爱情，那儿有几百颗星星
> 从家里直接掉到手中。
> 再见！再见！就这样吧！
> 我要重新上好闹钟。
> 这一带住着那么多人，
> 只有它，诗歌，才是我的朋友。

我认识奈兹瓦尔的时候，他才 23 岁。后来又过去了许多年。批评家们也正像他们应该做的那样责备奈兹瓦尔：他逃避革命，成了形式主义者，更糟的是他爱上了超现实主义，他脱离了诗歌，他完全投身于政治中，他太复杂了，他太简单了，他没有掌握技巧，他的文思枯竭了。然而，奈兹瓦尔一如从前。我从未见过一个人像他这样顽强地抵御着刨子和锥子的进攻以及岁月的校正。

他年轻时写道，他将自己献给了革命。他认为公正和美是姊妹。无论是诗人还是教条主义者往往都不愿了解这一点。然而奈兹瓦尔却始终坚持自己的意见。他的天真令人吃惊：1934 年，他写信给捷克斯洛伐克共产党中央委员会，企图证明他当时所醉心的超现实主义完全和历史唯物主义并行不悖。但是多年以后，在他生命临近终结的时候，他也没有嘲笑过去，没有抛弃旧日的朋友，即使他们走了不同的道路。1929 年，有人建议奈兹瓦尔同共产主义断绝关系，他拒绝了。20 年后，他也不愿放弃他认为是艺术的东西。

革命对他来说不是抽象的政治概念，而是生活的实质。他在艺术中也热爱所有同过去的教规割断了关系的一切。我知道他的朋友是些什么人——有大胆的戏剧导演爱弥尔·布里安，布里安当年受过梅耶霍德的鼓舞，有画家西玛、菲拉、年轻的斯拉维切克、什梯尔斯基、托阿延。40 年代末，他们全被视为"形式主义者"。奈兹瓦尔不能容忍这种状况。有一次他对我说："为什么一个人没有脑袋，另一个人没有心，而第三个人既有脑袋又有心，却没有眼睛——他看不见绘画，却一定要品评画家……"时代不止一次地对他说："选择吧——或此或彼……"他没有同意：对于任何一种框框，他都太大了。他的诗有如泛滥的河流，根本拒绝任何渠岸，而他的善良却使所有的人不知所措。

40 年代末，他在电影部门工作，但他在工作中也发现了诗：特尔恩卡（1912—1969，捷克斯洛伐克电影导演，动画片艺术家）的影片。我们一起观看了根据安徒生童话改编的《夜莺》。画中鸟的机械动作是不能代替活鸟的，然而奈兹瓦尔却很高兴，他说："目前绘画方面的情况很糟……可是你瞧特尔恩卡……你将艺术关进门内，可它终究会从窗口逃出……"

他喜欢摩拉维亚的树木和布拉格的新式建筑，喜欢印象派画家斯拉维切克的风景画并写过一本论述他的书，喜欢卓别林的影片、巴黎的顶楼和倾心的谈话。他写了《和平之歌》以后，最严厉的批评家也深受感动。然而奈兹瓦尔一向是写和平的……

很久以前，那是在 20 世纪 20 年代，当我们在布拉格街头散步时，我对他说，这座古老城市的深深的庭院向我揭示了许多东西，在这个城市里，孩子们在游戏，老太婆们在谈天，这儿还有一些阴暗的小饭馆，帅克坐在里面讲他那些别出心裁的故事。奈兹瓦尔回忆起我们在 1951 年的一次谈话时写道：我不单是通过赫拉德查尼宫或瓦茨拉夫郊区认识布拉格的，我还爱它的庭院。他本人非常熟悉布拉格的每个庭院和每条胡同。我们在巴黎和莫斯科都见过面，但是每当我回忆他的时候，我总是看见他站在伏尔塔瓦河畔或老城旁边令人窒息的小胡同中。他用许多美丽的诗篇歌颂他心爱的这个城市，他有一本诗集名叫《布拉格和雨的手指》。

他看见一个跳伏尔塔瓦河自尽的女人，后来想起曾在巴黎见过的石膏头像，便写了一篇长诗《塞纳河中的无名女尸》。投河自尽的女人临死时的笑容使他震惊。

> 死去的无名女郎！我们都是命运的弃儿。
> 难道死神会向我们打开星星的花园？……

一种模糊的幻想贯穿奈兹瓦尔的一生，但这种幻想同时又是牢固的、真实的。我读过一篇文章，里面说他是最后一个浪漫主义者。不，"最后的"一词不适合他——他在各方面一向都是开拓者。

我现在想起《一个多数的女人》一书中他的一篇旧诗。诗人在陌生城市里的一座大厦旁边走过，这座大厦大概是陈列鸟类标本的博物馆。街上行人寥寥，他在拐弯的地方碰见一个女人，她在夏天里穿着冬装，帽子遮掩着上半边面庞，女人觉得自己认识奈兹瓦尔，奈兹瓦尔也觉得自己知道她，然而城市是陌生的，虽然他熟悉这个城市，但不爱它，他们走到了家，登上三层楼，她没有脱帽便坐了下来，奈兹瓦尔对她说："到处找不到您。原来您在这里。我写了整整一生，都是为了您。"但女人又不见了。他重新走上街头去寻找。他觉得她……"我感到她近了，正如我们感到死神临近一般……"

这不是一本谈论诗歌的书，而是我一生的经历，正因如此，我应当谈一谈奈兹瓦尔的诗——它进入了我的生活。

不久以前，我和霍夫迈斯特谈起了往事，我们共同的朋友们——布拉格的"梅特洛""斯拉维亚"等咖啡馆的老顾客尚在人世的已寥寥无几。温和而倔强的万丘拉被德国人枪杀了。在诗人中间，加拉斯首先于 1949 年去世。比布拉和泰格的结局也很悲惨。曾经为奈兹瓦尔的剧做过布景的建筑师费耶尔施登早在 30 年代就自杀了。画家菲拉也死了。

奈兹瓦尔很早以前就想到死。他在 1935 年写的一首诗中说，那些打算同死亡隔绝的人，"面孔是淡紫色的，指甲深深扎入手掌"。死亡对他来说是禁忌。

> 宁愿弯着腰活着，也不直着腰去死。
> 宁愿挑起生活的全部重担，也不一死了之。

他一生都在编制占星图。对于死亡，他曾严肃地想过。1955 年他在法国南部写的诗中一再说道：

> 大海，水在上涨，
> 大海，不计较岁月，
> 你为何悲伤？
> 草在长，水在流，
> 人想活着，
> 人在死亡。
> 这与你何干？你——大海……

我看他就是大海：他的身上有着多么坚定而又生机勃勃的活力啊。战争结束不久，奈兹瓦尔带着加拉斯和我去酒窖里亲手挖出背着德国人埋藏起来的几瓶陈酒。过去了许多年，每个人都增加了 10 岁。加拉斯十分忧伤。但是奈兹瓦尔却快活而激动：我不由想起——正是这个人不计较岁月……

有一次来到布拉格后，我发现奈兹瓦尔不大爱说话。朋友们说，他的心脏不好，医生禁止他喝酒、吸烟。然而过了两三天，我又看见了热情奔放的

1950年，爱伦堡和奈兹瓦尔
在布拉格

奈兹瓦尔，他挥动着手，赞美女人，喝酒，朗诵诗，当然，也像过去那样编制占星图。有一次他对我说，占星图向他预示了灾难：他宁愿根据玄妙的星座图去死，也不愿根据心电图的数据而死。

我们最后一次见面是1958年春天在布拉格的机场上。我坐在小吃部里等候飞往德里的飞机。我突然看见了奈兹瓦尔——他刚从意大利来。他像往常那样十分赞赏地对我说："意大利太美了！"随后他抱住我，用手指着心脏轻声地说："我的情况不妙。"

此后不久，他便去世了。

在他的优秀作品之一、写于1931年的长诗《爱迪生》里面，有一些关于激情、死亡和永生的诗句：

> 但愿宝藏不会失去踪迹。
> 死神不公正地在跟我们搏斗。
> 我们被迫躺在床上，
> 为了喝下大海般的药水。
> 你匆匆走向未来的时代，
> 你将千秋万世忠贞不二。

对于那比比皆是的咄咄怪事，

我怎能漠不关心。

我面前是一条河的渡口，

磨坊湿漉漉的轮子已经腐朽。

你们，后代子孙，原谅我吧。

时代的齿轮让我们跟着它旋转，

战争的狂热使我们不得安宁，

离别向我们挥动手绢。

也许我在梦呓中给心灵

戴上了艺术的笼头，

也许我摆脱了沮丧，

从精神病医院把你们救出？

人们啊，人们啊，你们道出了痛苦和激情，

岂能没有活路！

　　我不认为，一个未来的历史学家要了解我们经历过的这个时代，仅靠报纸、会议记录、研究院或法庭的档案就够了。他还得求助于诗歌，而他要看的第一批书中，就会有充满活力的奈兹瓦尔的诗歌。

09

又见莫斯科:《贪图私利者》被拒绝

　　我再次看见莫斯科时,不禁大吃一惊:我出国的时候正是军事共产主义的最后几个星期。现在一切全是另一副样子。卡片消失了,人们不用再去指定的地方购买东西。各个机关的编制大大缩减,谁也不去编制庞大的计划了。无产阶级文化派的诗人也不再写以宇宙为主题的诗歌。诗人米·格拉西莫夫对我说:"正确,但有点闷……"

　　教育人民委员部戏剧处的女打字员,一个火红色头发的姑娘(不知为什么我们叫她克娄巴特拉),早已忘记"戏剧中的十月"和梅耶霍德的叫喊了。她站在彼得罗夫卡的商场旁边卖乳罩。

　　老工人和工程师经历了千辛万苦,终于使工厂恢复了生产。商品出现了。农民开始把鸡鸭拿到市场上出售。莫斯科人吃胖了,脸上露出了笑容。我是又高兴又伤心。报纸上谈论着"新经济政策时期的丑恶现象"。从政治家或生产者的观点来看,新路线是正确的,现在我们知道,它提供的东西正是它应当提供的。但是心灵有自己的论据:我常常觉得新经济政策是一种令人不安的丑恶现象。

　　我记得刚刚回到莫斯科后,我在食品商店门口怔住了。那儿真是琳琅满目,应有尽有!最有说服力的就是那个招牌"艾斯托马克"("艾斯托马克"是胃的法语读音)。肚子不仅恢复了自己的权利,而且还受到推崇。在彼得罗夫卡和斯托列什尼科夫拐角的一个咖啡店里,一张标语曾使我笑出了声:"孩

1923 年的莫斯科

子们请光临，这儿可以吃到凝乳。"我倒没有发现孩子，然而顾客却很多，我觉得，他们眼看着都胖起来了。

许多餐厅都开门营业了：这里有"布拉格"，那儿有"艾尔米塔什"，再远一些是"里斯本""巴尔"。侍者们全穿着燕尾服（我一直没弄清楚，这些燕尾服是新缝的呢，还是革命前就藏在箱子里的）。每条街的拐角处，都有喧闹的啤酒店——有的是狐步舞曲，有的是俄罗斯的合唱，有的是茨冈舞曲，有的是巴拉莱卡琴的演奏，有的干脆就打耳光。人们喝着啤酒和波尔多葡萄酒，希望快点醉倒。有的人吃豌豆或里海拟鲤，他们叫喊着，挥舞着拳头。

餐厅的旁边，马车夫们在等候顾客，同我久远的童年时代一样，他们低声说道："老爷，我送……"

这里也可以看见乞丐和无人照管的流浪儿，他们央求道："给一个戈比吧。"戈比是没有的：有的是百万巨钞（"柠檬"）（十月革命初期，由于货币贬值，旧卢布的面额高达百万，人们谑称一百万为一个"柠檬"。"柠檬"的读音与"百万"的读音相近）和新发行的 10 卢布纸币。在赌场里，一夜之间可以输掉数百万：这些钱都是经纪人、投机商或普通小偷用不正当手段弄来的。

我在苏哈廖夫卡广场上听过各种各样的小调，也许它们比许多其他的描写更能清楚地告诉读者什么是"新经济政策时期的丑恶现象"。有一个颇有哲学意味的小调：

> 红烧小鸡，红烧小鸡，
> 小鸡也想活下去……
> 我不是苏维埃的，我不是立宪民主党的，
> 我不过是禽类的政委。
> 我没骗过人，我没枪毙人，
> 我只啄食过小小的谷粒……

一个卖小面包圈的女人唱着这样一个小调：

> 我的爸爸是酒鬼，
> 他嗜酒如命，
> 他撒谎，还妄自尊大，
> 我哥哥是小偷，
> 姐姐是妓女，
> 已完全堕落，
> 妈妈又是烟鬼——
> 多么可耻!

还有一个土匪的小调，好像是从敖德萨传来的：

> 同志，同志，我的伤口很痛……
> 同志，同志，我们干吗战斗，
> 我们干吗流血——
> 资本家大吃大喝，资本家兴高采烈……

我遇见了一个革命前在餐厅卖唱的茨冈女人。1920 年，她几乎每天都

去找梅耶霍德，要求批给她一份口粮。后来梅耶霍德将她介绍给音乐部。她笑着对我说："我过了 4 年的流浪生活，现在终于定居下来了，现在我在'里斯本'演唱。"

一个熟识的女演员请我去她家做客。我不知道她怎么能在克鲁泡特金大街附近的一座别墅里拥有一所单独的住宅。客人很多，大家跳着狐步舞——隆重异常，仿佛在举行什么典礼似的。午夜时分，来了一个穿浅棕色窄上衣的年轻人，他故作宽容地说：莫斯科的人分辨不出一种狐步舞跟另一种狐步舞有何不同，他不久前出差去国外，看见莱比锡的人怎样跳狐步舞。所有的人都在静听他的议论。留声机开动了，还是巴黎和柏林的舞厅里的那些小调：《你喜欢香蕉吗》《我寻找我的梯丁娜》。一个女演员对我说，这个去过莱比锡的年轻人和她一起在戏剧学校学习过，如今在外贸部工作。"恐怕快要蹲监狱了，他受了不少贿赂……"

有产者从小就过着富裕的生活，胡乱花钱已经成为他们的一种习惯。旧的资产阶级跑到了世界各地，许多人在国外的遭遇相当凄惨，从富足和游手好闲沦为贫困和干粗活，使许多人陷于绝望，或者自杀，或者犯罪。耐普曼（苏联新经济政策时期出现的资本主义分子）的社会出身是极其复杂的。从前的一位律师助手，曾在司法人民委员部工作过两年，这时突然干起贩卖卧铺车厢车票的生意。我认识一个诗人，1921 年他在"多米诺"咖啡馆朗诵半未来派的诗，如今却在贩卖法国化妆品和爱沙尼亚的白兰地了。古容工厂从前的一个工人、国内战争的参加者，受到了审判——他偷了一车厢布匹，偶然落网了：他在饭馆喝醉了酒，打碎了镜子，人们在他身上搜出了八百万。当然，他不像一个传统的有产者，正如过去是富有的房主的儿子，如今因为贫困而进了巴黎的工厂的一个中尉不像无产者一样。百万巨钞冲昏了耐普曼的脑袋，他们胡作非为，吵嘴打架，很快就毁灭了。很少有人想到困难的日子：大家既不相信新经济政策能实行很久，也不相信纸币。在合法的暴利和非法的投机之间只隔着一层薄薄的纸。国家政治保安局工作人员有时一次就逮捕上百个精明的投机商，这种行动被称为"撇去新经济政策的浮沫"。一个厨师知道，什么时候该撇去鱼汤上的浮沫，但是耐普曼未必都懂得他们自己是什么——是鱼，还是浮沫。对明天缺乏信心使得新资产阶级的娱乐具有一种特殊性质。叶赛宁称之为"酒馆的"莫斯科正在以一种病态的冲动胡闹，这像是 19 世纪加利福尼亚的淘金狂和贬值的陀思妥耶夫斯基气质的一种混合物。

旁边是另一个莫斯科。从前的"大都会饭店"成了苏维埃第二大厦，一些负责的工作人员住在里面，他们在食堂里吃着薄薄的炸肉饼，继续一天工作 14 小时。工程师和医生、教员和农艺师，如果不是抱着先前的浪漫主义热情，那也是抱着先前那样的决心来恢复被国内战争、封锁和连年干旱弄得支离破碎的国家。技术博物馆讲座的门票仍像过去那样难弄到，商店里的书籍卖得很快——对知识的冲击仍在继续。

我在 1924 年写道："我不知道，这一代的青年将来会成为什么样的人——是共产主义的建设者呢还是美国化的专家，但是我喜欢这新的一代，他们勇敢而莽撞，能够冷静地学习和愉快地挨饿，不是像列昂尼德·安德烈耶夫剧本中的大学生那样挨饿，而是严肃认真地挨饿，他们能扔下机关枪捡起自修课本，也能扔下自修课本再去捡起机关枪，他们在马戏院中哄笑，在悲伤时严峻，没有眼泪，与柔情蜜意和艺术格格不入，献身于精密科学、体育和电影艺术。他们的浪漫主义不是表现在创造来世的神话，而是表现在勇敢地试图将神话变为现实，建造出成批的工厂，这样的浪漫主义已为十月革命所证明，已被 7 个革命的年头的鲜血巩固下来。"（当然，这种措辞流露出我过去对结构主义的迷恋，但是我觉得，我正确地指出了那些年的青年人的一些特点。）我补充道："他们能够批判地对待事实，这很好。如果有人对任何一个报告人都唯唯称是，他们就取笑他，叫他'是是先生'——这个词是从单音节的'是啊，是啊'变来的……"

我所说的这些工农速成中学的学生，都是 20 世纪初出生的。我比他们大 10 岁到 12 岁，但是两代人的差别却非常显著。我的同辈人有马雅可夫斯基、帕斯捷尔纳克、茨韦塔耶娃、费定、曼德尔施塔姆、帕乌斯托夫斯基、巴别尔、特尼扬诺夫。我们的青年时代是在革命前度过的，我们记得很多东西，这有时妨碍了我们，有时也帮助了我们。而 1924 年的大学生是以少年人的眼光看革命的，他们是在国内战争和新经济政策时期成熟的。这一代人有法捷耶夫和斯韦特洛夫，卡维林和扎博洛茨基，叶夫根尼·彼得罗夫和卢戈夫斯科依。这一代人也为数不多了。那些活着的人都已退休，他们有充分的时间研究雨果所说的"做祖父的艺术"的那种东西。而且我发现，年轻人同他们较之同自己的父辈更能找到共同的语言。

一片白雪怜悯地覆盖着一切。当解冻的天气刚一来到，地面就暴露出来了。新经济政策时期，市侩习气使我们大为震惊，有时甚至令人感到绝望，那时我们也太天真，不明白改造人远比改变管理国家的制度困难得多。

我在莫斯科没有住宅，我被安顿在克鲁泡特金大街上的改良学者生活中央委员会里。在那儿常常可以碰见一些年老的学者，他们不是谈谈天就是一言不发地叹着气——他们太难理解所发生的一切了。

在那些年代，许多诗人也在唉声叹气，但由于他们唉声叹气不是在改良学者生活委员会的餐厅里，而是在杂志上，所以招来了责骂：笑容被认为是政治坚定性的证明。一种名叫《在岗位上》的杂志出版了，名称颇有浪漫主义气息，但实际上与其说它像战斗岗位，不如说像民警的岗位。岗位派对所有的人都骂——阿·托尔斯泰和马雅可夫斯基、弗谢沃洛德·伊万诺夫和叶赛宁、阿赫玛托娃和魏列萨耶夫都挨过骂。然而，诗人继续在唉声叹气。阿谢耶夫写了一篇关于爱情的感伤的长诗《抒情的插笔》，于是岗位派便兴高采烈地从中摘引出片段的诗句：

> 共产主义的一代，
> 既然时代被涂成棕色，
> 而没有被涂成红色，
> 我又怎能当你的诗人？

我去找马雅可夫斯基。在布里克的家里和往常一样，客人很多，他们喝着茶，吃着凉肉饼。马雅可夫斯基面色阴沉，他正在这里完成一幅招贴画。过了几天，我在俱乐部里碰见了他，他说，应该帮助国家同私人商业进行斗争，他写了一些标语：

> 凡是肠胃、身体或头脑

需要的一切——
国营百货商店向人提供
一切。

或者：

世界上的一切问题都正在解决——
生活中最好的是大使牌香烟。

夜里，他突然读起长诗《关于这个》里一些出色的诗行，他企图用诗说服自己，他绝不会自愿地和生命告别……

散文的时代开始了：该对过去经历的一切做一番回顾了。法捷耶夫写了《毁灭》，巴别尔写了《骑兵军》，特尼扬诺夫写了《丘赫利亚》，左琴科写了《西涅布留霍夫的故事》，费定写了《城与年》，列昂诺夫写了《獾》。

我想在国内旅行一趟，我没有钱，但是一个文学晚会的组织者（这种人当时很多）的建议诱惑了我。他建议我去彼得格勒、哈尔科夫、基辅和敖德萨，做一些关于西欧生活的报告。这位巡回报告的组织者想跟上时代的步伐，以便增加一些收入，他是个年纪不轻的人，一向不走运。他考虑得非常周到：报告会由红十字会主办，一定可以弄到一笔收入，他还向其他城市派出了几个侦查员，其中之一就是这位组织者的儿子廖尼亚，这是个年轻的大学生，腼腆的无赖汉，他决心抓紧时间写一本关于我的书，便不住地拿各种问题来纠缠我："请您谈谈您的初恋"，"您认为谁更伟

1924 年，爱伦堡和女儿伊琳娜在莫斯科改良学者生活中央委员会提供的住宅里

1923 年在列宁格勒，站立者：列·鲁恩茨、尼·吉洪诺夫、费定、伊·格鲁日耶夫、卡维林。坐者：斯洛尼姆斯基、叶·巴洛尼斯基、尼·尼格京、弗谢沃洛德·伊万诺夫、莫·佐琴科

大，是伏尔泰还是安纳托尔·法朗士"，"照您的看法，爱神是生着翅膀，还是没有翅膀"。另一位组织者则是个十分干练的人，他津津有味地吃着鹅肉，在小车站上寻找一些苦闷的姑娘，将她们引诱到卧铺车厢的单间里，和一些出租大厅的机关办交涉，他对我说："我今天一定要赚 200 卢布，您瞧着吧，一定可以赚到……"

应当给报告会取个名字。马雅可夫斯基使观众养成了看海报的习惯，这些海报任何一个美国人看了也会感到羡慕："诗歌即加工工业""无限小的分析""三个美洲的指挥""里济斯特拉特（公元前 3 世纪，古希腊雕塑家）的白色小灌肠""爱伦堡毕竟在旋转""烟鬼魏列萨耶夫""庆祝年轻女皇的舞会"以及"勃留索夫和腹带"。组织者恳求道："选一个令人费解的名字吧……"我挑了我头一次想到的——"醉汉演说家"。

组织者在哈尔科夫租了"密苏里"马戏院。当时根本没有扩音器。我竭尽全力高声地讲着卓别林的影片，然而听众还是不断地尖叫："听不见。"我想走开，组织者却拦住我说："这样他们会要求退票的。我有一大家人……加把劲吧！……我的妻子正在给你搅和拌糖的生蛋黄呢……"

我第一次看见了敖德萨，过去我是从一些笑话中知道敖德萨的，"敖德萨－妈妈"使我惊讶：它蒙着一片忧郁的气氛。港口异常冷清。有的地方残留着一片片废墟。显然，昔日的轻佻早已无影无踪，生活还没有走上轨道。我在一个广场上看见一个满脸大胡子的有封邑的公爵的头像，下面写着"卡尔·马克思"。我作报告的那个剧院的一个年轻女验票员使大学生廖尼亚大吃一惊，因为她突然对他说："您干吗老向我送秋波？……这早已不时兴了。您可以请我去'伦敦饭店'吃一顿晚饭，那时我们好好谈一谈，因为我现在实行经济核算……"

"伦敦饭店"是非常漂亮的地方。其中一部分房间像过去一样住着负责干部，妻子们用煤油炉烧饭，照顾孩子，晚上谈话的题目不外是《真理报》的新社论和第 13 次党代表大会的议程。另一部分房间里则住着投机商人、新闻记者、小型文艺节目的演员、"红色商人"，他们通常是喝酒，有时也吵吵闹闹。我在市场上听见这样一支小调："在什内尔松的家里非常吵闹……"实际上什内尔松家里十分清静，新改名的街道——国际主义街、无产阶级街、拉萨尔街、公社街也都相当清静。在佩切斯基咖啡馆中，投机商人要了一杯茶之后，就相互倒腾起一些破旧的绿色或橘黄色的美钞来。经纪人有时也神经质地打打哈欠——偶尔也进行搜捕，抓走所有的人。

在当地报纸的编辑部里，秘书将一个敖德萨青年写的诗拿给我看，他写的诗与大海、鸟和鸟笼有关，这些诗我很喜欢，我问这个诗人叫什么名字，秘书回答说："爱德华·巴格里茨基。"

我的手表的玻璃蒙子碎了，去找钟表匠修理。这位钟表匠磨蹭了好半天，我一言不发地坐在一旁等着，但他却滔滔不绝地说了起来："今天的报纸对寇松大加

爱德华·巴格里茨基在 1933 年的自画像

责骂。可我对您说，寇松不怕他们。不过，我倒有些怕他们。第一，我怕财务检查员，第二，我怕国家政治保安局，第三，我怕您——我怎么知道您是什么人，您又为什么想叫我把心里话都对您掏出来……"

讨饭的女人们哀求道："同志，给一点什么吧""仁慈的公民，请看在上帝的面上""老爷，给个戈比吧"……用语是混乱的，时代也是如此。

在基辅的时候，有一次我坐雪橇经过克列夏奇克，突然，雪橇滑脱了，马和车夫向前奔去，我和雪橇的垫子陷进雪堆里。雪橇不坚固，但是市场上却出售许多革命前的名贵物品：茶炊、辛格牌缝纫机、摩瑟尔牌手表和商人用的大肚茶杯。

人意识中的旧东西是最牢固的。在一个车站上，一个背着口袋的农妇误入了软席车厢。列车员大声对她吼道："往哪儿钻？下来！现在可不是1917年！……"

在戈梅利市的车站餐厅里挂着一句格言——"不劳动者不得食"。坐在桌旁吃饭的都是卧铺车厢的乘客。一些无人照管的流浪儿也在这儿徘徊，希望得到一点残羹剩饭。有个乘客将碟子里剩的一小块酱肉递给一个小姑娘："吃了吧！"一个侍者（或者如当时人们所称呼的"服务员公民"）跑过来，从小姑娘手里夺过了碟子，把那块肉和一片土豆抖在小姑娘那件破烂不堪的衣衫上。我大为愤怒，但是没有一个人支持我。小姑娘一面哭着一面赶忙吃掉了。我在戈梅利市参观了一个火柴工厂，厂长从前是个工人，在和邓尼金打仗时负了伤，现在他抱病工作，从早到晚忙个不停：张罗糊火柴盒的糨糊。他一再地说："国家需要火柴……"戈梅利的青年们谈论着汉堡的战斗，谈论着马雅可夫斯基的诗，谈论着未来。然而我的眼前却是车站餐厅里那一个个愚钝的、毫无表情的面孔和遭到侮辱的孩子……

组织者能干的助手十分满意：他超额完成了计划。廖尼亚要写的那本关于我的书没有写成，他对所有的人说："干吗写他？我对他太了解了……"廖尼亚的父亲失败了，虽然收入不错：从敖德萨到列宁格勒的途中，由于受到风雪的阻挠，我们在一个小站上耽搁了两天，我的巡回报告的组织者不得不付场地的违约金。有什么办法——他一辈子都不走运。至于我，我是很满意的：我大开眼界。

第 三 部

　　每次报告会后，听众就向我提出一大堆问题，我记录了其中的一些：
"为什么德国没有发生革命""现在巴黎的时髦衣服是些什么样式""您对您
的《胡利奥·胡列尼托及其门生历险记》作何评价，肯定还是否定""谁更
坏——是社会主义的叛徒还是法西斯分子""请简单地解释一下相对论""为
什么小学又开始收费""为什么你们这些作家总要让姑娘们对形形色色的解
释发生兴趣""印度争取独立的斗争要不要外国战士参加""你是王德威尔德
（1866—1938，比利时社会党人，改良主义者）的朋友，对不对""有的报
刊说，你是腐朽的产物，因此请告诉我，您做一次报告拿多少钱""马雅可夫
斯基说，诗歌是一种产品，但普希金不这么说，您认为谁对""共产主义是
否会开辟战胜死亡的可能性""你赞成足球还是赞成橄榄球""请你谈谈卢瑟
福（1871—1937，英国物理学家）在原子变性方面的工作""二步舞和狐步
舞有何不同，在柏林人们通常跳什么舞""为什么我们有人在翻译《泰山历险
记》，而马赛尔·普鲁斯特（1871—1922，法国作家）的长篇小说却没有译
本""依你看来，币制改革对缩小剪刀差有影响吗？""你认识毕加索吗，他
现在做什么""性爱是资产阶级的残余，为什么不直接说明这点""不久以前
在这里讲演的一个人说，在过渡时期，艺术还需要保留下来，但到了共产主
义时代，艺术便消失了，我不同意这种说法，请帮忙解释一下"。

　　我摘引的这些问题是按照原先抄录的顺序（确切地说是杂乱无章）来的，
我觉得，它们可以帮助读者了解那些遥远的年代。

　　我经常同青年人谈话，他们是各种各样的：有的聪明，有的愚蠢，有的
诚实，有的喜欢钻营。新经济政策促进了经济的复苏，但是对于青年来说，
它未必是一所好学校。所有的人都还清清楚楚记得国内战争年代的情景：功
勋、荣誉、暴行、英雄行为、掠夺。青年人从前线、从乡村来到大学里，他
们热情、坚强。大学生学习很卖力，而且很懂规矩，他们摇摆于朴素的功利
主义和他们那个年龄所特有的浪漫主义之间。然而也有不少的人头脑发热，
渐渐变成了沽名钓誉的人、没有起码道德观念的幻想家和在不良环境的影响
下胡作非为的意志薄弱者。一些人过着简朴的大学生生活，另一些人则花天
酒地。"酒馆的莫斯科"——叶赛宁曾在其中垂死挣扎——酒气熏天，使许多
人误入歧途。

一个年轻人对我谈起了一段很长的、糊里糊涂的但也并不十分复杂的故事：不久以前，他是个诚实的共青团员，学习也很好。后来一个同学引诱他去干一桩恶劣的勾当，从表面上看，一切都冠冕堂皇——他接受委托去募捐，以便发展航空事业，实际上这是一群骗子在骗钱。这个大学生很愤慨，想去报告国家安全局，但是当他分到一沓钞票后，浮华的生活使他迷了心窍。这时他爱上了一个姑娘，她向他索取礼物，于是他干起投机活动来了，他被共青团开除了，正在等候逮捕。他有一双富有表情的手，这双手常常举起，做出威吓的姿态，或者表示哀求。

我想对他这样的人做一番描写。我走访法院，获得同被拘留的犯人谈话的许可。吸引我的东西，当然，不是那形形色色的人物，不是刑事案件，而是那些严酷的、动荡不安的年月盛衰沉浮的故事。

当时生活中出现了一个新词——"贪图私利者"，于是我便称呼我的主人公——一个基辅侍者的儿子为贪图私利者。我描写了他的童年、他对荣誉的渴望、他的自私自利，描写了他在革命初年的热情，如何参加国内战争，进学校，最后描写了他的堕落。米哈伊尔·雷科夫（我的主人公的姓名）有一个兄弟阿尔乔姆，他为人诚实，不大懂得爱情，但很善良，他竭力想使米哈伊尔避免堕落。我的主人公不是拉斯季尼亚克，他的心中交织着复杂的、有时是对立的感情。他爱上了一个贪财而且头脑空虚的女人，他同她在一起的时候简直像个孩子。但是他却相信自己与众不同，比同志们优越得多。也可以说，他有点像一百年后出生在进行社会主义革命的国家里的于连·索勒尔。他受到了审判，在监狱里自杀了。

我在一封信中写道："我的《贪图私利者》即将脱稿。我甚至舍不得和我的主人公分手，虽然他是个坏蛋，是个有点浪漫主义情调的败类和热情奔放的投机分子……"现在我也认为，作家在表现批评家称之为"反面人物"的那些主人公的内心世界时，是对他们怀有恋恋不舍的感情的：因为他看见那个堕落的人的心灵里也有一些好的素质。我从来也不打算替贪图私利者辩护。我选了一段谴责个人主义的古代祈祷文作为此书的卷首题词："愿你发挥你的神力，使今年风调雨顺，愿那途中遇雨的旅人的祈祷不会为你接受，雨是旅人的障碍，却是世人的甘露。"

我知道，我又会遭到指责：干吗去写一个可怜的贪图私利者，周围不是有那么多崇高的、有鼓舞力的英雄吗？我想，医生的责任是诊断病情，恐怕只有疯子才会认为医生在判明流行病情况的同时也传播了流行病。我在长篇小说《贪图私利者》里面打算描写误入歧途的米哈伊尔·雷科夫的精神世界，附带以讽刺的手法描写一下那几年的生活。就连岗位派分子也在理论上承认讽刺是必要的，然而，每当有人试图描写我们生活中的某一丑恶现象时，他们就立刻宣布这是诽谤。"我们需要我们的谢德林和果戈理"——这话我是很久以后才听到的。讽刺在理论上依然被认为是必要的，但在实践中却好像是一种破坏行为。有个诗人写了这样一首小诗：

我们需要
慈悲些的谢德林
和这样一些果戈理，
以免我们被打扰……

我在 1924 年写道："如果在我的书中所谓的'反面典型'具有更大的表现力，那应该把这看作是缺乏多样性和人类的天性有局限性，而不应看作是狡猾的诡计。我多么希望能看到一部描写健康的、朝气蓬勃的新人的史诗般的卓越作品来代替我那些揭露性的作品啊！唉，好心的批评家们并不急于让这些作品快点写出来，他们更喜欢责备我。而我也更喜欢献身于我生来就酷爱的工作。我并不等候那部描写阿尔乔姆的鼓舞人心的书问世，我只想把他的兄弟的故事告诉同时代的人们……"

我在 1925 年 1 月 26 日写道："波波夫拒绝了《贪图私利者》，因此它未必能够出版……"（我不记得我说的是哪一个波波夫了。）

一个相当著名的岗位派分子称呼我是"革命的公开敌人"，他写道："《贪图私利者》的感染力就在于作者欣赏新经济政策时期那群贪婪的家伙，肯定资产阶级豺狼对我国整个经济机构的掠夺。这就是俄国的施本格勒之流昨天的候补人的最终覆灭……"

爱德华·巴格里茨基在忧伤的时刻写道：

"稍微刮起一点北风，

我们便四向凋零。

我们用自己的躯体为谁铺幽径？

谁的脚掌将在我们腐烂的躯体上走过？

年轻的号手会践踏我们吗？

我们的上空是否会出现陌生的星座？

我们是老朽的橡树上的凋落的叶子……"

我在铁匠街上一家书店的橱窗中看见了"苏维埃文学的大树"。树枝上挂着解说性的标签："无产阶级作家""列夫派""农民诗人""左派同路人""中间派同路人""右派同路人""新资产阶级文学"，等等。树下有几片落叶，其中的一片叶子上写着"爱伦堡"。

接着涌来的是十足强劲的北风。我没有凋落真是个奇迹。

10

莫斯科寒冷的一月：关于列宁的回忆

不久前，我在图书馆中找到了一张已经发黄的报纸，这是在列宁安葬的那天出版的《列宁专号》。上面也有我的一篇文章，文章是匆匆写成的，那时的心情使你无法考虑它的文体。我想从这篇拙劣的文章中摘录几小段，它们可以说明我这部作品后面的一些章节。

我在回忆战前的巴黎时写道：

"我们在战争前夕的那几年里又知道些什么呢？忐忑不安和四处漂泊、炸弹和诗歌。

"……难道这些敏锐的、令人敬佩的话不是他说的：'我们错了，我们错了许多次。'是的，这儿可能有挫折，有错误，因为这正是生活。而在那些空谈自由、空谈个人的伟大的饶舌者所居住的国度里，在那些忧郁灰暗的房屋中间，是没有英雄、建设者和领袖的。那儿也不可能有错误，因为那儿没有生活。

"……在经历了4年可怕的战争后，欧洲得到了凡尔赛和约，俄罗斯得到了十月革命……

"……为了明列宁的创造性力量，我们只需瞧一瞧彭加勒每个礼拜天在废墟和十字架中间祈祷时的神气，他慷慨激昂地叫着：'我们？……不，我们从来没有犯过错误！'

"……他知道。我们不知道。我们不知道半开化的、农民的俄国的民族革

1924年，列宁的纪念邮票

命会开辟世界的新纪元。我们不知道2月的口号'交出一小块土地来'会在10月变成'交出土地来'。而他知道这个。他在日内瓦时就知道这个。他在一个小房间里的煤油灯下彻夜工作时就知道了。

"几个月前在汉堡，当起义遭到镇压后，我听到这样一段谈话。两个亲兄弟，两个工人在争论。他们是兄弟，也是敌人。一个参加了起义，另一个镇压了起义。参加起义的那一个受了伤。别人偷偷将他从'绿林豪杰'那里送回家。参加镇压的那一个说：'干吗要起义？社会党人在参议院不是已经答应发给每人半磅人造黄油吗？……你听说过吗？……'那个参加起义的回答说：'可我们要得到他。'他说这句话时，指着挂在他屋里的一张相片，在所有国家所有城市的成千上万工人的家庭里都挂着这张相片。

"……我们常常感到困惑。我们有我们的新艺术，有我们的不安，有我们在世界各地的漂泊生涯。我们也觉得，他与所有这些都是格格不入的。我们不知道，如果没有他的工作，我们既不会有进步，也不会有生活。就让房子尚未建成吧。就让其中有着无数的困难和无法忍受的寒冷吧。但是墙壁正在日渐增高。而在那有着完整的灰色屋子的城市里——10年前作家们暴动和受苦的地方——又是个什么样子呢？那儿没有我们的立足之地。杯水风暴已结束了。剩下的就是为祝贺福煦（1851—1929，法国元帅）院士和有3道菜的精美午餐唱唱赞歌了。伟大的欧洲之夜的绝望——这一点他也知道。他是一个执着一种思想的人，他只考虑一件事，那就是如何使其他人幸福，使他们能够思考许多事……"

每当一个伟人去世，人们不由得要回顾一下我们称之为历史的东西，也要回顾一下自己渺小的生活。当我写到列宁的逝世时，我自己也是如此：我想起了大战的前夜、"洛东达"、作家和画家的暴动，而我在心里却把这一切称作"杯水风暴"，不过这也许并不公正。妄自菲薄是重大损失带来的悲哀造成的，是由于意识到死神从人类手中夺去的那个人的一切作为具有决定性的和真正普遍的意义造成的。

我在很久以前所说的关于十月革命的意义的话，以及将俄国的艰苦道路和西方精神上的贫乏所作的对比，至今我也觉得是正确的。

"就让房子尚未建成吧……"是的，在 1924 年，我们还不知道列宁在世时已经砌上墙的那座房子，我们日后还要为它付出多少汗水、眼泪和鲜血。我们还不知道我们在 30 年代和 40 年代不会听见以友好的、同志式的态度道出错误的话语。然而房子是建成了，我国人民的精神力量表现在他们建造这座房子是不惜任何代价的。

那年一月的寒冷天气在莫斯科是十分罕见的。要想说服孩子待在家里是徒劳的。大人们让孩子坐在肩上。红军战士泣不成声。夜间，在野味市场，在德米特罗夫卡、彼得罗夫卡——到处都燃起了篝火，愁眉苦脸的人们穿着皮袄默默地站在火堆旁边。许多蓄着长胡子的农民代表也来到了莫斯科：当时俄国农民还留胡子。

我不能留在家里。我看见送葬的行列从巴尔丘格街上走过。我来到圆柱大厅，这里的哭声压倒了哀乐。莫斯科在痛哭，虽说有"莫斯科不相信眼泪"这么一句俗话。我去找尼古拉·伊万诺维奇，他是我过去在中学里一同搞地下工作的同志，住在第二苏维埃大厦内。他总是笑容满面，这时却一句话也没有说，蓦地我发现他的眼眶里有泪珠在滚动。改善学者生活中央委员会的

左：列宁安葬那天出版的《列宁专号》

右：前来参加列宁葬礼的农民

向列宁告别的队伍

扫院子的老妪也在哭泣。人民的悲伤是巨大的、真诚的。

在那些严寒的一月的夜晚，我仿佛从远处——越过几个世纪——看见了我国人民所实现的一切，无论在以后艰苦得多的数十年里我有着多少怀疑，列宁的意图始终摆在我的面前，它鼓舞着我，制止我去干坏事。我是个年轻的非党作家，对于一些人，我是"同路人"，对于另一些人，我是"敌人"，而实际上我不过是在革命前成长起来的一个普通的苏维埃知识分子。无论怎样辱骂我们，无论怎样睥睨我们这些早已白发苍苍的头颅，但我们明白，苏联人民的道路就是我们的道路。

在巴黎时，我曾有机会和列宁谈过几次话，我知道，他喜欢普希金，喜欢古典音乐，他是个复杂的、有着广阔胸怀的人。但是他将自己的全部热情，全部创造才能都用在一件事上，那就是为了将工人从剥削制度下解放出来并建立一个新的社会主义社会而斗争。所以我在 1924 年写道："他只考虑一件事，那就是如何使其他人幸福，使他们能够思考许多事。"

"幸福"这个字也许有些刺耳。当年那些骑在大人肩上走进圆柱大厅的孩子，他们在 30 年代是孤儿，在卫国战争年代是战士，现在是读过第 20 次党代表大会报告的白发斑斑的人……虽然如此，我所说的幸福是真实的。现在每当我参加我国青年的会议时，我便发现青年男女在思考许多问题，他们喜欢许多东西，也了解许多事物。

我还想回忆一下列宁，谈谈几件日常琐事。当我和他在巴黎谈话时，他突然打断了我："找到房子了吗？这儿的旅馆很贵……"接着便对娜杰日达·康士坦丁诺夫娜说："这儿有谁在帮助他？柳德米拉吗？噢，她知道……"纳·伊·阿尔特曼在列宁的书房里为他塑一个头像，有一次，阿尔特曼必须立刻走开，因为有几位同志来找列宁。列宁很关心那堆黏土，没忘记给它洒上些水。阿·瓦·卢那察尔斯基曾对我说，有一次他问列宁可不可以让"左派"艺术家们来装饰五一节的红场，列宁回答说："我不是这方面的专家，我不愿将自己的爱好强加于人……"

斯大林写过一篇论列宁的政治风格的文章。文章是早在20年代写成的，大概谈得都很正确。然而列宁的人的风格却是无与伦比的：在创造性意图上的果断和罕见的谦虚、力量以及决心，而这种决心既不排除温和，也不否定对精神财富、对理性、对艺术深深的尊敬——这才是人道精神，真正的人道精神。

11

1924 年的意大利马泰奥蒂事件

1924 年 5 月，我和柳芭动身去意大利。那里有许多操各种语言的游览者，其中有些是德国人，他们带着硬马克来到这儿，深信他们幸免于一次地震，现在可以欣赏欣赏这个盛产柠檬的国度了。

（法国人常说，挨了开水烫的猫见了冷水也害怕。人比猫要轻率些。堪称新庞贝的几个小镇的一万居民把维苏威火山看作养育他们的父亲，因为他们是依靠游览者的好奇心维持生活的。1944 年，维苏威火山只苏醒了片刻，小镇圣塞瓦斯蒂扬诺便化为灰烬。然而邻近几个小镇的居民却哪儿也没去。）

威尼斯正在举行一个国际展览会，苏联艺术家是初次参加这个展览会。我们几个人坐在圣马尔科广场上的弗罗里安咖啡馆里，我记得有女画家亚·亚·埃克斯特和鲍·尼·捷尔诺韦茨。弗罗里安咖啡馆当时已有 163 年的历史，现在它已满二百岁——可以筹备二百周年的大庆了。隆吉、卡纳列托、哥尔多尼、戈齐（四人为意大利的画家或剧作家）大概都在这儿喝过可可。我不记得那时我们谈了些什么，也许谈的是梅耶霍德的最新剧目或当时正在威尼斯展出的萨良的油画，也许谈的是假面喜剧。

几个骨瘦如柴的英国女人正在用食物喂几只呆头呆脑的鸽子。擦皮鞋匠和卖珊瑚饰品的小贩做出种种曲意奉承的姿态，很像古典喜剧中的丑角。游览者交口称赞这儿的风光，不仅口头称赞，还在成打的风景明信片上签名，以便寄赠亲友。所有这些很像莫斯科室内剧院的一场演出。

周围是城市，这儿有成百上千条恶臭的神秘河渠，有成群结队咪咪直叫的猫，有 17 世纪的房屋，住在里面的人们和住在最普通的房屋里的人一样在幻想、嫉妒、吵嘴、看晚报、患流行性感冒或阑尾炎。平凡生活的周围是绝妙的风景、灰绿色的天空、蔷薇色的水、小桥、圆柱、喷泉。瞧，这儿是多么引人注目啊！而我却看见了黑衫党徒，他们正在广场上散步或在吃冰激凌。

我们去了穆拉诺，在那儿看见了手艺极其精巧的玻璃吹制工。工厂的墙上写着："列宁万岁！"头戴黑帽的士兵摆出一副凶狠的样子，从一个衣袋里掏出崭新的手枪，接着又放进另一个衣袋里。

我已经说过，对于我这一代人来说，间隙是短暂的，而且我们也难得忘却报纸上所谓的"历史事件"。为什么我不能静静地欣赏丁托列托的油画或沟渠里的水呢？有一种东西使我不安，这大概是一种新现象：我第一次看见真正的、活生生的法西斯分子。

年轻的时候，我非常欣赏卡姆波-桑托的壁画，所以我对柳芭说，一定得去比萨瞧瞧。柳芭在欣赏贝诺佐·哥佐利（1420—1497，意大利画家）用人世间的甜蜜生活装饰陵墓墙壁的那些明朗的图画，而我却瞧着黑衫党徒。第二次世界大战期间，德国的炸弹毁坏了比萨市的一部分壁画。前不久，我又到比萨去了一趟，往昔的景物已经残破不全，我不禁感到遗憾，从前没有抓紧机会把那些壁画看个够，但是有什么办法呢：生活不能像你所希望的那样，它有自己的规律。

1924 年，人们未必可以预见法西斯主义会从半宗法制的贫困的意大利迁居到秩序井然的德国，杀害五千万人，破坏几代人的生活。但我为意大利难过，既难过又不安。这些高声叫喊、列队齐步行进并高举手臂的都是些什么人呢？大概都是些不走运的人、破产小商人的儿子、外省的公证人或律师、热衷于响亮词句的沽名钓誉者。可以把他们看作可笑的狂欢节上戴假面具的人们，但是我已经明白，人不是按照笛卡儿的说法生活的……

不知何故我们来到了意大利中部的小城比比亚诺，这儿没有名胜古迹，游览者也很少光临。然而这却是一个美妙的小城！晚上，我们走进一家阴暗的饭店，店里摆着许多大而圆的红葡萄酒瓶。一位老人对饭店主人和两个顾客谈起从美国回来的泥瓦匠朱利奥的一段很长的故事。他存了很多钱，打算结婚。然而法西斯组织的一个书记从阿雷佐坐汽车来到这里。他们分别在两张桌子上喝酒，突然，这个书记开始嘲弄朱利奥，他要泥瓦匠喊"墨索里尼万岁！"朱利奥回答说："让驴子去喊吧。"法西斯分子立刻用枪打死了他。为了做样子，凶手被逮捕了，但过了一个星期便被释放。这就是全部故事……老人一面喝酒，一面用几根钩形的手指捻碎干酪。我走了出去，山冈好像星空一般，成千上万的萤火虫在飞舞。青蛙发出柔和的叫声。黑暗中，情人们山盟海誓、拥抱接吻。但我却在想着我不认识的朱利奥的命运。

我们返回罗马后，一切都显得很平静。我们去到大使馆。大使说，同意大利的贸易关系正在安排，他还说，诗人维·伊·伊万诺夫来到了罗马，他常到使馆来。游客都赶忙去参观梵蒂冈或科洛西姆斗兽场。在考尔索大街的"阿拉尼亚"咖啡馆里，政治家们在讨论，对科孚岛的远征使意大利耗资多少。我常去博物馆，梵蒂冈的镶嵌艺术使我惊叹不已，使我好几天忘记了政治。突然我们看见激动的人群聚集在蒙特齐托里奥广场上，他们高喊着口号，焚烧报纸。在其他广场上也发生了同样的事，我听见了"打倒法西斯！打倒凶手！"的喊声。愤怒的人群焚烧着一捆捆法西斯的报纸——《意大利邮报》《意大利人民报》《帝国报》。过了几分钟我才弄清楚，原来是法西斯分子绑架了年轻的社会党议员贾科莫·马泰奥蒂。

人们对事件的反应是很难预料的，有时成千上万人遭到杀害的事件几乎没有人注意，有时一个人的遇难却震动了世界。对马泰奥蒂的迫害就其简单性和明显性来说，很像古代的寓言。我到处都听见死者的名字。

（我在《十马力》一书中谈到了马泰奥蒂的死，虽然这同雪铁龙工厂或争夺石油并无直接关系。我不能沉默：1924 年 6 月 10 日在罗马发生的事件也进入了我的生活。）

意大利在当时还存在议会，春天举行了选举。法西斯分子依靠酒和蓖麻油、贿赂和木棒取得了多数票，然而反对党也获得了近百分之四十的选票。5 月 30 日，年轻的议员马泰奥蒂在议会发表了一次勇敢的演说，他谈到了暴力，谈到了暗杀。法西斯分子大吼大叫地打断他的讲话，有一个喊道："滚到俄国去！"

当马泰奥蒂走下讲台的时候，左派议员向他祝贺，他微笑着对其中的一个

左上：墨索里尼和最初的黑衫党徒
右上：马泰奥蒂（中间）
下：墨索里尼和戈布里埃尔·安努尼茨奥

人说:"现在请准备悼词吧……"11天后,他出去买香烟,从此没有再回来。

墨索里尼对批评已经不能忍受了,但是他还没有逮捕议员的勇气,他指派自己的朋友切扎里·罗西去干掉马泰奥蒂。罗西领导内政部的新闻局,这是个招牌,实际上"新闻局"专干暗杀政敌的勾当。罗西招来《意大利邮报》的编者菲利普利。这位编者又找了一个名叫杜米尼的人。

在距马泰奥蒂家不远的台伯河畔,一群陌生人包围了他,将他推进汽车。汽车飞速驶往城外。凶手们堵住马泰奥蒂的嘴。杜米尼是个内行(后来他承认自己杀害了12个反法西斯主义者)。马泰奥蒂有肺病,挣扎不久:当他企图推开车门逃跑时,杜米尼猛扎了他一刀。

在库阿塔列洛附近一个荒无人烟的地方,法西斯分子匆忙地掩埋了马泰奥蒂的尸体。墨索里尼满意地获悉,事情干得干净利落,他以为不会透露风声——人不过是失踪罢了……然而,有几个女人却看见一个人被一伙人硬塞进一辆红色汽车。反对党的报纸还在继续出版。调查开始了。菲利普利的汽车被找到了,坐垫上有血迹。人们不得不逮捕杜米尼。罗西也受到传讯,但案件很快就被压下去了。可是过了不久,罗西和墨索里尼闹翻了,他逃到巴黎,在那儿开始揭露自己从前的朋友的罪行。

罗马沸腾了,看样子马上就要爆发革命。反对党议员发誓要惩办这一伙杀人犯。世界各国的人也都被法西斯分子的无耻行径激怒。墨索里尼也胆怯了:他宣布,暗杀议员的事件使他非常震惊,凶手一定要严加惩办,他甚至辞去了法西斯党总书记的职务。看样子,他也觉得大火烧起来了……

意大利人的性格不同于德国人的性格,但结局却一样。议员们发表了一些义愤填膺的演说。罗马人烧掉了一捆捆法西斯的报纸,也就四散回家了。没过多久,墨索里尼放心了。我还在意大利时,有人就拿给我一份《帝国报》,法西斯分子在报上嘲笑抗议的人:"让疯子们去神气吧。最后笑的人才笑得痛快……谁也阻挡不住法西斯主义者在意大利的所有广场上枪毙罪犯。"后来我读了墨索里尼的一篇演说,他在谈到马泰奥蒂的被害事件时说:"寻找罪犯是无益的、愚蠢的。我们有自己的语言,这就是革命的语言……"

是的,意大利人不像德国人,意大利人的特点是:热爱自由、永远有叛逆精神、富有想象力、不顺从。然而,墨索里尼统治意大利却达23年之久,他是在希特勒自杀前几天才被游击队处死的。我读过一个法国作者的见解，他说，人民能够忍受一个独裁者的任何罪行，如果独裁者引导他们去的地方正是他们想去的地方的话。我不认为一个普通的意大利人渴望征服阿比西尼亚，镇压西班牙人，占领沃罗涅日……难道给世界带来了堂吉诃德的人民是为法西斯主义而生的吗？难道克维多和戈雅的人民命中注定要接受愚蠢落后的专制制度吗？然而，一个身材矮小、才智低下的将军统治西班牙已近四分之一个世纪。不，用民族性格是什么也解释不了的，关于意大利人只有一点可说：他们扮演"罗马军团兵士"的角色很不成功，这是值得赞扬的。

起初，法西斯分子打算认真地证明，他们的领袖正在引导意大利走向繁荣、社会正义并摆脱国际资本。后来他们渐渐地不大说话，而是使用口头语"领袖是不会错的"，再后来只是简单地喊"领袖万岁"。1934 年，我在米兰看见一个庞大的游廊上贴满了海报，但所有的海报上只有一个词："领袖"。

谢·谢·切霍京教授是伊·彼·巴甫洛夫的学生，他企图根据条件反射法来分析社会生活的某些现象，特别是宣传的作用。伊·彼·巴甫洛夫用狗进行过多次试验。谢·谢·切霍京正在研究法西斯主义的书刊。他对我说，在接受试验的狗中间，有一些狗对刺激物的作用没有反应，或者不如说反应微弱。切霍京教授认为，极少数的人能够抵抗极简单的宣传方法（各种标志、千篇一律的祝贺、简练的口号、制服等）。我不是生理学家，不能判断谢·谢·切霍京的见解正确到何种程度。但是，在我这一生里，我却频频见到机械式的愚蠢和无意识的虚张声势获得胜利……

我再一次欣赏了罗马的松果松、掉着泪的大理石的自然女神、特兰斯特维尔的苦命人的善良微笑，随后我们便到了巴黎。

我继续写作，逛咖啡馆，进行一些不同的娱乐和消遣，情绪有时高昂，有时郁闷——生活在继续着，有着恰如其分的平静和愉快，然而总的说来，20 年代的生活是凄凉的。我常常想起黑衫党徒的模糊影子、马泰奥蒂的被害以及我不得不度过的那几十年的第一次考验。

突然我又拿起了帕斯卡的集子，从中找到了慰藉。我头一次对这样的话加以思考："人只是一根芦苇，是所有生物中最脆弱的，但这是会思想的

安东尼奥·葛兰西

芦苇。一滴水可置他于死地。但是即使整个宇宙都来反对他，他仍将高于自己的凶手，因为他能够认识死亡，而盲目的力量是没有意识的。所以，我们的全部长处就在于我们能够思考……"看来，许多事件一定会使我对帕斯卡的话的正确性发生怀疑，因为我看到了，人是多么迅速地失去了思考的能力。然而，革命的初年并非没有留下一点痕迹：我已经不会受到盲目信仰和盲目绝望的摆布了。

帕斯卡也未必认为，无论什么人在任何条件下都有思考能力。墨索里尼使许多意大利人变成了机器人，他们见面时举起手臂，并且认为这是对他们的赞扬。但是也有另外一些人，他们在思索，在嘲笑，说一些恶意的笑话，读禁书——芦苇没有屈服。在图里监狱的一个单人囚房里，安东尼奥·葛兰西度过了 10 年的时光。他在监禁期间写了许多论文，有的论述贝纳特托·柯罗齐的哲学，有的论述皮兰德娄的作品，有的论述但丁、马基雅弗里及其他许多人。他给自己的俄国妻子尤利娅和她的姊妹塔季扬娜写了不少信，这些信非常诚恳、热情、高深而且很有人情味。我常常翻阅它们，每次都感到自豪——他正是一个有思想的芦苇！

时间从容地迈着步伐，但死亡却匆匆来到。葛兰西死于 1937 年。时间从来不慌不忙，但它迟早要使万物各归其位。不久前，我从佛罗伦萨的一条街上走过。那是一个蔚蓝色的 4 月的傍晚。孩子们在游戏。一个老人牵着一条小狗在街上漫步，情人们在喃喃低语。我无意中瞧了一眼路牌："马泰奥蒂街"……

12

《1925 年夏天》：新作品和新观念

1924 年春天，"左翼联盟"在法国选举中获胜。新政府由激进党的爱德华·赫里欧领导，他是一个有高度文化修养的人，一个爱国主义者，厌恶沙文主义，为人善良，胸怀开阔。他非常喜欢里昂的饭菜，写过一本关于雷卡米耶夫人（1777—1849，法国大革命年代、拿破仑一世和复辟时期巴黎一贵族夫人，她的沙龙名噪一时）的私生活的书，但同时没有忘记雅各宾派的传统——他是 19 世纪法国知识分子的典型代表。1924 年，英国人和美国人希望法国尽快和德国人达成协议。赫里欧谴责对鲁尔的占领和彭加勒的愚钝，但是作为一个法国人，他希望法国的安全能预先得到保障："在你们议论和平的时候，还是让我们拿开经常对准我们的匕首吧！……"我的天哪，政治家们是多么容易改变自己的话，甚至是原则啊！1924 年，英国人回答说："先裁军，然后安全才有保障。"

白里安被认为是欧洲第一名政治夜莺，当他发表演说时，那些老朽们感动得泪涕俱下。白里安的话题自然不外乎是和平、欧洲的团结和宽宏大量的胸怀。赫里欧企图说服英国人和美国人："当心点！德国国防军正在复活。德国军队装备了新式武器。我们不能忘记两次侵略。我们又听见了熟悉的威吓声。我和所有的人一样希望和平，但是，忽视法国的安全，难道可以保住和平吗？……"赫里欧被推翻了，白里安代替了他的位置。在瑞士的疗养地洛迦诺签订了著名的协议。晚上，焰火划破了夜空。施特莱斯曼（1878—

1929，当时的德国总理）给从前的德国太子写信道："……其次，我的目的是保护国外的德国人，换句话说，保护那一千万到一千二百万迄今住在国外并受到外国压迫的同胞。第三个重大任务是修改东部边界，使但泽和波兰走廊重归德国，同时修改西里西亚的边界。远景是德属奥地利的合并……"

（遗憾的是，在这本叙述我的生平的书中，我不仅应该回忆诗人、艺术家，不仅回忆我所喜欢的人，而且还得回忆施特莱斯曼。有什么办法——我们处在这样一个时代，历史就像波尔塔瓦的警察，不分白天与黑夜，毫不客气地干预着我们的生活。）

15年后，当巴黎的天空被染红并响起第一颗炸弹的轰隆声的时候，我想起了洛迦诺的焰火。

"左翼联盟"的胜利改变了某些情况，但对我来说，巴黎仍然是禁地。在罗马时，我让柳芭去法国领事馆：我的相貌一向使官员们感到害怕，而柳芭却使他们放心。我的估计是正确的：领事不知道我们曾被法国驱逐出境过，给了我们签证。去巴黎是毫无问题了，但是我们不能在那儿居留，因为有驱逐出境的命令。

朋友们让我去找"伟大的东方"共济会分会的书记。我来到了那个曾使保皇党分子博斯图尼奇神魂颠倒的巢穴里。所谓巢穴只是一间普通的办公室，分会书记是个上了年纪的激进分子，他知道巴黎所有小饭馆的精美食品的秘密。巴黎有许多共济会，但是完全出乎博斯图尼奇的想象，它们既不祭祀魔鬼巴法梅特，也不膜拜犹太教的上帝耶和华，又不崇拜卡尔·马克思。分会是一些独特的互助团体。书记说，他办事要困难些，不过警察局局长是共济会员，也是他的朋友。

我只得去找警察局局长。他一点也不像那位心地善良的激进派书记，而是个盛气凌人的家伙。"您打算在巴黎做什么？"我回答说打算写书。局长冷笑了一下说："先生，书有各种各样的。请您注意，法国警察并不是吃闲饭的。"（他说的是实话。1940年，德孟西部长对警方为我立的"卷宗"发生了兴趣，他对我说："您大概写了20本书吧，但我可以使您确信，警察为您写的要多得多……"）

我在德曼林荫道上的一家旅馆里下榻，这里的房间很脏，走廊上有一股难闻的气味，楼梯是螺旋形的，很暗。窗下有一个老式的圆形小便池和一条相当破旧的长凳，情人们晚上就坐在那儿接吻。

秋天，法国政府决定承认苏联。我又跨过了格列涅尔大街上那座楼房的门槛，我第一次去那儿是在二月革命后。大使馆门口围着一群警察和密探。他们显然很激动：在巴黎高贵的住宅区里，俄国疯子们居然在光天化日下升起红旗并高唱《国际歌》！这可不是闹着玩的！列·鲍·克拉辛（1870—1926，苏联外交家，1924年任苏联驻法国的全权代表）安详地微笑着。马雅可夫斯基在院子里走来走去，他说他讨厌巴黎，但美国人却迟迟不发签证。

马雅可夫斯基每天都去"洛东达"。他写道，他在同魏尔兰和塞尚的影子交谈，"洛东达"就像食利者一样靠利息生活。曾和我一同消磨过一个个不安夜晚的人们都已经离开这儿：阿波利奈尔和莫迪利亚尼死了。毕加索搬到了塞纳河右岸，对蒙帕纳斯失去了先前的热情。里维拉回到了墨西哥。寥寥几个老主顾混杂在操着各种语言的游览者中间。没有人再争论怎样炸毁社会或怎样使正义屈从美了。

很难说我为什么每天都去蒙帕纳斯——不是去"洛东达"便是去"多姆"，看来这是习惯势力。有时我会见老朋友：例如莱热、尚塔尔、查特金、桑德拉尔、利普希茨、佩尔·克罗格、费得尔、福京斯基。当然，我们的话题是艺术、俄国革命、毕加索、国际展览会、卓别林，但所有这一切都丝毫不像战前的"洛东达"。我们还远远不是老年人（我们中间最年长的是莱热，他当时44岁），但原先的热情消失了。我们倒有点像穿着褪尽了色的破旧军装的转入预备役的士兵。

我在给女诗人什卡普斯卡娅的信中写道："我坐在'洛东达'里，吸着一个立体派的新烟斗……今天的阳光异常美好。一只猫走过，就连它那斜耸着的尾巴也在证实这是个不平常的日子。然

20世纪20年代，蒙帕纳斯

1925 年，蒙帕纳斯夜间的酒吧

而爱伦堡却像一个心灵空虚的人一样继续吸着烟斗……我感到忧郁。有时我对到处都是艺术感到不满，渴望有一些平凡的谈话或吃一些肥肥的蜗牛（我吃了蜗牛肚子总要痛）；有时又像屠格涅夫笔下的'父辈'那样，用挑剔和怜悯的目光斜睨新的一代，寻求不复存在的灵感……大家都骂《冉娜·涅伊》，称我是韦尔比茨卡娅（1861—1928，俄国女作家，她的作品大部分都以爱情和家庭生活为主题）。我该怎么办呢？定做一条裙子吗？在海涅的墓旁服毒自杀？……法国人写的散文都很好，但他们的诗却很拙劣。可是谁又需要这个呢？作家弟兄们，为什么我们要拼命工作？……"

蒙帕纳斯的几个咖啡馆时常客满：战前"洛东达"的灯火吸引了一些幻想家、冒险家和沽名钓誉的人。年轻的瑞典人、希腊人、波兰人、巴西人都匆匆前往巴黎，他们想改变世界，但世界却牢牢地站着不动。

时装店和贵重物品商店的老板突然对立体主义发生了兴趣，年轻的画家们为了挣得几文钱，或者给披肩画花饰，或者给前来巴黎游览的美国女人做些稀奇古怪的小饰物。大批画商涌现出来，他们全都幻想发现一个新的莫迪利亚尼。他们同一些大有前途的画家签订合同，拿走全部油画，但出价很低，显然他们认为，饥饿会促使灵感迸发。图画成了交易所的股票，成了投机的对象，它的价格人为地被抬高或贬低。

一个阿根廷画家和一个塞尔维亚诗人写信告诉自己的双亲说，超现实主义很快将赢得世界声誉，他们将成为大名鼎鼎的人物，但目前还希望老人家再努一把力，给他们寄几百法郎来。

成批的游览者把蒙帕纳斯变成了夜间娱乐区。"席加尔"和"若卡"舞厅通宵营业，生着一对猫头鹰眼睛的美人吉吉凄婉地唱着淫秽的小调。

1925 年夏季，国际装饰艺术展览会在巴黎开幕。意大利的法西斯分子显示了他们的傲慢与愚钝（他们把这称作新古典主义）。在极其单调和平凡的法国建筑物中间，科尔布捷为《新神灵》杂志设计的那座不大的陈列馆特别惹人注目。苏联陈列馆是展览会中最精彩的部分，它是年轻的结构派建筑师康·斯·梅利尼科夫建造的。陈列馆如同我国结构派及列夫派的许多作品一样，根本不能说它是功利主义的：攀登楼梯非常吃力，下雨时如果有风，雨点便飘进了屋子。这座建筑物是革命初期浪漫主义精神的表现。陈列品绝大部分出自"左派"艺术家之手：梅耶霍德和泰罗夫的戏剧演出模型、罗琴科设计的舞台布景、波波娃的纺织品、利西茨基的宣传画。

许多莫斯科人陆续来到巴黎：马雅可夫斯基、亚库洛夫、梅利尼科夫、什捷连别尔格、罗琴科、拉比诺维奇、捷尔诺韦茨。当我们一起谈天时，我有时觉得我是在 1921 年的莫斯科。

巴黎人认为苏联艺术是最先进的，除了展览会外，他们还看了《战舰波将金号》，泰罗夫的《菲德拉》，瓦赫坦戈夫的《杜朗多公主》。而展览会上的陈列馆同其他许多东西一样，只不过是尾声罢了。革命俄罗斯美术家协会的展览会在莫斯科开幕了，自然主义、风俗画派、学院派以循规蹈矩、简单化和那种以细节的准确性为借口，企图假装对生活的真实反映的摄影式表现手法进行反攻。

我在 1925 年写道："头脑简单的人认为，真实地描写重大事件就是伟大的艺术。他们想不到，用感光乳剂是区分不出太阳和铜纽扣的。有英雄的人，但是不可能有英雄的自然主义。拍摄外省婚礼和十月革命的摄影师终归是摄

霍夫迈斯特的漫画，爱伦堡在"洛东达"咖啡馆中

影师……庸俗的自然主义如今正在得势。它唯一感兴趣的是人类的弱点，要知道，如果脚生来就是为了跳跃或行走，那么身体一定有一个部分是生来坐软垫子的……有人想坐在绳索上舒舒服服地饮茶……"

这时我已经抛弃了结构主义："工业美的胜利意味着'工业'艺术的死亡……描摹一台机器比描摹一朵玫瑰花更为庸俗，因为就后者来说，只不过是对匿名作者的剽窃……创造过真正杰作的'左翼'艺术迅速衰退了。它企图使人相信，世界上只存在吊车、几何图形和赤裸裸的思想……'艺术到生活中去'的这个战斗性口号尚未沉寂，而艺术本身已进了……博物馆。"

我再也没有美学纲领了。我辗转不安。从美国回来的马雅可夫斯基说，那里的机器好，人却不好。我问他是否怀疑"列夫"的纲领。他回答说："不。但是许多东西需要重新考虑。特别是对技术的态度……"

我希望了解法国作家和艺术家赖以生存的是什么。我认识了麦克-奥兰、杜亚美、儒勒·曼罗、建筑师科尔布捷。我常去巴比塞的《光明报》编辑部。我对电影发生了很大兴趣，和导演雷纳·克莱尔、冈斯、雷诺阿、费德、爱波斯坦谈过话。

说那几年毫无成就是不应该的，既然谈到电影，我可以举出我在 1925 年看过的卓别林的《淘金记》和《朝圣者》。喧哗声也丝毫没有减弱，时常出现各种各样的流派，其中喊得最响的是超现实主义。但是总缺少点什么，也许是缺少希望，也许是缺少不安。（我现在想起了当年在蒙帕纳斯经常见面的那许多人的命运。雷纳·克莱维尔和帕斯金自杀了，画家费德被希特勒分子杀害了，苏金在占领期间牺牲了，备受折磨的德斯诺斯死在"死亡营"里。那些年代也是前夜，但人们却以为外面是单调平凡的早晨。）

我再也不是"洛东达"的隐士，也不是艺术的膜拜者了。我从早到晚在巴黎徘徊，有时闯进那坐满了交易所经纪人、律师、肉畜商贩、店员和工人的咖啡馆，或者同什么人谈谈话。生活的机械化、交通的繁忙、灯光广告和川流不息的汽车使我震惊。当然，汽车只有现在数量的百分之一，还没有电视，收音机也刚刚出现，每天晚上街上还听不见各家窗户里传出的嘈杂声波。但是我感到生活的节奏和情调在改变。一到夜间，埃菲尔铁塔上闪耀着雪铁龙"汽车大王"的名字。电流的精灵爬上浅灰色楼房的正面，甚至想用杜勃耐牌的开胃酒或"青春秘"雪花膏去诱惑月亮。

巴黎的郊区起了变化——要塞的围墙、空地和茅屋消失了，开始兴建第一批新的工业型楼房。我在现实生活中，而不是在罗琴科的纸板上看见了结构主义。画家奥藏方请我去他家做客，他住在科尔布捷设计的楼房里：这儿光线充足，宽敞，并且有着病房或实验室才有的那种洁白的色调。我想起了塔特林和热情洋溢的莫斯科高等美工实习学校学生的设计图。这不是那个……我们在发现美洲，当然，那是想象中的美洲。而那早已被发现并完全真实的美洲也同时来到了欧洲——不是带着列夫派的浪漫主义的宣言，而是带着美元、无情的盘算、真空吸尘器和机械化了的人类感情来到的。

人们对政治毫无兴趣：巴黎人既不读白里安的演说，也不读有关

1925 年，在巴黎举行的国际装饰艺术展览会，苏联陈列馆中康·斯·梅利尼科夫的设计

重建德国军队的消息。据说不受沙文主义宣传影响的人们应该坚定地相信和平，这使所有的人都感到满意：人们都想安享太平生活。他们打开报纸，有的人读交易所公报，有的人读足球赛的报道，有的人读天气预报。启示录中的灰色马和其他野兽让位给"雷诺"和"雪铁龙"小汽车了。什缅德达姆的战壕、士兵的哗变和示威游行早已是遥远的往事。直到深夜，爵士音乐仍在狂叫，冒牌绅士喜欢省略词汇中间音节。女人们穿着很短的外衣，据说她们热爱运动。舞厅、拳击比赛、游览汽车、真空吸尘器、纵横字谜以及其他许多新玩意儿纷纷涌现。

重新安排的生活需要异国情调来点缀。百货公司的女店员和公证人的妻子迷上了皮埃尔·伯努瓦（1886—1962，法国作家）的《大西洲》。比较文雅的太太们读的则是作家兼外交家保罗·穆兰的作品。他每年出版一本短篇小说集，如《秘密的夜晚》《公开的夜晚》《风流欧洲》等。他叙述他怎样和各种民族的女人过夜或不过夜。对于不愿落后于时代的巴黎女人来说，爱情已经有点土气了，如今保罗·穆兰笔下的情人们把爱情现代化了，他们在床上的谈话也像无可指责的生意人一样："您现在就像一张没有盖章的支票""不要靠您神经的资本过活"……

《红辣椒》仍在不断刊登的那种心宽体胖、无忧无虑、生活懒散、眷恋家室、靠剪息票生活的旧式资产者，或者整天在林荫道上闲逛的光知享乐的人，现在越来越少见了。代替他们的是精明强干的生意人，他们喜爱汽车竞赛胜于喜爱姑娘和紫罗兰，热衷于冒险事业或任何狡猾的投机，就其所受的教育来说，他们不是工程师便是经济学家，十分熟悉新的生产方法和世界市场的价格，熟悉托拉斯之间的竞争，善于贿赂部长，精通政界的一切诡计。他们的儿子们瞧不起旧式大学生的浪漫精神——魏尔兰酒醉后的眼泪，安纳托尔·法朗士的怀疑论以及无政府主义的词句。他们做体操，崇拜强者。在9年后法西斯分子发动叛乱的一个夜晚，他们中有许多人用剃刀割破了警察的马的马腿。

虽然美国士兵早已回家，但所有来自新大陆的人仍然受到尊敬。爵士乐队代替了患肺病的小提琴手和潇洒的手风琴手。舞厅里出现了职业舞女。不久前还在佳吉列夫芭蕾舞团的首演式或"独立派美术展览会"的预展中打过架的假绅士们，现在又在比赛场上疯狂地叫喊："加油，约翰！……"作家们着手写作运动题材的长篇小说：主人公都是拳击家、足球队员和自行车运动员。

夏天，外国游览者云集巴黎。被列为必须参观的名胜古迹有：爱丽舍田园大街、弥洛斯岛的维纳斯、埃菲尔铁塔、拿破仑墓、蒙马特、"洛东达"和沙班耐大街上的妓院"各民族之家"——那儿有西班牙、日本、俄国风格以及其他风格的房间。一个上了年纪的古板的女管事引导游览者参观，煞有介事地解释着各种淫秽的细节。

战前法国人很少出国，现在许多人纷纷到瑞士、意大利、奥地利、英国等地度假。德科布拉的一部长篇小说在普通读者中间受到热烈欢迎，这本书描写了一个名叫"卧铺车厢里的圣母"的女主人公的艳遇。

街上的狂欢节、彩纸屑、圆顶礼帽、阴暗的咖啡馆中的丝绒沙发——19世纪的最后一批标志消失了，男人们刮掉了长胡子，女人们剪短了头发。

所有这一切与其说指的是巴黎，不如说指的是 1925 年。如今我回想起那个时代，我觉得巴黎就像乌特里罗（1883—1955，法国画家）的油画那样安闲和偏僻。时代变了，也许巴黎比柏林、布鲁塞尔或米兰坚持得久些。但我当时住在巴黎，我在那儿观察了古老的欧洲在美洲的影响下最初发生的一些变化。

所有的人都明白，秩序占了上风——一部分人难过，另一部分人高兴。政治是在幕后进行的，它不大能引起大厅里观众的兴趣。还在不久以前，布尔什维克被描绘成嘴里衔着刀子的人。现在布尔什维克就住在格列涅尔街上，希望让订货的工业巨头纷纷去访问他们。11 月 7 日，去我国大使馆的有各种各样的议员、名记者、生意人、社交界的女士。他们全对马赛尔·加香（1869—1958，法国和国际工人运动的著名活动家）施以白眼，但是瞧见桌子上摆着鱼子酱后也就释然了。

在上流社会的一些沙龙里，赞美"斯拉夫的神秘主义"和"俄罗斯的实验"成了一种时髦。对苏维埃的一切都加以赞美的冒牌绅士获得了"布尔什维赞"的绰号。一个头脑简单的网球运动员对我说："听说你们已经废除了钞票。这好极啦！我痛恨计算开支……"另一个人问柳芭："难道波将金的演技比莫茹辛还好？"他偶然间听说爱森斯坦的一部影片获得了成功，就以为有一个演员名叫波将金。

1925年，柳芭、索罗金、爱伦堡在巴黎

间或有些可悲的事件打破城市虚幻的平静。法国西北部的布列塔尼人居住的杜瓦尔讷内兹城的罐头厂女工遭到枪杀的消息便是这种事件。当时在巴黎举行了一次大型群众集会，演说者号召采取行动。工人们鼓掌、吹口哨。后来一切又归于沉寂。摩洛哥、叙利亚等地不知不觉地爆发了战争。枪声很远，巴黎照旧像过去那样生活。

皮埃尔·阿姆普（1876—1962，法国作家，工程师）的著作那些年里在我国享有盛誉。他描写生产活动，他的长篇小说很像特写，这使许多人为之着迷。皮埃尔·阿姆普年轻时当过工人。但我遇见他时，他已是一位50岁左右的受人尊敬的文学家了。他对列夫派的情况毫无所知，但是当话题一接触到对新车床的赞美时，他便高喊着说："机器的动作比人体的动作优美得多！"

我同作家皮埃尔·麦克-奥兰成了朋友。他生着一副愁眉苦脸的叭喇狗样的面孔。他记得战争的景象，这不是一个胜利者的回忆，而是一个被战胜者的回忆："皮加尔街上的一家小酒馆在每一个窗口陈列一个玩偶。这表达了一种隐秘的愿望，即在战争可怕的四周中间再次庆祝死亡。如果说我的记忆中保留着如此可怖的战争形象，那么这是因为我不能忘记所有那些被人以公正裁判的名义枪毙的士兵的垂死挣扎。我恐惧到了极点——这是生活在如此古怪的生灵中间的一个人所感到的恐惧。我觉得自己要比那些用塞满麻絮的毛料做成的小丑软弱得多。小丑们的摇晃使我想起在传统的柱子旁被枪杀的那些散了架的躯体……"

麦克-奥兰曾多次谈到"社会幻想作品"——这几个字可以解释一切。他有一部长篇小说写的是女骑手艾尔莎，她是一名德国的女共产党员，把红军引入了法国。阅读此书时我不时微笑——火星人大概也会这样阅读《艾莉塔》

的，不过我喜欢麦克–奥兰的其他作品，尤其是《圣女抹大拉医院》，这是一部描写一个开始流血的人的离奇遭遇的作品：一个从未见过的特殊病例使医学院学生们大吃一惊，所有的报纸纷纷报道这位罕见的患者。为了赚钱，病人被弄出去让爱看热闹的人一饱眼福。血越流越多——从几桶增至几吨。为了开采鲜血，建立了一个托拉斯；政府出面干涉——它想得到最大的一份收入，而病人却躺在那里静听他的热血淙淙直流。人们通常认为"黑色文学"是在第二次世界大战以后繁荣起来的，而我现在所说的这本书却写于20年代初。当时我们还不知道布拉格的大耳朵犹太人弗朗茨·卡夫卡，我们有许多事情还不知道，同时把一切都看成是变幻不定的、莫名其妙的。

皮埃尔·麦克–奥兰（他的姓氏平凡得多——迪马赛）是个诗人，他预感到了什么，心里琢磨着什么。他住在距马恩河不远的一个具有田园诗情调的小房子里，有时拉拉键盘式手风琴，几乎总是在写作，写作。他为1924年出版的《胡利奥·胡列尼托及其门生历险记》的第一个法译本写了篇序言。当时我们刚刚相识，他谈起我的时候，犹如在描绘一个几乎跟女骑手艾莉莎同样古怪的人物。用他的话来说，我在1921年末一下子遭受了许许多多灾难：我繁殖了一群狗和一群家兔，一名白军军官想把我抛入大海，我被肃反委员会逮捕，而法国政府又把我逐出法国。他喜欢《胡利奥·胡列尼托及其门生历险记》，便劝法国人领略一下"偶然的、不可预料的事件的浪漫情调"。他曾对我说："我写作仅仅是为了避免发生一般的罪行——不要杀害老太婆，也不要放火去烧农场。"

有一次我和他在一家巴黎的餐厅里共进午餐。麦克–奥兰突然对我说："您可知道，倘若人类再生存几千年，会出现什么局面？家兔将开始咬人，胡萝卜将跳出菜畦抓住人的小腿肚子……"

麦克–奥兰把他几本回忆录中的一本《圣万塞纳街》献给了我。这本回忆录描绘了一个年轻人的惊慌和在上一次大战期间被毁掉的旧鲁

巴斯根画的麦克–奥兰

昂市那些阴暗的小巷。我把他看作一个不安分的人，而他却是一位优秀的作家和好心人。

我明白，十月革命改变了许多东西。我谈到自己对新时代的忠诚时说："我们对它的热爱并不亚于我们的先辈对'祖国'的那种'奇怪的爱'。这种感情也需要鲜血和沉默……"我对什么想得最多呢？我认为是对人的命运，作家不应当满足于描写种种事件，他们应当表现同时代人的内心世界。

1925年，恰佩克（1890—1938，捷克作家）的剧本《鲁尔》在巴黎上演，出现了一个新词"机器人"。当时我们常常谈到"有思想的"机器，我觉得，对于帕斯卡的"芦苇"来说，心灵的蜕化比任何风暴更为可怕。我怕的不是"有思想的"机器将变得特别复杂，而是这些机器渐渐使人抛弃思想，排挤掉复杂的情感。

《1925年夏天》这本书在我的所有作品中也许是最忧伤的一本，它不是最痛苦的，也不是最绝望的，而是最忧伤的。书的内容并不复杂。它是用第一人称叙述的。小说的主人公来到巴黎后，内心十分空虚，便在阳光灿烂的大街上徘徊，拾烟蒂，后来受雇于屠宰场——替他们赶羊。一个意大利的冒险家怂恿这位意志薄弱、茫然无措的主人公去杀死资本家皮凯。这件事没有干成，但主人公却对一个陌生的、被遗弃的小女孩发生了感情，并开始照顾她，但小女孩后来死了。我对错综复杂的情节并不感兴趣，我是想表现大城市里的人的孤独，表现我所遇到的许多人的失望情绪，以及参加过凡尔登战役的一代人的命运。"我们相信许多东西，长久而坚定地相信，譬如相信那能使水变为酒，使血变为水的牧人和宗教裁判官的上帝。我们相信进步、艺术，相信任何眼镜、任何试管以及陈列馆中的任何一个小石块。我们相信社会正义，也相信各种颜色的象征意义。摩天楼的美、新的血清的发现，都使我们深受感动。我们相信一切都将变得更好。我们声嘶力竭地争论、通过决议、朗诵诗和比较各种各样的宪法。当时我们有要领和坚定的心灵。可是后来呢？后来我们躺在战壕的泥污中间，抛开狂欢节戴的假面具，戴上了防毒面具。我们用刺刀宰猪，寻找黄米，因为'斑疹伤寒'或'西班牙流行性感冒'而颤抖……我们知道，战争散发着大粪和印报油墨的气味，而和平散发着苯酚和监狱的气味……"

在那些年里，出现了许多忧伤的书：显然，许多演员在幕间休息时要比在舞台上更为痛苦……

有人从莫斯科寄给我一张报纸，上面有一篇名为《在生活的途中》的文章。文章的作者是位批评家，他写道："伊利亚·爱伦堡在这本书里谈到他'忍受不了自由与饥饿'，便'报上名'，从事了一种职业：'我担任了将羊群从维莱特牲畜场驱往邻近屠宰场的工作……'伊利亚·爱伦堡为暂时取得一些外快而选择的这个方法，我认为应该引起重视……爱伦堡的例子值得加以广泛而仔细地研究。爱伦堡本人认为自己在屠宰场担任的临时工作中有一种英勇色彩，仿佛是一顶缠在由于思虑重重而有着许多皱纹的作家前额上的殉道者的荆冠：'我认真地数着羊的屁股。有时羊群挤在一起发出凄惨的声，我便吆喝道：嗬，嗬！我同姑娘们谈话或者当众朗诵几段《冉娜·涅伊》时，声音向来异常温柔，这次我居然能吓唬这些垂死挣扎的畜生……作家是多么可悲地同活生生的生活断绝了关系，因为像寻找一个临时性工作这样简单的事在他看来都类似一种不平常的、几乎是世界性的悲剧……这是正确的、健康的道路！'"

我觉得，人们在我的作品中发现了某些值得称赞的地方，这在那些年还是唯一的一次，而这种称赞却是我受之有愧的：我从未在屠宰场工作过，也没有赶过羊。但是我看见过索姆河畔的战壕、暂息时期严重的痴呆、比尔维尔（巴黎的一个工人区）的贫穷、意大利的黑衫党徒和其他许多东西。

13

马尔基什：小笛子和干燥的嘴唇

　　我从"洛东达"旁边走过，看见凉台上有一张熟悉的面孔：这是诗人佩列茨·马尔基什，我们是在基辅认识的。他十分容易引起注意：他那张漂亮的、充满灵感的面孔在任何场合都显得分外突出。鲍·安·拉夫列尼约夫断言马尔基什很像拜伦的肖像。也许是这样。但也许只是由于数百张油画或铅笔画，由于无数的诗行，由于另一个时代的空气而留在我们印象里的那种浪漫主义诗人的外貌。马尔基什不仅在诗歌上是个浪漫主义者，他那鬈曲的头发是浪漫主义的，他那端正的脖子上的头是浪漫主义的（他不喜欢系领带，所以领口总敞开着），就连他那一直到死都保持着的年轻人的外貌也是浪漫主义的。

　　他的旁边坐着波兰籍的犹太作家瓦尔沙夫斯基和一位画家，后者的姓氏我忘了。我读过瓦尔沙夫斯基那部译成了许多种文字的长篇小说《走私贩子》，他十分腼腆，很少说话。那位画家却相反，滔滔不绝地议论着各种展览和评论家，还谈到在巴黎生活如何困难——他是比萨拉比亚人，不久前才来到法国，他干着彩画工的工作，空闲时间画点风景画。不知是瓦尔沙夫斯基还是画家谈起了笛子的故事。这是哈西德教派的一个传说〔哈西德教派是18世纪一个具有反抗精神的神秘教派，曾奋起反抗拉比（犹太教内负责执行教规、教律和主持宗教仪式的人）和假仁假义的富翁〕。我记住了这个传说，日后把它放进了我的小说《拉济克·罗伊特什万涅茨暴风雨般的一生》里。这本书很少有人知道，所以我就把这个故事略述一遍。

在沃伦的一个小县城里，住着一个有名望的拉济克（哈西德派教徒对真正遵守教规者的称呼）。这个小县城和别的地方一样，住着一些放高利贷的富翁、房产主、商人，也住着一些千方百计想发财的人。换句话说，到处都是罪恶。审判日到了，根据信教的犹太人的宗教观念，上帝要在这一天审判世人并决定他们以后的命运。在审判日这一天，他们不吃不喝，而且在金星出现以前，拉比不许他们走出教堂。那一天教堂里静得叫人难受。人们从拉济克的面孔上发现，上帝对这个小城居民的罪孽大为震怒。金星没有出现。大家都在等待严厉的判决。拉济克请求上帝宽恕人们的罪过，但上帝装作没有听见。突然间，一支小笛子打破了沉寂。一个裁缝带着自己5岁的小儿子站在后排的穷人们中间。小孩对祷告厌倦了，想起口袋里还装着爸爸昨天晚上给他买的一支小笛子。大家纷纷攻击裁缝：瞧，上帝就是因为这类亵渎行为才惩罚这个小县城的！……但拉济克却看见严厉的上帝忍不住微笑起来。

这就是整个传说。它使马尔基什十分激动，他喊道："这指的是艺术啊！……"

20世纪20年代中期，佩列茨·马尔基什

1928年爱伦堡在巴黎出版的小说《拉济克·罗伊特什万涅茨暴风雨般的一生》的封面，由画家柳芭·卡杰茨娃-爱伦堡和谢尼奥拉设计

随后我们站了起来，各自回家了。马尔基什陪我走了一程，在一个拐弯的地方他突然停住脚步（我们正在谈别的什么）说道："但是现在光笛子是不够的，现在需要马雅可夫斯基的喇叭……"

莫斯科群众大会

　　我觉得，这句话可以概述他一生中的许多艰难岁月。他生来不是写响亮的口号也不是写长篇史诗的，他是个有着一支能发出纯正、尖细音调的小笛子的诗人。但是那位能够微笑的想象中的上帝却没有出现，时代是喧嚣的，人的耳朵有时分辨不出音乐声。

　　诗人一向是存在的，而当诗的生产成为一种职业后，他们就繁殖得特别多。马尔基什是个诗人。当然，根据译文来判断诗作的优劣是困难的——我不懂犹太语，但是当我每次同马尔基什谈话时，他的天赋都使我震惊：无论对轰轰烈烈的大事还是对生活细节，他都能像一个诗人那样加以领会。这不仅是我的印象，像阿·尼·托尔斯泰、杜维姆、让-里沙尔·布洛克、扎博洛茨基、奈兹瓦尔这些气质极不相同的人也对我这样说过。

　　他不怕陈旧的主题，常常去写那些看上去世上所有诗人都写过的东西。他写秋天的树林：

　　　　那儿的树叶并未在神秘的不安中沙沙作响，
　　　　而是蜷缩起来在风中躺下打盹，

然而你瞧有一片树叶醒来后在路上蹒跚，

犹如一只金鼠在寻找自己的洞穴。

他这样描写心爱的女人的眼泪：

它并未从你的睫毛上落下，
却停留在颤动的眼睑之间，
世界在它里面超出了自己的疆界，
而深处正生长着一个晶莹的眼珠……

他是个行家，他在孜孜不倦地进行创作。可以用他描写老裁缝的那段话来描写他：

对于这儿的黑暗市镇
他还能带来什么？
密密缝就的岁月，
惹人注目的针。

马尔基什没有脱离生活，他不仅接受了时代，并且还热爱它。他写过描写建设和战争的长篇史诗。作为一个人，他的纯朴是罕见的，他甚至以嫉妒的心情保护着他心爱的东西，使其不蒙上怀疑的阴影。他从头至脚都是苏维埃诗人。虽然我们是同辈人（他比我小 4 岁），我却对他完整的人格十分钦佩。他曾目睹蹂躏犹太人的暴行，他居住波兰期间正是排犹运动十分猖獗的时期，但是他的身上没有一点民族主义的痕迹，甚至像知道地板上有猫在等候着老鼠的那种民族主义也一点没有。如果需要举出国际主义的楷模，那倒可以毫无困难地推荐马尔基什。

有些批评家说，他的作品中有时流露出感伤、痛苦和不安。然而还能有别的什么呢？他的长诗《一堆》便是描写在戈罗季谢发生的蹂躏犹太人事件的。不久以前我读了他遇害前不久完成的一部未发表的长篇小说的译文——

这是一部描写华沙犹太人区的苦难、斗争与毁灭的编年史。

可是，我不愿意只用时代来做解释，应该谈谈诗人的气质。我想起很久以前两个西班牙诗人——桑蒂连侯爵和拉毕·谢姆·托勃的对话。犹太人和阿拉伯人将格言诗——富有哲理的短格言——带进了西班牙诗歌。拉毕·谢姆·托勃是格言诗诗人之一。暴君彼得罗患有失眠症，他委托拉毕·谢姆·托勃为他写诗。诗人给自己的这本诗集取名为《忠言》，开头便是一段安慰诗：

> 世上没有任何东西，
> 能够长生不老。
> 月亮变圆时，
> 正是月亏的开始。

宫廷诗人桑蒂连侯爵在几十年后写了一首讽刺短诗：

> 破桶有时盛好酒，
> 真理有时出自犹太人之口。

拉毕·谢姆·托勃似乎早有预见：

> 世界刚诞生，
> 等级就形成；
> 有人饮美酒，
> 有的渴难忍。

马尔基什属于那类没有美酒喝只好干着嘴唇的诗人，在他充满生之欢乐的诗篇中，有时流露出淡淡的感伤情调，其故就在于此。

我们很少见面——我们生活在不同的世界中，但是每当我遇见马尔基什，我总觉得我面前是一个杰出的人，一个诗人和革命家，他从不无缘无故地欺负别人，从不出卖朋友，从不对遭到不幸的人扭过脸去。

我还记得 1941 年 8 月在莫斯科举行的一次群众大会，大会的实况还用无线电转播到美国。在会上发言的有佩列茨·马尔基什、谢·米·爱森斯坦、索·米·米霍埃尔斯、彼·列·卡皮察和我。马尔基什热情地呼吁美国犹太人敦促美国对法西斯主义进行斗争（美国当时还保持中立）。

我最后一次遇见马尔基什是 1949 年 1 月 23 日在作家协会为诗人米哈伊尔·戈洛德内举行的葬礼上。马尔基什难过地握了握我的手，我们彼此凝视良久，猜想着谁会中签。

4 天后，即 1949 年 1 月 27 日，马尔基什被捕，他死于 1952 年 8 月 12 日。

我同所有遇见过马尔基什的人一样，怀着近乎迷信的柔情回忆他。我想起了他的诗：

> 两只死鸟躺在地上。
>
> 射得很准……有什么比大地更好？
>
> 在这阳光普照的乐土上，
>
> 就这样倒下！我仿佛觉得……
>
> 我迈了一步，咱们走吧，你听见了吗？
>
> 就这样倒下，什么也别惋惜。
>
> 就这样飞吧。阳光多么灿烂！
>
> 天地多辽阔，真是无边无际。

我很难习惯于这样的想法：诗人已被杀害。

在那些遥远的日子里，我常在蒙帕纳斯遇见年轻的、满怀灵感的马尔基什，当他谈到一个孩子的小笛子和马雅可夫斯基响亮的声音时，他是在比较命运。对于我来说，他是时代和诗歌不可分的保证：

> 时代啊，我把你担在双肩！
>
> 我把你当作一条石头的宽腰带系在腰间。
>
> 道路像一个巨大的陡坡崛起，我应当爬上去，

我穿过朔风的怒号、冰雪覆盖的峭壁攀登。

将有许多人在雪堆中间捐躯。

不，他既不是一个天真的幻想家，也不是一个盲目的狂热分子，小笛子接触的是一个勇敢的成年人的干燥嘴唇。

14

时代的后门:《活水胡同》

1926 年春天我回到莫斯科后，住进了巴尔丘格街的一家旅馆。房价很高，我手头却很拮据。后来卡佳和吉洪·伊万诺维奇收留了我，他们住在斯摩棱斯克市场和莫斯科河之间的活水胡同里一座古老的、半坍塌的楼房里。（战争初期，这座楼房上落了一颗德国"燃烧弹"，被烧光了。）

不知为什么，活水胡同当时被小偷、小投机商人、市场小贩看中了。骗子们聚集在"伊万诺夫卡"客栈里。在那些挂着私商招牌的粉红色、杏黄色、褐色的房子里面，过的是新经济政策最后几年室闷的、野兽般的生活，屋里有被扯下的铃铛，有无花果和动刀子的打架。人人都在谈交易，一切都是交易对象，人们在咒骂，在祈祷，狂饮伏特加，醉倒的人像一具具尸体躺在大门口。院子脏得要命。地窖里住着流浪儿。警察和刑事侦缉处的侦探到这条胡同来时也显得分外小心。

我目睹了时代的一个后门，所以决定描写它。我当然知道，描写高尚的人物比较愉快，风险也较小，但是作者并不总能自由选择自己的人物。不是他寻找主人公，而是主人公寻找他。画家们有一个惯用语——"写生"，这同自然主义毫无关系：譬如，印象派画风景画时总是在写生，而通常以现实主义者自居的自然主义者却满不在乎地照着照片画人像。活水胡同和它的冷漠与冲动、它对重大事件的短浅目光、它的冷酷和忏悔、它的黑暗和忧伤，都使我获得灵感。我第一次产生了用"写生"的方法写一部中篇小说的念头。

情节的基础是一桩真实事件：一座房屋（杏黄色或褐色）的主人是个贪婪的、冷酷的小商人，几个流浪儿拿了他的一只火腿，他怀恨在心，夜里竟把孩子们避寒的那个地窖的出口给堵死了。

景色的改变不仅取决于明暗色彩如何配置，也取决于画家的精神状态。我再也不能单靠否定过活，讽刺的冷笑把我冻坏了。在长篇小说《贪图私利者》里面，我企图对种种事件做一次社会分析，那里面有许多一般性的描写。在《活水胡同》里讥讽很少：我希望在我的主人公们的心灵里找到那有可能使他们同肮脏、庸俗以及内心的空虚等决裂的善良因素。我在那几年里没有写诗，我的中篇小说倒很像抒情的自白。

我不仅爱上了我那些不漂亮的主人公，我还将我自己融入他们之中。我只将那个企图杀害流浪儿的房主和他的住房、一个令人讨厌的游手好闲的家伙摆在一旁，后者在革命前娶了一个男爵的女儿，就依靠她的财产过活。其他所有人物都十分不安，在探索，在受苦。我那几年的思想和感情可以在一个普通的苏维埃姑娘塔尼娅身上找到，也可以在四处碰壁的诗人普拉霍夫身上，在驼背音乐家尤济克和老捷克人身上找到。塔尼娅曾和几个萍水相逢的男人同居，她渴望伟大的爱情，醉心于书籍和工作。普拉霍夫是一个报社的敷衍了事的编辑，他有强烈的虚荣心，但意志薄弱，而且渐渐趋于庸俗和下流，但同时他也开始认识到自己理想的空幻和浅薄。尤济克是"厄勒克特拉"电影院的小提琴师，一个老朽的哲学家，对生活怀着绝望的爱恋。老捷克人从前是拉丁文教员，后来沦为乞丐，但他精神振奋、头脑清醒，流浪儿爱上了他。

驼背尤济克问老乞丐："为什么您这位拉丁文教员被赶到了街上？不是您对，就是他们对，两者必居其一。"

"我曾经是对的。这是过去时。他们是对的——这是现在时。而那些如今在玩铃铛的孩子将会是对的，这是未来时……我满意地望着他们的旗帜，他们的游行队伍，他们的热情奋发。年轻人，涌到面颊上的血和眼睛里无比激动的火花是美丽的！……"

看起来，无论我的哪本书也没有像长篇小说《活水胡同》那样受到过那么凶狠的责骂。我不记得所有的文章了，但现在就有一篇摆在我的面前，标题是《没有共产党员的苏维埃俄国》，它刊登在列宁格勒的《红色报》上：

"透过活水胡同的污水看到和展示的苏维埃俄国，不是我们国家的现实，而是帕·尼·米留可夫心中的理想，那就是没有共产党员的苏维埃俄国……爱伦堡为了满足侨民知识分子的社会需要，专门描绘了苏维埃莫斯科的一个角落，他闭口不谈社会主义建设，不谈建设新生活的澎湃热情……爱伦堡就像垃圾堆里一只满身鬃毛的常客，偶然闯进了蔷薇花圃，它看不见那茂盛而芳香的蔷薇，只看见刺，还迷上了作为花坛的肥料的粪水。"

司汤达在《红与黑》中写道："小说是大路上的一面镜子。反映到你们眼里的，时而是蓝天，时而却是路上的泥泞。在背篓里背着这面镜子的人却被你们批评为不道德！他的镜子照出了泥泞，而你们却怪镜子！其实，你们应该责怪的是泥泞的道路，或者更进一步责备让污泥遍地，浊水成潭的巡路督察。"[1]

1926年，当我描写活水胡同时，康·亚·费定正在写《德兰士瓦》，列·马·列昂诺夫在写《贼》，瓦·彼·卡达耶夫在写《盗用公款者》，弗·维·伊万诺夫在写《秘中之秘》。旧的文学百科全书把这些作品统统描述为"对苏维埃现实的歪曲""赞扬小市民""诽谤"。

看来，问题并不在于帕·尼·米留可夫的政治幻想……革命初年，我们这一代作家曾企图看见革命的全貌，认识发生的事件的意义。后来比较平静的年代来到了，也可以说是比较平淡的年代来到了。这时作家开始注意个别人的命运。在爱德华七世时代，由于王子的恶作剧，穷人的孩子遭到鞭打，我国作家无论过去或现在却因大路上的坑洼而受到批评家的鞭打……

活水胡同根本不像蔷薇花坛。而我，虽然是个满身鬃毛的人，但绝不是猪，我对肮脏感到苦恼。我在世上常常感到寒冷，我寻找温暖和友情。夏天，莫斯科河畔有一些遭到践踏和被垃圾掩埋的薄命的花朵，它们原本是生长在空地上的毛茛和蒲公英。我也想描写这些花。

不值得同过去进行争论，但是值得对它进行一番思考——检查一下，为什么写下的篇页比起作者在不眠之夜依稀看到的景象更为苍白和微不足道。

我毕生忘我地热爱着果戈理。现在我正在罗马一家旅馆晦暗的房间里写这些文字——两次会议之间有几天空闲时间，所以我决定继续写已开了个头

---

[1]　（法）司汤达著；张冠尧译．红与黑[M]．北京：人民文学出版社，1999年1月。——编者注

的这一章。昨天我又去了尼古拉·瓦西里耶维奇当年消磨过许多时光的那个古老的"格列科"咖啡馆,坐在他的肖像下面的桌旁沉思:这个抑郁的、衰弱的、一生又是那么不幸的人以多么耀眼的光芒照亮了俄国和世界啊!

在描写活水胡同的那部小说里,驼背尤济克翻来覆去读着一本小书。小书前面的几页被撕掉了,他既不知书名,也不知道作者的名字。他对塔尼娅说:"啊,塔季扬娜·阿列克谢耶夫娜,您听我给您念昨天我读过的一段:'对心灵的深度的要求是很多的,为的是照亮那取自可鄙的生活的画面并把它看作创作的珍珠("把……看作创作的珍珠"是一句俗语,意为"精雕细刻,精益求精",尤济克和塔尼娅都不懂这个俗语)……'"塔尼娅笑着说:"你读的书是蠢书,尤济克。谁现在还说'珍珠'?这是珠宝商,不是作家。您应该掌握方法论……"

上面引的这段话是果戈理写的。心灵的深度使他能够打动同时代人,也打动了我们。我坐在他的桌旁,心里想,无论是我还是我的许多同时代人都缺少足够的心灵深度,我们常被打败——当然,不是被批评家,而是被时代打败,正是由于我们不善于以真正的深度、大胆的构思和《死魂灵》《外套》的作者的那种勇气来描写平凡的、不大被人注意的、"可鄙的"东西。

我不打算议论别人,但是我有权评判自己。我这部中篇小说的缺点不在于构思,也不在于我描写了活水胡同里那些丑陋的居民而没有将他们同建设未来的人们做一番对比,而是在于艺术的光辉对书中描写的世界的照耀太胆怯、太吝啬也太稀少了。问题不在于我有多高的天赋,而是在于内心的匆忙,在于我们生活在令人眼花缭乱的种种巨大事件和震耳欲聋的枪炮声、叫喊声和极其响亮的音乐声中,有时便感觉不出那细微的差别,听不见内心的悸动,忘掉了那些构成艺术的血肉的心灵上的细节。

我不是在1926年懂得这些的,而是在很久以后:人是活到老学到老的。

15

戴眼镜的巴别尔和《骑兵军》

　　莫斯科的夏天十分炎热，我的许多朋友都在郊外避暑或外出了。我在被晒得极热的城里闲逛。一个异常闷热的暴风雨前的日子给我带来了意外的喜悦：我结识了一个人，他后来成了我最亲近、最忠实的朋友。他是一位作家，我就像徒弟对师父一样地崇敬他，这个人就是伊萨克·埃马努伊洛维奇·巴别尔。

　　他来找我是很突然的，我记得他说的第一句话："您原来是这个样子……"而我则抱着更大的好奇心打量他——这就是那个写了《骑兵军》《敖德萨的故事》《我的鸽子窝的历史》的人！我一生有好几次被介绍给我曾以虔敬心情读过其作品的作家们：马克西姆·高尔基、托马斯·曼、布宁、安德烈·别雷、亨利希·曼、马查多、乔伊斯。他们都比我年长许多。所有的人都读他们的作品，而我看他们就像看远山的峰顶一样。但是对于巴别尔以及10年后对于海明威却是另一种情况，这两次我激动得就像一个在通信过程中萌发了爱情的情人终于见到了自己的对象一样。

　　巴别尔立刻带我去啤酒馆。刚一踏进那黑暗的、挤满了人的房间，我便愣住了。聚集在这儿的有小投机商、惯犯、马车夫、郊区的菜园主、旧知识界那些变得不修边幅的代表。有一个人喊道，发明"长生不老药酒"的人太混账，因为这种东西贵得不可思议，这样一来，只有那些坏蛋比大家活得久。起初谁也不去理会这个叫喊的家伙，后来邻座有个人拿酒瓶朝他脑袋打了一下。在另一个角落里，一个姑娘引起了一场斗殴。一个鬈发小伙子的脸上流着血。姑娘喊道："不用拼命了，哈利·皮尔才是我喜欢的人！……"两个醉得不省人事的酒鬼被人们抓住两只腿拖走了。一个特别客气的小老头在我们桌旁坐了下来，他对巴别尔说，昨天他的女婿想杀死妻子，"您可知道，韦罗奇卡连眼也不眨，只是说：'再去碰碰钉子吧！'我这个女儿，您可知道，温柔到家啦……"我受不了，便说："我们走吧？"巴别尔感到惊讶："这儿不是很有趣吗……"

他的外表一点也不像个作家。他在特写《开端》里谈到自己初来彼得堡时（他那时 22 岁）在一个工程师的家里租了一间屋子。工程师仔细打量了一眼这位新房客，吩咐把巴别尔房间通餐厅的门锁上，并从前厅里拿走了大衣和胶皮套鞋。20 年后，巴别尔住在巴黎郊区涅亚一个法国老太太的住宅里，女主人一到夜里便把他锁起来，她怕他谋害她。然而，巴别尔的外貌并没有一点可怕的地方，他只不过使许多人猜不透：天晓得他是个什么人，干的什么差事……

迈克·高尔德（1894—1967，美国作家、政论家）是 1935 年在巴黎和巴别尔认识的，他写道："他不像一个文学家或过去的骑兵，而是像一个乡村学校的校长。"造成这种印象的主要原因大概是眼镜，在《骑兵军》里，眼镜被当作危险东西（"他们不问情由派您去，可是那儿的人会因您的眼镜而宰掉您""戴眼镜的，您怜悯我们就像猫怜悯耗子""四只眼，放弃你的马吧"……）。他有一副矮壮的身材。他在《骑兵军》的一个短篇中谈到加利西亚的犹太人时，曾拿敖德萨人和他们做比较，"敖德萨人个个都是乐天派和大肚子，而且像廉价葡萄酒一样冒着泡沫"——这是些装卸工人、赌徒和强盗，仿佛是别尼·克里克（巴别尔的短篇小说《国王》中的人物）的原型，著名的米什卡·亚朋奇克。巴别尔尽管戴着眼镜，但他更像一个饱尝人世苦难的快活的敖德萨人，而不像一个乡村教师。眼镜遮不住他那对有时调皮有时悲哀的感情丰富的眼睛。他的鼻子也起了重大作用，这是个不倦地寻根究底的鼻子。巴别尔对什么都感兴趣：他同团的一个战友、库班的哥萨克在一连喝了两天酒后悲伤地烧掉自己的农舍时，怀着什么样的心情呢？为什么"土地和工厂"出版社的玛申卡给丈夫戴上绿头巾后却研究起生物力学来呢？

那个刺杀了法国总统的凶手、白卫分子戈尔古洛夫写了些什么诗？他在《真理报》出版社的小窗口见过一面的那个老会计是怎么死的？坐在咖啡馆里邻桌旁边的那个巴黎女人的皮包里装的是些什么？墨索里尼还在单独对齐亚诺（1903—1944，意大利法西斯的外相）吹牛吗——总之，生活中的细枝末节他都想知道。

他对什么都感兴趣，他不能理解，作家怎么会对生活失去兴趣。他对我谈起普鲁斯特的长篇小说时说："这是个大作家。然而小说却很枯燥……也许，他自己对描写这一切也感到枯燥吧？"巴别尔看出了刚开始写作的侨民作家纳博科夫–西林是有才能的，但是又说："写是会写，只是他没有什么可写。"

他喜欢诗歌，并且跟一些和他极不相同的诗人交好：如巴格里茨基、叶赛宁、马雅可夫斯基。但是他不能忍受文艺界的生活，他说："每当要去参加作家们的会议时，我便感到仿佛马上要尝加了蓖麻油的蜂蜜……"他有从事各种不同职业的朋友——工程师、骑马师、骑兵、建筑师、养蜂家、洋琴师。他能一连几个小时听别人的爱情故事，无论是幸福的爱情还是不幸的爱情。他有时还能使交谈者道出自己内心的隐秘。人们也许能感觉到巴别尔不只是在听，而且还在分享对方的喜怒哀乐。他的一些作品虽然描写的是别人的生活，但却用第一人称叙述（譬如《我的第一笔稿酬》），另一些作品则相反，其中叙述的是一些虚构的人物，但实际上是作者本人的经历（《石油》）。

巴别尔在简短的自传中写道，1916 年高尔基将他"送到人间去"。巴别尔继续写道："我在人间度过了整整 7 年的时光——从 1917 年到 1924 年。这段时期，我在罗马尼亚前线当过兵，后来在肃反委员会和教育人民委员部工作，1918 年又在武装征粮队工作，在北方军里同尤登尼奇打过仗，后来又被调到第一骑兵军。我还在敖德萨省委会工作过，在敖德萨第七苏维埃印刷厂担任过负责印刷出版的编辑，在彼得堡和梯弗里斯等地当过记者。"

巴别尔提到的那 7 年的确给了他许多东西，但是他在 1916 年以前就已经"在人间"了，当他成了名作家后，他仍然留"在人间"：他无法生活在人群之外。《我的鸽子窝的历史》描写一个孩子的感受，但这种感受却是许多年

1930 年，巴别尔在自传上的短语题词

后由一位成熟的大师说出来的。巴别尔在青少年时代遇见过自己在《敖德萨的故事》中描写的那些主人公——强盗和小投机商、目光短浅的幻想家和浪漫的骗子。

他无论到哪儿，都立刻觉得像在自己家里一样，而且会介入别人的生活。他在马赛住的时间并不久，但是当他谈起马赛的生活时，却不是一个游览者的印象——他谈到了暴徒、市政府委员会的选举、港口的罢工，还谈到一个老迈的女人（大概是个洗衣妇）在突然收到一笔巨大遗产后用煤气自杀了。

然而，就算住在他喜爱的法国时，他也十分怀念祖国。他在 1927 年 10 月从马赛寄来的一封信中写道："俄国的精神生活更高贵些。俄国毒化了我，我怀念它，我只想念俄国。"他在另一封从巴黎写给自己的老朋友伊·列·利夫希茨的信中说道："如果就个人的自由来说，住在这儿倒是十分惬意的，但是我们这些从俄罗斯来的人，总是怀念着那刮着伟大思想和伟大热情的风。"

在 20 世纪 20 年代，在我国报纸上常常可以看到这样一个术语——"剪刀差"，这不是指裁缝用的工具，而是指面包价格和布匹、皮鞋的价格之间日益增大的差距。我现在想的是另一些"剪刀差"，即生活与艺术的作用之间的差距，我和这些"剪刀差"打了一辈子交道。我和巴别尔常常谈到它们。巴别尔热爱生活，无时无刻不置身其中，他从幼年起便献身于艺术了。

往往有这样的情况：一个人经历了某一重大事件，产生了描写它的愿望，自己又有这种才能，于是一个新的作家便诞生了。法捷耶夫曾对我说，他在国内战争年代并没有想到自己会爱上文学，《毁灭》对他来说是经历过的事件的最出乎意料的结果。然而巴别尔在打仗的时候就知道自己应该将现实生活变为艺术作品。

巴别尔未发表的作品的手稿散失了。格赫特的笔记使我想起了巴别尔的那个出色的短篇小说《在三位一体旁边》。巴别尔在 1938 年春天曾将这篇小说读给我听，这是许多幻想破灭的历史，是一部辛酸、艰难的历史。许多短篇小说的手稿散失了，刚动笔的一部长篇小说的开头几章也散失了。巴别尔的遗孀安东宁娜·尼古拉耶夫娜找了很久也没有找到。巴别尔 1920 年在第一骑兵军中写的日记却意外地保存下来：一个基辅女人收藏了这本字迹潦草的厚练习簿。这本日记十分有趣，它不仅说明了巴别尔怎样工作，而且还有助于了解创作的心理活动。

从日记中可以看出，巴别尔的全副精神都集中在自己战友们的身上——他关心他们的胜利和失败，关心战士们对居民以及居民对战士们的态度，宽宏大量、暴力、战斗救援、暴行、死亡都使他印象深刻。不过贯穿整个日记的是许多坚定的提示："描写马佳什和米沙""描写人、空气""今天主要的是描写红军战士和空气""记住：阿帕纳先科的体型、面孔和快乐心情，他对马匹的爱，他怎样牵马，怎样为巴赫图罗夫选马""一定要描写瘸子古巴诺夫、团队的风暴、绝望的刀术高强的人""别忘记洛什科沃的那个牧师，不爱修饰、善良、有教养，也许贪财，在那里所谓贪财无非是为了一只鸡，一只鸭""描写空袭、远方慢吞吞的机枪声""描写树林——克里维哈、破产的捷克人、虚胖的农妇……"

巴别尔是个诗人，无论他在描写日常生活的细节上采用的那种自然主义手法还是他那圆脸上的圆眼镜，都不能遮盖住他的诗人的心境。一行诗、一幅画、天空的颜色以及人体美都会使他无比激动。他的日记一点也不像那种打算发表的日记——巴别尔是在同自己谈心。所以在谈到巴别尔的诗才时，我要先从他的日记本中的札记谈起。

"被砍伐的树林边缘，战争的遗迹，电线，战壕。雄伟、苍翠的橡树，榆树，许多松树，杨树——高大的和矮小的树木，林中的雨，雨水冲洗过的道路，白蜡树。"

"博拉京——一个在灿烂阳光照耀下的坚固的村子。丸花蜂，一个满脸笑容的小女孩，一个沉默的富裕农民，黄油煎鸡蛋，牛奶，白面包，贪食，太阳，干净。"

"辉煌的意大利绘画，摇动婴儿耶稣的摇篮的面孔红润的神甫，庄严而闷闷不乐的耶稣，伦勃朗，牟利罗（1618—1682，西班牙画家）的圣母像的仿制品（也许是牟利罗的真迹），虔诚而肥胖的耶稣会会员，留胡子的犹太人，小店铺，破裂的圣骨匣，圣瓦林斯的外貌。"

"我想起了毁坏的筐子，成千上万的蜜蜂在被毁的蜂箱旁嗡嗡乱飞。"

"一座古老的波兰伯爵的宅邸，约有一百多年的历史，绿帽子，古代浅色的天花板彩画，管家住的小房间，厨炉，走廊，地板上的粪便，犹太小孩，施坦威钢琴，露出弹簧的沙发。回想一下那轻巧的白色橡木门，1820 年的法国信件。"

巴别尔在短篇小说《迪·格拉索》里谈到自己对艺术的态度。西西里的一个演员来到敖德萨。他的表演是程式化的，也许太过分了，但是艺术的力量是如此伟大，以致坏人变得善良了。一个小投机商的妻子从剧院出来时责备感到羞愧的丈夫说："无业游民，你现在看见什么是爱情……"

我记得《骑兵军》出版后的情形。作者的想象力使大家为之震惊，有的人甚至说这是幻想作品。其实巴别尔描写的是他看见过的事。这个曾伴随作者行军作战并比作者的寿命更长的笔记本就足以证明这点。

请看短篇小说《马匹补给处主任》。"季亚科夫骑着一匹火红色的英国阿拉伯种马飞奔到台阶前，他从前是马戏团的大力士，现在当了马匹补给处的主任，他生着一副红脸膛，灰白的胡子，身上披着黑斗篷，肥大的红色灯笼裤的裤缝上有银白色镶条。"接着季亚科夫对一个农民说，一匹马他可以付一万五，如果马挺精神，他可以付两万："马如果摔倒后能站起来，这才是马；反之，如果它站不起来，那就不是马。"

再请看 1920 年 7 月 13 日的日记："马匹补给处主任季亚科夫——神奇美妙的景色，带银白镶条的红裤子，镶有雕花的腰带，一个斯塔夫罗波尔人，阿波罗的体态，灰白色的短胡子，45 岁⋯⋯从前是大力士⋯⋯谈的是马。"7月 16 日："季亚科夫来了。谈话很简短：这样的马我可以付一万五，那样的马可以付两万。摔倒了能站起来的才算是马。"

在短篇小说《盖达里》中，作者遇见一个老犹太人，他是个古玩商，正在悲凄地陈述自己的哲学："但是波兰人开枪了，我的亲切的老爷，因为他是反革命。您开枪因为您是革命。革命，这是一种快乐。快乐是不喜欢屋子里有孤儿的。好人干好事⋯⋯我希望有一个好人的世界，我希望每个人都受到注意，并发给每人一份最上等的口粮。"对盖达里的小店做了如下描写："狄更斯，那个夜晚你的影子在哪儿？你或许会看见这个古玩店里有镀金的便鞋和船索，有古老的罗盘和鹰的标本，有一支刻着'1810 年'字样的猎枪和一口破锅。"

1920 年 7 月 3 日的日记里有这样一段记载："一个矮小的犹太人——哲学家。一个不可思议的小店——狄更斯，扫帚和金便鞋。他的哲学是：大家都说自己在为真理战斗，其实都是在抢劫。"

日记中有普里谢普（巴别尔的短篇小说集《骑兵军》中的短篇《普里谢普》中的人物），有别列斯捷奇科小城，有在那儿发现的一封法文信，有对俘虏的杀害，有列什纽夫保卫战中的"小卒"，有师长关于共产国际第二次代表大会的讲话，有"疯狂的奴才列夫卡"，有波兰天主教教士图津凯维奇的屋子以及后来写进《骑兵军》的许多其他人物、情节和画面。但是短篇小说不像日记。巴别尔在笔记本中描写了所看到的一切。这是各种事件的记录：进攻，退却，数易其手的城市和乡村中破产的、吓破了胆的居民，枪杀，遭到践踏的田野，战争的残酷。巴别尔在日记中问自己："为什么我的烦恼无比沉重？"他回答说："生活被粉碎了，我在参加一个盛大的、永无休止的追悼会。"

然而他的作品却不是这样：其中尽管描写了战争的恐怖和那些年的险恶气候，但是里面却充满着对革命和人的信心。不错，有人说巴别尔是在诽谤红色骑兵。但高尔基出面为《骑兵军》辩护，他写道，巴别尔"美化了"第一骑兵军中的哥萨克，比"果戈理对扎波罗热-谢恰的哥萨克美化得更好、更真实"。我从高尔基的文章中挑出"美化"一词及拿《骑兵军》同《塔拉斯·布尔巴》相比，可能使读者感到莫名其妙。况且《骑兵军》的语言是讲究辞藻的、过分夸张的。〔早在 1915 年，巴别尔在刚开始写作时便说，他在文学中寻求太阳，寻求艳丽的色彩，他赞赏果戈理描写乌克兰的短篇小说，并对"彼得堡战胜了波尔塔瓦风格、阿卡基·阿卡基耶维奇温文尔雅地以惊心动魄的威风压倒了格利茨柯（阿卡基·阿卡基耶维奇是果戈理的短篇小说《外套》的主人公，格利茨柯是果戈理《狄康卡近乡夜话》中《索罗庆采市集》里的人物）……"而感到惋惜。〕

其实，巴别尔并没有"美化"《骑兵军》的主人公，他只是揭示了他们的内心世界。他不仅没有理睬军队的日常生活，而且对当时许多使他感到失望的行为也未加以描写，他似乎是用聚光灯照亮一个人展示自己的那一小时、一分钟。正因如此，我始终认为巴别尔是个诗人。

许多不同类型的作家都喜欢《骑兵军》：高尔基和托马斯·曼、巴比塞和马丁·杜·加尔、马雅可夫斯基和叶赛宁、安德烈·别雷和富尔曼诺夫、罗曼·罗兰和布莱希特。

1930 年，《新世界》杂志发表了许多外国作家（主要是德国作家）的来信，这些信是对征询关于苏联文学的意见的答复。在大多数信中巴别尔都名列第一。

然而，巴别尔却以一个大艺术家严格要求自己的态度做了自我批评。他常常对我说，他的作品辞藻过于华丽，他现在正寻求朴素的语言，并希望能摆脱形象的堆砌。30 年代初，有一次他向我承认，现在他觉得写《外套》的果戈理比写早期短篇小说的果戈理更亲近些。他爱上了契诃夫。这个时期他写了《吉·德·莫泊桑》《审判》《迪·格拉索》和《石油》。

他写作很慢、很痛苦，总是不满意自己。我们初次相识时，他对我说："人活着就是为了快乐，为了同女人睡觉，为了在热天吃杯冰激凌。"有一次我去看他，他赤身露体地坐着：那天很热。他没有吃冰激凌，而是在写作。他到巴黎后，也是从早晨一直工作到夜晚："我像头充满灵感的犍牛似的在这儿劳动，我看不见世界（然而在这个世界上的是巴黎，不是克烈缅丘格）……"后来，他迁往离莫斯科不远的乡村，在农村木房里租了一个房间，在里面写作。无论在什么地方，他都能为工作找到无人知晓的洞穴。这个罕见的"乐天派"像个苦行僧似的劳动着。

在 1932 年 底 到 1933 年初我写《第二天》的这段时间里，巴别尔几乎每天都来看我。我将写成的章节读给他听，他有时赞同，有时反对——他对我的书感兴趣，他是我忠实的朋友。

20 世纪 20 年代末期的巴别尔

他喜欢隐藏起来，不把自己的去向告诉别人，他像鼠一样几乎天天搬家。我在 1936 年是这样描写巴别尔的："他个人的命运很像他所写的一部书：自己无法把它理出个头绪。有一次他正要来找我。他的小女儿问他：'你去哪儿？'他不得不回答她，于是他考虑再三，决定不来找我了……章鱼在逃生时总要放出墨水，但还是要被捉住吃掉——西班牙人爱吃的一道菜便是'墨汁章鱼'。"（这段文字是 1936 年初我在巴黎写的，现在重抄这几行时我感到不寒而栗：难道我当时能够想象到，这些话在几年之后会给人以什么印象吗？……）

遵照高尔基的忠告，巴别尔在从 1916 到 1923 年的 7 年内没有发表自己的作品。后来，《骑兵军》《敖德萨的故事》《我的鸽子窝的历史》、剧本《日落》陆续问世。此后巴别尔几乎又沉默了，只是偶尔发表一两个小小的短篇小说（不错，都是十分出色的短篇小说）。"巴别尔的沉默"成了批评家们最喜爱的题目之一。在第一次苏联作家代表大会上，我在发言中反对了这种攻击，我说，母象怀孕的时间要比母兔长，我把自己比作母兔，把巴别尔比作母象。作家们笑了。然而巴别尔在发言中说了几句嘲弄自己的话，他说，他在新的体裁——沉默上大有成绩。

其实他并不愉快。他对自己的要求日益严格。"我已经第三次着手改写我写好的那些短篇小说，我不无恐惧地发现，我还得改写一次——第四次……"他在一封信中承认："我生平的主要不幸是我那极其低劣的工作能力……"

我在谈到母兔和母象时并非昧着良心说话：我高度评价巴别尔的才华，也知道他对自己十分严格。我为他的友谊感到骄傲。虽然他比我年轻3岁，我还是常常向他请教，并开玩笑地称他为"聪明的拉比"（拉比是犹太教内负责执行教规、教律和主持宗教仪式的人）。

我同高尔基只谈过两次文学问题，每次他都以温柔和信任的口吻说起巴别尔的工作，这使我感到高兴，仿佛他夸奖的是我……罗曼·罗兰在一封评

1937年，巴别尔和他的女儿，这是他留下的最后的照片之一

论《第二天》的信中热烈地赞扬了《骑兵军》，这也使我高兴。我爱巴别尔，我过去爱、现在也爱巴别尔的作品……

我还要谈谈巴别尔这个人。他不仅外表不像一个作家，他的生活方式也和别人不同：既没有红木家具，又没有书橱，也没有秘书。甚至没有书桌他也能对付，他可以在饭桌上写作，在莫洛坚诺沃时，他在农村的一个鞋匠伊万·卡尔波维奇的家里租了一间屋子，那儿没有桌子，他便伏在工作台上写作。

巴别尔的第一个妻子叶夫根尼娅·鲍里索夫娜是在资产阶级家庭中长大的，她对巴别尔的怪癖很不习惯。譬如，他把从前同一个团的战友们带进自己的屋子后便说："叶尼娅，他们将在我们这儿过夜……"

他和各种类型的人都能和睦相处，在这方面，艺术家的风度和修养帮助了他。我见过他和巴黎那些假绅士谈话时如何使对方有自知之明，见过他和俄国农民交谈，也见过他和亨利希·曼或巴比塞谈话。

1935 年，作家保卫文化代表大会在巴黎召开。苏联代表团来了，团里没有巴别尔。大会的发起人——几个法国作家向我国大使馆提出请求：让《骑兵军》的作者和帕斯捷尔纳克加入苏联代表团。巴别尔来迟了，应该是第二天还是第三天才到。他得立刻发言。这时他微笑着安慰我说："我随便说点什么吧。"《消息报》刊载了我的一篇文章，其中对巴别尔发言时的情形是这样描写的："巴别尔没有读自己的发言稿，他愉快而流利地讲着法语，在总共 15 分钟的发言里，他用自己尚未完成的几个短篇小说不断引起听众的笑声。人们在笑的同时也明白，发言人通过轻松的故事说明了我国人民和我国文化的实质：'这个集体农庄庄员已经有了面包，有了房子，甚至还戴上了勋章。但是这对他来说是不够的。他现在还希望有描写他的诗……'"

他多次对我说，人的幸福是主要的。他爱动物，特别爱马，他在写到自己的战友赫列布尼科夫时说："相同的激情震撼了我们的心灵。世界在我们两人的眼中犹如 5 月的草地，犹如上面走着女人和马匹的草地。"

生活对他来说却不是 5 月的草地……不过他至死都忠于正义、国际主义、人道主义的理想。他了解革命，把革命看作是未来幸福的保证。他在 30

年代写的一篇优秀短篇小说《卡尔–扬凯勒》的结尾有这样一段话："我是在这些街道上长大的，现在轮到卡尔–扬凯勒了，但是那时人们却不像现在为他奋斗那样为我奋斗，那时有谁想到我呢？我低声对自己说：'你不可能不幸福，卡尔–扬凯勒……你不可能不比我幸福……'"

巴别尔是这样一个人，他的斗争、他的幻想、他的作品以及后来他的死，都是为了后代人的幸福而付出的代价。

1937 年末，我从西班牙回来，直接从特鲁埃尔来到莫斯科。在我开始叙述那些日子之前，读者准会猜到，我是多么盼望立刻同巴别尔会面。我发现"聪明的拉比"十分忧郁，但是他并没有丧失原先的勇气、幽默和讲故事的才能。有一次他向我谈起他在一个工厂里看见人们正在用没收的书籍造纸，这是一个十分可笑又十分可怕的故事。另一次他向我谈起保育院的情形，父母还活着的孤儿一个个被送了进去。1938 年 5 月，我们怀着难以形容的沉重心情分别了……

巴别尔在谈到故乡敖德萨时总是情意绵绵。1936 年巴格里茨基去世后，巴别尔写道："我想起我们最后一次谈话的情景。我们商定一起离开陌生的城市，回到故乡敖德萨，在布里日尼–梅里尼齐租一座小房子，在那里编纂历史和养老……我们曾把自己看作老年人，看作在敖德萨的阳光下取暖的滑头而又肥胖的老年人，我们站在海滨的林荫道上，久久地目送女人们远去……我们的愿望没有实现。巴格里茨基 38 岁便死去了，他连自己才能的一小部分也未能发挥。我们国家已经建立了实验医学研究所。但愿它能使自然界的这些毫无意义的罪行不再重演。"

我们有时在气头上说自然界是盲目的。人也往往是盲目的……

他在被捕前不久，曾给替他在敖德萨租了一个小房子的一位女友写了一封信，信中说："这间算是我的厢房，使我精神大振。陀思妥耶夫斯基曾说：'任何人不论可能去向何方，都应该有栖身之处。'由于意识到我已有了这样的栖身之处，我感到自己在这个众所周知正在旋转的地球上安稳多了。"

巴别尔是 1939 年春被捕的。我知道得很晚——当时我在法国。街上走过一队队被动员入伍的士兵，女人们戴着防毒面具在散步，玻璃窗上贴满纸条。而我心中在想，我失去了一个朋友，他帮助我走过的不是 5 月的草地，而是十分艰苦的人生旅途。

对作家的责任的理解和对时代的认识使我们接近：我们希望某些十分古老的事物——爱情、美和艺术在新的世界也能得到栖身之处。

1954 年底，也许就在那个有着可笑的名字的卡尔-扬凯勒和跟他同年的伙伴——伊万、彼得、尼古拉、奥瓦涅斯、阿卜杜拉一起，兴高采烈地跨出大学讲堂的时候，检察员将巴别尔死后恢复名誉的事通知了我。回想起巴别尔的那个短篇小说，我模糊地觉得：他们不可能不比我们幸福！……

16

庞马尔角——渔民、沙丁鱼和全世界

　　一位女读者曾对我说，她在阅读《暴风雨》的时候感到很吃力：瓦利娅刚刚还在朗诵《哈姆雷特》——不料有一个吉尔达却已在德国的一个小城里和一个意大利人私通了，后来谢尔盖到了第聂伯河，后来米基又在利穆赞山区唱一支游击队的小调——一切都乱成一团。这位女读者也许是对的：长篇小说是一座公园，即使其中的浓密的树丛也都是精心设计的。而生活却是一片森林，因而在一部回溯往事的书里是难以保持叙述的逻辑性的。

　　我方才写的是活水胡同，可我现在却突然掉转笔头来写法国菲尼斯泰尔省的庞马尔角了。（在离开莫斯科之后、来到庞马尔角之前，我曾到过列宁格勒、基辅、第聂伯罗彼得罗夫斯克、罗斯托夫、第比利斯、巴统、伊斯坦布尔、雅典、马赛、巴黎、柏林，我现在把所有这一切都略去了。）毫无办法——我从17岁就开始了漂泊生涯，年复一年地在肮脏的客栈形形色色的房间里过夜，经常变换住址，在被煤烟熏黑了的绿色车厢里冻得打颤，在甲板上休息，在机舱中打盹，步行了数百公里，而且从来不曾感到自己是一个旅行者，同时又不是抱着为自己的下一部作品搜集资料的目的周游世界。我的旅行或出于自愿，或出于别人的派遣，有时带着钱，有时不带钱。起初面前闪动着里程标，继之是云堆。我的皮鞋穿得特别费，我不买衣橱，只买手提箱——这已成为一种固定的生活方式了。或许这是一种天性：既有不爱出门的人，也有"终生漂泊流浪的人"，在这个问题上没有什么值得骄傲的，也没有什么可为自己辩护的。

我于 1927 年来到庞马尔角，我现在之所以写它，并不是因为我想描绘被海洋冲击的山岩抑郁的美，或古代的布列塔尼人独特的雕塑。老实说，雅典的卫城要比它优美，而海洋也具有难以描述的壮丽。但是我曾答应描述我的旅途见闻，而生活也不仅仅是由重大的历史事件组成的。一桩微不足道的事件、日常生活中的一个细节、一次偶然的会见，有时也会深深地印入脑海，并预先决定许多事情。

庞马尔角是位于欧洲西部的一个海角上的小城，它的居民都从事渔业——捕沙丁鱼，妇女们在罐头厂工作。庞马尔角沾染上一股鱼腥气，人的身上、衣服上、床上、枕头上，处处都可嗅到。

我初次看到这个小城，曾十分惊异：无论是自然界还是人们，都那么动荡不安。我在任何地方都不曾听到过这么猛烈的海浪声，它冲击着大地的石门。风能把人吹倒，而且也没有一株树木来使景色变得柔和一些——到处都是石块和石块，而在石块中间则是白色小立方块状的罐头厂。广场上站着穿红帆布衣的渔民。港内矗立着光秃秃的桅樯，宛若一座冬季里的森林。妇女们穿黑色长连衣裙，高高的白色包发帽犹如主教的法冠，远远看去就像一座座小型灯塔。工厂的大门紧闭。渔民们罢工已非一日。他们的要求会使一个不熟悉捞捕沙丁鱼情况的人感到惊奇：他们要求厂主收购捕获的全部沙丁鱼，即使以低价收购亦可。沙丁鱼只能在夏季捕到，那时候它们成群地浮到水上来，在离海岸不远的地方漂游。渔民们必须在夏季积攒下过冬的钱。罐头厂的厂主们都结成了同盟，不接受渔民们的要求，他们以设备不足为借口，实际上他们是担心罐头跌价。

渔民的罢工失败了——他们已无钱防范艰难的日子：每一天都艰难。我仔细地观察人们的生活，这是很艰苦的生活。大鱼常常冲破脆弱的、淡蓝色的渔网。虽然法国的沙丁鱼被誉为世界上最出色的沙丁鱼，又是出口物资，但罐头厂的设备确实很差，劳动的报酬也很低。来到布列塔尼半岛的画家都爱描绘庞马尔角的妇女，他们对妇女们古色古香的服装、包发帽和美丽的面容发生了兴趣，但女工们的双手却被海盐侵蚀得通红。

有一次，一艘帆船满载而归。浑身湿漉漉的、冷得打颤的人们十分高兴。

1927 年，布列塔尼的渔船

但是厂主们却拒绝收购沙丁鱼。不管渔民们怎么恳求、坚持和咒骂都无济于事。在另一个名叫奥迪尔纳的港口里有一家未加入厂主的联合组织的工厂，渔民们不顾益发猛烈的风势和即将来临的风暴，决定去碰碰运气。留在岸上的人黯然地说："他们有什么办法？他们都有一大堆家口……"

有关"有思想的芦苇"的思考，有维利埃·德·利里·亚当的幻想作品，有高更的布列塔尼风景画。但也有另一桩东西——嗷嗷待哺的孩子们。在人类天才的升华和一向就有的极度贫困这对矛盾中，蕴藏着我们时代的一出悲剧。

伫立岸边的妇女们目睹一个巨浪掀翻了小船。一场人类的风暴爆发了：人们冲进了工厂紧闭的大门。厂主不在——他们大概正在疗养地休息。惊恐万状的管理员直扑电话机——恳求调一支宪兵队来。

从灯塔那里开来一艘汽艇，险遭灭顶的人们终于获救。一切立刻平息了。翌日清晨帆船依旧出海，妇女们把沙丁鱼的头整整齐齐地切下，或者把鱼放进罐头盒里。

如上所述，什么事也没发生。但我为什么却偏偏记住了这件事呢？"饱汉不知饿汉饥"的道理我早已知道——不仅是从书本上知道，而且也有自己的经验。同时庞马尔角渔民们的生活也并不能使我惊讶，我早已见识过人类的贫穷。使我震惊的是另一件事。

庞马尔角的渔民每天都要和海洋决斗。我在坟场上看见不少插在空空如也的墓穴上的十字架，葬身鱼腹者的遗孀常前去凭吊。人和大自然的斗争永远使人鼓舞，而且我觉得，没有一个神话能比关于普罗米修斯的神话更为优美。在我来到庞马尔角之前不久，年轻的美国飞行员林德伯格第一次飞越了大西洋，我曾在渔民们的房子里看见从报上剪下的他的照片。我在童年时代曾醉心于一本叙述南森的"弗拉姆"号（南森，1861—1930，挪威北极考察家，曾领导一支探险队乘"弗拉姆"号船探险）的小册子，后来，我在一生中还经历过一些曾使所有人都为之震惊的大大小小的事件：布莱里奥飞越拉芒什海峡，俄国海员在地震时拯救了墨西拿居民，卡尔麦特发现了预防结核病的疫苗，"克拉辛"号破冰船拯救了诺比莱的极地探险队，阿蒙森（1872—1928，挪威极地旅行家和考察家）的遇难，"切柳斯金"号船员的冰上生活，苏联飞行员穿过北极飞到了美洲，弗莱明发明了盘尼西林，英国人登上了珠穆朗玛峰，挪威人乘木筏漂流到波利尼西亚群岛，苏联卫星环绕地球飞行，最后，人类无比敬佩地怔住了——尤里·加加林成为第一个窥见宇宙的人。

在发生这些令人震惊的事件的同时，普通人——渔民和医生，矿工和民航机飞行员却日日夜夜在同盲目的大自然做斗争。

1929 年我曾在瑞士见到双目失明的工程师兼物理学家达连。他从事灯塔照明设备的设计工作，在一次实验中双目失明，他献出自己的眼睛是为了让别人——船长、引航员、渔民能够看见。而我在庞马尔角看到的却是另一回事……既有功勋，又有利润——可是令人难以忍受！有这样的人，他们打算葬送的不仅是 3 名布列塔尼的渔民，还有整个"有思想的芦苇"，其目的只不过是为了沙丁鱼、石油或铀矿不跌价。

也许我已离开了本题，但是，正如我以上所述，在庞马尔角没有发生任何事故。关于上述事件，仅有一份报纸发表了一则极为简短的通讯。渔民们继续撒网。罐头厂的股东们赚得红利。

暂息时机持续着。1927 年没有发生很多重大的国际事件。亨利·德特丁爵士不能容忍苏联实行石油企业的国有化，竟断绝了大不列颠帝国和苏联之间的外交关系。美国人处死了萨柯和范齐蒂——巴黎举行了一次十分轰动

奥·萨维奇、柳芭·卡杰茨娃-
爱伦堡、阿·萨维奇、弗·里京
在布列塔尼

的抗议示威，示威者企图冲进美国大使馆。安德烈·雪铁龙庄严地宣称，他的工厂日产汽车千辆。在华沙，一个白色侨民枪杀了苏联大使沃伊科夫。在巴黎的银幕上出现了第一部有声影片，似乎是《唐璜》。在柏林，希特勒的拥护者召开群众大会，虽然德国正处于安康时期，但演说者却大谈其"东方的生存空间"。在莫斯科，"拉普"分子一再声称："必须撕下一切人的假面具"——他们把许多作家的面孔也视为假面具。（但当时一切还仅限于写写文章……）

冬天，我和莫戈利·纳吉重又前往庞马尔角，他希望摄制一部关于沙丁鱼，以及人们与冷酷的生意人的影片，他说，他看中了一个"左倾"的学术和文艺的庇护人。渔民们向我们谈到厂主们和风暴。海洋在咆哮。渔民们的妻子摇晃着孩子唱着哀伤的歌曲。

莫戈利·纳吉没找到赞助人，影片也没有拍成。而我在离开庞马尔角回家以后曾写道："这样的世界真可怕：在这个世界上，该隐既是立法者，也是宪兵，又是法官！……这一年正好是世界大战结束后的第10年。如果将来不发生任何变化，10年后我们会看到可怕得多的新战争。"我不知我当时为什么要说出这个数字，我预估的误差只有一年半……

17

《冉娜·涅伊的爱情》：对悲惨结局的恐惧

在叶·彼·彼得罗夫的手稿中保存着他计划要写的《我的朋友伊利夫》一书的一份提纲。我在该提纲的第 5 章发现了以下字句："红军。伊利夫是唯一给我来信的人。当时一般的风尚是：藐视一切，写信是蠢事，莫斯科艺术剧院是一个平庸的剧院，请读《胡利奥·胡列尼托及其门生历险记》。爱伦堡从巴黎带来了'先锋'派影片的若干片段——慢摄。《巴黎睡熟了》。电影迷。《卡里加里博士》，《两个孤儿》，玛丽·璧克馥。描写追缉者的影片。德国影片。第一批狐步舞曲。人们在这种情况下生活得十分可怜。"

以上所引，大概是 1926 年的事，当时我曾在莫斯科放映了几部法国影片的片段，这几部影片是阿贝尔·冈斯、勒内·克莱尔、费德尔、爱泼斯坦、雷诺阿、基尔萨诺夫送给我的。我当时还不认识伊利夫和彼得罗夫，但和他们一样是电影迷，我甚至还写了一本名叫《幻想形象的实现》的小册子。但我并不喜欢诸如《卡里加里博士》一类的德国片，我赞赏的是卓别林、格里菲斯、爱森斯坦、勒内·克莱尔。

一年以后，我不得不更近地认识"幻想形象的实现"，确切些说，是认识了实现的幻想形象。我的作品的德译本均由"马利克"出版社出版。该出版社是我的朋友、德国共产党员、优秀的诗人维兰·赫尔茨菲尔德创办的。他经常搭救苏联作家。（1928 年马雅可夫斯基曾在寄自柏林的一封信中写道："全部希望都寄托在马利克身上……"）我曾收到赫尔茨菲尔德的一封信："乌

1927 年，洛特奇科为爱伦堡的作品设计的封面

发"电影制片厂拟摄制《冉娜·涅伊的爱情》，该片将由最优秀的导演之一格奥尔格·帕布斯特拍摄。

帕布斯特是奥地利人，他从未醉心过表现派那种恐怖场面的堆砌，或者如我们当时所说的"令人可怕的大嘴脸"。我看过他导演的影片《凄凉的街道》，该片描绘了战后时期的破产，我很喜欢这部影片，因而我对"乌发"的建议感到高兴。不久，帕布斯特便邀我前往柏林，影片正在那儿拍摄。

《战舰波将金号》的成功使许多制片人陷入深思。观众对形形色色"博士"使人恐惧的鬼脸的反应已颇为冷淡。牛仔也叫人厌倦了。俄国革命以其异国情调而令人向往。谢西尔·德·米勒连忙拍摄了《伏尔加纤夫》，莫里斯·莱比耶拍摄了《眩晕》。帕布斯特决定在我的长篇小说的情节中添一些绘声绘色的场面：白卫分子和"农民武装"的战斗，工人代表苏维埃的会议，革命法庭，地下印刷所。德国人明知这部匆匆编成的电影剧本有不少荒唐之处，但仍以他们所固有的那种学究气力求细节的逼真，他们向苏联大使馆请教，同时又请在一个马戏班里工作的什库罗将军担任顾问。

我在电影制片厂的摄影棚里看见了费奥多西亚带有拱廊的街道，一所肮脏的俄国旅馆，一家蒙马特的酒店，一位时髦的法国律师的办公室，一张大公爵的圈椅，几瓶伏特加，一尊圣母的塑像，几块小客栈里的板床和许多别的道具。莫斯科距巴黎只有 50 步之遥，其间耸立着一座克里米亚丘陵。一节法国车厢隔开了白卫的巢穴和苏维埃的法庭。

这是一部默片，因而帕布斯特可以挑选不同国籍的演员。冉娜·涅伊由漂亮的法国女人艾吉特·瑞安扮演，安德烈由瑞典人乌诺·根宁格扮演，坏蛋哈雷比约夫由德国人弗里茨·拉斯普扮演，扎哈尔凯维奇由莫斯科室内剧院从前的演员索科洛夫扮演。

我记得拍摄过程中的三个场面。首先是冉娜的眼泪。女演员怎么也不能很自然地哭泣。搬来一部留声机，播放了一支非常哀伤的抒情歌曲。艾吉特·瑞安转过身去酝酿流泪的情绪——她也许想起了一次失恋，也许想到了一次无利可图的聘约。穿一件皮制短上衣的帕布斯特俨然是一位炮兵连长，他毫不留情地挑剔冉娜的眼泪：这样不行，那样也不行。最后他终于使女演员流出了完全自然的眼泪，于是满意地从衣袋里掏出一块夹火腿的面包。他把我介绍给这位女明星，她微笑着问："哦，这个如此悲惨的故事是您写的？我向您祝贺。"自然，我应当照样向她祝贺，祝贺她流出了最好的眼泪，但是我却张皇失措地含含糊糊哼了一声。

第二个场面同臭虫有关。按照帕布斯特的构思，臭虫应该在墙上爬，而哈雷比约夫应该追上它们并把它们捻死，还给臭虫拍了特写镜头。"乌发"的采购部弄到了一罐出色的臭虫，但是小虫子颇不机灵——它们不是急忙离开拍摄面就是停止活动，显然是被过于强烈的灯光灼伤了。扮演哈雷比约夫的拉斯普怎么也不能把它们全部捻死。导演助理告诉我，"乌发"为臭虫花了很多钱——在它们身上耗费了 4 个钟头。

1927 年，帕布斯特拍摄的由爱伦堡小说改编的电影《冉娜·涅伊》中的一个镜头

第三个场面是白卫军官的酗酒。帕布斯特邀请了邓尼金过去的部属参加拍摄。他们的军服保存得很好，很难说他们打算干什么——是复辟还是拍电影。肩章闪闪发光，潇洒的毛皮帽高耸着，袖口上赫然缀着"死亡营"的标志：颅骨。我想起了1920年的克里米亚，感到很不自在。

80名白卫分子在"费奥多西亚"餐厅纵饮作乐。这里有三角琴，有茨冈人的抒情歌曲，有伏特加，而在墙角还有一台军用电话机。跑龙套的演员们的谈话声传入我的耳中："咱们久违了……""请问，您过去在哪一个团服役？……"

帕布斯特下令："翻译给他们听！叫他们高兴些！我希望他们都喝得酩酊大醉。懂吗？"一名漂亮的上校得把一个女人的衣服剥光。她突然固执起来。帕布斯特嚷道："翻译给她听——别节外生枝！给她留下一条裤衩。让她就当是在浴场上……"

白卫分子每天得到15马克的报酬，他们感到满意。

（休息的时候，我听见一名中尉说："据说张作霖在招募俄国人。旅费200美元，路上还有……"）

帕布斯特为了让这些跑龙套的演员演得好些，答应下次再请他们：一个礼拜以后他们将扮演红军，服装由"乌发"发给。可怜虫都很高兴：这总比到中国去要现实得多……

我不讳言，看到这些拍摄场面我感到很不舒服。我常目睹白卫军官们在巴黎的咖啡馆里纵酒取乐、唱歌、跳舞、骂人、哭泣。我在伊斯坦布尔的卖淫窟里看见过几百名俄国妓女。而这些深信拯救了自己的军人荣誉使其免于蒙羞受辱的军官，却由于有人答应在一周后让他们扮演布尔什维克而眉开眼笑……不，这种场面还是不见为好！

在男演员当中我喜欢弗里茨·拉斯普。他看上去就像一个真正的坏蛋，当他把一个少女的手臂咬伤，事后在被他咬伤的地方贴上一块美元来代替膏药的时候，我忘了我面前是一个演员。

拉斯普不久就到巴黎来了：帕布斯特来拍摄街景。由于雨一直下，拍摄延搁下来，拉斯普便和我在巴黎闲逛，到市集上去坐旋转木马，和快乐的时装女工跳舞，直跳到精疲力竭，在塞纳河岸的街道上幻想。我们很快成为挚友。他常扮演恶棍，但他的心却很温柔，甚至有些感伤，我把他称作冉娜。

我们日后在柏林和巴黎也曾相见。希特勒在德国掌权以后，拉斯普的处境相当困难。在久别之后，我于 1945 年在柏林又见到了他。他说，战争时期他住在东郊。那里盘踞着党卫军分子，他们从窗户里射击苏联士兵。我已说过，拉斯普像一个典型的凶手。我军占领他住的那个街区后，我的几本有题词的书和我们合拍的几帧照片救了他一命。一位苏联少校和他握了握手，给他的孩子们带去了一包糖果。

我再回头来谈谈 1927 年。我试图对电影脚本提出异议，但帕布斯特回答说，我不懂电影的特点，得考虑到经理处、租片人、观众。

在电影剧本的幻想场面中出人意料地插进了一个十分现实的情节："乌发"正处在破产的前夜，亏空已达五千万马克。从幕后出现了胡根伯格先生，他是拥有数百家报刊的德意志的新皇帝，他憎恨斯特莱斯曼、自由主义和小小的和平鸽——他喜欢独眼的普鲁士鹰。

"乌发"的新经理处建议帕布斯特改写电影剧本。帕布斯特企图拒绝，然而和"乌发"的经理打交道却比和跑龙套的白卫演员打交道费劲得多。

我有一个朋友，美国电影导演迈尔斯通，他在 20 世纪 30 年代初曾根据雷马克的长篇小说《西线无战事》拍摄过一部影片。他曾告诉我，在拍摄期间，制片商列姆莱去找他并对他说："我希望影片有一个幸福的结局。"迈尔斯通答道："好吧，我制造一个幸福的结局：德国取得了胜利……"

列姆莱是一个生意人，没有坚定的信念。而胡根伯格却把粗硬的头发推成一个平头（当时德国的法西斯分子都推平头），并捐款给"钢盔团"（德国军国主义的退役士兵协会）。帕布斯特只得让步。我看了这部影片。

（海明威在看根据他的长篇小说《永别了，武器》改编的影片的时候默不作声。只是在银幕上出现了一群鸽子——导演想说明战争结束了——的时候，海明威站了起来，说道："又是这些小鸟。"然后离开了试片室。

我比他天真得多，我不能默不作声地看着银幕：我时而悻悻然嬉笑，时而诅咒所有的人——帕布斯特，胡根伯格，赫尔茨菲尔德，我自己。）

我现在并不想为我在 1923 年写成的长篇小说的情节辩护——其中有许多不自然之处。我在写这部长篇小说的当儿，不只是受到狄更斯的启发，干脆是在模仿他（当然，我当时并没有理解到这一点）。但这已是另一个时代，写一个在 1920 年从事地下工作的布尔什维克党员，不能像写一个被判长期徒刑、在狱中喝黑啤酒并和狱吏开玩笑的狄更斯式的主人公。我的长篇小说有浓厚的感伤情调。小说的主人公，从事地下工作的布尔什维克安德烈，被控谋杀银行家雷蒙·涅伊。安德烈本可以回答说，凶案发生的那一夜，他是和他爱上的银行家的侄女冉娜一同度过的。主人公没有这样做，因此被处死了。冉娜先前是一个平庸的姑娘，现在懂得了许多事情，她开始了新的生活——为反对谎言、金钱和虚伪的世界而斗争，她到莫斯科去了。书中是这样写的。但在银幕上从细节到实质都完全变了样。例如，长篇小说中有一个长着塌鼻子的可恶的法国暗探加斯东。但银幕上的暗探却有一个鹰钩鼻子和一颗高尚的心。然而问题并不在于加斯东。帕布斯特构思了一个幸福的结局。在长篇小说中，这一对情侣沿着巴黎的街道经过一座古老的教堂。冉娜把安德烈带进了教堂——里面很黑，她想吻安德烈。这或许是长篇小说（正如我曾说过的那样，其中有许多荒诞无稽之处）中最现实的场面之一。在银幕上，冉娜是一个虔诚的天主教徒，她把安德烈带进教堂是为了向上帝祈祷，一名布尔什维克党员跪在地上，于是圣母就拯救他免于一死。他们将会结婚，还要生几个孩子。

我提出抗议，给编辑部写了几封信去。赫尔茨菲尔德把我的抗议书印成了小册子，但这无论如何也惊动不了租片人或"乌发"的经理处。我得到的回答是："影片应该有一个美好的结局……"

1926 年我在第比利斯的时候，人民法院审理过一桩可笑的案件。一个姑娘从另一个姑娘那里拿了几本书，事后未将原书归还。法官问道："您为什么不把书送还？""因为我把它们扔到河里去了。""您怎么可以把别人的书扔到河里去呢？"姑娘激动地答道："爱伦堡怎么可以写出有可怕结局的《冉娜·涅伊》呢？我读了以后难过极了，就把所有的书都扔进库拉河了……"法官判她交付罚金，我不知道他遵循的是什么：是保护所有权，是尊重书籍，还是承认作家有权写悲惨的结局……

我明白了成批生产麻痹意识、使千千万万人变傻的影片的"幻梦制造厂"是什么东西。1927 年这一年，观众可以看到《浴场上的爱情》《雪地上的爱情》《贝蒂·彼得松的爱情》《爱情与盗窃》《爱情与死亡》《爱情能左右生活》《爱情万能》《爱情是盲目的》《一个女演员的爱情》《一个印度女人的爱情》《爱情—宗教神秘剧》《一个少年的爱情》《一个土匪的爱情》《血淋淋的爱情》《十字路口的爱情》《爱情和黄金》《不拘礼节的爱情》《一个刽子手的爱情》《爱情的游戏》《拉斯普京的爱情》。观众还看到了一部《冉娜·涅伊的爱情》。

我曾写道："在我的书中，生活安排得不好——因此需要改变生活。在影片中，生活安排得很好——因此可以去睡觉了。"

如今回忆起一个没有经验的作者愤怒的话，我不禁笑了。一切都早已成为过去——无论是《冉娜·涅伊的爱情》还是胡根伯格的财团。然而有一点却至今犹在：对悲惨结局的恐惧。

据说幸福的结局与乐观主义有关，依我看，与之有关的是良好的消化力，是平静的睡眠，而非哲学观点。我们经历过的生活除了称之为悲剧之外就无以名了。那些企图催眠自己的千千万万同胞的人要求作家或电影导演编排幸福的结局，这是容易理解的。而当这种要求来自伟大的历史性转折的拥护者们的时候，却比较难以理解了。一个人在苦恼或忧愁的时候可以同时保持乐观主义。一个快活的人也可以是一个无耻之徒。

在这部叙述我的一生和我遇到过的人们的书中，有许多忧伤的、有时是悲剧性的结局。这并非一个"黑色文学"爱好者的病态幻想，而是一个见证人至少应拥有的品质。影片可以改制，可以说服一个作家改写一部长篇小说。但时代却粉饰不了：它是伟大的，但并不是玫瑰色的……

18

巴黎的作家群体

我们在圣马赛林荫道上租了一个工作室：这是在一所古老的房子顶上增建的一个房间，不用说，是浅灰色的。房东为了抬高房租，在房内安上了电灯线，并向房客表示，可以免费安装电灯，但几乎全体房客都谢绝了：他们不愿让检查电表的检查员前来敲门。

自然，比检查员更令人讨厌的是一位不速之客——历史，巴黎人为它已回家去而感到高兴。尽管当他们在报上看到白里安和美国人凯洛格（1856—1937，当时的美国国务卿）签订了一项永远禁止战争的公约之后，曾出于习惯微笑了一下——他们毕竟是法国人，但他们心里却坚信，在他们活着的时候不会发生任何战争：这种事在一生中是不会发生两次的。

漫画家们忙于为新总理达迪欧画像，他很容易画——他嘴上总叼着一根老长的烟嘴。莫里斯·谢瓦利埃（1887—1972，法国歌手）唱着他的小调。报纸一连几个月描写珠宝商梅斯托里诺如何谋杀了一个经纪人，事后焚毁了他的尸体。超现实主义者布努埃尔拍了一部滑稽片：一头大母牛代替情妇逍遥自在地躺在一张双人床上。议会讨论石油进口法案时，一个议员尖酸刻薄地说："先前人们每逢吵嘴闹架的时候总说'找女人去吧'，现在我们有权说'找石油去吧'。"另一个议员打断他的话说："别拿石油和女人相比，女人是神！"第三个议员在哄堂大笑中补充了一句："何况女人又不会燃烧……"

勒内·克莱尔的一部很老的影片《巴黎入睡了》采用了一种有趣的手

法——电影变成了一套快照，它们是喜剧性的，但包含着悲剧性的潜台词：稍稍提起的双足，张开的嘴巴，用力弯向背后的双臂。我回忆起20年代末的巴黎就是这样入睡的。

对于我来说，这是既慢且长的岁月。挣钱不易，只得浑浑噩噩地过日子，不知道明天将会如何。"土地和工厂"出版社突然汇来一笔款子，丹麦报纸《政治家》忽然想起要出版《Д. Е. 托拉斯》的译本，从墨西哥突然寄来了《胡利奥·胡列尼托及其门生历险记》的稿费。不过，我觉得这一切都像田园诗一般——我已不像战前年代那样挨饿，穿的也不是破衣烂衫了。

柳芭工作很勤。莫迪利亚尼的朋友兹博罗夫斯基筹办了一个她的水粉画的展览会，麦克奥伦为作品的目录写了一篇前言。

伊琳娜在学习，她开始说法语，就像一个巴黎女人，有的字母发音不清。热天从学校出来，她不喝水，却喝白葡萄酒。有一次我看见她跟几个小姑娘、小伙子在"卡普利亚特"咖啡馆的凉台上热烈争论什么，我走开了，心里想：这是新的"洛东达"里的新的一代……

我十分潦草地进行写作，昨天写的东西今天就认不出了。有一次，我意外收到了一笔钱，便买了一台打字机。我住在工作室楼上的一个房间里，从早一直打到晚：我在写人民喉舌格拉胡斯·巴贝夫（1760—1797，法国空想共产主义者），写雪铁龙工厂的传送带，写被迫周游世界的戈梅利市的裁缝拉济克·罗伊特什万涅茨轰轰烈烈的一生。

一天，我看见了保罗·瓦莱里（1871—1945，法国诗人）。那是在"乌文辛"餐厅里，这个餐厅看上去有点像一家工人的小酒馆，却以精美的菜肴驰名。保罗·瓦莱里一小口一小口地啜着波尔多红酒，无意地把一些忧伤的格言分赠交谈者。他的外表颇有上流社会的风度，里面却隐藏着痛苦和孤僻。我觉得他生不逢时，他的天才不在马拉梅之下，然而音响效果已起了变化……瓦莱里的命运与"该诅咒的诗人们"的命运不同：他50岁获得了院士的长剑和"不朽"的头衔，但是在他的周围却没有那些包围过马拉梅的忘我、无私的信徒。

而在我现在所说的那个时候，保罗·瓦莱里认为时代在促进艺术的发展："秩序总是给人以重压。无秩序迫使他渴望警察或死亡。这是两个极端，

爱伦堡、柳芭·卡杰茨娃-爱伦堡、兹博罗夫斯基在柳芭·卡杰茨娃-爱伦堡的水粉画展览会上

但它们同样都使一个人感到不舒适。他寻找一个时代，在这个时代里他能感到自己是最自由和最安全的。在有秩序和无秩序之间存在着一个令人神往的时刻，来自权利和义务的组织的一切美好的事物都已拿到手了。可以充分享受制度最初的姑息了。"这很正确：果实在夏末成熟，在冬天或初春去寻找它们是徒劳的。但保罗·瓦莱里在日历上错了，"令人神往的时刻"——19世纪末，20世纪初已经过去。法兰西金黄的9月已被11月的浓雾代替了。保罗·瓦莱里活到了第二次世界大战，并目睹了一个人可以既无自由亦无秩序地活着。但他却是为长长的艳阳天、为轻柔的蝉鸣、为和谐而生的。

我被介绍给安德烈·纪德。他使我不知所措：他就像易卜生笔下的那个牧师（指易卜生的剧本《白兰德》的主人公白兰德），也许还像年老的中国外科医生。在这之前不久，我读了他的几本描写非洲之行的书，他在书中表达了对殖民主义的愤慨。如今这已是常识，但当时我却钦佩他的勇敢。我谈起了非洲。他不知何故却把谈话引向一个抽象的题目，阐述起美是与道德原则有关的道理来了。一旁坐着他钟情的对象——一个年轻的运动员，可能是德国人或荷兰人，面部的表情有些呆板，穿着一条短裤。

法国出版了大量供消遣的浅薄书籍。莫洛亚（1885—1967，法国传记作家）创立了一种新体裁——长篇小说式的名人传记。文学家们开始用传送带制造这种作品，它们捏造80高龄的雨果的艳事，说伏尔泰做过糖的投机生意，而圣伯夫（1804—1869，法国文学评论家）有一个专横的妈妈。

弗朗西斯·雅姆（1868—1938，法国诗人）在1913年叫我去找过的那个弗朗索瓦·莫里亚克写了一些关于不好的生活的优秀长篇小说。他是一个天主教徒，但在他的作品里，严酷的真理却比基督的怜悯多得多。一个妻子背叛了她所不爱的丈夫，企图把他毒死，他没死成，为了不使家丑外扬，他把她禁锢在一个会使她发疯的自造的监牢里。一个成员众多的大家庭等待着有钱的律师把他的灵魂献给上帝，不料年迈苍苍、病魔缠身的他却违反了所有的人的心愿，老不断气，他一心想使自己的继承人得不到他们眼红的遗产，这个愿望鼓舞着他。批评家艾德蒙·雅鲁在分析莫里亚克的长篇小说时写道："遗产和遗嘱是法国生活中最主要和最保守的特点。"

我常想，拥有技巧、图书馆和博物馆的旧世界正像莫里亚克的主人公那样孤零零地生活着：不愿意给自己的继承人留下任何东西。而我在读了《文学报》上的一篇文章或在遇见了"拉普"的成员们之后，我就对自己说，有些人不要遗产，他们无依无靠，新闻检查员和公诉人的大权使他们简单化了。

杜亚美和迪坦（1881—1959，法国作家）在访问莫斯科后写了几本记述他们的旅途见闻的书，这些书是有见地的、爱好和平的，甚至就像现在所说的那样，是"进步的"。我常到迪坦那里去，他在谈到我国的时候是亲切的，几乎有些姑息，他企图证明他不喜欢的一切不仅是俄罗斯历史的特点，而且也是"斯拉夫心灵"的神秘性。奥·德·福尔什从列宁格勒来到巴

毕加索1921年为保罗·瓦莱里画的肖像

左：乔治·杜亚美
右：儒勒·罗曼

黎。有一次奥莉加·德米特里耶夫娜、杜亚美和我三人共进午餐。杜亚美友好地对我们解释道，到末了一切都会平安无事地过去，苏维埃俄国在变得稳重以后将成为一个半欧洲国家。目前只需要多翻译一些法国作品。他不知道为什么想起了旧俄国长篇小说中的"俄里"，并说法国大革命给予世界以米制，现在连俄国人也采用它了，这很好……杜亚美走后，我们大笑起来。我们喜欢他的作品，但他的天真却令我们失笑：他仿佛深信他可以用自己的米尺来量我国的道路……

我常在《世界》杂志的编辑部见到巴比塞。当时他写完了一部关于耶稣的书。朋友们攻击他，称他是"唯心主义""神秘主义"。但对于右派分子来说，他却依然是一个不可救药的共产主义者。他常患病，说话的时候容易冲动、声音哑，一双贵族的纤手在空中画着什么。

我还记得笔会为欢迎外国作家而举办的一次晚宴。儒勒·罗曼担任主席，他致辞的时候竭力把每个客人都恭维一番。他把我称作"半巴黎人"，而对巴别尔则说："可以为大作的法译本向您祝贺。"他绝无表现自高自大之意，他只不过以为外面是路易十四、黎塞留和高乃依的时代。（1946年我乘"伊尔·德·弗朗斯"号轮船从美国回国。在甲板上可以遇到侨居海外多年之后返回祖国的欧洲各国的难民，我在其中也看到了儒勒·罗曼……）

如今我满怀谢忱回忆起笔会举办的这次晚宴——我在宴会上认识了乔伊斯和意大利作家伊塔洛·斯韦沃。他俩是老朋友：乔伊斯在的里雅斯特住了许多年，而伊塔洛·斯韦沃（他现名埃托雷·施米茨）是的里雅斯特人。他们在宴会上坐在一起，热烈地交谈着。

乔伊斯当时已是名人，许多人都认为他的《尤利西斯》是长篇小说的一种新形式。人们把他和毕加索相提并论。他的朴实使我惊奇——成名的法国作家的言谈举止和他迥然不同。乔伊斯爱说笑话，几乎一见面就对我说，他年轻的时候第一次来到巴黎，走进了一家餐厅，当他接到账单的时候，他却没钱付账，他对侍者说："我给你们留下一张收据，在都柏林人人都认识我。"侍者答道："我认识你，你根本不是从都柏林来的，你在这里狼吞虎咽已经是第四次了，饭钱是一位普鲁士公主付的……"他天真地笑了。

他个性的独特不亚于他的作品。他因患眼疾而视力不佳，但他说他对声音有很强的记忆力。他贪杯，承受着俄国作家早已熟悉的那种病痛。他发狂似的写作，似乎除了自己的创作之外，他对生活中的任何事物都不感兴趣。我曾听说，在第二次世界大战爆发的时候，他惊恐地叫道："现在我可怎么完成我的作品呢？……"他的妻子对他的工作采取嘲讽态度，她没读完过他的任何一部作品。他在很年轻的时候就离开了爱尔兰，他不愿重返祖国，便在的里雅斯特、苏黎世、巴黎居住，并死于苏黎世，但无论写什么，他始终感到自己是在都柏林。他在我的眼中是一个正直的人，具有写作的狂热，才华横溢，而同时又是一个因"自作聪明"而目光短浅的爱尔兰的安德烈·别雷。但是他没有历史感，没有天职和使命，是一个被人当成先知的特殊的嘲笑者，以其才能而论，他是斯威夫特，只不过是住在连侏儒也没有的荒漠里的斯威夫特。

伊塔洛·斯韦沃与乔伊斯不同，

霍夫迈斯特给詹姆斯·乔伊斯画的漫画

1930 年，爱伦堡和爱森斯坦在
巴黎

他是默默无闻的，少数法国人对他的长篇小说《泽诺的意识》评价很高。他
比乔伊斯大 20 岁，我是在他去世的前一年认识他的。斯韦沃常被称为略识
门径者。他是一个企业家，毕生的著作寥寥无几。但他在破坏长篇小说的旧
形式方面的作用是无可争论的，他的名字应与詹姆斯、马赛·普鲁斯特、乔
伊斯、安德烈·别雷并列。他向我谈了很多有关 19 世纪俄国长篇小说对他
的影响。乔伊斯在长篇小说中总是从自己的精神经验和音乐因素出发，他不
了解人，也不想了解。斯韦沃曾告诉我，长篇小说《尤利西斯》的主人公斯
杰凡·戴达尔应该叫作杰烈马赫。乔伊斯喜欢使用象征性的名字，而杰烈马
赫一词在希腊文中意为"远离斗争"。伊塔洛·斯韦沃则相反，他在生活中寻
找灵感，用自己的个人感受来充实他的观察，但从未把这些观察缩小到自我
的程度。

我有时会遇见夏尔·维德拉克（1882—1971，法国作家），他是一个好
人，老是愁眉苦脸，有时是因为所发生的一些重大事件，有时又因为没有发
生什么事。让-里沙尔·布洛克常问自己和别人，他怎么才能使尼采迁就托尔
斯泰，又使俄国革命迁就甘地。

我认识了一些青年作家——阿拉贡、德斯诺斯、马尔罗、尚松、卡苏，

关于其中某些人的情况我将在后面谈到。当时我对他们还不很清楚，主要是不够了解。

超现实主义者还未能摆脱圆梦、预言和对下意识的迷信。他们常举行一些乱哄哄的晚会，发表一些非常具有革命性的宣言，破坏各种庆祝会——凡此种种都近似我国早期的未来主义者。

后来我同一些法国作家交上了朋友，但当时我却很难和他们谈话——没有共同的语言。他们之中有许多人盼望暴风雨，但暴风雨对他们来说只是一种抽象的概念：对于一部分人来说是启示录中的世界末日，对于另一部分人来说是一场戏剧演出。而我即使在坚实的地面上也感到恶心，就像有时经历了猛烈的颠簸似的。

安德烈·纪德当时已近 30 岁。安德烈·马尔罗 30 岁上下，但是我觉得他俩有时候都是还没吃到苦头的少年，有时又是中了毒的老头子，不是中了酒精或尼古丁之毒，而是中了不切实际的智慧之毒。

我常和安德烈·尚松在小巧舒适的住宅里谈论新的长篇小说，谈论城市感或电影对文学的影响。我所见到的作家都赞美俄国革命，就像赞美自然界的一种遥远而特殊的现象。

我还记得一桩趣事。富有的文学家，"里昂信贷公司"的股东之一安德烈·热尔缅，喜欢在自己家里举行招待会。他是一个好男色者，而且这仿佛是他一生中唯一没有改变过的习惯。20 世纪 20 年代末，他被认为是一个"布尔什维赞"。有一次他气喘吁吁地跑来对柳芭说："我恳求您把你们那些无产阶级诗人带到我家里来，我要举行一个茶会！……啊，他们是多么出色啊！……"乌特金、扎罗夫和别济缅斯基当时正在巴黎做客。（5 年后，安德烈·热尔缅写道："纳粹党人最

爱森斯坦 1926 年拍摄的影片《新与旧》

突出的特点是理想主义。戈培尔具有一种奇特的美，他有一副苦行僧和狂人的脸，他受到自己思想的鼓舞。"）

当然，安德烈·热尔缅是一幅漫画。至于真正的作家，他们在赞美《骑兵军》的同时又惊奇地打量着巴别尔：这位"红色哥萨克"能说一口流利的法语，人也很聪明，但在艺术上却是一个顽固落后分子——譬如他喜欢莫泊桑！爱森斯坦来了。我在巴黎大学出席了他的晚会，本来应该放映《战舰波将金号》，但警察局局长却禁止放映，于是爱森斯坦便用一口无懈可击的法语在两三个钟头之内谈天说地，狠狠地开玩笑，用他的博学多识使举座震惊。

一个名叫《喜剧》的日报在巴黎出版，报上罕有政治新闻，版面都被有关戏剧、书刊、展览会的文字所占据。但政治观点却通过对剧本或长篇小说的评论流露出来。有一天我在该报上读到一篇对我的《平等会的密谋》的法译本表示气愤的文章。批评家在文章结束时写道："如果伊利亚·爱伦堡女士不是从事法国的革命事业，而是向我们提供俄国红菜汤的烹调法，那也许会更好一些。""伊利亚"这个名字把批评家弄糊涂了，他把它当成女性的名字了。当然，我的书之所以使他发火并非由于这个缘故：尽管他不知我是何许人，但很清楚巴贝夫是什么人物。我决定给该报寄去一封开玩笑的驳斥信：我指出我不是一位女士，而是一个男伴，但我依然可以为馋嘴的批评家提供一种使他感兴趣的烹调法。老实说，我并不知道红菜汤是怎么做的，但埃尔扎·尤里耶夫娜·特里奥莱救了我。批评家并不慌张，他没有发表我的信，而是在下一篇文章的附注里向读者声明，伊利亚·爱伦堡原来是个男人——"布尔什维克把一切都搞乱了，竟然还颠倒了男女"。在饮食栏里，编辑部发表了红菜汤的烹调法，并加了一个注："感谢伊利亚·爱伦堡先生向我们提供。"关于形形色色的批评家怎么使我生气的事我似乎说得太多了，可是我也记得他们有时候会使我开心。

我们每天晚上都会去蒙帕纳斯。"洛东达"被美国的旅行者占据了，我们就到"多姆"或"库波尔"去。常去那儿的有几个老画家——德朗、弗拉明克，他们一度是"野人"，破坏过正统的艺术，但到了20世纪20年代末已逐渐平静下来。我们觉得他们是一些不再开花结果的巨大而古老的树。我和美国雕塑家卡尔德尔做了朋友，他是一个魁梧而愉快的小伙子，他很会出主意，常用洋铁皮和铁丝进行创作。他用铁丝为我钟爱的苏格兰猎狗布祖制作了一个肖像。我有时会见到夏加尔，他现在不再画那些在屋顶上飞翔的维捷布斯克的犹太人，而画起骑着公鸡的裸体美女来了，画面上有时有埃菲尔铁塔，有时又没有。挪威人彼尔·克罗格默默地抽着烟斗。被一群鲜艳夺目、大喊大叫的女人团团围住的帕斯金喝着威士忌，并在一张张小纸片上画着什么。

几个年轻画家在我们的小桌边坐了下来。我听见他们在谈论油画的画面，说风景画上的天空太阴沉了，左边的一角还没画完……

彼得堡的艺术理论家、导演康·米克拉舍夫斯基经常光顾"多姆"咖啡馆。他写了一本名叫《艺术的肥大》的书。我常常想起这几句话：艺术把我团团围住，虽然它过去是、今后仍将是我一生中最大的爱好，但有时我却很冷淡——我觉得我恍如置身蜡像陈列馆中，四周都是蜡像。

不知这是我的天性还是人所共有的本性，但是我在巴黎的时候和在莫斯科的时候对许多事物的态度都不相同。在莫斯科，我想的是人有权要求过复杂的精神生活，想的是不能把艺术硬套进一个模子里，但在 20 世纪 20 年代末的巴黎，我就喘不过气来了——形形色色的著作、故意编造的悲剧、标新立异的纲领实在太多了。

保罗·瓦莱里说得对——两极既不像帕尔纳斯山，也不像黑里康山，又不像温带的普通丘陵。但我仿佛看到了与保罗·瓦莱里所看到的不同的两

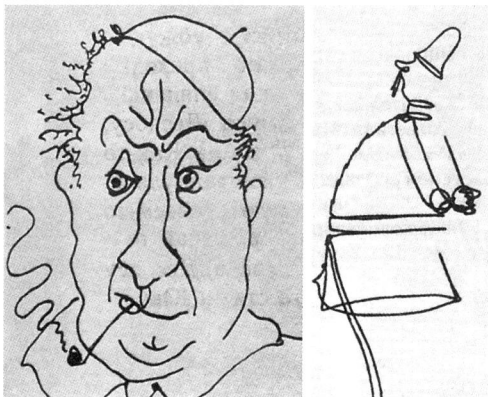

左：安德烈·热尔缅的自画像
右：雕塑家卡尔德尔笔下的警察

马可·夏加尔作品

极：没有正义的自由或没有自由的正义，巴黎的唯美派刊物《商业》或《在文学岗位上》。（若干年后，让-里沙尔·布洛克在一次反法西斯作家代表大会上发表演说时曾谈到艺术家真正的自由和虚幻的自由：真正的自由即社会对他的特殊性、他的个性、他的创作的尊重；虚幻的自由是一种企图生活在社会之外的妄想。）

人们在 19 世纪认识了极光，俄罗斯诗人出版了《北极星》。人类在 20 世纪对两极进行了考察。在北极和南极之间生长着白桦、橡树、橄榄、棕榈，这是人人皆知的事，同时每一个人也应该懂得，人可以飞到极地去，也可以飞越极地，然而在极地上生活却很困难。

19

德斯诺斯与"死亡营"中的情诗

　　我在 1927 年就认识了诗人罗贝尔·德斯诺斯，但我们是在稍迟一些的时候——1929 到 1930 年——才开始经常见面。他从来不是我的朋友，但他的热情以及他的温和与人道主义吸引了我——他身上没有一丝职业文学家的气味。后来他也不像我常见到的那些法国人，他们总是竭力使一切复杂化，或者如法国人所说，竭力"把一根头发劈成四根"。当对隐逸派诗歌的崇拜仍占统治地位的时候，德斯诺斯就宣称，明白是必要的，也应该让别人明白。

　　德斯诺斯是早期超现实主义最年轻、最激烈的信徒之一。他一下子就响应了创作的"无意识性"的教义和膜拜梦境的原理。在嘈杂的咖啡馆里，他突然闭上眼睛开始口述——他的一个同志替他记下来。当时他 22 岁，我是从别人口中得悉此事的。

　　但超现实主义在 1929 年开始分裂，不管被戏称为"超现实主义之父"的安德烈·勃勒东如何竭力维护团体的一致，诗人们依然四散而去。超现实主义违背了自己的名称，它不是一种腾飞，而是一个良好的起点，同时，尽管它早期有那些夸张而天真的宣言，却产生了像艾吕雅和阿拉贡这样一些诗人。

　　德斯诺斯在 1930 年宣称："超现实主义正如勃勒东所推崇的那样——对于自由思想来说是最主要的危险之一，对于无神论来说是一个阴险的陷阱，对于天主教和教会精神的复活来说是最优秀的助手。"

　　在他的诗作中以及在他本人身上，有什么博得了我的好感呢？我用艾吕雅的话来回答："在我所认识的所有诗人之中，德斯诺斯最天真，最自由，他是一个灵感不会枯竭的诗人，他能说出别的诗人不大写得出来的话。他是最勇敢的一个……"

我已说过，我们常常见面，他曾数次前往圣马赛林荫道找我（那个觉得我以及所有前来找我的人都很可疑的守门女人曾向德斯诺斯喊叫，让他把脚擦干净，他心平气和地答道："太太，您这是……"）。有一次，我到他位于布洛姆街一家黑人舞厅旁边的工作室去。屋子里堆满了一堆难以描述的破烂东西，那是他不知为什么从被称为"跳蚤市场"的巴黎旧货市场上买来的。我还记得有一尊可怕的塞壬（希腊神话中半人半神的海妖，住在海岛上，以歌声诱惑水手，使之遇难）的蜡像。德斯诺斯很喜欢它。（许多年以后，我读了他的诗：他把他钟爱的一个女人尤卡称为"塞壬"，而称自己为"海马"。）

德斯诺斯曾打算从事新闻事业——他曾担任梅尔办的《巴黎晨报》的采访记者，后来又在别的报社工作。他知道金钱的神通，曾写道："报纸不是用颜料印刷的吗？也许是的，但它如果不是用血写成的，也主要是用石油、人造奶油、煤、棉花、橡胶写成的……"

德斯诺斯写了大量爱情诗，他给自己最优秀的作品中的一部取名为《没有爱情之夜之中的一夜》。他找到了自己的塞壬。我认识尤卡，她很美，很活泼，常和她的丈夫，"洛东达"的老主顾日本画家藤田一同去蒙帕纳斯。藤田回日本去了，尤卡就成了德斯诺斯的妻子。德斯诺斯在自己的爱情中是令人感动的，具有那种和浪漫主义不可分离的温和的讥讽。1944 年，当秘密警察把他拘捕并送到羁押营去以后，他从那里给尤卡写信说："我的爱人！如果我们不把我们的痛苦当作一种必患的疾病，那它便会是不可忍受的。我们别后的重聚至少将美化我们的生活 30 年……我不知道你能否在你的生日前收到此信。我想送给你十万支香烟，12 件绝妙的连衣裙，圣街上的一所住宅，一辆汽车，贡比涅森林中的一所小房子，贝利尔岛上的一幢房子和一小束 4 个苏的铃兰花……"如果想想他写此信的地方和他的心境，那么我所说的关于浪漫主义的讥讽的话也就可以理解了——这不是一种文学手法，而是灵魂的纯洁。他在"死亡营"中写的最后一些诗是献给尤卡的：

> 我那么盼着你，
>
> 我走了那么多路，说了那么多话，
>
> 我那么爱你的影子，
>
> 我这儿却没留下你的任何东西，
>
> 现在我是影子，
>
> 是许多影子中的一个影子，
>
> 仅仅是个影子，
>
> 影子将行走，
>
> 走进你的艳阳天……

1931 年，对报界厌倦了的德斯诺斯在一个代人寻找住宅的事务所里找到了一个职务。他的传记中很少出现五光十色的琐事——羞怯控制着他的一生。

当他还在报界工作的时候，曾被派往古巴——那里正举行一个国际会议。德斯诺斯爱上了民族音乐，他一面说，一面唱，还叩击桌子。他想模仿古巴那些匿名诗人，便开始写讽刺小调。

德斯诺斯在 1942 年写成了《关于圣马丁大街的讽刺歌》（他是在圣马丁大街诞生的）。当时巴黎人已经知道黎明前的门铃声或叩门声是怎么一回事……

> 我有一条圣马丁街，
>
> 现在我觉得圣马丁街不可爱，
>
> 哪怕在白天圣马丁街也很暗，
>
> 我连一口酒也不愿为它喝。
>
> 我有个朋友叫普拉塔·安德烈。
>
> 普拉塔·安德烈天亮时被带走。
>
> 咱俩同吃同住已一年。
>
> 天亮时把人带走，谁知带往何处。
>
> 圣马丁街有许多房顶和墙壁。
>
> 但是普拉塔·安德烈不会再来圣马丁……

上左：德斯诺斯在"多姆"咖啡馆中
上右：尤卡在画家列宾斯画的德斯诺斯肖像墙下
下：1940年，德斯诺斯在兵营

第 三 部

　　我最后一次见到德斯诺斯不是在 1939 年春就是在同年夏天，那天天气炎热异常，我们坐在一家咖啡馆空空的凉台上谈天，不用说，谈的是当时所有的人都在谈论的事：会不会爆发战争？德斯诺斯很忧郁。而当我们分手的时候，他骂了一句："臭狗屎！纯粹的臭狗屎！"我不知道他指的是谁：是希特勒，是达拉第，还是命运？

　　我在战后来到巴黎时，听说德斯诺斯死在集中营里了。后来我知道了详情。他参加了抵抗运动，不仅写政治诗，还搜集德军调动的情报。1944 年 2 月 22 日，有人在电话里警告他："别在家里过夜……"德斯诺斯担心，如果他躲起来，尤卡就会被带走。他安然地关上了门。

　　当他被带到保安局所在的索塞大街的时候，一个年轻的法西斯分子厉声呵斥道："把眼镜摘下来！"德斯诺斯明白这意味着什么，便说："我和您的年纪不同。我不愿挨耳光——您用拳头打吧……"

　　一个重要的秘密警察在和几个法国作家、新闻记者同进晚餐时谈到了最后几次逮捕："你瞧，在贡比涅集中营里现在有一个诗人！我现在告诉你们……是罗贝尔·德斯诺斯。但是我不认为他会被驱逐出境……"当时，我们所熟知的新闻记者列勃洛（他后来逃往西班牙去了）喊道："把他驱逐出境太轻了！该把他枪毙！这是一个危险人物，恐怖分子，共产党员！……"

　　德斯诺斯从贡比涅被送到奥斯威辛去了。有几个同犯侥幸生还，他们说，德斯诺斯尽力鼓舞别人。他在奥斯威辛目睹同志们情绪沮丧，便说他会相手，并预言人人都能长寿、幸福。他常常喃喃自语——他在吟诗。

　　苏联军队迅速向西方推进。希特勒匪徒把囚犯逐往布痕瓦尔德，后来又逐往捷克斯洛伐克，关进特雷津集中营。面黄肌瘦的人们步履蹒跚，党卫军把落伍的人统统杀死了。

　　5 月 3 日，苏联军队解放了特雷津集中营里的囚犯。德斯诺斯患了斑疹伤寒，卧病在床。他和死亡进行了长久的斗争：他爱生活，想活下去。曾在医院工作过的年轻的捷克人约瑟夫·施图纳在名册上看见了罗贝尔·德斯诺斯的名字。施图纳懂法国诗歌，他想：也许就是他？……德斯诺斯承认了："是的。诗人。"德斯诺斯在临终前的 3 天内还能同施图纳和一个懂法语的女护士谈话，他回忆巴黎、青年时代、抵抗运动。他死于 6 月 8 日。

现在我想叙述一下我所记得的和德斯诺斯的一次谈话。在我读了德斯诺斯在集中营里所写的诗、获悉了他一生最后几个月的情况以后，这次谈话对我来说便具有了一种新的意义。

我们在波尔-罗雅尔林荫道上偶然相遇。当时我住在蒙帕纳斯火车站附近的科坦登大街上，但我们不知为什么却向圣马赛的方向走去，走进了一个伊斯兰教堂附设的咖啡馆。那里光线很暗，空无一人。这是在 1931 年，德斯诺斯当时很幸福：他找到了尤卡，写了很多诗，而且外表也有点怡然自得。

我们不知何故谈到了死亡。通常人们总是回避这种谈话，每一个人都宁愿独自思索这个问题。

我已坦白地说过，对于成年时期的许多感受我将避而不谈——在社会生活中，它们被称作"心事"。我也同样难以叙述某些按其性质来说是与沉默有联系的思绪。但是，在开始写这一章的时候我曾想到：难道我要写的仅仅是"实行新经济政策时期的丑恶现象"或争夺橡胶的斗争？自然，这一切都曾使我激动，但生活却更为广阔，也更为复杂。我在儿时就想到过死的问题，当时它使我害怕，我在青年时代也想到过这个问题——带着既害怕又好奇的双重感情，但总具有一些浪漫主义的夸张。后来我恍然大悟：应该勇敢地去思索，把死和生联系起来。

但我毕竟从来没有开始过这个话题，它是德斯诺斯开始的，而且开始得颇为意外——不是随着关于自己的死的念头开始的，而是随着关于宇宙、物质的冗长议论开始的。他仿佛获得了一种新的信念："物质在我们身上渐渐变成有思想的东西。后来它又回到自己的状态。行星都要死亡，别的天体上的生命大概也都要死亡。但是，难道思想会因此而变得微贱？难道暂时性会使生命丧失意义？永远不会！……"

不久前我得到了比利时科学院出版的一部论述德斯诺斯的诗歌的研究著作。作者罗萨·比肖尔引用了德斯诺斯在集中营里写的一首没发表过的十四行诗：

你瞧——深渊的边上有一株草，

你听这歌声——对你来说它并不陌生，

你曾在家门口唱过它，

你瞧那朵玫瑰花。你还活着。

作为路人，你将从旁经过。字句将要死亡，

一部七拼八凑的著作将有一章消失。

既无声音，又无收成，也无水塘。

别去等待复返。你有点苍白。

流星啊，你不会回来，

就像万物一样，你将消失、碎落，

你将忘记，你曾用自己呼唤自己。

你身上的物质了解自己。

一切都已逝去，

就连频频呼唤"我爱你"的回声也已沉寂。

这首十四行诗写于谎言或装腔作势俱已失效的那种环境。德斯诺斯看见每天都有一批囚犯被送进毒气室。当他在写诗时想到了临近的死亡时，他重复了他在自己幸福的日子里曾对我说过的话。他是多么热爱生活、朋友们、尤卡、诗句、巴黎、巴士底广场上的红旗、灰色的房屋！……

回声沉寂了。但是任何事物都不可能不留痕迹：无论是诗句、勇敢、许多影子中的一个影子，还是一颗燃烧着的星辰的闪光。我在哲学方面是门外汉，很少考虑一般性，这大概是我最大的缺点之一。但我有时却企图以一种对虚度年华的愤怒来认识被人们称为生活的目的或意义的那种东西：自然，其中既包括"有思想的芦苇"的絮絮低语，也包括德斯诺斯在生命的最后一分钟一直听见的回声——爱的词句和心的热度。

20

肥乳牛、瘦乳牛与西西弗斯的传说

我在 17 岁的时候曾埋头钻研《资本论》第一卷。稍后，当我写作《前夜集》并且夜间在沃瑞拉尔货运站工作的时候，我痛恨资本主义，这是一种诗人和无产阶级的恨。我在苏联的报刊上见到"垄断资本家""帝国主义者""资本主义的豺狼"这些字眼——它们是一个我所熟识的、同时又颇神秘的魔鬼的绰号。我想进一步观察那台不断制造富裕和危机、武器和梦想、黄金和痴呆的复杂机器，想了解石油、橡胶或皮鞋的"大王"都是何等人物，激励着他们的是些什么热情，想仔细观察他们那左右千百万人的命运的神秘手腕。

我的工作于 1928 年开始，1932 年结束。我为我称之为《我们时代的编年史》的这部作品花费了 4 年时间。我写了《十马力》《统一战线》《皮鞋大王》《幻梦制造厂》《我们的糊口之粮》《5 条大街的男爵们》。

我不得不研究生产统计学、股份公司的决算、财政概览，和经济学家、实业家、洞悉金钱世界底蕴的形形色色的坏蛋谈话。其中没有任何可喜之处，同时我也明白，我开始做的工作既不会给我带来声誉，也不会给我带来读者的爱戴。

在我的个人生活中发生过一些我将避而不谈的事件，我只能说，我常常想写的不是交易所，而是强烈的人类感情，但是我气愤地打断了自己。侦查员被派到敌人占领的土地上去，这是一种成效很小的工作，有时具有危险性，但它与一个人的职业有关。没有任何人派我到任何地方去，没有任何人向我订购描写托拉斯的斗争的作品，我自己使自己从事这个工作。

报载著名的女明星波拉·尼格丽和丈夫——格鲁吉亚的公爵离婚了，威尔士亲王从马上摔了下来，作家莫里斯·贝德尔描述挪威小姐如何争先恐后、恬不知耻地要和一个风流的法国男人过夜，普里莫·德·里维拉冷冰冰地和西班牙国王谈话，一连跳了20小时查尔斯顿舞的史密斯夫妇在一场比跳舞时长的竞赛中获胜。

比这严肃得多的事件在幕后进行。例如英美之间的战争，没有坦克，没有炸弹，但伤亡很大。以英国殖民地马来亚为主要产地的橡胶价格惨跌。当时大不列颠帝国的财政大臣温斯顿·丘吉尔开始了一场会战，专家们把这次会战称为"司蒂芬孙计划"：橡胶树种植场面积的缩小或扩大取决于橡胶的世界价格。"美洲橡胶公司"的副主席斯图尔特·戈特什金斯企图和丘吉尔达成协议，但是最终证明是徒劳的。美利坚合众国总统胡佛枉费心机地喊叫："干涉他国内政首先是不道德的！"种植场缩小了，橡胶价格便提高了。失去了低微工资的数十万马来亚工人饿死了。美国人向海牙施加压力——当时属于荷兰的印度尼西亚是第二个生产橡胶的国家。

橡胶树在美国不能生长，但这种树却在很小的尼加拉瓜被发现了。小小

左：爱伦堡作品《我们时代的编年史》封面
右：爱伦堡作品《13只烟斗》封面

的共和国想维护自己的独立亦属枉然。时代变了。1961 年，对古巴的侵犯激怒了世界。但在 1929 年却是另一回事。桑地诺将军发出号召："昨天空军扫射了 4 个村落。美国人投了一百多枚炸弹。72 人死亡，其中有妇女 18 人。杀害妇女的凶手真无耻！美国人想像他们吞并巴拿马、古巴、波多黎各那样吞并尼加拉瓜。兄弟们，想想玻利瓦尔，想想圣马丁吧！祖国在危险中！……"但这种号召不起作用。美国人简单明了地宣称："我们的远征军团昨天包围了桑地诺匪帮的一股。罪犯们被消灭了。我方损失轻微。"

另一场争夺石油的战争也正在进行，那是"荷兰皇家石油公司"和美国"标准石油"托拉斯之间、亨利·德特丁爵士和蒂格尔先生之间的战争。敌对双方为了一致反对苏联而签订了停战协定。

瑞典人伊瓦尔·克列盖尔，一个天才的冒险家，浪漫主义的骗子，火柴大王，在压倒了竞争者之后，便向莫斯科挑战，他有卡尔十二世（1682—1718，瑞典国王）的气概。

福特和"通用汽车公司"作战，"通用电气公司"和"威斯汀豪斯"电气公司作战。铁路大王们颠覆了法国政府。皮鞋大王托马斯·拔佳把捷克斯洛伐克总统也不放在眼里。

我见过巴黎的经纪人怎样制造交易所的混乱，在瑞典，我到克列盖尔的工厂去过，在伦敦，我见到过亨利爵士。

德特丁是荷兰人。他到爪哇去寻找幸福，并以一个小职员的身份在银行里混日子。但吉星高照——他被提拔到"荷兰皇家石油公司"办事处供职。德特丁在 5 年后变成了经理，10 年后变成了石油大王。他钻进了墨西哥、委内瑞拉、加拿大、罗马尼亚。英国人赐给他从男爵的爵位，于是他就变成了亨利爵士。德尔斐大学授予他"荣誉博士"的学位。他每年在女王的生日返国，女王也赞许地微笑。他促成了墨西哥、委内瑞拉、阿尔巴尼亚的政变。

也许他自命为石油的拿破仑：他不止一次地说，他的使命是让执拗的俄国屈膝。他以低价收购了前巴库石油企业占有者的股票，并把苏联石油称为"赃物"。他策划了对"全俄有限合作公司"的袭击，使英国与苏联断绝了外交关系。他使苏联大使拉科夫斯基离开了巴黎。他向希特勒的拥护者提供金钱，称赞罗森贝格（1893—1946，纳粹德国政府核心幕僚之一）的著作，组织了对经销苏联石油的"德俄贸易公司"的袭击，在柏林开设了一个印制伪钞的工厂，他不择手段。他遇见克拉辛就表示愿意谋求和平，他遇见希特勒就建议他发动战争。他曾建议张伯伦和里宾特洛甫达成协议。

他是一个结实的、精力充沛的人，几乎一直到死都不断地溜冰，用烟斗抽水手抽的廉价烟丝。他娶了一个俄国女侨民。巴黎有一所以利季娅·德特丁夫人命名的中学，在校中学习的都是过去巴库的石油大王们的子弟。他的神经很坚强，世界性的危机爆发的时候，他没有沮丧。有一次，一个记者问他，生活中最重要的是什么。亨利爵士简单地答道："石油。"

伊瓦尔·克列盖尔用火柴盒建立了一个帝国。他向彭加勒提出如何稳定法郎的忠告，帮助波兰人进行"整顿"。在华尔街，他被认为是一个最有才能的实业家，同时是一位绅士，一个正直、稳健、高尚的典范。在智利，他关闭了几家火柴厂并把工人抛到街上，在德国，他说服社会民主党人禁止火柴进口，以免工人失业。在通货膨胀的年代里，他购买了几家德国工厂。他很喜欢希腊独裁者潘加洛斯，但潘加洛斯却不愿让他享有火柴的专卖权，于是克列盖尔就促成了又一次的政变。他协助颠覆了玻利维亚的政府。他憎恨俄国人：他们不仅胆敢自制火柴，还敢运火柴出口。他是一个十足的上流人物，能谈论弗洛伊德或王尔德。

我写的一本关于火柴大王的书于1930年问世，与我当时所写的其他书（纪实性的书）不同，《统一战线》是一部有情节线索的长篇小说。伊瓦尔·克列盖尔在小说中名叫斯万·奥尔松。不知为什么我决定把火柴大王埋葬，他临终前谈到了法国总理达迪欧。这部长篇小说被译成好几种文字。1931年来到了，世界性的危机不断加深。克列盖尔焦急不安，他企图以"布尔什维克的阴谋"来向群众解释股票跌价的原因，在某些报上出现了一些文章，说我想谋害火柴大王。这是那么愚蠢，我甚至无法感到骄傲。

法国政府不断变换，但在1932年伊瓦尔·克列盖尔开枪自杀的时候，达迪欧仍是总理。他的秘书冯·德拉罕菲尔斯男爵在他的回忆录中写道，在自杀的前夜，他曾在火柴大王床边的小桌上看到我写的书。

人们为克列盖尔举行了葬礼，报刊称他为"世界性危机的无辜牺牲品"。瑞典议会宣布缓期偿付。之后，人们突然查明克列盖尔伪造了意大利债券，高尚的绅士原来是个骗子。

我也写了美国"柯达"公司的首脑乔治·伊斯曼。他的事业是同"请按一下按钮，其余的事概由我们包办"的口号一同开始的——他把供摄影爱好者使用的照相机大吹大擂一番。1896年，他好不容易弄到一张彩票，他给爱迪生写了一封信："人们向我们打听有关所谓活动照片的事。"他开始制造电影胶片。他骇人听闻地暴富起来，但考验等待着他："德国苯胺公司"——"伊格"康采恩的分公司在他的道路上崛起了。德国人发动了攻势，他们预先获得了福特和"国家城市银行"的支持，开始在美国盖工厂。伊斯曼没有张皇失措，他接受了挑战。他的资本日增。他酷爱音乐，为各种各样的音乐学院捐输了数百万巨款。他虐待工人。

他在银行里开活期存款的户头时是15岁，他决定把活期存款提净的时候是77岁。客人们去拜访他，谈的是音乐，不用说，也谈到了危机。乔治·伊斯曼走进邻室开枪自杀了。也许他想起了自己青年时代的格言，"请按一下按钮，其余的概由我们包办"？

我的作品中的许多真实的主人公都是以自杀结束自己生命的，仿佛他们不是白发苍苍的老练的事业家，而是年轻的恋人或诗人。资本主义经历了世界性危机，但有些资本家却脆弱得多：是啊，他们也是人哪。1932年3月，克列盖尔开其端。一个月后，剃刀大王在设菲尔德自尽。他曾夸口说他能剃光全世界，但自己却留着胡子，并用一支旧猎枪自杀了。同年5月，钢铁大王之一的唐纳德·皮尔逊自杀了。在战争期间他曾赠给美国政府一艘巡洋舰，他研究过对付潜水艇的方法。他留下一张纸条，上面说他对生活厌倦了。

在同一个5月，肉类罐头大王斯威夫特在芝加哥跳楼了。肉类托拉斯的股票在一周内由17美元跌到9美元。自杀者的儿子竭力挽救托拉斯在事业上的声誉，发誓说其父是失足坠楼的。

拔佳的私人飞机准备好了。气候不适于飞行，于是飞行员企图说服皮鞋大王暂缓起飞。拔佳很着急。飞机在兹林市上空坠落了。

关于托马斯·拔佳，我应该说：他耗费了我不少时间。

皮鞋大王是一个小鞋匠的儿子，经常在四乡里走动——卖皮鞋，后来到美国去了，在那里学会了许多本事。战争爆发了。拔佳开始为奥匈帝国的军队制鞋。兹林市犹如一座监狱：在拔佳的工厂里做工的都是预备役士兵和战俘。和平来到了，拔佳说："我们不应该使那些想让自己的孩子穿上皮鞋的母亲流泪。"他喜欢格言，当了皮鞋大王以后，他在车间的墙壁上点缀了一些标语："我们要做快乐的人""应该工作，应该有目的""人生不是小说"。在装工人的工资的封袋上醒目地写着："要学会用你们的身体挣钱。"拔佳的某些格言是为顾客预备的，我还记得他的这两句并列的、惹人注目的名言："我的皮鞋永不会磨出茧子"和"别读俄国小说——它们使您失去生活的乐趣"。

当我请求拔佳允许我参观一下他的王国的时候，他回答说："我不让一个敌对国家的代表看我的工厂。"（但我毕竟看到了他的世袭领地。）拔佳是一个夸大狂，他曾在一具猛犸的骨骼上签了一个名。他宣布了"托马斯·拔佳的五年计划"。他拒不承认工会，并组织了自己的私人警察队。他付给工人的工资菲薄，同时却又用廉价的皮鞋填满了世界。似乎没有一个城市没有写着"拔佳"的招牌。他是天主教徒，憎恨共产党员。

在读了我写的一篇关于兹林市的秩序的特写以后，拔佳勃然大怒，并到法院去告我。文章是在德国发表的，因此应该由德国法官来审判我。拔佳扣下了我的作品译本的稿费和根据我的作品摄制的影片的酬金。

拔佳喜欢打官司，他提出了两个诉讼——民事的和刑事的。在民事诉讼中他要我付 50 万马克（我一辈子也没有见到过这么多钱）。在刑事诉讼中拔佳设法让我因破坏名誉罪而被判刑。

拔佳雇了几个优秀的律师。我也只得去找律师。我找到了许多支持者：兹林的工人。他们给我送来了能证实我的特写的真实性的文件和照片。工人们出版了名叫《拔托瓦克》的秘密杂志，上面描述了皮鞋大王的严厉措施和他建立的警察队的横行霸道。我把一整套杂志交给了法院。

拔佳的律师在出庭的时候带着一本《胡利奥·胡列尼托及其门生历险记》的译本，他援引长篇小说中的文字以证明我的厚颜无耻，他向法庭证明，我不仅训练过家兔，而且还在库利先生的妓院里当过出纳员。律师还引证了几位莫斯科批评家的文章："甚至在共产主义的俄国，人们也为胆敢诽谤可敬的托马斯·拔佳的人的不道德和没有原则而感到愤慨！……"

法院要求双方提供补充材料。托马斯·拔佳的飞机坠毁了。希特勒在德国掌了权。纳粹分子焚毁了我的作品并封了拔佳的商店。至于我那份被冻结了的极其菲薄的稿酬，那笔少得可怜的钱并没有落到托马斯·拔佳的继承人手中，而是被第三帝国拿去了。

我在肥乳牛的最后一年开始写关于托拉斯和各种各样的大王的作品。世界性危机突然爆发，于是在此后的作品中我就只得描述瘦乳牛的年代了。

我现在要说的乳牛并非别有寓意，而是菲英岛上真正的漂亮乳牛，虽然这个故事结束于 1933 年，但我不得不重新追述一下往事。

1929 年夏，美国人曾为报上的一则短讯感到十分激动：美国的剩余小麦超过了 24 万蒲式耳。不久，经查明，在加拿大、澳大利亚、阿根廷、匈牙利等地的粮食同样大量过剩。小麦价格猛跌。农场主纷纷破产，变得穷困了。

对于世界上粮食过剩这句话不能从字面上去理解。好几个大洲都在挨饿。世界上有 4 千万注册的失业者。西欧各国的小麦进口缩减了七分之六。

在罗马召开了 46 个国家的代表会议，讨论如何解决小麦过剩的问题。这是在 1931 年春。所有的人都发疯了。巴西在烧咖啡。美国在烧棉花。代表会议建议用曙红使小麦变性：红色的麦粒可充牲口的饲料。

宣传开始了："请用小麦喂牲口——它比玉米更便宜、更富养分。"银行的倒闭仍在继续。饥饿的农民遗弃了自己的土地跑到远离乡井的地方去寻找粮食。

乳牛吃着头等小麦——马尼托巴或巴列塔。但数月之后，报载世界上的黄油和肉类过多了，人们正是因此而饿死的。

1933 年我在丹麦。我先前曾看到过这个静谧的、苍翠的、富庶的国家。丹麦人把黄油、肉类、熏猪肉卖给英国人和德国人。在洛兰岛上的小城奈斯科夫，我看见了一台异乎寻常的机器，它把乳牛变成用来充当猪饲料的圆饼。机器把骨头磨碎，把它们和肉混成土色的糊状物。（英国仍在购买熏猪肉，但问题已很明显，世界上的脂肪已经太多，如果世界局势不好转，那么不久连猪也只得加以消灭了。）

当地的一位兽医让我看了这台机器，他白发苍苍，为人正直，但十分忧郁。他给乳牛治了一辈子的病，不忍目睹它们被人杀害。

在哥本哈根我看见了挨饿的失业者。我知道饥饿的滋味，因而在遇到他们的时候，我总把视线转到一旁。

古代的希腊人有一个关于西西弗斯的传说，西西弗斯是科林斯王——一个匪徒。他死后，众神为他想出了一种可怕的惩罚：让他把一块巨石推到山上去，石头又从山上滚下来，如此周而复始，永无尽头。西西弗斯抢劫过财物，杀过人。但是千百万人却为了什么罪过注定要干西西弗斯的劳动呢？起初是扩大播种面积，接着用曙红来染小麦并拿它来喂乳牛，往后则开始屠宰乳牛并拿它们来喂猪……

对于我来说，4 年的时间不是不留痕迹地逝去的。我不知道我是否告诉了我的读者什么东西，但我个人却长了许多见识。我同先前一样憎恨金钱、贪欲的世界，但光憎恨是不够的。我明白了问题不在人们的性格，在企业家、银行家、工业大王或金融寡头之中也有好人和坏人，聪明人和蠢人，讨人喜欢的人和令人厌恶的人，问题不在他们恶毒的本性，而在制度没有理性。巴尔扎克时代的资本家是贪婪的、吝啬的，有时是凶残的，然而他们盖工厂、养纯种乳牛、提高福利。可以骂他们冷酷无情，但不能骂他们疯狂。过了一百年，巴尔扎克的主人公们的子孙看上去都是狂暴的疯子。

我很高兴，因为在临近 20 世纪 30 年代的时候我就明白了并思考过这个问题。当时人类正面临巨大考验。现在每逢回忆自己的过往的时候，我想的总是希特勒的德国，在西班牙度过的岁月、战争。对我来说，最痛苦的考验之一是 1937 年末，当时我直接从特鲁埃尔附近来到莫斯科。我将在本书的下一部里谈到这段历史，而现在我想说的是，如果当时我未能预见到人们于 1956 年在党的代表大会上和莫斯科的任何一所住宅里都谈论着的那许多事情，那么早在希特勒之前，在格尔尼卡之前，在被焚毁的村庄和被射杀在白俄罗斯的田野上的乳牛之前，我就已经认真地研究过了敌对世界的愚钝、野蛮和残暴……

21

梅尔：一只飞来飞去的白鸦

在我写作有关各种托拉斯之间的斗争的作品的时候，欧仁·梅尔给我介绍了工商界的代表人物，供给我秘密资料。他出版了我的长篇小说《统一战线》的法译本。他热情洋溢地建议道："让我们把您的书取名为《先生，祝您胃口好》吧。"我固执己见，但最后这部长篇小说在问世的时候还是用了一个梅尔想出来的书名：《"欧洲"股份公司》。

不能把梅尔当作一个职业出版家。他有时出版书籍，有时办大型日报，有时出讽刺杂志，有时又印行财政通报。他还写文章、经管事务。

他年轻的时候是个无政府主义者，和有信仰的强盗邦诺来往。我还记得，在世界大战前3年曾发生过一桩轰动巴黎的事件：强大的警察部队包围了一所房子，邦诺从这所房子里进行回击。无政府主义的报纸《自由主义者》当时写道："窃贼、骗子、勒索者经常起来反对法定的生活方式，他们对自己在社会中的作用有正确的理解……"年轻的梅尔的许多朋友死去了。他侥幸地保全了生命，变得老练了，并成为巴黎政界、金融界、文学界不可分离的一部分，虽然他既不是议员，又不是银行家，也不是作家。

梅尔没有坚定的政治信念，但他毕生眷恋无政府主义者并憎恨右派分子。他也没有那些从小就向法国小学生灌输的道德原则。梅尔对待这个世界上的强者是肆无忌惮的，但对于被命运欺骗的人们，譬如一个四处碰壁的诗人或编辑部的一个女送信员，他却满怀挚爱。他有点像那些在阳关大道上拦路行劫、然后把赃物分给附近穷人的古代侠盗。他吸引我的不仅是生命力、达观、不同寻常的幻想，还有那善良的心灵。

他生在马赛，他的父亲（名叫安格尔）在那里卖橙子。他父亲的姓似乎是梅尔洛。法语中"梅尔"意思是鸫，法国人把"白鸫"叫作"白鸫"。梅尔一度出版过名叫《白鸫》的讽刺杂志。他本人就像一只鸟儿，而且实在是一只出色的鸟儿：在两次大战之间，人们都竭力想在地球上占据一个比较稳固的位置，骗子也引用哲学、宗教、崇高的政治思想，梅尔却飞来飞去，有时候拾几颗谷粒，发一个月或一年的财，有时候却又在巴黎跑来跑去，想找到一个或许能请他吃一顿午饭的人，他赚钱和花钱都像装个笑脸或摘几朵花那么容易。

还在我和他结识之前，巴黎曾被《巴黎晨报》的一段短暂的光辉历史所震惊：梅尔决定出版一种新型的内容肤浅的报纸。他聘请了一些优秀的记者。一个名叫乔治·西姆的年轻人坐在摆在一群看热闹的人前面的一个玻璃笼里写一部侦探小说，写好一页就立刻拿去印刷。（乔治·西姆后来成了作家乔治·西默农）。

梅尔把乔治·西默农介绍给我。西默农当时是初学写作侦探小说的作家，许多年以后，他的作品达到了尽善尽美的程度，这使他得以把一种遭到蔑视的体裁提高到高级文学的水平。我没读过他的长篇小说，但我喜欢这个十分开心的人，一位讲故事的能手，烟斗不离嘴的吸烟者。他住在一艘快艇上，我记得有一次我去马恩河上找他。他用一些新奇古怪的故事逗我发笑，不过我觉得最有趣的是他养的一头纽芬兰犬，这头公狗虽然非常和善，却叫大热天来河里洗澡的人害怕：公狗忠于自己的职责和习性，常常飞快地向游泳的人们游去，并把他们拖到岸上。晚上西默农有时会顺便去酒吧老板鲍勃开办的"库波尔"酒吧看看。许多风格迥异的作家都常去那儿，其中有雷纳·克莱维尔，有瓦扬，也有德斯诺斯。我几乎每晚都去

乔治·西默农

那儿坐坐。

不久前我找到了我留在被德国人占领的巴黎的一个朋友处的一批书籍的一部分。其中有西默农早期写的长篇小说《颅骨》，书上有作者的赠书题词："友好地赠给伊利亚·爱伦堡，他的觉悟和原则性帮助我塑造了拉狄克的漫画形象。"我读完了这部长篇小说。西默农是无意中得到这个名字的——这个名字从报纸的版面上爬了出来，跟卡尔·拉狄克风马牛不相及。他给我画了一幅漫画，用我国报界的行话来说，这幅漫画是善意的。拉狄克坐在"库波尔"酒吧里。然而他干了什么呢？他凶残地杀害了住在巴黎郊区的两个富有而年迈的老处女：为贫穷的童年复仇。这是一个既有原则又有觉悟的凶手，只有在侦探罕见的洞察力的帮助下才揭露了拉狄克的真正作用。当然，西默农并不怀疑我杀过人，还补充了"漫画"一词，但是他觉得我是超级有觉悟的，是超级有原则性的和毫不妥协的。而这是在那样的年代，当时我像海上的一块木片那样在发抖，当时苏联的批评家们把我称作"资产阶级的厚颜无耻之徒"，而朋友们则劝我彻底"站稳立场"。

我们坐在满是烟味的小酒吧里，用咖啡渣占卦，竭力想看透的不仅是未来，而且还想看透自己的邻人和自己。这是件困难的事，而那些年也并不轻松……

梅尔用骇人听闻的揭露性消息威胁政治家们，他答应订户出版有价值的增刊。但该出版增刊的时候，报纸却突然消失了……

在最初的几次会见中，有一次梅尔对我说："我的朋友，您太谦逊了，在法国，仅有才能是不够的……"他决定把我极力吹嘘一番，便在一家豪华餐厅的一个单间里举办了一次午宴，还邀请了女作家热尔明·波蒙——她主持低级趣味的《晨报》的文学部。除了她之外，梅尔还请了他庇护的德斯诺斯。

德斯诺斯吃饱了饭，主要是喝足了酒，便开始揭发《晨报》，每一次都转身对波蒙说："当然，我指的不是您……"德斯诺斯就像早期的超现实主义者那样，喜欢用很粗野的字眼，他在描写《晨报》的时候，列举了人体的所有部分。热尔明·波蒙忍受不了便离开了。梅尔很伤心——他没能把我的世界性声誉介绍出去。他向我解释："波蒙夫人可能心里也同意德斯诺斯，但是她不能容忍别人辱骂她的主人，何况还有一个苏联作家在场……"

梅尔在离巴黎不远的地方拥有一处优美的庄园。在举办招待会的时候，他爱瞒哄人，但自己却保留着青年时代的大众化习惯。早晨他在厨房吃早饭——吃的是被他加了很多盐的番茄——然后乘火车到巴黎去。早上他大都是囊空如洗的，但是在火车上却产生了一个个宏伟的计划。

他喜欢在备有普罗旺斯饭菜的餐厅里用午餐，他最爱吃带蒜的蛋黄酱，他常常到尼娜那里去：她有一个小小的、看上去非常简单但却十分高贵的餐厅。尼娜身兼女主人和厨娘，她只接待有限的一伙行家。我在梅尔的餐桌上什么样的人物都见到过——无政府主义者和工业家，赖伐尔和达拉第，诗人圣保罗-鲁，特里斯坦·贝尔纳，"美食家之王"库尔农斯基，柏列兹·桑德拉，议员，交易所经纪人，时髦的律师，电影演员！

赖伐尔赴莫斯科的时候，梅尔曾对我说："他是法国最有天才的骗子。我愿他和俄国人达成协议，因为他一点也不值得和希特勒达成协议。"达拉第在当时被称为"沃克吕兹的公牛"——他演说的时候勇敢而坚决。梅尔伤心地说："法国人甚至对那些曾被认为是他们的专长的事情都搞不清楚了。怎么可以把达拉第称为公牛呢？要知道，他是一头典型的阉牛！您可以去问问任何一头小母牛……"

1933 年又有一起大诈骗案被揭发了：斯塔维斯基盗走了 6 亿 5 千万法郎，此人在 1917 年曾因一桩小小的窃案受过审讯，而在 15 年后却以专家身份经常出席外交会议。达迪欧断言，激进派庇护着骗子。梅尔笑道："要是他们胆敢碰我一碰，我就把斯塔维斯基的支票簿存根拿出来——他给达迪欧的朋友们也送过礼……"

不用说，梅尔有许多蓄意谋害他的敌人。他用他的敌人的名字来称呼他在庄园里养的那些猪。法西斯报纸《格林古阿尔》的编辑卡尔布恰使他特别苦恼，于是他便用这个编辑的名字当作一头又肥又大的骗猪的外号。有一次，梅尔赠我一条火腿，并附了一封信："请笑纳我那永志不忘的卡尔布恰的大腿一只……"

7 月 14 日那天我不知为什么到他那里去了。一群农民前来向他祝贺国庆节。他搬出 10 箱香槟酒，举起酒杯，神色庄重地欢呼道："法兰西万岁！"农民们异口同声答道："梅尔先生万岁！"

他总是十分激昂慷慨，他说："我死后，既不必举行盛大的葬仪，也不必致悼词，只要在我的城堡的塔顶挂一面志哀的旗帜就成了。"

每逢宾客来到庄园，梅尔就系上一条围裙准备午餐，在厨房里他也要幻想一番：他在家乡菜——葱汤里加上很多纯波尔多葡萄酒。他是一个极端迷信的人。法国人说，只要拿一块木头，就不至于因被人毒眼相看而遭到不幸。梅尔抱怨道："早先我很沉着——所有的咖啡馆里都有木头桌子。现在只有大理石桌子了，所以不得不在口袋里放一截铅笔头。"他开始养孔雀，这正巧是他倒霉的时候。他把一切灾难都归罪于这些鸟儿——它们在夜间跑到房子跟前来脱掉上面有一只毒眼的羽毛。他下不了决心把孔雀杀死或送走："命运不可违拗。"一天，来了几个哭丧着脸的农民，他们说村子里的狗把孔雀咬死了。梅尔恢复了元气，并立刻带着新的天才计划动身到巴黎去。

我曾说梅尔没有道德原则，这是不正确的——比较正确地说，是他的原则与公认的原则不符。譬如说，他不承认合同，不给他的作者支付稿酬，但是德斯诺斯曾告诉我说，只要向梅尔暗示一下，说他生活困难，梅尔就会支付给他比合同规定的还要多的稿酬。他一直到死都不断地资助他在无政府主义团体里的同志们的子女。

当拔佳向法院告了我的状以后，梅尔曾问柳芭，她的皮鞋是多少号的。"明天您将从法国制鞋商的辛迪加那里得到 12 双便鞋。"柳芭大声叱责了他一顿，并把这事告诉了我，我十分生气，并极其严厉地禁止梅尔同拔佳的法国竞争者谈到我。梅尔既惋惜而又钦佩地看着我说："我的天，您多幼稚！但是我因此而尊敬您……"

帕纳伊特·伊斯特拉蒂在访问莫斯科以后便开始辱骂苏联。梅尔很气愤："我开始在报馆工作的时候，那里有一个可爱的、年轻的采访记者居斯塔夫。他有一个漂亮的、个子很高而且非常热情的女朋友。她总是吃他的醋，他到编辑部来的时候常常鼻青脸肿。有一天他来的时候满面血污，令人不忍直视。我们决定和那位女士谈谈：'您为什么要欺负我们的居斯塔夫？'她举起两手一拍：'你们想知道为什么吗？那么好吧，我告诉你们。他的一排义齿是我掏钱给他配的，可他却用我的牙齿向别的女人微笑。'你们会问，我为什么想起了这段故事？这里没有任何比喻。伊斯特拉蒂曾告诉我说，他在莫斯科镶了一副绝妙的义齿，可他现在正用苏联的牙齿向彭加勒和布拉吉安微笑……"

梅尔介绍我认识了安诺夫人。她曾被捕，后又获释，这是一桩轰动一时的事件。梅尔很尊敬她，常常一再地说："一个最正直的女人！……"她告诉了我许多有关金融巨头的勾当的趣闻。至于梅尔，他总是说："百分之九十九的骗子或小偷都比检察官和法官规矩得多。"

西班牙的内战开始了，我到了马德里。秋天，我为了买一辆有巡回电影放映设备的载重汽车而回到巴黎，看到梅尔以后，我说我要去阿拉贡前线，并且想买一部印刷机，但钱不够。梅尔拥抱了我："我现在想的也都是有关西班牙的事。那里有许多无政府主义者……"第二天，他把机器和铅字运来了。当时他的手头很紧，我不知道他是在哪里弄到这部机器的，不过它很好用。

在最后一次见面的时候，他看上去有些疲劳、萎靡，他的声音一向是嘶哑的，这时他说话已很吃力，尽管他喜欢说话。他死于喉癌。

我为什么要写他呢？我们并不是经常见面，何况这段故事也并没有什么寓意，它只不过是一个与众不同的人的肖像而已。在精神上，梅尔是一个诗人。即使是优秀的诗人有时候也写不成功的诗，梅尔有时候也开空头支票。但他在那些年间曾使巴黎充满生气。况且也不能只写英雄人物或重大的历史事件——生活中也需要有白鸦……

22

巴尔干的高尔基——伊斯特拉蒂

在 1927 年至 1928 年间，法国人读帕纳伊特·伊斯特拉蒂的书读得入了迷。他的作品被译成各种文字，它们在苏联特别受人欢迎——伊斯特拉蒂的书在两三年间出过不下 20 个版本。罗曼·罗兰在称赞这个年轻作家的时候曾把他称为"巴尔干的高尔基"。

现在没有多少人还记得伊斯特拉蒂的书了。他在我的一生中是个萍水相逢的人。我很爱听他那些五彩缤纷的故事，我很喜欢他——他是一个善良的、满不在乎的、同时又有点狡猾的人，时而是夜酒店的一名小提琴手，时而又是一个把玩具炸弹当作念珠来数的无政府主义者。但当他不在我眼前的时候，我却想不起他来。不过我仍想思考一下他的命运：要了解一个时代，不能只通过铺设汽车路干线的工程师来了解，还要通过那些在夜里绕道而行的走私贩子来了解。

在沙托丹大街的大街心花园附近有一家东方式的餐厅，它是一个肥胖而快乐的叙利亚人开的。常去光顾的有希腊人和土耳其人，罗马尼亚人和埃及人，黎巴嫩人和波斯人。那里卖形形色色的烤肉串，用葡萄叶做的菜卷，流着油的蜜制馅饼，喷香的柯达尔酒，掺水的茴香酒——阿拉伯人把这种饮料称作"狮乳"，有松香气味的希腊葡萄酒。帕纳伊特·伊斯特拉蒂把我带进了这家餐厅，他赞美着他儿时所爱吃的那些美味食物，甜食、辛香佐料、羊肉的香气使他醉了，他开始叙述幻想的故事。

伊斯特拉蒂不是一个天生的作家，而是一个天生的说故事的能手，他说起故事来娓娓动听，全神贯注，他自己也不知道被他说成是千真万确的事到底是不是发生过。天才的说故事能手常常如此，人们凝神屏息地倾听他们的叙述，甚至没有时间对那些可笑的或可悲的故事加以思考，仅仅在事后，听众才根据他们对说故事者的态度说一句"他在胡扯"或者"多么丰富的想象力"。

伊斯特拉蒂为什么成了一个作家呢？他从事过许许多多五花八门的职业：他在一家罗马尼亚的小饭馆里卖过葡萄酒，在码头上当过搬运夫，粉刷过房屋，烘过面包，写过招牌，当过钳工，挖过土方，当过江湖摄影师——在尼斯的滨河大道上为游览者照相。他流浪了许多年，到过埃及、土耳其、希腊、黎巴嫩、叙利亚、意大利、法国。他会说许多种语言，但没有一种说得准确。他把罗马尼亚当作自己的祖国，他的母亲是罗马尼亚的农妇，父亲是希腊的走私贩子。他的一生如此荒唐，任何作家都不会去写它。伊斯特拉蒂自己也没盼望过当一个作家。他爱读书，而且交替着阅读所有的作品——艾米内斯库（1850—1889，罗马尼亚诗人）和雨果，高尔基和罗曼·罗兰。

到了最后，他对一切——饥饿、幻想、书籍、尼斯的棕榈树、警察都厌倦了。他曾试图用剃刀割断自己的咽喉。他被送进了医院，活了下来。他在医院里给罗曼·罗兰写了一封信：他想把自己的绝望向一个已逾中年的聪明人倾诉一番，由于他是一个天才的说故事能手，而且怀着一颗赤子之心，结果他在信中离开了本题，写起了一些有趣的故事。罗曼·罗兰读了这封长信，称赞了一番年轻的罗马尼亚人的才能，于是帕纳伊特·伊斯特拉蒂又找到了一项新的职业：他变成了作家。

声誉和金钱源源而来。我是在他红极一时的时候认识他的。他仿佛一心要弥补蹉跎了的岁月——一方面再三阅读那些热情洋溢的评论，一方面在叙利亚餐厅的小吃部里挑选稀奇古怪的小吃。他具有普希金长诗中的

乔治·西默农

茨冈人、东方的捏造家、近东地区的吹牛大王及普通的幻想家的天真、稚气的狡猾和魅力，他在饥饿和殴打中仍保留着对爱情、星辰和真理的怀念。有一次他对我说："其实我不是作家……生活简直太绚丽多彩了，但我很快就会精疲力竭……"他说这话的时候并不痛苦，宛如一个偶然闯进一家漂亮旅馆的流浪汉，他知道等待着他的是乞讨生涯和尘土飞扬的道路。

给伊斯特拉蒂带来声誉的最初几部作品都是浪漫主义的、幻想的。法国人看见穿着上衣和裤子的舍赫列扎达颇为惊讶。伊斯特拉蒂叙述自己的童年、漂泊生涯、土耳其的后宫、罗马尼亚反抗土耳其统治的起义者。他对反抗土耳其统治的起义者最感兴趣：他们保护被侮辱者，他们没有党的纪律，于是当了一辈子无政府主义者的伊斯特拉蒂轰动一时，但他意志薄弱，便把他们视为自己的导师和兄长。有一次他告诉我说，他曾一度热衷于政治，组织过罢工，这大概是真事，但我要再一次指出——他一辈子又有什么事没干过呢！

要是他活在 19 世纪，也许会万事如意，他可能会再写 10 部或 20 部书，他或许会成为法国科学院院士，或者会回到祖国去，感伤主义的女作家卡尔曼·西尔瓦可能会在那里为他的长篇小说流泪，她就是罗马尼亚女王……但现在是另一个世纪。

伊斯特拉蒂在 1925 年到罗马尼亚去了，他目睹宪兵屠杀农民、比萨拉比亚起义的参加者惨遭枪杀。他义愤填膺地回到法国，在"人权同盟"发言，写了一些愤激的文章。他自问：怎么办？反抗土耳其统治的起义者早已不存在了。只有共产党员，于是帕纳伊特·伊斯特拉蒂便开始向往苏联。

他不喜欢高谈阔论，也不善于高谈阔论，他用神话中的形象进行思考，在他看来，世界分成了两半——有罪的人和品行端正的人，那不勒斯的贫民窟或自由自在的富裕生活。有时候我觉得难以和他攀谈：他不能想象，怎么在苏维埃俄国也能碰见愚蠢的或没有心肝的人。舍赫列扎达在夜里讲故事，而伊斯特拉蒂却开始揭发现代的哈里发（哈里发制度指伊斯兰教历史上的政治制度）了。

他到莫斯科去了，对那里的一切都赞不绝口，声称他想搬到苏联去住。回到巴黎以后，他出了一本书，其中充满了对他刚刚赞美过的那个国家的一些刻薄的、而且大部分是不公正的攻击。这个 180 度的急转弯使所有的人为之愕然。有的人说这是一种"阴谋"和"收买"，另一些人说这是一种"大彻大悟"。

这本有关苏联之行的书跟伊斯特拉蒂的其他作品截然不同，据说它似乎出自另一个人的手笔。我不知道是否属实。也可能它是伊斯特拉蒂永恒的轻率的表现。朝圣者勃然大怒：现实不像他编造的东方神话。他立刻被记者、政客、党棍包围了，他还没有弄清楚是怎么回事，就变成绿绒上的一张纸牌了。

有一次他告诉我，他年轻的时候常在火车、轮船上当"无票乘客"，这是一种有趣的游戏——不花一个德拉克马（希腊本位币名）就从比雷埃夫斯（希腊地名）到了马赛。莫非他想以一个"无票乘客"的身份通过一个时代？他被扔到一个陌生的车站上。无论是老朋友还是神话都不见了。他为自己辩解、责难他人、撰写歇斯底里的文章。不久他就到罗马尼亚去了。有关他晚年的情况我所知有限。他的结核病恶化了，伊斯特拉蒂在山上的一座修道院里住了一段时期，自称为无政府主义者，曾打算加入民族主义者的团体，写些关于上帝的作品，当莫里亚克想起他的时候，他很高兴。他于 1935 年死于布加勒斯特。法国的报纸上登了几篇短短的悼文：他已经被人忘了……

许多年以后，在罗马尼亚一个偏僻的村子里举行的一次婚礼上，我遇见了伊斯特拉蒂笔下那些好斗的和温柔的主人公，他们唱着反抗的、悲伤的歌曲。我想起了在沙托丹大街上一家幽暗的餐厅里说故事的那个幻想家、莽汉、放荡的人，于是我再一次想到了一个作家的重大责任。没有轻松的职业，但是最困难的职业恐怕就是用笔头在纸上涂字了：干这一行有时候虽能得到优渥的报酬，然而却必须为它付出一生……

23

持《时代的签证》旅行欧洲

在我目前所叙述的那几年里，我的足迹遍布全欧，我到过法国、德国、英国、捷克斯洛伐克、波兰、瑞典、挪威、丹麦，在奥地利、瑞士、比利时逗留过。我从 1932 年起成为《消息报》的记者，因而许多次旅行都多多少少同报纸的工作有关。而在 1928 到 1929 年间，我还不是一个专业的新闻工作者（我的旅途随笔有时由《莫斯科晚报》发表）。我也不是一个典型的旅行者。在挪威的时候，我不去欣赏峡湾的景色，却跑到遥远的勒斯特小岛上去，那里连枕头上也有一股鳕鱼味，后来又跑到小小的莫斯港去，那里没有任何名胜，夜里我在那儿和轮船公司的一位代表谈论我们这个世纪的命运。在英国，我到过被煤烟熏黑了的、阴沉沉的曼彻斯特，并下到非常落后的斯万沙矿井里去。在瑞典，我到了北极圈内的新城市——基律纳，那里正在采掘矿石。

我的钱勉强够用。一位报告会的主办人把我送到波兰去做文学问题的报告，"笔会"和一位出版家邀请我去英国。我到维也纳去是为访问一个文化协会。我到处都拣便宜的旅馆住，尽可能多用自己的两条腿，少乘出租汽车。

普希金曾这样描写奥涅金：

> 他开始了没有目的的旅行，
> 只听凭自己的感情；
> 但他对旅行也终于厌倦，

第 三 部

像对待世上的一切事情一样。

"目的"我也没有，但我并不讨厌旅行。自然，要想离开自己是不可能的，无论我到了哪里，我的思想都不曾离弃过我。我喜欢（直到现在还喜欢）旅行，大概就是这个缘故：有时候，在遥远的异乡观察一下别人的生活，往往能找到自己的写字台前所不能找到的谜底……当时我已近 40 岁——因而我已超过了那个人们往往把它同"正在形成"这一概念联系在一起的年龄，但我却和先前一样感到自己是一个小学生。

每一个人的周围都会渐渐地出现一批因共同的利害关系、职业而和自己产生联系的人们。想离开自己是不可能的，但是可以暂时脱离熟人们的圈子。自然，即使在别的国家我也常常在作家的圈子里打转，我认识了玛耶罗娃、诺沃梅斯基、安托尼·斯洛尼姆斯基、布罗涅夫斯基、安德森-尼克索、努尔德利·格里格、约瑟夫·罗特。

我在丹麦的一个岛上偶然碰见了卡琳·米哈艾莉斯。她把我拉到农民中去，让我看出色的农场，各处的人都认识她、尊敬她。我年轻的时候在俄国读过她的长篇小说《危险的年纪》。当时我想，使她激动的都是妇女心里的秘密，不料她所说的却是另一件事：关于不可避免的浩劫。她说，农场主不愿赈济挨饿的德国孩子，现在每当她谈起法西斯主义、战争的威胁，他们就扭过脸去。她还说，饱食终日、醉生梦死、漠不关心是多么可怕。（8 年之后，在马德里的一次作家代表大会上，当有人在炮弹的爆炸声中宣读卡琳·米哈艾莉斯在病榻上写的贺信时，我想起了在一个宁静的、绿油油的农场里的谈话。）

但是，说到突破熟悉的圈子，我便想起另外的一些会见——跟吉索维茨的老牧人、跟罗兹的纺织工人、跟罗弗敦群岛的灯塔看守者、跟来自古拉·卡尔瓦里亚的一个哈西德教派长老的孙子、跟柏林的工人们的会见。

现在我要谈谈这些五花八门的会见中的其中一次会见。我在基律纳认识了一个矿工，他是共产党员，有一个名叫纽莎的俄国妻子。她请我喝咖啡，热情地让我看她的冰箱、电炉、洗衣机。矿工用德语和我谈话，但和妻子却几乎不说话——他只知道百十个俄文字，纽莎还没学会瑞典语。他告诉我，他曾和一个代表团到过苏联，在高加索得了肺炎，并在医院里爱上了一个助理护士。他相信纽莎是"俄国革命的灵魂",并为他不能就自己在某种情况下该如何行动向她请教而感到伤心。但纽莎却为她来到了一个安静的、富庶的国家而感到高兴,谈到丈夫的同志们时,她感到困惑莫解:"他们这些人哪,吃饱了就想捣乱……"我不愿严厉地责怪她:她吃了许多苦,挨过饿,兄弟被白党枪毙了,母亲死于斑疹伤寒。我很喜欢她的丈夫,他是一个高尚而勇敢的人。纽莎为她没学会说瑞典话而痛苦。桌上放着一部厚字典,但新婚夫妇很少去翻它。两个人都诅咒自己与对方语言不通,却没想到他们的幸福应归功于语言不通……

这当然只是一个可悲而又可笑的故事,不必从中得出结论,而且我也并没有做结论。我只努力记下自己的印象。

我对几次旅行做了描写,并把我的一本特写集命名为《时代的签证》。对于一个在当时忽然想要旅行的持有苏维埃护照的人来说,签证是一个很奇特的概念,这是不难想象的。不过在给集子选择了这么个书名以后,我想到的却并不是吹毛求疵的领事,而是更为吹毛求疵的时代:它要检验一番,看看在我们先前的观念之中有哪些是可以由时代加上签证的。旅行帮助我从大量旧的和新的社会习俗中解放出来,看见了生活的本来面貌。在同丹麦的农场主交谈的时候,我竭力想了解一个苏维埃作家的道路。

苏联驻国联代表马克西姆·马克西莫维奇·李维诺夫用一个简单的公式使所有的人大吃一惊:"世界是不可分割的。"在异国漫游期间,我明白了另一个"世界"也是不可分割的——那就是按照旧的写法带有"i"这个字母的"世界"(在现代俄语中,"世界"与"和平"都写作 Мир,但在古代俄语中,"和平"写作 MiP)。

我还明白了,民族也和人们一样是非常多样的。《时代的签证》某一版前言的作者拉斯科尔尼科夫曾警告读者说:"爱伦堡抱定了陈腐的民族性格理论。他认为,每一个民族都有由其民族性格的特征所决定的自己的'精神'。在这一方面,爱伦堡之前有一个非常卓越的先行者,那就是司汤达,他在自己的《帕尔马修道院》里也曾徒劳无功地企图解决意大利民族性格的问题。这一关于民族'精神'的错误概念在逻辑上是来自爱伦堡总的唯心主义思想体系。他和司汤达一样不是唯物主义者,而是唯心主义者。他不愿去研究,而是凭直觉去理解……"

（这篇前言写于1933年。10年以后，阿·尼·托尔斯泰发表了短篇小说《俄罗斯性格》，剧院里上演了西蒙诺夫的《俄罗斯人》，各种各样的诗人都在歌颂"俄罗斯习俗""俄罗斯爱情"，不用说，还有"俄罗斯精神"。他们没受到任何人的责备，却博得了一致的掌声。既然俄罗斯人有一种"精神"——亦即民族性格的若干特征——显然其他民族也会有一种"精神"。我曾多次读到，我或者别的作家如何"纠正过去的错误"。但是那些骂过我们的人呢？没有人提到他们。其实他们也同样放弃了许多东西，又开始懂得许多东西。）

我从来不认为，民族"精神"是与生俱来的——我生过很多病，可就是没有生过种族主义的病。民族精神，亦即民族性格，是许多世纪以来逐渐形成的，地理条件、社会发展的特点、历史的变革，也给予民族性格的特征以影响。日后我看到了其他几大洲——那是在第二次世界大战以后，但即使在我目前所写的那些年代，我也能做很多比较。当然，我曾看见一个瑞典工人的判断同克列盖尔或银行家瓦伦堡的判断不同，但这并不妨碍我注意到瑞典工人的性格有别于意大利工人的性格。这里没有任何"唯心主义"，而且这无论是同阶级斗争的存在还是同国际主义的原则都没有什么矛盾。

英国人喜欢幽居独处，他们宁肯住不舒适的、寒冷的、楼梯狭窄的小房子，也不愿住现代化的高楼大厦，他们和法国人不同，既不在大街上生活，也不乐意往人堆里钻，一个到过英国的人怎能看不出以上这些特点呢？任何一个旅行者，即使他丧失了观察力，他也能看到，巴黎有很多出售颜料和绘画用具的商店，有许多小型的绘画展览会，而在维也纳则有几百家出售乐谱的商店，同时墙上贴满了音乐会的海报。不同国家的资产者的消遣方式也各不相同。英国人必定是某俱乐部的成员，同时他的政治倾向却很少在俱乐部的挑选上表现出来，每一个俱乐部都有一个备有舒适的圈椅的图书馆，绅士们就在那里打盹，有的静悄悄地，有的不时发出鼾声。西班牙人也喜欢俱乐部，但他们不是坐在幽暗的大厅里，而是坐在橱窗里或街道上观看来往行人，只要一个年轻女人走过，他们就咂一下嘴。德国的资产者酷爱科学的新发明和异国情调，我曾在柏林的一家餐厅的菜单上看见一串数字——每一道菜的

爱伦堡于1928年拍摄
的瑞典基律纳城

热量有多少卡（维生素是日后出现的），在另一家餐厅里，顾客们躺在吊床上，而在他们上方还有一些热带的鸟儿飞来飞去。法国人显然不会喜欢这一套，他们不愿为这些排场花钱，而喜欢在一家小小的、不美观的酒店里美美地吃上一顿。在英国的国会里，争论总是彬彬有礼地进行的，但在法国的国会里我不止一次目睹大打出手的场面。我可以用几百页的篇幅来列举性格和生活方式的特点，但我现在不打算描述形形色色的国家，而只想指出旅行对我日后的道路产生了什么样的影响。

　　我看见人们在按照不同的方式生活，但生活方式的差别并没有蒙住我的眼睛，使我看不见那种能使人相信世界大同的共同的、全人类的东西。当然，我曾觉得瑞典人很迂腐（现在他们开明多了），不能简简单单地把一杯伏特加喝光了事——喝的时候还有一大套繁文缛节。瑞典人看上去很冷淡、很孤僻。但是我认识了过去驻彼得堡的武官阿克塞尔·克劳松。他懂俄语，退休以后便从事翻译工作，还译了我的两本书。他是一个真正的老瑞典人，爱点着蜡烛吃晚饭，把酒杯举到心口前面，从来也不忘提及我们曾多么愉快地一起度过一晚，哪怕这一晚已是前年的事了。我们成了挚友以后，才发现他是一个热心人，一个极其忠实的朋友，他善于谈天，更不容易的是，他也善于沉默。

最初我觉得斯洛伐克是 个远古时代的国家：农妇穿的是巴洛克时代五彩缤纷的华丽服装，有些区的农民系着围裙，墓地上的十字架都绘有花彩，宛如有趣的玩具。后来我看到，使斯洛伐克的作家们激动的问题也就是使我激动的那些问题，我在那儿找到了许多善良的朋友——克莱曼蒂斯、诗人诺沃梅斯基等。

英国人看上去像是另一个行星上的生物，对一切都答以"你们有一种大陆上的作风"或者"这不是咱们这里的事，而是大陆上的事"。不久，我发现知识分子都很忧郁，十分喜欢契诃夫的作品，《三姊妹》演出的时候，大厅里一片唏嘘之声。我明白了，我可以和许多英国人倾心交谈。

我曾说过，我的思虑和怀疑到处都伴随着我：它们很早就产生了，那还是在第一次世界大战期间，我就开始了独立思考。在目睹庞大的战争设施、能在一瞬间使人失去思想的工具以及使爱情、屠杀和死亡都机械化的景象之后，我明白了，人的概念本身正处在危险之中。在 20 世纪 20 年代末，还不存在根据口令鼓掌的现象，不存在会作诗的机器，不存在奥斯威辛的统计学和氢弹。而我不断痛苦地思考着的也不是这个或那个民族的性格特征问题，而是时代性格的问题。

我不愿在本书中堆砌我自己的作品的引文，不愿援引陈旧的特写或短文，但我如果开始叙述我在 1928 至 1929 年间对西欧的印象，我就不由得会改变它们，或者以此后数十年间的经验来补充它们。以下是我当时对德国的描写：

"一个人在想办法把飞机中的座位安排得紧凑些，另一个人在制造打火机，以便轻而易举地取得火苗……我到马克西米利安·加尔丹那里去了……看来他不

1936 年，斯洛伐克农村

是为制造完善的打火机而生的。我们谈到俄国革命，谈到柏林的街道。他对我说：'我怕这种不疾不徐的生活，怕没有意外事件……'在柏林的街头厕所里写着这样一行字：'在同女人性交之后的两小时内务须赶往最近的卫生所……'柏林是美国生活方式的传播者，就连打火机在这里也是人们特别崇拜的对象。长篇小说《亚历山大广场》的作者艾尔弗雷德·德布林邀请我到他那里去。机械的文明压迫着他，他说，他到过波兰，和农民们谈过话，并发现在穷乡僻壤要比在德国更富于人性。

"我去过德绍市，现在那里有一所现代艺术学校。玻璃房子，可以发现一种时代的风格：对干巴巴的理性的膜拜。四周以同样的风格建起的住宅令人觉得可怕，它们彼此是如此雷同，竟使孩子们不能辨别。据说新的风格对于工厂、火车站、汽车库、火葬场是适合的，但适合住宅的风格却还没有找到。这种风格未必能够找到，因为人们如今都住在工作的地方，而不是住在自己家里。在建筑师格罗皮乌斯的家里有大量的按钮和杠杆，内衣在管子上跑来跑去，就像气压传送装置，盘子从厨房爬到食堂，一切东西，就连一只水桶，都是精心设计的。一切都无懈可击而又枯燥已极。当我们拥护立体主义，后来又拥护结构主义的时候，是否想到过一个十年就能把哲学上的立方体同一只纯粹实用的水桶分开？画家康定斯基家对艺术做了一系列的让步，这儿有诺夫哥罗德的圣像，海关人员卢梭的风景画，莱蒙托夫的一卷集。一个学生曾对我说：'康定斯基是个头脑不清的人和半保守分子……'

"在斯图加特车站上或者在莱比锡的印刷厂里，你可以了解，美国是多么合乎这里的口味。我曾在科隆的一个展览会上看到一座最现代化的教堂，里面有舒适的家具和立体派的门窗彩花玻璃，耶稣宛若一台复杂机器的零件。"

以下关于英国：

"看不起美国和美国生活方式：美国影片、美国建筑、美国商店。

"亨普斯特德。很长的街道。单独小住宅。所有的住宅像是一个整体。英国人喜欢个人主义，但是这种安宁闲适的营房却并不使他们不安。

"在伦敦，你总是在想，这个坐落在岛上、远离生活、沉浸在潮湿和忧郁中的巨大的城市是从哪里来的？它怎样统治和压迫呢？它是怎样踌躇、动摇、用许多和约和引人入胜的长篇小说把柜子填满的呢？它是怎样同古老的假发、外交照会上的大国主义一同生活，怎样打牌时竟弄虚作假、投机取巧，但又害怕天亮的呢？它是怎么同美国的殖民者、大陆上的骚乱、失业、自杀结识的呢？英国人是征服者、航海家、出色的运动员。这并不妨碍他们成为非常羞涩的人。保守主义、对令人捧腹的客套的迷恋即由此而来。

"他们窘迫地站在年轻而无耻的美国面前。

"这里有一种过分的东西。皮卡迪利广场和波普勒。摆出来给人看的豪华和多科夫区难以描绘的贫困。南威尔士的矿井设备极为简陋，经常发生崩塌事故，我在矿井里看到一些孩子，有人向我解释，14 岁以下的童工在不久以前被禁止雇用，现在用的已经是 15 岁的孩子了。学校里至今还实行体罚。大卫·科波菲尔的地狱。然而没有狄更斯……"

以下是斯堪的纳维亚：

"瑞典企图维护自己的生活方式、自己的习惯。整个欧洲都在拼命效法纽约商人机械式的痉挛，瑞典人却很顽固。这种顽固也许不能坚持很久，因为瑞典总共只有七百万人口，其余的都是森林。树木正在被砍伐，而人们也会被改造的。

"北纬 68 度。一年有 3 个月是黑夜。两座山，基律纳城在两山之间。它还在建设中，连街名、门牌号都没确定下来。矿工生活得很好。他们之中有许多共产党员，报馆的编辑部里挂着列宁的肖像。矿工们有汽车。而周围是冻土带。一座富丽堂皇的教堂：金色的塑像（现代派风格）表现着种种美德。报载：'罗萨山-基律纳山'的股票上涨。伊瓦尔·克列盖尔是大股东之一。

"勒斯特是一个小岛（罗弗敦群岛中的一个）。挪威国王做黄油生意。勒斯特的市长是一个渔夫和社会主义者。但是岛上的真正统治者却是鳕鱼采购商，他们拥有岛上的房产和罐头厂。他们用鳕鱼身上的废物熬制胶水。鳕鱼采购商开了许多商店，他们就是当地的银行家，把渔船租给渔民，给渔船上保险，岛上的全部生活都受他们支配。

"'弗莱娅'巧克力制造厂。给女工们修指甲，在制造厂的食堂里有一幅蒙克（1863—1944，挪威画家）的写生画。不可想象的轰隆声。'弗莱娅'的厂主付的工资很低，拒绝承认工会。

"福格特对我说，挪威有一条'特殊的道路'。我回答他说，在第一艘美国轮船来到之前，在一个无人岛上是容易拯救自己的灵魂的。

"丹麦农场主生活得比巴黎资产者舒服得多。墙上挂着古老的农民用的盘碟：它们已经变成了装饰品。一位农场主告诉我，他在冬天读完了《战争与和平》：'一本有趣的书。'沉默了一会儿之后，他问道：'这个托尔斯泰能拿到多少钱？……'另一位农场主订购了一幅壁画——画的是他一生的历史。起初是他的父亲在日德兰半岛北部的一所可怜的小房子。他自己的第一所房子，不用说，还有几头猪。妻子的一所房子——那是嫁妆，猪是愈来愈多了。最后是一栋豪华的两层楼的畜牧场，树木，一大群猪。

"画家汉森，几个年轻诗人，常在《政治报》上撰稿的多疑的记者柯克比。他们常常纵酒，想恢复名士派的生活，他们抱怨：猪不仅比人多，也比人过得好。据说哥本哈根正在迅速地美国化，问题不在一小撮假绅士的怪癖，而在于有头脑的人的处境：没有人读诗，对于绘画，即使是最杰出的名画，人们都把它视若家具或交易所的证券，一切都被归结为一种手段……"

陈旧的短讯已经抄得不少了。现在我更加明白，在那些年里使我感到苦恼的是什么了。这还是在世界性危机爆发之前。希特勒在各种各样的啤酒店里叫嚣，但人们却不知为什么相信米勒（1876—1931，当时的德国总理）或布吕宁（1885—1970，继米勒之后任德国总理）是坚定的，相信杨格计划（由美国银行家杨格主持制定的德国赔款计划，它促进了德国经济的军事化）的魔力，相信雷马克的长篇小说《西线无战事》所描写的普通德国人热爱和平。我曾目睹兰斯和阿拉斯的重建。人们开始忘记战争。30岁的人对待有关索姆河或凡尔登的谈话有如对待使大家生厌的古老历史，我记得有一个人曾说："还有特洛伊战争呢……"和平仿佛是持久的。其实它是虚幻的。重建了的是城市，而不是生活……

在1914年以前，众所周知的概念、准则、思想被保存下来了。安纳托尔·法朗士带着他的怀疑态度、对美的膜拜、有点冷淡的人道主义，于1909年进入了巴黎的风景线。在1929年，保罗·瓦莱里成了落后于时代的现象。关于善与恶、美与丑的陈旧概念被破坏了，但新的概念却还没有建立。

人们通常总把美国的影响归之于它的经济力量：有钱而精力充沛的大叔在教导放荡的、沦为乞丐的侄儿们。但无处不见的那种美国作风都不只与经济有关。人们的心理在第一次世界大战之后发生了变化。他们醉心于来自百老汇的廉价的精彩节目、最愚蠢的美国电影、长篇侦探小说。技术的复杂化与人的内心世界的简单化步调一致。此后发生的一切事件都是早有准备的：抵抗渐渐消失。黑暗的岁月临近了，那时人类的尊严在各国都横遭压制，迷信暴力变成了自然的事，来到的是这样一个时代：民族主义和种族主义、严刑拷打和离奇的诉讼、简单的口号和完善的集中营、独裁者的肖像和广泛流行的告密现象、头等武器的增长和原始的野蛮行为的积累。战后的年代不知不觉地变为战前的年代。

24

约瑟夫·罗特和《拉德茨基进行曲》

　　我苦恼地坐在《法兰克福报》一位编辑豪华的办公室里，这位编辑想把我写的关于德国的特写拿到他的报上发表。他是一个大块头，有一副软心肠。他的旁边坐着一个瘦瘦的、神经质的、生有一对善良但含有讥笑意味的眼睛的人，他突然用蹩脚的俄语对我说："请您告诉他——禁止删节，索价要高些——他们有的是钱……"我就这样认识了奥地利作家约瑟夫·罗特，这是在 1927 年。若干年后，他成为广大读者所熟悉的作家了。

　　他有一份能使那些搜寻世界主义者的人们手舞足蹈的履历表！他的父亲是奥地利官员，一个狂饮无度的酒鬼，母亲是俄国的犹太人。他生于加利西亚地区的一个边境小村子里，被认为是德国作家，但他逢人就说自己是奥地利人，当德国人投票赞成兴登堡的时候，他说："一切都很明显！"然后拿起帽子、手杖就到巴黎去了。他总是住在旅馆里，有时也住漂亮旅馆，但大都住既脏且臭的旅馆。他既没有家具，也没有行李，一口旧式皮箱装满了书籍、手稿和刀子——他并不打算谋杀任何人，但酷爱刀子。《法兰克福报》常派他去莫斯科，他在我国逗留了一些时日，在其他外国记者中间显得与众不同，因为他想了解这个陌生的国家，为人真诚，跟我们共过患难，并满怀喜悦地描写过我国的第一批成就。后来报社派他到不同的国家去担任采访记者，他写旅途随笔的时候，每一行都要苦苦推敲——他厌恶信笔乱涂。他走路走得很快，总是带一根手杖，但不是拄着它，而是拿它在空中画来画去。

他从不写诗，但他的每一本书都极富诗意——这不是某些散文作家用来装点门面的那种浅薄的诗趣，不是的，罗特的诗意表现在对日常生活所做的细腻、详尽、完全现实主义的描绘之中。他明察秋毫，从不逃避到一己之中，然而他的内心世界却又如此丰富，使他得以把许多感受拿来同他的主人公们分享。在描写酗酒、打闹的粗野场面和单调的驻军生活的时候，他赋予人们以人性，不责备他们，也不庇护他们，可能只是怜惜他们。我忘不了我常在他脸上看见的那种淡淡的、稍稍有点忧郁的笑容。

我在 1932 年曾被他的长篇小说《拉德茨基进行曲》迷住。30 年后我把它重读了一遍，我觉得这是在两次大战之间写成的最优秀的长篇小说之一。这是一本关于奥匈帝国末日的书，一本关于社会和人的末日的书。

哈布斯堡王朝帝国的没落造就并鼓舞了许多用各种文字进行写作的作家。帝国崩溃时，伊塔洛·斯韦沃 57 岁，弗朗茨·卡夫卡 35 岁，而罗特才 24 岁。但不论罗特写什么东西，他依然经常回到奥匈帝国晚年的生活方式和精神气候上去。

那些为了反映两次大战之间的社会崩溃而竭力寻找新形式的作家常常使长篇小说的结构显得松散，乔伊斯的《尤利西斯》、卡夫卡的《诉讼》、伊塔洛·斯韦沃的《泽诺的意识》、安德烈·纪德的《伪币制造者》即是如此。这些书互不相同，形式亦各异，但它们在某一点上都类似早期立体派的写生画，这一点也许就是那种分割世界的愿望。同时，一些用古老的方式写成的优秀的长篇小说也出版了，它们写的是新生活，但这种新生活是用 19 世纪作家的口气写出来的，这些长篇小说是：杜·加尔的《谛波父子》、高尔斯华绥最后的几部写福赛特家族的长篇小说、德莱塞的《美国的悲剧》。《拉德茨基进行曲》是以新的方式写成的，但这是一部结构很紧凑的长篇小说。如果再拿绘画来作比较，我就会想到印象派，在罗特的长篇小说里，阳光和空气都很充分。

罗特对人们的爱使我惊异。哪有比一个年轻而毫无能耐的军官同一个轻佻的宪兵卫队长老婆之间的爱情关系更庸俗和愚蠢的呢？但罗特却能从中提高并说明许多东西，因而当我站在那个由作家赋予了她以真实性和形体性的虚构的女人的墓前时，我也和他的主人公一样感到震惊。

罗特只对一件事很认真：写作。《法兰克福报》派他到巴黎去当特派记

1934年，约瑟夫·罗特

者。他可以写长篇小说。他爱巴黎，我常见他喜气洋洋的。他曾带着一位年轻漂亮的妻子去找我，我想：罗特也找到幸福了……

不久报馆往巴黎派了一个新记者，于是罗特就失业了。（关于这位新记者应该说上几句。他名叫吉堡，被认为是一个左派分子，并自称是罗特的朋友和崇拜者。吉堡写过一本书：《如同在法国的上帝》——这是一句形容美好生活的德国俚语，法国人说"如同面团里的公鸡"，而俄国人说"如同黄油里的乳酪"。吉堡在这本书里盛赞法国。当吉堡和阿别茨一同来到被占领的巴黎时，我还在那儿，吉堡是奉命前来监视法国新闻记者的。）

罗特没有钱了。但这时又发生了一桩大的不幸：他的妻子患了精神病。他迟迟不愿同她分别，但病情恶化了，于是她被送进了医院。

当时我曾从我们共同的一些熟人那里听到："不幸的罗特发疯了……他坐在医院对面的咖啡馆里，默默地喝酒……他变成了哈布斯堡王朝的拥护者……总而言之，他很糟……"

要认真地谈谈罗特的政治观点是颇为困难的。曾经有些批评家说在《拉德茨基进行曲》里有对布头帝国（奥匈帝国的绰号）的颂扬。但这算是什么颂扬呢——这是它的一支挽歌。罗特描写了迟钝的官吏、精神空虚的军官、表面上的显赫和贫困、在乌克兰的一个村子里枪毙罢工者的事件，他也描写了走私者、高利贷者以及高居这一切之上的一个昏聩的老头子，他被谎言包围并害怕真情实话，他被人呼为"皇帝陛下"而又流着鼻涕。

有一次，罗特也和我谈起了哈布斯堡王朝："可是您毕竟应该承认，哈布斯堡王朝比希特勒要好……"罗特的眼神很忧郁，但是在笑着。所有这一切都不是政治纲领，而是对遥远的青年时代的回忆。

他出色地描绘了忧郁、老年、少年的稚气、古老的树木、乌克兰农民对土地的爱、心灵上的宁静、蓄大胡子的犹太人、死亡和百灵鸟、蛤蟆、夏日射进绿色百叶窗里的阳光。

可怕的年代来到了。希特勒党徒焚烧书籍。巴黎的侨民争论不休。罗特住在土尔农大街上一家名叫法约的旧旅馆里。旅馆已决定拆除，大家都离开了旅馆，只有罗特还住在顶层的一个小房间里。后来他搬到同一条大街上的一个龌龊的旅馆去了。

1937年，我从西班牙去巴黎作数日的逗留，我走过土尔农大街，在咖啡馆里看见了罗特。他叫了我一声。他形容憔悴，可以感觉到他生活得很艰难，但仍和往常一样彬彬有礼，领带端端正正地系了一个蝴蝶结。他面前的盘子堆成了山，他说话很有条理，不过双手却在发抖。他问我马德里的情况，留心地听我叙述，然后说："现在我羡慕所有的人。因为你们知道你们该做什么。可我却什么都不知道。鲜血、怯懦、背信弃义，实在太多了……"他又叫了一杯酒。我急于告辞，但他不放我走。"您的朋友们正在骂我。我写了一本关于度量衡检查员的长篇小说。也许这也是一本坏书，现在我常想——我们这些人是多么低能！但我想跟您说的是另一件事……我的检查员同我一样生活困难、茫然无措。结果他死了。临死前他说胡话，他觉得他不是检查员，

1933年，纳粹党徒焚烧书籍

而是一个小铺老板，一个最重要的、严厉的检查员常去找他，而他正有一台不准确的天平——他克扣斤两、少给尺寸、欺骗顾客。现在他就要被送去坐牢了……他对检查员说：'当然，我的砝码比应有的重量要轻。但所有的人都是这样——不这样在我们这个城里是活不下去的。'您知道那位重要的检查员怎么回答他吗？他说，准确的天平是没有的。您的朋友们说，我想为舒施尼格（1897—1977，当时的奥地利总理）辩解。可我想的却是像我这样的一些人。您会说：'您干吗要发表您那些长篇小说呢？……'我得生活呀，尽管毫无目的……"他又叫了一杯酒。后来我们分手了。此后我没再看见过他。

恩斯特·托勒尔（1893—1939，德国作家）自杀了。德国的师团在布拉格的街道上行进。生了重病的约瑟夫·罗特被人从咖啡馆送进了医院。他才 45 岁，但他不能再活下去了。

手稿和一根旧手杖被分赠给朋友们了。

25

画家帕斯金

　　我认识帕斯金是出于麦克-奥兰的介绍，这大概是在 1928 年。我们在蒙马特区的一家小饭馆里进午餐。我熟悉而且喜爱帕斯金的绘画，便怀着坦率的好奇心打量他。他有一副南方人的脸，或许是意大利人的脸，对于一个画家来说，他的衣着过于端正了：一件深蓝色的上衣，一双黑色漆皮鞋，虽然当时圆顶礼帽几已绝迹，帕斯金却还经常戴着一顶旧式圆顶礼帽。吃饭的时候他默不作声。麦克-奥兰却高谈阔论地谈到上一次大战、城市的迅速扩大，谈到皮加尔广场夜里灯火辉煌、黑暗的桥下幢幢人影在晃，他把这一切称之为"新的浪漫情调"。帕斯金起初听着他讲，后来开始在菜单上画麦克-奥兰，画我，画裸体女人。侍者送来了咖啡、白兰地，他拿起一小杯白兰地一饮而尽，就像我国人喝伏特加一样，接着突然活跃起来："浪漫情调吗？胡说八道！这是不幸。为什么要用粪土来盖艺术学校？皮加尔广场上有一百家妓院。够了。普通人在桥下睡觉，只要给他们一张床，他们就会投票并到教堂去做礼拜。无须给人们穿制服，时装样式总在变化。不如把人们的衣服脱掉。一个赤裸裸的肚脐眼比所有的衣服告诉我的事都多。'浪漫情调'吗？但依我看，简直是恬不知耻……"他又喝了一杯，这时候我就看到了另一个帕斯金，一个吵吵闹闹、不肯安静、以喜欢打闹而出名的帕斯金。我不知为什么想起了我年轻时候的朋友莫迪利亚尼。

　　后来，在我遇见帕斯金的时候，有时他严肃、忧郁，甚至胆怯，有时又

20世纪30年代，阿·萨维奇、奥·萨维奇、柳芭·卡杰茨娃-爱伦堡、爱伦堡在"库波尔"酒吧前

很狂暴，我明白了，第一次见面时我没有弄错，他的确有一点像莫迪利亚尼。或许是因为他也常常从孤僻、沉默、对工作的全神贯注突然转向狂饮无度？或许是因为他也总爱在一张张的小纸片上画点什么？或许是因为他们俩都时刻置身于人们的包围中，同时他们俩又都深知孤独的滋味？

帕斯金来到蒙帕纳斯的时候，一出戏已经闭幕。在远离"洛东达"的地方正在上演其他的戏。他出现得很突然，为时又太迟，宛如一颗迷了路的星星。要是他能同莫迪在一起坐坐，他们准能互相了解。然而帕斯金当时却在远方——在维也纳、慕尼黑、纽约。

他像一个流浪汉似的度过了一生。他在巴黎有形形色色的熟人，有时候他同作家、画家，同德朗、弗拉缅克，同萨尔蒙、麦克-奥兰，同超现实主义者来往。有时又钻进另一个世界，跟跑江湖的杂技演员、妓女、小偷一同喝酒。人人皆知他是名画家，博物馆里挂有他的作品，但他却常常撕毁自己的画，画了又撕，很少有人知道他是打哪儿来的，在哪里打发了他一生中的 40 年，他有没有故乡、房子、家庭。

帕斯金名叫尤利乌斯·宾卡斯，他生于维丁市——这是多瑙河上的一个保加利亚小城。他是一个商人的儿子，父亲是操西班牙语拉迪诺方言的犹太人（同莫迪利亚尼一样）——帕斯金的祖先过去住在格拉纳达，1492 年被天主教徒斐迪南（1452—1516，统一西班牙的第一个国王）赶走。这自然是很古老的历史了。但是，在我 1945 年来到索非亚的时候，在一次吃晚饭的当儿，我身旁坐着一位过去的游击队员，他不懂俄语，突然发现，我们可以用西班牙语交谈：游击队员也是个操西班牙语拉迪诺方言的犹太人。帕斯金儿时在家里说西班牙语，但出了家门却和孩子们说保加利亚语。不久以前我曾收到帕斯金的一个小学同学从保加利亚寄来的一封信，他给我寄了一帧宾卡斯曾在那里读过书的一座房子的照片。

帕斯金到维也纳去学习绘画，他曾在慕尼黑为《老实人》周刊作画。到了美国以后，他领略了贫困的滋味。后来，金钱纷纷向他涌来，他一眨眼的工夫就把它们花了：分赠萍水相逢的酒友、举办荒唐的狂饮无度的酒宴、分给女模特儿。他似乎不相信自己的声誉，也不相信自己——他常常气愤地谈到自己的作品。

有一次他邀请我去做客："还有一些朋友……"我还没走到他的房子跟前，就听见了破窗而出的吼叫声。原来"朋友"太多了，连楼梯上也站了一些手执酒杯的人。客人们在图画上坐着或躺着。伦巴舞曲响了：这是一场地地道道的广场上的舞会。

我至今还记得，一个普通的日子，在克利什林荫道上的那间工作室里，几张布满尘埃的灰扑扑的沙发和软椅，帕斯金就让女模特儿坐在上面，室内凌乱不堪，空瓶子，枯了的鲜花，书籍，女人的手套，干了的调色板，而画架上还有一幅刚动笔的油画：两个裸体女人。帕斯金的色调总是不太鲜明，仿佛一幅油画尚未完稿就已经有点褪色了。

那种关于帕斯金的性感和色情的流行观念是建立在什么上面的呢？也许是由于他总是描绘或速写女人的肉体而使人惊异，也许是帕斯金的生活方式把人们弄糊涂了——他突然出现在一打女人的包围中。但他却是一个浪漫主义者，谈起恋爱来很古板，在恋爱的对象面前赤手空拳、无依无靠，如果对他的绘画加以考察，则它们所表现的不是淫欲，而是绝望。所有这些长着一对含冤欲诉的眼睛、两腿短小、体态丰满的姑娘都像损坏了的玩偶，像我在那不勒斯看到过的那个奇怪的玩偶医院。

奇怪的是，他总是置身于各种艺术学派、流派的中心地带，引起了许多争论，却仿佛毫无所见："蓝骑士"也好，立体主义也好，吵吵闹闹的超现实主义者也好，他都熟视无睹。杂志上有一篇文章称他为"巴黎画派"的首脑，并指出"巴黎画派"不是巴黎人或者说法国人创立的，读了这篇文章以后，帕斯金笑了，并建议批评家们创立一个新的流派——"宾托尔托克辛诺法吉兹姆"——意即五次一口吞没外国人。

当时我在写关于经济问题的书，晚上常去"库波尔"酒吧，帕斯金也常

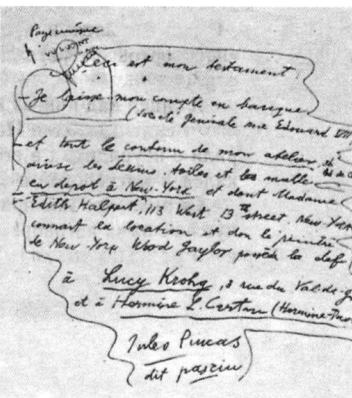

左：画家帕斯金
右：帕斯金的遗书

去那里。他愈来愈阴沉了，人们正在议论他的私生活中的纠葛，他酒喝得很多，但突然又在工作室里拼命工作。

他知道我喜欢他的作品，一天晚上他对我说："我得和您谈谈。咱两应该合作出一本书。您给我写信，我用绘画回答——我不会像您那样用尖酸刻薄的句子写回信，我不是作家。这将是一本出色的书！咱们要说出全部真理——坦率地、不带夸张地。我干吗非得给别人的书画插图呢？这太蠢了！我给保罗·莫兰的短篇小说画过插图，可我对这些小说不感兴趣。我给《圣经》画过插图。为了什么呢？我又不认识示巴女王……您爱给我写什么就写什么，我用画回答您。您可知道，我们为什么应该合作写一本书吗？这将是一本关于人的书，现在的书无所不写，可就是忘了写人。您可别耽搁。往后就迟了……"

我同意了，但却一再耽搁——因为我想把关于克列盖尔的那部长篇小说写完。（这是在 1930 年初。）

一个晴朗的春天的早晨，我打开报纸——一则简短的电讯："诗人马雅可夫斯基自杀了。"当时我们对重大的损失还没有习惯，于是我怔住了。我既没有问自己这是为什么，也没有去猜测他自杀的原因，而只是看见眼前站着高大的、生龙活虎般的马雅可夫斯基，同时我也不能想象，他从此就不存在了。

大约两周以后（我记不准了），我在"库波尔"看见了帕斯金。他正在嚷着什么，后来看见了我，立刻不作声了，跟我默默地打了个招呼，什么也没问。听说他正在疯狂创作——准备举办一个大型展览会。

又过了几周，一天晚上，福京斯基跑进了"库波尔"，好不容易说了一句："帕斯金……谁也不知道……第 4 天人们把门撬开……"

帕斯金像叶赛宁那样曾试图用剃刀割破自己的血管。他也用血写了遗言，但不是写在纸上，而是写在墙上："永别了，刘西！"然后就像叶赛宁那样上吊了。桌上放着一份写得工工整整的遗嘱。帕斯金自杀的那天，正是他的展览会预定的开幕日。

他被埋葬在很远的圣万墓地，送葬的有著名的画家、作家、女模特儿、江湖乐师、妓女、乞丐。后来我们一个跟着一个从他的墓旁走过，每人都往棺木上抛掷一朵绚丽夺目的夏季的小花。我又一次不能想象，此后无论是一间无人照管的工作室里的一个郁郁寡欢的人也好，一幅未完稿的油画上一个粉红色的含冤欲诉的女人也好，"库波尔"里的喊叫声也好，圆顶礼帽也好，我俩合作的书也好，均不复存在了——唯有博物馆冷冰冰的大厅……

1945 年秋，我来到布加勒斯特。旅馆的看门人说，宾卡斯先生想见我。我想起了帕斯金有一个定居在罗马尼亚的阔兄弟，弟兄二人不常见面，似乎也不常通信。

宾卡斯先生乘了一辆两匹马拉的轻便马车到我那里去，接着又把我带到"卡普沙"餐厅。这是一个过渡时期：王宫里还坐着米哈伊国王，"卡普沙"餐厅还为老主顾保留着一瓶瓶落满灰尘的科特纳尔酒，宾卡斯先生还能乘自己的轻便马车外出。

他向我叙述了他一生的历史："我过去认为我的兄弟是一个疯子，他从事艺术，后来上吊了。而我曾经是一个财主。可惜我现在不能让您看看我的花园里种着什么样的树木，养着什么样的鸟儿了。我娶了一位罗马尼亚的女贵族。不料法西斯主义来了……我想保全我的财产，便把一切都登记在妻子的名下——她不仅是纯粹的雅利安人，而且还出身于名门望族。她刚把所有的票据弄到手，就一下子把我甩了。从此我就没有钱了。只有一所住宅、家具和一辆轻便马车。我知道，就连这一点东西很快也会被人夺走的。昨天有人打算把我当作一个犹太人干掉，明天我可能就要被当成剥削者加以消灭。是啊，现在我看清楚了，我的兄弟比我聪明得多。我曾在法国的报上看到，人们把他的画拿来拍卖，他用一支铅笔赚来了真正的钱。而我过去所有的原来是一枚伪币。后来他及时上吊了。不，疯子是我！"

宾卡斯知道我曾经是帕斯金的朋友，他回忆起遥远的童年，深受感动，并把自己兄弟的两幅画赠给了我："他的作品我有很多。我不打算拿去出售。我想把它们捐给保加利亚博物馆……"

这个关于两兄弟的故事对于能干的少年们来说犹如一个有教训意义的寓言。但我现在所想的是另一件事：在我的熟人之中，在我的朋友——作家和画家——之中，为什么有这么多人心甘情愿地同生命永别呢？他们各不相同，并且生活在不同的世界里，无论是那些导致结局的深刻原因还是造成结局的直接理由都不能同互不相似的命运相提并论——每个人都有自己的"一滴"，根据无聊的臆测，这"一滴"是"一个大杯子盛不下"的。而谜底究竟何在呢？（我现在不想列举所有的名字——这太令人难过了。）

帕斯金在晚年是不缺钱用的。批评家、画商、出版家都奉承他。他自杀的时候是 45 岁，他本来还能活很久。没有抵抗力也许是过去的不幸和屈辱的表现。但问题不仅在于此。帕斯捷尔纳克曾说："诗行会血淋淋地杀死人。"他说这话的时候所想到的不一定是真正的艺术家命中注定的报应，而只不过是自己感到作诗的艰难罢了。没有特殊的敏感是不可能成为艺术家的，即使他参加了 10 个联合会或协会亦无济于事。要想用习闻常见的词句使人觉得激动人心，要想使一幅画或一块石头栩栩如生，需要全神贯注，需要激情，结果，一个艺术家的精力就要比普通人衰竭得快——他一个人要当两个人用，因为除了创作以外，他还有自己乱糟糟的、千头万绪的私生活，就像所有的人一样，而且绝不比他们少。

在法学上有一个叫作"有害健康的生产"的概念，从事有害健康的劳动的工人能得到特制的衣服、牛奶，每天的劳动时间也要缩短。艺术也是一种"有害健康的生产"，但没有任何人想到保护诗人或美术家，人们常常忘记，从这种职业本身的特点来看，一丝轻微的擦伤对于他们都可能是致命的。

而事后就只有站在一条长长的行列里从墓旁走过，并抛出一朵小花……

26

从摄影镜头里看《我的巴黎》

1931 年的巴黎是令人不快的：经济危机扩大了，商店破产，工厂的车间关门。形形色色的法西斯组织——"战斗十字团""爱国青年团""法国团结党"开始叫嚣。政府首脑是狡黠的奥弗涅人皮埃尔·赖伐尔。殖民地部长保罗·雷诺正在巡视海外的领地，电影院里放映着表现他在安南的皇宫里饮茶的影片。（在陪同保罗·雷诺的新闻记者们当中，有一位名叫安德烈·维奥莉斯的左翼女作家。部长离开后她便留在印度支那，后来写了一本使法国知识界的良心为之震惊的书《印度支那的呼救》，安德烈·马尔罗为该书写了一篇序言。）正在举行总统选举，白里安落选了——他是一位过于显赫的人物，议员们宁肯挑选不大出名的杜美。霞飞元帅的葬仪十分隆重，报刊也同时追述马恩河上的胜利。但是报纸为一个新的胜利提供的篇幅却要大得多：一个法国女人在美女竞赛中荣获"欧洲小姐"称号。德国继续扩充军备。巴黎人大捧女明星玛琳·迪特里希。保皇主义分子在协和广场上集会，恭迎被西班牙人民赶出了西班牙的国王阿方索十三世。自杀事件因失业而增多。

国际殖民地展览会开幕了。万塞纳森林宾客如云。浮屠、宫殿、村落的模型建造起来了。黑人们必须在众目睽睽之下工作、吃饭、睡觉，女人给孩子喂奶。看热闹的人围在四周，就像在动物园里。

荷兰馆以其业务上的坦率使我惊讶。墙上挂着图表：印度尼西亚人在工作，而钱却源源不断地流入储蓄银行的小窗口，窗口上赫然写着："荷兰人。"另一幅画表现殖民者是怎样使印度尼西亚服从的：红灯代表军人，绿灯代表警察。

法国人吹嘘印度支那、突尼斯、摩洛哥、塞内加尔。

我写了一篇文章，建议盖一座"白人城"的模型，让欧洲人在城里过一种天然的生活："国会——一个议员正在发表激昂慷慨的演说；交易所——经纪人在吼叫；'美之沙龙'——正在给一位夫人按摩臀部；妓院——一个嫖客趴在地上狂吠；科学院——'不朽之士'身着小歌剧中的礼服正在互相祝贺。"我说，在亚洲和非洲获得的成功保证了这种生活，并以殖民主义帝国已近末日这一十分正确的思想来结束全文。我事后获悉，为了这篇文章，我险些被逐出法国。

但我还不知道我已触怒了当局，仍若无其事地带着"徕卡"照相机在巴黎街头徘徊：拍摄房屋、街景、人。这是一种真正的热情。

我既不喜爱貌似彩色照片的绘画，也不喜爱企图被人看成是艺术作品的照片，我觉得二者都是代用品，都是招摇撞骗。

我究竟为什么醉心于摄影呢？我曾在本书开头谈到，日记、坦率而内容充实的书信在我们这个时代已颇为罕见了。也许正是由于这个，读者们才迫不及待地争阅人类的文献、安妮·弗兰克（1929—1945，犹太小姑娘，生于德国，曾为逃避法西斯恐怖而躲藏在荷兰）的日记、后来成为女游击队员的卡申市中学女生英娜·康斯坦丁诺娃的笔记、法国的人质们临死前的书信。（我想起了巴别尔的话："我所读过的最有趣的东西就是别人的信件……"）

画家研究自己的模特儿，他寻找的不是不足信的外表上的类似，

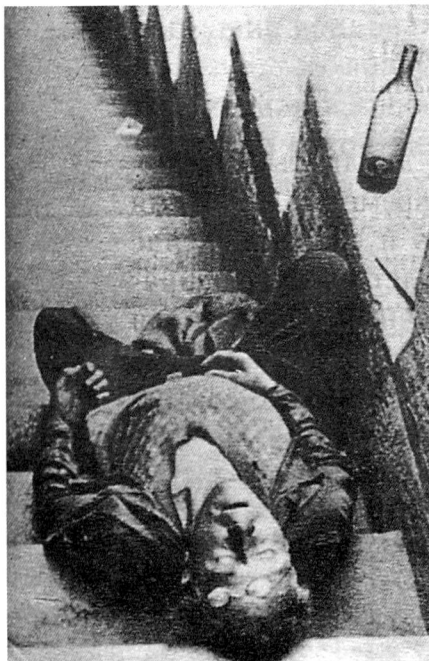

爱伦堡摄影作品《无家者的休息》

由《巴黎旅游者》
重新编辑的埃·利
西茨基为《我的巴
黎》设计的图片

而是在肖像上揭示模特儿的本质。一个人在当模特儿的时候，不断变化着的细微差别逐渐从他的脸上消失，面部逐渐失去了我们通常称之为"表情"的那种东西。我曾不止一次在夜间最末几班地下电车上观察疲倦的人们的面部，上面没有丝毫瞬息即逝的表情，而是显示了他们的性格特征。

照片则是另一回事了：它的可贵不在对本质的深刻揭示，而在它能狡猾地发现一刹那间的表情、姿态、手势。绘画是静态的，而照片则表现一分钟、一瞬间——因此它又是"一瞬间的"。

不过一个正在被照相的人并不像他自己：他一看见瞄准他的镜头就立刻起了变化。陈列在外省照相馆的橱窗里的新婚夫妇的照片之所以显得那么不真实，就是这个缘故。人们在照相的时候煞费苦心地整理一下自己的面容，就像为接待客人而收拾房间那样，这样照出来的照片，既没有模特儿的固定性格，也没有一分钟的准确性。

我喜欢高尔基的回忆录，其中有许多是暗中窥察到的，怎能忘记契诃夫坐在一条长凳上竭力用帽子捕捉太阳的光影的情景呢？显然，如果安东·巴甫洛维奇发现了高尔基，他准会立刻停止他的游戏。

我曾醉心的那些照片都是人类的文献，如果世上没有侧面取景器，也许我也不会拿着照相机在巴黎郊区的街道上徘徊了。

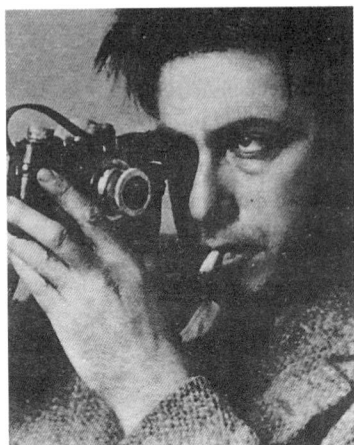

1932 年，爱伦堡拍摄画册《我的巴黎》

侧面取景器是根据潜望镜的原理装置的。人们没有料到我正在给他们拍照，他们有时候觉得奇怪，为什么我会对一堵光秃秃的墙壁或一张空空的长凳发生兴趣：须知我从来不曾面对我所拍摄的人。自然，严厉的道德家可能会责备我，但作家的职业就是这样——只要我们动手创作，就要竭力从门缝里窥探别人的生活。

我不曾有过摄影记者的自负。收集了我拍摄的照片的《我的巴黎》一书里没有一幅照片是"具有现实意义的"。（只有墙上的一张巨大的告民众书标明了日期："侵略后 17 年。盛大的忏悔式。致两次被盗的胜利者。我们提出我们的五年计划来回答胡佛的建议。"这张告民众书是出版法西斯报《人民之友》的化妆品商人科吉签署的。）

爱丽舍田园大街、歌剧院广场、大街心花园是游览者常去观光的地方，我是不带我的"莱卡"到这些地方去的，我拍摄的都是工人区：比尔维尔、明尼尔蒙丹、伊塔利、沃瑞拉尔——这是我年轻的时候就爱上了的那个巴黎。

它是忧郁的，有时是凄惨的，同时永远充满抒情味：古老的房屋，老太婆们坐在长凳上编织衣物，她们身旁有接吻的一双双情侣，公共厕所，卖花女郎，工人的饭馆，带着孩子的妈妈，回家的人，不走运的守门女人，流浪汉，疯子，渔夫，旧书商，石匠，幻想家。

10 年后我写了长篇小说《巴黎的陷落》，其中饱含着痛苦和爱情。而我在 1931 年却写道："我不觉得巴黎比其他城市更为不幸。我甚至认为它比它们都幸福。柏林有多少人在挨饿？在潮湿、阴暗的伦敦有多少人无家可归？但我爱巴黎则是由于它的不幸，这种不幸抵得上另一种幸福。我的巴黎充满了灰蒙蒙、滑溜溜的房屋，其中有螺旋形楼梯和不可理解的热情的纠发病。这里的人们的爱是不舒适的、明显很虚伪的，就像拉辛作品中的人物，他们善于嘲笑，笑得绝不比伏尔泰老头子逊色，他们怀着不加掩饰的满足随地小便，在经历了四次革命和四百次恋爱之后，他们已具有免疫力……我爱巴黎

是因为那里的一切都是虚构的……可以成为一个天才——谁也不帮忙，谁也
不愤怒，谁也不过分惊讶。也可以饿死——这是司空见惯的。允许把烟蒂扔
在地板上，允许在所有的地方戴着帽子坐着，允许诅咒共和国的总统，也允
许在你所想到的任何地方接吻。这不是宪法条文，而是戏班子习气。一出人类
的喜剧已在这里演出了那么多场，但依然场场客满。这座城市里的一切都是虚
构的，唯有微笑除外。巴黎有一种奇特的微笑，一种依稀可辨的、无意的微
笑。一个穷光蛋在长凳上睡着了，醒来后拾起一个烟头，深深地吸了一口，并
微微地笑了。为了这个微笑值得走遍几百个城市。灰色的巴黎房屋也善于发出
同样出人意料的微笑。仅仅为了这种微笑我也要爱巴黎，这里的一切都是虚构
的，但虚构除外，虚构在这里是可以被理解并被认为是有理由的。"

　　巴黎人都生活在街头，这减轻了我的工作：我拍摄情侣，拍摄说别人坏
话、幻想、争吵、写信、跳舞、跳楼自杀的人们。在那些年里，失业者睡在
街头，我拍了许多他们的照片。有一个失业者躺在一条长凳上，他前面是两
块招牌："殡仪馆"和"婚礼马车"……

　　有插图的《展望》周刊用一版的篇幅刊登了我的几幅守门女人的照片。
应该说明，许多守门女人都是以脾气暴躁出名的。我拍摄了一个站在门槛上
的守门女人，她正准备拿一个拖把打退袭击。这个女人勃然大怒，去到编辑

爱伦堡摄影作品
《深刻的满足》

部要求把我的住址告诉她，她想发挥拖把的作用。（应该说明，并非所有的守门女人都是如此。在本书第一部的几个片段译为法文之后，我收到了我住了多年的科坦登大街那所房子的守门女人的丈夫的一封信，他写道，他正在读"法苏友好协会"的杂志，他一往情深地回忆起我们，甚至回忆起我的那些狗。）

附有我写的说明文字的我的照片册在莫斯科出版了。埃·利西茨基设计了一个封面和一幅蒙太奇照片：我正借助侧面取景器拍照，同时我长了四只手：两只手拿着照相机，另外的两只手正在打字。这本书的编辑是鲍·马尔金，马雅可夫斯基曾给他写过一封信，信中说：

> 人们害怕未来派的灵活劲，
>
> 便跟我们捣乱，
>
> 这时我们哀求起来："救救我们，父亲鲍里斯！"
>
> 于是敌人们就把狂怒的马尔金奉承一番。

我出乎意外地置身于20年代初的"左翼分子"之中了。

不久我就把"徕卡"抛弃了：没工夫去摆弄它。在"奇怪的战争"期间，"保安局"的视察员曾来找我说："你有给敌机发信号用的设备。"他径直向放着一个蒙上了灰尘的普通扩印器的屋角走去，观察了它好久。

我之所以谈到《我的巴黎》一书，当然不是因为我以优秀的摄影师自居，也不是想让读者知道关于我的流言蜚语。每当我现在翻阅我30年前所拍的照片的时候，我就想到了我的职业——文学。自然，我的照片集是不全面的——它不是整个巴黎，而只是当时我的巴黎。巴黎是很多的。咔嚓咔嚓地照相要比写作来得容易，我本来可以把所见到的一切都拍摄下来，但我所拍摄的却仅限于表达了我的思想和感情的事物。我拍摄的不是与我素昧平生的城市，我也无意于把一个游览者的观察拿来冒充真实的生活：我对我所拍摄的那些街道、长凳、人物了如指掌。

扎斯拉夫斯基曾写道："爱伦堡的这本书揭露了巴黎，但它同时也揭露了爱伦堡自己……爱伦堡醉心的是后院……侧面取景器给爱伦堡帮了倒忙。他拍摄的的确只是'侧面'的东西。"

有些法国人在看照片的时候也照样说我别有用心。我回答他们说，展示另一个巴黎并出自经验丰富的职业摄影家之手的书现在已有很多了。

我认为，上述的一切不仅与照相有关，也与文学有关，不仅与巴黎有关，也与其他城市有关。我觉得这是一目了然的，但是，尽管我摇笔杆已摇了半个世纪，却依然老是听见："别拍那个，同志！把身子向左转转，那里有一个面带优美的、早已养成习惯的笑容的可敬的模特儿……"

27

1931 年秋首访西班牙

　　1931 年秋，我的生活中发生了一桩重大事件：我第一次看见了西班牙。西班牙之行对于我来说不是许多次旅行之中的一次，而是一个发现，它帮助我懂得了许多事并让我做出了许多决定。

　　西班牙早就在吸引我。就像通常情况那样，我是通过艺术开始了解它的。在形形色色城市的博物馆里，我常在委拉斯开兹、苏巴朗、艾尔·格雷科、戈雅的油画前面伫立良久。我在第一次世界大战期间学会了阅读西班牙文书刊，我译过"谣曲"的片段，冈萨洛·德·别尔西奥、伊塔的大司祭胡安·鲁伊斯、豪尔赫·曼里克、克维多的长诗的片段。在这些互不相同的作品里，我被西班牙民族天才所固有的某些共同特征吸引住了（这些特征在《堂吉诃德》、卡尔德隆的戏剧以及绘画中都能发现）：严格的现实主义、始终不渝的讽刺、卡斯蒂利亚或阿拉贡的岩石的险峻，同时还有人体的干枯的热情、没有热情的兴奋、没有华丽辞藻的思想、丑中的美，以及美中的丑。

　　既然我逐年在变化，我对诗人和艺术家的理解当然也在不断变化。我20岁的时候曾把艾尔·格雷科的油画视为一种新发现。这不仅因为格雷科接近我们这个世纪之初的绘画，而且也因为他的狂暴，他对人类的痛苦、腾飞和软弱所做的惊人表现——当时我读陀思妥耶夫斯基的作品读得入迷。格雷科的一生很奇特：他诞生在克里特岛上，那里存在着受到拜占庭教义束缚的、遭到洗劫和凌辱的希腊的激情。他36岁的时候来到西班牙，在那儿发现了自己：一个克里特人表现了西班牙性格的若干本质特点中的一种特点。我在 40 岁的时候对他冷淡了，我开始觉得他那些过于冗长的圣徒和殉难者显得柔弱、不自然，而过于花哨的颜色则使人反感。1936 年秋，当我重又来到正在进行巷战的托莱多的时候，我想检验一下自己的印象，便请求一位民众纠察队员把我带到保存着《奥尔加斯伯爵的葬仪》一画的教堂里去。教堂已被查封，但民众纠察队员让我进去了，然后把我锁在里面，并说他 3 小时后回来。就在那时我明白了我不再喜爱格雷科的原因：真正的人类不幸在周围是太多了。我们总是边学边忘，我也忘掉了如何理解格雷科的绘画。曾使我年轻时感到震惊的陀思妥耶夫斯基作品的某些篇页现在倒使我觉得装腔作势。不用说，所有这一切是同我的生平有关，而与艺术史或文学史无关，现在我知道格雷科和陀思妥耶夫斯基都是最伟大的艺术家，但是，看来在一个表面上平静的时代比较容易接受他们，那时人们喜欢在艺术中寻找狂暴，寻找过分的东西。

至于戈雅，则正好相反，我是在成年时爱上他的，这大概也是时代造成的。我一度觉得他是一个画幻想题材的画家，是离奇事物的创造者、是绘画界的爱伦·坡（1809—1849，美国浪漫主义作家）。然而生活推翻了关于许可的范围的天真概念，于是我突然明白了，戈雅首先是一个现实主义者。我深信，国王、王后、伯爵、公爵夫人正是他所描摹的那个样子。他的战争幻景使我震惊，尽管我曾目睹比拿破仑时代的战争可怕得多的战争——因为使戈雅发生兴趣的不是军服，不是旗帜，不是统帅，而是龇牙咧嘴、痉挛、疯狂。在描绘了拿破仑的士兵枪决起义者以后，他所表达出来的不仅是人类痛苦的全部深度，而且还有一个画家的愤怒。他把自己的噩梦称为"变幻无常"，但他笔下的怪影迄今犹在游荡、杀人、吃喝、打嗝并充斥人寰。他不怕成为一个有倾向性的人，但他从来不曾把世界简单化，也不曾使它变得狭窄。我常常想到里尔市博物馆收藏的他的一幅可折叠的双连画：一个年轻的美女正在阅读女仆交给她的一封崇拜者的来信，而在 50 年后则是两个老太婆，她们头上是拿着扫帚的死神，死神只是准备实事求是地扫除人类的灰尘。戈雅常常想到死亡，因而他的画就与 15 世纪的诗人霍尔赫·曼里凯在父亲去世后所写的诗有共同之处：

我们的生命是条条江河，

而死亡却是大海，

它收容那么多河流，

我们的欢乐和痛苦，

人赖以为生的一切，

都永无休止地向大海流去……

总之，他在棋盘上移动了那么多卒子，

还过足了棋瘾，

总之，他推翻了那么多统治者，

心甘情愿地为大王厮杀，

总之，他经受了如今已无力列举的

种种考验，

他把自己锁在奥卡涅他自己的城堡里，

死神便前来敲门。

〔这里怎能不想到特瓦尔多夫斯基笔下那个没有通行证就进入了克里姆林宫的"老太婆"呢？（指长诗《山外青山天外天》里关于斯大林的那一章。）〕

人们经常谈到西班牙的闭塞，谈到它的特殊性，但与此同时，西班牙的天才虽然与众不同，但始终在观察那些折磨着人们的问题，不论这些人住在何处。有多少作家曾证明《堂吉诃德》是尖刻讽刺早被遗忘的一种文学体裁的作品！但是过了几个世纪，骑着倒霉的洛稷喃提的愁容骑士却比在幼年时期就坐上了喷气式飞机的主人公们更容易周游世界。

塞万提斯的长篇小说是家喻户晓的，但很少有人知道伊塔的大司祭胡安·鲁伊斯。他是一个非常杰出的诗人，他生活在弗朗索瓦·维永之前一百年，但却表现出了未来漫长岁月的全部复杂性和全部双重性。很难精确地指出他在何处亵渎神明，又在何处忏悔，在何处挖苦人，又在何处流着痛苦的眼泪哭泣。他描写一切都是赤裸裸的，用自己的名字称呼一切，而同时他又总有第二计划、第四量度、诗歌，我正是在这一点上看见了西班牙现实主义的特点，也看见了西班牙性格的本身。

第 三 部

我也许颠倒了叙述的顺序，但现在要说明西班牙在我一生中起到的作用就比较容易了。

阿方索十三世是在 1931 年 4 月被赶走的，但我们直到秋天才得到签证：领事既不喜欢苏联护照，又不喜欢我的书。

当局不知道该怎么对待我们：是该敬我们一杯曼萨尼约酒呢还是该把我们送去坐牢。部长们都是新手，警察却可以夸耀自己的工龄。共和政体的拥护者把一切机关、街道、旅馆的名称都改了，但给国王办过事的人却依然保留原职。我们在马德里的车站上被拘留了，他们把我们带到派出所去，把我们并不复杂的行李研究了很久——搜寻炸弹、左轮手枪、传单。后来我们就始终处于警察的监视之下，有时候他们忘了保密，从口袋里掏出那些证明他们职务的牌子。

内政部副部长殷勤地接待了我，他脸上堆着笑容请求我给他开列一张我们打算访问的城市的名单。每当我们抵达某一个城市的时候，警察和左翼知识界的代表人物都在车站上恭候我们。后一种人是从那些急欲把这个轰动一时的消息宣扬出去的警察们口中得悉我们的到达的——要知道我是来到巴达霍斯、萨莫拉或圣费尔南多的第一个苏联公民。我在马德里搞到了上百封介绍信，以便在任何一个城市里都能立刻找到谈话对象。这些信是西班牙作家、出版我的书的共产党员罗塞斯、激进的新闻记者、国会议员、偶然碰到的熟人给我的。

我来到埃什特雷马都拉的一个偏僻的小城卡塞雷斯以后就分发了几封介绍信。不久，旅馆的女主人告诉我，有人来找我。我看到了两个貌似外省律师的温文尔雅的懒汉（不知道为什么，给律师的信最多），我向他们伸出手去，他们手足无措地从口袋里掏出牌子："我们是警察。"一场可笑的谈话就此开始：警察们惊恐地问我是否打算在卡塞雷斯落户，当他们知道我两三天之后就要离开的时候，便颇为感动，久久地向我致谢。

革命几乎总是像田园诗一般开始的：人们唱歌、开群众大会、互相拥抱。我来到的时候接吻的时代已经结束了。国民近卫军每天都要枪毙"破坏秩序者"。不断爆发罢工。我在巴达霍斯的时候，那里正在枪杀工人。马德里也在枪杀工人：示威被驱散了。我在塞维利亚看见了一位省长，他说："是回击工

米盖尔·乌纳穆诺

人的时候了……”我出席了国会的一次会议。米盖尔·乌纳穆诺（1864—1936，西班牙作家、哲学家、存在主义的代表）发言，他娓娓动听地大谈民族精神、正义。就在这一天里，近卫军士兵在埃什特雷马都拉枪决了一个穷人，因为他竟敢在一个逃亡侯爵的领地上拾橡实。

在马德里，在马拉加，春天里被焚毁的修道院和教堂黑压压的一大片：人们为压迫、代役租、祭祀、忏悔室里令人窒息的闷热、筋疲力尽的生活和数世纪以来笼罩着国家的浓雾而复仇。任何地方的天主教教会都没有这样横行无忌，这样残忍凶暴。在马拉加的大礼拜堂里，妇女们趴在石板上哀求赦免，但长着两个凶恶的黑眼睛的长脸僧侣却一口咬定报应已快临头。天主教的报纸添枝加叶地描述着“奇迹”：圣母几乎跟近卫军士兵一样常常显现真身，而且始终判定共和国有罪。

我去过利亚斯·乌尔德斯山区，那里的居民与世隔绝，而且一辈子没吃过一顿饱饭。年轻的母亲们貌似十来岁的女孩子，30多岁的母亲们貌似衰老的老妪。难以想象，在一百公里之内竟会有一些富有的寄生虫正吧嗒着嘴打量着萨拉曼卡的美女。我在一个小学生的练习簿上看见一句默写：“我们的恩人是国王”，而在另一页上却是“我们的恩人是劳动人民的共和国”。

西班牙的正式名称是“各阶级劳动人民的共和国”，这个名称不是一个幽默家想出来的，而是一本正经的国会议员们的创造。各个不同阶级的劳动者从事各种不同的劳动。我漫游了埃什特雷马都拉和安达卢西亚的一些大庄园。大部分土地依然是没开垦过的生荒地。贵族们住在马德里、巴黎或比亚里茨。管家们雇了些雇农，契约上赫然写着，雇工们必须“从日出劳动到日落”。资产阶级很懒，像古代那样生活。我看见一些非常落后的工厂。脚穿擦得雪亮的皮鞋的纨绔子弟不知该做什么，“消磨时间”是他们的一句口头禅。共和国所改变的事物微乎其微：挨饿的继续挨饿，阔佬们愚蠢地以外省方式大肆挥霍。我和那些一年连一千比塞塔都挣不到的安达卢西亚的雇农们谈过话。“劳动人民”奥尔纳丘艾洛斯公爵拥有六万公顷土地：他喜欢狩猎，常到自己的世袭领地去住上一个礼拜。在穆尔西亚住着一个名叫谢尔瓦的人，他的地产价值两千五百万比塞塔。他从事政治活动并屠杀罢工者。革命后他跑往国外，留下总管当家，总管继续收租。股票持有者、封建主、僧侣、靠妓女为生的嫖客，所有的人都被宣布为劳动者。

我曾和一位出生于萨莫拉的医生一同前往偏僻的萨纳布里亚，他是一个善良而正直的人。我们来到一个湖畔，再往前就没有路了，得骑驴前进。那里有一个小村落，名字很长：圣马丁·德·卡斯塔尼耶达，它那即使在西班牙都十分罕见的贫困使我惊讶。我们在一片茅舍中看见一座修道院的废墟。农民们一度向僧侣们缴代役租——"三代租佃制"。僧侣们老早就搬到比较舒服的地方去了，而农民们仍继续把两千零五十比塞塔缴给号称"劳动者"的寄生虫，律师何塞·桑·拉蒙·德·保比利亚，因为他的曾祖父从僧侣们手里买下了掠夺农民的权利。后来我们来到另一个村落——里瓦德拉戈。村里的居民不缴代役租，但他们没有土地，他们栖身于没有烟囱的农舍里，以豌豆果腹。村子坐落在一个淡水鲑很多的湖的岸边，湖是属于一个富有的马德里的女房主的，总管严密地看守着，防范饥饿的农民偷鱼。一个农妇痛苦地对医生说："怎么啦，堂·弗朗西斯科，共和国还没有来到咱们这儿吗？……"

（西班牙之行结束后，我写了一本见闻录。这本书在莫斯科出版之前，曾以《西班牙——劳动人民的共和国》为名在马德里出版过。出生于萨莫拉的医生曾带着我这本书前往里瓦德拉戈，并把我谈到饥饿、湖泊、马德里的太太的那一章朗读给农民们听。

1931 年 4 月 14 日，西班牙宣布成立共和国

农民们次日包围了总管的房子，要求他立刻放弃对鱼的权利。电报发到马德里，吓得魂不附体的女房主让步了。农民们给我寄来一封致谢信，邀请我到里瓦德拉戈去，说是要请我吃淡水鲑。无须讳言，这封信使我很高兴，因为一个作家是很难看到他的书改变世上的什么事物的。书籍通常会使人发生变化，但这一过程很长，而且是觉察不到的。就在这儿我明白了，我帮助里瓦德拉戈的农民消灭了很久以来的不公道。尽管我参与此事纯系偶然，尽管这个村落很小，而且胜利也并不持久——法西斯分子不见得会把淡水鲑给暴动者留下，我有时依然会想到这段故事，而且感到高兴。）

国民近卫军继续屠杀人民。议员们继续发表娓娓动听的演说。人民是赤手空拳的。社会党人在动摇。无政府主义者在扔炸弹。我曾在安达卢西亚的一个小村子里参加过一个教师和市长的一场热烈争论：教师拥护第三国际，市长拥护第二国际。一个雇农突然插嘴道："我拥护第一国际——拥护米盖尔·巴枯宁同志……"我曾在赫雷斯城的雇农们办的一份小报上读到，西班牙人应该用克鲁泡特金的原则来鼓舞自己。我在巴塞罗那认识了"法伊"（伊比利亚无政府主义者同盟）的领导人杜鲁蒂。我们坐在咖啡馆里。杜鲁蒂出示手枪、手榴弹给我看："您不怕吗？我活着决不投降……"他的见解是十足的幻想，但他的勇敢、纯洁、高尚的精神却一下子就把我俘虏了。当时我还不知道，5年后他将在阿拉贡前线拿手枪对准我说："现在我要打死你。"也不知道末了我们竟成了朋友……

当时有许多事我还不知道，但有一点是明显的：这是一出悲剧的第一幕，后面必然还有几幕。我还记得，在马德里时曾有人指着一个暴躁的军人对我说："这就是圣胡尔霍……"当然，我不能预见到在5年后他将同佛朗哥和莫拉一起把西班牙淹没在血泊中，但我在1931年曾写道："国民近卫军的总司令圣胡尔霍将军正在默默地工作着。四万八千名近卫军士兵不时开枪杀人，他们在准备一次全面的、大规模的枪决。"

谈到1931年秋天，谈到闹剧和悲剧，我还没有说到最主要的：人民。我在本书中有时候企图表现出我在自己的道路上曾经遇到的人们，试图怀着热爱忠实地来做这一件事，我不愿做一个无动于衷的编年史家，而想做一个正在回忆那些大都已经故世的朋友们的人。我叙述的都是读者多多少少知道的一些人物——作家、艺术家、社会活动家。（在我的心里当然还有另一些对我来说十分珍贵的形象，只有亲近的人才知道他们，我不能援引书籍或油画来加强我的推崇。）我想把西班牙当作一个亲近的、对我来说是十分珍贵的人来加以描述。

我在西班牙度过了内战的岁月，那时候我才真正了解了它的人民，但我一下子就爱上他们是在 1931 年。巴勃罗·聂鲁达曾给自己的一本书取名为《心中的西班牙》。现在我想重复这句话：西班牙的确是在我的心中，而且不是出于偶然，不是暂时的，它不是被历史上重大事件的五彩焰火照亮了的一位女客，不是被摄影师和采访记者团团围住的一个女房客，不是的，它是我自己的西班牙，是无论在显赫的年代还是在沉寂的年代都跟我很亲近的一个被禁锢、被束缚的西班牙，现在我有权这样说——它直到我死去都在我的心中。

1931 年我曾写道："我有一枚沙沙响的笔尖和一个恶劣的性格。我已习惯于谈论统治着我们世界的那些同样卑鄙而渺小的幽灵，谈论虚构出来的克列盖尔们和活着的奥尔逊们。我熟知屈辱的、贪婪的贫穷，但我没有词汇能恰如其分地描述西班牙高尚的贫困，描述萨纳布里亚的农民和科尔多瓦或赫雷斯的雇农，圣费尔南多或萨贡托的工人，在南方唱着凄凉的歌曲、在加泰罗尼亚跳着塞尔丹那舞的穷人，描述赤手空拳前去抵抗国民近卫军的人们，目前正坐在共和国的监狱里的人们，正在进行斗争的人们，描述正在微笑的人们，描述严峻、勇敢而温和的人民。西班牙不是卡门也不是斗牛士，不是阿方索国王也不是列鲁斯的外交手腕，不是布拉斯科·伊巴涅斯的长篇小说，不是那些靠妓女生活的阿根廷男人，不是和马拉加葡萄酒一起从佩皮尼昂运销国外的一切货物，不是的，西班牙是两千万衣衫褴褛的堂吉诃德，是不毛的山岩和令人痛苦的不义，是像干枯的油橄榄树叶的沙沙声那样忧郁的歌曲，是其中没有任何一个'黄色分子'的罢工者们的喧哗，是善良、关切、人道主义。它是一个伟大的国家，尽管宗教裁判所的法官和'寄生虫'、波旁王朝、骗子、诉讼代理人、英国人、雇佣的刺客以及有爵位的坏蛋们费尽了心机，它依然保持了少年的热情！"

西班牙的许多事物都使我惊异，即使是在同这个国家第一次短暂相识的时候亦是如此，使我惊异的首先是穷人们的自尊心，他们永远在挨饿，往往是文盲，在塞维利亚，一个可敬的资产者和一个失业者并排坐在长凳上，可怜的人从布袋里掏出一截豌豆制的灌肠，友好地与坐在旁边的人分享。寄生虫们夜里在马德里一家豪华咖啡馆的凉台上享清福。一个怀抱婴儿的女人想卖掉几张彩票（这是贫穷的一种形式）。小家伙哭起来了，女人安然坐在一张空桌前的软椅里开始给婴儿喂奶。没有任何人对她的举动感到奇怪。我却情不自禁地想道：不用说是在"德·利亚·派咖啡馆"，就是在我国的大都会饭店她也准会被赶走的……

在萨纳布里亚的一个贫穷的小村子里，我吃了一个农妇的几个苹果，想给她几个钱，她断然拒绝了。我的旅伴是西班牙人，他说："可以交给小孩子，可我怕他把硬币塞进嘴里吞下肚去。但再大一点的孩子不管你吃了他什么他都不会收钱的……"一个擦皮鞋的小伙子看见我站在一家烟草店旁边，因为是在中午休息时间，烟草店关着门，他便从口袋里掏出一支烟来："抽吧。"在穆尔西亚附近，我吃了一个农民的几个橙子，打算付钱给他，他摇摇头说："微笑比比塞塔值钱。"

〔西班牙农民的慷慨一向使外国人惊讶。马丁·安德逊-尼克索（1869—1954，丹麦作家）曾告诉我说，他的青年时代是在西班牙度过的，他没有钱了，农民们总是把一盘菜汤端到他的面前："吃吧……"〕

火车站上有一个搬运夫对我说："我今天已经接过活儿了，我现在去叫一个伙伴来。"我拿了一双皮鞋去找鞋匠，他问妻子有没有吃午饭的钱，当他知道他们有吃午饭的钱以后，便让我去找另一个鞋匠。失业者得不到任何补助金。我问他们怎么没有饿死，他们回答道："同志们呢？……"一个安达卢西亚的雇农把一块面包切成两半，一半给失业的邻居。巴塞罗那的工人把收入的一部分交给工会以便救济失业的弟兄——不用号召，不用冠冕堂皇的词句，仅仅是出于人道主义。

我曾写道，西班牙是两千万衣衫褴褛的堂吉诃德。我重又提到这个形象不仅是因为我喜爱塞万提斯的长篇小说，而且还因为在愁容骑士身上有着西班牙的全部精神上的魅力。以下是我在 1931 年写下的几行："在这里可以把风车当成敌人，并同风车战斗——这是人类的错误的历史。但在这里却不能把人当成风车——人们不会顺从地挥动两臂代替翼片。人们仍旧在这里生活，他们是真正的、活生生的人。"

第 三 部

　　几年后，当宏大、先进、组织良好的民族一个接着一个开始准备向法西斯主义投降的时候，西班牙人民却接受了力量悬殊的战斗：堂吉诃德仍然相信自己和人类的尊严。

　　西班牙帮助我克服了许多疑虑。我知道我还将不止一次地犯错误——有时和大家一同犯，有时独自一人犯。这是无可奈何的事。只是别成为一枚小螺丝钉、一个机器人、一台摆样子的风车！

28

从诗歌走向革命的托勒尔

　　我正在看一张褪了色的小照片。距科尔多瓦不远的小地方蒙蒂利亚的一个酒窖。肥胖的主人，柳芭，恩斯特·托勒尔。一个多么愉快、轻松的日子。我们在凉爽的窖里久久地喝着葡萄酒。托勒尔讲了几个有趣的故事。而主人则对我们说，世上没有比蒙蒂利亚酒更好的葡萄酒了："要知道人们在赫雷斯酿造蒙蒂利亚葡萄酒并不是偶然的，但在蒙蒂利亚却谁也不去考虑酿造赫雷酒。"这句话说得很令人信服，使我们不由得想起爱伦·坡写的一篇关于一只蒙蒂利亚酒桶的短篇小说，又使我们还想尝尝另一种蒙蒂利亚酒，可以在几小时之内暂时忘却我们的过去和未来。我们都不急于离开，托勒尔说："人不会自动离开天堂，只会被赶出天堂。"我们回到科尔多瓦已是深夜了。

　　（战争时期，在距蒙蒂利亚不远的地方驻扎了几支共和国的军队。需要出一期军报，但没有纸张，于是便用肥胖的葡萄酒商用来包酒瓶的一种薄纸出版了，在战报的字里行间隐约可以看到这样一行字："蒙蒂利亚酒——世界最好的葡萄酒。"）

　　为什么我谈到托勒尔的时候要从蒙蒂利亚开始呢？须知我是 1926 年或 1927 年在柏林认识他的。我们常在巴黎、莫斯科、伦敦等城市见面，进行严肃的谈话。我现在之所以回忆起我们在安达卢西亚省（我们在塞维利亚相遇，在阿尔赫西拉斯分手）共同度过的几天，是因为我当时所见的托勒尔是幸福的。他经历了艰苦的生活，他曾和别人争论、说服别人、诅咒别人、相信别人、感到绝望，而同时又是一个空想家、诙谐的人，甚至是一个奢侈逸乐的人，在谈到这位诗人兼游击队员的时候，我首先想起来的就是短短的抽一支烟的工夫。

托勒尔很漂亮，像一个意大利人，像新现实主义影片中的一个愉快而忧郁、经常四处碰壁的主人公。也许不寻常的温和是他的主要特点，但他却经历了十分严酷的生活。各种各样的人都有：有的是蜡塑的，有的是石雕的，这不是一个信念问题，而是天性问题，一个人常常选择一条跟造成他的材料不大适合的道路。我认识一些意志坚定、神经坚强、果断勇敢的人，但他们却选中了生活的后方。钢也会生锈。托勒尔是为沉思冥想、为柔和的抒情诗而生的，但他从年轻的时候起就选择了一条行动、斗争的艰苦道路。

他活过的年头并不多——45年，但似乎没有一天没有人不写文章谈论他的错误。他没有提出过抗议，有一次他对我说："事实上我犯的错误要多一百倍，但有一半他们不知道。而且他们所列举的还仅仅是我独自一人所干的蠢事。可是大家又犯了多少错误呢？……"

托勒尔的某些错误是年龄以及时代造成的，他不仅承认了这些错误，而且已用行动把它们一笔勾销了。第一次世界大战开始的时候，他还不到22岁，他很瘦弱，因而被淘汰了，但他经过力争，终于被派往前线——到法国去：他相信德国在捍卫正义的事业。巴比塞在战争开始的时候是40岁，他相信法国在捍卫正义的事业。托勒尔很快就明白过来，他听信了谎言，做了普遍的变态心理的俘虏，便开始揭露战争的罪魁祸首。他被捕了，被送进了军人监狱，后来又被送进了疯人院。

他是一个年轻的、才气横溢的诗人：他的诗曾博得里尔克、托马斯·曼的称许。他本来可以用诗歌来描写和歌颂革命，但他却做了另一种抉择——他成为巴伐利亚革命的领导者之一，中央工人和士兵代表苏维埃副主席。批评家们过去常说，而且至今也还在说，托勒尔的政治修养不足。这是无可争论的。但他却有丰富的良心——这是一种非常麻烦的特性，具有这种特性的人总是要为它付出代价的。

巴伐利亚苏维埃共和国总共只存在了几周，白党冲进了慕尼黑。敌人高价悬赏索取托勒尔的头颅，于是他被出卖了。他在法庭上说："战斗刚刚开

1931年，柳芭·卡杰茨娃-爱伦堡和恩斯特·托勒尔在西班牙

始，资本主义政府的任何刺刀、任何战地法庭都扼杀不了革命！"他当时 26 岁，他在尼德山菲德监狱里蹲了 5 年。我至今还记得我们在柏林看到托勒尔在狱中写成的一个剧本时有多么激动：这是一封寄往狱外的信。

德国反动派在那几年里处处告捷：不仅在巴伐利亚，同时也在柏林、萨克森、汉堡，不消说，白党将军艾普指挥战斗要比诗人托勒尔高明。让人惋惜的是巴伐利亚的革命者没有找到自己的邵尔斯或恰帕耶夫，但责备托勒尔却未免荒唐：他知道这是一场力量悬殊的战斗，前面没有荣耀、没有权力，只有镇压者的镇压。他被称为"伤感的革命家"，但是要知道，他不是从年复一年地考虑策略、制订计划的地下小组走向革命的，而是从诗歌走向革命的，他在政治上至死是一个无师自通者。

当他在 1924 年出狱的时候，他已在文坛享有盛名，他的剧作在许多不同国家的剧院上演。它们的成功也许不仅是由于艺术上的优点，而且也由于主题的尖锐性，观众有时候也许不是向戏的本身鼓掌，而是向作者的生平鼓掌，但托勒尔在文坛上既不是一个冒名者，又不是一个偶然的客人。许多完全不同的作家——托马斯·曼、高尔基、罗曼·罗兰、辛克莱·刘易斯、孚希特万格对他都有好评。他本来可以伏案写作并成为一个大名鼎鼎、人人尊敬的作家。但他身上却存在着一种永恒的不安定。他没有成为一名革命战士，而且也不可能成为革命战士，但他继续在打游击，良心看来要比对轻松愉快、无所牵挂的生活中的千千万万琐事的眷恋来得强烈。

他是一个很复杂的人，如果他没有 种罕见的魅力，他恐怕会引起所有的人对他的反感，但敌手总是出人意料地软化下来。一位很爱吹毛求疵的批评家曾当着我的面说："可是要知道这是托勒尔呀！对他能有什么要求呢？……"

我还记得在科尔多瓦的一次混乱而又美好的谈话。在谈话之前我们在城里漫步了很久，当地的一位都市主义者向我们解释说，古老的科尔多瓦的蜿蜒曲折的街道是经验丰富的建筑师——阿拉伯人和犹太人设计的：即使在 7 月份的中午，所有街道都有一侧有阴影。我们的谈话就从这里开始。托勒尔称赞道："他们想到了普通的步行者！"后来我们就谈起了人和社会之间的关系。托勒尔笑了笑说："我写过几个关于这个问题的失败的剧本。也许我并不是一个剧作家，但行动的错觉却使我对戏剧发生兴趣……要显身扬名是容易的。易卜生出色地表现了这一点：'人民公敌'是一个最正直的人……但是有多少沽名钓誉者、利己主义者和无聊之徒在叫嚷'个人的权利'！他们想浑水摸鱼……应该为这样的社会而斗争：在这个社会中，每个人都既有享受阳光的权利，也有享受阴影的权利……恩人们开起处方来却总是这样——不是给你一大堆阳光，就是给你一大堆阴影……我看到政权（即使是昙花一现的政权）怎样使人变形……"

他谈到自己以往的趣事，谈到德国的作家们，突然忧郁起来："我担心纳粹分子会胜利。您知道这意味着什么吗？战争……"他想起了他在狱中写成的一部关于燕子的书："不是的，我不是指我的诗。可您还记得一个工人，一个石匠的信吗？狱长下令捣毁燕子窝，于是蹲在旁边囚室里的一个工人就写了一封信，说这些窝是燕子们辛辛苦苦筑成的，它们都是正直而热爱劳动的鸟儿。当然，这封信并没有使狱长回心转意。这是一幅微型的战争画：捣毁燕子窝……想到未来真令人不寒而栗！……"

在西班牙的时候他曾告诉我，他想写一个剧本：在金钱、傲慢、愚昧的世界里的一个现代的堂吉诃德和桑丘·潘沙（堂吉诃德的随从）。这个剧本他没有写成。他曾对孚希特万格说，他正在写一部关于狄摩西尼（约公元前 384—前 322，雅典雄辩家，反马其顿的民主派集团领袖）的长篇小说，狄摩西尼是一个想捍卫希腊文化，使其免受野蛮摧残的人。长篇小说他也没写成。他总是忽冷忽热，刚开始写点什么就又抛开了——时代太动荡不安，他太富于同情心了。

托勒尔在国外始终保卫苏联，甚至在他对我们这里的某种现象也不大喜欢的时候也不例外。他在莫斯科有几个朋友，他常同他们推心置腹地长谈。在我们最后一次见面的时候他曾对我说，如果说他有什么希望，那就是莫斯科。

在1933年希特勒上台以后，托勒尔写了一本关于自己青年时代的书，他在书中描写了他对德国的爱，他的自白近似杜维姆的自白："难道我不爱这个国家？置身于地中海岸边壮丽景色之中，难道我不缅怀贫瘠多沙的松林，德国北方平静的、孤零零的湖泊？难道歌德和赫尔德林的诗歌不曾使我在童年时代神往？……德语——难道它不是我的语言，不是我用来思考和感受的语言，不是我整个身心的一部分，不是抚育并养大了我的祖国？……盲目的民族主义和可笑的种族傲慢正在所有的国家抬头。难道我能让自己成为今天的变态心理的奴隶？……我现在觉得，像'我以我是德国人而骄傲'或'我以我是犹太人而骄傲'这种话就像一个人说：'我以我有深棕色的眼睛而骄傲……'一样毫无意义……"

不，他没有向时代的疯狂屈服：他依然是一个真正的国际主义者。在他悲惨地死亡之前不久，病魔缠身、悲观绝望的他曾怀着一种狂热集资赈济挨饿的西班牙儿童，他从那些自私自利、漠不关心的人们的口袋里挖出英镑或美元，在短短的一段时期内就凑了一百多万美元。当托勒尔同铁石心肠的人们谈话的时候，就连他们也变得温和了——善良发自他的内心。

西班牙战争开始之前不久，1936年6月，我在伦敦出席反法西斯作家联盟委员会的一次会议。会后，托勒尔邀我到他那里去，他住在城郊的一所小房子里。他和往常一样忙于处理许许多多刻不容缓而又需要细心和耐心的事务，和往常一样虽处于人们的包围之中却很孤独，比在囚室里还要孤独——他立刻就向我供认了这一点。我发现他面庞瘦削、神色忧郁。他觉得英国人和法国人轻视德国侨民，这使他感到气愤。报刊在谈到希特勒的时候不是捧场就是谨小慎微，托勒尔愤怒地用红铅笔划出文章的重点，然后就把报纸扔在地板上。他突然像一个孩子似的埋怨伦敦的冬天太冷，没法取暖，我还记得他的话："现在室外的冬天比莫斯科、拉普兰的冬天都要长上10年或20年。根子结实的人忍受得了。别的人就得一个跟着一个地冻死……"

托勒尔又支撑了3年。我在巴黎见了他最后一面。乍一看，我觉得他的气色比过去好了，他甚至还试着开玩笑。当时他正在集资赈济西班牙儿童。我们告别的时候，他问我："您睡觉不用服安眠药吧？……夜里真可怕——什么都比白天看得清楚……嗯，好吧……说不定咱们不久又会见面。我已决定离开美国——太远啦，在那里连随便提一提世界上正在发生的事都办不到——人们感到奇怪，向我推荐神经病医生……再见！……"

此后我们不曾再见。1939年春在纽约召开了笔会的代表大会。托勒尔在盛大的午宴上企图使举座震惊，便提起了缪查姆（1878—1934，德国反法西斯作家、革命家）、奥谢茨基（1889—1938，德国反法西斯政论家）、图霍尔斯基（1890—1935，德国反法西斯作家和政论家）的遭遇。过了几天，5月22日，他在旅馆的浴室里上吊了。

我现在一面回忆着托勒尔，一面轻轻地微笑：一个好人，朋友，诗人，不仅在书中如此，在生活中亦是如此。我喜欢他在狱中写的诗集《燕子的书》。

> 哥特式大教堂的建筑师们，
> 你们感到自豪。穷人砸碎了石头，
> 满腹忧伤的玻璃吹制工人，
> 用图案的痛苦遮蔽太阳，
> 人们用铜铸成钟，
> 拱顶直薄云霄，但求一死——
> 你们把你们的石头献给死亡。
> 然而燕子们发出啁啾声和叹息声，
> 用泥土、细枝和干草筑巢，
> 并把那些木房——尘世的幸福、温暖的巢穴，
> 献给了生命。

托勒尔自己就像一只燕子，也许正像飞来得过早而没把春天带来的那"一只"。

29

两访柏林——怪诞不经的梦境

1931 年我到柏林去过两次——一次在年初，一次在秋天。当时没有发生任何特别事故，政府首脑是温和的天主教徒布吕宁，尽管存在着危机，但表面上生活依然照旧进行。然而这两次旅行在我的记忆里却仍旧是一场怪诞的梦境，而且充满了在夜间醒来以后难以辨明的意义。我难以有条不紊地把 1931 年的柏林描述出来，如果我现在打算重现那些本身并不那么值得注意、但在我却是念念不忘的个别零散的场面，那倒会比较诚实一些，这些场面会说明我现在要叙述这两次旅行的原因。

车厢的单间里坐着一个剃光了后脑勺、衣领竖起的年纪已经不轻的德国人，他正在阅读厚厚的一沓报纸。我已经知道他是一个商品推销员，正在推销一些精美的拍纸簿。我问他，我们什么时候能到柏林。他从皮包里掏出一份时刻表："11 时 30 分 30 秒。"然后重新拿起报纸，并冷淡地轻声说："这是末日……所有一切的末日……"

激进的《新日志》杂志的出版者史瓦西招待作家们吃晚饭。一切都照规矩进行：各式各样水晶玻璃制的大酒杯、上等葡萄酒、鲜花，人们在议论孚希特万格最新的一部长篇小说，议论胡佛宣布的缓期偿付和莱茵葡萄酒的后劲。突然主人像那个商品推销员一模一样地说道："你们可知道，末日很快就要到了……"

当时正在上映根据雷马克的长篇小说改编的影片《西线无战事》。纳粹分子发火了："德国士兵都是默默无言地牺牲的，而影片的主人公却像一个波兰人那样叫喊。这是诽谤！……"我在伦敦已看过这部影片，但一个朋友劝我："纳粹分子今天打算大打出手。应该瞧瞧他们……"我们正在看电影。突然响起了歇斯底里的号叫声。灯光灭了。谁也没有打谁，但号叫声还在继续。观众退场了。原来纳粹分子在大厅里放出了百来只老鼠。

一个烟草厂的老板对我说："我不知道谁能战胜——是纳粹分子呢还是你们的朋友。总之对我反正一样——我早就把钱存到苏黎世去了。我现在正醉心于甘地的著作。我喜欢托尔斯泰。但这不合时宜。德国人现在所要的是独裁、威严，至于内部，那倒无关紧要。当您买一盒敝厂出品的香烟，您为烟盒花的钱就在一半以上……胡根伯格正在拨款进行反对资本主义的宣传。这是伪善而无耻的把戏吗？不是的，他了解德国人的性格……我在苏黎世开了一家小小的分厂……那里空气新鲜，局势平静。罗曼·罗兰在瑞士写关于甘地的作品，我了解他……"

我和鲁道夫（他的姓我忘了）在一起消磨了几个晚上。他是《红旗》的编者，非常熟悉柏林北部的几个区，他指给我看了许多东西。鲁道夫是一个在海关供职的保皇党官员的儿子，他过去是大学生，中途辍学，妻子把他抛弃了。他早在1919年就醉心于政治活动，那时他还是一个少年，他告诉我说，他怎样把一个想用大喊大叫把卡尔·李卜克内西的声音压下去的身材魁梧的无耻之徒摔倒。鲁道夫个子很高，身体干瘦，长着一个很大的喉结和一双柔和的碧眼。他用报纸上的词句说话，总是插进一句"让我们来看看事实"，但他的声音却打动了我：他相信自己说的话。

鲁道夫向我解释说："让我们来看看事实——700万失业者！资本主义正在众目睽睽之下瓦解。人人都知道他们的好景不长了。你可知道他们现在盼望的是什么？结识你们商务代表处的职员。说不定莫斯科会买点什么……总之莫斯科是处在注意力的中心。你不是看到了吗，从俄文翻译过来的作品有多少？昨天我好不容易才买到一张听《生活指南》报告的入场券。听众都是大资产阶级，显然是因为工人们没钱买票。艾米尔·路德维希再过两周就要赴莫斯科——他决定写一本关于斯大林的书。我受到委托写一份调查表，我和作家们谈过话，现在所有的人都来找我们了——恩斯特·格列泽尔、普利维耶、奥斯卡·马利亚·格拉夫。让我们来看看事实：去年我们获得了460万张选票，纳粹分子获得了640万张。但是在曾经投票拥护他们的选民中有多少人在关键时刻将会转向我们呢？有四分之三。要知道这些人都是工人，他们之所以投票拥护纳粹分子是因为他们憎恨资本主义。我们的领导考虑到了群众的情绪，这很好。我们现在正提出德意志民族解放的纲领。工人中的纳粹分子开始倾听我们的意见了。当然还有一些无耻之徒，但我确信健康的本能定将获胜。不，现在不是1919年了！你再来柏林的时候就能看到另一个德国……"

奥斯卡·马利亚·格拉夫身躯肥胖、心地善良，他有一双婴儿般的天真烂漫的眼睛。他听别人争论的时候总默不作声。玛丽亚·格列斯汉涅尔介绍我认识了"马立克"出版社的一位新作者，他名叫多梅利亚。他曾冒充霍亨索伦亲王，被捕入狱后写了一本记述此事全部经过的书。玛丽亚告诉我说，《冒牌亲王》一书获得了非常大的成功。作者微微地笑笑。他很健谈——他喜欢文学、革命和男子汉，对女人颇为冷淡……

库福尔斯坦大街灯火辉煌，在这里不能说有危机存在。商店的橱窗里陈列着精美的物品。高级餐厅和咖啡馆人满为患。作家瓦特·梅林，一个忧郁的诙谐家，带我到"卡卡杜"餐厅去。棕榈树下的餐桌。鹦鹉精神抖擞地把粪撒在菜盘里。冒充绅士的俗物们心满意足了：他们觉得自己已置身塔希提岛。梅林发现了我的困惑，便笑道："现在您看见德国人发疯了吧？您没法吃饭，我们还是到普通的餐厅去吃午饭吧……鹦鹉是不足道的。我现在想的是炸弹纷纷向我们扔下来时的情景……可是又能怎么办呢？砸碎玻璃窗、把墙壁弄脏的都不是流氓，而是哲学家，每个暴徒都引用尼采的学说。鹦鹉也是哲学家。"我们周围的人谈论着生意，谈论着在剧中扮演主角的演员和上流社会的丑闻，他们天南海北，无所不谈，只是不谈政治。梅林用小刀敲敲杯子——该走啦，于是鹦鹉便用老年人似的声音兴奋地重复着说："会账！会账！"

我偶然地遇见了一位"左倾"的新闻记者，我和他是在4年前拍摄《冉娜·涅伊》一片的时候认识的。当时他辛辣地嘲笑民族主义者，把胡根伯格称作"愚蠢的猛犸"。他飞黄腾达了：正主持一家大报的文学部，他已衰老，有点瘸。我们谈到政治问题。"一切都并不那么简单。我们有许多事没估计到……当然，在纳粹分子之中有居心不良的人，但总的说来这是一种健康的现象……"我的朋友后来告诉我，这位新闻记者碰到了一些不愉快的事：纳粹分子的报上刊载了一篇简讯，其中谈到他的过去——他之所以诋毁鲁登道夫并非出于偶然，他的母亲是犹太人，他还有一双有病的腿，而这正是犹太人出身的铁证。这位新闻记者现在正忙于编制一份家

1931 年，在柏林的这条啤酒街上聚集着纳粹党徒

谱：搜集能证明他的历代祖先都是"纯种"的文献。

城市的北部与库福尔斯坦大街不同：从房屋、人们的衣着和面孔上都可以看出危机的存在。从波罗的海上吹来了凛冽的寒风，冬天快来了。有许多无家可归的人，他们睡在各种各样的小客栈里，有的睡在街上，睡在街上是被禁止的，但是有偏僻的吉尔加丹林荫道、荒地、地窖。在亚历山大广场附近一个小吃店的大橱窗里陈列着形形色色的美肴——猪油马铃薯、灌肠、猪腿。（"大减价！只卖 55 芬尼！"）人们在橱窗前面久久地站着、看着。有的人走进去狼吞虎咽地吃点什么。

一个失业者告诉我，他领取的补助金是每月 9 马克。幸亏他是一个单身汉。小客栈里的一个床位就值 50 芬尼，他不得不大部分时间露宿街头。"纳粹分子那里免费施放肉汤，同伴们说那里不错，但我觉得讨厌……"

柏林变成了国际的好男色者的天堂：在这里不费吹灰之力就可以弄到一个美少年。每天黄昏时分，在温德尔－丹－林登市场上，在吉尔加丹，在亚历山大广场附近，都有年轻的失业者在徘徊，许多人穿着短裤，他们频频地送着秋波。他们索取的代价只有一两个马克。我曾在小吃店里和这些少年之中的一个谈过一次。他说，霍亨索伦亲王现在好像住在柏林，不是假亲王，而是真亲王。他一看见他中意的少年就用鞭子抽他，毒打一顿之后就赏 10

个马克。在亲王所住的房子附近，经常有小伙子在走来走去——等运气……

我参加了一次纳粹分子的集会，集会在一家啤酒店里进行。我的两眼饱餐了廉价香烟的烟雾。一个纳粹分子挥动着一双大手叫喊了很久，他说德国人挨饿已挨够了，只有犹太人在享福，盟国掠夺了德国，应该打败法国人和波兰人。犹太人也在俄国作威作福，这就是说，将来也非得收拾俄国人不可。希特勒会让全世界瞧瞧，什么是德国的社会主义……我仔细地打量顾客们。有的在喝啤酒，有的坐在空桌子前面。有许多工人，这使我感到难以忍受的痛苦。当然，我先前就知道在纳粹分子中有不少工人，但是在报上看到这一点是一回事，亲眼看到却是另一回事。难道你能说这个上了岁数的工人是法西斯分子？一张端正的、忧郁的脸，看来他并不幸福。而那个年轻的工人却像曾受鲁道夫之托去散发传单的同志……

纳粹分子的大本营设在"柏林涅尔·金德尔"啤酒店里。在毗邻的街道上另有一家啤酒店，那里是共产党员的集会处。鲁道夫曾带我去过那里。几张磨损了的丝绒沙发，墙上挂着鹿角，一个普普通通的小啤酒店……

我和鲁道夫一同在僻静的诺尔丹街上走着。他正在证明一件什么事："让我们来看看事实……"突然传来几响枪声。鲁道夫向出事地点跑去，还叫了一声："韦伯！……"纳粹分子暗杀了一名工人共产党员。后来不慌不忙地走来了一名警察。叫来了一辆汽车。做了很久记录，我站在一边等候鲁道夫。一位老太太奔来了，她号啕痛哭。那是一个漆黑的夜，风把便帽和树上的残枝败叶都刮掉了。

我黯然地回到巴黎：风暴临近了。我在报上的一篇文章中写道："资本主义的腐烂过程太长了，太令人厌恶了。坏疽病已经损坏了活生生的躯体……与德国无产阶级的悲剧相同的悲剧在历史上是罕见的。德国的无产阶级由于极端厌恶而咬紧了牙关，他们铸造大炮并在凡尔登城下牺牲。妇女们生了一些退化者、瞎子、智力薄弱的人。当无产阶级要求生活权利的时候，它就被拆散、被禁锢起来了……工人们重又被迫习惯于贫困和毫无出路。当有人看到他们已不再相信社会民主党的警察的时候，便开始从他们中招募屠杀人类的法西斯匪徒。不仅玷污了他们的肉体，也玷污了他们的灵魂。报应推迟了，但这个报应将很严酷——历史是会复仇的。"

30

写了 19 本书的 40 岁

在四分之一个世纪之前，我曾在《给成年人读的书》中写道："1931 年我满 40 岁了。过去我觉得这一年很平凡。现在我看见它使我能继续生活下去……这是我已报名进入第 5 个 10 年的新学校的一个预备班。"

我已叙述了西班牙和柏林之行，叙述了带着照相机在巴黎北部各区的长期游荡。现在我可以补充一下，我到过布拉格、维也纳、瑞士，出席过国际联盟的会议，看见过常常垂下多肉而沉重的两颊的白里安，听过德国的部长库齐乌斯和波兰人扎列斯基之间的争吵。大家都在高谈裁军，同时大家也都明白，事态正走向战争。

柳芭在科坦登街上租了一个小寓所。寓所在一楼，他们不准我们的两条狗从看门女人旁边走过，但滑头的布祖学会了独自跳到街上。在这之前我们曾在星期四去过科坦登街，赞赏过那儿的幽静。不料搬到那里以后我们都大吃一惊：载重汽车川流不息地从夜里一直驶到天明，从我战时曾在那儿工作过的沃瑞拉尔货运站运牛奶桶。不过人们能习惯一切，于是不久我们就既听不见轰隆声也听不见叮当声了。

年初我写完了一本关于电影工业的书《幻梦制造厂》。总而言之，这一年正如我上面所说，十分平常。但它的确使我在对待人们和生活的态度上发生了许多变化。

我和我同辈的人们所得到的暂息时机即将结束。风暴尚未来临，但风平

爱伦堡夫妇在科坦登大街上的
小公寓里住到 1940 年

浪静的景象看上去已不很自然了。从苏联来的朋友们叙述着没收富农财产的
情形，叙述由于集体化而产生的种种困难和乌克兰的饥馑。在柏林之行以后，
我明白法西斯主义已经来到，而它的敌手却分裂了。经济危机继续加剧。贫
困、屈辱和饥饿并非永远都能促成明智的抉择：法西斯分子招募的不仅是破
产的小铺老板或神气十足的少年，也有陷入绝望、误入歧途的失业者。

我同石油大王、钢铁大王或火柴大王周旋了一番，并没有白费心血：我
知道，尽管他们或高或低都有一定的文化修养，而且厌恶同法西斯分子来往，
但依然给形形色色的法西斯组织大量供应金钱。对革命的恐惧不仅比继承下
来的自由思想强烈，也比普通的理智强烈。纽伦堡判处了那些狂人，但有罪
的却是整个占统治地位的社会上层。也许其中有些人纵容并支持过法西斯分
子，而后来却为被焚毁的书籍、被夷为废墟的城市、死去的亲人而哭泣。法
西斯主义企图冒充为一个偶然钻进了体面的文明国家的不速之客。但法西斯
分子却有慷慨的舅舅，多情的姑姑，其中有些人迄今依然健在。

战斗是不可避免的：外交家们知道四分五裂的地带、中立国或缓冲，
但我明白，在我们和法西斯分子之间，却连一条狭窄的"无主的土地"也不
存在。

第 三 部

可能过去也曾有过这样的时代，那时艺术家们都能捍卫人类的尊严，同时又始终不放弃艺术。我们的时代对任何一个人提出的要求不是一堆有鼓舞力的篝火，而是不断的牺牲或放弃。

我的天啊，我一生中回答过多少次调查表上千篇一律的问题！我现在想说的不是行为，不是旅行，甚至不是书，而是我自己。我在 40 岁以前没能发现自己——我一直是在兜着圈子跑来跑去。

我把一切归咎于时代的性质，这也许并不正确。因为我曾见到过一些在书中完整地表达了自己的思想、期望和激情的作家——托马斯·曼、乔伊斯、维雅切斯拉夫·伊万诺夫、瓦莱里。自然，他们曾醉心于生活中的许多事物，也弃绝过许多事物，但是长篇小说或诗对于他们来说却是行动的工具。巴尔扎克也是如此，虽然他曾幻想成为一个议员，写过抨击性的政论，制定过发财计划以便摆脱永生永世的债务，但所有这一切仍只是水面上的涟漪，只有在他谈到自己长篇小说的主人公们的时候才满脸通红。但对于他的同时代人司汤达来说，文学却仅仅是参与生活的可能形式之一，他打过仗，热衷过政治，热烈地爱过女人，他不是为更好地了解别人的热情而活着，而是为活着而活着。

不仅伟大的作家，就连渺小的作家也常常是按照不同的样式剪裁出来的。在《胡利奥·胡列尼托及其门生历险记》问世以后，我变成了专业文学家。我写了很多作品，现在我做了个统计，甚至不好意思承认：从 1922 年到 1931 年，我写了 19 本书。这种匆忙不是出于沽名钓誉之心，而是由于慌张，我一面折磨稿纸，一面折磨自己。

我从来不曾满足于观察，我不仅想思考虚构的人物的遭遇，同时还想使自己酷似他们。然而在本书第三部所谈到的那 10 年间，我却常常以一个观察员的角色出现，至少也是以一个着急的捧场者的角色出现。

我在 1931 年曾感到我跟我自己不和。我回顾了不久前的过去，在夜间载重汽车的隆隆声和铁桶的叮当声消失以前，我一直在固执地问自己，我今后该怎么生活。

这看来也许有些奇特：给自己提出这种问题的不是一个衣衫褴褛、饥肠辘辘、流浪在巴黎街头、写关于世界末日的诗歌的稚气未泯的青年，也不是那个曾被阿·尼·托尔斯泰称呼为"墨西哥的苦役犯",并把尚未脱稿的《胡利奥·胡列尼托及其门生历险记》的奇遇讲给姑娘们听的六神无主同时又爱惹是非的年轻知识分子,而是一个须发开始斑白的 40 岁的文学家。但是我已说过,在我们的时代,种种事件是以令人吃惊的速度在发展,而许多人却成熟得很慢。赫尔岑 40 岁时动笔写《往事与随想》,并开始总结自己的一生:他从来不曾通过观众大厅来看各种事件,他是他那个时代上演的所有悲剧中的一名演员。

我之所以用了这么长时间才发现自己,可能还因为我生活在两个不同的世界里,我在巴黎度过了青年时代,我的审美力和好恶爱憎在革命之初就已经形成了。也许这是性格的表现:我总是感到有必要把许多人认为是九九表的东西再来检验一遍。

当然,如果谈到一个作家的道路,我在一年之内并无改变。在 20 年代出版的我的书的序言里我经常指出,尽管我是一个"精神空虚的犬儒主义者"和"虚无主义者",我的书仍有出版的价值,因为我出色地描绘了"资本主义世界的腐朽"。在《胡利奥·胡列尼托及其门生历险记》里我的确真诚地嘲笑了教权主义者和激进分子、狂热的共产党人和驯服的社会党人、法国的享乐主义者和带着对自己良心的谴责的俄国知识分子,但我渐渐开始放弃这种对待人的态度。这大概是年龄增长的表现:青年时代所特有的苛刻已经消失了。我愈来愈难以靠单一的否定来生活:我想在人们愚蠢或恶劣的行径后面发现一种真正的、具有人性的东西。(我在这方面很少获得成功,但我现在所说的不是文学上的优点,而是我自己的意愿。)

但是在 1931 年,对于我来说主要的还不是对待长篇小说中的人物的态度。我很少考虑下一部书该怎么写,我问自己,我往后该怎么生活,才能使岁月不致成为生活篇页边上的注,而是生活的本身。

每一个人对同他的工作有关的那些问题总是特别关心,因而使我激动的也当然就是文学、艺术的命运了。马雅可夫斯基已与世长辞。"拉普"成员们的声音压倒了一切。展览会上充斥着"革命俄罗斯美术家协会"会员们的巨幅油画。敢作敢为和古怪行径的时代已经过去了。

革命使人民掌握文化,第一次拿起长篇小说或第一次去参观展览会的人们不大能辨别技巧，这是很自然的，有时候一件艺术赝品也能使他们神往。新的读者和观众可以加以培养，也可以对他们加以奉承，说他们是最高裁判者。奉承者无疑是存在的。

诗人们即景作诗。文学百科全书解释说，道路正通向以生产为题材的长篇小说，它将取代所有其他的题材。那种统治了四分之一个世纪的风格正在形成：一种华而不实的建筑风格，一种雕像密集的地下电车站的风格，一种不倦地吹嘘和温和地揭露玩忽职守的房屋管理员或醉意蒙眬的游艺节目演员的讽刺风格。当然，1931 年，这一切还处在萌芽状态，但是已经出现了一个人的第一批肖像和雕像，此人当时也许并未想到他不仅将成为"个人迷信"的对象，而且还将成为"个人迷信"的制造者。这一切都是和一种精心设计的简单化方法同时发生的，就是上述那部文学百科全书写道："哈姆雷特对于群众是无用的"、无产阶级"……把堂吉诃德抛进历史的垃圾坑里"。

我在 1932 年初写了一本失败的中篇小说《莫斯科不相信眼泪》。其中的一位主人公，一个苏联画家，过去是国内战争的参加者，在莫斯科的报上看到一则以名字和父名的第一个字母 О. Б. 署名的简讯，简讯报道的是一个画展："丘扎科夫的写生画表明他已彻底脱离了群众。这是一种典型的脱离劳动阶级的艺术，只有一二十个资产阶级名士派的精神变质者才需要它。"画家心里在想（他的想法也就是中篇小说作者的想法）："一二十个……就算是这样吧……可是'革命俄罗斯美术家协会'难道就是千千万万的人所需要的吗？……这岂不意味着您要下令粗制滥造吗？……顺便说说，就是那位伦勃朗，当他在世的时候究竟有多少人喜欢他的作品呢？……可现在您却要把参观者赶去——站着受教育！……公民 О. Б.……或许您是一位女公民？我说的不是这一点……可是我知道，您对所有的事都是区别对待的：搞女人——随随便便，可您写起短文来却无懈可击。收入和支出可别弄混了。您当然是不画画的——这是一种落后的事业——而且根本不会讨任何人喜欢。如果您是一位男公民，我怀疑您能否博得女公民 О. Б. 或 Б. О. 的欢心。然而问题的实质并不在此。让我们来听听黄雀的叫声。它们就像精神变质者那样在歌唱。您说它们脱离群众吗？它们不也唱出声音来啦？啊，О. Б.，它们之所以歌唱是因为它们想唱。它们唱起歌来便更加愉快，我也更加愉快，你不爱听就别听。我何必定要坚持我的绘画呢？我可以再做一些让步……要是您，О.Б.，已经计算出来，我的画是不需要的，那么，譬如说，或许我还可以去粉刷墙壁。我是很容易说通的。不过您可别坚持绘画。这是一篇特殊的文章。黄雀也会明白，但您却不可能……傻瓜们认为——所有的人只需要煎牛排，而不需要任何艺术，这和二二得四一样明显。但艺术也只有在那个时候才会开始——在您吃了煎牛排以后，艺术会一口咬定——二乘二不得四，亲爱的，而是得五，或者得二十五……就让一个什么О.Б.不懂得绘画的任何特点，就让这个О.Б.有千千万万吧——这又算得了什么，那时候就把画笔扔掉好了。我会及时给自己找到另一个职业。没有绘画咱们也活得下去。但是十年以后……哦，不是十年——而是一百年——这又有什么区别——那时候人们就会懂得……"

我还记得同一个年轻的法国女人，女演员丹尼兹的一次长谈。我们谈到梅耶霍德的巡回演出，谈到雷诺阿给丹尼兹的祖母，女作家塞维琳画的一幅肖像，谈到德斯诺斯的诗，谈到艺术：毫无办法——鱼儿离不开水……突然我坦白承认："一切都是如此，丹尼兹，但现在的问题不在艺术……十年前我曾证明艺术正在消亡，我们当时相信，陈旧的形式——长篇小说，画架画，舞台已经衰老了。这一切纯系胡说八道。现在开始了一个反动……但可以不写长篇小说……我早就选择好了……不过我并没有选择——没有可选择的东西……"

夜间我思考着很多问题：人道主义、目的和手段。不是低劣的绘画使我不安，而且艺术也只不过是明日之谜的一小部分——我说的不是艺术流派，而是一个人的命运。

在图书馆里可以不取不合口味的书，取错了也可以送回，不必把它读完。但生活却不是图书馆……我在 1931 年明白了，一个士兵的命运不是一个幻想家的命运，应该在战斗行列里占有自己的位置。我不曾放弃我珍惜过的东西，我什么都不曾放弃，但我知道：不得不咬紧牙关生活，学会最困难的学科之一——沉默。评介过我的作品的批评家们曾指出，1933 年是我创作中的一个转折点：他们了解《第二天》一书。但我现在知道，我当时为什么要去库兹涅茨克——一切早在 1931 年就想到了，不是在建筑物的地槽前想到的，而是在科坦登街上、在夜里铁桶的撞击声中想到的……

31

出任《消息报》驻巴黎记者

1932 年春，剧作家弗·米·基尔雄和亚·尼·阿菲诺格诺夫来到了巴黎。我带他们游览巴黎，向他们介绍城市的名胜古迹。他们也同样向我介绍我国文学的名胜古迹。他们俩都为创作上的成就而感到鼓舞：数十个剧院正在上演基尔雄的《粮食》和阿菲诺格诺夫的《恐惧》。然而比起他们自己的作品，更使他们感到骄傲的是"拉普"的胜利。根据他们的说法，"拉普"把一切"真正的"苏联作家都团结起来了。基尔雄一再地说："我们走我国文学的康庄大道。"（当时我不知道这是亚·亚·法捷耶夫说的话。）亚历山大·尼古拉耶维奇·阿菲诺格诺夫很高，很谦逊，他总是面带微笑，对基尔雄的话唯唯称是。基尔雄则总是宣传、揭露、尖刻地冷笑。他对我说："您应该重新考虑自己的立场……"我承认，我已重新考虑自己的立场。"那您就写一篇声明，加入'拉普'吧。"我回答说，我对"拉普"成员们的文学原则不大感兴趣，又说人们都走康庄大道——早先骑马，现在坐汽车，但作家却是天生的步行者，每个作家都能通过自己的道路走向共同的目的地。阿菲诺格诺夫笑着说："由他去吧！说不定他也是对的……"

我们坐在吕特夏饭店古老演技场的石阶上。天气很热，虽然是清晨，我们仍然坐在荫凉的地方。我打开报纸："莫斯科电讯——'拉普'被解散……"我觉得这个消息并不重要，因为各种各样作家团体的招牌变换的次数太多了，而且一般来说我感兴趣的是文学，而不是关于文学的报道，我当时还不知道何谓"组织结论"。基尔雄跳了起来："这不可能！这是捏造！这是什么报？……"我回答："《人道报》。"我们本打算去看看工人区，但基尔雄说他们应该到大使馆去。过了一两天，他们就回莫斯科了，虽然他们本想再待几天。

我明白了，解散"拉普"是一件大事，便大为振奋：莫非莫斯科也当真懂得了，为了汽车运输，应该铺设公路，但对于作家，却应该允许他们各走各的创作小道？……

然而我面前却摆着一个问题：怎样才能更接近生活、行动和斗争？

5月，《消息报》的工作人员斯·亚·拉耶夫斯基意外地前来找我，他通知我说，主编和战争期间常常遇见我的帕·柳·拉宾斯基建议我担任该报常驻巴黎的记者。《消息报》已经有一个名叫萨杜尔的记者，他在1917年是驻俄国的法国军事代表团团员，但转向了革命方面。斯特凡·亚历山德罗维奇说，萨杜尔将留在自己的岗位上，但他是法国人，对苏联读者缺乏了解。我得写特写，如果情况需要，还得发电讯。

这个建议使我措手不及：我长期以来都没有从事任何正规的工作，习惯于任意支配自己的时间。当然，新闻事业吸引着我：我想做一点生机勃勃的工作，但我担心力不胜任。

我去找已和我有了交情的我国大使瓦列里安·萨韦利耶维奇·多夫加列夫斯基。他是一个善良的、具有同情心的人，在和他谈话的时候，我常常忘了他是官方人士，是大使，而我只是一个作家，不是"左翼的同路人"便是"腐败透顶的犬儒主义者"。多夫加列夫斯基是一个法国通，他是一个老布尔什维克，做过政治侨民，在图卢兹念过书。法国人对他评价很高，我在大使馆里曾数次遇到赫里欧，他前来和多夫加列夫斯基谈天，有时也商量问题。（多夫加列夫斯基于49岁时死于癌症。当时我十分悲痛，而后来却不止一次想到，死亡使他免受许多考验。）多夫加列夫斯基业已获悉《消息报》的建议，立刻就说："太好啦，这简直没有什么值得考虑的……"要说服我并不困难：因为我正渴望着冲锋陷阵。

我担任《消息报》记者的职务将近8年——在巴黎，后来在西班牙，然后又在巴黎——直到签订苏德条约，我写了几百篇特写和文章，寄发报道，有时简讯是不署名的，有时署笔名。我学会了用打字机拍发拉丁字母的电报，我常因用电话口述文章而把嗓子累得嘶哑了。我还将不止一次谈到报纸方面的工作，现在我只想说明，我现在是怀着感激的心情来回忆这种工作的，自然，它占用了许多时间，但它使我看到了许多事物，认识了形形色色的人。何况对于作家的职业来说它又是一所好学校，我学会了写得简短——必须时刻考虑如何节约报纸的开支：信走得慢，几乎所有的文章我都是用电话或电报发出的。（早先我也喜欢简练的短句。我希望能像我想的那样写作——不用副句。批评家为了"电报体"而骂我，但我认为这种语言不仅符合我的感情，同时也符合时代的节奏。）

我的那些在《消息报》工作的同事，如今还活在世上的几乎一个也没有了……在战争期间，在一个集团军的第七处里，一个女人的声音使我吃了一惊：她是一个上尉，我觉得她的声音十分熟悉，但面貌却十分陌生。我们谈了起来。原来在我每天从被围的马德里发文章或消息的时候，这位上尉担任的是《消息报》的女速记员。耳机里的声音不清楚，女速记员常常说："听不见……一个字母一个字母地念……"我嚷道："鲍里斯，奥莉加，伊万……"有时候国外部主任想和我谈谈，于是女速记员为了使我们的通话不中断，便说"莫斯科的天气很好"或"您的女儿问候您"。这一切都是在大炮的伴奏下进行的。我在布良斯克附近，在炮战进行期间终于见到了这位有着温柔、亲切的声音的熟悉的陌生女人……

现在我再回到 1932 年来。我开始为法国当局承认我的《消息报》记者资格而奔走。我被外交部召去了。我以为是那些受命同外国报刊取得联系的同行想和我谈谈，不料我却被带到我曾因办理签证而和它打过几次麻烦的交道的"外国人检查处"去了。在那里办事的不是外交官，而是警察，他们的谈话一点也不客气。我在桌上看见一叠很厚的卷宗，上面写着"伊利亚·爱伦堡"。一名官员连忙向我解释，说他只知道我坏的一方面，说布尔什维克报纸的记者都要受到特殊的监视，又说只要我有任何违犯规章的意图，我就会被赶出法国。

约莫两个月以后，我已经能够不同外交部大厦里的警察谈话而同真正的外交官谈话了。这是在莫斯科，法国大使德让邀请我去用早餐。来宾中有波兰大使馆的一位随员。德让请柳芭坐在他的旁边，非常和睦地同她谈论各种法国干酪的优点。大使馆的一位参赞（我记不得他的姓了）便开始询问我旅行期间的见闻（在此之前我去过博勃里基）。他对我的叙述显然感到不满："您这是打官腔，可咱们最好是开诚布公地谈谈。大家都知道，五年计划失败了……"波兰随员随声附和道："特别是博勃里基的建设……"我大为生气：外交上的礼貌何在——邀请你来用早餐，却进行挑拨性的谈话！我甚至都分辨不出葡萄酒或干酪的滋味了。我们在旁边的一个沙龙里喝咖啡。大使馆参赞出人意料地打开了一卷《苏联小百科全书》，并洋洋得意地开始朗读（一个音节一个音节地读，但完全是在吹毛求疵）其中关于我的文字。回忆起这件事后，我现在好不容易才弄到这本书，以下就是那一段简短的文字："由堕落的名士派所抚育的爱伦堡俏皮地嘲笑西方的资本主义和资产阶级，但不相信无产阶级的创造力。爱伦堡是以新兴的资产阶级文学最鲜明的代表者之一的姿态出现的，他断定，在人类自发的、生物的本能面前，要想对生活做科学社会主义的设计是无能为力的。他还预言，在私有制的自发势力面前，共产主义的计划是无能为力的。"在这段条文下署名的是已故的"拉普"的领导者之一。

我恍然大悟，何以参赞估计我会对他谈到建设事业的彻底失败，我明白以后便笑了起来。我并未解释这一段简短文字的作者是"拉普"的成员，以及"拉普"在不久以前已被解散：在法国人看来，百科辞典就是一本指南，上面写着，霞飞赢得了马恩河战役的胜利，乳牛是反刍动物，安纳托尔·法朗士有一种卓越的文体，还有讽刺的特色，而所有这一切对于一代人来说是无可争论的。参赞在读了我是新兴资产阶级文学的代表者的字样以后，便断定一个旧资产阶级外交界的代表是不难同我取得谅解的。他怎么会懂得，百科辞典是一卷一卷地在不停地修改着自己的评价呢？……

我在1932年曾认为，被消灭了的不仅是"拉普"，还有一种文学批评的文体。这是一种天真的想法，对于年逾40的《胡利奥·胡列尼托及其门生历险记》的作者说来，则尤为天真。不久我就明白我错了：我们的一位批评家写道，在我的书中"流露出阶级敌人被不安之感所歪曲了的特点"，并把我称为"资产阶级在文学上的奴才"。1934年，一卷新的百科全书出版了，但已不是小百科全书，而是《苏联大百科全书》，我在上面读道："爱伦堡是追随过'路标转换派'的思想家的那些资产阶级知识分子的情绪的典型表达者。"正如我曾说过的那样，我的知觉已经有些迟钝了：第一次我张皇失措，第十次我气愤异常，第一百次我对司空见惯的标签就无动于衷了。我懂得了，杂乱无章的射击乃是那种非自昨天开始而明天也不会结束的战争的特点之一：炮火常常伤了自己人。这当然不好，但毫无办法，人吃了炮弹会丧命，受了委屈却只会变得麻木不仁、委屈，即使最痛苦的委屈都不会改变一个人的信念，也不会使他转向敌人那一方。

我也明白了，问题不在我混乱的经历，不在我曾久居巴黎，别的一些作家，他们从来不曾醉心过中世纪，不认识毕加索，也没在科坦登街上住过，而是住在莫斯科的胡同里，但也挨过偶然的、不公正的、不分青红皂白的辱骂。所以我才能够在第一次苏联作家代表大会上无比真诚地说："我难以把一个作家的道路想象为一条笔直的、平坦的、良好的公路。有一点对我来说是无可争论的：我是一个普通的苏联作家。这是我的喜悦，这是我的骄傲……"

32

震动巴黎的戈尔古洛夫案件

1932 年 5 月，巴黎被一桩意外事件震动了：一个名叫帕维尔·戈尔古洛夫的出生在拉宾斯克镇的人，在光天化日之下枪杀了法兰西共和国总统保罗·杜美。凶杀案发生在国会选举的前夜，右派报纸急忙宣称，戈尔古洛夫是布尔什维克。不久出现了另一个名叫拉扎列夫的哥萨克人，他一口咬定戈尔古洛夫是一个用绰号"蒙古人"进行活动的肃反工作者。

《消息报》委托我阐述法院审理过程。我还没有记者证。交际很广的谢苗·鲍里索维奇·奇列诺夫搭救了我。法院主席德雷福斯是法国最知名的法学家之一，他允许我以他的客人的身份出席审讯。我办完了职务上的手续，并且不是坐在大厅里，而是坐在法官们的后面。

晚上当我走出法院的时候，我被拘捕了：我拿不出能证明我有权出席审讯的证件。我被带到省政府去，在那里受到侮辱性的盘问，并被囚禁起来。我生气了：我还没来得及往报社拍发电报呢！真的，直到夜里我才获释，因而报告在《消息报》上发表的时间就迟了一天。

审讯持续了 3 天，全部过程看上去都很离奇，宛如一场噩梦。我已说过，有些人企图把戈尔古洛夫当成苏联间谍："莫斯科想使法国陷于无政府状态。"还有另一种说法：戈尔古洛夫是法国警察局的奸细，凶杀案是为了保证右派在选举中的胜利并破坏预定同莫斯科的谈判而策划的。实际上一切都比这简单又比这复杂。罪行是由一个濒于疯狂的、狂怒的、绝望的侨民犯下的。

第 三 部

我看了戈尔古洛夫 3 天，听了 3 天他那激烈而荒唐的喊叫。站在我面前的是陀思妥耶夫斯基会在失眠时虚构出来的一个人物。

戈尔古洛夫身材魁伟、结实，当他用叫人听不大懂的法语颠三倒四、自相矛盾地大喊大叫着咒骂的时候，那些看上去都是一些公证人、小铺老板、食利者的陪审员们惊恐地瑟缩不已。

他的行为首先是不可解释的。在 20 年代，卡韦尔达杀害了苏联大使沃伊科夫，孔拉季杀害了沃罗夫斯基。戈尔古洛夫枪杀了法国总统杜美，杜美是一个具有右派观点的人，又是一个 75 岁的老头子。不过所有这些事件都有自己的逻辑——仇恨和绝望的逻辑。

凶手的履历在法庭上公布了。他毕业于布拉格的医学院，后来就凭自己的专长在摩拉维亚一个不大的城市里工作。这是很幸运的——有许多俄国侨民变成了苦力，或者干脆就沦为乞丐。但戈尔古洛夫是一个不能适应异邦的生活简朴的人。他总觉得到处都是圈套和侮辱。他认为捷克的同行都排挤他，便开始喝酒、胡闹，把俄国小酒馆里的酗酒习气带到一个循规蹈矩的城市的生活方式中去了。

而且他对医学也不感兴趣。早在罗斯托夫大学求学的时候他就同文学小组有过来往。他做过诗。他偶然结识的一位已不年轻、但充满激情的捷克女人相信了他的才华，并出钱为他出书。戈尔古洛夫挑选了一个意味深长的笔名——勃列德（意为狂想）。我读过他的书。看来他才能是有的，但他不会写作，他的狂想也索然寡味、千篇一律，他的作品听上去就像一种十分熟悉的声音发出的回声。

同时他又不愿抛弃政治，起初他自命为社会主义者，甚至还向一位捷克斯洛伐克的部长解释过应该怎样捍卫民主。后来他迷上了法西斯主义，他创立了"全国农民党"，党内没有党员，却有一面漂亮的党旗——那是在夜酒店里伴舞的两个俄国舞女绣制的。

在几次丑闻之后，捷克人剥夺了戈尔古洛夫行医的权利，于是他就搬到巴黎来了，他在这里认识了贩卖女袜并出版《纳巴特》报的雅科夫列夫。希特勒在那几年里的成就鼓舞了许多人。雅科夫列夫、戈尔古洛夫和十几个同志每逢星期日都在比尔扬库尔的一家工人咖啡馆聚会，高举双臂喊道："罗斯，你醒来吧！"

戈尔古洛夫不久就同雅科夫列夫吵翻了，并发表了一个新党的纲领。他还想出了一种"大自然主义"的教义，规劝世人行善、爱大自然。同时他又号召把所有共产党员和犹太人斩尽杀绝。他没有钱，便秘密地给他熟识的哥萨克人治淋病，把赚来的法郎用于出版诗集或政治传单。

他问自己，他今后该怎么办。这就是他的计划的一份清单：搬到哈尔滨去，乘火箭完成一次星际旅行，杀死多夫加列夫斯基，报名参加外籍军团，赴比属刚果，加入希特勒的冲锋队，找一个有钱的未婚妻。

法国警察局获悉戈尔古洛夫非法接收患者，便没收了他的居留证。他到摩纳哥去了。起初他打算靠赌博赢钱。后来他决定，必须把俄国从布尔什维克的手中解放出来——没有别的出路。他在给作家库普林的信中写道："我是一个孤独的、变野了的西徐亚人……"

他憎恨法国人是因为他们正在同布尔什维克谈判，而他，一个正直的哥萨克人，一个忠实的同盟者，却被从法国驱逐出去。他曾在什么地方读到，高尔察克"被法国人出卖了"。在他的房间里的墙上挂了一幅高尔察克的肖像。戈尔古洛夫在肖像上写了两个日期：俄国海军上将的忌日和法国总统即将到来的忌日。

此后的一切就真像是一场狂想了。戈尔古洛夫带了两支左轮手枪来到巴黎，他到大礼拜堂去做了祷告，然后喝了一公升葡萄酒。由于害怕警察局——因为没有居留证，他找了一个三等旅馆，在这种旅馆的房间里可以住一夜，也可以只待一个钟头，为了避人耳目，他找了一个妓女，但不久就把她打发走了，然后写了整整一个通宵：诅咒共产党员、捷克人、犹太人、法国人。接着就离开旅馆杀死了杜美。

他令人不忍直视，活像一头被猎获的野兽。雅科夫列夫和他的其他同志均宣布与他脱离关系。

我还记得一个可怕的场面。夜里，在蒙上了灰尘的枝形吊灯架幽暗的灯光下，审讯大厅就像一场戏剧演出：法官们的华服，律师们黑色的长衣，被告人淡青色的、像死人一样苍白的脸——一切都显得很不自然。法官宣读了判决词。戈尔古洛夫跳了起来，把衣领从颈上撕下，就像急于把脑袋放到断头台的铡刀下去似的，并喊道："法国不发给我居留证！"

我在夜间空寂无人的街上一面走，一面思索着一个人的命运。戈尔占洛夫当然不会引起人们的同情：龌龊的生活，粗野的、毫无意义的罪行。但我却想，他过去曾经是一个普通的俄国男孩子，在滚热的、尘土飞扬的街上玩过击木游戏。可怕的是，他在临死前除了"居留证"——一个侨民的平平常常的牢骚——之外竟没有别的话可说！为什么他一面写作爱护小昆虫的诗，一面又要杀死千百万人呢？他为什么要杀死杜美？为什么他非得在一出荒唐的、血腥的传奇剧中扮演一个陌生的角色？他在犯罪的 3 个月前，曾在给他的朋友雅科夫列夫的信中写道："我胸中只剩下一种感情——复仇的渴望。"他靠这种希望生活："只有战争能拯救我们！"我已说过，雅科夫列夫是一个女袜商……在欧洲平静生活的涟漪下流动着可怕的暗流。

戈尔古洛夫案件对我来说是艰辛的 10 年的一篇心理学前言。"战争"一词已司空见惯。各地的人们都开始卷进一桩新的、凶恶的事件。已经嗅得到血腥气了。

33

第一个五年计划的"热情"

1932 年夏秋两季,我在苏联走了很多地方,我到过莫斯科—顿巴斯干线的建设工地,到过后来成为斯大林诺戈尔斯克的博勃里基、后来成为斯大林斯克的库兹涅茨克、斯维尔德洛夫斯克、新西伯利亚、托木斯克。这是个不平凡的时代,雪崩风再一次震撼了我国,但是,如果说第一次雪崩风——在国内战争时期——是自发性的,是同各阶级间的斗争,同愤怒、憎恨、痛苦紧紧联系着的,那么拆散了千百万人的生活的集体化和重工业建设的开始则是由计划决定的,是同一排排的数字分不开的,它所服从的不是人民群众的热情的迸发,而是必然性的铁律。

我又看见了挤满了带着家具什物的人们的枢纽站,那里正在进行一次大规模的移民。奥廖尔州和奔萨州的农民背井离乡溜往东方:他们听说那里发面包、里海拟鲤,甚至还发糖。

兴高采烈的共青团员们动身前往马格尼特卡或库兹涅茨克,他们相信,只要巨型的工厂一盖起来,人间就会变成天堂。在正月的严寒里,铁能把手刺痛。人们仿佛从头到脚都冻僵了,既没有歌声,又没有旗帜,也没有演说。"热情"这个字眼也像许多别的东西一样由于通货膨胀而贬值了,而在谈到第一个五年计划时期的时候,你是不能使用别的字眼的,正是热情在鼓舞着青年建立日常的和不很显眼的功勋。

许多工人热爱工厂,他们把鼓风炉称作"多姆娜·伊万诺夫娜",把马丁炉称作"马丁叔叔"。我曾问过一个高等技术学校的学生，他所想象的巴黎是什么样子。他回答说："市中心想必都是大工厂，人们都住在周围的高楼大厦里，交通也很方便——有几百辆电车……"他是从乡下来到新西伯利亚的，因而他觉得城市是在工厂的四周生长起来的，但他读过雨果的作品，并问我："圣母院到底在那里的什么地方？……"

当然，在建设者当中各种各样的人都有。恬不知耻的人、冒险家、懒汉也都来了，他们搬家的目的，正像当时所说，是为了追逐暴利。乡下佬满腹疑虑地盯着机器，每当杠杆发生故障的时候，他们就像对一匹固执的母马那样大发脾气，而且常常破坏了机器。如果说一部分人是受到崇高感情的鞭策，那么另一部分人却一心只想得到一公斤糖或一块裤料。

我见过特殊移民列车——装的是财产被没收了的富农，他们会被运到西伯利亚去，活像一群遭了火灾的人。婴儿们在啼哭，妈妈们没有牛奶。车上还有一些莫斯科城郊的菜园主、苏哈廖夫卡市场上的小投机商、教派信徒、盗用公款者。

在塔什干和梁赞，在坦波夫和塞米巴拉金斯克，都有招募者在招募挖土工、铺路工、集体化后从乡下逃出来的农民。

我偶尔会到乡下走走，那里很难找到一个男人——只有女人、老头子、孩子。许多茅舍被抛弃了。农妇们就像一只受到搅扰的蜂箱那样嗡嗡直响。

托木斯克贫穷、荒凉。篱笆被拆毁做了燃料，人行道没有了。机灵点的人都到新西伯利亚、库兹涅茨克去了。被褫夺公民权的人把圣像前的油灯藏了起来，不让过往行人看见。喝茶没有糖。小卖部里只有斯拉夫水和盛糖果的硬纸盒出售。

若干城市蓬蓬勃勃地成长起来。小县城新尼古拉耶夫斯克变成了熙熙攘攘的新西伯利亚。房屋犹如展览馆的陈列室。在旅馆附设的餐厅里，人们通宵达旦地痛饮伏特加。外地人在城市周围盖起了草房，挖了窑洞，他们很着急——面前就是严酷的西伯利亚的冬天。新的居住区被称为"纳哈洛夫卡"。居民们说俏皮话："美国有摩天楼，我们有摩地楼。"这是在多层大厦出现很久以前的往事了。

生活很艰苦，人人都在谈论口粮、凭票供应商店。托木斯克的黑面包活

1929 年，库兹涅茨克挖土工人的房子

像黏土。我回忆起 1920 年。市场上出售又小又脏的糖块。教授们讲完了课就得去排队。外宾商店里的面粉、糖、皮鞋很有诱惑力，但是到那里去买东西得用金子——订婚戒指或被藏起来的沙皇时代的硬币。人们一到库兹涅茨克就问："有肉卖吗？"医院的伤寒病房住得满满的：斑疹伤寒重又在使大批的人死亡。我曾在托木斯克看到一位教授的妻子在熬制肥皂。一切都像战争的后方，但后方就是前线：到处都在进行战争。

一幅巨幅油画是用两种颜色绘成的——粉红色和黑色，希望和绝望并存，热情和愤恨，英雄和懒汉，文明和愚昧——时代使一部分人意气风发，使另一部分人灭亡。

莫斯科—顿巴斯干线建设工地上举行了一次集会。一个头戴羔皮帽、脸被风沙吹得很粗糙的挖土工人说："咱们要比该死的资本家幸福一百倍！他们吃呀、吃呀，直到进棺材——他们自己也不知道他们为什么活着。这种人很失算，你瞧——他在钩子上吊死了。可咱们知道咱们活着是为了什么：咱们在建设共产主义。全世界都在看着我们……"我和他一同到食堂去。一进木棚的门，帽子就被扣留了，当工人们把勺子交出来以后，才把帽子还给他们。帽子在地上堆了一堆，每人都要用很多时间去找自己的帽子。我试着向经理解释，说这是一种侮辱，而且很愚蠢——人们白白浪费时间。他漠然地看了我一眼："为勺子负责的是我，而不是您。"

我在库兹涅茨克遇见了一位车间主任。他告诉我，8 年前他在乡下牧鹅。他被公认为一个有才能的工程师。他读过帕乌斯托夫斯基的《卡拉－布加兹海湾》，便热烈地评论作品的风格。

我在库兹涅茨克旧城里寻找陀思妥耶夫斯基住过的一所房子，找了很久终于找到了，妇女们气势汹汹地回答我："这里没有那么一个……"小学生们解释说，他们知道许多作家：普希金、高尔基、杰米扬·别德内，但陀思妥耶夫斯基的作品他们可没学过。

托木斯克附近一个村子里的农民叙述说："来过一个人，他说：'谁愿意建设社会主义，请自动地加入集体农庄吧，谁不愿意，那也请便，他有充分的权利。不过我要直说：对于这种人我们有一句话——掏出他的肠子来安电话。'"我在这个村子里认识了一个姑娘，她下班后阅读《水泥》，她说："要把什么都弄明白是太难了，可我正在学习。我要到城里去。现在一个人只要想学习，什么条件都能得到。我是多么幸福啊，简直无话可说！……"

崭新的汽车在新西伯利亚坎坷不平的道路上颠簸。令人惊叹的机器运到库兹涅茨克来了，但巨型工厂的建设却几乎是用双手在进行。已经有了威力强大的掘土机，但我常看见人们背运泥土。起重机不够用，于是一个年轻工人设计了一架木制起重机。在我来到之前不久，发生了脚手架倒塌事故，人们昏倒在破布里憋死了。埋葬他们时用了军队的仪式。

在库兹涅茨克工作的建设者有 22 万。建筑工程局局长，老布尔什维克谢尔盖·米诺罗维奇·弗兰克福尔特，除了说他是一个狂人外就无以名之，他几乎不睡觉，总是一面走路，一面吃饭，一会儿要调查时常发生的事故的原因，一会儿要说服那些喊着"咱们要揍专家"扔下工作不干的懒汉，一会儿要安置自动流来的哈萨克人。我在他的房间里看到过一幅水彩画——暮色中的巴黎（弗兰克福尔特在革命前是政治侨民）。在那些年里，报刊上有许多有关这位建筑工程局局长的报道，1937 年以后，弗兰克福尔特的名字不见了。〔不久以前我获悉了他的遭遇。在库兹涅茨克建筑工程局的工作结束后，奥尔忠尼后则把他派往奥尔斯克新的建筑工地，1937 年他在那儿和 58 名同事一起被捕。在军事委员会的一次会议（当然是秘密会议）上，弗兰克福尔特说："我生是布尔什维克，死也是布尔什维克。"这句话被记录下来了。

1956 年，在弗兰克福尔特死后，他的名誉得到了恢复。〕总工程师伊万·帕夫洛维奇·巴尔金是一个文化修养很深的人，他年轻的时候在美国工作过，他观察过技术的发展。他明白，落在他肩上的任务是艰巨的，不但艰巨，而且是难以完成的，同时他也知道，他能完成它。伊万·帕夫洛维奇在一次事故中折断了一条腿，但他很快又从病床上爬起来重新开始工作。我觉得他是一个温和而阴沉的人。

城市还没有形成，但它正在发展。棚子里会放映电影。凭票供应商店和招待外国专家的食堂开办起来。演员们开始从莫斯科前来。

我在我那本关于库兹涅茨克的书（指中篇小说《第二天》）的开头这样写道："人们有决心，也有绝望，他们受得了。动物却支撑不住。马匹喘着粗气跌倒了。工长斯克沃尔佐夫带来一条狗。猎狗每天夜里都因饥饿和苦闷而吠叫，它不久就死了。老鼠企图找个栖身之处，但连老鼠也不能忍受这严酷的生活。只有昆虫没有背弃人们，虱子密集成堆地蠕动着，跳蚤精神抖擞地在飞奔，臭虫朝气蓬勃地爬来爬去。蟑螂预知它找不到别的食物，便开始咬人。"

在库兹涅茨克工作的外国专家都说，像这样进行建设是不行的，首先应该修路，给建设者盖房子，而且工作人员的流动性太大，人们不会使用机器，这个计划注定要失败。他们是根据教科书，根据自己的经验，根据生活在平静国度里的人们的心理来下判断的，他们无论如何都不能理解一个陌生的国度、它的精神气质、它的有利条件。我重又看到我国人民在严重考验时期的能耐。人们在成功仿佛是奇迹的条件下建设工厂，正如老一代人觉得遭到封锁的、饥饿的、贫困的俄国居然粉碎了武装干涉者、获得了国内战争的胜利是一桩奇迹一样。

虽然存在着许多貌似不可克服的困难，工厂的车间依然迅速地矗立起来。在基坑中间盖起了影院，办起了学校、俱乐部。库兹涅茨克在 1932 年还是坑洼遍地、寸步难行，但第一批鼓风炉已在熊熊燃烧，年轻人也在文学协会里争论马雅可夫斯基和叶赛宁谁写得更好的问题了。

青年们没有看到他们当时所憧憬的天堂，但 10 年以后，库兹涅茨克的鼓风炉却使红军得以把祖国和世界从种族主义暴徒的铁蹄下拯救出来。

新的一代——在第一次世界大战前夜出生的小伙子和姑娘正在跨进人生的大门，对他们来说，沙皇、工厂主、警察都是抽象概念。这些新人要比鼓风炉和马丁炉更使我感兴趣，他们是我国的未来。仔细观察他们，我看到许多矛盾。文化的民主化过程是漫长而复杂的。在革命后最初的 25 年间，文化的普及是以牺牲它的深度为代价而取得的，初期的扫盲导致了精神上的一知半解和简单化。直到第二次世界大战时期才开启了一个文化深入的新阶段。

我还记得，当法国作家获悉译成苏联各民族文字的巴尔扎克、司汤达、左拉、莫泊桑作品的印数后曾大为惊讶。自然，印数不是丰收的证明书，但却是有关播种面积扩大的资料。在那些年里，对知识的渴求是无限的，我对这一点有特别突出的感受，因为我从这样一个国家回来：在那里生活着瓦莱里、克洛代尔、艾吕雅、圣琼·佩斯、阿拉贡、苏佩维埃尔、德斯诺斯以及其他许多卓越的诗人，他们受到大家的尊重，但他们的作品却很少有人阅读。

1932 年夏，我在莫斯科收到从一个乌拉尔的小城市寄来的信，一位年轻的教员写道："……请您顺便问问法国作家德里耶·拉·罗舍尔，是什么样的恶魔经常在他耳边低声唠叨类似下面这些形形色色的胡言乱语：'曾经是生活的那种东西绝对没有任何意义。认识更是不可能有的，因为没有什么可以认识的。'（我们的《文学报》转载了他的长篇小说《漫游的火花》。）顺便请您告诉他，有这么一个人，他是居住在您前来的那个国家里，并颇有成效地试图用新的方式改造世界的旧生活的千百万人之中的一个，此人以人格向他担保，这种旧生活充满了'绝对的'意义，而且除了他那病态的意识之外，还存在着千百万人的意识的没开采过的矿藏，还有无穷的事物有待他们去认识。还请您对他说，按照他那住在遥远的乌拉尔的论敌的意见，人类的意识不过是在准备完成历史给它规定的伟大使命：充当一个内行的翻译家，把由爱、憎、勇敢、敢作敢为、准备牺牲等构成的伟大的感情语言译成一种新的语言，一种为了新生活而把它们从教条的枷锁下解放出来的语言。"

（德里耶·拉·罗舍尔当时同左派团体过从甚密，因而我有时能见到他。我把乌拉尔教员的信译给他听了，他把两手一摊："他为什么要那么认真地看待我的每一句话呢？这很好，同时又很蠢……"）不用说，给我寄信的教员比当时一般的青年要高出十个头，我引述他的论点，绝对无意把它们当作第一个五年计划时期年轻人精神发展的典型，但在他的信里有几句关于意识的没开采过的矿藏的话倒说得很好。生荒地正是在那些年里才第一次被人开垦。

一个年轻的通古斯人在库兹涅茨克看见一辆自行车，他仔细观察了它很久，末了问道："发动机在什么地方？"他清楚地知道，人们乘汽车、坐飞机，但自行车却从未见过。住在西伯利亚偏僻村落里的人们知道有无线电报这种东西，而当他们看到电线杆的时候却感到奇怪——干吗用电线？……

我在托木斯克博物馆里认识了一个年轻姑娘，一个邵尔人，她在医学院学习，带了一个木头人到博物馆来，这个木头人是她的父母亲给她的一个防范疟疾和恶魔的护身符。她听说博物馆正在征集能代表旧的生活方式的物品，就把陈列品带来了。她不厌其详地向我打听法国的生活情况——那儿是不是有很多医院，怎样同酗酒现象作斗争，法国人喜欢不喜欢听音乐会，罗曼·罗兰多大年纪了。她有一双信任的、寻根问底的眼睛。说不定她的父母亲曾经请老巫师把恶魔从不听话的女儿身上撵走。

在库兹涅茨克的一个俱乐部里举行过一次文学晚会：朗诵马雅可夫斯基的诗，鼓掌。后来一位工程师开始朗诵《为了远方的祖国的海岸》。坐在我身旁的一个巴什基尔女人递了一个条子："作者是谁？"我们谈了起来，她承认道："我知道普希金，他写过《叶夫根尼·奥涅金》，可这种诗我却从来也没读过。也许我的文化水平还低，但我很喜欢这些诗，甚至胜过马雅可夫斯基的……我过去不知道，可以写出这样的诗……"

那时候交通很不方便，我在泰加车站滞留了好几天。站长找到了我，他说，他喜欢《胡利奥·胡列尼托及其门生历险记》，并给了我一个办公车厢。真的，即便有了车厢也并不那么顺利：夜里它在某站出人意料地被摘了下来，并被赶到一条死岔线上去。但我现在要说的不是车厢，而是一位女列车员——年轻的西伯利亚姑娘瓦利娅。她不敢离开车厢，哪怕只离开一个钟头也不敢："会把玻璃窗砸碎，把坐垫割破的……"她把她不平常的经历告诉了我。她从乡下来到库兹涅茨克做清洁工。她住的那个木棚收拾得很干净，一位首长注意到了这一点，便把办公车厢交给了她。空闲时间很多，她就开始读书。一位铁路职员把一本《列车调度指南》丢在车厢里了。瓦利娅把这本书拿给我看，我看了一下，一点也不懂。瓦利娅笑了起来："起初我也一点不懂，我好像把它读了一白次，末了终于弄明白了。我找了几本数学教科书……现在我已经准备好啦，他们答应让我上工农速成中学……"我不讳言，像这样的会见使我非常激动。我开始怀着更大的信心展望未来。

生活中的困难我已说了很多，要全部说完是办不到的。新婚夫妻打算在木棚里用破布扎一个吊床。我偶尔会去到一个木棚里，一个年轻的挖土工人把一个姑娘带到了那里（严寒已经开始了）。他们没有帷幔，他用一件上衣来遮挡。

生活尽管艰苦，新的感情、思想却正在诞生，小伙子们和姑娘们常常在我面前争论，永恒的爱情是否存在，是否可以替嫉妒辩护，悲伤是否会贬低一个共青团员，建设者是否需要莱蒙托夫的诗、音乐和孤独的时刻。

我曾说过，我现在正准备写一本关于青年的书，我收到了一些日记和信件，年轻人向我叙述他们的工作和内心的痛苦。有时候我会去问他们，把他们的回答记下来。

在我的中篇小说《第二天》脱稿之前，我曾在巴黎的文学刊物《法兰西新评论报》上发表我搜集到的部分资料。我在前言中说："一个作家通常不会把能帮助他写成一本书的各种材料向读者介绍的，但我觉得，不管我的作品是好是坏，这些资料却都是珍品。许多人都会认为它们要比一部最成功的长篇小说更令人信服……"

现在我从图书馆里找到了那本陈旧的法国杂志，我重读了一遍那些日记、信件、速记记录的片段，并且想到——生活已经改变了，但小伙子们和姑娘们在那些年里第一次提出的许多问题至今仍然使我们的青年激动不已：其中也包括如何避免狭隘的专业化的争论，包括对两面三刀、口是心非的恐惧，真正的友谊的问题，以及对漠不关心的诅咒。

在 20 世纪 20 年代，古老的、农民的俄国还在苟延残喘。在工厂里，在各种机关里，革命前成长起来的人仍占多数。20 世纪 30 年代初是一个转折点。我现在是在惊讶而钦佩地回忆库兹涅茨克的建设，那里的一切既难以忍受而又十分美好。

我已说过，库兹涅茨克的钢铁帮助我国在法西斯入侵的年代里保卫了自己。但另一种钢铁是否就是人的钢铁呢？……库兹涅茨克的建设者和所有他们同辈的人一样，经历了艰苦的生活，一部分人在年轻的时候死去了——有的死于 1937 年，有的死于前线，另一部分人则过早地拱肩缩背、沉默寡言——意外的波折太多了，他们不得不习惯、适应的事情太多了……《第二天》中那些至今犹在人世的主人公们如今都已五六十岁。这一代人很少有思考的时间。他们的清晨是浪漫而又严酷的——集体化，没收富农财产，建筑工地上的脚手架。以后的事大家现在都还记得。要求第一次世界大战前夕诞生的人们拿出足够好几代人使用的勇敢，不仅在工作或战斗中需要勇敢，就是在沉默、疑惑、惊慌中也需要勇敢。1932 年，我看见这些人都长上了翅膀（意为兴奋、欢欣鼓舞）。后来翅膀变得不合时宜了。第一个五年计划时期的翅膀已作为遗产和以巨大代价建成的巨型工厂一起落到孩子们的手中。

34

《第二天》，大地和深渊分开了

在赴库兹涅茨克之前，我读过一些描写建设的特写和短篇小说。但我看到的却不是我读到的。我不记得"粉饰"一词究竟是什么时候在文学评论中出现的——好像是在晚些时候。详解词典对这个新词是这样解释的："把某种事物渲染、形容得比它的本来面目更为美好。"其实，现实比其"粉饰者"过去绘制过、现在仍继续绘制的那些一本正经而又富有教益的图画来，不仅更为可怕，而且也更为美好。

谁不记得那些把战争描写得就像军事演习一般的长篇小说或影片——穿着崭新军装的愉快的士兵、歌声、口号声、向胜利的隆重进军？难道颜色的深度不是在浮华的外表下面消失了吗？难道看了把攻占柏林表现得像仙境一般的电影就能理解曾在列宁格勒、莫斯科城下、伏尔加河岸的狭窄地带拼命死守的苏联人民的功勋吗？

库兹涅茨克或马格尼托戈尔斯克的建设情况也是如此。人们在前所未有的困难条件下建设工厂。似乎没有任何人曾在任何地方这样建设过，将来也不会有人像这样建设。法西斯主义在 1941 年之前很久即已干预了我们的生活。在西方，人们狂热地准备着向苏联进军，新建筑工地上的基坑就是第一批战壕。

我看见了一部分人奋不顾身的精神，另一部分人的贪婪和保守。人人都在建设，但建设的方式却各不相同：有的出于理想，有的出于贫困，有的出于被迫。对于许多人来说，这不仅是工厂建设的开端，也是人的意识建设的开端。我给我的中篇小说取名为《第二天》。根据《圣经》中的传说，世界是在六天之内建成的。第一天，光明和黑暗分开了，黑夜和白昼分开了；第二天——大地和深渊分开了，旱地和海洋分开了。人直到第六天才被创造出来。我觉得，第一个五年计划时期在新社会的缔造过程中是第二天：大地渐渐和深渊分开了。但深渊却很多（深渊总是比大地多，就像地球上的海洋比陆地多）。我不愿回避这一点，于是除了科利亚·勒扎诺夫、斯莫林、伊琳娜，除了年轻一代最优秀的代表人物之外，我也描写了无耻之徒、利己主义者、对于凡是同他们个人命运无关的一切都漠不关心的人们。

我绝对不想做一个无动于衷的编年史家，促使我去写这部中篇小说的是钦佩，是爱，是保卫新意识最初的幼芽的渴望。正是出于这个原因我才力求做一个诚实的人：现实是无须化妆的。当然，我知道许多人会认为我的小说是一种诽谤，会再一次想起我是一个"无可救药的怀疑主义者"，会说我企图歪曲美好的现实，也就是说，我没有按照规定好的和赞许的样式绘制出一幅新的粗劣的彩色画。但我在写作的时候却既没有想到批评家，又没有想到编辑，也没有去考虑我的书是不是会出版，我满怀激情地夜以继日地写作。

我在 11 月动笔写中篇小说，翌年 2 月脱稿，若干章节经过多次重写。我曾说过，巴别尔几乎每天都来找我，读我的手稿，有时称赞，有时说：应该重写一次，有空白点、没写出的角落……巴别尔有时在读了手稿以后摘下眼镜，调皮地微笑着说："喂，要是发表出去，这会是一个奇迹……"

中篇小说里有我长期思考的若干结论。沃洛佳·萨福诺夫是一个优秀的、正直的青年，他在托木斯克大学读书，后来到了库兹涅茨克。他博学多识、思想敏锐，对伊琳娜怀着纯洁的爱情。但他不相信新意识的诞生，他自己承认，他受到旧书的智慧的毒害，并因他的同志们的天真和稚气而感到苦恼。他在日记中写道："我在工厂里工作过。现在在学习。我大概会成为一个正直的专家。但这一切都是我的表面现象。可是我心里怎么也不能跟我周围的生活融成一片……我不适合在建筑工地上工作。在矿业中，这似乎被称为'废石'……你们在生活中取消了异教徒、幻想家、哲学家、诗人。你们规定了普及识字和同样普及的愚昧。然后你们聚在一起，按照小抄喋喋不休地谈论文化……蚂蚁堆是理智和逻辑的典范。但是，在一千年之前就已经有蚂蚁堆了。有蚂蚁工人、蚂蚁专家和蚂蚁领导者。但是世上还不曾有过蚂蚁天才。莎士比亚写的不是蚂蚁。卫城不是蚂蚁建成的。万有引力定律不是蚂蚁发现的。蚂蚁中既没有塞内加（约公元前 4—公元 62 年，罗马政治家、哲学家、作家）、拉斐尔，也没有普希金。它们只是麇集在一起工作……"

沃洛佳碰到一个法国记者，仔细地问了很久，发现他所渴慕的那种文化在西方也没有。萨福诺夫在一个大学生的集会上打算揭发他的同志们的天真和无知，但在同法国人的谈话的印象支配下，他却说道："可不可以怀疑一下：未来是属于谁的呢？我之所以对这一点特别感兴趣，是因为我个人的命运多半已决定了。我要跟大家在一起，努力干好工作……问题不在于我，问题在于我们。我现在坚定地说出'我们'这个字。我们应该获得胜利……文化不是地租，不能把它藏在柜子里。文化在一刻不停地产生着——每一个字、每一种思想、每一种行动都能产生文化。我在这儿听到你们谈音乐、诗歌。这就是文化的诞生、成长，痛苦而艰难的成长……"回家以后，他在日记本上记道："最有趣的是我讲了心里话。无论如何不是出于害怕。但我讲的并不是我所想的。或者：是，也不是。似乎是别人在替我说话……"

伊琳娜在一封未寄出的信中和他争论："……你比好多人都聪明，知道的东西多。但是你在改善生活方面没有做什么事情。你只看到坏的，你在嘲笑。你以为我自己看不到周围有多少丑恶的事吗？我们的建设并不在又干净又漂亮的实验室里进行，但我要直率地说，是在牲口棚里进行。畏缩不前，两面派手法，低级趣味！有时我真替一切事物，替所有人担心。正因为这样，我才认为我们应该斗争，而不只是冷嘲和叽叽咕咕地讲述那些愚蠢的笑话……你对我说过'现在的人不能爱'。沃洛坚卡，这是不对的……现在的生活是这样艰难，这样紧张，这样伟大，因而爱情也在增长。难呀，现在要爱真是太难啦！……你说过：'现在盛行的不是爱，而是生铁。'并且重复地说：'生铁，生铁。'你不知为什么觉得这可笑。其实这根本没有什么可笑。你自己说说看，现在什么事更为重要：读你的法朗士呢，还是生产钢轨，以便将来使国内的面包或印花布能稍多些呢？但是人们现在并不仅仅在炼生铁。或者，不，他们的确只炼生铁，可是在这生铁中不仅有焦炭和矿石，其中还有别的东西。就如谢尼亚'向往旋律的轰鸣'一样，现在大家都在这样向往——愈来愈高！这儿既有炼铁炉，也有诗和爱情……"

伊琳娜不喜欢注定要失败的沃洛佳而喜欢生机勃勃的科利亚·勒扎诺夫。但这并不是沃洛佳自杀的原因。无论是他的同志们，他在最后一天前去求教的老教授，还是中篇小说的作者，谁都没给他递过绳子。特别敏感的良心使他绝望了。但要是说有谁指责过他，那也许只有那个每天夜里到科坦登大街来和我做永无休止的谈话的时代本身。

我之所以不厌其详地谈沃洛佳，是因为许多批评家曾企图把他视为敌人。1953 年再版的《第二天》由叶梅利亚诺夫增补了一些注释，他说沃洛佳似乎是一个法西斯分子：因为他曾对图书馆一位年老的女管理员说，他真想把所有的书都付之一炬。不错，沃洛佳有一次承认，他憎恨书籍，就像一个酒鬼憎恨伏特加。但这个书呆子却不见得像一名希特勒的冲锋队员。沃洛佳陷入自己的矛盾中不能自拔。要是他的天良略微少些，而顽强性又略微多些，也许他就不会上吊，而会成为一个受大家尊敬的专家。

我在中篇小说里不仅描写了科利亚和他的朋友们，我也描写了懒汉、投机分子、破坏机器的愚昧无知的人们，我竭力要道出全部真理。如果我过去和现在一直觉得这个中篇小说是乐观主义的，那不是因为在经历了最艰苦的考验之后，车间终于投入了生产，而是因为千千万万的建设者已逐渐变成真正的人了。中篇小说以一个过去的游击队员的话结束："你们看一看科利亚·勒扎诺夫和其他的小伙子们。当热风炉未能如期完成任务的时候，我跟他们一起在库兹涅茨克战斗。为了保护这条堤坝，我跟他们一起斗争……作为一个老游击队员，我要说，现在我可以安心地死去，因为，同志们，我们有了真正的人……"

中篇小说里没有主人公，正如我们所说，它像"万花筒一般"——许多人物一闪而过。我醉心于简短的句子、快速的蒙太奇、瞬间即逝的镜头：我想为新内容找到一种新形式。

1934 年 6 月，《文学批评家》杂志曾在莫斯科举办了一次《第二天》的讨论会。我第一次参加这么一个谈论我的书而又要我本人发言的集会。在我的回忆录中，我常常以讽刺的口吻或遗憾的心情评论我自己早年的见解。但在我读了讨论《第二天》的速记记录以后，奇怪得很，对于我在 27 年前所说的话，我至今几乎全部同意。"今天我感到自己就像白海建设工地上的一名建设者：我犯了罪，但又赎了自己的罪，被批准加入正在建设社会主义祖国的有觉悟的公民的行列……有人确信，我们作家应该受到指责，而我们也应该悔过，在我看来，这是不正确的……我写了许多坏书，不善于构思书的内容——因为我不够成熟，但我从来不曾诋毁苏联的现实……现在有些同志说，我在《第二天》里谈困难谈得太多，是因为我已经习惯了舒适的生活……建筑工程局局长弗兰克福尔特同志和市委书记认为，我没有在书中'加重'困难，而只是描写了实际存在的困难……同志们在这里说，沃洛佳是个聪明人，但不该把他和一个同样博学多识的正直的共青团员对立起来。不过，同志们，现在我们这里不是第六天，而是第二天……我不知道，《第二天》对于我是不是一个成功，但我不愿模仿别人……我的书都是草草写成的。也许在某种程度上我们都是特列季亚科夫斯基（1703—1768，18 世纪的俄国学者和失败的诗人，他的名字成了没有才能的诗人的代名词）。但特列季亚科夫斯基已起到了自己的作用……现在与其从左拉那里拿一点，从列夫·托尔斯泰那里取一点，又从苏维埃现实中拾一点，还不如写一本虽然低劣，但却是自己的书……"

如今我也不知道我是否实现了（即使是部分地实现）自己的意图。《第二天》或许是一本拙劣的书，但它不是模仿他人的，而是根据内心的需要写成的。

巴别尔在读完了最后一页手稿后说"很成功"，这话出自他的口中，对我来说是很大的夸奖。（当书译成法文后，我收到罗曼·罗兰一封长信，他写道，《第二天》帮助他更好地了解了苏联青年。）

我把手稿寄给伊琳娜，托她转交"苏维埃文学"出版社。不久伊琳娜通知我，手稿被退回了："请转告令尊，他写了一部拙劣而有害的作品。"

我决定孤注一掷：在巴黎印了几百部，编上号码，然后把书寄到莫斯科去——寄给政治局委员，报纸和杂志的编辑、作家。

在 20 世纪 30 年代和 40 年代，一本书的命运有时候是由偶然的因素、由一个人的意见决定的。这是一种抽彩，我很走运——几个月后，我收到出版社发来的一封长长的电报：寄上合同、祝贺、致谢。

《第二天》于 1934 年 4 月在莫斯科问世。拉狄克在《消息报》上写道："这不是一部'甜蜜的长篇小说'。这部长篇小说真实地表现了我们的现实，没有掩饰我们生活中艰苦的条件……"就在同一天，《文学报》上出现了加里的一篇文章："作家歌颂猖獗的自发势力，这一次歌颂的乃是正在建立世界上最大的冶金工厂之一的自发势力。一群小人物在乱七八糟的建设环境中生活、爱、受苦。除此以外，这些小人物不幸还在思考。这太糟了，因为他们的思想非常平庸。在爱伦堡的长篇小说中，人们消失在新建筑工地的一片混乱中，他们在水沟、挖土机、起重机中迷失了方向。在长篇小说中，这种奇怪的现象不仅发生在'反面'典型身上，也发生在'正面'典型身上。而这已经是诽谤了。总而言之，如果对爱伦堡的长篇小说吹毛求疵，那么可以毫无困难地证明，这部作品乃是为奥地利马克思主义关于'建筑在突击队员白骨上的五年计划'的胡说八道所作的辩护。"拉狄克在第二篇文章中反驳道："加里怎么会认为，社会主义现实主义的内容就是一个画家只画民间版画，只表现社会主义建设是一桩多么轻而易举的事呢？"我觉得这场争论就是在最近的报刊上见到的……

凡此种种都发生在我写完《第二天》的一年多之后。就在我从伊琳娜的信中获悉出版社拒绝接受我的书的那一天，有人给我带来了一份描述 5 月的焚书事件的德文报纸：柏林的大学生在戈培尔的领导下，在大学的楼前燃起了一堆火，并按照预先拟定的书目把他们深恶痛绝的书在火中焚毁了。我的几部长篇小说的德译本也被火化了。

报上登满了可怕的消息：蹂躏犹太人的暴行、枪决共产党员事件、集中营。瓦·萨·多夫加列夫斯基从日内瓦回来，谈到裁军问题的代表会议如何遭到破坏；罗森贝格到英国去了；一些英国政治家支持武装德国——他们估计纳粹分子会向俄国进军。正是由于这个原因才签订了"四国公约"……

我和让-里沙尔·布洛克一同参加了在互助大厅召开的反法西斯群众大会。大厅里的人们焦躁不安地跳着、握着拳头。一个从集中营里逃出的德国人的叙述使许多人潸然泪下。

后来我们和郎之万教授一同坐在一家小咖啡馆里。他忧郁地微笑着说：

"这一切是多么愚蠢！人类还没有脱离幼年时期——它的过去总共有20亿年……"我问："可将来有多少年呢？""如果它不会出于愚蠢而以自杀来结束自己的存在，那么还有100亿年……"

让-里沙尔·布洛克激动起来，他说，各地都应该建立委员会，趁目前还来得及的时候赶快行动起来。工人们打咖啡馆旁边走过，唱着"这是最后的……"

后来安德烈·维奥莉斯来到咖啡馆，她是一个勇敢而又不妥协的女人。她谈到特种军团的士兵在印度支那的暴行，谈到刑讯和被烧毁的乡村。我10年前、20年前就听到过、读到过同样的故事。镇压者们的制服不断改变，但残忍而又束手无策的殖民者们都彼此相似。不久前我见到几位越南作家，我提到了安德烈·维奥莉斯的名字，于是他们赞叹地说："我们知道她，她是第一个向西方说出真相的女作家。"

新的一章开始了，这不仅是历史的新一章，也是我同辈的每一个人一生中的新一章，它也许是最艰苦的一章。

人 ∘ 岁月 ∘ 生活

爱伦堡回忆录

第四部

01

好莱坞与革命的杂种

1933 年我认识了美国电影导演刘易斯·迈尔斯通，不久就和他成为挚友。他是一个很胖、很善良的人。在第一次世界大战前，当他还是一个少年的时候，他便从比萨拉比亚到美国去寻找幸福；他受过穷，挨过饿，当过苦力、店员、流浪摄影师，最后成为电影导演。影片《西线无战事》给他带来了声誉和金钱，但他依然那么朴实、愉快，或者像巴别尔可能会说的那样，依然那么乐和。他喜爱俄罗斯的一切东西，没有忘记生动鲜明的南方话，每逢有人给他一小杯酒和一条鲱鱼，他总是很高兴。他来苏联待了几个礼拜以后，立刻同我国的导演们交上了朋友，他说："我不是什么刘易斯·迈尔斯通，我是基什尼奥夫的廖尼亚·米尔施泰因（基什尼奥夫是摩尔达维亚共和国首都，迈尔斯通是在基什尼奥夫出生的犹太人）……"

有一次他告诉我说，当美国决定参战的时候，曾问过许多军人，问他们是愿到欧洲去呢还是愿留在美国，并编制了两份名单。迈尔斯通是想上前线去的，但那些想留在家里的人却被派到前线去了。迈尔斯通笑着补充了一句："一般说来，生活中往往如此……"他是一个愉快的悲观主义者："在好莱坞不能干你想干的事。但也许不仅在好莱坞是如此……"

他决定根据我过去写的长篇小说《尼古拉·库尔博夫的生与死》拍一部影片。我劝他别拍，我不喜欢这部旧作，而且在 1933 年表现一个在实行新经济政策时期的自发势力面前心惊胆战的浪漫的共产党员也颇为可笑。迈尔斯通却一定要我把电影剧本写出来，他建议把故事情节改动一下，描写建设、五年计划："让美国人看看俄国人的能耐……"

我很怀疑自己的能力，我不是剧作家，未必能写出一个优秀的电影剧本，况且我觉得用几本书拼凑起来的东西也不像样子。但我喜欢迈尔斯通，于是同意和他一起试写一个电影剧本。

他邀我到英国的一个小小的疗养城市去，他在那里从事一件艰苦的工作——减肥。他体重 100 公斤，每年绝食 3 个礼拜，减轻 20 公斤。不用说，事后则狼吞虎咽，不久体重又复原了。为了绝食，他挑了一个附设蹩脚餐厅的舒适旅馆，以免让那些照旧享用午餐和晚餐的人们过于眼红。

他躺着，身体逐渐瘦了下去，而我却坐在旁边，吃着没有滋味的食品，写着电影剧本。迈尔斯通对场面的协调有令人惊叹的敏感："这里应该中断……也许下过雨了？或者是一个拿着小筐子的老太婆正从家里出来？……"

我没有把这个电影剧本保存下来，我现在对它的印象已很模糊，它仿佛是好莱坞和革命的一个杂种，是迈尔斯通的个别神来之笔和电影八股的一个混合物，是一出用两个成年人的讽刺点缀起来的传奇剧。

我们写满了厚厚的一本。迈尔斯通瘦了，衣服穿在身上显得十分宽松，末了我们便动身去巴黎。迈尔斯通在蒙帕纳斯认识了画家纳坦·阿尔特曼，便请他绘制布景和设计服装。

迈尔斯通的悲观主义原来是有根据的。哥伦比亚影片公司的老板科恩在读了电影剧本后说："社会问题太多，性的描写太少。现在不是把钱乱扔的时候……"

不用说，迈尔斯通很不愉快，他为此事花了将近一年的时间，经他力争，终于使哥伦比亚公司把稿费付给了阿尔特曼和我。

（第二次世界大战爆发前不久，我在巴黎遇见了迈尔斯通。他没有变瘦，但变得忧郁了。战争期间，他在好莱坞拍了一部关于苏联人的影片：他想尽力帮助我们。我到了美国以后，和他通过电话，他邀我去好莱坞，但我却到南方去了。我不知道他在战后的这些年里做了些什么，也不知道他有多少次被迫去干他不愿干的事。）

我和阿尔特曼都为这笔意外之财而眉开眼笑。当时的报纸登满了关于在一次国家举办的抽彩中各赢了五百万法郎的两个幸运儿的故事，一个是煤矿工，另一个是面包师。尽管我们发的财寒酸得无法跟他们相比，但我们还是把自己称作煤矿工和面包师。我们决定阔阔气气地迎接 1934 年。

在埃科尔-德-梅台辛大街上有一家小小的波兰餐厅，由于想吃俄国菜，我们常去光顾。主人殷勤好客，那几年频频发生的波苏冲突也没有对点心或油炸圆包子的质量产生什么影响。波兰人在元旦的前夜关上自己餐厅的大门，来到了科坦登大街。我们的住宅有两个房间，所以便把房门敞开，把从餐厅里运来的十来张桌子排成一行。阿尔特曼在入口处写了一行醒目的艺术字：煤矿工和面包师欢迎你们。

现在我从旧照片上看见，当时我长得很胖，但是我并未变成一个像迈尔斯通那样温厚的人，恰巧相反，我急欲奔赴战场，向风车和某些完全真实的磨坊主进行冲击，刺伤奸细们和保罗·瓦莱里，猛烈攻击超现实主义和 19 世纪俄国的写生画，无意中得罪一些人，而且几乎每天都要写各种抨击性的文章，往《消息报》寄发战地通讯。总而言之，我的行径与其说像一个稳重的 42 岁的散文作家，不如说更像一个年轻的诗人。

我当时觉得，欧洲在 1933 年沉到了底，而现在则漂到表面上来了。在迎接新年的几天前，报上有消息说，莱比锡的法官们不得不宣告季米特洛夫无罪。这是希特勒向舆论投降。我常常遇见德国侨民，他们说，法西斯制度的崩溃指日可待——这是他们的希望，也是我的希望，我认为，1934 年对于希特勒将是注定灭亡的一年。

希特勒党徒的残忍和残暴激发出了毫不妥协的精神和复仇的渴望。我还记得，匈牙利第一届革命政府首脑卡罗伊伯爵，一个罕见的好人，曾在“丁香田庄”咖啡馆里对我说：“您可知道，我现在盼望什么？夏天一个美好的早晨，我走上凉台，喝着咖啡。每一棵树上都吊着一个法西斯分子……”我一面听，一面笑了。

我记得巴黎最初几次反法西斯群众大会中的一次，郎之万教授、安德烈·纪德、瓦扬-古久里、马尔罗发表了演说。安德烈·纪德在布道——他证明只有共产主义能战胜邪恶，他常常喝水，眼镜的镜片闪闪发光。坐在大厅里的工人们从来没读过他的书，但知道他们面前是一个著名的作家，当纪德说"我怀着希望注视着莫斯科"的时候，他们都愉快地议论起来。马尔罗的演说艰涩难懂，他的脸不时因神经质的抽搐而变歪，突然他停住了，举起一个拳头叫道："如果战争爆发，我们去参加红军。"这时大厅里响起了热烈的掌声。

凡此种种如今可能使人们感到奇怪。人们也和时代一同变化，而且是按照不同方式变化的。在一个人死去的时候，我们对他那五光十色的、有时是互相矛盾的岁月的一致性看得比较清楚，而在他还活着的时候，今天就把昨天遮住了。

保罗·艾吕雅在 1933 年是超现实主义的一个坚定的信徒，当时未必有谁会预见到，反法西斯的游击队员们将反复吟咏他的诗篇。郎之万有一次曾忧虑地微笑着说，约里奥-居里不了解法西斯主义的全部危险性。

安德烈·马尔罗现在是戴高乐政府的一名部长，而在那 8 年里，我在巴黎和西班牙经常遇见他，他是我的密友。有些回忆录的作者总是竭力中伤自己过去的朋友，这不合我的胃口。我已预先告诉读者，在谈到活人的时候，我要稍加节制，并对许多事情避而不谈。但不提马尔罗，我就无法谈 30 年代的事了。

他的长篇小说《人类生存的条件》于 1933 年问世，关于它我曾写道："对历史的研究不仅用一批雕塑丰富了马尔罗，它还用任何一种黄金时代业已过去并已注定要灭亡的文化所富有的那种复杂性、那种必然的深度、那种极其复杂微妙的矛盾塞满了他的意识。"但是，我曾目睹马尔罗走向生机盎然的生活，而当一群极端保守的作家授予他龚古尔文学奖时我也感到高兴：局势在评奖委员会里起作用了——法兰西向左转了。

马尔罗给我介绍了许多年轻作家——卡苏、阿弗利纳、尼赞、达比。我和他的一个追随者吉乌成了朋友，一两年后他的《黑血》一书问世，这是在两次大战之间写成的最优秀的长篇小说之一。他是布列塔尼的圣布里厄市的教师，并不像巴黎的文学家，他朴实、谦逊，没有非高谈一番哲理或把事情弄得复杂起来不可的愿望。（不久前我在罗马意外地遇见了吉乌，我们满怀柔情地回忆起遥远的岁月。）

我也常常遇见一些德国作家，我结识了温和而又调皮的布莱希特。他谈到死亡，谈到梅耶霍德的演出，谈到一些有趣的琐事。过去的水手图烈克很有把握地对我说，希特勒不出一年就要被扔进施普雷河。我很喜欢他的乐观主义，便送给他一支烟斗。托勒尔陷入了情网，他很绝望，既拟剧本的写作提纲，又拟解放德国的计划，看来他的衣袋里有好几副纸牌，他总是在盖纸糊似的房子。我一下子就对安娜·西格斯产生了好感，她任性，很活泼，眼睛近视，但洞察一切，虽然漫不经心，但对每一句脱口而出的话都理解得很透彻。

别利多里特·布莱希特

我们常常见面、争论、预测未来。有的人发誓说，不久法西斯主义即将在德国崩溃，另一些人却断定褐色的鼠疫将波及法国。

不过颜色变了，法国的鼠疫是天蓝色的。我看见过"法兰西团结党"的几次示威游行，穿着蓝衬衣的年轻法西斯分子列队齐步行进，举手向自己的元首致敬。"战斗十字团""爱国青年团"的呼吁书开始闪现。与德国不同的是在法西斯分子中间工人很少，于是我带着冷笑打量着这些发誓要消灭所有共产党员的娇生惯养的子弟。

我打算春天回莫斯科。苏联作家代表大会定于夏季召开，我像第一次去参加舞会的姑娘那么激动，所有的作家都将欢聚一堂，并将开始一场关于艺术的坦率而严肃的谈话，这准是一桩大事……

我在1933年读了《被开垦的处女地》、巴格里茨基新写的几篇长诗、帕斯捷尔纳克的《护照》、巴别尔新的短篇小说、谢尔文斯基和扎博洛茨基的诗。我觉得我国的文学正在蒸蒸日上。

许多法国作家在1933年怀着希望转向共产党人，这大概是由于千百万人在读到法西斯分子焚毁书籍，以及关于死刑、暴行的消息时产生了恐怖和愤怒。在革命作家联合会的呼吁书上签名的人中还有季奥诺和德里耶·拉·罗舍尔。

我是在20世纪20年代末认识季奥诺的，他是一个富于幻想的人，脸上经常挂着平静的笑容，写了一些关于乡村生活的、富有诗意的长篇小说。他在1933年和别的许多作家一起诅咒法西斯主义。后来我很久没有见到

他，当我读了他的一篇主张顺从希特勒的文章后，我大为惊奇。而在他后来顺从了占领制度时，我对此已不感到惊奇了。

德里耶·拉·罗舍尔比他出色得多——才思横溢、有其独特的真诚，但患了很危险的精神病。我们曾一同在反法西斯的知识分子经常聚会的文化大厦发言和友好地交谈。我在一次旅行结束后回到巴黎时，在圣日尔曼林荫道上的咖啡馆门口看见了德里耶。他急忙转过脸去。有人给了我一本他新近写的书，书中有一段奇怪的自白："我们将同所有的人作战。这就是法西斯主义……自由完蛋了。人应该陷入自己黑暗的深渊。这是我，一个知识分子，一个永远热爱自由的人现在说的话……"他迷上了法西斯主义，当希特勒党徒占领法国的时候，他曾和他们合作，而当他发现自己的打算失败了以后，就于1944年开枪自杀了。

让·季奥诺

天才的随笔作家，布列塔尼人，工人的儿子盖延诺常来出席我们的集会。我保存了他赠给我的《一个40岁的人的日记》一书，现在我把这本书打开了："战争接近尾声的时候东方出现了一片巨大的火光。它的反光正在帮助我们生活……我们没有效法他们的榜样。战斗没有扩展开去。现在我们看见，那场大火的火星如何在西方的泥潭里闪耀和隐没。但这场战斗、这个榜样却依然几乎是我们的全部希望、我们的全部喜悦……"

如今盖延诺是一位院士，不久前他到莫斯科来访问了我。我们在许多方面存在分歧，但我们却满怀柔情地回忆起30年代中叶。

法国的法西斯分子在1933年末抬头了。巴黎宛如一个被骚扰了的养蜂场嗡嗡直响。人们在咖啡馆里、在地下铁路的车厢里、在街道的角落里争论得声嘶力竭。家庭正在分裂，这在某一点上类似1917年夏天的莫斯科。

就连蒙帕纳斯的艺术家们也开始对政治产生了兴趣。

我生平第一次迷上了无线电收音机的匣子。

康·亚·费定曾在一篇文章中回忆自己在科坦登街上我的住宅里度过的一晚，在那天晚上，马尔罗曾向他详细打听苏联的情况，康斯坦丁·亚历山德罗维奇还同莱昂哈德·弗兰克（1882—1961，德国作家）争论了一番。我们常在"库波尔"酒吧或我家里争论问题。

我有时会遇见安德烈·尚松，他是一个热情的南方人，为人温和，心肠也好，但在谈话中却谴责所有对法西斯主义抱怀疑态度的人，他自称为"雅各宾党人"。现在他是院士，每隔5年或10年我们就会见一次面，并且心平气和地回忆往事。

常到"库波尔"酒吧去的还有奇列诺夫、埃尔扎·尤里耶夫娜、阿拉贡、德斯诺斯、罗哲·瓦扬、雷纳·克莱维尔以及其他一些过去的和现在的超现实主义者。雷纳·克莱维尔有一双善良的、受迫害的人的眼睛，他为共产党人和超现实主义者之间的不和感到十分痛苦，我企图安慰他，但未奏效。

《展望》周刊和《读书》的出版者——狂热的沃热尔有时候邀请我到他菲桑杰里的领地去。他是一个假绅士，但这不是就纲领而言，而是就天性而言——他本人并未觉察到这一点。他赞美苏联，和阿·阿·伊格纳季耶夫一同去过莫斯科，邀请共产党员前去见他，但当他的女儿玛丽-克洛特嫁给瓦扬-古久里以后，他却有些怅然。在菲桑杰里，人们无休止地争论着，沃热尔喊得比谁都凶，他在生活中温柔敦厚，但发起议论来却激烈异常。

毋庸讳言，我为自己的成功感到高兴：与悲观的预言相反，《第二天》在莫斯科出版了。也许这件事影响了我对各种事件的评价。我一生中常常看到，私人事务、工作中的成败以至健康状况，往往会对人的见解产生非常重大的影响。

不管怎样，我满怀信心地展望着未来。

12月末，我收到从莫斯科发来的一封电报："我已与鲍里斯·拉宾结婚，姓氏与通讯处同前，祝新年快乐，伊琳娜。"我认识拉宾是在一年之前，他既爱书籍，又爱艰辛而危险的奇遇，这是不常见的，我因此很喜欢他，我也喜欢他写的那本书。但电报却使我吃了一惊：伊琳娜在给我的信中从来没有提到过拉宾。我觉得电报中关于姓氏和通信处的说明很滑稽——这既表现了伊琳娜的性格，也表现了时代的性格。

我们为伊琳娜的幸福干杯。除夕过得相当令人满意，这不仅因为波兰厨

伊琳娜结婚时，爱伦堡给她的搞笑贺卡

师为我们做了一顿丰盛的晚餐，还因为几乎所有的人（客人很多）都兴致勃勃，我们乐了一个通宵。

我当时已近 43 岁，岁数不算小了，但想必还很年轻。我相信法西斯主义的垮台指日可待，相信正义的胜利、艺术的繁荣。我觉得过去的几年是一个过于漫长的前夜，于是就给我在 1932 年至 1933 年间所写的文章汇集而成的一本书取名为《姗姗来迟的结局》。我不会说任何一句话来表白自己——我赞同过许多人的幻想，而且怎么也不能想象，我已渐老，却看不见结局。

02

好朋友——伊利夫和彼得罗夫

　　我同伊·阿·伊利夫和叶·彼·彼得罗夫是 1932 年在莫斯科相识的，但一年后他们到了巴黎我才和他们成为好友。当时，我们作家去国外旅行总要遇到许多预料不到的事。伊利夫和彼得罗夫乘苏联军舰到了意大利，本想乘原军舰回来，不料却跑到维也纳去了，他们希望在那里得到《12 把椅子》的译本的稿费。他们从译者手中好不容易弄到一点钱之后，便动身去巴黎。

　　我认识一位原籍俄国的女士，她在一家短命的影片公司工作，是一个十分善良的女人。我设法使她相信，论及写电影喜剧脚本的本领，谁也比不上伊利夫和彼得罗夫，于是他们就得到了一笔预支款。

　　当然，我立刻便把煤矿工和面包师中彩的故事告诉了他们。他们每天问我："关于我们的百万富翁，报上有什么新闻吗？"当谈到电影剧本的时候，彼得罗夫便说："故事的开头有了，一个穷人中彩得了 500 万……"

　　他们在旅馆里辛勤地写作，晚上便去"库波尔"酒吧。我们在那里虚构各种各样滑稽的情节。除了剧本的两位作者之外，参加寻找"题材"的还有萨维奇、画家阿尔特曼、波兰建筑师谢尼奥尔和我。

　　剧本失败了，无论伊利夫和彼得罗夫怎样努力，剧本还是表明作者不很了解法国的生活。但目的已经达到了，他们在巴黎住了一段时间。而我也有所收获，认识了两个极好的人。

　　在回忆录中，他们两个的名字常常被合写成"伊利夫彼得罗夫"，但他们俩并不像。伊利夫腼腆、沉默，很少开玩笑，但开起玩笑来却很尖刻，而且，他和许多引得千万人发笑的作家——从果戈理到左琴科——一样，也很忧郁。他在巴黎找到了早就离开敖德萨的弟弟。弟弟是画家，他对伊利夫大谈现代艺术如何奇特。

伊利夫喜欢心灵的混乱和破产，彼得罗夫却喜欢舒适，他很容易和各式各样的人交友，常在各种会议上代表自己和伊利夫发言，他能一连几小时逗人发笑，自己也跟着笑。他是一个少见的好人，他希望人们生活得更好，他能发现一切能使人们生活得更轻松、更美好的事物。他大概是我生平所遇到的最乐观的人，他十分希望一切都比实际情况更好。他在谈到一个明显的流氓时说："也许事实并非如此，别去理会人们的流言蜚语……"在希特勒分子进攻我国半年以前，彼得罗夫被派往德国。回来后他安慰我们说："德国人极端厌恶战争……"

不，伊利夫和彼得罗夫并非形影不离，但他们共同写作，共同在世界上游荡，亲密无间。他们似乎是互相取长补短，伊利夫的尖刻讽刺对彼得罗夫的幽默来说是一种很好的调料。

尽管伊利夫比较沉默，但不知怎的却比彼得罗夫更引人注目。我真正了解彼得罗夫却晚得多，那是在战争时期。

我常想起苏联的讽刺作家左琴科、科利佐夫、埃尔德曼的遭遇。伊利夫和彼得罗夫却一直很走运，读者读了他们的第一部长篇小说后就立刻爱上了他们。他们的对头很少，也很少受到"严厉批评"。他们经常出国，游遍了美国。关于这次旅行，他们写

爱伦堡、伊利夫和彼得罗夫

了一本有趣而又富于见地的书。他们善于观察生活，他们写这部有关美国的书是在 1936 年，这也是一个成就：我们现在称之为"个人崇拜"的一切是不利于讽刺的。

他们两个人都死得很早，伊利夫在美国害了肺病，于 1937 年春去世，年仅 39 岁。彼得罗夫则因飞机失事，在靠近前线的地方牺牲了，年仅 38 岁。

伊利夫在去美国之前曾不止一次地说"剧目都演完了"或"浆果在萎谢"。但读了他的札记后可以看出，他刚刚走上一个作家的道路。他带着契洪杰（契诃夫在创作初期使用的笔名）的头衔死去了，有一次他对我说："能够写出一篇像《醋栗》或《宝贝儿》那样的短篇小说该有多好……"他不仅是一位讽刺作家，而且是一位诗人（他年轻的时候写过诗，但问题并不在这儿——他那日记体的札记充满着真正的诗意，既简洁，又严谨）。

"我们现在该怎样写作呢？"伊利夫最后一次到巴黎时曾对我说，"'伟大的谋士们'（伊利夫和彼得罗夫合著的《12 把椅子》中的人物的绰号）已销声匿迹。报上的小品文可以描写刚愎自用的官僚主义者、小偷、流氓。如果有姓名有住址，便是一种'反常现象'。要是写了一个短篇小说，他们立刻就大喊大叫：'您把非典型现象普遍化了，这是诽谤……'"

伊利夫和彼得罗夫有一次在巴黎讨论第三部长篇小说该写什么时，伊利夫忽然忧郁起来。"当真值得写一部长篇小说吗？叶尼亚，您像往常那样想证明弗谢沃洛德·伊万诺夫错了，西伯利亚长着棕榈树……"

在大量手稿中，伊利夫毕竟留下了一部虚构的长篇小说的大纲。在伏尔加河沿岸的一座城市里，人们不知为什么决定建设一座电影城，使它既"具古希腊之风，又有一切十全十美的美国技术设备。于是决定立即派遣两个考察团，一个去雅典，一个去好莱坞，然后可以说是综合经验并着手建筑"。去好莱坞的人们因为一名考察团员的遇难而得到了一笔保险赔偿金，竟变成了酒鬼。"他们在水深及膝的太平洋中游荡，美丽的晚霞照耀着他们油亮的醉脸。几个莫罗勘派教徒受阿姆之托抓住了他们。"出差去雅典的人境遇也不妙，钱很快就花光了。两个考察团在巴黎的"斯芬克斯"妓院相遇，他们提心吊胆地回到家里，生怕受惩罚。但是大家早把他们忘了，而且谁也不再打算建设电影城了……

他们没把长篇小说写出来，伊利夫知道自己快死了，他在札记本里写道："这样严酷冰冷的春夜，心里又冷又怕，我真倒霉透顶。"

伊利夫去世后，彼得罗夫写道："依我看，他最后的札记（它们是用打字机当即打下来的，打得很密，两行之间只隔一行）是一部杰出的文学作品。它富有诗意，又很忧郁。"

我也认为伊利夫的札记不仅是一部出色的文献，而且是优美的散文。他善于表达对庸俗的憎恨和惊讶："我多么爱听职员们的谈话。女邮递员们安详而得意地论长议短，办公室里的职员们从容不迫地交流思想：'甜菜是糖渍樱桃。''我们默默地坐在奥斯塔菲耶夫圆柱下面晒太阳。两个多钟头都很安静，突然路上出现一个散心的女人，手里拿着一把镀镍的铜壶，铜壶在阳光下亮得耀眼。大家都异常地活跃起来，您在哪儿买的？多少钱？''绿中带金的铅笔叫作"复写登录用笔"。啊！多么无聊！''一家新店开张了。香肠供给贫血症患者，野味馅饼供给神经衰弱症患者。''未受惊吓的白痴们的国度。''这是小负责干部的骄傲的子女。'"没有上帝！可干酪还有吗？"教员担忧地问道。'"他描写了他熟悉的阶层："作曲家无所事事，只会用五线谱的稿纸互相写告密信。""每份杂志都咒骂扎罗夫。从前把他夸奖了 10 年，现在将骂他 10 年，骂他就因为从前夸奖了他。处在未受惊吓的白痴中间真叫人难过和苦闷。"

伊利夫的札记有些类似契诃夫的札记。但是伊利夫始终没有写出《宝贝儿》或《醋栗》来，来不及写，或者是由于谦虚没有决心写。

彼得罗夫痛苦地经受了这个损失，他不只是为自己的密友伤心——他明白，一个名叫伊利夫彼得罗夫的作者逝世了。1940 年我们久别重逢时，他带着罕见的忧愁说道："我应当重新开始一切……"

他可能写什么呢？很难猜测。他很有才气，有他自己的精神面貌。他没有来得及表现自己，战争就开始了。

他担任了一件吃力不讨好的工作。当时主管往国外发布消息的苏联情报局的领导人是索·阿·洛佐夫斯基。我国的处境很艰难，许多盟国都在为我们唱挽歌。必须把真实情况告诉美国人。洛佐夫斯基知道，在我国作家或新闻记者中间很少有人了解美国人的心理，也很少有人能不用引文和刻板公式为美国人写作。这样彼得罗夫就成了规模很大的报业通讯社"北美报业联盟"（即派海明威去西班牙的通讯社）的军事记者。彼得罗夫勇敢而耐心地从事这项工作，同时还给《消息报》和《红星报》写稿。

我们住在"莫斯科"旅馆里，那是战争开始后的头一个冬天。2月5日那天停电，电梯停了。彼得罗夫恰好在这个晚上从苏希尼奇回来，他被爆炸的气浪震伤了。他向同伴们隐瞒了自己的情况，他勉强地爬上了10楼。第二天我去看他，他说话很困难。医生来了。他躺在床上写有关战斗情况的报道。

1942年6月，十分艰苦的时期到来了，我们坐在那个旅馆中乌曼斯基的房间里。海军上将伊·斯·伊萨科夫来了，彼得罗夫请求他帮助自己潜入被围的塞瓦斯托波尔，伊·斯·伊萨科夫劝阻他，彼得罗夫坚持要去。几天之后他果然溜进了塞瓦斯托波尔，他在那儿遇到了疯狂的轰炸。他乘驱逐舰"塔什干"号回来，德国的炸弹落在舰上，伤亡惨重。彼得罗夫好不容易到了新罗西斯克。他在那里坐汽车，汽车出了事故，彼得罗夫仍未受伤。他开始写关于塞瓦斯托波尔的特写，并急忙动身去莫斯科。他乘的飞机像当时在前线附近飞行的飞机一样飞得很低，结果撞在一座小山顶上。死神长期追逐着彼得罗夫，终于夺去了他的生命。

（在这之后不久，伊·斯·伊萨科夫受了重伤，后来乌曼斯基也因飞机失事在墨西哥遇难。）

伊利夫和彼得罗夫在文学界是很出名的，他们都是好人，不自高自大，不以大作家自居，也不会不择手段地拼命为自己开辟道路。任何工作他们都干，甚至是最繁重的工作，他们为报上的小品文付出了许多心血，这使得他们的形象光彩夺目，他们很想战胜冷漠、粗暴、高傲。他们是好人，举不出比他们更好的人来了。他们是优秀的作家，人们在十分艰苦的时候读他们的书也会微笑。可爱的骗子奥斯塔普·宾德尔曾使千千万万的读者开心，现在依然使他们开心。而我，即使不曾享有这两位同行的友谊，也依然要对伊利夫和彼得罗夫补充一句：他们是我的好友。

03

1934 年：报道巴黎工人总罢工

1931 或 1932 年，有一次我和梅尔在马赛的一家饭馆里吃午饭。邻桌有一位颇像阿根廷舞蹈家的黑发美男子正在向一位夫人献殷勤。卖花女郎递给夫人一枝玫瑰的时候，他掏出一张钞票，用过分大的声音叫道："零钱不用找了。"梅尔俯身对我说："这就是亚历山大，巴黎天才的骗子之一。说起来他还是您的同胞哩……"我没有细问：难道出生于世界各地的天才骗子在巴黎还少吗？

1934 年 1 月，我在所有的报纸上都看见了这位衣着华丽的黑发男子的照片。亚历山大·斯塔维斯基确实出生在基辅的斯洛博德卡。记者们称他为"美男子萨沙"。原来美男子在短期内就捞到了 6 亿 5 千万法郎。报上说，他曾 3 次受审，说他很得外交官员们的信任，曾在警察局服务，他开支票像送玫瑰花一样随便，不但送给议员们，甚至还送给某些部长。

报纸互相攻击起来：右派断定斯塔维斯基收买了激进派；激进派则回答说，达迪欧的朋友们也得到了支票。

美男子萨沙竟出人意料地开枪自杀了，报上添油加醋地描写了动人的细节，骗子很像维特。这出传奇剧没有持续多久，原来是警察局的侦探乌阿谋杀了斯塔维斯基。警察局害怕走投无路的萨沙把一切公之于世，而这件投机勾当却牵连到一些赫赫有名的人物。

全部经过就像奥斯塔普·宾德尔的冒险故事一样。譬如，调查结果断定：议员邦诺尔收了大量贿赂。我不记得他是哪个党派的，但他曾在竞选呼吁书上写道："我的纲领很有政治原则！首先是诚实！"

财政丑闻是法国的家常便饭，每年都要暴露一桩大规模的投机勾当：乌斯特里克、别列、巴格达、"恩戈科-桑加"。现在又是一桩……我无论如何不曾想到漂亮的萨沙将揭开历史新的一页。

右翼的报纸竭力宣扬道德：这里有政治上的利害关系——当政的是"左派卡特尔"（当时法国政府的绰号）的政府。外交部长保罗·庞库尔是亲苏派。至于各式各样的法西斯组织，则都是效法德国的。同议员和某些部长有瓜葛的这个肮脏勾当帮助了反对议会制、拥护"有稳固政权的健全国家"的运动。

周期性的内阁危机爆发，这并不能改变什么，国会中的多数仍是激进派和社会党人。新任总理达拉第鼓起勇气决心撤换支持法西斯组织、权力很大的警察局局长克亚普。克亚普虽然矮小，却是个自大狂，他是科西嘉人，看来他很想成为拿破仑。他得知自己被免职，便说必要的时候他会"上街"。

果然，两天之后，在2月6日，我在五彩缤纷的协和广场上看见了一场法西斯暴乱。"战斗十字团""法国团结党""爱国青年团"的拥护者们企图通过大桥冲进国会大厦，惊慌失措的议员们正在里面开会。

法西斯分子的《马赛曲》被叫喊声打断了。警察中有许多科西嘉人，他们表现得异常温和，他们当中许多人都忠于自己的上司和同乡克亚普，何况他们面前并不是戴便帽的工人，而是穿戴阔绰的年轻人。法西斯分子烧毁了公共汽车，推倒了杜伊勒利花园里的女神像，用剃刀割破了共和国近卫军的马腿，有时会响起枪声。刑事犯们急忙赶来，动手捣毁商店，直到早晨大家都累了，才各自回家。

激进分子喜欢自称为"雅各宾党人"，但是这些"雅各宾党人"胆子很小，达拉第提出了辞呈。国会里一场常见的混乱开始了，右派杜美尔格组织了新内阁，搜罗了各种体面的法国人，其中也有贝当和赖伐尔。

这一切似乎都和往常一样，但是时代变了。共产党人号召工人们2月9日反击法西斯分子。夜是雾蒙蒙的，我步行到东站去，听说那里的工人和警察发生了冲突。我旁边走着一个中年工人，他跟我对了一下火，说道："太不

1934 年 2 月 12 日，巴黎举行统一阵线的游行示威

像话……"这时从雾中驶出一辆满载警察的汽车，一名警察跳了下来，抢起大棒就往那工人的头上打去。

狭窄的街上筑起了街垒，人们抬来了大桶、桌子、手推车，唱着《国际歌》，我试着再往前走。开始射击了，什么都看不见。等我跑到一个角落里的时候，周围已经空无一人，我只看见人行道上的血迹。

我钻进通宵办公的交易所大楼的电话间的时候，天已亮了，我想尽快发出一篇报道事件经过的电讯，我被留难和搜查了几次。

这事发生在星期五，后来的两天里决定了许多事：拥护共产党人的工会和以社会党人为首的工会达成了协议，决定 2 月 12 日举行总罢工。各种工人组织号召大家在民族广场上集合。

前一天报纸曾预言，罢工必定失败，但是第二天没有一份报纸出版，印刷工人罢工了。生活停顿了，公共汽车停驶，商店关门，邮局不办公，连教师也罢教了。

我徒步来到民族广场，这是巴黎第一次全民游行示威，使我惊奇的是这次示威把坚定的信念和巴黎群众永远不变的轻松愉快融为一体了。几百辆装着警察和近卫军士兵的汽车停在邻近的街道上，而广场上的人们却在谈笑、歌唱。有人决定用一面红旗把共和国的塑像装饰一下，塑像很大，底座很高，人们立即叠起罗汉。示威的人们向外国人——意大利、波兰、德国的难民们——亲切致意。我想起协和广场上发狂的法西斯分子，真是两个世界……

2 月 12 日成了法国一个伟大的纪念日。似乎什么事都没有发生，第二天早晨，巴黎看起来也和先前一样。2 月 6 日的法西斯示威游行推翻了政府，而现在所有的部长却依然留在原岗位上。但正是2月12日使许多事情发生了变化。不是改变了内阁成员，而是改变了法国。当法西斯分子再次出动并拥戴某人当领袖时，各种猜测不知何故都立刻沉寂了。大家都懂得，力量在人民这边。2月12日是两年后震撼了整个法国的人民阵线的第一次预演。

我在街上走了一整天，感到满意和激动，晚上写了一篇文章送到电报局去。第二天编辑部发来电报：维也纳的工人和警察开始了武装冲突，我必须及早领到奥地利的签证并尽速前往。

2月12日使我异常振奋，我看见到处都是胜利情景。巴黎之后是维也纳……看来巴黎工人在雾夜所唱的"最后的斗争"临近了。可惜持有苏联护照的人不能射击，他只能从事军事记者的工作……

04

1934 年：采访维也纳事件

我知道奥地利人不肯发给我入境签证，就决定要点花招。我说我要经过维也纳到莫斯科去，请求发给过境签证。我心里想，需要多久我就在维也纳待多久，反正还不知道谁胜谁败……不过奥地利人只拖延了两天就把过境签证发给我了。

我到维也纳的时候大雪纷飞，仿佛竭力遮盖住新近的伤痕。被海姆弗（当时奥地利的军事法西斯组织）的炮弹摧毁的房屋满是焦黑的窟窿。弗洛里斯多弗一片焦臭味。窗口露出一片片床单、手绢——投降的小白旗。我在瓦砾堆中还看见一具未收殓的女尸。海姆弗分子常常拦住行人，仔细搜查。这一切都像 1905 年 12 月的普列斯尼亚。

一位记者告诉我，昨天晚上战斗还在进行的时候，审判了一个名叫缪尼赫莱特的工人，他受了重伤，人们用担架把他抬上法庭。3 小时后他被绞死了。继第一个死刑之后，其他的死刑接踵而来。

我想找几个熟人仔细询问情况，大家都吓坏了，不愿意回答。我获悉许多保卫同盟（二三十年代奥地利社会民主党领导的军事化的工人组织）的盟员都跑到捷克斯洛伐克边境去了。

在巴黎看到胜利之后，我在维也纳看到了失败。我不知道我们正在进入一个什么样的时代，保卫同盟的崩溃使我震惊。

我回想起 1928 年我在维也纳曾收到一份参观工人住宅的请帖。请帖是

1934 年 2 月，维也纳

用一张很漂亮的纸印的，上面有首都的徽章和市长（社会民主党员）的签名。陪伴我的是一位市政府顾问，也是社会民主党员。我看到一些精致的房屋，附近有小公园、运动场，还有宽敞的阅览室。向导觉察出我的赞赏，十分高兴。他邀请我上咖啡馆，那里坐着许多工人，正在研究几十份各种倾向的报纸。我还记得我在那里曾向一位殷勤的奥地利人说出了自己的怀疑："房屋好极了！但是你们不觉得你们是把这些屋子盖在别人的土地上吗？……"对方开始向我解释，说社会主义将通过和平的方式取胜——因为在维也纳最近几次的选举中有百分之七十的选民投社会民主党人的票……

现在这些以马克思、恩格斯、歌德、李卜克内西命名的漂亮房子却被炮弹打得千疮百孔、一片焦黑……

我听见一声枪响，一个海姆弗分子倒下了，这是业已逝去的风暴的最后一次无力的轰鸣。在林格大街上的一家咖啡店里坐满了温文尔雅的顾客。到处张贴着剧院的海报：《萨瓦省的舞会》《热情的姑娘》《我们要幻想》。

我前往布拉迪斯拉发，在那里找到了几位保卫同盟的成员，其中一位说他抢救了许多文献。他是社会民主党的工人党员，他对我谈了很久，叙述种种悲惨事件，把 2 月那些天之前举行的几次会议的记录和区领导人的报告都拿给我看。他说："您是共产主义者，这对我来说无所谓。我读过您的作品，请您把真实情况写出来吧，让大家明白我们并未胆怯。当然，像科尔别利之流的叛徒是有的，但这种人不多。糟糕的是我们的领导人长期举棋不定！……他们都是好人，我和他们一起工作了 12 年。但战斗一开始，他们就手足无措了……"

我仔细地阅读了文件，记录了参加战斗的一些普通人的叙述。本来已经可以坐下来开始工作了，但我听说保卫同盟的领导人之一尤利乌斯·捷奇在布尔诺。我便跑到布尔诺去。捷奇起先皱着眉头，然后开始叙述。他对多尔富斯和费依挑起起义十分恼火。使我惊讶的是他那政治上的机会主义见解同他那刚强的、也可说是固执的性格之间的不协调。他的行为比他的思想要好。

1934 年维也纳合作组织的房子

（他后来的遭遇也充满了矛盾，西班牙内战期间他在那儿，他被提升为将军，社会民主党人埋怨他，因为他以"左"出名。就在后来他也常和自己的同志们争吵，他曾被开除出党，又重新被接受入党。）

我遇到过一个被事变弄得垂头丧气的人，他的怨恨向我说明了许多事情。

布尔诺位于奥地利边境附近，躲避迫害的人们陆续前来，他们谈论绞架，谈论牢房，有三千工人被赶进那里。我在报上读到一条新闻：在被解散的其他一些"马克思主义组织"中有一个"小果园主和家兔饲养者同盟"。这是可笑的，但我没有笑。

我在布尔诺为《消息报》写了几篇报道，结果写成了一本小书，在报上连载。

我不仅渴望描写事迹，并且力图理解所发生的事。奥地利的工人们组织得很好。也许因为共产党员比德国的共产党员软弱得多，奥地利的社会民主党员看起来和他们的德国同志不同，譬如，他们组织工人战斗队——保卫同盟，甚至瞒着当局私藏步枪、机关枪。然而一切都在两三天之内决定了，这究竟是什么原因呢？……

当时在我国的报刊上，社会民主党人被叫作"社会法西斯分子"，这很尖刻，但是没有说服力。在德国的社会民主党人中间确实有些很快就适应了纳粹制度的叛徒。但社会民主党人不是法西斯分子，任何一个熟悉西方生活的人都很清楚这一点。法西斯分子不怕社会民主党人，而社会民主党人对法西斯分子却怕得要命，如果说他们不敢出来反对法西斯主义，那仅仅因为他们害怕共产党人的程度并不亚于他们对法西斯分子的恐惧，他们企图成为"第三种力量"，但实际上却失去了一切力量，把工人从投降引向投降。

维也纳事件对我是富有教益的。我见过几位奥地利的社会民主党人，他们为人都很诚实，也很勇敢，但在政治上却是怯懦的，他们做的一切违反了自己的意志，促成了多尔富斯首相和海姆弗分子的领袖斯大伦堡公爵的胜利。

2月初，奥地利副首相费依宣称："我们将在下周之内把马克思主义者从奥地利清除出去。"社会民主党的领导人是以什么行动回答的呢？他们劝说基督教社会党的左翼议员们参加抗议。而警察局当时却在接二连三地逮捕各区保卫同盟的领导人。总罢工一天天拖延下去。当林茨的工人们拒绝交出步枪并投入战斗的时候，维也纳给林茨发了一封电报，说的是爱玛姑妈的健康状况，这是暗语——维也纳再次建议推迟行动。直到弗洛里斯多弗的工人们开始罢工并搬出暗藏的武器，保卫同盟的领导人才向各处发出"卡尔病了"的电报，意思是宣布总罢工。

我在《消息报》上写道："社会民主党的首领们宣称，他们是违心地接受战斗的，他们说得对。他们想要保存的不是武器，而是肩章，也就是在一个法西斯国家里拥有被称作社会民主党人的权利，但连这样的权利多尔富斯也拒不授予他们。这时社会民主党人就必须选择：或者是下跪磕头，像他们的德国同行所作的那样，或者是自卫。我知道，许多社会民主党人在 2 月里表现出了真正的勇敢。他们不怕死。但是他们害怕胜利……"这几行使报纸编辑部有些为难，但还是发表了。

维也纳事件迫使我思考的不仅是社会民主党领导人在政治上的软弱无力，我问自己，他们是怎样使部分工人养成了宽容精神，甚至养成了一副好心肠的。维也纳的印刷工人没有罢工。很难怀疑他们是否有觉悟。他们明白，多尔富斯首相不会许给他们幸福，但是他们一方面同情保卫同盟，一方面仍然排印把他们的同志称为"暴徒""凶手""雇佣间谍"的报纸。印刷工人们知道这是谎言，但他们不相信反抗能获得成功，他们害怕失掉工资，而他们的收入是不低的。铁路工人也拒绝参加罢工，这使政府可以调动军队镇压外省的反抗。第一天，将近两万工人参加了武装斗争，第二天第三天还有七八千人在抵抗。这并不使我惊奇，这种情况在历史上是屡见不鲜的，奇怪的是总罢工一下子就垮台了，参加战斗的保卫同盟的成员完全没有后盾。

我明白了，希特勒的胜利并不是一桩孤立事件。工人阶级在许多地方都失去了联系，对失业感到恐惧，迷失了方向，也厌烦了诺言和报上的互相攻击。我问自己，下一步是什么呢？是巴黎还是维也纳，是抵抗还是投降？

我满怀希望迎来的 1934 年成了失望的一年。从拉脱维亚到西班牙接二连三地发生了法西斯骚乱和政变。秋天，阿斯图里亚斯的矿工们试图扭转事变的进程，但被击败了。

我不能说奥地利的资产阶级对海姆弗分子在 1934 年 2 月的胜利感到高兴。他们当然对保卫同盟被击败感到满意，但他们同时又害怕法西斯主义。他们天真地盼望召回遥远的过去——哈布斯堡王朝时代的无所用心和随心所欲，嘲笑政治制度、内阁危机以及林格的那些轻歌剧般的军人的犀利的小品文。但是时代是不讲情面的。2 月，多尔富斯首相打败了工人并颁布了散发着柏林的大兵气息和梵蒂冈的神香味的新宪法。我在维也纳见过多尔富斯，他像一个侏儒，委拉斯开兹也许可以给他绘出一幅出色的肖像，他总是心满意足地微笑着。不久他到意大利和墨索里尼签订了条约，想让奥地利免受希特勒的蹂躏。7 月，他被元首的一个拥护者暗杀了。两年后当我再次来到维也纳的时候，2 月的胜利者显得相当可怜。斯大伦堡公爵在搞体育，前副首相费依在一家轮船公司工作。当时的首相是极其谨慎小心的舒什尼格，他知道既不能得罪上帝，也不能得罪希特勒。1938 年 3 月希特勒分子入侵奥地利以后，舒施尼格要求奥地利人不要抵抗。然而纳粹分子还是把他关进集中营去了。愉快的维也纳市民不得不为伟大的德国在顿河和伏尔加河上卖命。1934 年 2 月开始的悲剧就这样收场了。

05

从捷克斯洛伐克到巴黎

要从捷克斯洛伐克到巴黎去并不容易。我到布拉格的时候还能见到白雪，小公园里已呈现出一片绿色。奈兹瓦尔写了几十篇诗，并在各种咖啡馆里向我证明，勃勒东的超现实主义同社会主义现实主义没有多大区别。

我认识了恰佩克，某些左翼批评家攻击他：时代是严酷的，而他却在写小狗。恰佩克的外表很像伦敦俱乐部里的顾客，谦虚而拘谨，但我立刻感觉出他这假象后面的苦恼。一小时后恰佩克说："从前说老人在岁月的重压下弯腰曲背，我们可以说是在世纪的重压下……一个好斗的愚蠢的时代行将到来……"

玛耶罗娃告诉了我一些哈谢克生平的趣事。战争结束到现在总共才过去了 16 年，而帅克的时代已经变得像田园诗一般了。

霍夫迈斯特着手给我画像留念——带烟斗的和不带烟斗的，拿箱子的和没拿箱子的。后者使我害怕，尽管朋友们早已不再问我什么时候启程，而我出于迷信仍不愿把箱子打开。人们对我习惯了，但我不能习惯于自己的处境，不管我多爱布拉格，我还是想离开这里。

还在我向奥地利人申请过境签证以前，我

卡列尔·恰佩克

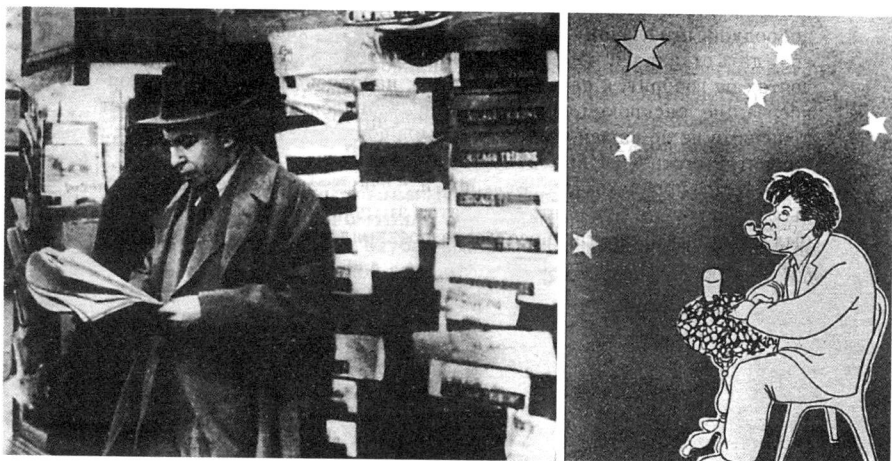

左：1934 年，爱伦堡在布拉格
右：1934 年，霍夫迈斯特画的关于"爱伦堡在布拉格"的漫画

的文章就在《消息报》上发表了。他们拒绝发给签证，德国人也拒绝了。从布拉格到巴黎的飞机得在纽伦堡着陆，需要过境签证。

赫茨菲尔德把"马立克"出版社搬到了布拉格。我在他那里看见柏林出版的我的书，不禁感到奇怪：这些书怎么没被烧掉呢？原来纳粹分子往国外销售禁书，减价出卖。为了表现动机的纯洁和不妥协精神，他们需要燃起火堆，然而他们并不讨厌捷克的克朗。

出版社里有许多人，一部分德国文学家搬到布拉格来了，其中有一位告诉我说，德国大使馆里有个名叫冯·帕宾的人，他酷爱文学，收集禁书，还把《胡利奥·胡列尼托及其门生历险记》一书改装成华丽的精装本，也许他会大发慈悲给我一张过境签证。

我再次去德国大使馆。藏书家个子很高，浅色的头发，军人的风度，有一双近视的，因而不如说是善良的眼睛。他亲切地接待了我，称赞我的书，但拒绝发给我签证："我不愿意出什么岔子。"我不明白他说的是什么岔子，便向他担保：到纽伦堡机场的时候决不开口。外交官笑道："出岔子也许不是由于您的过错。看来您还不太了解情况……请您读读伊利亚·爱伦堡描写德国的文章吧。"

　　我想从匈牙利和南斯拉夫经过。匈牙利大使馆请示了布达佩斯，我付了一封长电报的费用，回答很简短。大使馆的一位秘书往我住的旅馆里打了个电话："您得选择另一条路线。"

　　捷克斯洛伐克的外交部长爱德华·贝奈斯邀我上他那里去。我在一间很大的办公室里见到一个矮小的、十分活跃的人，他先谈文学，然后微笑着说："我知道您喜欢斯洛伐克，您还批评我们对待斯洛伐克文化的态度。"接着贝奈斯开始向我证明，政府的政策并不很坏。我知道莫斯科和布拉格正在谈判，最好是保持沉默，但没有忍住，就争论起来了。

　　最后贝奈斯说："也许我在什么事上能为您效劳吧？"我急忙回答："对！帮助我离开你们这美妙的国家吧。我要到巴黎去，我耽误了期限……"我叙述了申请过境签证遭到的厄运。贝奈斯把我领到挂在墙上的欧洲地图跟前，说道："现在您自己看看，我们被包围了。捷克斯洛伐克正处在生死关头。"

　　贝奈斯想了一会儿之后又说，他试试帮我弄一张罗马尼亚的过境签证，如果成功，我就可以经过罗马尼亚到南斯拉夫再到意大利。我又看看地图，不禁微笑起来，应该往西去，可我却得往东……但是不能挑剔了，于是我向贝奈斯道了谢。

　　两天之后，我果真被罗马尼亚大使馆请去了。大家都久久地打量着我，更久地察看着我的护照，先前他们从未见过苏联护照（这是在外交关系建立以前）。

　　路途是漫长的，我不得不在罗马尼亚的奥拉迪亚市过夜。我好奇地注视着那些衣衫褴褛、但颇为机灵的马车夫，他们载着珠光宝气的夫人们四处兜风。我注视着赤脚的农民和彬彬有礼的警察，而记者们却同样好奇地注视着我，他们觉得苏联护照是一个开端。我坐着一列又短又慢的火车从奥拉迪亚到了蒂米什瓦拉，在那里遇到两位出色的人物——人民教育部长安格列斯库和当地德国移民的负责人法布里齐乌斯。部长谈的是"伟大的罗马尼亚"，负责人谈的是"伟大的德国"。

　　在离开罗马尼亚的时候，他们搜查我，把自来水笔当作私货扣留下来，后来知道我是作家，他们叹息了一番又把它交还给我。奇怪的是一位南斯拉夫的海关职员要求我签名，还说很喜欢我写的《13只烟斗》。原来他是俄国人，随弗兰格尔的残部流落到南斯拉夫，现在他很怀念祖国。有一支武装警卫队押送列车，有人断定，克罗地亚分离派乌斯塔施分子要炸毁列车，又有人说使用炸弹的恐怖分子是遵照贝尔格莱德警察局的指示行动的。

我在的里雅斯特找到一个熟人——一位医生的妻子，她久久地叙述墨索里尼统治下的蠢事和屈辱的生活。送别我的时候，她去问站长开车的时间，按照法西斯分子的礼节举起了手，后来她说："请您原谅我这个手势，没有办法……"

我到了威尼斯，车站的月台上铺着深红色地毯，奥地利首相多尔富斯洋洋得意地从这条地毯上走过。在圣马尔克广场上，黑衫党徒正在阅兵。扩音器正在广播墨索里尼的演说："法西斯主义的和无产阶级的意大利，前进！……"黑衫党徒快活地叫喊着，他们的确是在前进——沿着春雨后闪闪发光的广场朝前走去。

米兰有一位出版商请我去他那里，不久前他出版了《第二天》的意大利文译本。书里的一篇序言说，这本小说有许多错误观点，譬如说，作者赞扬共产主义，但意大利读者有能力从中取其精华、弃其红色糟粕——《第二天》歌颂劳动，而大家都知道，只有法西斯主义的意大利才能保证劳动人民的自由和幸福。出版商关上了所有的门，开始半耳语地向我解释，如果没有序言，书是不能出版的。他的女儿，一位大学生跑了进来，大声地说："看到墙上到处都是'领袖，领袖'，我羞得真想大喊大叫……"

我怀着满腔愁绪回到法国，法西斯分子或半法西斯分子迅速地把欧洲变成了无法通行的莽丛。边境上的树木被砍倒了，代之而起的是密密的带刺铁丝网。搜查旅客，找寻报纸、手枪、外汇和炸弹。克罗地亚的法西斯分子攻击自己的塞尔维亚同伙。罗马尼亚的"钢铁近卫军"捣毁了小商店，威胁匈牙利人，而匈牙利的霍尔蒂追随者则屠杀农民，并宣誓要征服特兰西瓦尼亚。意大利的黑衫党徒叫喊着要接管奥地利的蒂罗尔州和法国的萨瓦省。法西斯的鼠疫不用签证就过了国境。

我在描写欧洲的莽丛之行时写道："过路人觉得欧洲战云密布。谁同谁作战？很难说。想必是大家同大家打吧。"

我眼前浮现出一幅幅失败的场面：弗洛里斯多弗，白色的破布片，烧焦了的房屋，海姆弗分子……

　　但我在法国的见闻又使我重新振奋起来。在我离开的这段时间里产生了数百个"警戒委员会"。农民们带着猎枪来到城里打听哪里有法西斯分子。我参加了伊塔利工人区无数次群众大会中的一次，人们的心情是这样激愤，只要对他们说一声"法西斯分子在那里"，他们就会赤手空拳地去迎击坦克。

　　郎之万教授和阿林组织了一个"警戒委员会"，许多作家、学者、教授都加入了，其中有一些不久前还拒绝参与政治生活的人——罗杰·马丁·杜·加尔、本达、莱昂-保罗·法尔格等。

　　让-里沙尔·布洛克兴致勃勃、满怀激情地跑来说，2月的那几天改变了法国的面貌，事态正在朝革命的方向发展。

　　6月初我动身前往莫斯科，我不得不再一次考虑旅行的路线，选择了海路：从伦敦到列宁格勒。马尔罗和我同行，他有很多计划："国际工人后援会"想根据他的一部长篇小说拍电影，马尔罗打算和多夫任科谈谈该片的摄制问题，后来他动手写一部关于争夺石油的长篇小说，他还准备到巴库去一趟。

　　苏联轮船沿着基尔运河行驶。我贪婪地欣赏着河岸：这就是法西斯德国……岸边站着些商人，手里拿着大口袋，向旅客兜售巧克力、雪茄、花露水。

　　我忽然看见站在岸上的一个工人举起拳头向苏联的国旗致敬。很难描述我当时惊喜的心情，而且不止我一人这样。我也举起拳头，不仅向那位勇敢的人致意，而且也向那在一年乃至十年以后始终未能出现的革命致意。

　　先于别人看到真理，即使为此挨骂，也会感到得意。但是同大家一起犯错误却轻松得多。

06

莫斯科"民族"旅馆及奴隶心态

我在莫斯科没有住宅，柳芭到列宁格勒去探望母亲，我在《消息报》编辑部的帮助下在"民族"旅馆找到一个房间。房间很小，很简陋，然而价钱很贵，可是没有选择的余地。

一天早晨我要了一杯茶，服务员去后很快又返回来了，他的手里没拿托盘：我没有要到茶，因为从这天开始餐厅只收外汇。我气极了，但没有作声，我请他拿点开水并带一只铜壶来，我自己有茶叶和糖。服务员又空着手走回来，并说："连开水也不给，他们说不卖给苏联人……"

我决定去找旅馆经理。楼梯上摆着一盆盆鲜花，服务员都穿着翠绿色的衬衫，女服务员身上是簌簌作响的束胸，戴着华丽的头饰，他们排成横队站着，听着口令鞠躬、向左转、向右转、微笑，然后又鞠躬，这就像排练描写旧商人生活的影片。

我溜进餐厅，眼前的餐厅已完全改观，那里打算出售雕刻着公鸡的盐瓶、苏兹达利圣像、画匠作的蹩脚圣像，以及带有瓦斯涅佐夫勇士像的小首饰盒、胸针、小碟。乐队正在排练《沿着母亲伏尔加河向下……》。

经理说我必须立刻把房间腾出来，一小时之后要从列宁格勒来一大批美国旅客。

我拖延了一下，想看看这些尊贵的旅行家，这些人很阔气，服务员们气喘吁吁地搬运着沉重的箱子。女服务员记住了事前的训导，卖弄风情地微笑着，而旅客们只是傲慢地点点头。我和其中的一位谈了起来，他是布宜诺斯艾利斯一个大交易所的经纪人。他说有人劝过他别来莫斯科，但现在他彻底放心了，旅馆很像旅馆："当然还是差一点，然而可以体验一下俄罗斯精神。我去过巴黎，那里有一家出色的餐厅叫'三马车'……"

（我气愤，但并不惊奇。在这件事之前不久我去过伊万诺沃。我走进一家饭馆，大厅里摆满了一盆盆净是灰尘的棕榈。桌上铺着肮脏的桌布，布满了昨天的调味汁和前天的红甜菜汤留下的污斑。我刚在一张看上去比较干净点的桌旁坐下，女招待员就大喊大叫地说："您没看见还是怎么的？……这是外国人用的……"原来有两个年轻的土耳其人在当地的纺织学院学习，对他们很尊敬，拿干净的桌布给他们用饭。）

我到编辑部要了一架打字机，随即写了一篇文章，标题是《坦率的谈话》。我描述了在"民族"旅馆所见的一切，并指出拿这家有经受过严格训练的仆人和拼命干活的姿态的旧式俄国旅馆来冒充苏维埃国家是愚蠢的。我写道："外宾先生们，如果我是你们的向导，那么我让你们参观的将不是我国的过去，而是它的现在。我不愿昧着良心，也不愿对你们隐瞒许多坏人坏事。我不愿仅仅因为左边有人在排队就对你们说'向右看吧，那边有一座古老的教堂'……我们的国家还相当贫穷、落后、愚昧，因为我们刚刚才开始生活……你们亲眼见到一家旅馆的丑事，因此你们可以理解，要摆脱过去留给我们的可怕遗产是多么困难。除了穿绿衬衫的茶房之外，我还可以告诉你们不少蠢事。我们这里关于尊敬人的问题谈得很多，但远非所有的人都学会了尊敬人……我跟你们说了些坏事，现在让我来说几件好人好事吧……"我叙述了库兹涅茨克的建设者的故事，农民在休养所休养的事，还谈到"滚珠轴承厂"里的文学小组。我了解资本主义世界，那儿烧毁棉花和书籍，失业者马马虎虎地在桥下过夜，法西斯分子进行大屠杀。总而言之，在一百多个美国阔佬面前为我们的贫困而羞惭，不仅是卑鄙的，而且是愚蠢的。

我要提到的日期是 1934 年 6 月。人们的生活是艰苦的，但和前两年相比已使人觉得轻松些了。个人崇拜已经在文章、诗歌、肖像以及使逐渐减弱的掌声重又炽烈起来的震耳欲聋的"乌拉"声中露头了。这一切有时败坏了我的口味，但绝未败坏我的良心，难道我能预见到事态的发展吗？那个夏天人们争论得很多，幻想着未来。拘束倒还没有，因此《消息报》主编布哈林刊登了我的文章。

我收到许多信件，读者们感谢我提到了苏联人的自尊心。然而我的头上却笼罩着一片阴云。外国报纸的读者报道了我这篇文章。《泰晤士报》写道，有一位苏联作家揭露了"国际旅行社"怎样"欺骗外国旅行者"。"国际旅行社"的领导人断言，几位打算访问苏联的英国人和法国人读了我的文章之后放弃了旅行，还说我给国家带来了物质上的损失。布哈林为我辩护，当时我正在阿尔汉格尔斯克附近的木材采伐场里，因而没有听见各种各样的电话铃声。幸好发生了别的事情，我的文章总算被大家置之脑后了。

我之所以谈起这件喜剧性的、并不是很有意义的插曲，绝不是为了哗众取宠。回想起"民族"旅馆荒唐的装模作样，我自己曾思考过很多事情。

我第一次回忆起向外国旅客一躬到地的服务员们是在 1947 年，当时作家协会的一位领导人曾对我说，我国文学的任务在长时期内将是为反对奴颜婢膝和逢迎谄媚而斗争。我仔细地问了许久，因为我很希望他指的是某些类似我所描写的"国际旅行社"工作人员的那种有损尊严的行为，指的是莫斯科的时髦女人对外国破烂货的崇拜，指的是那些为数不多、但仍然存在着的人们，对他们来说，金钱、自由竞争、投机冒险的世界仍然是有吸引力的。但是我想错了，和我谈话的同志跟我解释，必须同对西方学者、作家、艺术家的膜拜作斗争。

我怎么也不能理解"西方"是什么意思，在我看来，西欧和美洲各国并不是清一色的：约里奥-居里和皮杜尔相比是生活在另一个世界里，贝尔纳教授不像麦克阿瑟，海明威显然不同于杜鲁门总统。"西方"？……难道马克思不是诞生在特里尔？难道十月革命以前没有发生过 1848 年的 6 月革命、巴黎公社事件以及西方各国的工人斗争吗？

不久我就看出反对奴颜婢膝和阿谀逢迎的斗争导致了什么样的结果。食品工业的领导人将卡马别尔乳酪更名为"小吃"，把列宁格勒的"诺尔德"咖啡馆改名为"北方"咖啡馆。一家报纸断定凡尔赛宫模仿了彼得大帝修筑的宫殿。苏联大百科全书在"航空"这一条目中证明，西欧的学者和设计师对航空事业的发展所做的贡献微乎其微。我在一篇文章中谈到爱德华·马奈（1832—1883，法国画家）是 19 世纪的大师，编辑把这一句删掉了，并说："伊利亚·爱伦堡，这是纯粹的卑躬屈膝。"

1949 年在巴黎召开第一次保卫和平代表大会期间，法国人要求我举行一次记者招待会。有一位记者问我怎样看待苏联报上的一篇文章，文中说，莫里哀是个没有才能的剧作家，这在读了奥斯特洛夫斯基的剧本后尤为明显。记者手里拿着一份苏联报纸，但是我看不清楚是什么报。我回答说我不知道译文是否正确，并说我没有读过这篇文章。如果确实发表了这样的文章，那只能表明文章的作者在文学方面不是内行，也不很聪明。"我们说我国已经消灭了剥削者，这是事实。但我们从来没有说过已经消灭了傻瓜……"记者们笑了起来，接着就更加注意地听取有关"冷战"、杜鲁门的政策、保卫和平的任务的回答。而我却浑身是汗，我在猜他援引的是什么报上的文章。记者招待会结束的时候，提出这个伤脑筋的问题的记者走了过来，把报纸给我看了。我轻松地吐了一口气，原来是一份《晚报》……

从那个时期以来，许多事都发生了变化，但真正的奴颜婢膝、阿谀逢迎（不是批评家们在 1947 年所写的那种东西，而是 1934 年鼓舞过"国际旅行社"的指导员的那种东西）却尚未消失。在伊斯特拉市离我的住宅不远的地方立着一座不大的契诃夫半身像（1929 年以前伊斯特拉叫作沃兹涅先斯克，契诃夫曾在该城地方自治局的医院里工作）。纪念像是 1954 年立的。几年之后，纪念像周围长满了牛蒡、荨麻、飞廉等杂草。我劝地方当局把纪念像四周清扫一下，种点花木，但是白费唇舌。两个法国女人——《人道报》的记者曾来找我，其中的一位能说俄语。她们途中在伊斯特拉停留了一下，开始为契诃夫的纪念像拍照。区苏维埃的一位工作人员很惊讶："原来法国人也知道契诃夫……"那位法国女人回答说："当然知道，可我原先以为在苏联人们也知道他呢。"她顺手指了指一丛丛的荨麻。第二天我就看见纪念像的周围满是蝴蝶花。

缺陷和优越感常常是并存的，不相信自己的人往往目空一切。我国人民不仅在建设新社会的艰辛道路上领先，在科学的某些领域里也走在别人前面。当然，我国还有许多不通车的道路，几家合住的住宅，拙劣的写生画，这种或那种日用品供应不足的现象。但因此在外国人面前感到惭愧却是不必要的，应该在自己面前感到惭愧，惭愧之后就去为提高生活水平而斗争。对别国，包括对那些过时的制度还占统治地位的国家的文化的尊敬不会损害任何人的尊严。这些国家的人民是有生命力的，他们不仅在过去存在过，而且现在仍然存在着伟大的学者、作家、艺术家。那些尚未从奴隶的心理状态中解放出来的人是会奴颜婢膝的。但自尊心却与半奴隶、半骄傲自大者的妄自尊大毫无共同之处。

07

第一次苏联作家代表大会

　　我写道，我在准备参加苏联作家代表大会的时候就像一个准备参加第一次舞会的姑娘。也许我的许多天真的希望并未实现，但代表大会却依然如同一个盛大罕见的节目一般铭刻在我的记忆里。圆柱大厅的四壁挂着伟大的先辈们的肖像——莎士比亚、托尔斯泰、莫里哀、果戈理、塞万提斯、海涅、普希金、巴尔扎克等。我面前是一幅海涅的肖像——年轻，耽于幻想，不用说，还带着嘲笑的神情，我无意识地反复诵念着：

> 侧面的布景画得十分花哨，
> 我那么热情地朗诵了诗篇。
> 无论是法衣的华丽、帽上的羽毛，
> 还是种种感情——一切都很美好……

　　我现在是微笑着回忆大会开幕时的情况：乐队蓦地开始奏起震耳欲聋的迎宾曲，仿佛应该随即举杯祝贺了。

　　代表大会开了 15 天，每天清晨，当我们匆匆赶到圆柱大厅的时候，入口处总是簇拥着一群以一睹作家们的风采为快的莫斯科市民。每天下午 3 点钟在午间休息开始的时候，人群密集得使我们难以通过。当时还没有签名留念的风气，人们盯着我们，认出了某人便向他致意。客人每天变换，有两

召开第一次苏联作家代表
大会的圆柱大厅

万五千莫斯科市民到代表大会上去过。

各种各样的代表团都来了，有红军的和少先队的，"三山纺织厂"女工的和地下铁道建设者的，乌兹别克集体农庄庄员的和莫斯科教师的、演员的以及过去的政治流放者的。铁路员工在信号笛声中列队进入会场，少先队员吹着喇叭；集体农庄的女庄员带来了盛着水果、蔬菜的大篮子；乌兹别克人给高尔基送来了一件长袍和一顶绣花小圆帽，海员们送给他一艘快艇的模型。这一切都是激动人心的、天真动人的，就像一个不寻常的狂欢节。我们已习惯了写字台前呕心沥血的时候，可现在突然来到一个撒满了玫瑰、翠菊、天竺牡丹、金莲花——莫斯科初秋的全部花朵的广场。

我打开了一本如今已成为珍品的书——代表大会的速记报告，浏览了代表的名单。第一次作家代表大会的参加者也已成珍品——在 700 人中迄今犹在人世的只有 50 人左右了。30 年过去了，那是十分艰苦的年头。

巴黎公社的参加者居斯塔夫·伊纳尔致辞的时候，我正担任会议的执行主席，他当时已是 86 岁高龄。

那些前来向代表大会致贺的代表团成员都是尚未写出来的长篇小说中的主人公。我还记得一个高大结实的女人，她是莫斯科州一个集体农庄的女庄员，她说："我有一个丈夫，我当集体农庄主席现在是第四年了。你们知道，

高尔基穿着戴着乌兹别克斯坦代表
赠送给他的长袍和帽子

一个集体农庄的主席和一个工厂的经理是不相上下的，可我的丈夫却是一个普通的庄员。但是他学会了忍耐，人们给他派工单，请他去完成。要是不这么办，我就要在管理委员会里说话，完不成任务我就不给他算工作日。要是他再完不成，我就要把他赶出集体农庄，我要拿出点厉害给别的丈夫瞧瞧，他们会说，她把自己的丈夫都给收拾了，咱们往后就难办了……"个子不高的丈夫站在旁边吓得直哆嗦。

所有的代表团都来"讨债"：纺织女工要描写织布女工的长篇小说，铁路职工埋怨作家忽视运输问题，矿工们请求描写顿巴斯，发明家坚持要求写发明家中的英雄人物。（人们并非永远都能指出他们到底需要什么。有些作家急于还债，出现了几百部以生产为题材的长篇小说，但读者同时也成长起来了。30年不是不留形迹地逝去的……图书馆的管理员们说，铁路职工读契诃夫的短篇小说读得入迷，矿工们喜爱阿·托尔斯泰的《彼得一世》，织布女工读《安娜·卡列尼娜》时流泪，发明家们爱读没有任何创造发明的长篇小说，无论是《静静的顿河》，还是《老人与海》。）

老民间诗人苏莱曼·斯塔利斯基决定朗诵（说得确切些，是吟唱）关于代表大会的诗歌以代替发言：

> 人们向民间诗人致敬，
>
> 于是我，斯塔利斯基·苏莱曼，
>
> 前来出席歌手们光荣的代表大会。

高尔基用手绢擦着眼睛。我不止一次看见高尔基的眼里闪着激动的泪花，安德森-尼克索在被少先队员们包围的时候，热泪也夺眶而出。

帕斯捷尔纳克坐在主席台上，脸上始终挂着赞赏的微笑。当地下铁道建筑者代表团来到的时候，他一跃而起，他想从一个姑娘手里接过一件沉重的工具，她笑了起来，大厅里的人也笑了，于是帕斯捷尔纳克在发言的时候便开始解释："当我不知不觉地想把一件我不知道它的名称的沉重的采掘工具从地下铁道工地的一名女工肩上卸下来的时候，主席团里那位嘲笑过我的知识分子的多愁善感的同志是否能知道，这一瞬间她在某种瞬息即逝的意义上就是我的姊妹，我想把她当成一个亲人和一个早已熟识的人而给予她帮助。"

挤得满满的大厅宛如一个剧院，人们欢声雷动地欢迎心爱的作家，赞美出色的发言。奥列沙以其富于诗意的自白令人震惊，维什涅夫斯基和别济缅斯基则以热情洋溢的群众大会式的演说令人震惊，科利佐夫和巴别尔善于逗人发笑。

看来所有的人说的都是由衷之言，尽管演说的内容有时并不符合这个或那个作家的精神状态。尤·卡·奥列沙谈到他如何摆脱了不久前的疑虑而复活了："不知道为什么我竟突然返老还童了。我现在看见手上年轻的皮肤，我穿着一件汗衫，我变年轻了，我现在只有 16 岁，什么都不需要了。一切怀疑、一切痛苦都已过去，我变年轻了，我的前程远大。"也许就在当天，也许是第二天或一个礼拜以后，我和他同进午餐时，他忧愁地说："我再不能写作了。要是我写'天气不好'，人们就会对我说，对于棉花来说天气很好……"奥列沙是很有才能的，他在 1927 年写的《妒忌》一书经住了时间的考验。他近几年断断续续的记事也显示出强大的写作能力。但他并未返老还童。这是幻想，是节日里的一场梦……

高尔基聚精会神地倾听发言，他希望代表大会能做出一些切实可行的决定。高尔基提出了许多建议：写"工厂史"，编《世界的一日》一书，撰写国内战争史和各种城市的历史，创办文学讲习所，搞集体创作，创办一份培养初学写作者的刊物。他的一部分计划日后实现了。但代表大会却不是也不可能是解决具体问题的，它变成了一次声势浩大的政治示威。从德国刮来了法西斯分子焚烧书籍的浓烟。所有的人都记得不久前的事件：巴黎的法西斯叛乱，保卫同盟的崩溃。外国革命作家来出席大会，扩大了圆柱大厅的四壁。我们不安地感觉到战争的临近。

高尔基邀请外宾和一部分苏联作家前往他的别墅作客。我记得一位中国女作家（指胡兰畦）所说的一个可怕的故事，她说青年作家李伟森被活埋了。一位日本客人在代表大会上叙述警察怎样残酷地折磨并杀害了作家小林多喜二。我们热烈地欢迎布雷德尔（1901—1964，德国作家），他在法西斯的集中营里蹲了一年多。他谈到路德维希·雷恩和奥谢茨基（雷恩，1889—1979，德国作家。奥谢茨基，1889—1938，德国反法西斯政论家）的遭遇。听着这种故事怎能无动于衷呢？为了描述那些天的情绪，我不妨举像帕斯捷尔纳克这种远离政治的人物的例子，他在发言中回忆了一位谈到保卫祖国的红军代表的贺词，接着说："你们在军事学校学员伊利乔夫的话中听到了你们自己抑扬婉转的声音。"

我曾说过，历史是不能重写的。代表大会在一份决议中向出席大会的外宾致敬，他们是安德森-尼克索、马尔罗、让-里沙尔·布洛克、雅库巴·卡德里、布雷德尔、普利维耶、胡兰畦、阿拉贡、贝希尔、阿马贝尔·埃利斯，又向未能出席大会的外国作家致意，他们是罗曼·罗兰、纪德、巴比塞、萧伯纳、德莱塞、厄普顿·辛克莱、亨利希·曼、鲁迅（我保留了决议上的顺序）。上述作家之中有一部分人已在各种不同情况下，在不同的时间，而且也以不同的方式背离了他们在1934年赞同过的那些思想，但我现在所说的不是他们以后的命运，而是代表大会。

安德森-尼克索要求苏联作家把写作的题材放宽些："你们应该给群众以理想，这不仅是为了斗争和劳动，也是为了一个人孤居独处的宁静时刻……一个艺术家必须给予所有的人以栖身之处，甚至对麻风病人也不例外，艺术家应该具有一颗慈母之心，才能保护弱者和到处碰壁的人们，保护一切由于各种原因跟不上我们的人们。"

拉狄克在报告里提到了让-里沙尔·布洛克的某些犹豫。布洛克在发言中谈到建立一个广泛的反法西斯战线的必要性："拉狄克同志，如果您坚持您的指南，如果您表示怀疑，那么我个人应当提醒您，这只能把西方的广大群众推向法西斯主义方面。"年轻而富有鼓舞力的阿拉贡仰着头谈到"兰波和左拉、塞尚和库贝"的遗产。

马尔罗作了两次发言。第一次他谈到文学的作用："美国已让我们看到，

左：古科雷尼索夫为第一次苏联作家代表大会画的漫画
右：古科雷尼索夫为尤里安·奥列沙画的漫画

人们虽然表现了强有力的文明，但还没有创造出强大的文学，一幅伟大时代的照片也还不是伟大的文学……你们就像种子一样彼此类似而又各不相同，你们正在这里为那种将产生许多新的莎士比亚的文化奠定基础。但是可别让莎士比亚们在许多最最漂亮的照片的重压下憋死。"

第二次他为了表明自己的政治立场而要求发言："要是我认为政治低于文学，我就不会和安德烈·纪德一起在法国发起保卫季米特洛夫同志的运动，我就不会受保卫季米特洛夫委员会之托前往柏林，最后，我也不会来到这儿。"马尔罗患有抽搐症，拉狄克以为马尔罗由于争论而皱眉头："当他认为问题提得过于尖锐的时候，他的脸常常扭歪了。"他急忙安慰马尔罗，但是他当然治不好他的抽搐症。

我的老朋友托勒尔、奈兹瓦尔、诺沃梅斯基也发了言。拉斐尔·阿尔维蒂十分谦逊，甚至连贵宾名单中都不见他的姓名。

我们在 15 天里究竟谈了些什么呢？在我们中间似乎还没有普希金和果戈理，但许多人已经不是种子，而是树木或灌木丛了。阿列克谢·托尔斯泰不像绥拉菲莫维奇，巴别尔不像潘菲洛夫，杰米扬·别德内不像阿谢耶夫，而政治宣言也经常同文学争论交织在一起。诗人们的嗓门最高，布哈林的报告使他们大为兴奋。在第一次提到马雅可夫斯基的名字时，大厅里掌声雷动。

但是即使在这里也不是全体一致的。高尔基在总结发言中一方面把马雅可夫斯基称为"权威的和独创的诗人",一方面又说他特有的"夸张的风格"对某些青年诗人有不良影响。人们争论着抒情诗有无存在的权利,宣传鼓动传单是否已经过时,讨论着浪漫主义、通俗性以及其他许多问题。

真正的作家从不竭力表现自己,而是努力通过自己来表现同时代人的思想和感情。但是作家的工作不是在车间里或舞台上进行的,而是在一间关着门的斗室里进行的。我们可以教导一个初学写作的作者克服文学上的无知和缺乏审美感,可以教他阅读,但不可能教会他成为一个新的高尔基、勃洛克或马雅可夫斯基。即使是一位大师也教不出另一位大师来:一把钥匙只能开一把锁。司汤达曾试图听取巴尔扎克的忠告,险些把《帕尔马修道院》给毁了,幸而他及时醒悟,并拒绝了重写这部长篇小说的建议。屠格涅夫曾煞费苦心地修改丘特切夫的某些诗篇,因为他认为这些诗篇有错误,但结果把它们彻底糟蹋了。

作家们有时候(不很经常)互相谈论文学问题,这些交谈或争论可以帮助人们了解许多事情的意义。但是否能在一个大厅里的迎宾曲和欢呼声中争论技巧问题呢?我以为是不能的,而且代表大会所担负的也是另一种任务。

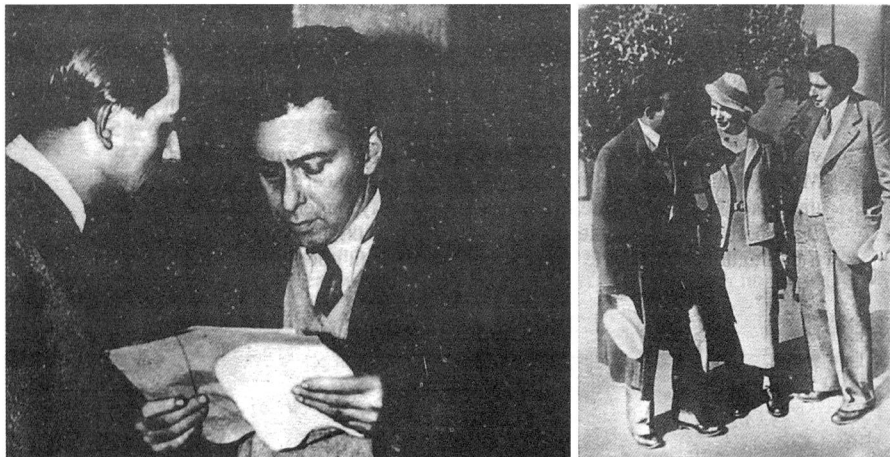

左:1934年,爱伦堡和安德烈·马尔罗在第一次苏联作家代表大会上
右:1934年,爱伦堡与尤·狄沙诺夫、伊琳娜·爱伦堡在莫斯科

读者们看到我们和他们在一起，看到我们有共同的目的。我们也同样理解，我们的工作对千百万人有利害关系，这迫使我们更认真地思考作家的职责。代表大会是在一个极为艰苦的前夜召开的，那是十年前，我们看见了法西斯主义的青面獠牙。不管我们艺术上的分歧有多大，有时还会引起不和，但我们仍然让那些想了解这一点的人们看到，战斗的友谊对我们来说并不是抽象概念。代表大会做到了这一点，同时我也认为，更多的事它是做不到的。

出于天真或性格上的特点，我终于像别的一些作家一样卷入了文学问题的论争。譬如说，我敢于对作家们的集体创作的效果产生怀疑。高尔基回答我说，我之所以这样说是"出于误解，出于不熟悉集体创作的技术意义"。

后来高尔基对我说："您反对集体创作，这是因为您所想到的都是有文化的作家，您大概很少阅读现在发表的东西。难道我是建议巴别尔同潘菲洛夫合作？巴别尔会写作，他有自己的主题。我还能举出别的一些作家——特尼扬诺夫、列昂诺夫、费定。但年轻的作家……他们不但不会写作，甚至还不知道该怎样着手……"老实说，高尔基并没有说服我。我首先想到的是他自己，他学会了写作，找到了自己的主题，谁也不曾向他三番五次地解释过任何问题。而且我在 1934 年也看到了一些经历过生活的艰辛并找到了自己道路的作家。他们在我们伟大的前辈们的书中找到了教训，这些教训从文学小组的组长们或筹划过的文学研究所的教授们那里是得不到的。我感到遗憾的是另一件事——我和高尔基相识太晚。我和他交谈过两次，在代表大会期间我常盯着他。他的天才使我震惊，这种天才在他任何一个手势里都感觉得到。他做报告的时候常常突然咳嗽起来，咳的时间很长，于是大厅里鸦雀无声，人人都知道，高尔基病了，他受不了聚光灯的强烈光线的刺激。当我们在他的别墅里用晚餐的时候，他突然站了起来，负疚地微笑着说，请大家原谅他——他累了，要去休息。巴别尔很了解高尔基，他告诉我："他身体很坏，马克西姆（高尔基的幼子）死后他支持不住了。不是那个高尔基了……"也许他是对的，但"那个"高尔基我却没能见到。

我作了很长的发言，现在我摘录其中的若干片段。

"是否可以由于一个作家不够通俗而责备他呢？写一些用手风琴伴奏的抒情歌曲要比贝多芬作曲容易得多……每一个真正的艺术家都力求朴实，但每种朴实之间是不同的。《莫扎特和萨利里》的朴实不同于克雷洛夫寓言的朴实。有一种朴实需要知识上的修养才能被人理解。我们有些长篇小说已经能为千百万人了解，我们有权为此感到骄傲。我们在这一点上已远远超过了资本主义社会。但我们同时也必须珍惜、爱护我国文学的另一些形式，这些形式今天依然是知识分子和工人阶级的上层分子的采邑，但明天却同样要成为千百万人的财产。朴实并非粗糙，这是一种综合，而不是含混不清的东西。我之所以不得不指出这一点，只是因为土头土脑还在一定程度上是我国文学的特点。领导权现在属于我们国家……但在我们的书中却常常可以感觉到一种傲慢和穷乡僻壤的逆来顺受同时并存的现象……

　　"19世纪的伟大作家们给我们留下了经验……但在我们这里却正在用模仿来代替对这种经验的研究。模仿的风气就是这样开始的，盲目地模仿旧自然主义小说手法的长短篇小说就是这样出现的……在我们这里常常以必须同形式主义作斗争为借口而鼓励对最反动的艺术形式的崇拜……一位工人对营房式的宿舍提出正当的抗议……但是难道这就意味着可以搬出伪古典主义的正门样式，加上一点帝国式、一点巴洛克式、一点古代莫斯科河南岸市区的建筑样式，然后用所有这一切来冒充一个新的伟大阶级的建筑样式吗？……谁会想到把一部绘画史仅仅看成一份空空如也的目录呢？17世纪的荷兰大师画苹果，塞尚也画苹果，但他们是用不同的方法来画苹果的，而全部问题正在于他们怎样画苹果……

　　"我们现在看到的不是严肃的文学分析，而只是一些红榜和黑榜，作者们就在上面跑来跑去，而且把作者们从这个榜上搬到那个榜上，又实在像神话一般轻而易举。像我们常说的那样把一个作家抬到架子上，以便立刻又把他从上面扔下去，这是不成的。这又不是体育。不允许对一个作者的作品所作的文学分析立刻影响到他的社会地位。财富分配的问题不应取决于文学批评。最后，不能把艺术家的失败和缺点视为罪行，而把成功视为恢复名誉。"

　　通常每当我回顾往事的时候，我总要为我怎么会写出这样的东西、干出这样的事来而感到惊奇，我好不容易才在褪色的照片上认出自己。但在作家代表大会上的发言却出于另一种原因使我惊奇：我觉得这是从我不久前写的一篇文章里摘引下来的。而从那以后已过去了30年，世界已发生了令人

左：1934 年，让-里沙尔·布洛克、爱伦堡和米哈伊尔·戈利采夫在莫斯科
右：奥·尤·施密特

难以辨认的变化。奥·尤·施密特在代表大会上向我描述航空事业的辉煌远景：我国的飞行员将在最近一两年内飞越北极。我听着他的话，就像在听一个魔法师的话。那时候有谁想象得到，27 年以后有一位苏联飞行员将在宇宙空间安然入眠，不停地围着我们的星球绕圈子呢？

当时我有一头乱蓬蓬的头发，充满激情，现在我却身材枯瘦，头顶渐秃，也比较温和了。可我现在却在文章里、在本书中复述着我在 1934 年说出的思想。也许我是老糊涂了，我变得像在叙述一桩耸人听闻的新闻似的，叙述着在特维尔大街的总督官邸旁边被他的派出所所长无端侮辱了一顿的那个老头子。见到这样的老头子人们是会躲开的，但对我却不时要进行攻击。可惜我想必是活不到我在代表大会上指出的那些问题变得陈腐过时的那一天了……

1934 年，在《第二天》问世以后，我的名字上了红榜，而且谁都不侮辱我了。当时一般来说是一个美好的时代，我们所有的人都认为，到了 1937 年，当根据章程应该召开第二次作家代表大会的时候，我们这里将是一座天堂了。奥·尤·施密特在代表大会上发了言，他以痛苦的讽刺口吻谈到了描写"切柳斯金号"船员历险经过的一部影片："人们听见一个人的声音，疑似探险队队长的声音，虽然我根本没说过这种话。这位队长一直在喊：'前进！

快些！再快些！前进，前进！'我们不是用这种方法进行领导的。我们的领导、我们的工作不需要催促、压力、喊声，不需要领袖和其余群众的对立。这完全不是我们的方法。"我们一齐为有见地的发言鼓掌。奥·尤·施密特是一位优秀的学者，他不是先知。

选出了理事会，通过了章程，高尔基宣布代表大会闭幕。次日，拿着扫帚的清洁工人在圆柱大厅的入口处紧张地工作，节日结束了。

08

建设与摧毁《一气干到底》

在作家代表大会开幕之前，我和伊琳娜到北方去了一趟。我们到过阿尔汉格尔斯克、霍尔莫戈雷、乌斯季皮涅加、科特拉斯、索尔维切戈茨克、瑟克特夫卡尔、大乌斯秋格、纽克谢尼察、托季马、沃洛格达。我们乘坐着用值得自豪的名字命名的轮船："勇士号""马克思主义者号""群众工作者号""健儿号"。轮船走得很慢，人们在叙述冗长的故事，在争论、幻想、歌唱、说下流话。旅客们在轮船停靠的码头上购买牛奶和黑果越橘，洗澡，交朋友，妇女们则洗衣服。河岸苍翠而神秘，轮船仿佛突然惊叫着钻进了大自然永恒的昏睡状态中。间或可以看到住宅——那是特别坚实的两层小木房。河上缓缓地漂流着巨大的树干——木材顺着静静的苏霍纳河、变化无常的维切格达河、宽阔的德维纳河向海中漂去。夜晚明亮如昼，它的美有时令人赞叹不已。我第一次看到俄罗斯的北方，它以温柔和严峻、以古代的艺术和魁梧而沉默的人们的青春气息使我立刻为之倾倒。

我到浮栅上去过，那里的人们站在木筏上用钩杆捞取松树和云杉的树干。浮栅有时轧轧直响，似乎立刻就要被撞开，木材就要向海里冲去，但人们夜以继日地工作着。他们把树干捆成木筏，拖船把木筏拉到阿尔汉格尔斯克，在那里把树木装上英国、挪威、瑞典的船只。这是外汇，要用它来购买工厂的设备。

我常同工人们、同不久前才离开乡村的小伙子和姑娘们长谈。不仅木材长得长短不齐，人们也是如此。我看见过一些工人，他们在闲暇的时候啃数学课本，读诗，为德国共产党人的悲惨遭遇痛苦。我也看见过漠不关心的人、机灵鬼、骗子。

当我看到阿尔汉格尔斯克周围的新居住区、大乌斯秋格的絮制品制造厂和拖拉机的时候，我当然感到高兴，但最使我吃惊的是觉悟的提高。人们的相互关系开始复杂化、深刻化。我在木材采伐场上、在浮栅上、在港口里遇到过一些见多识广、具有丰富精神生活的人——他们不是光荣榜上那些永远面带笑容的突击队员，而是一些复杂的、精神上成熟的人，而且不管生活有多么艰苦，不管当时业已出现的那些冷漠无情的行政首长多么使我气愤（他们关心的只是数字，有时还是假想的数字），但我依然感到高兴：我看到了我们的社会正在成长。

不久前，我翻阅了几部陈旧的《红色处女地》杂志的合订本，偶然看到这样的几句话："爱伦堡看到的是一个充满各种相反现象的世界，这是他的眼睛的特点。"作者所说的正是我在 1934 年对北方的认识。我思索过：我是否真有一双特殊的眼睛，所以应该去找眼科医生或精神病医生呢？我正在阅读陈旧的记事，竭力在记忆里重现 1934 年的夏季，这虽然不是什么很久以前的往事，但毕竟不是昨天。是啊，我常常赞叹，也常常生气，我愁眉苦脸，也心花怒放。但在和别人谈话的时候，我看到他们也称赞一件事，诅咒另一件事。问题也许不在我的眼睛，而在时代，这个时代对于相反的现象十分慷慨。

莫斯科当时第一次体验到建设的激情，它散发着石灰浆的气息，这使人心里感到愉快。我看到地下铁道的首批工程是怎样修建的，并和所有的莫斯科人一同高兴。在西蒙诺夫修道院周围耸立起一座座巨型工厂。我很熟悉的许多街道已辨认不出来了，木材、碎石、空地代替了歪歪斜斜的小房子。夜间在城市的上空凝聚着一片橙黄色的烟雾，我童年时代那个落后的莫斯科第一次具有了首都的外观。

但在一旁也能看到人们在拆除古代文物：中国城、苏哈廖夫塔、红门。长着古树的祖博夫斯基、斯摩棱斯基、诺温斯基三条林荫道构成的绿环被消灭了。很难解释何以在革命的 17 年后要破坏大批珍贵文物，而且不是自然

左：莫斯科的红门
右：1934 年，被拆除的大乌斯秋格教堂的基督雕塑

破坏，而是有组织地破坏。我还记得同伊·埃·格拉巴里的一席谈话，他说许多建筑师反对拆除红门，他们在报告书中写道，这座拱门并不妨碍交通，即使把它拆掉，汽车也依旧必须绕过广场，而且在红门所在的地方将来也得设一名警察，这些理由没有起作用。

我在北方目睹人们何等狂热地摧毁值得保存下来的东西。当时还可以找到不少 16 至 17 世纪用木材盖成的教堂，它们表现了俄国人民的创造天才。人们用这些教堂贮藏马铃薯、谷物，而它们在存在了三四百年之后却一个跟着一个消失了。我在阿尔汉格尔斯克的时候，人们正在那里费尽九牛二虎之力炸毁彼得一世时代一座美丽的海关大厦（人们在墙上找到一个精致的匣子，匣子里有一个木制的维纳斯；人们把"木偶"毁掉了）。我看到人们一块砖一块砖地拆除大乌斯秋格最古老的一所教堂，他们向我解释："我们正在盖一个浴室。"在另一个教堂里晒着衣服，衬衫下面端坐着耶稣。巴洛克式木制的彩色雕刻品在北方很普遍，画匠们最常画的是监狱中的耶稣（我曾在西班牙的巴利亚多利德城看到过一件雕刻品很像大乌斯秋格的雕刻品。）我们看惯了耶稣的单身像，但我却在仓库里看到一个完整的耶稣们的座谈会，有几个是缺胳膊断腿的，他们坐在那里闷闷不乐地想着什么。

我在那个夏天游历过的地方曾在俄国艺术的发展中起过显著作用：大乌

爱伦堡和女儿在阿尔汉格尔斯克

斯秋格，沃洛格达的索菲亚教堂，用木料盖的角锥形教堂，斯特罗加诺夫画派画的圣像；壮士歌，歌曲，咒语，俏皮话；民间创作——泥塑的黑白两色的玩偶，沃洛格达的花边，骨刻、银首饰上的乌银。这里没有南方的华丽，一切看上去都是明朗的，严肃的。

　　有人曾建议沃洛格达织花边的女工绣织拖拉机图案以代替传统的花样——"契斯江卡""米兹吉列切克""列契卡""梅特维特卡"（这些都是花样的名称）。我在大乌斯秋格认识了一位老行家、制乌银的专家奇尔科夫。他向我叙说了很久，他说起初有人回答他说，现在谁也不需要乌银了，后来从市苏维埃来了几个人："公开你的秘密吧。"奇尔科夫解释说，没有任何秘密，问题不在生产技术，而在于技巧，在于想象力，但白费唇舌。一个劳动组织组织了起来，开始制造不美观的手镯。（我曾向高尔基谈到奇尔科夫的遭遇，谈到骨刻工古里耶夫，谈到一个维亚特卡的农妇梅兹林娜——有人对她说，应该把泥塑骠骑兵的肩章摘下来。谈到在长椅、凳子、墙壁上绘制花样的农民高尔基，高尔基很难过，他叫我把这一切都记下来，还擦了擦眼睛。奇尔科夫被召到莫斯科去了，但劳动组织却在继续制造那些手镯，后来奇尔科夫去世了。）

第 四 部

1934 年是充满英勇精神的一年。飞到同温层的勇敢的人们牺牲了，飞行员们拯救了"切柳斯金号"的船员。我终生难忘莫斯科欢迎他们的情景：太阳，透明的标语，鲜花和面对勇敢精神、兄弟情谊所产生的一种全民的感动——我找不到别的字眼来形容。

"切柳斯金号"的一位船员告诉我说，他们在冰上的时候拿出了一卷普希金的作品，他们高声朗诵诗篇，从而鼓舞了大家。一个作家听到这样的自白岂能不深为激动？

一位共青团员曾在"红色森林"俱乐部朗诵丘特切夫的诗篇，我不禁想起了费特的一行诗："丘特切夫不会到兹梁人那里去。"但此事就发生在瑟克特夫卡尔——先前被称为兹梁人的科米人的首府。

艰深费解的丘特切夫走向一部分人，但普通的人类感情却离开了另一部分人。清党开始了，人们在会上讨论克拉斯诺夫（这个姓氏是虚构的，下同）的工作。他的同事斯米尔诺夫说："顺便说说，克拉斯诺夫同志现在正和舍尔古诺夫的老婆同居……"舍尔古诺夫参加了会议，他倒了一杯水，但没喝它。克拉斯诺夫开始辩解："是她自己来的……"他由正式党员被降为预备党员。

在托季马，人们为神经病患者辟了一个疗养区。俱乐部设在一个教堂里，在一张已经发黑的圣母像下方贴着一张标语："为了完成第二个五年计划必须有健康的身体"。教堂的坟地被掘开了，我看见了人的遗骸。长着一双毫无表情的眼睛的俱乐部主任摸着自己下垂的两颊，冷冰冰地回答道："我们会搬开的，但眼下还没工夫。人们一开始踢球就不会注意这些了……"

报刊的批评家还在赞许肖斯塔科维奇的新歌剧《卡捷琳娜·伊斯梅洛娃》。人们在《茶花女》初次上演的时候向梅耶霍德欢呼。有人给我看了扎博洛茨基的长诗《农业的胜利》。诗句起先令我吃惊，接着把我迷住了，我把它们反复吟咏了很久。我在莫斯科曾和亚·彼·多夫仁科一同消磨了几个晚上，他像往常那样非常激动，也非常热情，他正在为《航空城》而苦恼。但别人却把影片《迎面走来的人》拿给他做榜样，影片描写的是几个虚情假意的突击队员轻而易举地取得了胜利。展览馆里已经放满了酷似彩色照片的巨幅油画：斯大林在讲台上、斯大林坐在长凳上、《村苏维埃会议》《铸造车间里的群众大会》。在"民族"旅馆旁边盖了一幢伪古典主义式的房子，人们谈到它

尼古拉·扎博洛茨基

时说："瞧，这就是咱们的苏维埃样式，没有丝毫形式主义的新奇花样……"莫斯科市国民经济会议商业部里在出售我儿时曾在商人家中的五斗橱上看到过的花盆、小猫、猫头鹰。从窗子里传来了流行歌曲《我和我的玛莎在茶炊旁》的声音。玛莎比茶炊多得多，但茶炊旁的玛莎却能使委员会的委员、市苏维埃的代表和办事员皆大欢喜，他们认为革命前的小市民的趣味是美的典范。

生活中相反的现象比我书中的多得多，这并不是因为我有意避而不谈大片的杂草，不谈貌似猴面包树的飞廉，不谈不是被拔尽的，而是被精心培育的荨麻，我也谈到过莠草，它们使我气愤，但并不使我惊讶。使我惊讶的是另一件事——新意识最初的幼芽，打开了生活之书并被建设（不仅是工厂或住宅的建设，还有自己的意识的建设）的狂热完全吸引住了的少年们。我离开北方很久了，四周已不是绿色的森林，而是在秋雨中时时闪现的灰色的巴黎，但我依然看见那些在遥远的浮栅上谈论着友谊、爱情的痛苦，谈论着为木材、国家、幸福而进行斗争的小伙子们和姑娘们。

半年后我写完了中篇小说《一气干到底》，这本书的情节是在北方展开的。

批评家们对我的中篇小说的评价比对我以前写的书要好得多，但我却觉得它并不成功。我在书中放进了许多在《第二天》中容纳不下的东西，而且因为没有发觉这一点，我又重弹起老调来了。

但中篇小说对我毕竟还是有益的，其中有那些我日后曾不止一次描摹过的主人公们的许多速写画。乐观、聪明、爱唠叨的植物学家梁斯是《巴黎的陷落》中的杜姆教授和《暴风雨》中的克雷洛夫医生的第一次草稿。在昙花一现的成功中寻找慰藉的、到处碰壁的女演员谢芙琳娜后来变成了然涅塔、瓦利娅。渴望让现代生活同自己对艺术的理解相吻合的未经承认的画家库兹明，则是法国人安德烈和《解冻》的主人公萨布罗夫的亲兄弟。

中篇小说中还有一个泄露了我的不安的人物，他在书中像影子似的一掠而过——这就是德国人施特雷姆。他带着可疑的任务来到了阿尔汉格尔斯克，他对生活很冷淡，他被死的念头吞没了。他和一个瑞典船长在阿尔汉格尔斯克的一家饭馆里喝醉了酒，就嘟哝着说："死是一件了不起的事。平心而论，死是唯一的现实……冬天我在柏林认识了一位新闻记者，现在他担任很高的职务，他请我上他家去。他有妻子，生活又挺舒服，像这种好心肠人找不到第二个……可是他也告诉我，说他随随便便弄死了 16 个人，这绝不是残暴行为。可是您想想看：我们掌握不了自己的命运……要是你支配着别人的生命，说一声'枪毙'，你立刻就觉得自己高人一等，这是貌似永垂不朽……"

施特雷姆的独白不是笑谈，不是废话，不是酒馆里的自吹自擂，站在它们后面的是一个巨大的文明国家的可怕的生活。现在当我把《一气干到底》重读了一遍以后，我看到，如果谈到中篇小说的情节，施特雷姆是偶然跑进书中去的，他没有身份证，没有登记户口。他的面貌没有被完全勾勒出来，他的自杀是毫无缘由的，而仅仅是因为作者想尽快把一个可恶的人物从舞台上挪开，同时也把制造这种人物的那个世界挪开。德国人施特雷姆为什么要去阿尔汉格尔斯克，为什么他夜里要在城内的小公园里和可爱而迷惘的女演员谈话？这只不过因为我不能摆脱关于施特雷姆的念头。作家的书几乎从不受情节框框的束缚，在这本描写浮栅上的生活、共青团员们的爱情，描写一个一下子同时失去了婴儿和对丈夫的信任的年轻妇女的痛苦的中篇小说里，流露出另一种东西：作者的思想和感受、柏林焚书的火堆、巴黎的法西斯暴乱之夜、弗洛里斯多弗的废墟以及对未来的担忧。我还不能预见到许多事情，但我已经明白，这和法西斯主义是不能共存的。这便是我觉得无法容忍的那些相反现象。

09

斯大林想和我谈谈

让-里沙尔·布洛克在代表大会上说，教条式的狭隘性很容易使摇摆不定的人起反感。西方的许多作家不理解社会主义现实主义的方法，但人人都理解法西斯主义的方法：它把书籍投入火中，把作者关进集中营。在代表大会期间，我们不止一次谈到，需要筹建一条反法西斯作家的战线。

我重又绕道来到了巴黎，我乘一艘苏联轮船抵达比雷埃夫斯。希腊作家格利诺斯和科斯塔斯·瓦尔纳利斯与我同行，我们成了好友。瓦尔纳利斯把战斗的热情同温柔、好幻想的天性融于一身。在萨洛尼卡市，希腊警察局不准格利诺斯和瓦尔纳利斯上岸，他们必须在比雷埃夫斯接受搜查。在希腊，大家谈论的都是行将来临的法西斯主义，到处都能看到俨然以指导员自居的德国人。"他们想吃掉我们。"瓦尔纳利斯说。一年后他被捕了。

我们从雅典到布林迪西，穿过了意大利，我又听见了黑衫党人的咆哮。

报载摩洛哥雇佣兵正在镇压阿斯图里亚斯的矿工。我已经不能像对待一个欧洲国家那样来对待西班牙了，我想起了西班牙那些高傲而善良的人们，我在苦恼中自问：难道也要让这些人屈服吗？……

报贩们喊叫着在巴黎街头奔跑：南斯拉夫国王和法国外交部长巴都在马赛遇害。我不知道这位国王，而且也不明白是谁杀死了他，又是为了什么。我和巴都在一次外国新闻界的午宴上有过一面之交。他那富有朝气的思想曾使我惊奇——须知他已70开外，他娓娓动听地谈到米拉波、丹东、圣茹斯特。他是一个书迷，我不止一次在塞纳河岸的旧书铺旁边看见他。德国法西斯分子恨他，巴都虽然是一个具有右倾思想的人，但坚持必须和苏联接近，坚持签订能够制止希特勒的安全条约。人人都明白巴都的被害是法西斯主义进攻的征兆之一。

我还记得在互助大厅召开了一次庆祝苏联作家代表大会的群众大会。主席台上坐着瓦扬-古久里、安德烈·纪德、马尔罗、维奥里斯和几位工人共产党员。大厅里的人也都是早已做出了自己的选择的，他们一字一顿地说："遍地建立苏维埃！"坐在我旁边的维奥里斯向我低语道："苏联作家应该表示，在反对法西斯主义的斗争中他们准备同所有的人合作……"

我和让-里沙尔·布洛克谈过一次话。他说他是通过一条曲折的道路到达共产主义的，又说当前需要在最迫切的问题——反法西斯主义的斗争周围联合起来，否则共产党员作家将陷于孤立。

我给莫斯科去了一封长信，叙述了西方作家的情绪和建立反法西斯联盟的主张。

我当时认为作家们有这样的作用，其原因现在看来可能颇为奇怪，在四分之一个世纪里，许多事物都已发生了变化，其中也包括文学的作用和它在千百万人的生活中的地位。在苏联作家代表大会上，奥·尤·施密特在谈完了天文学和物理学的成就之后补充说："作家是幸运儿，我非常羡慕他们。学者必须长久地、细心和耐心地进行思考，而作家们呢，就像人们所说的那样，常常是'恍然大悟'。"就在我们同我们的读者在圆柱大厅里会见的那一年里，约里奥-居里夫妇发现了人工放射现象，核子物理学时代开始了。我当时对这件事却一无所知（大多数作家大概也是一样）。

过了四分之一个世纪，千千万万的人开始注视学者们的工作，有时怀着希望，有时怀着恐惧。诗人斯卢茨基写过几行打油诗："物理学家受人尊敬，抒情诗人不受重视……"抒情诗人们读了没有微笑。

学者们的社会作用在两次世界大战之间是有限的。在千百万人的脑子里，学者是这么一个人：他坐在自己的实验室里瞅着熙熙攘攘的街道，不知是藐视还是害怕。学者们对于消弭这种传说没有做很多努力，朗之万是个例外。高尔基的论文、罗曼·罗兰的呼吁、巴比赛的演说都反对法西斯主义，作家们还利用巨大的声望。我还记得在巴黎的工人区维尔儒伊弗用高尔基的名字给一条街道命名时的情景，几千名工人前来参加命名仪式。瓦扬-古久里宣布让安德烈·纪德发言，工人们大概从来都没读过纪德的书，但却向他热烈欢呼，竟使他不知所措了。我引述过一个对"作家"称号崇拜得出奇的例子。在 1934 年，对作家们的尊敬也许多多少少是文学在一百年前赚到的那笔资本的利息，那是普希金、雨果、巴尔扎克、果戈理、司汤达、海涅、米茨凯维奇、狄更斯、莱蒙托夫生活的时代。

从那以后许多事物发生了变化。学者们在广岛惨剧之后认识了自己的职责，约里奥-居里成为保卫和平运动的领袖。人们对希望防止核战争的学者们的国际会议比对笔会的会议感兴趣得多。我不知道，是作家们已经开始忘记自己"生活的导师"的作用了呢，还是学生们已开始申请转入别的班级，但我现在觉得，我（而且不仅是我，还有负责的政治活动家们）当时把作家的反法西斯联盟的意义估计得过高了。

业已发生的这种变化的谜底多半不在于显然是毋庸置疑的科学成就，也不在于同样也很明显的文学的衰退，而在于那些同诗歌有无存在权利的问题没有直接关系的事件——在于原子战争的威胁。无论是抒情诗人，还是物理学家，都不能解决和平与战争的问题，但抒情诗人从自己工作的性质来说只能有助于丰富读者的精神生活，而物理学家则既能改善生活条件，也能改进杀人工具。螺旋线既是活的有机体发展的一种常见形式，也是人类社会发展的一种常见形式。当人们重又能够无忧无虑地仰望天空——既看已被人类考察清楚的物理学家们的月亮，也看不再受到物理学家们的月亮的威胁的情侣们的月亮——的时候，抒情诗人也许就会"受人尊敬"了。这是关于现在和未来的一些想法，而我之所以谈到作家们在过去的意义，不是为了再叹一口气，我是希望我下面所写的事能使读者理解。正当我坐在科坦登大街的住宅里写中篇小说《一气干到底》的第 5 章和第 6 章的时候，我国的新任大使弗·彼·波将金打电话给我，让我到他那里去一趟，事情很急。波将金告诉我说，由于我写的那封叙述西方作家的情绪的信，我被召往莫斯科，斯大林想和我谈谈。

我于 11 月来到了莫斯科，天气很坏，雪花纷飞，但我的心情却很好。我发现伊琳娜很高兴，先前她未曾告诉我，她在搞文学创作，她写了《一个法国女学生的笔记》一书。现在她好像是顺便谈到似的对我说，她的作品已被收入高尔基主编的一部丛刊中，而且不久要出单行本。我用一夜工夫读完了《笔记》，我读的时候当然怀着特殊的兴趣：伊琳娜描写了自己的中学时代和最初的内心世界。我认出了她的那些有时候到我们住处来玩的男女朋友，并发现了许多我不知道的东西——伊琳娜是城府很深的。

我在等候同斯大林会见期间，会同几个老朋友消磨晚上的时间。到我那里去的也有年轻作家——拉宾、斯拉温、莱温、加布里洛维奇。瓦西里耶夫兄弟请我看了他们编导的影片《恰帕耶夫》。我常在梅耶霍德那里消磨晚上的时间，他没有气馁，讲述着《聪明误》的演出经过，所有的人都兴致勃勃。据说在即将举行的苏维埃会议上将讨论新宪法草案。12 月宛如 5 月，我也愉快地打量着一切。

一天，我到《消息报》去找布哈林，他面色如土，勉强说了一句："真不幸！基洛夫遇害了……"大家都很沮丧，因为大家都热爱基洛夫。痛苦中也掺杂着不安：是谁，为什么，往后会怎么样？……我发现，重大的考验几乎总有安宁幸福的几周或几个月为其做先导——在一个人的生活中如此，在许多民族的历史上也是如此。也许这只是人们事后回忆不幸事件的前夕时的一种感觉？

左：谢尔盖·米罗诺维奇·基洛夫
右：1934 年，在基洛夫葬礼上抬骨灰盒的有：克·伏罗希洛夫、斯大林、维·莫洛托夫、米·加里宁

当然，在我们之中谁都没有想到一个新的时代开始了，但大家都一声不吭，警惕起来了。

过了几天，中央委员会的文化部长阿·伊·斯捷茨基对我说，由于发生了一些事件，预定的会见在最近不可能举行了，他们不想白白耽搁我的时间。阿列克谢·伊万诺维奇叫我把我对有可能团结反法西斯主义作家的想法口述给女速记员。

我在巴黎又写了中篇小说的几章。

我同马尔罗、瓦扬-古久里、纪德、让-里沙尔·布洛克、穆西纳克、盖延诺交谈。经过长期争论，一群法国作家决定在春天或夏初召开一个国际性的代表大会。作家们不是工人，把他们联合起来是十分困难的。安德烈·纪德提出一项建议，亨利希·曼提出另一项建议，孚希特万格提出第三项建议。超现实主义者大喊大叫地说，共产党员已经变成上层官僚，应该阻挠代表大会的召开。接近托洛茨基分子的作家夏尔·普利涅和马德兰·帕兹提出警告说，他们要发言"揭露"苏联。巴比塞担心代表大会由于政治上过于广泛，因而不能做出任何决议。马丁·杜·加尔和英国作家福斯特、赫胥黎则相反，他们认为代表大会过于狭窄，而且只让共产党人发言。要想调和似乎不可能调和的各种立场需要许多耐性和沉着，还得掌握分寸。

但是在 1935 年初，所有的困难都在我们面前出现了。我从莫斯科来到巴黎后，刚刚把周围的情况搞清楚，《消息报》编辑部就发来了一份电报：萨尔州正举行公民投票，我必须前往。我把中篇小说未写完的一章搁置案头，给马尔罗打了一个电话：我不能参加筹备小组的下一次例会了。

夜间我在车厢里幻想着，或者像棕红色头发的罗姆卡曾经说过的那样，我在做"工作上的假设"。代表大会将迫使摇摆不定的人选择斗争的道路。法西斯主义并不如看上去那么强大，它是依靠普遍的麻痹而存在的！萨尔州的德国人也许会投票反对希特勒……

突然我想起了《消息报》编辑部里那个使人不安的晚上，谁杀害了基洛夫？……

车厢里很暖和，我好不容易把窗子放了下来，一股黄色的刺鼻的浓烟冲了进来。

10

收到带纳粹万字符的匿名信

我于傍晚时分抵达萨尔布吕肯，彩灯在雾霭中闪烁。在主要街道上一家大灌肠铺的橱窗里赫然陈列着一个用小灌肠拼成的卐字，行人一面看，一面赞赏地微笑。旅馆的女主人，一个肥胖的、易患中风的女人，在走廊上嚷道："别忘了我是德国人！"街上的扩音器播送着军歌："我们在前进，一，二……"我睡得不好。夜里有枪声，我把门稍微打开了一点，一个准备把摆在门口的皮鞋擦净的服务员解释说："大概又抓走了一个叛徒……"早晨女主人对我说："您必须马上把房间腾出来，我错把它租给您了。我是德国人，先生！您懂吗？……"

我什么都懂，但是年轻的读者也许不懂当时在萨尔州到底发生了什么事，让我来谈谈。协约国在 1919 年签订《凡尔赛和约》的时候，对萨尔矿区争论了很久。克列孟梭想让法国得到萨尔州的煤矿。威尔逊不同意。后来他们在这一点上和解了：15 年后在萨尔州举行公民投票，由居民自己决定是否把他们的地区并入德国。在希特勒上台以前，一切都很明显：住在萨尔州的是德国人，因此他们会赞成合并。

法西斯的恐怖迫使某些人思索起来。在选民们面前摆着这样一个问题：他们是愿意并入德国呢，还是愿意维持原状，即保留自治的行政机构和同法国的经济联盟。除了主张自治的一个无足轻重的政党外，只有共产党人号召投票拥护维持原状。我来到萨尔州以后，立刻明白绝大多数人将会赞成合并：纳粹分子巧妙地利用了爱国主义。标语、歌曲、旗帜也都像我度过第一夜的那个旅馆的女主人那样，重复着这样的字眼："我们是德国人，我们的地位在德国！"

"自由表达意志"犹如一出可悲的闹剧，所有的人在理论上都能享受言论、集会、出版的自由。英国士兵要保障秩序，事实上法西斯分子却在阻挠共产党人的集会。我在任何一个售报亭里都买不到反对合并的报刊，报贩惊恐地回答道："他们警告过，要把售报亭烧掉……"人们遭到暗杀。甚至连我也收到了一封带纳粹万字符的匿名信：要是我不立即离开萨尔，就会为我预备"一颗精致的德国子弹"。

萨尔矿区的真正主人盖尔曼·罗希林答应给听话的人以奖金，让不听话的人饿死。不愿加入"德意志战线"的失业者立刻失去了补助金。

（现在每当我在西方的报刊上看到有人说德国问题可以通过"自由选择"来解决的时候，我就想起了萨尔州的公民投票……）

我曾在皮卡德村里目睹一个不可笑的运动的一桩可笑的事件。那里有两头法定作为种畜的公牛，其中一头被认为是良种牛，可怜的农民在一定程度上依靠自己的公牛生活。这个农民被怀疑在政治上不可靠，于是公牛也被宣布为"维持原状的公牛"，谁都不敢让它和纯雅利安种母牛交配了。

帮助我到皮卡德村和萨尔州的其他角落去观光的是德国作家古斯塔夫·雷格列尔。我是在巴黎认识他的，后来在作家代表大会期间我们在莫斯科见过面，他是一个神经质的、易受感动的人。萨尔州的法西斯分子扬言要杀死他，他勇敢地到处演说，描述德国的恐怖。他把我带到矿工们的家里，我在那里听到了有关所发生的事件的真实叙述。

还在公民投票之前我曾为报纸写了几篇特写，其中最后的一篇是用这两句话结尾的："一次会战可能失败。战争永远不会失败。"

会战失败了，我已经知道，在胜利之前总是会遭遇不少失败的，因而并不沮丧。

回到巴黎后，我写完了中篇小说，参加了筹备小组的一次会议，这时又不得不离开，在日内瓦将召开国际联盟理事会的一次特别会议。

瑞士人迟迟不给我签证，到了最后，大使馆参赞给我看了一封从伯尔尼发来的电报，我把它抄了下来："准许苏联公民伊利亚·爱伦堡以《消息报》

记者身份在瑞士逗留 10 天，以参加国际联盟理事会的特别会议，但必须附加以下条件：伊利亚·爱伦堡必须放弃一切足以破坏瑞士的内部安宁或有损其与邻邦友好关系之行为。"外交官向我解释说，我在瑞士的领土上不能说或写任何反对德国的话——这是瑞士中立国地位的要求。

怎么说呢，对中立国地位是可以有各种各样的理解的（不过世界上的一切也都如此）。在我到达瑞士之前不久，希特勒的爪牙在巴塞尔市把反法西斯的德国侨民雅各绑到德国去了，瑞士当局却装聋作哑。我看见了充斥着希特勒党羽的日内瓦，没要他们立任何字据，他们在瑞士有自己的报纸，他们满不在乎地写道："为了排除共产主义恶性肿瘤，必须动外科手术，而且必须从俄国开始。"

如今我已习惯了各种各样的国际会议，而且知道它们酷似《列那狐的故事》中所描写的法庭。而当时我却是一个新手，对许多事都感到惊奇。国际联盟是联合国的草稿，美国人没有参加国联，于是英国人和法国人就被认为是能左右局势的老爷。德国早在 1933 年就退出了国联，但所有的人却在希特勒面前甘拜下风。我曾在丹麦的石勒苏益格看见丹麦人多么害怕德国的师团，但丹麦的代表却在日内瓦滔滔不绝地证明希特勒的政策是爱好和平的典范，况且这位法西斯主义的辩护人还是社会民主党人。谈判是在幕后——在郊区形形色色的餐厅里进行的。德国人答应和西班牙签订通商条约，于是列鲁斯突然对第三帝国表达了温情。人们答应给葡萄牙人和智利人各种各样的小恩小惠，人们想用协议上的条款、脚注、注解来减轻席卷全球的不安。

马克西姆·马克西莫维奇·李维诺夫发表了演说，他说得很平静，看上去就像一个胖胖的贤夫慈父。他提醒外交官们，食欲是在吃饭的时候才来的，希特勒的微笑是不可信赖的："如果一名军人答应顾惜一部分市区，同时在其余的市区却为自己和自己的武器保留行动的权利，那么这样的诺言未必能引起人们的注意……"

在新闻记者经常聚集的"巴伐利亚"咖啡馆里，《费加罗报》的一名记者叫道："艾米尔·布勒发疯啦！为什么法国非得害怕德国军队？连婴儿也清楚，希特勒要向乌克兰进军……"

在离"巴伐利亚"咖啡馆不远的德国旅行社的橱窗里，挂着一张欧洲大地图，上面把阿尔萨斯和洛林画入了德国版图。

这是一个寒冷的、阴雨绵绵的春天，但报上却说夏季前往法国的旅行者将大大多于往年，"和平胜利了……"德国在继续武装。国际联盟在审查各种各样的裁军计划。法国人在谈论即将到来的假期。

我前往1918年以前属于德国的比利时的欧本城。我又在签证问题上被折磨了一番。比利时当时成立了联合政府，社会党人王德威尔得、斯巴克参加了政府。斯巴克在不久前还被认为是"赤色分子"。我记得他在波里纳日矿工们的集会上挥动拳头的情景，他以梅耶霍德的任何一个演员都会羡慕不已的速度改扮成另一个人了，他成了战后欧洲政界的一个大人物。1950年我在布鲁塞尔见过他，他尽管很胖，但举止却很激烈。他所捍卫的思想，据他说，是"中庸之道"，但他捍卫它们的方式却不合中庸之道。对于这种人我是有些害怕的：他们会仅仅因为认为自己是优秀的消防队员而纵火焚烧世界。王德威尔得是上一个世纪的人物，而且也不想赶上斯巴克，他当时70岁。他写过一篇谈我的中篇小说《第二天》的文章。我不知道他受了什么影响——是我的风格还是希特勒的风格，但在他的文章里却有出人意料的自由："别的一切都不必去说，这个民族毕竟正在泥泞和雪地上向星辰前进。所有的革命中最合理的一次革命给了它信念和希望，奇迹般地使整个社会生活焕然一新。"但王德威尔得部长的思想却丝毫没有在日常的政策中反映出来，我在欧本看到的是一幅类似萨尔的情景。纳粹分子乘电车从多特蒙德市或杜塞尔多夫市前来，他们用不着任何签证。他们肆无忌惮、为所欲为。《欧本日报》出版了，上面写道，德国人很快就要解放该城。我到属于当地领袖吉列茨的一家书店去了一趟，他客气地微微一笑，并建议我买一本罗森堡的书。

我在欧本的时候，一个从集中营里逃出来的德国共产党员跑到了那里。欧本的警察局逮捕了他，扬言要把他交给希特勒分子，4天后他被驱逐到法国去了。我把他带到边境，他患了很重的精神病，在回答边防军人的问题时前言不搭后语。

又是巴黎。又是作家们和关于代表大会的谈话。马尔罗满意了，本达答应发言。沃尔多·弗兰克从美国寄来一封长信，他要来参加代表大会。乔伊斯打算发贺电来……

第 四 部

巴黎人在讨论在哪儿避暑更好，是在诺曼底海滨还是在萨瓦州。一切如故，但我却不能忘记正在莱茵河彼岸发生的事。

我前往阿尔萨斯，看到了熟悉的景象：希特勒分子得意地微笑着在谈论"行将到来的解放"，受到萨尔州的鼓舞的"自治论者"要求举行全民投票，人们叹着气，发着抖，向当地的法西斯分子搜罗在"解放"的时候拯救他们的诺言。晚上我在一条僻静的街道上遇见十来个小伙子，他们大声喊叫着"保卫莱茵河"。

当时我曾写道："近几个月来我在从事一件繁重的工作，在紧靠德国的各州奔波……可以对蛇进行长久的观察并保持清醒的头脑：如果蛇在吞食一只家兔——这归根到底是一顿午餐。但不能对家兔进行长久的观察，一双呆滞的眼睛甚至能使一个神经坚强的人也染上疯狂症……"

1961 年秋在罗马召开过一次"圆桌"会议。我们企图说服我们西方的同事，不可武装昨天的党卫军分子。一天晚上，意大利朋友给我们看了一部文献纪录片——《法西斯主义的历史》。元首在阳台上举起一只手臂，像偏僻地区的一个蹩脚演员那样装腔作势。阿比西尼亚人在死亡，马德里的房屋在倒塌。人们抱着死去的孩子，纳粹分子在布拉格的街道上列队齐步行进。希特勒听说法国投降了，乐得直拍自己的肚子。俄国的俘虏在集中营里死去，犹太姑娘被送进煤气室……后来胜利了，不料没被打死的法西斯分子又在银幕上胡闹，又有一个意大利少年死去了，故事仍旧没有说完，我瞧着银幕突然想到：这岂不就是我一生的历史吗！40 年都是在兽行、战争、大屠杀和集中营的标志下度过的。普希金曾写道："我们是为灵感而生，为甜蜜的声音和祈祷而生……"这在当时大概也只是一种幻想：雷列耶夫被绞死了，丘赫尔别凯在流放中备受折磨，连普希金自己也是很早就被强加于他的死亡夺去了生命。但是他至少还能幻想一番……

我在 1935 年春最少想到"甜蜜的声音"。我们日日夜夜地从事着代表大会的筹备工作。生活是安宁闲适的，但我却不能像先前那样生活了：气氛变了。无论是动员、演习性的警报或试验性的灯火管制，当时都还没有，但战争已经存在。现在我知道，战争总是在开演之前很久就来到的，它是从旁门进来，耐心地在黑暗的前厅里等待着。

11

纪德——他不过是一只螟蛾

从事代表大会的筹备工作的法国作家经常在科坦登街上我的狭小住宅里聚会，他们是安德烈·纪德、让-里沙尔·布洛克、马尔罗、穆西纳克、尼赞、雷纳·布莱克。

我有一条温柔调皮的狗名叫布祖，是西班牙犬和苏格兰猃的混血种。没有人会把它带去展览的，可它却很聪明——它常自动跑到卖马肉的肉铺去，在那里像马戏团的马一样撑起后腿转动身子。布祖喜欢安德烈·纪德，这种喜欢并不是无私的：安德烈·纪德常常拿着饼干挥着手，开始发表长篇大论，布祖则一跳一跳地夺取好吃的东西。安德烈·纪德没发现出了什么事，就去拿另一块饼干，往往就这样重复十来次。

那几年我常遇见安德烈·纪德，我常到万恩街去找他，在文学集会、工人大会上看到他。每逢只剩下我们两人的时候，他几乎总是谈论自己。看上去好像我可能很了解他，但我并不了解他，对我来说他依然是来自另一个行星的人物。

当他醉心于政治并宣称自己拥护共产主义的时候，我曾觉得这是一个胜利：安德烈·纪德是西方知识界的一个偶像。我为他参加了反法西斯斗争感到高兴，但即使是在那个时候，我也曾补充说，在 60 岁以前，安德烈·纪德"除了自己的热情的折光以外，不曾在自己面前看到任何别的东西"。1933 年我曾撰文论述过他的一部长篇小说："当然，长篇小说《伪币制造者》的主人公们的遭遇不会使任何人激动。但这些主人公是否存在呢？这是一部关于长篇小说和长篇小说作家的长篇小说，而绝不是关于人们的长篇小说……这是一本关于书的书：在沙漠中是没有生活的。"

曾对安德烈·纪德的"转变"感到欢欣的不只我一个人。高尔基曾在莫斯科的作家代表大会上说："罗曼·罗兰、安德烈·纪德有最正当的权利称自己为'灵魂的工程师'。"而路易·阿拉贡也用这一句话结束自己的演说："我仍要向他们转达我们伟大的朋友安德烈·纪德的问候。"一年后，在巴黎的反法西斯代表大会上，任何人都没有像纪德那样受到热烈的欢迎。

安德烈·纪德于 1936 年来到苏联，他无保留地赞美一切，但回到巴黎以后，却同样无保留地责备一切。我不知道他是怎么回事：别人的心是摸不透的。1937 年我在西班牙读了他的一篇文章，他责备共和国当局使用暴力。我忍不住了，并暗暗地称他是"具有叛徒的凶恶和肮脏心灵的老头子"。如今这一切都是遥远的往事了。现在我想心平气和地来思索一下我在自己的生活道路上遇到的这个人。当然，在我赞美他倾向了共产主义和称他为叛徒的时候我都错了：我把一只螟蛾的飞舞当成建筑师的图纸了。在本书中我曾不止一次承认自己犯了各种各样的错误：我把自己的愿望当成现实的时候太多了。

一个在沙漠中生活了 60 年的孤芳自赏的人是否会突然转变，变成一个热爱人类的人、一个社会正义的保卫者呢？安德烈·纪德曾不止一次对我说，当一个人的周围都是痛苦的时候，欢乐对他而言是不存在的，这句话曾使我感动。他说这话时很真诚，他身上还有一种魅力。我之所以还是能够相信安德烈·纪德的政治热情的深刻性和持久性，仅仅因为我极愿相信。我不曾思考过纪德的道路。第一次世界大战期间，当他的一个朋友成为好战的天主教徒的时候，他曾称赞道："你超过了我！"15 年后他却到处一再地说，宗教是人的最凶恶的敌人。他像一个传教士，他有一双聪明的眼睛，一双纤巧的、富于表情的手。他被书籍、手稿包围起来，他的衣袋里经常揣着一小本歌德或蒙田的作品。他说他正在研究马克思，但他的主要特点则是极度轻率。一部分人赞赏他的勇敢，另一部分人则反之，责备他过分谨慎。但螟蛾之所以扑火并非因为它勇敢，它避开人们飞去也不是因为它谨慎，他既不是英雄也不是自私的家伙，他只不过是一只螟蛾。

我不愿被人误解：我提到螟蛾，绝非存心贬低纪德的才能或智慧。有一次他在自己的日记本上记道："我怀疑一只蝴蝶在产卵后是否还能享受许多生活的欢乐，它是听命于香味、微风、自己的愿望而飞来飞去……"纪德写这些话的时候已 72 岁，他认为他已完成了自己的使命。他在日记上谈起蝴蝶也许是出于偶然，这我不得而知，但这个形象倒很成功：他就是一只巨大的夜里的蝴蝶，它具有那种能够迷惑内行的昆虫学家和拿着蝶网的男孩子的罕见的色彩。（纪德常说，他喜欢捕捉鲜艳的蝴蝶。）

我每次遇见安德烈·纪德，他总是谈到自己的健康：他怕感冒，现在有流行性感冒，不能在这家"小餐馆"吃午饭——肝，肝……安德烈·纪德在广大的世界上遇见过许多人，但他只注意到一个人——安德烈·纪德。在他弥留之际，他的老朋友罗杰·马丁·杜·加尔在他万恩街上的住宅里。罗杰·马丁·杜·加尔留下了一部怀着友情写成的《关于安德烈·纪德的纪事》，我在其中发现了足以证实我的浮光掠影的观察的词句："他活着的时候孤芳自赏，关心的是自己微不足道的不幸……""他更加孤芳自赏了……"

无论他写什么，写尼采或陀思妥耶夫斯基也好，写虚构的主人公或亲近的朋友也好，写同性恋或法国的毁灭也好，他只看到自己，赞美自己或对自己感到吃惊。

他有一种极为优美的语言——鲜明、确切而又独特。也许文体促成了他的成功——当象征主义的模仿者们的故作晦涩使大家都厌烦了的时候，他显得十分突出，别人都模仿马拉梅，纪德却被蒙田迷住了。

卓越的文体家，博学多识的作家，这一切都是无可争论的，但依然难以想象，在两次世界大战之间有许多人认为纪德是一位导师，是时代的良心，几乎是一位先知。

他对罕见的复杂案件一直很感兴趣。他在 20 世纪 20 年代末开始编辑一套关于形形色色罪行的书。我还模模糊糊地记得这套书中的一部，那是关于一个被自己的亲人封砌在墙内慢慢死去的女人的故事。

大家都知道世界上存在着一些性生活反常的人。安德烈·纪德根据一桩病态的特殊案例制定了战斗纲领。他同许多朋友反目了，他引起了不快和报纸上的叫嚣。

在他去苏联之前不久，他曾邀我去他那里："斯大林大概会接见我。我决定向他提出如何对待我的同志们的问题……"虽然我知道纪德的特点，我还是没能立刻明白他打算告诉斯大林的是什么事。他解释道："我想提出好男色者的法律地位问题……"我好不容易忍住了笑，开始婉转地劝阻他，但他执意不听。他不仅在意识形态上，而且在性格上也都是一个新教徒，甚至是个清教徒，可他却变成了一个狂热地否认道德的道德家。

不，他用以吸引读者的不仅是文体，而且还有毫不留情的精神上的阴部露出症——自我暴露。他不仅对他以知名旅行家的身份走马观花地看到的苏联社会的缺点做十分浅薄的批评，即使对他了如指掌的资产阶级社会的缺点所做的批评也是很肤浅的。但是，他虽然崇拜自己，却并不宽恕自己。

1936 年夏他在莫斯科时曾对大学生们说："由于我的身体很弱，我不能指望长寿，我情愿默默无闻地永别人世。我很想把自己看成一个死后才出名的作家，就像司汤达、波德莱尔、济慈或兰波那样……新俄国的青年们，现在你们该明白了，我为什么来看你们，因为我所期待的正是你们，我为你们写了一本新书……"重读这一段话令人感到多么奇怪啊！安德烈·纪德享到了长寿：他 82 岁才去世。而且他也并不属于那些被后代发现的作家——他在世的时候人们就阅读他的作品而且很尊敬他了。瑞典皇家科学院曾授予这位"否认道德者"以诺贝尔奖奖金。现在即使是法国读者也不大翻阅他的书了。他曾把自己看作一座金字塔，但尽管他有天才、有技巧、有艺术上的勇气，他却只不过是一只撞击着晦暗的玻璃窗的螟蛾罢了……

我曾说过，时间会给一切事物做出恰如其分的评价。现在当我回忆起安德烈·纪德坐在我旁边谈论"共产主义的兄弟情谊"、布祖在一旁吞食饼干的情景时，却不知为什么可怜起纪德来了。他十分孤独，人们阅读他的作品，但似乎没有任何人爱他。他爱过什么人吗？他死后，他的许多日记出版了，这些日记是他生前不愿发表的。他写道，他爱自己的妻子。他在年轻的时候娶了一个温顺、虔诚的姑娘，婚后才发现自己性欲反常。他的妻子独自住在乡下，他常给她写信倾吐自己的爱恋。有一次他为了写回忆录的第一部而需要找来写给妻子的信笺时，才知道妻子已把它们付之一炬了。他在日记簿上记道："整整一个礼拜我从早哭到晚……我把自己比作俄狄浦斯……"我不怀疑这些眼泪的真诚，他哭的不是爱的对象，而是自己的自白——如果用勃留索夫的诗句来形容，这是一个"从无忧无虑的童年时代起"就在寻找"词的组合"的人。也许任何人都不能把他说得比他对自己说得更坏。

他生前发表了战争最初几年间的日记，其中有些可怕的篇页。1940 年 9 月 5 日，在希特勒分子占领巴黎后不久，他写道："顺从昨天的敌人，这不是怯懦，而是明智……抗拒不可避免的事物的人是要落入陷阱的。为什么去撞鸟笼的格栅呢？为了减轻囚室的狭窄所带来的痛苦，最好待在正中央。"3 周以后他安慰自己："如果到了我所担心的明天，我们的思想自由或至少是表达思想的自由将被剥夺，我将竭力说服自己，艺术和思想因此遭受的损失将比因过分的自由遭到的损失要小。压迫不能贬低优秀的人物，至于其他的人，那是不重要的。压抑的思想万岁！"

我深信，在 1930 至 1935 年间，他对共产主义的向往是真诚的。他在世上感到寒冷，工人群众大会的温暖把他吸引住了，他就像一个流浪汉那样在别人的火堆旁取暖。我还记得他在维尔儒伊弗郊区一次街头群众大会上的发言，他举起一只拳头，羞涩地微微一笑。他除了自己以外不想欺骗任何人。

1934 年，罗杰·马丁·杜·加尔在和纪德进行了一次谈话后写道："对于一个就其天性而言不适合有坚定信念的人，赋予一个朝三暮四、反复无常的人以如此重大的意义，这是多么轻率！尽管他有一颗真诚而善良的心，我依然十分担心他的新朋友不久就会对他失望……"马丁·杜·加尔很了解纪德。而我相信……我现在平静地、不感痛苦地说：时间是一个良医。

但在 1935 年安德烈·纪德却常来找我，我们曾一同筹备反法西斯作家代表大会。在回顾那些年的往事的时候，从其中剪掉一个时而拿着《资本论》，时而拿着一部欧里庇得斯作品的 66 岁的披着斗篷的螳螂的影子，那会是一种愚蠢的胆怯行为。

12

国际反法西斯作家代表大会

在莫斯科的作家代表大会上我只是一个普通的参加者，至于巴黎代表大会，我却是筹备者之一。认识到自己的责任对我来说是一桩新鲜的事，于是我就像一个少年那样激动。直到最后一天，我们都在担心是否会失败，有人劝阻著名的作家不要参加：代表大会是共产党人搞的，参加者不仅会引起批评家、出版家、编辑的反感，也会引起读者的反感。

我们以手工业方式从事代表大会的筹备工作，几乎没有经费，没有房间，既无秘书，又无打字员，抄写、打电话、劝说、调解都必须亲自动手。出力最多的是让-里沙尔·布洛克、马尔罗、吉乌、雷纳·布莱克、穆西纳克。

米·叶·科利佐夫在代表大会上发言说，作家们的第一次国际性的会见也是在巴黎举行的——在1878年。科利佐夫补充说，现在俄罗斯作家可以用另一种方式和他们西方的同行交谈了，在他们背后，无论苦役、普遍的文盲，还是萨尔蒂科夫笔下的庞巴杜尔们都已一去不复返了。

雨果和屠格涅夫参加了科利佐夫提到的那次作家们的会见。像这样的作家在我们的代表大会上是没有的，但是在1935年似乎在世界上也还没有这样的作家。但我们却把拥有最多读者和最受尊敬的作家都集合在一起了：他们是亨利希·曼、安德烈·纪德、阿·托尔斯泰、巴比塞、赫胥黎、布莱希特、马尔罗、巴别尔、阿拉贡、安德森-尼克索、帕斯捷尔纳克、托勒尔、安娜·西格斯。海明威、德莱塞、乔伊斯向代表大会发来贺电。被选入代表大

1935年，爱伦堡和帕斯捷尔纳克在巴黎代表大会上

会所建立的联合会的主席团的有罗曼·罗兰、高尔基、托马斯·曼、萧伯纳、塞尔玛·拉格洛夫、安德烈·纪德、亨利希·曼、辛克莱·刘易斯、巴列-因克兰、巴比塞。

代表大会真是五光十色：瓦扬-古久里和自由主义随笔作家本达并肩而坐，继怀疑主义的英国小说家福斯特之后发言的是非常激烈的阿拉贡，西班牙的个人主义者欧赫尼奥·德奥尔斯和贝希尔交谈，70岁高龄的德国批评家阿尔弗列德·克尔向年纪轻轻的考涅楚克谈论文化遗产的意义，卡夫卡的朋友和同志马克斯·布罗德与谢尔巴科夫一起讨论决议草案，而加拉克季翁·塔比泽则在小吃部喝白兰地，为深受感动的卡林·米哈埃利斯的健康干杯。

代表大会开了5天，互助大厅总是挤满了人，扩音器把发言转播到前厅里，人们站在街上倾听。起初决定对代表大会保持沉默的报刊也不得不为它腾出不少篇幅。甚至希特勒也忍不住了，他气愤地宣称："布尔什维克化的作家都是文化的凶手！"

我不禁回忆起13年后在弗罗茨瓦夫召开的另一次代表大会，这次会议不像巴黎代表大会那样五光十色，但人数众多的自由主义者或社会主义者却一直在抱怨、挖苦，并以离会相威胁。巴黎代表大会的名称是"保卫和平"。当然，人人都害怕法西斯主义，但是战争在1948年也不是抽象概念。

1935年的政治局势对我们的倡议的成功是有利的。法国诞生了人民阵线。代表大会的组织者之一安德烈·尚松是激进社会党人，曾担任凡尔赛博物馆馆长之职，他很兴奋地谈到苏联，和瓦扬-古久里握手。3周后我在巴士底广场上目睹达拉第拥抱多列士，这不会使任何人惊奇，法西斯主义来临了。在代表大会进行期间，我们从报上获悉15000名法西斯分子通过阿尔及尔的街道，法西斯飞机在他们头顶盘旋，又一个"领袖"大声喊道："我发誓，我们不出一个月就要夺取法国的政权！……"在德国，不听话的人被斩首。伊尔·罗勃列斯在迫害西班牙的自由思想分子。意大利公然准备侵犯阿比西尼亚。无疑的，而且我一分钟也不会忘记，第二次世界大战后的形势要复杂得多，对共产主义的恐惧增强了，而在美国才刚开始"迫害异端"。但我依然觉得，问题不只是这一点。

作家赫胥黎未赴弗罗茨瓦夫，但他的兄弟、生物学家尤里安·赫胥黎却到那里去了。真的，他的观点一点也不比 1935 年的奥尔多斯·赫胥黎更右，但人们却对他另眼相待，他觉得自己误入了一个陌生人的家中。

我在弗罗茨瓦夫遇到的巴黎代表大会的参加者寥寥无几：安德森-尼克索、本达、马尔希维查、斯托亚诺夫、考涅楚克、我——这似乎就是全部了。随笔作家本达——一个非常激烈的纯理性主义者——有一次曾对我说："您瞧，我终于来了。但我一点也摸不着头脑……请告诉我，巴别尔、科利佐夫出了什么事？我问别人，可他们不回答我……您的一个同志在发言的时候把萨特和奥尼尔称作豺狼。难道这公正吗，难道这合理吗？再有，为什么每当有人提到斯大林的名字我们就得鼓掌？我反对战争，我反对美国的政策。我寻求团结，可别人却叫我加入……但我现在已经 78 岁，上小学可有点晚了……"

我再回头来谈巴黎代表大会，它的成功在一定程度上可能是苏联作家的行为促成的。一连 5 天只骂法西斯主义并不是一件容易的事。发言者也谈到了作家在社会中的作用，谈到传统和革新，谈到文化的民族基础和全人类的财富。不用说，所有的人都对苏联的经验感兴趣。我记住了我国作家的一些发言，科利佐夫的演说是生机勃勃的、愉快的，他谈到讽刺作品在苏联社会中的意义："我们的读者对这样的行政首长感到愤慨，他们曲解社会主义原则，要所有的人都成为一种样式，强迫他们吃一样的饭，穿一样的衣服，说一样的话，想一样的事。"拉胡蒂谈到，在德国的种族主义者发明黄星之前很久，在革命前的布哈拉，犹太人必须在腰间束上一条"诅咒带"，而现在苏联的所有民族则被一条"兄弟情谊带"团结在一起了。

当巴别尔和帕斯捷尔纳克来到的时候，代表大会已经开幕了。巴别尔不写发言稿，但却能从容不迫地、幽默地用一口流利的法语谈到苏联人对文学的热爱。帕斯捷尔纳克则比较难办，他对我说，他患失眠症，医生的诊断是神经衰弱，当他接到通知叫他前往巴黎的时候，他正在休养所里。他写了一份发言稿，主要谈自己的病。好不容易才说服他谈几句诗歌问题。

我们匆促地把他的一首诗译成了法文，引起了大厅里的热烈掌声。

瘦削而热情洋溢的尼古拉·谢苗诺维奇·吉洪诺夫谈到诗歌："马雅可夫斯基！这是苏联的颂诗、讽刺作品、滑稽和喜剧性的诗剧大师……巴格里茨基！这是一行热烈而朴实的诗，是令人信服的形象的诗，是真正的激情的深度。他是猎人，渔夫，游击队员，他爱大自然……鲍里斯·帕斯捷尔纳克向我们展示了心理空间的复杂世界。诗情的沸腾是多么神速而紧张，这是一种连续不断的呼吸的艺术，企图在世界上一下子看到并收容大量相互交叉的诗歌成就，这是一种多么富于诗意和无比真诚的心愿！"

（在我当时为《消息报》写的一篇特写里有这么一段话："当吉洪诺夫开始评价帕斯捷尔纳克的诗歌的时候，听众站起来以经久不息的掌声赞赏这位诗人，因为他证实了高超的技巧和崇高的良心绝不是敌人。"半年以后，一位用他自己的话来说喜欢说同志们的坏话的莫斯科文学家宣称，我在巴黎欢迎帕斯捷尔纳克的时候，似乎说过"只有他一个人才有良心"。这种无稽之谈很招人喜欢，于是《共青团真理报》就骂起来了，但骂的不是吉洪诺夫，不是那些向帕斯捷尔纳克鼓掌的巴黎代表大会的参加者，也不是帕斯捷尔纳克本人，而是我。法国报纸上出现了一条简讯："莫斯科宣布不同意爱伦堡的意见。"我给谢尔巴科夫、科利佐夫写信，请他们驳斥诽谤，但没有作用。法国作家问我怎么回事，这是四分之一个世纪以前的事——在1937年以前，当时我天真地认为，一切问题都是可以回答的。）

在西方，过去曾有人说（而且至今也还在说），我国所有的文学都是宣传品。我发言时说："我们经历了许多艰苦的岁月，我们的日子是在战壕里过的。人们的感情不能一下子改变，我们宣传性的文学是和以往的记忆联系在一起的。我们因为知道敌人会侵犯我们的国家，便建立了红军。然而不管红军的武器有多么精良，我们永远不会拿大炮来冒充苏维埃文化的典范。法西斯分子也有大炮，但他们不可能有我们的红军战士。宣传性的文学是军人装备，它是在资产阶级的军火库里诞生的。资产阶级口口声声地大谈'纯艺术'，同时又咒骂叛逆作家，溺爱俯首帖耳的作家。创造公务文学的不是'该死的诗人'，而是俯首帖耳的人。真正大公无私的艺术所竭力追求的不是维护社会的职位等级制度，而是人的发展，这种艺术只有在新社会才可能产生……我们骄傲地来到这里，不是为自己骄傲，而是为我国的读者骄傲……"
两位坐在主席团座位上的老作家——亨利希·曼和安德烈·纪德站了起来，
走到我跟前和我握手，这当然是对苏联读者的祝贺。我异常激动，喃喃地说
了些什么。

我常常不得不离开大厅，有许多需要细心和耐心的工作要做。每当我回
到自己座位上的时候，我经常听见一些关于苏联社会的友好的、有时还异常
热情的言辞——它们出自形形色色的西方作家之口：尚松、天主教徒穆尼哀、
曼、纪德、盖延诺及其他作家。

有不少动人心弦的时刻。台上意外地出现了一个戴着黑眼镜、脸上匆忙
粘上了一副黑胡子的人，这是一位从事地下工作的德国共产党员。喜欢浪漫
情调的不仅是年轻人，大厅里发狂了，把地下工作者的演说译为法语的安德
烈·纪德竟激动得语无伦次。

天气炎热异常，闷热，时有雷雨。在挤得水泄不通的大厅里，人们感到
呼吸困难，而且连一分钟的休息也没有。夜里还必须译发言稿，为《消息报》
写报告，有时还得安慰没得到发言机会的文学家。

我所描述的一切看上去都比实际情况严肃和乏味。我们的生活其实是极
为丰富多彩的。马林娜·茨韦塔耶娃
在讨论的时候，在走廊里向帕斯捷尔
纳克朗读诗篇。不知道为什么，我们
会在一家小咖啡馆里就社会主义现实
主义的问题争论半夜，亚历山大·谢
尔盖耶维奇·谢尔巴科夫和我们坐在
一起，他一直在和瞌睡作斗争，不料
突然说道："有什么可争的呢？章程
里写得明明白白的……"拉胡蒂赠给
安德烈·纪德一件塔吉克长袍和一顶
绣花小圆帽，我们瞧着身穿一件不习
惯的衣服的《哥丽童》的作者，突然
明白过来，他应该坐在茶馆里体验永

1935年马林娜·茨韦塔耶娃和儿子在巴黎

恒，而不是在群众大会上演说。巴别尔津津有味地向安德烈·特里奥莱叙述一匹不寻常的公马的故事。加拉克季翁·塔比泽买了几部罕见的波德莱尔和兰波的诗集，他没用法语朗读，而是珍爱地抚摸着书页。布莱希特和马尔罗谈论着生活中是否会出现死亡状态的问题。在互助大厅旁边一家我们常去喝冰镇柠檬水的小酒吧里，情侣们在接吻，而扩音器在报告说，现在由剧作家列诺尔曼发言，我羡慕地看着一对情侣，不禁想到，我的舅舅廖瓦，一个跑江湖的杂技班班主，喜欢说："不能爱怎么生活就怎么生活，而要照上帝所吩咐的那样生活……"

侧厅里突然安静下来，现在超现实主义者要发言了，他们已决定破坏代表大会……

我们在代表大会开幕的前夜获悉年轻的超现实主义作家雷纳·克莱维尔自杀了。我有时遇见他，知道他为共产党人和超现实主义者之间的不和而感到痛苦。人们说，他是服毒自杀的，自杀前留下了一张简短的便条："我厌倦了一切……"

事后我从他的朋友克劳斯·曼和穆西纳克那里获悉，在这桩悲惨的事件中我起过一些作用，我并不怀疑这一点，我写过一篇关于超现实主义者的很尖锐的文章。一天夜里，我们坐在咖啡馆里，我出去买一包烟丝。当我穿过大街的时候，有两个超现实主义者走到我身边，其中的一个打了我一耳光，我没有用同样的方式回敬，却愚蠢地问道："怎么回事？……"这一切都是超现实主义者的风气，而这件荒唐的事对于雷纳·克莱维尔来说却成了最后一滴苦酒。当然，一滴不是一大碗，但我回忆起这事却感到难受。

阿拉贡在代表大会上宣读了克莱维尔的发言，全体起立，他才 35 岁。可见作家们即使在代表大会上也非自杀不可……

艾吕雅要求发言，大厅里不安起来：开始啦！……某人在拼命喊叫。主持会议的穆西纳克平静地请当时是虔诚的超现实主义者的艾吕雅发言。艾吕雅宣读了勃勒东写的发言稿，其中当然免不了有对代表大会的攻击——对于超现实主义者来说，我们都是保守分子、学院派、官僚。但半小时后新闻记者们都扫兴地到小吃部去了——一切都圆满结束。我们明白，糟糕的不是勃勒东，而是希特勒。

我记住了英国小说家福斯特的发言，他说："要是我年轻些，勇敢些，我也许会成为一个共产党员……如果新的战争爆发，那么像赫胥黎和我这样一些忠实于自由主义和个人主义原则的作家将干脆被消灭。我们不能有任何反对这件事的行为，在惨剧尚未爆发的时候，我们只能用生了锈的小针打打补丁。"（年轻的赫胥黎和上了岁数的福斯特都经历了第二次世界大战。如果"生了锈的小针"目前销路不旺，那么内行可以断定，与其说问题在于意识的转变，不如说在于电视的竞争。）

科利佐夫的发言自然乐观得多。在谈到法西斯分子的时候，他想起了法国的一句俗话："笑到最后的人笑得最好。"科利佐夫没看到结局。法西斯分子果真被击溃了，但我们在 1945 年 5 月 9 日并没有笑。我还记得红场上的一个妇女，她默默地拿着她那在伏尔加河上阵亡的儿子的一张照片给大家看。

（我在写这一章的时候几乎中断了一个月：罗马、华沙、伦敦；会晤、会议、代表会议——裁军、核弹、波恩、复仇主义者……在我面前的不是作家，而是各种各样的人物——美国参议员、工党党员、物理学家、意大利议员、儒勒·莫克、神甫、工会工作者。我当然想写完本书，但是，如果能够说服哪怕 10 个人，使他们相信除了销毁所有的炸弹、解散所有的军队之外别无出路，那就不要管它啦，不要管这本书啦——孩子们的命运比它重要得多：在他们面前有着他们的人、他们的岁月、他们的生活。）

作家联合会成立了，选出了书记处，参加书记处的苏联作家是科利佐夫和我。科利佐夫对我说："既然书记处将设在巴黎，你就不得不工作了。"他温和地、含着嘲笑意味地哼了一声，接着补充道："挨骂的也将是您……"

我已提到过我是怎么挨骂的，而工作中也并无缺点。我们在巴黎和外省组织群众大会、演讲会、辩论会。那个时期对我们的工作是有利的：这是人民阵线的蜜月。我在巴黎、里尔、格勒诺布尔都做过报告。

捷克斯洛伐克的几个大作家没参加巴黎代表大会。我常去布拉格，遇见过恰佩克，他谈了很多法西斯威胁的问题，同意加入联合会的主席团。他当时正在写作长篇小说《鲵鱼之乱》，他微笑着说："您大概听到过巴黎的一个传说：恰佩克在大晴天撑着一把雨伞在普里什科普街上走着，一个迎面走来的人纳闷地问他为什么打着雨伞，他答道：'现在伦敦正在下雨。'不错，我喜欢英国的许多风尚，譬如说，我喜欢伦敦人不互相推挤，在地下铁道或公共汽车上他们不你挤我、我挤你。这也许和我喜爱19世纪的理想有关。但我们生活在另一个时代，社会在挤人，一个民族在挤另一个民族……"

诗人霍拉当时是捷克作家协会的书记，他建议把捷克作家协会纳入我们的联合会。我出席了斯洛伐克作家代表大会，他们也加入了联合会。

在西班牙，几乎全体青年作家都和我们站在一起，例如洛尔卡、阿尔贝迪、贝尔加明。我遇见了我的旧友戈梅斯·德·拉·塞尔纳，他躲避政治，我说服他加入了联合会。

1936年6月，在伦敦召开了书记处全体会议，我们心情愉快，讨论着一切可能的方案：设立国际文学奖金，成立一个把优秀作品译为各国文字的机构等。讨论得特别热烈的是编纂一部百科全书的打算，按照本达、马尔罗、布洛克的意图，它产生的影响应该像狄德罗、伏尔泰、孟德斯鸠的百科全书对18世纪下半叶的人们产生的影响那么大。

赫伯特·威尔斯出人意料地来到了我们的会场，我是1934年夏在马克西姆·马克西莫维奇·李维诺夫的别墅里和他相识的。他在和马克西姆·马克西莫维奇、爱森斯坦与我交谈的时候曾谈到他喜欢我国的许多事物，而这件事看来刺激了他，他不喜欢实际情况和他的预测背道而驰。他富于预见力，他是一个目光远大的人：如果安德烈·别雷在1919年谈到原子弹只不过是一个诗人的预感，那么威尔斯在1914年描写在未来的战争中使用原子武器却可以称之为科学的预测。他重视逻辑学，但怀疑辩证法。在李维诺夫的别墅里，当他和马克西姆·马克西莫维奇的女儿，顽皮的小姑娘塔尼娅谈话的时候，他突然变得很自然，甚至很和善了。

威尔斯走进会议大厅，把帽子放在桌上，立刻往我们头上泼了一桶凉水：他冷静地说明，我们既不是狄德罗，也不是伏尔泰，我们没有经费，我们总是靠乌托邦生活。他讲了一个关于3个打算代表大不列颠帝国发言的裁缝的笑话。说完之后他拿起帽子就离开了大厅扬长而去。

当然，他的怀疑是正确的，我们连百科全书的第一卷也没编出，也没设立文学奖金。我们在鼓励翻译方面甚至毫无作为。贝尔加明建议1937年在马德里召开第二次国际代表大会，这个建议被采纳了。我们不知道再过 3 个礼拜，在西班牙将开始一场可怕的、毁灭性的战争。但在我们所有的决议中，我们只实现了一条：第二次代表大会果真于 1937 年在马德里召开了，我们在法西斯的炮火下开会。

联合会完成了自己的任务：它帮助作家们和许多读者了解到，一个新的时代开始了——不是书的时代，而是炸弹的时代。

13

画布上的巴黎——法尔克的油画

1935 年初秋，我在《消息报》上的文章中谈到法国和巴黎："我想了很久，为什么这个国度如今如此忧伤？它的美只能加深忧伤。那林中旷地上的老榆树或白蜡树是美丽的，红色的苹果从苹果树上落下，渔夫在海边缀补天蓝色的薄渔网，黑色的母牛若有所思地把嘴伸进嫩绿的草丛。白色的农舍爬满紫藤……'人生如此短促'——一个羞怯而笨拙的少年在我的窗下这样歌唱。他长大了，衣服已不合身，但新的又没缝好。他到这个国度来得太迟了，所有的长篇小说都已写完，全部荒地都已开垦，一切职位都被人占据了——从参议员的安乐椅到拾破烂的人翻弄的垃圾箱，他只能空着肚子唱'人生如此短促'……这样的少年很多，他们跟大家一样生下来，学走路、拍手、吃水果糖，用一双信赖的蓝眼睛观望着人生。后来才发现，他们枉然长大成人……在巴黎的夜晚，当你呼吸着海的咸味的时候，仿佛听见了缆索的吱扭声……欧洲的夜是那么漆黑，简直令人头晕。几个世纪的忧郁都堆积在这一小块土地上，像一个塞满了青年时代的书信的小匣。但是连这忧郁也都和生活有关。清晨，百舌鸟和工厂的汽笛在灰蓝色的巴黎上空鸣叫，它们似乎在反复地说，'高尚的事业、战斗和未来在等待着你！……'"

在一间堆满了油画、从"跳蚤市场"（人们通常这样称呼巴黎的旧货商场）买来的破烂和一些瓶瓶罐罐的小画室里，我一面欣赏罗·拉·法尔克的风景画，一面思索法国和巴黎的命运。有各种各样的巴黎：我们知道印象派画家雨后明媚的巴黎，马尔凯（1875—1947，法国画家）的轻盈温柔的巴黎，乌特里罗（1883—1955，法国画家）的安宁闲适而又偏僻的巴黎，而法尔克的巴黎却是沉重的、阴郁的、灰暗的、灰蓝色的、紫色的，这是处于悲剧前夜的巴黎，它在劫难逃而又骚动不安，不可救药而又富于生气。法尔克一共在巴黎工作了9年，但是他理解这个庞大的、复杂的、似乎和他格格不入的城市。

我和法尔克的相识是在20世纪30年代初，在他的晚年时期，我们交往尤密，而且经常长谈，我想撇开1935年发生的种种事件专来谈谈他。当时我第一次体会到他的绘画见解的全部力量。他修长、瘦弱，有一个悲伤的，甚至沮丧的脸，间或也露出羞怯的微笑，他从画室的角落里拖出几十幅油画给我看，赞美着他的画，用一种新的眼光看着我周围的世界——人们、时代、世事的瞬息万变，以及难以追忆的往事。

（当我写长篇小说《巴黎的陷落》时，对面的墙上挂着一幅法尔克的巴黎风景画。我时常搁下手稿去欣赏这幅画——看着那房屋、烟雾、天空。如果没有法尔克的画，书中的若干篇页我也许是写不出来的。）

我曾在本书中承认，我的计划多得要命，精力分散，整天手忙脚乱，我把这一切都归咎于时代，但这可能是我的错。因为法尔克是我的同时代人

法尔克的巴黎风景画

（他才比我大 3 岁），但他却在全神贯注地、顽强地、狂热地工作。当他还是一个 16 岁的少年的时候，就已经兴致勃勃地坐在莫斯科近郊的小池塘边画他最初的风景画了。他一直到死都发狂似的、拼命地工作着，仿佛要毁掉油画似的翻来覆去涂抹颜料，把堆成疮痂似的颜料刮去，又重新作画，第 5 次、第 10 次画同一个模特儿、同一件静物。当他的画展出的时候，他在工作；当所有的展览室都对他飨以闭门羹的时候，他依然在工作，不考虑自己的油画是否能展出——他之所以说话，并不是因为在他的面前有一个坐满听众的大厅，而是因为他有许多话要说。

有些画家画起画来既轻松、又迅速——我不是指那些粗制滥造的画家，而是指那些真正的画家。他们之所以作画，正如法尔克所说的那样，是因为他们"长着一对很好的眼睛"。谁没有见过那些仅仅由于能言善辩而喜欢说话的人呢。古希腊人很赞赏狄摩西尼的演说天才，但他生来就口齿不清。法尔克也要在每张画稿上克服绘画上的口齿不清。然而他对工作的热爱不像把自己的理想称作"苦役"的勃留索夫那样吃力，法尔克的理想是生机勃勃的，他竭力压抑理想，服从艺术的规律和自己的思想。他喜欢巴拉丁斯基论述雕刻的诗：

> 艺术家用深邃的目光凝视着一块石头，
> 在石头中发现一位女神，
> 烈焰在血管中奔驰，
> 他的心儿已向她飞去。
> 然而欲火如焚的他，
> 已经控制住自己：
> 他用从容的、渐进的手法
> 把女神隐秘的皮肤
> 一层一层剥下。

不可思议的工作能力、辛勤的劳动、善于使柔和与乖僻及隐居生活融为一体，这一切也许使他有些近似他最喜爱的前辈之一——塞尚。但法尔克毕竟是另一个时代、另一个国度的人。他这样谈论塞尚："最伟大的艺术家！他具有绝对的视力……如果说到人，在他身上存在着冷酷和冷漠，这些特点在法国人身上屡见不鲜。我想，这些精神上的素质也赋予了塞尚的绘画某些特色……"

法尔克了解俄国文学、俄国音乐的传统，就秉性而论，他也是有人情味的，他从来不是一个冷冰冰地观察人生的人——他激动过、痛苦过、欢乐过。

他喜爱弗鲁别利（1856—1910，俄国画家）。康·阿·科罗温是法尔克在艺术学校学习时的老师。（法尔克曾说，他在巴黎见过科罗温，那时科罗温已 75 岁高龄，但他仍在工作、探索，他曾对法尔克说："你知道吗，现在在法国谁是最大的艺术家？苏金！"）法尔克开始和孔恰洛夫斯基、拉里奥诺夫、连图洛夫、冈恰罗娃、马列维奇、马什科夫、库普林、罗日杰斯特文斯基、夏加尔一起在"红方块王子画社"展出自己的绘画。人们普遍认为，似乎红方块王子派的成员都是盲目模仿法国人，然而这个画派却是俄国绘画中一个重大的、完全独立的现象，至今还没有学识渊博的公正的研究者研究过它。诚然，当时法尔克很重视立体主义，有时也把对象做些概括，但是他的风景画和几何学并没有任何共同之处，这些画是年轻艺术家情感的表现。

法尔克贪婪地观察生活。我曾说过，他在巴黎总共住了 9 年，在此期间却换了 14 次住址，从一处画室或顶楼迁移到另一处。据他解释，巴黎各区互不相同，他不仅想看看这 14 个不同的城市，还想在那里居住一段时间。

他熟悉莫斯科的陋巷、中亚细亚的沙石以及俄国的各种城市——他喜欢奔走。在作画上他是一个隐士，在生活中却交游广阔，见到过许多人，倾听过他们的争论、叙述和自白。

法尔克喜爱教学工作，据那些在 20 世纪 20 年代和 40 年代跟他学习过的学生们说，他不仅和初学的画家交流经验，也向他们传授自己的诀窍和洞察力，他讲课时全神贯注。

他在少年时代曾幻想成为音乐家，毕生热爱音乐。他也喜爱诗歌——我常和他谈诗，他能立刻领悟诗的内在节奏，这也许是因为他在绘画中就寻求节奏。

保罗·塞尚对本行有非凡的洞察力，但对除画布和颜料之外的一切却一窍不通。他对社会上的各种事件无动于衷。很多人讥笑左拉不了解自己的中学同学，笑他认为保罗没有天才，也不十分聪明。这种讥笑是正确的，但可以补充一点：塞尚也不了解左拉，不了解他那用倒叙法写的长篇小说，他试着读一读，但很快就扔到一旁，感到枯燥无味。但是法尔克懂得很多，兴趣广泛。他的画布上的巴黎（《不是城市，是风景》）是他看到和理解的那个巴黎。他在 1935 年曾说："法国注定要失败，难以工作下去，空气不足，该回国了……"当时他的生活很优裕，他的画经常展出，批评家常常评论他，收藏家争购他的油画。但是他对金钱、荣誉无动于衷，对时代的气氛和周围的人们的情绪却很敏感。他知道法国不能抵御外侮，而且对此深信不疑。巴黎沦陷后，我回到莫斯科，他详细地向我打听当时的细节——他早就知道了事件本身，而且不只是从报纸的报道中知道的。

有一次他对我说："在开始工作之前，我要想很多事情，想我所画的人物，以及时代、风景、政治事件、诗歌、老祖母讲的童话、昨天的报纸……在作画的时候，我只是观察，但我看到的许多事物，都是另一种样子，正是由于我想过、仔细考虑过……"印象派画家说他们把世界描绘成他们看到的那个样子。毕加索说，他按照他思考世界的方式来描绘世界，法尔克则按照他思索的那样来观察世界。他不追求虚幻的相似，他说过，他不喜欢"造型艺术"这个名词，认为不如用"可塑艺术"，对他来说，绘画并非描写，而是反映，是在画布上创造现实。

左：法尔克 1957 年的自画像
右：1948 年，法尔克在莫斯科郊外

法尔克曾在一封信里写道:"塞尚的作品不是生活的类似物,而是用优美而可贵的视觉塑造的形式表现出来的生活本身。立体派画家自称是他的继承者,依我看来,他们是他的艺术的剽窃者。坦白地说,我不喜欢抽象派绘画。抽象法甚至在最有天才的艺术家那里也会导致公式化、随心所欲、碰运气……简言之,我是现实主义者……我对现实主义的理解特别接近塞尚。在比他晚一辈的画家当中,鲁奥(1871—1958,法国画家,野兽派代表人物)特别吸引我……"

法尔克不大喜欢绘画中美的效果,谈到像马蒂斯这样的画家,他虽然怀着敬意,但也有些冷淡。他探索揭示事物、大自然和人类性格的方法。他的肖像画,特别是晚年的肖像画,以深刻令人吃惊:他用色彩表现模特儿的精神实质,色彩不仅构成形式、空间,也表现"月球的背面"——作家需要鸿篇巨制来详尽地描写自己的主人公,法尔克则用色彩做到这一点。面孔、衣服、手、墙壁——这些东西在画布上形成了激情、事件、思想的总和,一部人物的造型传记。

在 1946 年或 1947 年,法尔克曾被列入"形式主义者"中。这简直荒谬绝伦,但在那几年里也没有什么可大惊小怪的。当时决定使"形式主义者"屈服,记得当时美协的一位领导人曾宣称:"法尔克不听良言,我们就用卢布敲打他……"这在当时就使我十分惊异:这个满身铜臭的人不知道他是在跟谁打交道。我毕生还没有遇到过一个对钱财、安逸和富足如此漠不关心的画家。法尔克总是亲自动手煮豌豆或马铃薯,年年穿着那件破旧的上衣。一件汗衫穿在身上,另一件却躺在旧箱子里。如果住在一间普通的、整整齐齐的房间里,他会感到不自在,他总是生活在杂乱无章的环境中,只珍爱颜料和画笔。

他的作品不再展出了,钱花光了,他被认为已被活埋。然而他继续工作着,有些绘画爱好者和青年画家有时光顾他的画室,他一律欢迎,给他们解答问题,羞怯地微笑着。

1954 年,他写道:"我觉得至今我才成熟到能够真正理解塞尚……真令人伤心和羞愧!活了一辈子,今天才明白应当怎样真正地工作。但是精力已经不够了,而且会越来越少……"这些话说明,法尔克直到临终前都很律己。

在莫斯科河附近的一间窄长而阴暗的画室里，画稿愈堆愈多。当你看到一些已逾中年的画家的作品时，就不禁会怀着忧伤想起他们青年时代的朝气蓬勃、纯洁和明朗。而法尔克令人吃惊的却是他一直蒸蒸日上——直到去世。有一次他说，科罗（1796—1875，法国画家）76 岁才画出自己最优秀的作品。法尔克 70 岁逝世。他病了，消瘦了，走路都很吃力，然而依然在作画。人们在莫斯科美协旧址为他举办了一次经过严格审查的小型展览，当时他已奄奄一息地躺在医院里了。在那次展出结束之后不久，依旧在那个凄凉的莫斯科美协旧址，人们抬来了法尔克——这时他已躺在棺材里了。人们默然伫立，热泪盈眶，知道失去了一个天才。

现在，10 年前绝不可能出版的诗集开始出版了，人们正在建设现代化的房屋，但法尔克的油画却仍然面对着墙壁放在那里……

14

不能容忍法西斯主义

1935 年 7 月 14 日，作家代表大会闭幕不久，巴黎发生了一次规模空前的游行示威：这是人民阵线的军事检阅。那一整天我都在街上徘徊，有时跑进咖啡馆里，撰写次日必须送达《消息报》的报道。游行示威是清晨在巴士底广场开始的，队伍向离这个广场只有几公里的万塞纳森林行进，人是那么多（后来不同倾向的报纸报道的人数也各不相同，有的说 60 万，有的说 70 万，有的说 80 万），最后一批示威者到达城门时已是夜里。不久前还互相敌对的政党的领袖们，多列士和布吕姆、达拉第和加香都并肩而行。参加游行的还有学者和作家，如朗之万、佩兰、里维、阿拉贡、马尔罗、布洛克。

当天法西斯分子在爱丽舍田园大街举行了游行示威，他们气势汹汹地列队齐步行进，举起手臂，一举一动都竭力模仿希特勒分子，高喊"德·拉·罗克万岁！"——他们这样称呼"战斗十字团"的上校首领。

"枪毙德·拉·罗克！"巴士底广场上的人们一字一顿地喊道。潜在的内战激烈起来。很少有人对以狡黠的赖伐尔为首的政府感兴趣，他和墨索里尼、苏联签订协定，企图同时哄骗人民阵线和德·拉·罗克，以便把结局推迟哪怕一两年。

我觉得和平时期早已过去。一年以前，我每天早晨第一件事就是拆阅信件，现在我却把信封揣在口袋里，先买一份报，站在街上便读了起来。我的房间里摆了一台收音机，它发出的声音经常使屋里挤满了许多和我一样急于知道那些令人不安的消息的陌生人。这个该死的小匣子在夜里使人痛苦。希特勒或墨索里尼的讲演，有关在法国各城市街头与法西斯分子发生冲突的报道，时常被广告打断——那时的广播事业还掌握在各种私营公司的手里。不知为什么直到现在我还记得一首吹嘘健身良药"巴里多弗罗林"的歌谣，我已忘记它能治什么病了，但是夹杂在领袖的叫喊"无产阶级的和法西斯的意大利，前进！"和对在汉堡用斧子处决死刑犯的描写之间的"巴里多弗罗林"这个字眼却使我恼火。

9月7日，巴黎民众又涌向街头，为在莫斯科逝世的亨利·巴比塞送葬，葬礼变成了游行示威。

当然，成千上万的人对行将到来的战争的忧虑胜过对已故作家的哀悼：他们知道巴比塞是一位勇敢的同志，是共产党员，写过一本关于斯大林的书，40岁的人还记得那部描写凡尔登战役时期人们的遭遇的长篇小说《炮火》。巴比塞是个复杂的人，无论是他青年时代的诗歌还是成熟时期的苦闷，都不能孤立地去看。有一次他略带嘲笑意味地对我说："和资本主义斗争是困难的，和自己斗争更加困难……"但是他善于和自己斗争。他曾在一次讲话中谈到"普通旗手"的遭遇，他把自己视为一个普通旗手，但在那9月的一天里他却成了一面旗帜。残废军人坐着四轮马车前来送葬，妇女们把婴儿高高地举向天空，工人住宅的窗口飘动着红旗，没有红旗的人家也挂起红色的窗帘或枕巾。在棺木上，在茂盛的南国鲜花中摆着秋天的翠菊和天竺牡丹——这是莫斯科近郊的花。

我记得有一群人举着一大幅布："拉昂的工人不能容忍法西斯主义！"怀疑主义者也许会对此付之一笑，因为拉昂是个小城，人口还不到两万。但是这件事却表明一个真理：法兰西正处于异常振奋的时期，每个人都相信未来取决于自己。

1936年2月，"帝制派的喽啰们"（人们这样称呼一个极右派组织）狙击了莱昂·布吕姆，把他痛打了一顿，不知为什么还把他的帽子和领带夺去充当战利品。

愤怒的示威者来到万神殿，这里埋葬着被一个法西斯主义的前辈杀害的饶勒斯的遗骸。万神殿的周围聚集着参加了法西斯组织的大学生，发生了不少争吵。成千上万的工人、职员、知识分子握着拳头，把红旗举得更高。

我在一支队伍中发现了马赛尔·加香，便走上去和他打招呼。站在滨河街上的工人们喊道："加香，你好！他们不敢碰你！我们保卫你！"加香挥着手，不好意思地笑了。

（有一次我在咖啡馆里遇见了加香，这是在 1932 年或 1933 年，他同朗之万和画家西涅克坐在一起，正谈着他会见列宁时的情形。当时我蓦地想到，这些人从远方来到我们的时代，他们了解一切，没有失掉任何东西……人们爱戴加香，因为他本身似乎即已证实，渊博的文化知识可以同日常的革命斗争和睦相处，共产主义既不意味着精神冷漠，也不意味着目光短浅或领袖欲。）

我常常参加各种群众大会和会议，人们要求释放台尔曼，抗议镇压阿斯图里亚斯的矿工，反对意大利侵略阿比西尼亚。人们谈论各种事件，但主旨只有一个：与法西斯分子势不两立。有经验的演说家和年轻人、安德烈·纪德、朗之万或者马尔罗和家庭主妇，都登台讲话。在多菲奈矿区的一次集会上，当所有的话都已讲完并重复了几遍以后，一位脸上青筋毕露的老工人要求讲话，他登上讲台，用老年人颤抖的嗓子拖长声调说："该死的家伙，你们站出来呀……"几年之后，我在描写 1935 年的群众集会时写道：

> 我看见了希望，它比玫瑰花还要纤柔，
> 像一块任手捏弄的软蜡，
> 诞生在一名女工的拳中，
> 像一个血块在杆子上颤抖。

在一些挤满陌生人的闷人的大厅里，我也曾举起拳头，那几个月的希望也像一只蝴蝶似的在其中飞舞。有很多理由可以说明这希望的存在。工人们的成熟使我感到惊讶。我想谈一件事，我在里尔结识了一位医生，他是法苏友好协会的组织者之一。他带我来到离鲁贝市不远的小镇兰努亚，那里有一家大亚麻纺织厂。企业家联合会鉴于长期经济危机，决定关闭一些工厂，并拆毁设备，于是男女工人给赖伐尔写了一封信："主席先生，我们认为有必要向您声明，我们不允许破坏布提米的工厂的机器……我们将竭尽全力把作为

1935 年，巴黎为亨利·巴比塞举行的葬礼

公共财产的机器完整无缺地保存下来。"我看见过保卫工厂防范厂主破坏的工人们，一位胡子花白的工长对我说："我从《人道报》上知道，高尔基现在在写俄罗斯工厂史。请转告他，我们生活在资本主义制度下，机器不属于我们，而属于恶棍们，但是我们无论如何也不交出，因为这是人民的财富。我看像高尔基这样的作家会在自己的书中指出这一事实……"

眼看着各党派、各工会和人们在奇迹般地接近。我的面前放着一张已经发黄的《人道报》，上面有一份当时该报文学栏的撰稿人的名单，他们是戏剧导演儒韦和迪兰，画家弗拉明克，作家纪德、马尔罗、尚松、盖延诺、季奥诺、迪坦、维德拉克、卡苏。现在连我自己也觉得这令人难以置信。

工人们得到大部分知识分子、农民和小资产阶级的支持（但为时不久）。我在格勒诺布尔附近的拉·缪尔矿工村看到过这种情况，那里爆发了罢工，罢工持续了很久——厂主想和矿工纠缠下去。罢工委员会设在市政府大厦，常有一些农妇到这里来把矿工的孩子领去暂时抚养。在集市的日子，农民们给罢工者送来了礼物：马铃薯、鸡蛋、脂油、鹅。当地的一位理发师曾在一次集会上宣布免费为罢工者理发和刮脸，矿工们终于赢得了罢工的胜利。

几乎每一天都必须观察另一个阵营正在如何迅速地形成。法国的法西斯分子也许并不那么多，但是他们在喧哗、打架、暗中袭击。其中有些人蓄起短髭，自称"纳粹分子"；另一些人袖口上缀有颅骨徽记，自称"法兰西主义者"。在巴黎出现了一座"蓝宫"——因为在柏林有"褐宫"。

德国把军队开进了莱茵河沿岸不设防的地区，国际联盟对这一行动讨论了数月，结果没做出任何决定。可恶的收音机每天傍晚播送嘶哑的喊叫："梅梅尔是我们的！斯特拉斯堡是我们的！布尔诺是我们的！"于是不再是蓄着剪齐的小胡子的公子哥，而是德高望重的家长们出面议论，说什么和平要比捷克斯洛伐克重要得多，说人民阵线会导致战争，说应该让左派空谈家住口了。意大利每天都要侵占阿比西尼亚的一块领土，法西斯分子恬不知耻地进行战争，轰炸医院，释放毒气。国际联盟决定对意大利实行经济制裁。实际上这只是一纸空文，但在巴黎，法西斯分子每周都在"打倒制裁！"的口号下举行示威。那些在法国为数不少的家道小康的法国人又开口了："为什么要同意大利争吵呢？它是我们拉丁语系的姐妹。墨索里尼可以帮助制服希特勒……"但无线电却在咆哮："地中海是我们的！科西嘉是我们的！尼斯是我们的！"实际上中等法国人害怕的是人民阵线的胜利，他们仿佛觉得失去了利息，房产和庄园缩小了。

当电影院里放映意大利在埃塞俄比亚获得胜利的影片时，工人区的观众大吹口哨，而在资产阶级居住区却有许多观众为之鼓掌，在黑暗的大厅里有时还有人大打出手。

在咖啡馆里，在地下铁道，在街道上，都有互不相识的人们在争论。家庭因此破裂，友谊因此中断。

大家都说战争很快就要爆发，大家都要求和平。右翼党派的民族阵线宣誓不容战争发生，人民阵线准备以"和平，面包，自由"的口号参加竞选，右派分子断言共产党人要进攻法西斯国家，一片混乱。"爱国青年团"高唱《马赛曲》，要求用民族传统的精神教育国民，同时却组织示威游行，高喊："打倒制裁！打倒英国！和意大利交好！"英国人坚持对意大利实行制裁（但他们却竭力不得罪希特勒），作家亨利·贝罗在右翼报纸上发表了一篇抨击性文章——《必须使英国人成为奴隶！》。青年工人不唱《马赛曲》，而唱《国际歌》，他们反对意大利法西斯，反对希特勒，揭露企图出卖法国的"200个家族"。

一天我打开报纸，看到一篇企图把法西斯分子对阿比西尼亚的入侵说成是"意大利的文明使命"的宣言，署名的是一些右派作家，但其中有一个作家是我20世纪20年代的朋友，我不能怀疑他会喜欢黑衫党人。我给他写了一封气愤的信，他给我回了一封长信，信写得很乱，但也许是真诚的。希特勒分子占领巴黎后，此信和别的信一起被毁，只保存下来我从报上的一篇文章中摘下的若干片段，该文作者的姓名就不提了："我不了解什么是法西斯主义，它的目的何在。您也许以为这是不可思议的，而我已经3个礼拜没有读报了。我已年逾50，没有更多的信仰，我现在说的是一些能使一个人前去牺牲的真诚的信仰……我的信仰一天要变20次……"我没有去找我的朋友，逼他第21次改变自己的信仰，而只是勃然大怒。他是一个优秀的作家，一个好人，但是从此以后我再也没见过他。

我处于一种不间断的亢奋状态中。半年以后我写了一本薄薄的短篇小说集，取名叫《休战之外》。我觉得存在着一股与法西斯休战的暗流，我想，那些与我有关的人们的命运是不会陷入这休战的泥沼里去的。我在给《消息报》的一篇文章中写道："我们的子孙们能够理解和法西斯分子生活在同一个时代意味着什么吗？在那发黄的破旧的报纸上未必会留下愤怒、羞耻和激情。但在另一个世纪的一个天高气爽的中午，阳光普照，绿荫遍地，那时也许会出现片刻的缄默——这将是我们的声音……"

当然，在1935年底我不可能知道主要的考验还在后面。我仅仅感觉到结局将是悲惨的，我用这样一句话结束了全文："世界的希望在于红军。"

那一年，法国的秋天令人惊奇：雷声隆隆，花园里樱桃花再次盛开。我瞧着那些精心培育的果园、那些白色的瓦房，瞧着这个可爱而脆弱，也许是在劫难逃的世界，我从车厢的窗口向外眺望——报馆给了我假期，我就到莫斯科去了。

15

最英明的导师和牺牲品

来到莫斯科不久，编辑部给了我一张出席工人斯达汉诺夫工作者会议的入场券。我在规定的开会时间前一小时来到克里姆林宫大厅，那里已经坐满了人。人们低声交谈，没有一个人离座。这与在巴黎烟雾弥漫、拥挤不堪的会场里召开的喧嚷的群众大会迥然不同。我询问邻座，斯达汉诺夫坐在哪里，问他们是否认识克里沃诺斯、伊佐托夫、维诺格拉多娃姐妹。

忽然全体起立，开始疯狂地鼓掌，斯大林从我没注意的一个侧门走了进来，跟在他后面的是政治局的委员们——我在高尔基的别墅里见过他们。大厅充满了掌声和喊声，这种情况持续了很久，可能有 10 分钟或 11 分钟，斯大林也在鼓掌。当掌声逐渐平息的时候，有人高喊了一声："伟大的斯大林，乌拉！"于是一切又从头开始。最后大家就座，这时又响起了一个女人声嘶力竭的喊叫声："光荣属于斯大林！"我们跳了起来，再次开始鼓掌。

当这一切都结束后，我才感到手痛。我初次看到斯大林，目光一直没有离开他。我已从千万张肖像画上认识了他，认识他那件短上衣、小胡子，但我以为他要高得多。他的头发很黑，额头较低，目光炯炯，表情丰富。有时他向左或向右微微倾斜，微笑着，有时一动不动地坐在那里，注视着大厅，而眼睛却依然熠熠闪光。我发觉自己没有专心听报告，一直在看斯大林。我环顾四周，看到别人也都如此。

在回家的途中，我感到不自在。诚然，斯大林是大人物，但他是共产党员、马克思主义者。我们在谈新文化，但我们却有点像我在绍里亚山区看到的那些萨满教巫师的崇拜者……我立刻打断了自己的思路：也许我在用知识分子的观点看问题吧。我曾多次听说，我们知识分子常犯错误，不懂得时代的要求！"书呆子""糊涂虫""腐朽的自由主义者"……但我依然不能理解"最英明的导师""各民族天才的领袖""敬爱的父亲""伟大的舵手""世界的改造者""幸福的缔造者""太阳"……但是我终于说服了自己：我不理解群众的心理，总是以一个知识分子，而且是在巴黎度过半生的知识分子的眼光判断一切。

斯大林在会上说："应当像园丁栽培心爱的果木一样关怀和重视人的成长。"这句话使人人感到兴奋，因为坐在克里姆林宫里的不是人体模型，而是活人，他们因自己将受到爱护和关怀而感到高兴……

几天过去了，我遇到了一些生机勃勃的有趣的人物。我和织布女工杜夏·维诺格拉多娃谈了很久。她显得既聪明又非常谦逊，荣誉、掌声、照片并没有冲昏她的头脑。我断定，克里姆林宫大厅里的欢呼是感情的特殊表现，是一种宣誓。在巴黎的群众大会上，人们高举拳头站在那里，无休止地一字一顿地喊："遍地建立苏维埃！"这种情景并不使我讨厌。反法西斯主义的斗争是那么具有现实意义，那么使我神往，因而我不禁嘲笑自己：为此感到不快是何等愚蠢！

我常和作家、画家、导演们见面，情不自禁地加入了争论——艺术对我来说是切身的事业，我在争论中表现得十分激烈，但也有些笨拙，往往对情况缺乏分析，重又把自己的愿望当作现实。

我去过"狄纳摩"俱乐部、大学，会见过季米里亚泽夫（1843—1920，俄国达尔文主义自然科学家，俄国植物生理学学派创始人之一）学派的人士，参观过一些区的图书馆，那里在讨论我的中篇小说，我写道："我听到过工人、大学生和红军战士谈论文学。我国读者的水平比我国作家所认为的要高得多。"我觉得，读者成长了，我们往往把少年读物硬塞给他们。也许我有些冒进，然而在读者座谈会上我遇到过不少具有深刻的内心生活而且要求很高的人。

也许在我的话里也流露出对自己的不满，不满我的中篇小说《一气干到底》，这本书不仅是为未成熟的青年人写的，而且也写得不太成熟，有点简单化，仿佛作者不是 44 岁的人，而是比这年轻一半。当我读到我的一些同辈写的书时，我也感到难为情，时常想到，我们应当给成年人写些成熟的作品了。

我曾撰文反对必要的"大众化"——当时这个词已成为口头禅："我们的读者正如童话中的青草那样在蓬蓬勃勃地、出人意料地成长。应该尽力把读者，甚至是最落后的读者，提高到懂得真正文学的水平，而不是取消真正的文学，说什么这样的作家是这样的读者所不能理解的。一个面向所谓'中等水平的读者'的作者往往是傻瓜。当他们坐在那里写作的时候，读者已成长起来。作者希望作品通俗易懂、大众化，而读者拿到他的作品以后却说：'枯燥，平淡无味，早就晓得啦，公式化……'我们这个无比美好的国度的秘密就在于我们不能为'今天'工作，谁为'今天'工作，谁就会变成'昨天'，应当为'明天'工作。"

《消息报》刊登了这篇文章，"苏维埃作家"出版社决定再版我的旧作——长篇小说《胡利奥·胡列尼托及其门生历险记》（这本书果真再版了，但不是在 1935 年，而是在 1962 年）。一些批评家骂我，我反唇相讥。我觉得，关于文学和艺术的争论才刚刚开始。

美术家们召开了一次关于肖像画的讨论会。我参加了，并且发言反对学院派绘画，反对照相式的油画，捍卫探索新的绘画语言的权利。我说，当资产者不理解艺术作品时，他们总是怪罪画家，而工人却说："应该再来一趟——好好看看……"（这句话是我有一次在西方绘画博物馆听来的。）有些画家不喜欢我的看法，有一位发言揭露我说："爱伦堡之所以这样说，是因为他的妻子是毕加索的学生。"（柳芭真是受宠若惊，她从来没有跟毕加索学过画。）

我曾在电影宫里说，我非常喜欢《恰帕耶夫》，但这部影片是苏联电影事业极盛时代到来之前的一个顶峰。我知道爱森斯坦、多夫任科的大胆创造，并对这些艺术家寄予厚望。《电影报》断言我的见解是"用新的借口兜售陈旧的谬论"，并气愤地制止我。

我看了梅耶霍德的一次新的演出，深为钦佩，梅耶霍德真正具有无限的想象力。格里鲍耶陀夫的喜剧之所以令人感到像一出现代戏，不仅是由于

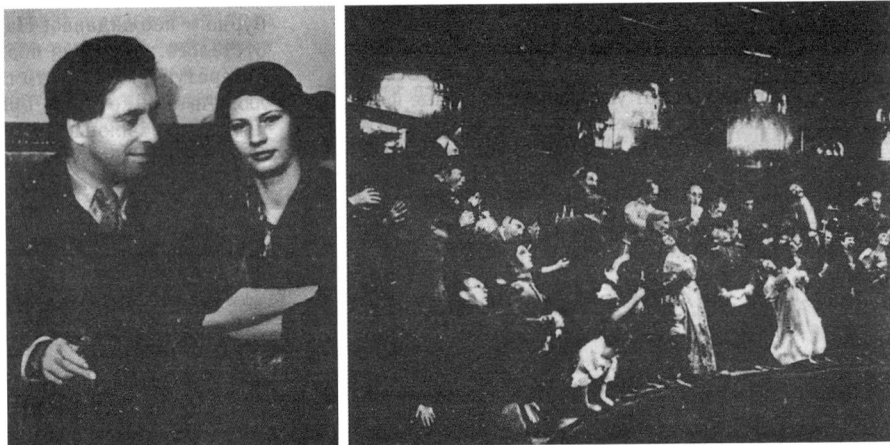

左：1935 年，爱伦堡和织布女工杜夏·维诺格拉多娃在莫斯科
右：在大剧院上演的梅耶霍德的戏剧《监察员》中的一幕

演员用新的方式朗读诗句，而且还在于那思想和情感有一股新的朝气。有一个在剧本中所没有的哑场：在一张长桌的周围坐着一群遍体绫罗的蠢货，他们正在编排诽谤某人的谣言，这种谣言照例是下流的，也许是充满血腥气的。我曾写道："我们憎恶法穆索夫们和莫尔恰林们，他们至今犹在办公室的泥潭里挣扎，他们更换了服装，改变了语汇，但是依然那样趾高气扬，阿谀奉承。我们生活和工作就是为了把他们从生活里驱逐出去，我们听到恰茨基的独白不能无动于衷，我们和他一同苦恼，一同憎恨。真正的艺术的力量就是这样。"长期以来，这样的话一直萦绕在我的耳边："我乐于服务，但厌恶阿谀奉承……"这还是在 1935 年 11 月，报纸刊登了我这篇文章。

当时我是多么幼稚！我不知道，许多事都取决于一个人的爱好，甚至取决于他的情绪。即使清楚地知道这一点的人也不能预见明天会发生什么事。

我在莫斯科时，约·维·斯大林宣称："马雅可夫斯基过去是，今后仍旧是我们苏维埃时代最优秀、最天才的诗人。"于是大家立刻谈起革新的意义、新形式，以及同墨守成规的决裂来了。

两个月以后，我在《真理报》上读到《喧噪代替了音乐》一文，原来斯大林看了肖斯塔科维奇的歌剧《卡捷琳娜·伊斯梅洛娃》后，音乐使他大发雷霆，于是召集作曲家、音乐家开紧急会议，他们一致谴责肖斯塔科维奇"矫揉造作"，甚至说他"玩世不恭"。

从音乐很快就蔓延到文学、绘画、戏剧、电影等方面。批评家们要求"朴实和人民性"。马雅可夫斯基当然继续受到赞扬，不过现在换了一种方式——被称为是"朴实的和富于人民性的"了（马雅可夫斯基曾在一首早期未来主义的诗中请求理发师道："劳驾，请梳梳我的耳朵。"他当然不知道能梳的不仅是耳朵）。"反形式主义，反左倾的反常现象与矫揉造作"的运动开始了。运动来势凶猛，波及范围很广。

第一个牺牲品是附有弗·列别杰夫的插图的马尔夏克的童话诗，插图被宣布为"粗制滥造"，书也被销毁了。建筑师们聚会谴责"形式主义者"，受到攻击的不仅有在 1924 年建造了巴黎博览会陈列馆的梅利尼科夫，不仅有结构主义者列昂尼多夫、金兹堡，而且还有"同情形式主义"的韦斯宁、鲁德涅夫。画家们的遭遇更惨，批评家们断言，连图洛夫都不能给火柴盒作画，特什列尔、丰维津、什捷连别尔格都是"居心不良的拙劣画匠"。

在戏剧工作者的会议上，泰罗夫，尤其是梅耶霍德遭到了严厉斥责，他的罪名被定为"晦涩""不真诚"，人们开始谈论关闭剧院的问题。电影工作者拿多夫任科和爱森斯坦开刀。文学批评家们起初揭发帕斯捷尔纳克、扎博洛茨基、阿谢耶夫、基尔萨诺夫、奥列沙，但是正如法国人常说的那样，吃饭的时候胃口好，于是卡达耶夫、费定、列昂诺夫、弗·谢·伊万诺夫、利金、爱伦堡也成为沾染了"形式主义歪风"的罪犯了。最后轮到吉洪诺夫、巴别尔，以至库克雷尼克塞。有一位没有失去想象力的人指责小剧院上演的戏剧《狼和羊》是形式主义的。《红色处女地》发表了一篇文章，号召在反形式主义的斗争中要"力求用古典的韵脚、古典的准确而谐调的格律、古典的正确的情节发展"。

我以为争论正在开始，其实它正在结束：它被数百次的会议代替了，在这些会议上，必须承认自己形式主义的错误，保证今后一定要"朴素和通俗"，在这些会议上，有十分耳熟的喊叫以及随之而来的"暴风雨般的掌声，继而转为欢呼声"。

我多次被指责为"贵族老爷式地对待读者"，指责我的不是读者，而是一些积极参加当前的运动的文学家。至于读者，无论是在那几个星期里还是在后来我怀疑和苦恼的时候，都以自己的理解力和成熟支持了我。《文学报》的一位编辑写道，我对苏维埃人的轻视，甚至表现在我认为似乎并非所有的工人都能理解博物馆的一切绘画。这位编辑写道："这种思想表现了作家的一种信念：认为艺术家具有一种较之读者大众拥有的文化更为精致、更为复杂、更为高尚的文化。"我抄下了这句话，并且思索了一番。我曾在这本书里多次谈到我的错误，但在这里我却要固执己见：我现在仍然赞同我在四分之一个世纪以前所说的话。

我觉得，作家和艺术家的位置不是在大车队里，而是在侦察队里。人们的发展是不平衡的，在我们的当代社会里存在着不同的文化发展水平。并不存在所谓"读者大众"，即使一本书大量出版，读者阅读它的方式也各不相同，在有些书中，一个方面能被大家理解，另一个方面则只能为一部分人理解。参观艾尔米塔什博物馆的人有的十分赞赏伦勃朗的绘画，有的却不知道他画的是什么，因而也无动于衷地从旁边走过。有些人哪怕你费尽九牛二虎之力也没法把他们拖去听交响乐音乐会。这些都是尽人皆知的，但是关于这些最好不要去谈。艺术中的新形式一向被接受得很慢，而且总要引起愤慨。可以举出许多例子，从雨果的剧本初次上演时发生的格斗（指 1830 年 2 月 15 日雨果的剧本《欧那尼》的初次上演）和库贝（1819—1877，法国画家）的挨骂，到马雅可夫斯基朗诵《人》时引起的哄堂大笑。如果作家或艺术家不能比算数上的"群众"看到更多的东西，不力求告诉人们一点他们还不知道的新东西，那么未必有人会需要作家或艺术家。

在集会和报纸上对各种人物的攻击是各式各样的。喜欢安静的阿·尼·托尔斯泰为预防万一，决意忏悔并公开承认自己写了一个形式主义的剧本。巴别尔微笑着说："半年以后形式主义者就会安生了，那时另外一个运动就要开始。"梅耶霍德苦恼不堪，把一篇胡说八道的文章反复阅读了十来遍，还标出重点。我那次来莫斯科期间，常和亚·彼·多夫任科见面，而且和他交上了朋友。他是个大艺术家，1930 年拍的影片《土地》就足以使人想起他。多夫任科很健谈，言谈中带着乌克兰式的幽默和淡淡的乌克兰式的哀愁。他痛苦地承受了发生的一切。有一次他对我说，前一天斯大林把他叫去，

左：弗·列别杰夫在马尔夏克的童话《行李》中绘制的插图
右：多夫任科

让他看影片《恰帕耶夫》，一面对他说："您也该这样……"

不公正的责难使我感到痛苦，有时还使我愤怒，然而我当时的处境很好——反法西斯的斗争正在进行，我也在战场上。

回忆起某些莫斯科印象，回忆起这一切欢呼声和没有充分理由的责难，我曾在《给成年人读的书》中写道："我知道人们是比较复杂的，我本身也比较复杂，生活不是在昨天开始，也不会在明天结束，但是有的时候要想看得见却得当一个瞎子。"稍迟我曾用诗的形式表达了同样的意思：

> 我别出心裁地呼唤盲目并非没有缘故。
> 像捕捉一只死去的雏鸟把苦闷握住。
> 用自己习惯的步伐
> 从童年的誓言走向坟墓。

这本书的写作把我完全吸引住了，虽然我也常常不得不把它暂时搁置一旁——为《消息报》撰稿，在各种集会上发表演讲，参加作家联合会的工作。

《给成年人读的书》是我现在所写的这本书的第一个草稿。我想到了一个有趣而又有缺点的计划：我决定把那些我在其中谈到自己和自己的生活的章节同另一些章节混在一起，在后一些章节里，中篇小说中的人物向我吐露他们的秘密，其中还描写了他们的工作、斗争、爱情和痛苦。我说这个计划有缺点，也许并不正确——这只不过是因为我的才能和技巧尚不足以把中篇小说的主人公们描写得活像真有其人，因此我自己有时也活像一个虚构的文学作品中的人物。

书中有很多篇幅谈到文学和艺术问题，当时我第一次探讨书籍或油画是如何产生的问题。我谈到一位作家的命运："他全身粘满别人的激情，像粘满牛蒡似的。人类的痛苦知道它应当纠缠什么人，甚至一头野狗也不是逢人必予纠缠，它要先嗅一嗅人，然后或是跑开，或是尾随其后。并不是一切快乐、一切痛苦都会纠缠作家，只有那些应当纠缠他们的才会纠缠他们……果戈理在死魂灵中间死去，在他的床头聚集着普柳斯金们和诺兹德廖夫们。他把曾被他一度认为是一场有趣而怪诞的梦的东西在生活中重复了一次。普希金给了他一个主题，生活给他提供了主人公。除了自己的气息之外，他对此做了什么补充呢？为什么他要为别人的命运受到报应，被疯癫、哑症和穷困的死亡折磨呢？……难道书籍仅仅是我们应该在生活中誊清的草稿吗？"

我考虑得最多的是正在周围进行的斗争，是我选择的道路。"正义——这个词仿佛用金属铸就，其中既没有热度，也没有姑息。有时我觉得它是用生铁铸成，有时它又减轻了重量，渐渐变成了锡。要用自己的激情来温暖它……我说过，先前我不能摆脱自己的过去。我认为，一个人什么也摆脱不开，他朝宽里长，像树一样，一个年轮挨着一个年轮。现在我才知道为什么我早先觉得生铁的或锡的正义首先是冰冷的。不仅需要成功，也同样需要倒霉、犯错误和缄默的岁月。"

我在1935年就着手写自己一生的故事也许为时过早：当时我对于人们和我自己都还缺乏了解，有时把暂时的、偶然的现象当作主要的。虽然我现在仍基本上赞成《给成年人读的书》的作者的意见，但其中对战争的描绘不是出自一个老战士的手笔，而是出自一个坐在驰往前线的黑暗货车里，并暗自描绘着面临的战斗情景的阅历有限的中年人之手。

书中的许多东西与其说是经验之谈，不如说是预感和预见。我自己也不明白，我怎么会在 1936 年春天，在我尚未体验日后岁月中经历的一切以前，作为一个年纪未老而又远非练达的人，竟能写出这样的字句："我在生活中已体验了我的大多数同辈所经历过的一切：亲人的死亡、疾病、背叛，工作中的失败、孤独、羞愧和空虚。有手执步枪在街头进行的斗争，有车间里的斗争，在地下的斗争、空中的斗争和打字机旁的斗争。现在我想的是另一种斗争：当你目不转睛地凝视着一盏灯或一份并不是你正在阅读的报纸上的字母的时候，在应该战胜生活对你的干预，要新生，要活下去，无论如何要生活下去的时候，这种斗争便在寂静中进行。"

当我撩起忏悔室的帷幔的时候，我将说《人·岁月·生活》一书的诞生，仅仅是由于我能够在晚年实现我很久以前的诺言——战胜生活对我的干预，即使不能获得新生，我也将找到足够的力量跟青春一齐前进。

《给成年人读的书》最初在杂志上刊载，后来决定出单行本，出版过程拖得很长——那是在 1937 年，当时管理护林事业的并非园丁，而是一群伐木工。这本书被撕去了数页，因为上面有几个不受欢迎的人的名字。在我保存的那本书中，有一面比其他各面都白一些、短一些，它是后来粘上去的：应该删去又一株被砍倒的树木的名字——谢苗·鲍里索维奇·奇列诺夫。

1936 年初我在巴黎示威游行的喧嚷声中写这本书，那时斗争激烈起来了。现在我才清楚地知道，无论发生什么事，无论怀疑多么令人难以忍受（不是对思想的正确性的怀疑，而是对站在指挥员岗位上的人们的理智的怀疑），都应该沉默、斗争、战胜。

我于三月底把手稿寄给《旗》编辑部。4 月 7 日我在西班牙的奥维耶多城和矿工西尔维里奥·卡斯塔尼翁谈了一次话，他谈到 1934 年的战斗、牺牲的同志们和刑讯。我觉得，反形式主义的斗争、手稿、巴黎那间架上堆满书籍和墙上挂着烟斗的房间都已无限遥远了。卡斯塔尼翁会写诗，他在法庭上以渊博的学识使军事法官们大为吃惊，他博引马克思、康德、卡尔德隆和雨果的名言。法官们赞许地点头不已，但仍然判处这位矿工死刑，他是图龙矿工村革命委员会的主席，但判决的执行却一天天拖了下去。我问卡斯塔尼翁等待死刑等了多久，他答道："15个月。不过我等待的不是死，而是革命……"后来他读了一段自己写的诗，忽然摊开双手说："人的生命只有一次。"我凝视着他，看到他是那么年轻，一张孩子般的面孔……

　　回到潮湿而阴暗的旅馆以后，我久久不能入眠，辗转反侧地想：不，生命不是一次——为了一次生命不得不经历不是一次，也不是两次，而是许多次生命；一切不幸，以及一切幸福，似乎均在于此。

16

1936 年春，西班牙和巴黎

我现在很难描述那个遥远的春天里的西班牙，当时我一共只住了两个星期，后来在两年的时间里，我见到的西班牙已经是血迹斑斑、遍体鳞伤的了。我看到了戈雅没梦见过的战争的残酷，天空也参与了地面上的倾轧，农民们还在用猎枪射击，而毕加索在画《格尔尼卡》时就已预感到核武器狂了。

我想起了能容纳数万人的巨大的斗牛场，到那儿去的有戴便帽的工人、戴宽边帽的农民、扎着头巾的女人、陶器工人、鞋匠、女师傅、小学生。

我看见了站在戏台上的拉斐尔·阿尔维蒂（1902—1999，西班牙诗人），他那副柔弱的幻想家的外貌一点也不像马雅可夫斯基。他在不久前还写抒情诗，现在则朗诵现代题材的罗曼采洛谣曲。一行行诗句从人群上空飘过，宛如风从树梢上吹过，随后，激动的人群走上了大街。年轻的社会党人穿着红衬衣，共青团员穿着系有红领带的蓝衬衣。神甫们把头扭过去，老太婆心惊胆战地画着十字，有产者胆怯地东张西望，法西斯分子从窗口放冷枪。灿烂的太阳不时被浓密的浅紫色乌云遮没。

对于西班牙来说，这是个不平常的春天，几乎每天都有一阵倾盆大雨，卡斯蒂利亚棕红色的土地上闪耀着刺目的绿色。天哪，我听见了多么欢乐的呼喊、出色的计划、誓言和诅咒啊！我记得，在阿斯图里亚斯省米耶列斯镇的一次工人大会上，一个狭长脸的老矿工举起矿灯说："为了消灭法西斯分子，三千个同志牺牲了，他们不会复活，未来是我们的。再也没有什么了，西班牙的弟兄们！……"

在奥维耶多，我看见一所大学的废墟。人们说的话和那个老矿工说的一样："不，这样的事永远不会再有的！"

在萨马镇，费尔南多·罗德里格斯带领我参观了"人民之家"。1934年，起义者曾在那里遭到镇压者的拷问和杀害，墙上有褪色的血迹和遇害者用指甲刻的名字。费尔南多·罗德里格斯对我说："他们把我的双手吊起来，拉我的脚，他们把这叫作'坐飞机'。后来他们又往肚子上浇开水，接着又浇冰冷的水。他们刺我……我始终没有说出我们把武器藏在什么地方。"

一群孩子向我走来，递给我一封费了很大力气才写成的信："奥维耶多，1936年4月22日。同志们，奥维耶多的红色少先队员向苏联的同志们祝贺五一节！同志们，我们正准备迎接即将到来的第二次战斗，我们将要坚决勇敢地战斗。敬礼和革命！"

我站在窗口，看见孩子们走出旅馆时淘得什么都忘了，所发生的一切对于他们来说还只是游戏。我不知道他们后来的命运如何，但是在1936年秋天我从法西斯的报纸上读到这样一段文字："奥维耶多的儿童被具有马克思主义思想的教员惯坏了，他们竟袭击军官。"

那年春天我认识了阿斯图里亚斯矿工的女儿——多洛雷斯·伊巴露丽，工人们称呼她"热情之花"。她是大政治活动家，但依然是个普通妇女，她身上有着西班牙性格的一切特点：严肃、善良、自豪、勇敢，最可爱的是还具有人道主义精神。人们对我谈起她怎样释放了阿斯图里亚斯的囚犯：她和一群工人前来向士兵们发出"稍息"的口令，然后走进监狱，当所有被捕的人获得自由出来以后，她微笑着向大家举起一把生锈的大钥匙。

拥有马德里的电车的"西乌达德·里奈尔"公司的经理处拒绝接受1934年秋天被解雇的"扰乱分子"，于是工人们夺取了电车的经营权，每个电车车厢上写着3个字母"UHP"（"无产者兄弟同盟"）——1934年，工人们就是打着缀有这3个字母的旗帜去迎战法西斯分子、外籍军团和被将军们蒙骗的摩洛哥人的。除了这三个古怪的字母外，电车看上去还是老样子，很旧，被开心的坏孩子们钉满了钉子。"8"这个数字是去库阿特罗—卡米诺斯区的路线，但谁也不知道这辆电车是去什么地方，是去机务段还是上战场。

我在马德里的时候，法西斯分子袭击了工人，立刻爆发了总罢工，我住在一家大旅馆里，服务员、电梯司机、食堂服务员、洗碗碟的女工全离开了。旅馆的主人动员了自己的许多家属，一边说："我们要维护我们顾客的利益，使其不受这些可恶的懒汉的影响，请您自我服务吧。"

我后来在巴塞罗那看见一次规模很大的罢工。慵懒的、无忧无虑的西班牙资产阶级惊慌失措了。一位律师对我说："我简直想象不到工人竟有这样大的力量！如果欧洲不来干预，我们就将受这群半文盲的懒汉支配了。"

多洛雷斯·伊巴露丽

政府竭力安抚大家，对农民说，土地改革法规会迅速改变他们的处境，但法规却不着急。西班牙有一句成语"等明天早晨"，用俄语说就是遥遥无期。农民们开始耕种形形色色的伯爵们和非伯爵们的大片荒芜的土地，他们立下字据，在卡斯蒂利亚的农村中，我见过这类文件，国会议员罗曼诺涅斯伯爵的许多田庄中的一个田庄就占地 6 千公顷。农民们解除了卫兵的武装，立了一个把土地划归合作社的字据。他们发现厨房里有一整只火腿和一些马铃薯，于是又在字据上写了一条：发现的物品应还给伯爵。达姆斯村的农民们写道："我们占用了田庄，但田庄的卫兵可以证明，我们无论在行动上或语言上都未曾欺侮任何人。"另一个村庄鲍兰的农民们写道："3 月 30 日早晨，市政委员会的代表和'土地劳动者联合会'的代表一起，在为文梯罗西亚田庄服务的全体人员出席下，占用了该田庄，土地面积共 1992 公顷。"

在艾斯卡隆、马尔皮克及托莱多郊区，我都看见农民们在兴高采烈地一再叫着："土地！"老人们骑着驴，举起拳头，姑娘们牵着小羊羔，小伙子们爱恋地抚摩着破旧而又不好看的步枪。

4 月，国民近卫军（宪兵队）声明反对政府，随后建立了突击近卫军，但突击队员们也怀疑人民阵线的部长们。法西斯分子高喊："打倒阿萨尼亚！"阿萨尼亚是总理，后来当了共和国的总统。工人们挺身抵抗法西斯分子，近卫军本来应当驱散反对政府的法西斯分子，但是他们不敢得罪穿戴考究的贵族们，而是在工人们身上发泄自己的不满。

保皇党的报纸《ABC》公开要求武装干涉："希特勒说过，他对此不能置之不理……欧洲不希望生活在布尔什维克的钳子中……"在同一份报纸上，有募捐的消息，当时我摘录了其中的一段："希特勒的崇拜者——1比塞塔。上帝与西班牙的支持者——10比塞塔。觉醒吧，西班牙——5比塞塔。民族工团主义者——10比塞塔。长枪党的拥护者——5比塞塔。"

国会通过了一项法案，根据这项法案，退休的将军如果反对共和国，将被剥夺退休金。军人们鄙夷地冷笑着说："人民阵线长不了。"桑胡尔霍、佛朗哥、莫拉等将军并不掩饰自己的计划。桑胡尔霍说："只有外科手术才能拯救西班牙……"神甫和修士号召为保卫上帝和秩序而斗争。有人在墙上用粉笔写着这样的话："西班牙，觉醒吧！"昨天的执政者们在马德里大街上悠闲地散步，有一次我看见伊尔·罗勃列斯在咖啡馆的凉台上喝牛奶咖啡。在他执政期间，20万法西斯分子取得了持有武器的许可证，谁也不曾打算收回这些武器。

我同一些社会党人，同加泰罗尼亚自治政府的总统科姆帕尼斯谈过话，科姆帕尼斯在人民阵线获胜以前被关在监狱里。所有的人都明白局势的危险性，但是却说应该遵守宪法，不应限制自由。

可怕的不是那个名叫伊尔·罗勃列斯的敦实的、彬彬有礼的贵族，不是法西斯报纸上的文章，甚至也不是有精神病的修士们的说教。可怕的是另一件事：农民们兴高采烈地炫耀旧猎枪，没有武器的工人们举起了拳头，而长枪党的拥护者们不时放冷枪，在教堂里也"偶然地"发现了机枪。警察、近卫军、军队对宪法条文的尊重远不如新任内政部长卡沙列斯·基罗加、社会党人普列托或非常热情的科姆帕尼斯。

我得返回巴黎，4月26日是法兰西的选举日，编辑部希望我那时能在巴黎。我闷闷不乐地离开了，因为我愈来愈强烈地爱上了西班牙。我在文章中谈到了法西斯的危险，在一期旧的《人道报》上，我找到了一段关于我在巴黎文化宫做报告的简讯，我说，西班牙的法西斯分子一定会发动叛乱，但我内心并不完全相信这一点，我不愿相信。（不仅像我这样一些普通的事件参加者，就连一些大政治家过去和现在也经常把自己的愿望当成对现实的清醒估计，看来这是人的天性。）

法国人长时间以来一直认为比利牛斯山是一堵墙，墙外是另一个大陆。当路易十四的孙子登上西班牙王座之后，法国国王似乎曾高兴地喊道："比利牛斯再也不存在了！"然而，比利牛斯山依然存在。但在 1936 年 4 月，我没有看见它，人们同样举着拳头，车站上可以看见同样的标语——"打倒法西斯主义"。列车上的那些心惊胆战的居民也在进行熟悉的谈话："应该使那些无赖就范。"法国的"人民阵线"和西班牙的"人民阵线"读音完全一样，西班牙的榜样鼓舞了法兰西。

星期天傍晚，我和萨维奇以及《观察》的编辑普捷尔曼站在《晨报》编辑部旁边，宽阔的林荫道上挤满了人，大家目不转睛地瞧着银幕，马上就要宣布最初的结果，"莫里斯·多列士当选"。人群中传来一阵阵掌声和愉快的喊声。"蒙慕梭……达拉第……戈特……瓦扬-古久里……布吕姆……"的欢呼声不绝于耳。"人民阵线万岁！"人们又唱起了《国际歌》。当右派当选人的名字——弗兰登、斯卡皮尼、多曼热出现时，响起了口哨声。"枪毙叛徒！""打倒法西斯主义！"所有这一切不是发生在《人道报》报社的旁边，而是在那家每天叫喊"人民阵线就是法兰西的末日！"的报社的楼前。

报上的消息说，一切尚未决定，下个星期天还要重新投票。又是傍晚的街道，又是欢乐而激动的人群。午夜时分，选举结果公布了，人民阵线取得了多数。林荫道上走着一群群的人，人们唱着《国际歌》互相拥抱，高喊："枪毙法西斯分子！"

凡此种种都使我感到高兴，西班牙之后又有了法国！现在很清楚的是，希特勒是无法使欧洲屈服了。我们的事业胜利了，革命转入了进攻！这些想法还没有被许多亲人和朋友的死难以及我们面临的种种考验所冲淡。1936 年的春天在我的记忆中是我一生最后一个轻松愉快的春天。

过了几周，法国爆发了大规模罢工。工人放下了工作，但没有离开车间。职员们留在银行、办事处和商店里。资产者惊恐万状地一再地说："这些强盗！……"

巴黎变得认不出了。蓝灰色的房屋上空飘扬着红旗。到处可以听见唱《国际歌》和《卡尔曼纽拉歌》（18世纪法国大革命时的一首革命歌曲）的声音。交易所的证券下跌。有钱人把钱汇往国外。无论是满怀希望的人还是惊恐不安的人都一再地说："这是革命！……"

我记得卡皮尤辛林荫道上一家非常考究的商店的玻璃橱窗，一个穿着时装的石膏美女握着一张标语：职员和工人全罢工了，我们也不再过半饥半饱的日子了！"

姑娘们拿着床单在街上走：为罢工者的家属募捐。

有些工厂主十分固执，因此罢工拖延了很久——约两三个星期。工厂周围站满了警察，以防发生冲突。每天都有成群的女人来到工厂大门口，她们带来了面包、香肠、橙子。

德妮兹在左派演员的剧团里工作。已经罢工三周的一个大冶金厂的工人们来邀请他们，我观看了演出，德妮兹朗诵了《羊泉镇》女主人公的独白。她有一对梦游病患者的眼睛，脸上流露出隐隐的微笑。我走到街上时，警察搜查了我——是否携带武器。我一点也不明白，只微笑了一下，我真希望自己不是《消息报》的记者，而是我刚刚看见的那些工人中的一员。

各地的罢工均以胜利告终。法国的工人们经过一个月的斗争，不仅使工资有了增加，还真正地改变了社会法制：有了集体合同，工会的法规得到承认，有了带薪休假制度。

1936年，德妮兹·列卡什在巴黎

炎热的夏天代替了春天，西部各区都变空了，有钱的人家纷纷到瑞士、比利时、英国、意大利去避暑，他们说，希望借此摆脱一下"肆无忌惮的贱民"带来的烦恼。然而在诺曼底或布里塔尼的海滨，他们仍然碰见了工人，因为"这些懒汉"现在有照领工资的休假了！

7月14日，巴黎有一百多万人参加了示威游行。其中有带着矿灯的北方煤矿工人，有拿着一串假葡萄的南方酿酒工人，有拿着天蓝色渔网的布里塔尼渔民。人们焚烧了希特勒和墨索里尼的模拟像，达拉第照旧拥抱共产党员。部长会议主席莱昂·布吕姆这个典型的 19 世纪知识分子，为了向工人致敬，笨拙地举起一只小拳头。人们用杆子高举着一顶工人帽，上面写着："这就是法兰西的王冠！"列宁、斯大林、高尔基的相片飘浮在人群的上空。人们向西班牙人欢呼："好样的！打倒法西斯分子！"意大利、波兰、德国的侨民工人也列队走过，人们向他们鼓掌。（我没有料到，不久之后我将在卡斯蒂利亚红褐色的石堆上遇见他们中间的许多人。）

当然，游行示威的人要求解散法西斯组织，他们像先前那样高喊："枪毙德·拉·罗克！"但他们的喊声是愉快的，甚至是温厚的。2 月，人民以准备战斗的姿态冲上街头，而 7 月 14 日的游行却是前所未有的狂欢。

像往年一样，晚上人们开始跳舞，在巴士底广场上，在数以百计的大街小巷里，到处都是跳舞的人群，这里有传统的中国灯笼，有手风琴，有啤酒或柠檬水瓶，有情人们的接吻。年长一些的工人们坐下来欣赏年轻人的欢乐。我留心地听他们的谈话，他们在谈论去什么地方度假好，谈论利穆津农村中的舅舅、卢瓦尔省的小房子，谈捕鱼的情况，谈山地旅行和儿童们的沙地浴场。"革命"这个字眼让位给另一个字眼——"假期"了。来得容易的胜利给人们带来了宁静与心平气和。

眼前的巴黎不像马德里，它的背后既没有阿斯图里亚斯的起义，没有拷打、监狱和枪杀，也没有狂热的宗教界和耀武扬威的将军们。法国的资产阶级要文明、狡猾得多。他们在考虑如何跟人民阵线周旋，而胜利者只是欢笑，没有认真地考虑未来。

我的短篇小说集《休战之外》快写完了，伊琳娜从莫斯科前来。巴黎酷热难当，柳芭和伊琳娜去布里塔尼了，我对她们说，我要将 7 月 14 日游行的情况写一份报道寄给《消息报》，并且将书写完，然后再去找她们。

我记得在科坦登大街上，一个闷热的夏夜，我坐着写稿，后来放下笔打开了收音机。莱昂·布吕姆同教育部部长商议……马德里的群众袭击了拉·蒙塔尼亚兵营……巴塞罗那……"哥伦布"旅馆……炮兵……阿兰达将军……奥维耶多地区的战事……死者和伤者……

我站起身，应该到什么地方走走！……晚了，已经 12 点钟，什么人也找不到了……我无法独自留在这十分冷清的房间里。

然而广播员却坦然地报告说，在库尔-梁-伦举行的玫瑰花展览会上，头奖为"梅扬德夫人"玫瑰花夺得……

对于一部分人来说，生活在 1941 年 6 月 22 日分裂为两半，对于另一部分人来说，则在 1939 年 9 月 3 日，对于第三部分人来说，则是在 1936 年 7 月 18 日。在我早先对我的生活所做的描写中，大概有一些使许多和我年纪相仿的人感到生疏的章节，当时我们的遭遇不同，所碰到的问题也不同。然而，从我现在所谈的这天晚上起，我的生活开始变得和千百万人的生活极为相似了。我的生活只不过是同一主题的一支不大的变曲，一些大家十分熟悉的字眼决定着十个不幸的年头：报道，辟谣，歌声，眼泪，汇报，空袭警报，退却，进攻，短期休假，小站上的仓促会面，关于照会、战术及战略的谈话，对最主要的问题保持沉默，撤退，医院，大规模的、普遍的灯火管制，以及如同对往事的回忆一般的手电筒摇曳不定的闪光……

17

自任西班牙前线特派记者

　　我苦闷地在巴黎度过了几周，每天把法国报纸上发表的来自西班牙的报道发给《消息报》，去西班牙大使馆，帮助第一批志愿人员去巴塞罗那。我没有离开巴黎仅仅是因为没有得到编辑部的答复：我能否以军事记者的身份去西班牙。我多次催促，回答总是简单而神秘的几个字："我们正在研究。"我还不了解这个奇异的动词的含义，一气之下便不再等待。有一天，编辑部往我在巴黎的寓所打电话，问我为什么没有再给他们发电报，柳芭回答说："难道你们不知道？……他去西班牙了。"

　　毕加索是在 1937 年春天画《格尔尼卡》的。然而在此半年以前，在 1936 年的 8 月和 9 月，西班牙的情景倒有点像德拉克洛瓦（1798—1863，法国画家，法国浪漫主义画派主要代表人物）的油画：19 世纪的浪漫主义精神正在比利牛斯山的那一边阴燃，并在短期内突然燃旺了。

　　巴塞罗那是一个巨大的工业城市，但城里的工人长期以来就处在民族劳动同盟的那些工团主义工会和法伊（伊比利亚无政府主义者联盟）的无政府主义者的影响下。小资产阶级、农民、知识分子都憎恨西班牙的军阀，因为后者蹂躏了加泰罗尼亚人的民族自尊心。中产阶级人士以及餐厅或商店的店主对我说，他们认为就连无政府主义者也比佛朗哥将军好。"自由"这个词在欧洲许多国家里早已一钱不值了，但在这里却使许多人为之振奋。

　　一辆辆匆匆钉上铁板的载重汽车从拉伯雷主要的大街飞驰而过，人们尊敬地称它们为"装甲车"。穿着红黑两色衬衫、背着猎枪的骑兵们炫耀着自己的雄姿。出租汽车的车身上醒目地写着:"向韦斯卡进军!"或"一定夺取萨拉戈萨!"无政府主义者带着手榴弹箱、吉他和女战友出发上前线。穿着后跟高得不可思议的高跟鞋的时髦女人拖着沉重的步枪。到处可以看到刚刚结束的战斗留下的痕迹:没有清除的街垒、玻璃碎片、弹壳。人们在那些保卫城市、抗击法西斯叛乱分子的英雄牺牲的地方摆上鲜艳夺目的南方玫瑰。巴塞罗那人给开赴前线的民兵带来了皮酒囊、火腿和被褥,甚至还有古代的马刀。在 7 月遭到炮火轰击的"哥伦布"旅馆里,在一些满是灰尘的长毛绒软椅中间堆着许多步枪,士兵们躺在像灵柩台般豪华的床榻上。

在拉伯雷大街上,在数以百计的群众大会上,在那些被征用的,如今是各种委员会、联盟、协会(从"世界无政府主义拥护者联盟"到"战斗的世界语专家协会")的房屋里,到处可以听见"民族劳动同盟—法伊"这样的字眼。墙上贴着五光十色的标语:"反对纪律的组织万岁!"人们唱《国际歌》,也唱民族劳动同盟的颂歌《人民之子》。红黑两色旗为数最多,我问一个民兵,为什么无政府主义者选择了这两种颜色,他回答说:"红色代表斗争,黑色是因为人的思想是不可理解的……"

到处有枪声,要弄清楚谁向谁开枪十分困难,但大家对此却毫不在意,咖啡馆和饭馆座无虚席,城市处在一种兴奋的狂热中。

开赴前线以便用强攻夺取韦斯卡或萨拉戈萨的纵队和百人团都取了这样一些名字:"恰帕耶夫""潘利亚(即弗朗西斯科·比利亚,1877—1923,墨西哥的革命领袖)""内古斯(埃塞俄比亚废除帝制前皇帝的尊号)""埃塞俄比亚人""勇敢的魔鬼""不信神的人""巴枯宁"。人们在会议上讨论改造人类的问题,一个发言人提议为世界上的伟大思想家——苏格拉底、斯巴达克、塞万提斯、雷克吕(1830—1905,法国地理学家和社会学家,第一国际成员,接近巴枯宁派)、克鲁泡特金、列宁——建立纪念像。另一个发言人要求焚毁钞票、废除监狱和强制劳动。第三个发言人说,必须选派十个最卓越的人物到关押被逮捕的军事暴动领导人的"乌拉圭"号巡洋舰上去,并说服法西斯分子们参加劳动公社。

城市的主要营房更名为"巴枯宁营房"。宣传员们爬上公共汽车的车顶

毕加索1937年画的《格尔尼卡》

大声喊叫："打倒帝国主义！大家一齐上前线！给一切人以自由！消灭法西斯分子！"

　　谁也不知道共和主义者在哪儿，法西斯分子在哪儿。我们坐着汽车走上了阿拉贡省红褐色或绯红色多石的沙漠地带。天气酷热难当，对于我来说，这是我在西班牙的第一个夏天。我的旅伴是加泰罗尼亚人，名叫米拉维列斯，他问农民能不能继续前进，有的人回答说，法西斯分子就在邻近的村子里，另一些人则说，似乎我们的军队已经解放了韦斯卡。南方的夜晚来得异常突然，闪光不时划破天空，远方传来隆隆的枪声。汽车突然停住了，我们面前出现了街垒。有人在喊："口令？"我们不知道口令。米拉维列斯从手枪皮套里掏出手枪。我问他发生了什么事，他没有回答，却将另一支手枪递给了我，我很害怕：我们陷入了理伏！……我在黑暗中细看，看见山岩上有些人正用步枪向我们瞄准。我已经准备开枪了，这时黑暗中有人骂道："嘿，原来是自己人！"农民们包围了我们，对我们讲，他们已经守卫了6天6夜，因为从布哈拉洛斯来的消息说，法西斯分子正在进攻。我们问："前线在哪儿？"他们摊开手：那儿离布哈拉洛斯12公里，这一点不错，但只有鬼才知道谁在那儿。在他们看来，到处都像前线。

　　不仅农民们不知道邻村的情况，在巴塞罗那也没有人能回答这个问题：

科尔多瓦、马拉加、巴达霍斯、托莱多在谁的手中。每个纵队的指挥员都制订着一些不切实际的计划。有人散布谣言说：法西斯分子已被逐出塞维利亚。加泰罗尼亚人决定派兵在马略卡岛登陆。几天以后有传闻说似乎法西斯分子占领了巴伦西亚，正向巴塞罗那推进。

在前线的一个地段上，我看见一个木牌上写着："前面有法西斯分子——勿前行。"战士们毫不介意地在小河里洗澡，只留一个人在岸上看守衣物和枪支。我问他们："如果法西斯分子打过来怎么办？"他们笑着说："我们白天不打仗——天太热。那些坏蛋有一个池塘，现在正在那儿洗澡呢。等着瞧吧，再过3个钟头就要嗒嗒地打起来了，你的耳朵怕也要给震聋呢……"

指挥员对我说，他们很快就能拿下韦斯卡，顶多一个星期。我向城市望了一眼，它就在旁边。我问："前面那座高大的建筑物是什么？""疯人院。那里有精锐部队。首先应当夺取这座大厦。"（一年后我再次来到韦斯卡城边，又听说应当夺取疯人院。在这座建筑物的争夺战中牺牲了多少人啊！）

我的一个熟人准备去马德里就扩大自治的加泰罗尼亚政府的权力的问题达成协议，他建议我和他同去。我们坐车走了很久，农民们到处用街垒挡住去路，担心法西斯分子的袭击，他们十分认真地研究通行证（我总共有五六张通行证，都是各种组织发的，自然也包括民族劳动同盟发的）。街垒看上去很美：木桶、从有钱人家中搬来的家具、翻倒的大车、早先装饰教堂的木头雕像。我保留了一张照片：3个拿着武器的农民，上面是一个巴洛克式的天使和一把大提琴。

我看见到处都是被烧毁的教堂骨架。农民听到法西斯暴动的消息后，第一件事就是烧教堂或修道院。一个农民对我解释说："你知道谁是主要敌人？神甫和修士，再就是将军和军官。当然，还有有钱人……我们没有碰地主，只没收土地，让这些坏蛋和大家过同样的生活吧。他们也签名表示不反对，只是有一个神甫藏在钟楼里，想从那里开枪。好吧，我们径直送他上天堂了……"

我的旅伴埋怨无政府主义者："难道跟他们谈得通吗？这是一些正直的小伙子，但满脑子无政府主义。在巴塞罗那时，有一个曾跑来向我要求：'取消一切交通规则吧，当我需要向左转时，干吗非得向右转呢？这违反自由原则！'"

第　四　部

　　我的旅伴看见一个教堂没有被烧掉，便问农民："为什么不烧掉它？……"我们离开村子后我对他说："我不懂，为什么要烧掉教堂？农民们连一座像样的房子都没有。教堂可以用来办学校或俱乐部。"他生气地说："您可知道，教堂带给了我们多少苦难吗？不，没有俱乐部也过得去，只求眼前没有这座教堂！……"

　　马德里的无政府主义者很少，但马德里的人仍有一些浪漫主义的幻想。法西斯分子占领了塔拉韦拉，距离首都只有七八十公里的路程。但人们却坐在咖啡馆的凉台上一直争论到午夜，是向萨拉戈萨前进以便同加泰罗尼亚人会合呢，还是从法西斯分子手中夺回安达卢西亚的港口。

　　我被带去参观一个逃走的法西斯分子的庄园。"我们在这里建立了一个实验示范的儿童营。"一个女积极分子久久地向我证明，教师们轻视音乐的教育作用。一个七八岁的小男孩却说："爸爸被他们绑起来，放在路上，让一辆大汽车从上面开过去……"女积极分子固执地说："哪儿来的这群野兽？他们对孩子们的教育不协调……"我不禁笑了：我想起了1919年的基辅和我在莫菲克季甫儿童审美教育部的工作，似乎一切都是另一回事，但你突然发现，一切都在重演……

　　在马德里，政府将一个逃亡贵族的别墅拨给了作家们，那里有一个漂亮的图书馆，收藏着古版书、珍本书以及西班牙古典作家的手稿。阿尔维蒂、马诺洛·阿尔托拉吉列、彼杰列、塞拉诺·普拉哈、埃尔南德斯等诗人在别墅里朗读自己的诗。我在那儿认识了作家何塞·贝尔加明，他是左派天主教徒，一个心灵纯洁、忧郁而文静的人。我和他谈起塞万提斯和防空，谈到共产主义和克维多的诗。我在那儿还遇见了巴勃罗·聂鲁达，他是智利的领事和诗人，他年轻，爱开玩笑、搞恶作剧。我记得空袭警报时一个十分关心书籍的人在图书馆里放了一些盛水的容器，以免过度的干燥损害古代手稿。不知是谁低声说："他们占领了塔拉韦拉……"

　　"文艺协会"举行了高尔基的纪念晚会。拉斐尔·阿尔维蒂带着哭腔对我说："已经证实，他们在格林纳达杀害了加西亚·洛尔迦……"

　　这是第一个空袭警报之夜。在日后的另一个夜里，我听见爆炸声后跑到街上，一个老太婆紧抱着一个小姑娘。黎明时分，我前往遭到法西斯飞机轰炸的街区，眼前的景象正是以后我常常看到的：被炸毁的房子、楼梯和楼上某处的一张儿童的吊床。

巴勃罗·聂鲁达写道："孩子们的血在大街上流着……"

我来到了马尔皮卡，战争爆发以前，在 4 月，我曾去过那儿，所以农民认出了我。我的姓氏西班牙人读起来十分吃力，常常弄错，村社社长举起拳头郑重地说道："你好，兴登堡！现在我们可以让你看看城堡了。"奥里翁公爵的庄园在马尔皮卡，农民们没收了它，我参观了这个庞大的古宅。村社社长拿着一个点着蜡烛头的铜烛台，黑暗中隐约可以看见野猪头、穿着绣金线连衣裙的圣母雕像、铜锅、睡衣、留声机。最豪华的是浴室，不知为什么里面放着三把安乐椅，村社社长说："这大概是十分贵重的东西。我们决定把这座城堡送给作家们，让他们住在这儿写作……"城堡的门外站着几个拿猎枪的农民，前线就在附近。从埃什特雷马杜拉来的难民燃的火堆。

过了两天，我又和阿尔维蒂、玛丽亚·特雷莎·莱昂来到了马尔皮卡，他们给前线送去了一批报纸和传单。德国轰炸了阵地和道路，民兵们支持不住便跑了。在多明戈-佩雷斯村的村口，聚集着一群激动的农民："瞧，全溜掉了！……"一个老农指着三支猎枪说："这就是我们的一切。"我们看见 4 个士兵正向马德里方向走去。玛丽亚·特雷莎尾随他们跑去，她穿着很高的高跟鞋，却跑得很快，手里握着一把极小的手枪。逃兵们把步枪交给了她，他们感到羞愧。那个老农说："给我吧！年轻人想活下去，可我是不会逃的……"大约过了两个小时，30 个民兵面对着敌人挖起了战壕，他们只有一挺机枪，但法西斯分子人数不多，他们在清晨向塔拉韦拉退去了。

托莱多在共和主义者的手中，但法西斯分子却占据着古代的要塞阿尔卡萨尔。他们在那里已经待了一个半月，城内也形成了一种特殊的生活方式。有的街道上挂着标语："危险！不带武器禁止外出！"牛奶很少。为了避免站队时遭到射击，女人们在傍晚时分便将高水瓶、瓦罐放在牛奶店的门口，有时只不过放上一小块石头；吵架的事我一次也没有听到。法西斯分子偶尔向城里放一阵枪。在阿尔卡萨尔对面，民兵撑着伞以遮挡灼人的太阳，坐在用稻草编成的圈椅或摇椅里，有时懒洋洋地，有时怒气冲冲地对着要塞的厚墙打几枪。有时炮兵也打几发炮弹。居民们在街上散步，猜测着炮弹落在什么

左：1937 年，马德里，放在牛奶店门口的牛奶罐
右：共和主义派别的战士

地方，是否打中了法西斯分子。

法西斯分子在一次偷袭时抓走了一批"人质"——女人和小孩。我在民兵营房的一个挡板上看见 38 张相片：一个抱着孩子的女人，一个老太婆，两个骑着木驴的小孩……法西斯分子知道该做些什么，马德里不止一次下令挖几条坑道并炸毁要塞，但民兵们想到女人和孩子，便回答说："我们可不是法西斯分子……"他们天真地幻想着困死阿尔卡萨尔。后来接到通知说，政府的空军将轰炸要塞，民兵必须后退一百米，许多人都表示拒绝，"不行——他们会逃走的"，14 名战士被炸弹的碎片击中后死了。

在西班牙的古都，在游览者看中的这个城市里，人民的崇高气质同战争的残酷规律在决斗。阿尔卡萨尔的法西斯要塞司令莫斯卡尔多上校的妻子住在城里。科利佐夫十分惊讶地问道："你们没有把她关起来？……"苏联人有很高的威信，但西班牙人却毫不动摇："一个女人？我们可不是法西斯分子……"

我和我的朋友、画家费尔南多·海拉西一同漫步在托莱多街头。他过去住在巴黎，画风景画或静物画，晚上常去"多姆"咖啡馆。他的妻子是利沃夫附近的乌克兰人，爱说爱笑，名叫斯捷法，他们还有个 5 岁的儿子蒂托。费尔南多说，无政府主义者是疯子，应该有统一的指挥、纪律和秩序。他嘲笑"缀花边的战争"，然而我觉得，他也不能指责民兵们的宽宏大量，他们时常破口大骂，彼此见面时不说"您好"而说"敬礼和黄色炸药"，但在谈到阿尔卡萨尔即将被炸毁时，他们却愤懑地说："你胡说什么？那儿有女人和小孩……"

马德里政府想向世界表明自己不同于佛朗哥，所以当据守阿尔卡萨尔的法西斯分子请求派给他们一个神甫时，便宣布短期休战。

这时有几个法西斯分子走出了要塞，民兵们就站在近旁，双方对骂起来。下面是我的记录："土匪！我们是为了上帝和人民战斗的！""你们可以把上帝给自己留下，可我们要为人民战斗。""胡说八道！我们才是为人民战斗！你们这些坏蛋有烟抽，可我们快两个星期没有闻到烟味了。"（一个民兵一声不响地掏出一包香烟，一名中尉抽起烟来。）"给神甫写信了吗？看样子你们要完蛋了……""我们的人快来了，那时让你们瞧瞧厉害。""那要等太阳从西边出来。""等不了很久，那时你们的人会像兔子一样溜掉。""瞎扯！可你为什么留起了胡子？想进天堂吗？""你说用什么刮脸？用马刀吗？"（另一个民兵从衣袋里拿出一小包刮脸刀片，递给了法西斯分子。）

10 月初，巴莱拉将军的部队打到了托莱多城郊，阿尔卡萨尔的守军（那儿有一千多名近卫军和见习军官）出来迎接，只有少数共和主义者突围出去。

左：1936 年，爱伦堡在巴塞罗那
右：由摩洛哥人组成的法西斯的外籍军团

第 四 部

法西斯分子对"阿尔卡萨尔的英雄们"大肆宣扬。毫无疑问，莫斯卡尔多上校的士兵表现出了沉着和勇敢。任何战争的任何一部历史中都不乏动人的英勇事迹，还有一点也毫无疑问，即内战是不惜采用暴行的。然而，在阿尔卡萨尔的历史中如果有什么可引为教训的话，那就是两个世界的搏斗：一方是怒气冲冲的、但充满了人道精神的人民，另一方是侵略集团，他们有完美无缺的纪律和同样完美无缺的惨无人道。获胜的不是宽宏大量……

我在瓜达拉姆看见一群俘虏，其中有些兵士，他们虽然惶恐不安，但又对自己脱离了危险的游戏感到满意；其中也有一些外籍军团中的亡命徒。民兵们最怕摩洛哥人，后者是出色的士兵，但对所发生的事毫无认识。

我同我国的电影摄影师卡尔曼和马卡谢耶夫一起去过阿拉贡前线的"红翼"空军部队，这支部队的指挥员是阿尔丰索·莱耶斯，他是个郁郁寡欢、沉默寡言但十分果断的人。瞧着他们的飞机，真使人提心吊胆，这全是些旧式的邮政飞机，但人们却自豪地称它们为轰炸机，它们每天都去轰炸法西斯分子的阵地。我们在部队的当儿，一架遭到德国歼击机袭击的飞机着陆了，机械师（他的外号叫"红鬼"）伤势很重，但他忍住了，没有喊痛，看见卡尔曼为他拍照，他却快活地微笑起来。第二天，他的一条腿被锯掉了。

法西斯分子继续向马德里推进，但是人们并不发愁，仍然相信会取得胜利。大家都说，如果法西斯分子在7月份没有占领整个西班牙，他们就算输定了，因为人民反对他们。

只有在西班牙的反革命基地纳瓦拉，农民们支持叛乱分子，那里的教会和卡洛斯分子〔觊觎西班牙王位的一个唐·卡洛斯（1788—1855，查理四世之子，在卡洛斯分子支持下谋求西班牙王位）的后裔的拥护者〕势力强大。但是纳瓦拉只有40万人，而西班牙的人口将近三千万。我在战争期间到过的那些省，如加泰罗尼亚、新卡斯蒂利亚、巴伦西亚、拉曼查、穆尔西亚、安达卢西亚、阿拉贡，绝大部分的居民都憎恨法西斯分子。

但是，工人们会在车床旁工作，农民们会耕地，医生们会治病，教师们会教书，而佛朗哥方面却有军人，不管怎么说，他们会打仗。法西斯分子还有可靠的雇佣军——外籍军团和摩洛哥人。

9月中旬，佛朗哥已经成了叛乱分子所控制的整个地区的独裁者，到了

10月1日，他便被推举为"领袖""大元帅"和国家的首脑了，他要求绝对服从。然而捍卫共和国的人们却有着极为不同的信仰，其中有共产党人、加泰罗尼亚的自治论者、左派和右派的社会党人、资产阶级的共和主义者、无政府主义者、巴斯克的天主教徒、鲍乌姆分子（当时西班牙的托洛茨基分子）等，只是出于对法西斯主义的憎恨才使他们团结在一起。1936年，自由得到了充分的发挥，仿佛外面不是战争，而是竞选运动。加泰罗尼亚人和巴斯克人揭发"马德里的大国主义作风"，鲍乌姆分子要求"深化革命"，以普列托为首的右派社会党人批评担任政府首脑的左派社会党人卡瓦列罗，共和主义者对共产党人飨以白眼，无政府主义者发誓要摧毁他们憎恶的国家制度。

然而不仅由于缺乏军事干部，而且由于各个反法西斯政党间的不和，出现了潜在的危险。7月25日，希特勒答应佛朗哥的代表将提供军事援助。7月30日，即在第一批苏联歼击机出现在马德里上空的一百天前，意大利轰炸机已经轰炸了西班牙的城市。

法国政府的首脑是莱昂·布吕姆，他是拉尔戈·卡瓦列罗在第二国际中的同志，但是西班牙政府请求法国允许其购买的武器过境却毫无结果。莱昂·布吕姆宣布了不干涉原则，英国支持他。在伦敦，不干涉委员会开始举行会议。意大利和德国继续向西班牙运送武器和人员，法国在边境建立了检查制度，大概我是在重复众所周知的真理。伊·米·迈斯基（1884—1975，苏联外交家，西班牙内战时期，他是苏联驻英国大使）参加了不干涉委员会，不久前他对我说，他在自己的回忆录中对这事有详细的叙述——他有很多见闻，然而我写的是自己的生平。我怎么能够对伪善保持沉默？历史过去有，现在也有它的续篇：我们听到过多少不干涉希腊、朝鲜、刚果或老挝的崇高言论啊！1936年以后，无论是明显的凶手的高尚演说、鳄鱼的眼泪还是人类的怯懦行为，都已经不使我惊奇。不错，莱昂·布吕姆远比冲伯的庇护者们有礼貌，但是他也给吓破了胆，不习惯于生活在时代的风暴中，倒是习惯于生活在议会厨房的复杂气味中，他说的是一套，做的是另一套。

我在巴伦西亚遇见了马尔罗，他说，他也许能弄到10架军用飞机：西班牙政府已经买下了，只是法国人禁止出口。他说，他想建立一支法国航空大队来轰炸法西斯分子，并把驾驶员希德斯和朋斯介绍给我。

第 四 部

地上在进行战斗，但在空中却是法西斯分子主宰一切：尽是两强国——德国和意大利的飞机："容克""亨克""萨沃伊""卡普隆尼"和"福克"。

我在群众大会上发言，为西方报刊搜集有关法西斯暴行的材料，写不署名的小册子，完全忘记了我所担任的《消息报》记者的职务。不过这种职务也难以执行：当时同莫斯科还没有建立电话联系，而编辑部看来还在继续"研究中"，发电报的钱尚未汇来。

9月5日，在两周的间断之后，《消息报》上发表了一篇简讯："巴尔巴斯特罗。9月4日。今天你们的记者目睹了德国供给叛乱者的三引擎'容克'飞机扫射蒙特-弗洛里德的居民。"我发的电报很短，因为没有钱发长电报。我第一次看见超低空飞行扫射人们的情景，那时农民们正在打谷场上打谷，接着一个老太婆大声哭喊起来，她的儿子被打死了。农民们知道我是苏联报纸的记者，向我请求道："写吧！也许俄国人会帮我们的……"当然，那一天发生了更为重要的事件：伦敦的《消息报》记者报道说，圣塞巴斯姜已被切断（这是事实），共和国的军队拿下了韦斯卡（这是谣言），然而我在蒙特-弗洛里德村里，我觉得必须马上把法西斯分子用德国飞机杀害手无寸铁的农民的事写下来，对于军事记者来说，这也许是天真的，但我想的不是报纸，而是西班牙。

我在理发馆刮脸，理发师发现我是俄国人，便开始喊叫："希特勒和墨索里尼都在帮助他们。而我们连武器也没有！……"他的眼睛在闪闪发光，他挥动着剃刀反复地说："飞机！坦克！"我暗自发笑：他莫不是要宰了我……不过一般说来事情并不可笑。我记得蒙特-弗洛里德农民的话，人们无时无刻不在说："请告诉俄国人……"我开始写一些短小的通讯，从巴黎邮寄给《消息报》。

一个月后，我收到一捆报纸，我很难过：我的文章被弄得不成样子了。9月26日我给编辑部写了一封信："我对西班牙发生的各种事件所做的解释正确与否，在此我不想争辩，但是我坚决反对完全歪曲原意的删节。"自然，我对编辑部毫无办法——我的所有文章都经过了修饰与美化。虽然如此，我继续在写，我写得十分仓促，不是在书桌上写，而是在前线上写。我关心的不是文学体裁，而是飞机和坦克，没有它们，西班牙人民是支持不下去的。

阿尔瓦雷斯·德尔瓦约要求我收集一些有关法西斯暴行的证据确凿的材料，供西方报刊发表。在巴伦西亚期间有人对我说，右派报纸《每日邮报》的记者加勒特从马略卡岛前来，他在骂法西斯分子，我在英国领事馆找到了他，他写了一些见闻，告诉我说，法西斯分子轰炸了共和国军的战地医院："他们的驾驶员一回到马略卡岛便高喊：'西班牙万岁！'但我在这里住了很多年，我立刻听出他们的外国口音——他们是意大利人。'卡普隆尼'式飞机是从撒丁调来的……"加勒特气愤地重复了好几次："他们打死了我的马……"他是个壮实的中年英国人，生着一对孩子般的眼睛，他的报纸是赞扬佛朗哥将军的，但他不能理解，为什么编辑部不刊登他的通讯。

叛乱已经开始快两个月了，各种消息虽然仍像过去一样矛盾百出，但我渐渐发现法西斯分子更强一些，他们占领了塞维利亚、科尔多瓦，随后又占领了埃什特雷马杜拉、塔拉韦拉，现在正向马德里挺进，不过我坚信会获得胜利。也有一些令人慰藉的消息：法西斯分子已经被赶出马拉加和阿尔瓦塞特。抵抗加强了，出现了新的百人团、分队、营、纵队。志愿人员开始从法国前来，其中有法国人、意大利人、德国人、波兰人。

在巴塞罗那，我应邀去卡尔·马克思兵营，那儿新近编成了一个"7月19日纵队"。在一个大院子里，站着几列整齐的士兵。这是一个百人团，说得简单些，是一个连，它名叫"伊利亚·爱伦堡百人团"。他们对我说，我应当授旗给民兵们，还要讲几句话。我一时不知如何是好，感到十分尴尬，我说我不是政治活动家，不会做这样的事。话虽如此，我还是得拿着旗站在摄影师们面前，并讲点什么。我记得自己当时的心情是既惭愧又非常感动。几个卖柠檬水、水果、糖块的小商贩在这里走来走去，其中一个向我的手中塞了一把水果硬糖，说："吃吧，俄国人！咱们会打败他们的……"

在加泰罗尼亚和阿拉贡，几乎每一个农民的房子上都写着："让我们去砍掉卡巴涅利亚斯的脑袋！"（法西斯政府的首脑是卡巴涅利亚斯将军，一个月后，佛朗哥撤换了他。）

我看见几个年老的农民亲自送自己的儿子到兵营去，当有人告诉他们说，人员太多，武器不够分配时，他们便再三地请求道："可他是西班牙人，他不能坐在家里……"

左：爱伦堡在加泰罗尼亚的战士中间
右：爱伦堡百人团

　　海拉西的妻子斯捷法从巴黎来了，她说蒂托已被送进了幼儿园。斯捷法和儿子告别时，忍不住哭了。孩子说："妈妈，去吧！我转过身去——就这样。你也不要看我，好吗？……"斯捷法微笑着一再地说："他是我的西班牙人……"

　　我方才在想，为什么我在开始叙述西班牙战争的岁月时感到十分激动，常常在推开了手稿后眼前依然闪动着阿拉贡火红色的岩石、马德里被烧焦的房屋、蜿蜒曲折的山路、亲近而可爱的人们——我甚至连他们许多人的名字都不知道，但这一切仿佛都像今天的事一样栩栩如生。而这已经是四分之一个世纪前的事了，我后来经历的战争也更为可怕。我回忆许多往事时都很平静，唯独一想起西班牙，心中便充满迷信的柔情和忧伤。巴勃罗·聂鲁达给自己在内战初期写的一本诗集取名为《心中的西班牙》。我爱这些诗，其中许多篇已由我译成俄文，但我喜欢的是书名——我觉得，再也想不出比这更好的名字了。

　　在惊慌不安的、备受屈辱的20世纪30年代的欧洲，有一种令人感到窒息的气氛。法西斯主义在进攻，但丝毫不受惩罚。每个国家，甚至每个人都在幻想单凭自己的力量来拯救自己，不惜任何代价来拯救自己，幻想避而不答，幻想赎身。这是贪图小利的年代……但是出现了一个挺身迎战的民族。他们没有拯救自己，也没有拯救欧洲。然而，如果"人类的尊严"这几个字对我这一代人尚有一定的意义，那就应当感谢西班牙，它成了可供人们呼吸的空气。

在那些遭到轰炸的西班牙城市中，我什么样的人没有见过啊！有些人只待了很短的时间，有些人待了很久；有些人参加了战斗，有些人担任了随军记者，有些人救济居民。后来许多人分道扬镳了，但往事是不能一笔勾销的。陶里亚蒂和南尼、维达利（"卡尔洛斯少校"）和帕恰尔迪、科恰·波波维奇和科佐夫斯基、安德烈·马尔罗和马特·扎尔卡（"卢卡奇将军"）、科利佐夫和路易·费雪、巴勃罗·聂鲁达和海明威、拉斯洛·赖克和路德维希·雷恩、雷格列尔和亚涅克·巴尔文斯基、隆哥和布兰廷、安德森-尼克索和布什、尚松和阿列克谢·托尔斯泰、基什和本达、圣埃克苏佩里和安娜·西格斯、让-里沙尔·布洛克和斯宾德、安德烈·维奥利斯和纪廉、西凯罗斯和多斯·帕索斯、拉尔夫·福克斯和托勒尔、博多·乌泽和布雷德尔、伊莎贝拉·布吕姆和阿比西尼亚的公爵伊姆鲁……大概有许多人我没有提到，我只是想说明当年来过西班牙的人们是多么不同啊。

1943 年在戈梅利附近的指挥所里，我遇见了集团军司令员巴托夫将军。

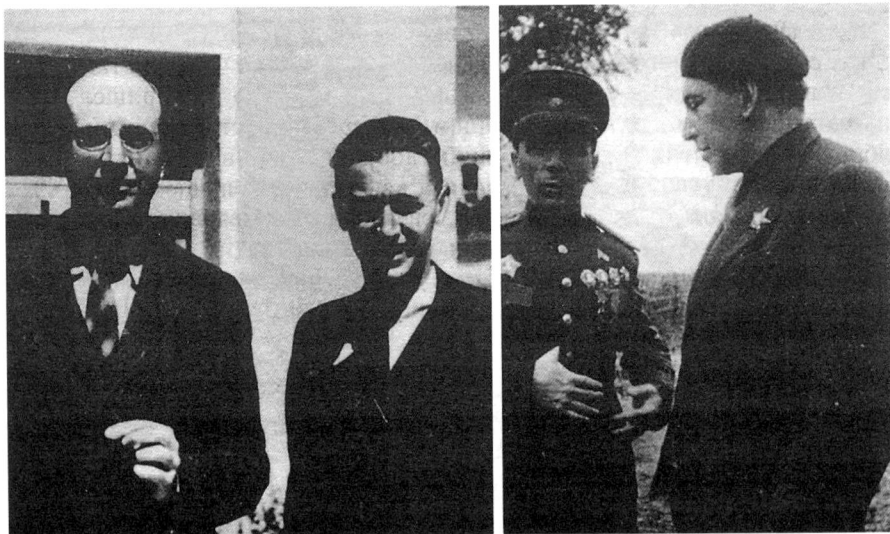

左：多斯·帕索斯和卡尔曼
右：1943 年，巴托夫和爱伦堡在戈梅利附近

我们正在谈论即将发动的进攻，突然有人高喊："弗里茨！"——敌人的飞机来了。这时将军和我都笑了起来，在西班牙时期，我国的军事顾问有着各种各样的别名——瓦鲁亚、罗提、莫利诺、格里申、格里戈罗维奇、杜格拉斯、尼古拉斯、伏尔泰、克山梯、彼得罗维奇，而帕维尔·伊万诺维奇·巴托夫不知何故得了"弗里茨"这个姓氏。于是我们开始回忆第 12 旅、朋友们、阿拉贡、卢卡奇之死（帕维尔·伊万诺维奇当时腿部受伤）。

　　我正在参加世界和平理事会的一次会议，一个个发言人都在热烈地证明和平比战争好，但当我瞧见和蔼可亲的意大利人斯科蒂时便想起了在马德里的那些日子。在克里姆林宫，一位新闻影片摄影员正在给最高苏维埃的代表们摄影，这是鲍里亚·马卡谢耶夫，我和他曾一起在韦斯卡附近的石堆上爬行。我知道在维尔纽斯的机场上会碰见一张熟悉的面孔，他是一个翻译，到过西班牙（他后来研究西班牙文学，但在"同世界主义斗争"的年代里失去了工作，正如他自己所说，在维尔纽斯机场上"被强迫着陆了"，现在他向外国旅客翻译海关职员提出的种种问题）。不久前在佛罗伦萨，摄影记者带了一个已不年轻的意大利人来找我，后者没有拿出名片，却掏出一张"前西班牙志愿人员协会"的证件，我们立刻忘了摄影记者，坐在沙发上开始回忆遥远的时日。我们都到过西班牙，都和西班牙有联系，因此彼此间也有了联系。看来，使人们引以为豪的不只是胜利……

18

在西班牙前线

在西班牙战争初期的几个月里，我并没有为自己担任的《消息报》记者的职务付出很多时间。不错，从 8 月至 12 月，报纸上发表了 50 篇特写，但它们都是匆匆写成的，坦白地说，是顺便写的。旁观者的角色使我感到厌倦，我心里一直想为西班牙人民做点什么事。

我战前来西班牙的时候，见得最多的是作家或新闻记者，他们都懂法语。现在我总是同工人和士兵们打交道，所以开始说西班牙语，我说得不好，但他们能听懂。

第一任苏联大使马·伊·罗森贝格来到了马德里，我在巴黎时就认识他，他是大使馆参赞。这是个身材矮小的人，面带亲切的然而又是嘲弄的微笑。和他一起来的有大使馆参赞列·亚·盖基斯、武官戈列夫和他的助手拉特纳与利沃维奇（罗蒂）。科利佐夫也到了马德里，他不只担任记者的工作，路易·费雪、海明威和《西班牙日记》一书都是他活动的性质的见证人。

我常去巴塞罗那和阿拉贡前线，当时那里还没有一个苏联人（我指的是1936 年 8 月和 9 月）。每当我同罗森贝格或科利佐夫谈起加泰罗尼亚的情况时，他们总是一笑置之：那有什么办法——一群无政府主义者！……大概我比他俩更清楚同无政府主义者打交道有多么困难，但是我很明白，没有加泰罗尼亚就不能打赢这场战争。巴斯科尼亚已被切断，巴塞罗那及其 150 万居民便成了唯一的大工业中心。

第 四 部

　　然而，在巴塞罗那的工人组织之间却进行着斗争。大家都憎恨法西斯主义，也都参加了战斗，但是阿拉贡前线只能被象征性地称为前线：各种各样的纵队彼此间没有一点联系，却不时地企图攻打萨拉戈萨、韦斯卡或特鲁埃尔。他们既没有熟练的指挥员，又没有武器，所以在 1937 年夏天以前，佛朗哥将军没有往阿拉贡派过一支后备队。

　　加泰罗尼亚自治政府的首脑是科姆帕尼斯，这是个生性温和同时又很急躁的人，一个热爱加泰罗尼亚的文化的知识分子。当时他已经 50 多岁，蹲过监狱，知道法西斯恐怖是怎么回事。他的命运是悲惨的：共和国失败后，他逃到法国，1940 年被德国秘密警察发现，引渡给佛朗哥将军，随后便被枪毙了。在我的印象中，他是个心地纯洁的人，对政治倾轧非常苦恼，他不仅不贪求权力，而且对权力怀有一个士兵捡起别人在退却时扔掉的步枪时的感觉。

　　支持科姆帕尼斯的有埃斯凯拉党（左翼），其追随者为小资产阶级、知识分子和大部分农民。普苏克——加泰罗尼亚统一社会党（共产党员在其中起主要作用）也支持政府。无政府主义者和接近他们的民族劳动同盟的工会组织不承认马德里政权，要求推翻加泰罗尼亚政府，代之以该政府的"各委员会"。

　　早在 1931 年我便认识了法伊的领袖之一杜鲁蒂，我也认识另一些无政府主义者：加西亚·奥利弗、洛佩斯、瓦斯凯斯、埃雷拉。我同科姆帕尼斯的关系很好。应该做点事情，但做什么，我还不太清楚。我在马德里的时候曾问过何塞·迪亚斯（1895—1942，当时的西班牙共产党总书记），也同巴塞罗那的普苏克的领导人科莫雷尔及其他一些人交谈过，大家都回答说，对无政府主义者简直没有办法，加泰罗尼亚没有帮助马德里，分离主义分子太骄傲。至于怎么办，谁也不知道。这是在 1936 年 9 月。

　　我同马·伊·罗森贝格商谈过几次加泰罗尼亚的形势，并应他的请求起草了一封很长的电报发往莫斯科。

　　罗森贝格早已不在人世了，他成了专横行为的牺牲者之一。人被杀害了，但有些材料却被保存下来，不久前档案馆把我写给马·伊·罗森贝格的两封信的副本交给了我。现在我摘录其中的几段，它们不仅会表明当时我对一些事件的看法，而且会说明我在干些什么——出于爱好，众所周知，爱好比被迫更厉害。

1936 年 9 月 17 日，信中写道："作为对今天的电话谈话的补充。科姆帕尼斯处于神经十分过敏的状态。我同他谈了两个多钟头，他一直在抱怨马德里。他的结论是：新政府没有改变任何事物，他们瞧不起作为一个省的加泰罗尼亚，拒绝把教会学校交给自治政府管理，他们需要士兵，但却不拨给武器，不拨给一架飞机。他说他收到塔拉韦拉前线一些指挥部队的军官寄来的一封信，请求将他们调回加泰罗尼亚。他非常希望在巴塞罗那设立苏联领事馆……他说他们派往马德里的经济参赞应该提出他们的要求。现在无论是卡瓦列罗还是普列托都不想接见他。他指出，如果他领不到棉花，3 个星期以后他们就会有 10 万人失业……他认为苏联对加泰罗尼亚表示他们的任何一点关切都是重要的……教育部部长加索尔也责备马德里轻视加泰罗尼亚……我和加西亚·奥利弗谈过话，他处于疯狂状态，他毫不妥协。当时，马德里工团主义者的领袖洛佩斯对我说，他们过去和今后都不会允许民族劳动同盟的报纸攻击苏联，奥利弗便说，他们是进行'批评'，又说俄罗斯不是盟邦，因为它签署了不干涉协定。杜鲁蒂在前线学到了许多东西，但奥利弗待在巴塞罗那，他那荒谬的无政府主义思想十分之九都保留下来了。例如，他反对阿拉贡前线的统一指挥，他说，统一指挥只有在总攻开始时才需要。在谈这个问题的时候，桑地诺（当时加泰罗尼亚的军事部长和空军司令）也在场，他表示赞成统一指挥。我们接触到了动员和把警察改编为军队的问题。杜鲁蒂醉心于动员计划（不知何故，有志愿人员，但没有武器）。奥利弗说，他同意杜鲁蒂的意见，因为'共产党人和社会党人躲藏在后方，他们正在将法伊排挤出城市和农村'。他当然是处于谵妄状态，可以将我枪毙。

"我同普苏克的政委特鲁埃巴（共产党员）谈过话。他抱怨法伊：他们不供给我们装备，共产党员每人只有 36 颗子弹，而无政府主义者的储备却很丰富——150 万发。维里亚尔巴上校的士兵每人也只有一百发子弹……民族劳动同盟的人则抱怨说，普苏克的一个领导人弗兰索萨在圣博伊的一个群众大会上说，一支枪也不要给加泰罗尼亚人，因为枪支反正要落到无政府主义者的手中。

"我在加泰罗尼亚度过的那 10 天里，马德里和加泰罗尼亚自治政府之间

的关系，以及共产党人和无政府主义者之间的关系，都变得十分尖锐。科姆
帕尼斯拿不定主意：他或者依靠同意支持埃斯凯拉党的民族的甚至民族主义
的要求的无政府主义者，或者依靠普苏克反对法伊。他周围的人分成了两派，
有的赞成第一种办法，有的赞成第二种办法。如果塔拉韦拉前线形势恶化，
就可以指望在这个或那个方面采取行动。必须改善普苏克与民族劳动同盟之
间的关系，尽力同科姆帕尼斯接近……

　　"今天加泰罗尼亚的作家举行会议，并同和我一起来的贝尔加明见了
面。我希望在知识分子战线上将西班牙人和加泰罗尼亚人团结起来。明天将
要举行一个万人大会，我将代表国际作家联合会秘书处发言。由于这封信对
我上次托您转交给莫斯科的那封信做了若干重要的修正，因此也请将这封信
转寄……"

　　9 月 18 日，信中写道："今天我又同科姆帕尼斯长谈了一次。他平静了
一些……他建议这样成立自治政府：埃斯凯拉党占半数，民族劳动同盟占半
数……他称奥利弗是'狂热者'……他知道我随后要去民族劳动同盟，所以
十分关心法伊会对我说些什么，他要求我将结果告诉他。他抱怨说，法伊反
对俄国人并进行反苏宣传，他是我们的朋友。哪怕是一艘载运糖的轮船也能

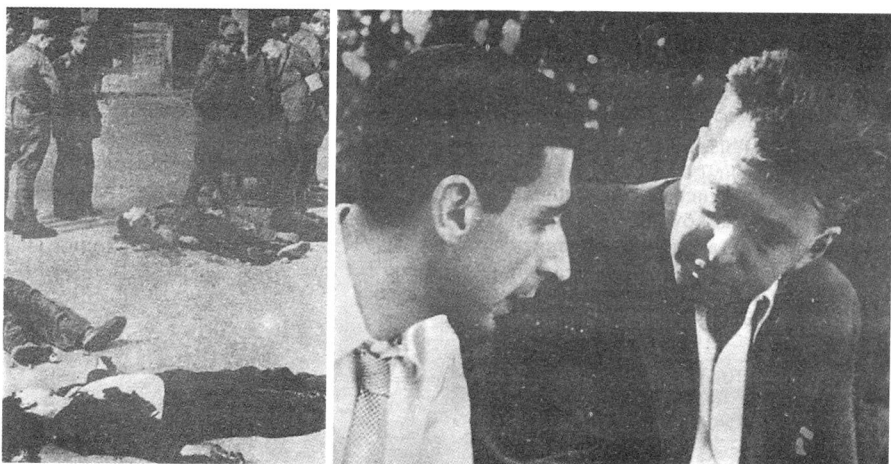

左：佛朗哥分子在维持秩序
右：贝尔加明和爱伦堡在加泰罗尼亚

缓和情绪。

"我在民族劳动同盟同埃雷拉谈了一次，他比奥利弗谦虚很多。关于停止反苏宣传的事，他立刻同意了。但在'委员会'的问题上他固执己见，他说马德里政府具有党派性，是马克思主义的，应当建立一个真正的工人政府等。虽然如此，最后当我向他指出，在宪法的继承问题上发生分裂可能引起外交后果时，他有些后退了。但这时突然来了一些形形色色的国际无政府主义者，所以我就告辞了。有趣的是，埃雷拉在攻击马德里政府时所引用的一些事实，和昨天科姆帕尼斯引用的一样：扣留了两节车厢，拒绝供应加泰罗尼亚武器等。

"今天《工人同盟》报登载了民族劳动同盟的呼吁书，号召保护小私有者、农民、小铺老板。这是个有益的事……

"米拉维列斯对我说，在法伊内部已经有人在谈'无望的巴塞罗那防御战'等。埃雷拉在谈别的事情时责备马德里放弃了在马略卡岛登陆的计划，如今法西斯分子将开始轰炸巴塞罗那……

"大会上群情激昂，大多数是民族劳动同盟成员……现在反法西斯民警委员会正在开会。他们答应我在改组加泰罗尼亚政府的问题上采取和解的路线……

"附言：作为对电话谈话与信件的补充，虽然奥利弗态度固执，但我得知他在晚上已经通知《工人同盟》报停止攻击苏联。的确，今天《工人同盟》报发表的两则莫斯科电讯使用了友好的标题。"

此后不久，我便去巴黎了。弗·亚·安东诺夫-奥夫谢延科在那里找到了我，他立刻对我说："您的电报讨论过了，同意您的意见，我已被任命为驻巴塞罗那的领事。莫斯科认为，加泰罗尼亚和马德里的接近是符合西班牙的利益的。人们对我说，我应当设法说服无政府主义者，引导他们参加防御，真见鬼，他们有巨大的影响……您比我更了解这一点。瞧，现在上级同意了，这好极了！现在可以用另一种方式谈话……"

革命前我就认识奥夫谢延科，他在巴黎流浪，找工作，过着半饥半饱的生活，但从不气馁，充满激情，同时又富有幻想，穿着一双破皮鞋，披着斗篷。我记得他在"洛东达"下象棋的情形，也记得在印刷厂编排《我们的言论》以及他在群众大会上号召追随列宁的情形。在十月革命的日子里，他的表现不只是在言论上。1926 年，我在布拉格时去看过他，他当时是驻布拉格的全权代表，后来我就不知他的去向了。

他变老了，主要是变得忧郁了，只有当他摘下眼镜时眼睛里还保留着孩子般的轻信神态。我立刻想到：恰巧选中了他，这对巴塞罗那是太好了！他能够影响杜鲁蒂，他没有一点外交官员或大官的派头，谦逊、朴实，还散发着十月革命的风暴的气息，他没有忘记革命前的地下活动。

我的看法是对的：奥夫谢延科很快学会了用加泰罗尼亚语说话，和科姆帕尼斯与杜鲁蒂交上了朋友，受到普遍的爱戴。虽然他的职务只是个领事，但实际上等于苏联驻加泰罗尼亚的大使。他熟悉前线的情况，常同指挥员们交谈，对形势了如指掌。他常抽空为《消息报》发电讯，署名"泽特"。加泰罗尼亚人喜欢他的民主作风。每当我来到巴塞罗那，总要和他待在一起，我发现他心情沉重。也许他已预感到等待着他的是什么了，我不知道。他在巴塞罗那待了一年光景，然而一回莫斯科，立刻消失了踪迹，他的名字也从所有描写攻打冬宫的故事里消失了。他是个勇敢、忠实、心地纯洁的人，他的牺牲只是因为伐木者完成和超额完成了某种可怕的定额。

我想同安东诺夫–奥夫谢延科一起回巴塞罗那，以便立即把各种各样的人介绍给他，但有一件重要的事使我不得不在巴黎多待一个星期：我要买一辆载重汽车。

还在马德里的时候，我就告诉莫斯科，说我希望配备一辆汽车，以便载着流动电影放映机和印刷机在前线工作。我请求给我帮助，把《恰帕耶夫》和《我们来自喀琅施塔得》这两部影片寄给我。在巴黎时，银行通知我去取款——作家协会汇来了买汽车的钱（我不知为什么钱要通过这个机构汇来，说句玩笑话——也许他们表明作协的确在帮助作家实现他们的创作计划）。由于法国人的帮助，我买了一辆马力相当大的载重汽车，以便能够在遭到破坏的前线道路上行驶。我不记得是谁帮我弄到电影放映机的，而印刷机，我前面已经说过，是欧仁·梅尔送给我的。我还弄到了一部出色的动画片：米老鼠和猫打架，米老鼠胜利了，并且在捕鼠器上插了一面红旗——我知道，在西班牙没有笑容是活不下去的。

左：20 世纪 20 年代，安东诺夫－奥夫谢延科
右：爱伦堡的宣传车装置，位于巴塞罗那

斯捷法同意和我一起工作，她的西班牙语说得非常流利，仿佛她不是生在利沃夫，而是生在旧卡斯蒂利亚。她的工作是翻译影片中的对白和协助出版军报。载重汽车名义上属加泰罗尼亚自治政府宣传部——车身上便是这样写的。"印刷机和电影放映机"这几个字引起了大家的注意。我们在巴塞罗那找到了一个司机、一个机械师和两个印刷工人，其中一个工人懂得 4 种文字。

10 月初，国际作家联合会秘书处在马德里开会，我们向全世界知识分子呼吁，抗议外国干涉和"不干涉"的虚假表演。在呼吁书上签名的有许多西班牙作家：安东尼奥·马查多、阿尔维蒂、贝尔加明等，外国作家有科利佐夫、马尔罗、路易·费雪、安德烈·维奥利斯和我。

我在路上碰见了我的老相识，作曲家杜兰，半年前我和他曾谈起过普罗科菲耶夫和肖斯塔科维奇，他笑着说，如果说《麦克白夫人》是"杂乱无章"的话，那么他喜欢的正是这种"杂乱无章"。如今他根本没有时间去想音乐了。他指挥着两百人的一个中队，在巴尔加斯附近狙击一个从南面向马德里进攻的法西斯纵队。

马德里常有空袭警报，我好不容易走过了库阿特罗－卡米诺斯区的一条街道，一座倒塌的房屋堵塞了整条街。另一座房子被炸弹切开，一个个房间犹如舞台上的布景。一个老太婆从一堆垃圾中找出装在相框里的一对新婚夫妻的大相片，小心翼翼地用头巾包起来拿走了。雨下着，一种难以忍受的忧伤涌上心头，每当你看见一个刚去世的人身边的那些小的遗物时，你往往会有这种感觉。

里马·卡尔曼拿着摄影机正在拍摄轰炸后的情景，我们在巴黎决定将他拍摄的镜头剪辑成一部影片，由我写解说词。这就是《他们在寻找……》。银幕上的母亲们在瓦砾堆中寻找被炸死的孩子。观众厅里许多人泣不成声，然而马德里需要的不是眼泪，而是歼击机……

在巴塞罗那，争吵仍在进行，但是无政府主义者已有所克制。我要抢先一点——10 月底，双方（普苏克和乌赫特是一方，民族劳动同盟与法伊是另一方）签订了协议。民族劳动同盟的代表进入了政府，政府首脑是卡瓦列罗。我一生碰到过许多出乎预料的、有时甚至是反常的现象，但当我从报纸上读到，曾向我证明应该像摧毁监狱一样摧毁国家的加西亚·奥利弗被任命为司法部长时，我忍不住笑了起来。不过我觉得，能同无政府主义者达成协议，是一大胜利。

"兹梁人号"轮船来到了巴塞罗那，运来了粮食。运送飞机和坦克的轮船也陆续来到，但仍然很少，我国的援助无法与意大利人和德国人给予佛朗哥的援助相比，地理条件起了决定作用。

我用爱抚的目光瞧着终于从法国到来的载重汽车，我像对待自己心爱的女人那样给它拍了照，现在我的面前就摆着一张照片——它被印进了画册。这是一辆普通的载重汽车，但在当时我觉得它美不胜收。

几个共产党员，还有安东诺夫-奥夫谢延科，全都对我说："您一定得去阿拉贡前线，您善于同无政府主义者交谈。我们的人那儿一个也没有，全被他们撵走了，但他们愿意和您接触，您能够说服他们……"

我非常怀疑自己的本领，我也了解西班牙的无政府主义者。然而在战争中不容你选择路线，这不是旅行。我和斯捷法坐在一辆不稳健的汽车里，跟在载重汽车后面，车子慢慢地向巴瓦斯特罗驶去。

19

西班牙的无政府主义者

"你们俄国是个真正的国家，可我们却要争取自由，"一个穿着红黑两色衬衣的哨兵在检查我的通行证时对我说，"我们想建立自由的共产主义。"

"自由的共产主义"——这几个字如今还在我的耳中回响：我曾多少次听见它啊，这既是号召，又是誓言。

有些人为了解释无政府主义者有时无法解释的行为，便说他们的队伍里尽是匪徒。当然，在无政府主义者的队伍中，也混进了一些普通的盗贼，一个掌权的政党不总是吸引诚实的人，也吸引一些坏蛋，而在当时，每个人都可以宣布自己是无政府主义者。1936 年 9 月我在巴伦西亚的时候，守卫在特鲁埃尔附近的无政府主义者的"钢铁纵队"的一百多名民兵来到了那里。无政府主义者宣布，他们在战斗中丧失了指挥员，所以不知道该怎么办。他们在巴伦西亚倒找到了事做——焚烧了法院的档案，并企图潜入监狱释放刑事犯，大概犯人中有他们的朋友。

然而，问题不在刑事犯。1936 年秋天，民族劳动同盟和法伊的领导人就是工人，而且绝大多数是正直的人。糟糕的是，他们在揭露教条主义的同时自己却成了真正的教条主义者，企图使生活服从于自己的理论。

他们中间比较聪明的人看出了引人入胜的小册子和现实脱节，不得不匆匆忙忙地在炸弹和炮弹下面修改他们昨天认为不容置疑的东西。

我早在 1931 年便认识了杜鲁蒂，我一下子就喜欢上了他。也许没有一个作家有决心描写他——他的一生太像一部惊险小说了。他是冶金工人，从青年时代起便献身革命斗争，在街垒中战斗过，扔过炸弹，抢过银行，绑架过法官，3次被判处死刑，在西班牙、智利和阿根廷，蹲过几十个监狱，有8个国家先后驱逐他出境。当叛乱分子在7月企图夺取巴塞罗那时，杜鲁蒂率领民族劳动同盟的工人抵抗过他们。

还在9月初，也许是8月底，我同卡尔曼和马卡谢耶夫动身去杜鲁蒂的指挥所。当时他幻想夺取萨拉戈萨。指挥所设在埃布罗河岸上。我对我的旅伴说，我认识杜鲁蒂，所以他们满以为会受到殷勤的接待。不料杜鲁蒂从衣袋中掏出手枪说，由于我在一篇关于阿斯图里亚斯起义的文章中诽谤了无政府主义者，他现在就要枪毙我，他是说话算话的人。我回答说："随你的便，但是你对好客的规矩的理解却很奇怪……"当然，杜鲁蒂是无政府主义者，而且脾气暴躁，同时他又是西班牙人，所以难为情地说："好吧，现在你是我的客人，但是你会为那篇文章得到应有的惩罚。不过不是在这里，而是在巴塞罗那……"

既然由于好客的规矩使得他不能枪毙我，所以便破口大骂起来，他喊叫道，苏联不是自由的公社，而是一个不折不扣的国家，那儿有大量的官僚主义者，他被驱逐出莫斯科绝非偶然。

卡尔曼和马卡谢耶夫感觉到发生了某种令人不快的事，尤其是那支突然出现的手枪，是无须翻译的。但是一小时之后我对他们说："一切顺利，他请我们吃晚饭。"

一张张桌子旁边坐着民兵，有的穿着红黑二色的衬衫，有的穿着蓝色工作服，每人都有一支手枪，他们吃着，喝着葡萄酒，谈笑风生，谁也不注意我们和杜鲁蒂。一个民兵送来了食物和几罐酒，在杜鲁蒂的碟子旁放了一瓶矿泉水。我开玩笑地说："你还说你们完全平等呢，可是大家都喝葡萄酒，只给你送矿泉水。"我想象不出这句话在杜鲁蒂身上竟发生了那么大的影响。他跳起来喊道："拿去！给我井水！"他久久地表白道："我没有向他们要矿泉水。这当然不像话，你是对的……"我们默默地吃着饭，后来他突然说道："很难一下子把一切都改变过来。原则是一回事，生活是另一回事……"

夜里我和他一起去参观阵地，只听见震耳欲聋的喧嚣声——一队载重汽车开了过去。他说："为什么你不问这些汽车是干什么的？"我回答说我不想探听军事秘密。他笑了起来："既然大家都知道，那还算什么秘密，明天早晨我们要强渡埃布罗河，就是这么回事！……"过了几分钟，他又开始说："可你没有问为什么我决定强行渡河？"我说："显然是应该这样，你是纵队的指挥员，你看得更清楚些。"杜鲁蒂大笑起来："问题不在战略。昨天从法西斯占领区跑来一个十来岁的小孩，他问道：'你们干吗不进攻？我们村子的人都感到奇怪：莫非杜鲁蒂也胆怯了？'你明白吗，既然一个孩子能说这样的话，那就是全体人民在质问，也就是说应当进攻。战略问题也能迎刃而解……"我瞧了瞧他那喜气洋洋的面孔，心里想：你自己才是一个孩子呢。

后来我还找过几次杜鲁蒂，他的纵队共有一万名战士。杜鲁蒂一直坚信自己的思想，但他不是教条主义者，他没有一天不得不对现实让步。他是无政府主义者中第一个懂得没有纪律就无法作战的人。他苦恼地说："战争是卑鄙的，它不仅毁坏房屋，也毁坏最崇高的原则。"他对自己的民兵却没有承认这点。

有一次，几个战士从观察所溜了，是在邻近的一个村子里找到的他们，他们正在那儿若无其事地喝酒。杜鲁蒂大发雷霆："这是给纵队丢脸，你们明白吗？交出民族劳动同盟给你们的证件。"这几个违反纪律的战士毫不在乎地从衣袋里掏出了工会会员证，这样一来杜鲁蒂更加生气了。"你们不是无政府主义者，我要把你们赶出纵队，送你们回家。"小伙子们大概巴不得这样，他们没有提出抗议，而是回答说："好吧。""可你们知道，你们穿的是人民的衣服？脱下裤子！……"民兵们满不在乎地脱了衣裤。杜鲁蒂命令把他们当作胆小鬼送回巴塞罗那："让大家看看，这不是无政府主义者，而是彻头彻尾的垃圾……"

他明白，当着法西斯分子的面不能争论原则，他表示同意和共产党人、埃斯凯拉党达成协议，还向苏联工人写了贺信。当法西斯分子逼近马德里的时候，他认为自己应当站在最危险的地段："我们要让他们看看，无政府主义者是会打仗的……"

在他动身去马德里前夕，我和他谈过一次，他像往常一样，快活、朝气蓬勃，相信不久就会胜利，他说："你瞧，我和你是朋友，因此是可以团结的，应该团结。等我们胜利以后，我们再瞧……每个民族有自己的性格，自己的传统。西班牙人既不像法国人，也不像俄国人。我们会想出办法来的……而目前应当消灭法西斯分子……"在谈话结束的时候，他突然深受感动地问道："你说说，你可有过内心的矛盾——想的是一样，做的是另一样，不是由于怯懦，而是由于必要？……"我回答说，我十分理解他的话。他用西班牙的礼节拍了拍我的背以示告别，我记得他的眼睛，以及眼中钢铁般的意志和孩子般的慌张交织在一起的特殊神情。

杜鲁蒂在马德里前线待的时间不长，1936 年 11 月 19 日他牺牲了。他的死对于共和主义者的各种派别都是一个沉重的打击。

不单是杜鲁蒂一人明白了为了胜利必须放弃无政府主义教条的纯洁性，民族劳动同盟和法伊的许多领导人也不得不放弃某些原则。加西亚·奥利弗已经疯狂到了说出应该立刻消灭国家的话来，但是当了部长之后，他所进行的改革都是他的自由主义同事完全能够接受的——反对投机商人，扩大妇女的法律权利，为法西斯分子组织劳动教养院。无政府主义者洛佩斯担任了商业部长，佩罗担任了工业部长，自然，他们不得不把组织独立公社的旧方案放在一旁。卫生部长是女性无政府主义者弗雷德里卡·蒙谢尼，她在群众大会上发言时证明，不仅政府离不了无政府主义者，无政府主义者也离不了政府。但是民族劳动同盟-法伊的领导人既没有毅力，也没有威信，又没有杜鲁蒂那种罕见的心灵上的纯洁。我不知道，他们是否全都真心地希望说服自己的追随者，有些人无疑有此愿望，但很少成功。几万名在巷战中受到考验的勇敢工人受的是无政府主义思想的教育，渴望实现这种思想。我们和我们的载重汽车不是到部长们家里去做客，而是去阿拉贡靠近前线的地带，在那里整顿秩序的是依然忠于旧原则的无政府主义者。我不止一次想起在我国内战时期出现的一个成语："权力在地方上"。

杜鲁蒂几小时后就牺牲了

我十分了解这种权力。

现在简单地谈谈军事形势。我在 1936 年 11 月 17 日给弗·亚·安东诺夫-奥夫谢延科的信（这封信也保存在档案馆中）中写道："阿拉贡前线的部队略有起色，有了较好的秩序。不久前进攻韦斯卡的失败对民兵的情绪影响不大。有的地方挖了一些战壕，但十分简陋。统一指挥的问题迄今仍停留在纸上。近日来联络有了改善，前线阵地上几乎到处都有电话同司令部保持联系……由于杜鲁蒂现在在马德里，他的纵队的战斗力只及过去的一半。在无政府主义者的其他纵队中，情况糟得多，特别是'红黑'纵队和'奥尔梯萨'纵队。'卡尔·马克思'师同其他部队比较起来仍是模范……装备的情况很糟。驻扎在韦斯卡东南的波姆佩尼里奥的一个营，一共只有两挺机枪，而这两挺机枪在打完两条子弹带后便毫无用处了，必须将它们运回距离阵地 50 公里的后方。炮弹很少，手榴弹质量低劣，虽然有这些不利条件，但人们的情绪很高……"

在这一个月之前，情况更加糟糕，我有一次参加了一个无政府主义纵队的指挥员会议。他们告诉我说，他们要研究一个重要问题：如何夺取韦斯卡。桌子上摆着一张大地图，然而没有人瞧它一眼。大家对一条重要新闻足足讨论了一个钟头：巴塞罗那法院大楼上的红黑二色旗被拿掉了。一个指挥员嚷道："这是挑衅，应当马上派一百名民兵去巴塞罗那！我们在前线上，资产阶级利用了这个机会，马克思主义者也在帮助他们！……"一个高大的有着军人风度的中年人引起了我的注意。在就是否征讨巴塞罗那的问题进行争论时，他一直没有开口，直到一个无政府主义者突然说"好吧，可是韦斯卡怎么办？……"的时候，这个名叫希门涅斯的沉默寡言的军人才开始解释作战计划。他用一根手指在地图上画来画去，别的人却不看。有一个人企图提出不同意见："或许，硬冲上去？……"人们制止了他："希门涅斯比你清楚……"

会议结束后，希门涅斯走到我跟前做了自我介绍："格利诺耶茨基上校。"我记得这个名字：还在巴黎的时候，有人曾请我转告西班牙大使馆说，格利诺耶茨基上校是俄国侨民，法共党员，优秀的炮兵，他希望站在共和主义者一方作战。

据说在国内战争时期，希门涅斯在乌法附近跟恰帕耶夫打过仗。我不知道这是否属实，他从未向我谈起过自己的过去，我只知道他在白军中待过，在巴黎当了工人。他是第一批来到巴塞罗那的人中间的一个，当时还没有国际旅。他参加了"恰帕耶夫"营，他的军事知识使仍然忠于政府的少数西班牙军官惊讶不已，因此被调到纵队司令部。

他很招人喜欢，勇敢、要求严格但又温和。他走过了一段不轻松的道路，这使他能够耐心地忍受别人的误解。他坚持要有起码的纪律，否则就无法坚守阵地。无政府主义者曾两次想枪毙他，因为他企图"恢复旧制度"，但并没有枪毙他，他们对他有了好感，感觉到他是个诚实的人。希门涅斯对我说："真不像话！连说话都困难……可是对他们有什么办法？一群孩子！只有吃了苦头才会清醒过来……"

无政府主义者坚信，希门涅斯是从莫斯科来的，他之所以否认这点，是出于外交上的考虑。假如他们知道他曾是个白党，他们会马上枪毙他的。11月，一些确实来自莫斯科的军人到了加泰罗尼亚，他们对西班牙人说，希门涅斯是苏联指挥员。他的威信提高了，他担任了阿拉贡前线的顾问。西班牙人非常喜欢秘密活动，便把苏联军人称作"墨西哥人"或"加利西亚人"。我记得无政府主义者曾十分自豪地说："我们的加利西亚人虽说是马克思主义者，然而真能干……"

阿拉贡前线军事委员会委员希门涅斯有一次同我聊天时问起了俄国的情况，他想起了童年。我对他说："战争结束后你可以回家了……"他摇摇头说："不，我老啦。您知道，最糟糕的莫过于在自己家里成了陌生人……"他沉默了片刻，接着开始谈前线的形势。

最后一次见面时，我觉得他十分疲倦。我在战争中不止一次发现，人们由于疲倦而变得疏忽大意，大概是死神在引诱他们吧。军事委员会委员、前线的炮兵司令和几十个战士出发去侦察。他受了致命伤，一个护士说，他在战地医院里说了几句俄语，但是谁也听不懂他的话。

整个巴塞罗那都为希门涅斯送葬，走在灵柩后面的有科姆帕尼斯，安东诺夫-奥夫谢延科，政府、军队和各政党的代表们。无政府主义者送的花圈上有一个红黑两色的带子，上面写着："献给亲爱的希门涅斯同志。"

希门涅斯是对的：同无政府主义者谈话，无论是他们的领导人——杜鲁蒂、瓦斯凯斯、加西亚·奥利弗，还是韦斯卡城下的民兵，都使我既受感动又生气：一群孩子，没有比这更确切的说法了，虽然有的人已白发斑斑，而且不用说，每个人都带着枪。

我在阿拉贡前线真正认清了无政府主义者，当时我们在村子里放电影，印刷日报，在公共食堂吃饭，夜里有时住在指挥所，有时住在被地方委员会占用的神甫的破房里，有时住在农民的茅舍里。

我从巴塞罗那去前线时有许多次都不得不走同一条路，沿途经过加泰罗尼亚的伊瓜拉达、塔列加、莱里达等城市。在塔列加，有家咖啡馆挂着"克鲁泡特金酒吧"的招牌，顾客们在里面讨论着科姆帕尼斯政策、业余演出的情况、种种家庭丑闻。加泰罗尼亚一片青翠，到处是葡萄园、果园和菜园，每一块土地都得到精耕细作。村庄很像城市：到处有咖啡馆和俱乐部，打扮得很漂亮的姑娘们在街上散步。突然间一切变了样，眼前是一片毫无生气的褐红色阿拉贡沙漠，偶尔可以看见三四棵覆盖尘土的油橄榄。夏季天气酷热难耐，冬季刮着刺骨的寒风。在空旷的蜿蜒曲折的道路上，有时可以碰见一个骑着小毛驴的农民。饥饿的山羊在寻找石块中间躲避灼人的阳光的野草。村落紧贴在光秃秃的山坡上，房子和山的颜色一样，临街一面的墙壁上没有门窗，给人一种被抛弃的感觉。

无政府主义者在加泰罗尼亚还有些拘谨，原因不在于自治政府的法律，也不在于埃斯凯拉党或普苏克的抵制，而是在于居民的生活水平：加泰罗尼亚人生活得很好，无政府主义者并非总是敢于触犯牢固的生活方式。但是贫穷、落后的阿拉贡却向民族劳动同盟—法伊的鼓舞者展示了无限的机会。他们来到这里是为了从法西斯分子手中解放萨拉戈萨、韦斯卡、特鲁埃尔。但是战争拖延下来了，前线的情况几乎没有一丝变化，虽然他们曾数次企图向前推进。居然有一些脑袋发热的人决定把最接近前线的后方、阿拉贡的小镇和村庄变成"自由共产主义"的天堂。

阿拉贡的农民生活很苦，他们没有什么可丧失的，所以对组织农村"公社"的事起初抱着听之任之的态度。无政府主义者把一切——甚至连母鸡都公有化了。在许多村子里，他们没收农民的钱，有时甚至付之一炬，他们发给农民一份口粮。我看见有些农村委员会也不考虑未来，拿几车厢的小麦去换咖啡、糖和鞋。在一个村子里，我曾问一位委员会委员，等贮存的粮食在一月份吃完后他们怎么办。他笑了起来："那时我们早把法西斯分子打垮了……"

在有些村子里，无政府主义者发给医生和教师一些糖、核桃和巴旦杏——他们在报上看到，这些食品是脑力劳动者所必需的。也有一些村子把农村中的知识分子当作寄生虫，根本不发给他们口粮。在谢萨村里，他们没收了一名医生的驴子，从此他再也不能去邻近各村看病了，药房里没有药，委员会里的人说："自然界治病比医生高明……"

我去过弗拉加镇，那里有一万居民。无政府主义者收走了钱，发给居民一个小本子，凭本每周有权购买价值若干比塞塔的商品。咖啡馆的门开着，但里面什么也不卖，只能进去坐坐就走。一位医生对我说，他想从巴塞罗那订购一本医学书，但委员会的主席对他说："你如果能阐明需要这本书的理由，我们可以印它，我们有自己的印刷厂。至于巴塞罗那，我们同那里没有贸易关系……"在皮纳市，钱也被废除了，建立了极其复杂的票证制度，理发和刮脸也要凭证。委员会的许多委员都是诚心诚意的热心家，但是在经济方面却很外行。在梅姆布里利亚（拉曼查）这个大镇里，无政府主义者废除了钱，宣布每个家庭平均4个半人，因此为了简化手续，每个家庭都领4个半人的粮食。

在阿拉贡的一个小城中，委员会决定拆除铁路，断言居民很少利用它，而火车头的煤烟又毒化空气。前线上的无政府主义者得知这个决定十分震惊，他们要从后方领取弹药和粮食，铁路没被拆除。

我们放映电影有时在广场上（白墙便是银幕），有时在奇迹般幸存的教堂里，有时在食堂里。无政府主义者非常崇拜恰帕耶夫，在第一次放映后，我们剪掉了影片的结尾部分：年轻的士兵们不能容忍恰帕耶夫的阵亡。他们说："如果好人都要牺牲，干吗还去打仗？……"斯捷法翻译对白，她的话有时被叫喊声打断："恰帕耶夫万岁！"我记得，有一回一个无政府主义者高喊："打倒政委！"大家向他鼓起掌来。我又一次懂得了，艺术首先要打动人的心灵：在影片中，恰帕耶夫是英雄，而富尔曼诺夫则是个好说教的人。

虽然如此，影片有时也带来实际效果，在一个部队里放完电影后，人们决定以后要小心点，便在夜间派出了巡逻队。

农民是用另一种眼光看《恰帕耶夫》的，他们常常在放映完毕后跑来找我，感谢俄国政委禁止抢猪，请求我把他们村子里的混乱现象写信告诉他——电影对于他们来说是史实记述，他们相信恰帕耶夫和富尔曼诺夫还在莫斯科。

民兵们对《我们来自喀琅施塔得》这部影片有独特的理解。当一个脖子上系着块石头的水兵把吉他扔进水中的时候，全场大笑——观众不能相信会把水兵扔进水中。当唯一的幸存者从水中出现的时候，他们发出了赞许的笑声，他们早就知道他会得救，并且在等待其余的人究竟何时浮出水面。1936年秋天，在加泰罗尼亚人中间还存在着的无忧无虑的情绪，现在流露出来了。（我在给报纸写的一篇文章中谈到了这个现象，但遭到当时作家协会的领导人斯塔夫斯基的驳斥："如果小资产者发笑，那就应该说明这一点。难道无产者会嘲笑这个场面？"）

我们在为无政府主义者纵队编印的报纸上，竭力不去同民族劳动同盟-法伊的原则展开争论，而是用活生生的例子去解释，协调各纵队和其他部队的行动、执行自己指挥员的命令有多么重要，不应把希望寄托在敌人无所作为而擅自离开阵地等等。

无政府主义者不承认监狱，他们说，不应剥夺一个人的自由，应当说服他，但他们既不是托尔斯泰主义者，也不是和平主义者，如果他们发现一个人不听他们的劝说，有时甚至会枪毙他。在一个村子里，他们枪毙了一个拿理发券去换咖啡和糖的农民。我很生气，但一个无政府主义者却认真地回答我说："你怎么看？我们本想使他回心转意，同他谈了 3 个月，而他却继续干这种勾当。他不是人，而是个唯利是图的家伙！……"

我听说，无政府主义者封了巴瓦斯特罗的一所妓院，他们作了几个报告，说的是从此妇女们解放了，应该从事有益的劳动，给士兵们缝衬衣。一个上了年纪的妓女抓住一个无政府主义者说："我在这儿工作了 15 年，而你却把我赶到街上去！……"无政府主义者讨论了很久，能够说服她吗？最后找到了一个去说服她的人。可能这个故事是编造的，但听起来倒像是真的。

我向弗·亚·安东诺夫-奥夫谢延科描述了无政府主义者在阿拉贡推行

"自由共产主义"的情况后，补充说："凡此种种，与其说是出于恶意，不如说是由于无知。当地的无政府主义者是可以被说服的。遗憾的是，普苏克里很少有人知道该怎样同他们谈话。普苏克的工作人员常说：'宁要法西斯分子，不要无政府主义者。'"

大概我受了无政府主义者的感染，相信人是容易被说服的。其实这一点也不简单，只有生活才有说服力。语言，甚至最有道理的语言，也往往只是语言。杜鲁蒂阔步前进，其他的人却不愿或者是不能摆脱幻想和习惯，需要时间，然而没有时间，佛朗哥每天都从自己的庇护人那里获得人员和武器。

人们在战争中很容易接近，所以我同无政府主义者交上了朋友。虽然他们本来应该咒骂苏联，但他们明白，如果说有谁在帮助他们，那便是我们的国家。争吵是常有的事，但只有一次，在前线附近的一个村子里，一个怒气冲冲的小伙子开始用手枪威胁我："既然不能说服你……"他被及时制止了。

无政府主义者中的许多人眼看着在发生变化，当然也有一些顽固的无政府主义者，但是甚至对这些人也可以用友好的话语或微笑加以开导。他们叫嚷着，威吓着，但很快就退却了。他们的所作所为多半是出于无知。我在他们中间几乎没有遇到过正规军人、经济学家、农艺师和工程师，他们全是巴塞罗那的工人。他们总是提心吊胆地打量知识分子，虽然他们也崇拜哲学、科学和艺术。他们可能因为一枚炸弹而惊慌失措地逃跑，也能够冒着猛烈的机枪火力去冲锋陷阵——一切取决于情绪，取决于千百个偶然因素。在法西斯恐怖时期，我在阿拉贡遇到的那些人中有成千上万的人都英勇地赴汤蹈火，决不后退。如同在任何一个政党里一样，无政府主义者中有好人，也有坏人，有聪明人，也有傻瓜，但是吸引我的则是他们的直爽和在我们这个时代罕见的天真。

我这一生从未受到无政府主义理论的诱惑，大概我还不够天真，然而在我写了《胡利奥·胡列尼托及其门生历险记》以后有些批评家称我是"无政府主义者"。也许是出于这个原因，也许是因为我在关于西班牙的那些文章中坚决主张必须建立统一战线，反正有一位到马德里来参加代表大会的苏联作家说："把爱伦堡好好刮一刮，您就会发现一个无政府主义者。"这话是西班牙共产党人晚上在郊区的一座房子里招待苏联代表团时说的，多洛雷斯·伊巴露丽笑道："也常有这样的情况：刮一刮倒刮出来个法西斯分子……"

为什么我要用这样长的篇幅来谈西班牙的无政府主义者呢？我在宣传车上总共工作了三四个月。而且不光是同无政府主义者打交道，我们还给共产党员指挥的部队放映电影，也去过国际支队，用西班牙文、加泰罗尼亚文、德文、法文印报纸。12 月，我来到了马德里。如果说我详细叙述了 1936 年秋的阿拉贡，那只是因为在漫长的人类犯错误的历史上，这是相当动人心弦的一页。

"自由共产主义"——所有的无政府主义者都谈它，几乎所有的无政府主义者也都相信它、论证它，他们出色地论证，没有自由便不可能有真正的共产主义。他们在阿拉贡组织的那些公社，酷似耶稣会会员领导的那些惊恐的巴拉圭印第安人的居住区，人们穿相同的衣服，吃相同的饭，作相同的祷告。（不错，耶稣会会员统治了一百余年，并且达到了尽善尽美的境界：穆拉托里神父常说，当犯了过失的巴拉圭人遭到鞭打后，还要吻鞭打者的手谢鞭打之恩。）

我从一个旧笔记本里找到我摘录的一个法国作者的话（不记得这位作者究竟是谁了）："专制制度的不幸并不在于它不爱人，而在于它太爱他们，却又太不相信他们。"

20

被射中的雄鹰——科利佐夫

难以想象，西班牙内战的第一年倘若没有米·叶·科利佐夫会是什么样子。对于西班牙人来说，他不仅是一位名记者，也是一名政治顾问。科利佐夫在他的《西班牙日记》一书中含糊其词地提到虚构的墨西哥人米盖尔·马丁内斯的工作，此人比苏联记者拥有更多的行动自由。

科利佐夫身材矮小，机灵勇敢，聪明到了智慧已成为他的累赘的程度，他能迅速查明复杂的局势，看到一切漏洞，而且从不拿幻想来安慰自己。我早在1918年就在基辅的《废物》杂志社认识了他，后来又常在莫斯科见到他，和他一起从事巴黎作家代表大会的筹备工作，然而我真正看清并了解他则是稍后一些时日，在西班牙的时候。

留在我记忆中的科利佐夫不仅是一位卓越的新闻记者、聪明人、诙谐家，而且是各种美德和30年代心灵创伤的缩影。

"……他有冷静观察的头脑和痛苦感受的心"，普希金写道。一百年后，这倒是句令我们十分关心的话。科利佐夫在和我交谈时常常发表一些纯属异端邪说的看法，例如，他喜欢泰罗夫，他对许多西方作家的书给予好评，嘲笑我们那些批评家："他们喜欢秩序，老捧着《治家格言》（俄国16世纪一部要求家庭生活无条件服从家长的法典，后来用作泛指守旧家庭的生活习惯），虽说他们并不清楚这是什么。"同时他怕持不同观点的朋友比怕敌人还怕得厉害。社会意识和个人良心在他身上往往是不协调的。

有些西方的左翼作家试图批评一下（哪怕是怯生生地）斯大林时代的秩序，对此科利佐夫轻蔑地说："某甲有点翘尾巴，我告诉他，我们正在翻译他的长篇小说，他大概就会老实下来。"或说："某乙问我，何以布琼尼要抨击巴别尔，我没跟他争论，只说希望他能到我国的克里米亚休假。只要他好好地住上一个月，他就会忘掉'巴别尔的巴布教派（伊朗伊斯兰教的改良教派）'。"有一次他冷笑着补充道："某丙收到了一笔用法郎支付的稿费。您瞧着吧，如今他甚至会明白你我都不明白的事情。"

他不曾设法去害任何人，却只说遇害者的坏话：时代就是如此。他对我倒也友好，但有点不把我放在眼里，他爱单独跟我谈心，倾吐衷肠，不过每当谈到两次代表大会的日程时，他却不邀请我参与协商。有一次他向我承认："您是我们这群动物中的一个极为罕见的变种——一只未被射中的麻雀。"（一般说来，他是对的——我是后来才被射中的。）

第二次代表大会结束时，我写了一份申请书："致苏联代表团主席科利佐夫同志。您通知我，您想再次推荐我加入作家联合会书记处。我请求您从名单上勾去我的名字，并解除我的这项工作……我不同意苏联代表团在西班牙的举动，在我看来，它一方面应该谢绝使它处于对别的代表团而言特别受优待的地位的一切做法，另一方面应该让外国人看到同志般团结的楷模，而不该按官衔把苏联代表分开。当时我不能说出我的意见，因为谁也没征求过我的意见，而我的职权也只限于翻译……您也知道，我在西班牙工作很忙。除此之外，我现在还想写书，我认为，我

科利佐夫在躲避叛军的射击

为共同事业的胜利贡献的力量所取得的成就，将大于在书记处里当个装饰性人物……"科利佐夫读了申请书后冷笑道："人都是这样，你不推，他就不走。"不过他答应不拿多余的工作来加重我的负担。

在苏联新闻史上没有谁比他的名字更为响亮，他的荣誉是应得的。他把政论作品提到很高的地位，还让读者相信了小品文或特写都是艺术，但他自己却不信这一点。他不止一次嘲弄而忧郁地对我说："别人会写长篇小说，可我会写什么呢？报刊文章——寿命极短的东西。就连历史学家也并不十分需要它们，因为我们在文章中描述的并非西班牙正在发生的事，而是西班牙应该发生的事……"他不但羡慕海明威，也羡慕雷格列尔："他会写出一部30印张的长篇小说……"我理解这番话的苦涩——我自己也把不少的时间和精力献给了新闻工作。科利佐夫是对的，历史学家很难信赖他的文章（也很难信赖我那个时期的文章），甚至也很难信赖《西班牙日记》一书，此书被涂上了过于浓厚的特色，有关科利佐夫的回忆录，远比他的小品文更能使普通读者深受感动，他们寻找的是介于黑白之间的一切色调，而科利佐夫则比他的抨击文章或通讯报道要复杂得多。

他很喜欢敖德萨的一则关于老车夫的笑话，那个老车夫不怀好意地问一个新手，要是车轮在草原上脱落，而手头既没有钉子，又没有绳索，你将怎么办。"可您又将怎么办呢？"——羞愧的学徒末了问道，于是老人回答："太糟了。"科利佐夫常常冷笑道："太糟了。"但一小时后他又使一位西班牙政治家恢复知觉，令人信服地向他证明，胜利是有保证的，因此不必绝望。他不相信人，倘若我不补充一句，说他也不相信自己——自己的感情，自己的才能，以及他面临的事情，那么这句话就会令人感到是责难了。

他在西班牙待了一年多一点时间，但他身上却有一种东西起了变化，他变得比较通人情了，轻率已经消失，他不再喋喋不休地谈论做危险的访问或办有趣的刊物的种种方案，眼神看上去也柔和些了。但是他至死也不是一个沮丧的怀疑派，而是个愉快的怀疑派，和他交谈以后总会留下双重的感觉：痛苦，但却有趣——值得活着，说不定能看到这一切如何收场呢……

科利佐夫在西班牙发生的变化，是许多原因造成的——主要不是新闻记者"科利佐夫"所担负的，而是"米盖尔·马丁内斯"所担负的责任——对困难的认识，从 1937 年夏季开始便认识到与世隔绝、武器供应不足的共和国是不可能获胜的，还有每天看到的那种轰炸、饥饿和死亡的景象。然而改变了科利佐夫的不仅是这一点，还有在莫斯科度过的一个月，以及来自祖国的种种消息。科利佐夫变得忧郁了。

不久前，回忆录汇编《米哈伊尔·科利佐夫，他是个什么样的人》一书出版了。汇编中最有趣的篇章无疑是出自科利佐夫的弟弟、漫画家鲍里斯·叶菲莫维奇·叶菲莫夫的手笔。其中谈到，一个勇敢、愉快并且还是有威信的人周围的铁圈是怎样收拢的。在结局到来的一年半以前，从马德里短期回国的科利佐夫曾向斯大林及其最亲密的助手们报告西班牙的局势。当科利佐夫终于住口的时候，斯大林出乎意料地问道，用西班牙语应该怎样"尊称"他，"米古艾尔，是吗？"当科利佐夫已向门口走去的时候，斯大林提出了一个使科利佐夫更为吃惊的问题："您有左轮手枪吗，科利佐夫同志？"科利佐夫答道，他有左轮手枪。"可你不打算用它自杀吗？"斯大林问道。科利佐夫在告诉弟弟这件事的时候补充道，他在"老板"的眼睛里看到的是："您太机灵啦。"

用比所有的人都更了解科利佐夫的叶菲莫夫的话来说，科利佐夫直到最后一刻仍"狂热地相信斯大林的英明"。

在关于左轮手枪的奇怪谈话过去两个月之后，我和科利佐夫走在马德里的一条阒寂无人的小巷里。四周是房舍的废墟，不见一个活人。我问科利佐夫，图哈切夫斯基究竟出了什么事。他答道："斯大林向我说明了一切——他想当小拿破仑。"我不知道他当时可曾想到，他，忘我地相信斯大林的米哈伊尔·科利佐夫，也没使自己免遭指责——"你太机灵啦"。

1937 年 12 月，我从西班牙回到莫斯科，马上就去《真理报》社。科利佐夫坐在不久前建成的大楼的豪华办公室里。他看到我，诧异地冷笑道："您为什么要来？"我说，我想休息，便和柳芭一起来参加作家们的全体会议。科利佐夫几乎叫了起来："连柳芭也来啦？……"我把捷鲁艾尔的情况告诉了他，说我在动身前曾见到他的妻子丽莎和玛丽亚·奥斯滕。不知何故他把我带进了办公室隔壁的大浴室里，在那儿他忍不住了："告诉您一桩新鲜的笑话。两个莫斯科人相遇了，一个把新闻告诉对方：'捷鲁艾尔被捕了。'另一个问道：'他妻了呢？'"科利佐夫笑笑："可笑吗？"我还一点也摸不着头脑，便闷闷不乐地答道："不可笑。"

4月的一个晚上，我在《真理报》社附近遇见他，说我拿到了护照，很快要回西班牙。他说："请问候我的朋友们和大家。"接着他补充道："至于我们这里的情况，您可别信口开河，这对您有好处。对大家也都有好处，从那里是什么也弄不明白的……"他握了握我的手，笑了笑说："不过从这里也不容易弄明白。"

我坦率地回答科利佐夫：一切都丝毫不可笑。当然，谁也不会认为科利佐夫是麻雀，不过既然他曾有一次谈起鸟类，那么我就要称他为被射中的雄鹰。我们于1938年春分手，到12月份，被射中的雄鹰便不在了，他当时年方40。

21

马德里战时见闻

人们对一切都会逐渐习惯：无论是鼠疫、恐怖或战争。马德里人很快习惯了轰炸、饥饿和寒冷，对法西斯分子就在卡萨-德尔-卡姆波（即距人口稠密区两三公里的地方）而且看来这一切还要持续很久的事实也习惯了。

当时《消息报》的出版时间极不准确，有时在早晨7时，有时由于午夜时分才收到塔斯社的消息、获奖人的名单或起诉书，所以10点钟才能出版，有时甚至拖到中午。然而马德里的报纸却和从前一样，是早晨6时出版，那时是为了赶早班火车。现在火车早已停驶，而习惯却未改。

首都通向全国各地的7条公路，有6条被法西斯分子强占。争夺连接马德里和巴伦西亚的第7条公路的战斗，时而爆发，时而停息。这条路上有几公里经常遭到法西斯分子的射击。有一次，我不得不跳出汽车在田野里躺了半个小时。炮弹在近旁接二连三地爆炸。幸好在战争中你很少是单独一个人。我不能向躺在旁边的西班牙司机流露出很不舒适的感觉，因为我是"墨西哥人"，而司机也努力向我表明，他觉得自己和在家里一样舒服，因为他是西班牙人。

在距马德里21公里的莫拉特-德-塔胡尼亚附近，法西斯分子构筑了防御工事。我到那里去过几次，越过几条很深的战壕，便可以听见旁边什么地方有法西斯士兵吵架或唱歌的声音。在许多个月里，双方为争夺一座楼房的废墟而战，我想起了世界大战年代里一连数月出现的盟国和德国战报上的那座著名的"摆渡手之家"。

然而在马德里，人们继续过着离奇的、同时也是平凡的生活。人行道没有人打扫，到处是碎砖、撕成小片的旧海报、炸弹的碎片、打碎的碗碟。早晨，人们燃起火堆，女人和士兵在火堆旁取暖。马德里的冬天很冷，安达卢西亚人和加泰罗尼亚人冻得直打哆嗦。许多商店照常营业，里面摆的却是当时没有多少人需要的商品：水晶的吊灯架、香水、旧小说、领带。有一次我在家具店看见一个年轻的士兵和一个女人，他们一边探问一个带镜面的衣橱的价钱，一边情意脉脉地对望着，这大概是一对新婚夫妻。另有一次，我遇见一个油漆匠提着颜料桶，背着梯子——他是去粉刷墙壁的。

大街上有人出售自制的打火机和手电筒。在那些从前非常讲究的饭馆里，士兵们兴高采烈地吃着豌豆——西班牙的黍米饭。人们在面包铺门口排着长长的队伍，人们不止一次为了等候 200 克的面包而死于炮弹或炸弹的碎片。电车几乎开到战壕旁边。一天大清早，我来到拉斐尔·萨里勒大街，消防队员抬出几具尸体，我记得有个小姑娘简直像个打碎了的玩偶，一架带着天蓝色衣料的缝纫机悬在梁上。

政府迁到了巴伦西亚。在马德里各政党的委员会里正进行着无休止的争论。无政府主义者和托洛茨基分子（"鲍乌姆分子"）坚持"深化革命"。普里耶托想整顿秩序，指责同党的同志卡巴列罗在进行蛊惑宣传。生活在继续……

生活到处在继续。诗人们出版了战争题材的诗集，他们聚集在一起，讨论如何恢复罗曼采洛谣曲的旧形式。我认识了一位上年纪的女音乐教师，她说，有两个女学生常去她那儿弹音阶练习曲。

剧院照常营业，但演出不像从前那样在晚上 9 点开始，而是在 6 点开始；剧目也和过去的一样：《你是茨冈男人，我是茨冈女人》或《阿尔冈布拉之夜》。电影院上映卓别林的影片，莫里斯·谢瓦利埃在影片《诱惑者》里唱一些熟悉的小调。姑娘们为那个被骗的美国女人的不幸擦眼泪，民兵们则向洛利塔·格拉纳托斯疯狂地鼓掌。

经常有西班牙人和国际旅的战士从前线到旅馆寒冷的房间里来找我，我那儿有时有敖德萨寄来的鲱鱼或从巴伦西亚捎来的母鸡。我们默默地吃着，随后开始谈论一些同前线形势没多大关系的事。一个从前是大学生的士兵证明，虽然全世界的人都在读《堂吉诃德》，但是除了西班牙人外没有人懂得它，也不可能懂。一个塞尔维亚人送给我一部厚厚的手稿，其中记录了各种动物对轰炸的反应。照他的说法，猫的表现十分狡猾，但合乎情理，它们听见飞机的声音便跳出窗户，在离住房较远的田野上飞跑。狗恰巧相反，盲目地相信人是无所不能的，它们躲进屋子里，藏在床下或桌子底下。塞尔维亚人是轰炸时在战壕里写这部稿子的，他顺便提起了这个现象。他对动物心理学很感兴趣，所以向我打听杜罗夫的实验。"巴黎公社营"的一个法国人把自己的诗读给我听：

> 天空被广告的灯光照得五彩缤纷——
> 抛售被肢解的躯体和永恒……

司令部坐落在马德里市中心财政部的一个很深的地下室里。地下室被隔成一个个的小房间，人们在那儿工作、吃饭和睡觉。打字机嗒嗒地响着，不时有军人走进走出，其中一个房间里，弯腰坐着一个年老病弱而且对局势感到灰心的人，他是米阿哈将军。世界各地的报纸当时都在讨论他，而他却忧郁地望着我回答说："是啊……是啊……"戈列夫旅长带着女翻译埃玛·拉扎列夫娜·沃尔夫走了进来，他带来一张地图，久久地叙述着大学城里的形势。米阿哈留心地听着，一对无神的忧伤的眼睛瞧着地图，反复地说着："是啊……是啊……"

弗拉基米尔·叶菲莫维奇·戈列夫很少到财政部的地下室来——他总是留在阵地上。他还不到 40 岁，但是具有丰富的战斗经验。这是个聪明、稳重同时又极其热情的人，我敢说，他还是个感情丰富的人，大家都信服他，说大家信任他还不够，应当说，大家相信他的运气。半年以后，西班牙人学会了打仗，他们有了一些有才能的指挥员——莫杰斯托、利斯特以及其他一些不太出名的人物。然而在 1936 年秋天，也许除了总参谋长罗霍上校外，在共和国军队的指挥人员中间，精力充沛而且具有军事知识的人几乎是凤毛麟角。在 11 月的战斗中，戈列夫起了巨大作用，他帮助西班牙人在马德里郊外阻止了法西斯分子的进攻。

第 四 部

佛朗哥在北方开始军事行动后，戈列夫带着女翻译埃玛前往巴斯科尼亚。佛朗哥在北方集结了庞大的兵力，德国空军开始进行密集轰炸。共和国军队和主力部队的联系被切断了，陷入了包围圈，他们进行了 4 个月的防御战。结局来到了，在即将陷落的希洪共有以戈列夫为首的 26 名苏联军人，其中有伤病员和埃玛。

在马尔罗建立的航空大队里，战争初期的几个月，有一个快乐的法国人——杰出的飞行员阿贝尔·希德斯在作战。1937 年夏天他回到了巴黎。希德斯得知苏联同志无法突围，便设法弄到了一架小型游览飞机飞往希洪。戈列夫想最后离开。希德斯完成了 3 次飞行，在他救出的人员中间有埃玛，当他第 4 次飞往希洪时，不幸被法西斯的歼击机击落，可爱的勇敢的希德斯牺牲了。在这之前他刚刚结婚……戈列夫和留在他身边的几个同志随同游击队转移到山区，他们后来被一架苏联飞机救出。这一切简直是奇迹。我们很高兴——戈列夫得救了！然而过了半年，马德里的英雄遭到了诬陷，这次已不可能出现任何奇迹，戈列夫在莫斯科遇害。

除了戈列夫，拉特纳和利沃维奇也住在地下室里。后者在西班牙时被称作洛蒂。拉特纳是个聪明而谦逊的战略家。我听说，后来他在一个军事学院任教。洛蒂在西班牙待了很久，同西班牙人交上了朋友。他是个忧郁的乐天派，喜欢诗歌。在马德里的一个炎热的傍晚，我们汗流浃背地坐在一座被毁的房屋前的石头上，这时他想起了莱蒙托夫、勃洛克、马雅可夫斯基的诗句片段，突然，他站起来说道——

> 美丽的名字，
> 崇高的荣誉——
> 西班牙有一个
> 马德里乡。

他又说："这就是说我该去指挥所了。可您知道您该做什么吗？不是在炮弹下游荡，而是写作。每个人有自己的职业……作家，却不写……"

我在第 12 旅的卢卡奇将军那儿、"海洛尔德"旅馆、后来又在巴伦西亚

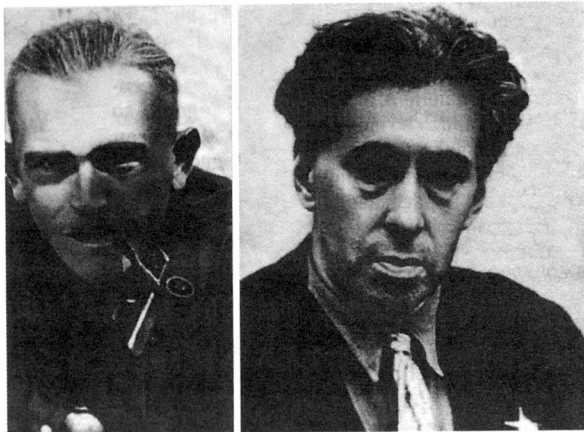

左：戈列夫旅长
右：爱伦堡获得战斗红星勋章

都遇见过洛蒂。他的勇敢是罕见的，但他却阻拦别人，说："西班牙人不懂什么是谨慎。这在恋爱中倒很好，但在战争中却不合适……"1946 年我在美国时遇见了 12 旅的营长、画家费尔南多·海拉西和他的妻子斯捷法。他们问我的第一件事便是"洛蒂怎样了"。我扭过脸去，勉强地回答道："他遇害了……"

我在西班牙只想着一件事：胜利。但是，当然，当我同我国的人见面时，虽然我们还不清楚 1937 年到底是怎么回事，心里有时也感到不安。

塔斯社记者格尔凡德是个身患重病的人，他写的电讯很长，爱说俏皮话。他编了一个笑剧，向熟人朗诵，主人公是科利佐夫、卡尔曼、马卡谢耶夫、爱伦堡和他本人。我们一来到他的房间，总是笑个不停。有一次我看见他面前摆着一份《真理报》，他神情忧郁。屋子里没有别人。突然间，他对我说："您知道咱们多走运……作家们坐着开会，揭露人民的敌人……咱们去卡拉班切尔吧，那儿打算炸毁一座房屋。至于咱们的谈话您就忘掉吧……"我向他借了几份较新的报纸。卡拉班切尔的那座房屋未被炸毁，听说工兵们哄骗了我们。但是我们碰上了一场大轰炸。夜里我读了报纸，心里想：的确很走运——在炸弹下面要轻松得多，你在这里起码知道谁是敌人，谁是自己人……

有一次科利佐夫通知我："有一大批人获奖。这个消息不会在报纸上发表……我祝贺您荣获战斗红星勋章。"我也向他祝贺，立刻又向卡尔曼和马卡谢耶大祝贺。我记得科利佐夫补充了一句："看来您每月还会收到 10 个卢布。这点钱既不会使您免于挨饿，也不会使您不挨严厉批评……"

我生平头一回获得了勋章，而且还是一种报纸上不便发表的勋章。我不掩饰自己的心情：我很高兴。

我离开了马德里，又再一次回来，目睹了共和国军队在瓜达拉哈拉取得的第一次胜利。法西斯分子企图依靠坦克冲进马德里。他们在锡关萨地区集结了几个意大利师团，还有坦克和空军。战斗的结果出乎法西斯分子的意料：在推进了几十公里后，他们又被赶回到出发阵地，丧失了大量的人力和装备。意大利人不会打仗，在估计上也不谨慎：他们原先以为，强大的坦克兵团很快会冲到平原上包围住敌人，然而在共和国军队的一次反攻后，意大利的坦克被挤进一个峡谷，遭到了我们飞行员的猛烈轰炸。

我同科利佐夫、海明威、萨维奇等人曾多次前往瓜达拉哈拉前线，我到过帕拉西奥·伊巴拉，到过一座因"加里波第旅"驱逐了盘踞其中的意大利法西斯分子而闻名的古老地主宅邸的废墟，到过被炸弹炸毁的布里韦加。走在从法西斯分子手中解放出来的土地上，看见墙上的意大利文字迹、被遗弃的大炮、成箱的手榴弹、护身香囊、书信，令人特别高兴。我同胜利者谈过话，其中有利斯特和卡姆佩西诺指挥的部队的士兵，也有第 12 旅的战士、卢卡奇将军、费尔南多以及保加利亚人彼得罗夫和别洛夫。我还同意大利俘虏谈过话。这是短暂的卡斯蒂利亚的春天。战士们在晒太阳。有时天空被一层金属般的乌云所遮盖，顷刻间大雨如注，然而一小时后，南方浓重的蔚蓝色预示了即将来临的夏季。

对于我们这些在半年中总是遭到失败的人来说，瓜达拉哈拉是意外的喜事。我心里想，不仅是冬天，还有那凄惨的退却都已经过去了。

在被俘的意大利人中间有许多苦命人，他们乐意抛掉武器。我看见了我熟悉的善良而爱好和平的意大利农民，他们骂军官，骂领袖和战争。巴勒莫的一个鞋匠对我说，他记得 1920 年的事件，他当时还是个孩子，街上在打枪，而父亲的房间里挂着列宁的相片。他不识字，但他立刻明白了哪儿有自己人，便趁混乱之机投奔了加里波第旅。

我也遇见了一些真正的法西斯分子，他们不像他们的德国伙伴那样残酷，而是一伙信仰墨索里尼的夸夸其谈的妄自尊大的家伙。我看过一个意大利军官的日记，他在瓜达拉哈拉战役之前不久写道："所有的西班牙人都并肩站在一起。我真想给他们全都灌点蓖麻油，甚至对这些长枪党小丑也不例外，他们只知道一件事：大吃大喝，为西班牙的健康干杯。只有我们是在认真地打仗……"

在意大利军队中有许多轻歌剧的情调。我记得在"黑羽营"的军旗上写着这么几个字："我们不是在闪耀，而是在燃烧。"其他一些营也采用了同样风格的名称："狮""狼""鹰""无敌者""箭""风暴"或"飓风"。然而这些营都编在旅或师里。从意大利的加埃塔港不断有运输舰只驶往卡迪克斯，运的是兵员、大炮和坦克。共和国军缴获了一些总参谋部的文件，还有墨索里尼发给芒契尼将军的一封电报："我在驶往利比亚的'波拉'号轮船的甲板上，收到了关于在瓜达拉哈拉附近展开的大会战的报告。我兴奋地注视着战斗情况，深信特种军团士兵的勇敢和尚武精神定将粉碎敌人的顽抗。"虽然我的情绪很好，但我并没有那些已见过萨拉戈萨城下的共和国军队的人的乐观。使我担忧的不是意大利特种军团士兵虚假的勇敢，而是不干涉委员会中的英国人和法国人的怯懦。我在描写瓜达拉哈拉战役的一篇文章中写道："不应当过低估计危险——意大利刚刚参战。"

共和国军队的推进没有持续多久。在一个寒冷的夜里，坦克部队的指挥官彼得罗夫旅长用热茶款待了我。这是个矮壮的、好心肠的坦克手。他伤心地说："技术装备太少！甚至连运送步兵的汽车都没有。就这卡住了……不，没有关系，我们最后还是会打败他们的。"（1941年8月，我在布良斯克遇见了彼得罗夫将军。他快活地叫道："还记得布里韦加吗？……"但这是个不愉快的时期。在我们这次会面后不久，他便在战斗中牺牲了，因此也就没有看见法西斯的覆灭。）

4月初，共和国军决定进攻盘踞在卡萨-德尔-卡姆波的法西斯分子。清晨5点钟，我便前往设在宫殿里的观察所。室内的窗户面朝西方。我们看见战士们跃出战壕并卧倒，看见坦克在运动。炮火准备十分猛烈，但机枪声并未沉寂，几乎任何地方的共和国军都未能把法西斯分子从战壕中赶出来。

晚上应将战斗的结果转告报社。但我不知道我该报道什么，于是决定将

爱涅拉、巴托夫、彼得罗夫和别洛夫在西班牙

每小时的见闻描写一番，对进攻只字未提，文章的题目叫《卡萨-德尔-卡姆波的一天》。我们待的那间屋子里挂着一个鸟笼，里面有一只金丝雀。法西斯分子向宫殿打了几发炮弹。炮声沉寂片刻，金丝雀便唱起歌来：显然，隆隆的炮声使它兴奋起来。我在文章中也提到了金丝雀，虽然我明白，这类观察用于长篇小说比用于报纸通讯更为合适。编辑删掉了有关金丝雀的一段，甚至生气了。柳芭当时在莫斯科，她为了同我通电话到报社编辑部去了一趟。她问我："干吗要写金丝雀？"可我却不能向她解释，我的文章中有金丝雀唱歌仅仅是因为进攻没有奏效。

有一天我收听塞维利亚的广播。法西斯分子说："马德里周围聚集了大量的苏联军队，人数达 8 万之多。"我听了不禁苦笑。苏联军人很少：我不知道人数，但我到过我们坦克兵驻扎的阿尔卡拉，也到过两个机场——太少了，太少了！在各个部队里还有几十名军事顾问。人数不多，但他们打得很好，在危急的日子里鼓舞了西班牙人的士气。到了 11 月，马德里人第一次看见天空中出现了苏联歼击机（人们给它们取了个绰号："翘鼻子"），尽管发布了空袭警报，他们仍站在街上鼓掌——他们觉得，现在他们不会挨炸弹了。

在指挥人员中间，我遇见过师长格·米·施特恩（他在西班牙被称作格里戈罗维奇）、扬·别尔津（格里申）、空军军长雅·弗·斯穆什克维奇（杜

爱伦堡报道的马德里——"当炮声沉寂的片刻，金丝雀便唱起歌来"

格拉斯）、坦克指挥员帕夫洛夫、巴托夫、马姆苏罗夫（克桑蒂）、图马尼扬等人。这是些不同的人，但他们都真正地爱着西班牙。他们中许多人在专横的年代死去了，而那些幸存者直到如今也满怀柔情地回忆着西班牙的同志。在上面提到的那些人身上，我不曾看见傲慢，甚至也不曾看见容易动怒的脾气，而后者却是极易产生的：正规军人碰到的是混乱现象、无政府主义者，以及认为德国飞机可以用步枪赶跑的天真指挥员。

我认识了一些苏联飞行员和坦克兵，同若干人交了朋友，我对战争、对我们的人都有了进一步的了解。如果说 4 年后我能够在《红星报》社工作，并掌握了需要的词汇，那么在西班牙度过的岁月，正如许多其他方面一样，也在这方面帮助了我。

4 月，英国议会的保守党议员阿托尔斯卡娅公爵夫人来到了马德里。她被安排在卡尔曼、萨维奇和我居住的那个旅馆下榻。她参观城市的当儿，一枚德国炮弹的碎片直接打中了她的房间。记者们问她，她是否打算在议会提出"不干涉"问题。她回答说，她曾答应不发表任何政治声明，但她钦佩马德里的勇敢，并哀悼无辜的牺牲者。不单她是如此：许多人都钦佩和哀悼。而希特勒和墨索里尼却在干自己的事。

西班牙性格支持了我对胜利的信心。在一次轰炸中，彼得罗夫和我把一个老太婆赶进防空洞，她不愿进去，说："让那些坏蛋瞧瞧，我们不怕他们！……"

22

作家萨维奇当了记者

1937 年 1 月我在巴黎，2 月初我回到了西班牙。我把萨维奇也带去了。

我不打算在本章中描绘萨维奇——我已经说过，对活着的人我要说得少些。在谈到自己的时候，我时而掀起、时而放下忏悔室的门帘——任我自由选择；然而在谈到别人的时候，我就不自由了：天知道什么事可以说，什么事又最好是不置一词？萨维奇是我的好友和老友。我许多书的草稿上都有萨维奇的记号——他发现了不少错误。虽说他在很年轻的时候曾是一名演员，但对我来说，他是跟文学结下了不解之缘。他不仅写作或翻译，还是一个热情的读者，无论是 19 世纪的作家还是苏维埃时期的作家，看来没有一个作家的作品他不曾读过。我在许多事情上要感谢他。但现在我只限于做一件事：我想表明，西班牙能在一个人的生活中起到什么样的作用。

我们早就认识了——似乎是在 1922 年。他只比我小 5 岁，可当时我觉得他是个少年。1930 年他和年轻的妻子阿莉娅在巴黎定居，我们几乎每晚相见。惶惶不安的萨维奇每年去一次苏联大使馆延长护照。我和萨维奇夫妇一同去过布列塔尼、斯洛伐克、斯堪的纳维亚。萨维奇曾带弗谢沃洛德·伊万诺夫、我国的诗人们、梅耶霍德剧院的演员们参观巴黎，他是个随和的、与人为善的人，不爱争论，大家都喜欢他。20 世纪 20 年代末，继若干部短篇小说集之后，他的长篇小说《假想的交谈者》在莫斯科出版了，这是一部优秀的小说，像福尔什、特尼扬诺夫、帕斯捷尔纳克这样一些截然不同的作家，都喜欢这部作品。报纸对他大张挞伐，单单书名就使批评家们大为恼火：虽说还没有任何人谈到对现实主义做的新解释，但假想却是不允许的。萨维奇继续写作，但第二部长篇却未能写成。他变得忧郁了。有时他给《共青团真理报》寄几篇特写，它们怎么也不像对假想的交谈者所做的解释，他写这写那，写足球和巴比塞，写世界性危机和工人的舞会。我觉得，他既找不到自己的题材，也找不到生活中的位置。1935 年，他的妻子阿莉娅去莫斯科了。萨维奇本应赶紧随她前往，但 1937 年 1 月我却在巴黎碰见他，很容易就说服了他去看看西班牙，哪怕用一只眼看看也好："你可以为《共青报》写出10 篇特写……"

虽说我过去很了解萨维奇，可我从来不曾在面临死亡的危险时看到他的表现。在巴塞罗那的头一个晚上，我们去考究的"太阳宫"餐厅进晚餐。我们融洽地谈论着古代西班牙诗歌，蓦地传来一阵不寻常的轰隆声。灯灭了。这不像是轰炸，我一时也弄不清出了什么事。原来是一艘法西斯的巡洋舰在轰击城市。一个无政府主义者在平行壕上用左轮手枪朝海上射击——他想击沉敌人的军舰。萨维奇神态自若，开着玩笑。日后我在狂轰滥炸期间看见他，他的沉着使我吃惊——于是我明白了，他怕的不是死亡，而是日常的一些不愉快的事情：警察，海关人员，领事。

我带萨维奇去找弗·亚·安东诺夫-奥夫谢延科，他立刻博得了奥夫谢延科的好感。我说，我得去阿拉贡前线，一周后回来，那时我们要去巴伦西亚和马德里。奥夫谢延科对萨维奇说："您别客气，常到我们家来吧……"

我过了十来天回来，没有找到萨维奇。安东诺夫-奥夫谢延科告诉我，萨维奇去过一趟韦斯卡城郊，后来又和新大使盖基斯一起去巴伦西亚了。我想道："嗬，萨瓦！"（我一向这样称呼萨维奇。）

我像平时一样在外国记者下榻的"维多利亚"饭店住下。晚上萨维奇打来电话："上我这儿来——我住在'大都会饭店'。"我简直惊呆了，但是请求萨瓦给我开一张入门证："大都会饭店"里住的是我国的军人，大使馆也在那儿，要进去可不容易。

我发现萨维奇有点不知所措："我陷入了啼笑皆非的窘境……我正在安东诺夫-奥夫谢延科家中进午餐，大使来了——他从莫斯科回巴伦西亚。我鼓

足了勇气：兴许他的汽车能为我腾出一个座位。他让我坐在旁边。我们走进
'大都会饭店'的时候，他吩咐道：'给这位同志开个房间……'"在西班牙的
苏联人都严格保密，从来不问某人是谁、来自何处。于是可怜的萨维奇便成
了大使在安东诺夫–奥夫谢延科家遇见的一个神秘同志。

塔斯社的女记者米罗娃住在"大都会饭店"里，她是个高个子女人，体
态丰满而又精力充沛。萨维奇的博览群书、学识渊博使她吃惊。她建议他帮
助她为塔斯社工作。萨维奇被这个局面吓住了，但同意了她的建议。米罗娃
像保护人一般对待他，同时也很尊敬他，她说："他像一幅版画。"我和萨维
奇乘米罗娃的汽车到组成国际旅的阿尔瓦塞特去了一趟。后来塔斯社记者格
尔凡德来到了巴伦西亚，于是米罗娃决定趁此机会去马德里待些时日。我们
3 人同行：米罗娃，萨维奇和我。这是 3 月份的事。格尔凡德留在巴伦西亚，
那是政府所在地。

我顺便说说，我和萨维奇去过瓜达拉哈拉。4 月我去了特鲁埃尔，后来
又去了安达卢西亚——战斗在波索勃兰科四周进行。格尔凡德因病回莫斯科
去了。米罗娃代替了他。而萨维奇则留在马德里的"帕拉斯饭店"里，经常
上前线，跟我国军人洛蒂、哈吉交上了朋友，会见西班牙人，描述战斗和轰
炸。他享受着生活的乐趣：他在和平的巴黎幻想过的那个地方，原来在半被
破坏的、饥饿的马德里。

然而新的考验在等着他。5 月间米罗娃叫他去巴伦西亚。她为了什么事
十分激动，说她要去莫斯科逗留数日。萨维奇将住在她的房间里并履行塔斯
社记者的职责。

我在巴黎时，萨维奇给我打了个电话："米罗娃不知何故没有回来。兴许
你能请伊琳娜打听清楚，她出什么事啦，预计何时能来。"我和伊琳娜通了电
话，问她，米罗娃出什么事啦。伊琳娜回答，莫斯科的天气非常好。"可是米
罗娃出什么事啦？……"伊琳娜没有回答。

不久我到了巴伦西亚，便去找萨维奇。他心灰意懒地坐在一堆女人衣服、
香水和雪花膏中间。"米罗娃出什么事啦？……"我知道，米罗娃是一位向西
班牙派遣军事顾问的负责干部的妻子，我知道，她是个严肃的女人，我还知
道，倘若我现在问伊琳娜，米罗娃出了什么事，她就不会谈天气了。我有一

些阴郁的推测，然而 1937 年究竟是怎么回事，我当时还不知道。

后来是进攻韦斯卡，作家代表大会，布鲁涅特争夺战。我和萨维奇很少见面。11 月，我在巴塞罗那找到了他，政府已迁往该地。他起草电报，或守在电话机旁——等候莫斯科的呼叫。我们在 12 月分手——我去莫斯科了。

做一名塔斯社的记者，既很容易，又很困难。过了半年，我把萨维奇推荐给了《消息报》，于是出现了一位有西班牙名字的新记者：何塞·加西亚。萨维奇能够描写人，谈论使他激动的事物，稍加杜撰，稍稍回忆一下他心爱的文学——何塞·加西亚就是这样写作的。而塔斯社记者却得描述政局和战局、反法西斯同盟的内部斗争、无政府主义者和鲍乌姆分子（西班牙的托洛茨基分子）的活动——总之，当一名情报员。在去西班牙之前，萨维奇对诗歌远比对政治感兴趣，他是以处女般纯洁的想法担负自己的责任的。自从科利佐夫、卡尔曼和我离去以后，他就成了待在西班牙的唯一的苏联记者。西班牙的共产党员常去找他——推心置腹地交谈，商量问题。他说得一口流利的西班牙语，马尔琴科大使曾委托他道："您去跟新上任的内政部长谈谈，他是社会党人，您去摸摸底，看他有什么想法，您干这个比我合适，您是个记者嘛……"萨维奇通过西班牙共产党员或大使馆工作人员的眼睛看到了许多事情，这是不足为奇的。

不过除了政治以外，还有人民的心灵，人民的痛苦，人民的勇敢精神，以及一向是西班牙人所特有的对死亡的真正蔑视。除了政治活动家以外，萨维奇还有另一些交谈者——士兵和诗人，农民和司机。他看见了他在假想的交谈者身上寻找过的东西。说他爱上了西班牙，这还不够，凡是去过西班牙的苏联人，无不爱上了它——西班牙是他的亲戚。

我不愿随意安排岁月和各种事件，在以下的章节里我会提到在 1938 至 1939 年间跟萨维奇的多次见面。现在我想谈谈萨维奇离开西班牙以后他的命运是怎样确定下来的。他开始翻译西班牙诗人的作品，从古代的豪尔赫·曼里克到马查多，希梅内斯和拉斐尔·阿尔维蒂，还翻译拉丁美洲诗人的作品——加布里埃尔·米斯特拉尔、巴勃罗·聂鲁达、纪廉。1937 年春他在马德里找到的那个生活中的位置，仍在他的足下——西班牙语和在西班牙的那几年在他身上生根的诗情。

23

海明威，他虽死犹生

这件事发生在 1937 年 3 月的马德里。我住在已经改为医院的原"帕拉斯"旅馆里。伤员在叫喊，有一股石炭酸气味。房屋没有生火。食物很少，很像 1920 年的莫斯科，我入睡前常常盼望能吃到一块肉。

一天傍晚，我决定去我国顾问居住的"海洛尔德"旅馆找科利佐夫：在那儿可以取暖，还可以饱餐一顿。

在科利佐夫的房间里，像往常一样有一些熟识的和陌生的人："海洛尔德"不只对我一个人有诱惑力。我立刻看见桌子上摆着一只大火腿和几瓶酒。科利佐夫用低沉的嗓音说："海明威在这里……"我不知所措，立刻忘记了火腿。

每个人往往有自己喜爱的作家，要解释为什么喜爱这个作家，而不是另一个，正如要解释为什么喜爱某个女人一样困难。在我所有的同时代人中间，我最爱海明威。

1931 年在西班牙的时候，托勒尔把一位不知名作家的作品《太阳照常升起》送给我看："大概这里描写的是西班牙，描写了斗牛，它或许会帮助您了解……"我读完它之后，又找了一本《永别了，武器》。海明威帮助我了解的不是斗牛，而是生活。

这就是我看见一个坐在桌旁喝威士忌的身材魁伟而面色阴沉的人之后感到不安的原因。我开始向他表白我对他的敬爱，大概我的表白过于笨拙，以致海明威的眉头越皱越紧。第二瓶威士忌打开了，原来这些酒是他带来的，他也比大家喝得多。

我问他，他在马德里干什么，他说他是以通讯社记者的身份前来的。他用西班牙语同我说话，而我用法语。我问："您用电报只发特写，还是也发报道？"海明威跳了起来，抓起一只酒瓶，挥动着它说："我立刻明白你是在嘲弄我！……"报道一词的法文是"nouvelles"，而西班牙文的"novelas"是长篇小说。不知是谁夺下了酒瓶，经过解释，误会消除了，我们两人笑了很久。海明威解释他生气的原因说：有些批评家骂他的长篇小说是"电报体"。我笑了："我也挨过骂，骂我的作品是'剁碎的句子'……"他补充道："只有一点不好，你不喜欢威士忌。葡萄酒只能给人快感，而威士忌却是燃料……"

当时许多人感到奇怪：海明威到底在马德里干什么？当然，他同情西班牙。当然，他也憎恨法西斯主义。早在西班牙战争之前，当意大利进犯埃塞俄比亚的时候，他就公开声明反对侵略。但是为什么他留在马德里？起初他和伊文思拍电影，间或向美国寄一两篇特写。他住在格兰维亚区的"佛罗里达"旅馆，距电话局大楼不远，那是法西斯大炮经常轰击的目标。旅馆被一枚爆破弹打了个大窟窿。除了海明威以外，里面就没有别人了。他用固体酒精煮咖啡，吃橙子，喝威士忌，写爱情剧。他在现在的佛罗里达有一座别墅，他本可以在那儿干他爱干的事：钓鱼，也可以吃煎牛排，悠闲地写剧本。他在马德里经常挨饿，但这并没有妨碍他。有人曾催他回美国，他生气地扔下电报说："我在这儿也很好……"他不能和马德里的空气告别。危险、死亡、英勇行为吸引着作家。他直率地说："应当打败法西斯分子。"他看见了不屈服的人们，他充满活力，变得年轻了。

海明威在"海洛尔德"旅馆常常遇见我国军人。他喜欢哈吉，哈吉是个无所畏惧的人，常潜入敌人后方（他是高加索人，很容易化装成西班牙人）。海明威在长篇小说《丧钟为谁而鸣》里所描写的游击队的活动，有许多取材于哈吉的叙述。（幸好哈吉活下来了！我有一次碰见他感到很高兴。）

我同海明威去过瓜达拉哈拉。他熟悉军务，很快便明白了战役的部署。我还记得他久久望着人们从掩体内搬出意大利军队的手榴弹的情形，这些手榴弹全是红色的，很像一颗颗硕大的草莓，他笑着说："我知道……他们把什么都扔了……"

　　第一次世界大战期间，海明威曾以志愿兵的身份在意奥前线作战，一颗炮弹的碎片使他受了重伤。他一瞧见战争便无比痛恨。他对意大利士兵乐意扔掉步枪感到十分高兴。他的长篇小说《永别了，武器》的主人公弗雷德·亨利只称赞他们。一场残酷的、毫无意义的战争正在进行：机器的文明正处于自己的少年时期，每天都要吞噬数万人。海明威曾和弗雷德在一起。他（不是欧内斯特·海明威，而是弗雷德·亨利）爱上了英国女人凯特琳，这个爱情如同海明威其他长篇小说中的一样，是肉欲同贞节惊人的合成物。弗雷德抛弃了武器，说："我决心忘掉战争。我单独媾和。"

　　然而在瓜达拉哈拉，在哈拉马河上，在大学城内，海明威却爱慕地望着国际旅战士们的机枪。古罗马人曾说："时代在变化，我们也同它一起变化。"在我们最初的一次会面中，海明威告诉我说："我并不十分了解政治，也不喜欢它。但是我知道什么是法西斯主义。这里的人们正在为高尚的事业而战斗。"

　　海明威常去卢卡奇将军（匈牙利作家马特·扎尔卡）指挥的第12旅的指挥所。第一次世界大战期间，他们面对面地坐在两支敌对军队的战壕中。在马德里城下他们却友好地交谈。"战争是可恶的。"通常总很快活的马

左：爱伦堡、斯捷法·海拉西、萨维奇、费尔南多·海拉西在马德里
右：雷格列尔、爱伦堡、海明威、伊文思在马德里伊巴拉宫

特·扎尔卡叹了口气说道。海明威回答说："甭提有多么可恶了！"过了片刻又继续说："将军同志，现在请指给我看，法西斯的炮兵在哪儿……"他们久久地研究着一张用彩色铅笔画满记号的地图。

（我偶然保存了一张在伊巴拉宫旁边拍摄的小相片：海明威、伊文思、雷格列尔和我。海明威还年轻，瘦瘦的，微笑着。）

海明威有一次对我说："形式当然在变化。可是主题……世界上所有的作家无论过去或现在都写些什么呢？屈指可数：爱情、死亡、劳动、斗争。其余的一切都可以归纳进去。战争，当然是。甚至海洋……"

另一次我们在派尔塔德索尔大街上的一家咖啡馆里谈起了文学。这个咖啡馆两旁的房子全被炸毁了，只有它奇迹般地幸存下来。那儿只卖冰镇橙子汁。天气很冷，海明威从裤子后面的口袋里掏出一只军用水壶，倒出了威士忌。他说："我认为，作家永远也不可能描绘一切。因此只能有两种办法——草草地描写所有的日子、所有的思想、所有的感情，或者，通过部分现象—— 一次会面、一次简短的谈话努力表现出一般。我只描写细节，但我总是努力详尽地描写细节。"我告诉他，在他所有的作品中，最使我惊讶的是对话，我不明白它是怎样写出来的。海明威笑着说："一个美国批评家非常认真地断言，我写的对话很短是因为我的句子是从西班牙文译成英文的……"

海明威的对话对我来说仍是一个谜。当然，在我读我十分喜爱的长篇小说或短篇小说时，我并没有考虑它们是怎样写成的。读者在读，但作者后来不禁开始考虑同他的职业有关的事。当我理解了手法以后，我可以说，这本书写得不好、一般或者好、很好，它可以使我欣喜，但它不能使我震惊。然而海明威作品中的对话对我来说仍是一个谜。在艺术中，也许最重要的是你不明白它的力量来自何处。为什么半个世纪以来我总是默默地背诵着勃洛克的诗句：

> 我呼唤你，可你没有回头，
> 我流了泪，可你并不宽容……

这里既没有可以让你思考的新思想，也没有生僻的字眼。海明威的对话就是如此：它简单而神秘。

有一次客人们访问布里克，她说她要摆一个磁带录音机，后来我们听见了自己的谈话，感到不舒服——我们说的全是冗长的"文学作品"的句子。海明威的主人公的语言却与此不同：简短，似乎无关紧要，同时每个字都在揭示人的精神状态。读他的长篇小说或短篇小说时，我们感到人们正是这样说话。而实际上这不是暗中听来的句子，也不是速记记录，这是艺术家所创造的谈话的精华。那个断定西班牙人是用海明威式的语言说话的美国批评家是可以理解的。但是，海明威并没有把对话从一种语言译成另一种语言，而是将现实生活的语言译为艺术的语言。

一个偶然遇见海明威的人可能会以为他是浪漫主义名士派的代表，或者是个标准的一知半解的人：爱喝酒，举止古怪，喜欢周游世界，喜欢在海洋上钓鱼和在非洲打猎，精通斗牛的一切细微特点，但对自己何时该拿笔写作却不知道。其实海明威是个勤快人。虽说几成废墟的"佛罗里达"旅馆十分不适于作家劳动，但是他每天仍能坐下来写作，他对我说，应当坚持不懈地工作，不要认输：如果哪一页写得平淡无味，便停下来重新写，写5次，10次……

我从海明威那里学到了许多东西。我觉得在他以前的作家叙述的是人，有时叙述得非常好。而海明威却从不叙述自己的主人公——他是在表现他们。也许，正是这一点可以说明他对许多国家的作家的影响。当然，并非所有的作家都喜欢他，但几乎所有的作家都向他学习过。

他比我小8岁，当他向我谈起20世纪20年代初自己在巴黎的生活情况时我大吃一惊——他的情况和8年前我的情况丝毫不差，他坐在"洛东达"旁边的"谢列克特"咖啡馆里喝一杯咖啡，和我一样，幻想能再有一块角形小面包。使我惊讶的是，我在1922年曾以为英雄的蒙帕纳斯时代已经过去，坐在"谢列克特"里面的是一些富有的美国游览者。其实不然，食不果腹的海明威也坐在里面，有时写写诗，有时构思自己的第一部长篇小说。

我们回忆着往事，知道了我们有共同的朋友：诗人柏列兹·桑德拉、画家帕斯金。这两个人有点像海明威，这也许是因为他们都过着过分动荡的生活，也许是因为他们都全神贯注于爱情、危险和死亡。

海明威是个快活的、十分眷恋生活的人，他可以一连几小时谈论一种常常游到佛罗里达岸边的巨大而稀有的鱼类，谈论斗牛，谈论自己各种各样的爱好。有一次他正在谈如何钓鱼，突然改变了话题说："生活毕竟是有意义的……现在我在想人的尊严"。前天在大学城附近，一个美国人被打死了。他找过我两次。是个大学生……我们天南海北谈了一通——谈到诗歌，也谈到热灌肠。我本想把他介绍给你。他说得很好：'简直想象不出有比战争更为肮脏的事了。现在我才明白，为什么我生在世上——应该把他们赶出马德里。这就像二乘二等于四一样清楚……'"沉默了片刻后，海明威补充道："你瞧，结果如何呢，我想和武器告别，但行不通……"

他当时写道："今后还有 50 年不宣而战的战争，而我在这整个时期的条约上签了字。我不记得确切的日期，但我是签了字。"这是海明威笔下的一个主人公说的话，作者不止一次说过。

我还记得另一次谈话。海明威说，批评家们不知是真傻，还是装傻："我读过一些文章，说我的作品的主人公全是神经衰弱者。可是地球上的生活为什么那么卑鄙——对此谁也不提。一般来说，当一个人不如意的时候，他们就称之为'神经衰弱'。公牛在竞技场上也是神经衰弱者，在牧场上它是个健康的小伙子，这就是问题的实质……"

1937 年末，我从特鲁埃尔返回巴塞罗那。海边橙子树鲜花盛开，然而在特鲁埃尔附近（特鲁埃尔的地势很高），我们冻僵了，直打喷嚏。我回到巴塞罗那后直打哆嗦，疲惫不堪地酣然入梦了。有人摇醒了我：我的面前站着海明威。他问我："怎么样，特鲁埃尔能拿下来吗？我现在要同卡帕去那儿。"门口站着我的朋友、摄影师卡帕（他在印度支那战争期间牺牲了）。我回答说："不知道。开始时情况很好……但是听说法西斯分子正在调预备队。"我完全清醒过来后愕然望着海明威——他全身夏季装束。"你发疯啦——那儿很冷！"他笑了，说道："我带着燃料。"接着从浑身上下的衣袋里掏出一些盛着威士忌的军用水壶。他朝气蓬勃地微笑着说："当然，相当困难……但总会打败他们的……"我把一些西班牙指挥员的名字告诉了他，让他去找格里戈罗维奇："他会帮助你的。"我们用西班牙方式告别——互相拍拍背。海明威保存了一张照片：我躺在床上，他站在旁边，这张照片收在美国出版的一本叙述他的生平的书中。

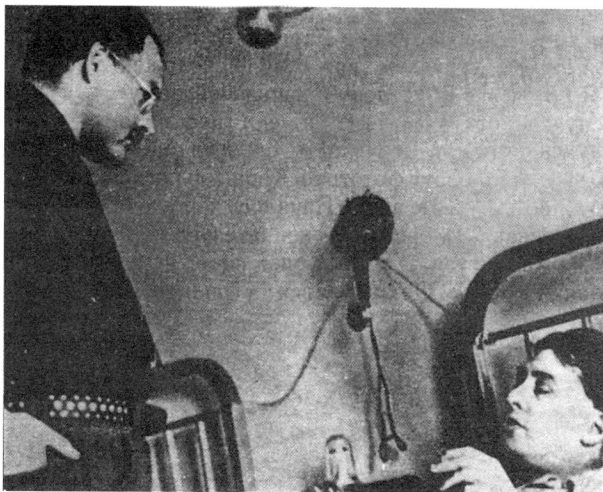

海明威保存的一张照片——
海明威和爱伦堡在马德里

　　1938 年 6 月我回到西班牙后，海明威已经离开那儿。他在我的记忆中是年轻的、干瘦的，10 年后我看到那张蓄着长长的白胡子的肥胖的老祖父的相片，我简直认不出他来了。

　　1941 年 7 月底，我们又相逢了。莫斯科几乎每夜都有空袭警报，我们被赶进防空洞。我想好好睡上一觉，便和拉宾决定在位于别列杰尔基诺的维什涅夫斯基无人居住的别墅里住一夜。有人将海明威的长篇小说《丧钟为谁而鸣》的译文手稿拿给我看。因此这一夜我们没有睡好——我和拉宾读了整整一夜，彼此交换着读过的篇页。拉宾第二天要去基辅附近，而且一去不复返。高射炮炮声隆隆，但我们一直读啊，读啊。小说描写的是西班牙和战争，我们读完后默默地笑了。

　　这是一部十分伤感的书，但是其中有对人的信任，有注定要失败的、崇高的爱情，有敌后游击队的英勇行为：在这支游击队里有一个美国志愿兵罗伯特·乔丹。该书的结尾部分，是对生活、勇气、功勋的肯定。罗伯特·乔丹的一只腿受了重伤，躺在路上：他要同志们离开，他自己独自留下。他有一挺手提机枪。他可以自杀，但他希望在死前杀死几个法西斯分子。海明威采用了内心的对白，下面是其中的一小段："……他心里想：在这颗炮弹打来以前一切都很顺利。但这还算幸运，我在桥下时没有碰上炮弹。我们的情况

1938 年 11 月，利斯捷尔将军和海明威

渐渐会改善的。我们需要一些短波发报机。是的，我们需要很多东西。譬如，我就希望能有一条备用的腿……听着，也许终究得这么办，因为我万一失掉知觉，我就会束手无策，他们会将我抓去，审问我，提各种各样的问题，而且为所欲为，那样就太糟了……乔丹，你会对付不了的，他说。你对付不了。可谁能对付呢？我不知道，我也不想知道。但你现在就很糟。你现在太糟啦！太糟啦！我看该这么办了。可你以为如何？不，不是时候。因为你还能做事。在你还知道这是怎么回事的时候，你应该做事。在你还记得这是怎么回事的时候，你应该等待。你们离开吧！让他们去吧！去吧！你想想那些已经离开的人们吧，他说。想想他们怎样穿过树林。想想他们怎样涉过小溪。想想他们怎样在一丛丛的帚石南中行走。想想他们怎样翻山越岭。想想他们今天晚上将会平安无事……我不能再等了，他说。如果我再等一分钟，我便会失去知觉……但是如果再等一会儿，哪怕拖住他们不长的时间，或许你能干掉一个军官，这能解决许多问题……"内心的对白是这样结束的："罗伯特·乔丹的运气挺不错，因为正在这个时候，一队骑兵从树林中出来并穿过了公路……"

海明威这部长篇小说的名字取自 17 世纪英国诗人约翰·多恩的诗句，它还有这样一段卷首题词："没有一个人能像一个小岛那样独自存在；每一个人都是大陆的一部分，陆地的一部分；倘若海浪冲走了一座岸边的悬崖，欧罗巴便会变小，倘若冲走一块海岬或毁掉你的或你的朋友的房子，情况也是一样，每一个人的死亡也会使我变小，因为我和全人类是一个整体，所以你永远别问，钟声为谁而鸣，它是为你而鸣的。"

这些诗句可以用作海明威的所有作品的题词。时代在变化，他也在变化，但他始终能感觉到一个人同大家的关系，我们常常用书面语言把这种感觉称之为"人道主义"。

海明威死后，我在一份美国报纸上读到一篇文章：这位批评家断言，西班牙内战对于作家来说只是斗牛和猎捕犀牛之间的一段偶然的插曲。这不对。海明威不是偶然留在被围的马德里的，第二次世界大战期间，作为一名军事记者他没有坐在各级司令部里，而是去访问法国游击队，这也不是偶然的，他祝贺菲德尔·卡斯特罗的拥护者获胜也并非偶然。他在生活中有自己的路线。

在 1942 年 8 月这个糟糕的时期，我曾写道："在法西斯主义发动的这个大规模的、席卷全欧的瓜达拉哈拉战役之后，我希望能遇见海明威。我们应该保卫生活——这是我们这不幸的一代的使命。如果我和我们中间的许多人未能亲眼看见生活的胜利，那么谁又会忘记那个腿部受了重伤、躺在卡斯蒂利亚的道路上的美国人临终时的情形，以及那支小小的机枪和一颗伟大的心灵呢！"

长篇小说《丧钟为谁而鸣》遭到了许多人的辱骂。老人和海是一回事，青春和保卫人类尊严的战争是另一回事。各种各样的人以各种各样的方式咒骂这部小说：有些人大发雷霆，说海明威替战争辩护，说他醉心于暂时现象，忘记了艺术；另一些人不喜欢对内战的个别情节的描写；第三种人不喜欢描写安德烈·马蒂的那些篇页。（只要一个作家在 50 年前或者哪怕是一天前说出某种人所共知的真理，他便会遭到大家攻击。但是如果作家们都努力抄录明显的道理，那他们便会是名副其实的寄生虫。）

当我在 1946 年春天来到美国的时候，我接到海明威的一封信，他邀我去他古巴的家里做客。我满怀柔情地想起了西班牙。古巴之行未能实现。海明威在去世前不久曾托人问候我：他希望我们很快能够见面。我也希望……

面前是报纸上的一则简短的电讯……海明威的死讯不知报道过多少次，1944 年报道过一次，10 年后他乘坐的一架飞机在乌干达上空失事，又报道过一次。接着是辟谣。这次没有辟谣……海明威从来不曾对我谈起过他那做医生的父亲是用自杀结束生命的，这事我是从我们共同的朋友们那儿听来的。长篇小说《丧钟为谁而鸣》的主人公在最后一分钟里想到："我不愿意做我父亲做过的事。我做得到，如果有此必要的话，但最好是无此必要。我反对这个。别去想它。"海明威解决问题的方式不同于罗伯特·乔丹。死神不知何故突然闯进了他的生活，关于他，可以毫不牵强地说：他虽死犹生。

而当我回顾自己的往昔时，我发现，在我有幸遇见过的作家中间，有两个人帮助我不仅摆脱了感伤心理、冗长的议论和目光短浅，还帮助我随便地呼吸、工作和经受住考验，这两个人就是巴别尔和海明威。像我这样年纪的人不必隐讳这一点⋯⋯

24

1937 年的堂吉诃德

.

军事记者的职责，也许再加上我好动的性格，使得我总是到处漂泊。有一个名叫奥古斯特的年轻司机害怕夜间开车时打盹，便问我："请你谈谈，中国的道路怎么样？"我对他说，我从来没有到过中国。他怀疑地笑着说："奇怪！瞧你的样子，简直不能在一间屋子里接连住上两夜……"

我翻阅了《消息报》1937 年 4 月的合订本。7 日我在莫拉特-德-塔胡尼亚附近，那儿正在进行保卫第 7 条公路的战斗；9 日我描写了对卡萨-德尔-卡姆波的进攻；11 日描写了对萨贡托的轰炸；17 日从巴伦西亚报道了在一个德国飞行员身上发现的文件；21 日从特鲁埃尔报道了又一次进攻；26 日我在南方战线的波索布朗科城内徘徊。

除了报纸工作外，我还有其他一些各种各样的工作。负责宣传工作的秘书处有人告诉我说，佛朗哥在动员年轻农民，应该向他们说明共和国军队同法西斯分子作战的原因，然而士兵们不敢拾传单——他们害怕。

西班牙人很少抽工厂里卷好的香烟，他们乐意抽自卷的香烟。共和国政府控制的地区不出产烟叶。烟叶产地在法西斯分子控制的地区，但那儿没有卷烟纸，纸是在莱万特制造的，通常是以小本子的形式出售。我建议在每一本的第 10 页印上我们要说的话，然后把这些印有名牌商标的小本子扔进敌人战壕。但是事情并不简单：必须亲自去工厂说服他们完成订货。

后来我多次看见投诚者拿着"护照"——一张卷烟纸。所有的人都喜欢抽烟，虽然法西斯军官说什么纸上有毒，可是人们仍然乐意拣它。

有一天，在巴伦西亚我通常居住的"维多利亚"旅馆里，一位红十字会的代表前来找我。他是瑞士人，他说在法西斯的监狱里有被俘的苏联飞行员。佛朗哥分子同意拿被俘的德国军官交换飞行员。他交给我一份名单。我立刻明白，没有一个飞行员说出自己的真姓名——他们的姓全是为了来西班牙而取的外号（不知何故他们往往采用父称——伊万诺维奇、米哈伊洛维奇、彼得罗维奇，就像塞尔维亚人的姓）。我立刻把名单交给了格·米·施特恩（1900—1941，苏军将领，1937至1938年在西班牙任总军事顾问）。

一年后，我同苏联大使馆的一位工作人员站在连接法国边境城市安戴（我国报纸写成"亨戴"）和战争初期被法西斯分子占据的西班牙城市伊伦的一座桥旁。交换在桥上进行。我国飞行员的样子十分可怕——衣衫褴褛，瘦骨嶙峋，疲惫不堪。我们首先让他们饱餐一顿。这是一个夜晚，商店早已关门，而飞行员们必须穿衣。同志们带我去找一个成衣店老板，他被公认是"同情者"，我们向他解释了事情的缘由。一小时之后，飞行员们全都成了从疗养地归来的外国人了。他们沉着而冷静地叙述了自己的遭遇，直到他们被带进卧车厢，看见了铺好的单人床和耀眼的床单，有一个人忍不住了——我瞧见了他眼中的泪珠。我在西班牙，后来又在白俄罗斯前线见过的扎哈罗夫将军（他当时指挥包括法国的"诺曼底-涅曼"团在内的一个空军师）不久前告诉我说，这些飞行员中有几个还活着，他知道他们在什么地方。我很高兴：我偶然地介入了他们的命运。

我没有按时间先后的顺序来叙述：记忆里有一大堆城市和日期，而且我并不打算叙述西班牙内战史，我只想谈谈我的经历以及1937年春天我看到的西班牙。

不同的城市有不同的生活方式。马德里是前线。巴伦西亚突然变成了一个人为的、离奇的首都，而巴塞罗那依然是巴塞罗那——这是个大城市，有资产阶级和无政府主义者，有街垒和叛逆的传统，在人口稠密的帕拉列里区有成百上千个酒吧，既有无忧无虑的情绪，又有一种悲剧气氛。出现了购货证和排队现象，但城市的精神面貌没有变。

我以为在2月份遭到巡洋舰的射击后巴塞罗那人会警觉和醒悟过来。然而在安葬了死者、清扫了街道之后，生活又恢复了原样。举办了一个战争周：在此期间，剧院一律演出战争剧，无线电广播反法西斯的演说，街上挂起五颜六色的宣传画《一切都为了前线！》。这大概是对巴塞罗那的轻率做出的最令人信服的说明：宣布充满残酷战斗和轰炸的第 35 周为战争周。战争周结束了，剧院里重新上演轻松的喜剧，陈列在书店橱窗内的那些由宣传秘书处印发的小册子，又被长篇小说、无政府主义的理论书籍和关于性问题的著作取而代之了。

但是比漠不关心危险得多的则是内讧。当无政府主义者和突击近卫军在巴塞罗那进行巷战的时候，我正在远离加泰罗尼亚的南方战线。把发生的事件仅仅说成是挑衅，正如用阿泽夫的任务来解释革命前的社会革命党人何以醉心于恐怖行为一样天真可笑。对于无政府主义者来说，国家就是罪恶，虽然民族劳动同盟的代表也参加了卡巴列罗的政府，巴塞罗那和阿拉贡的自由民仍在继续"加深革命"。6 月初我再次来到巴塞罗那时，我明白了，既没有真正的团结，也没有信任。佛朗哥还很远，各个党派彼此怀着戒心，有时还怀着敌意注视着对方。起初支持科姆帕尼斯的巴塞罗那的资产阶级，既怕无政府主义者，又怕中央政府权力的加强。受到民族劳动同盟-法伊影响的工人们认为，同普列托联合的共产党人"背叛了革命"。

的确，阿拉贡前线有些地方的纵队改编成师以后情况略有起色。巴塞罗那的一些工人懂得，首先应该击败佛朗哥。我记得"通用汽车"工厂一次集会的情形：决定每天工作 10 小时，以便向军队提供更多的汽车。一个信仰工团主义的老工人喊道："10 小时太少，应该 16 小时！……"然而在比这多得多的时间里却只能听见激烈的争吵。暗杀事件时有发生。表面上看来是欢乐的、无忧无虑的巴塞罗那，正在寒热病中辗转不宁。

政府迁到了巴伦西亚，城里挤满了官员、从马德里和其他被法西斯分子占领的城市逃来的难民、外交官、新闻记者。在卡斯特莱尔广场上挂着一幅颜色早已褪光的布标，上面写着："此地距前线仅 150 公里！"

马德里距前线不足 5 公里，但是马德里的青年人还在跳舞，法院还在审理离婚案件，饭店服务员的工会还在讨论新的工资额，孩子们还在向国际旅的战士们索取外国邮票。而巴伦西亚在西班牙人的概念里则是大后方。如果不是夜间常有警报，有时遭到轰炸和难民的涌现，简直可以忘记战争事实上近在咫尺。

林荫道上种满了橙子树，遍地都是橙子。人们排队购买肉和牛奶，橙子多得只好在很少有外国船前去的港口腐烂。咖啡馆里挤满了人，顾客们纷纷猜测进攻将从哪儿开始——是从马德里城下、科尔多瓦附近还是阿拉贡前线。人们还议论别的斗争——政治风暴尚未平息。卡巴列罗辞职了，便揭发普列托。我记得在巴伦西亚大家怎样传播一个最新消息：卡巴列罗想在阿利坎特的一个群众大会上发表演说，但在路上被摩托车手们逮捕了。阿拉贡委员会主席、不妥协的无政府主义者阿斯卡索拒绝承认内格林（1894—1956,1937年起任西班牙共和国总理）的政府。阿萨尼亚感到伤心，便沉默不语。科姆帕尼斯还说话，但也感到伤心。每天都有指挥员从各条战线来到巴伦西亚索取武器。

一个拉丁美洲国家的大使馆邀请了一批新闻记者，我在那儿看见了几个从马德里押送来的法西斯分子。一位女士反复地说："这多么可怕，多么可怕！……"

在我居住的"维多利亚"旅馆里，外国新闻记者喝鸡尾酒，每晚打扑克，抱怨生活无聊。

有时在广场上会举行群众大会。有时在"维多利亚"旅馆会揭露间谍。天气酷热，从郊外的稻田里送来炽热的湿气。

冬天我常在巴伦西亚遇见安德烈·马尔罗，他的航空大队驻扎在离城不远的地方。这是一个永远在一定时期只有一种嗜好的人。我知道他有个时期醉心于亚洲，后来又陶醉在陀思妥耶夫斯基和福克纳的作品中，再后来迷上了工人团体和革命。在巴伦西亚期间，他想的和说的全是轰炸法西斯阵地的事，当我谈起文学时，他耸耸肩膀，一言不发。法国志愿人员驾驶的是一些性能不佳的旧飞机，但是在共和国军队没有得到苏联的技术装备以前，马尔罗创建的这个航空大队给了他们有力的支援。有一次他向我谈起一件小事，他后来曾在长篇小说《希望》里描写了这件小事，并且使之成为他在西班牙拍摄的一部影片的核心。从法西斯占领区来了一个农民，他说他能指出法西斯的飞机场在什么地方。法国驾驶员带着这个农民起飞，但是他不能在高空辨认地形。驾驶员不得不降低飞行的高度。他们向飞机场扔了炸弹，但飞机遭到射击，机械师受了重伤。在巴伦西亚期间，这对马尔罗来说不是文学情节，而是日常的战斗生活：他在打仗。

在"大都会"饭店里住着一些我国军人。旅馆周围的家家户户都养鸡。克桑蒂（哈吉少校）睡得

安德烈·马尔罗在巴伦西亚

很晚，每天黎明时分他都要被公鸡吵醒。他抱怨道："岂有此理！假如我不是苏联人，我一定用枪打死所有的公鸡……"

我再次前往阿尔瓦塞特。战前这是个偏僻的城市，出卖番红花和刀子。这儿没有名胜古迹，游览者也不在此停留。在阿尔瓦塞特，几个国际旅组建起来。城市遭到了法西斯空军的猛烈轰炸，很像被炸毁的马德里郊区。我还记得博物馆里那个钉在十字架上的耶稣和弹片给他添的新伤，也记得在一家大咖啡馆的废墟中的一小片旧海报——"今天在国会山有舞会"。

我在市内漫步的时候，马蒂司令部的两个人来到旅馆，搜查了我的房间并找到了几份法国的《时报》。他们等我回去后便把我送往司令部。在那里查明我是《消息报》的记者后，某人高喊一声"发生了误会"，便去报告长官。

我和安德烈·马蒂大约谈了两小时。他是个正直的人，但容易怀疑别人背叛，脾气暴躁，不愿反复考虑自己的决定。这次谈话给我留下了痛苦的感觉：他说起话来就像（有时行动起来也像）一个迫害狂。

晚上我同国际旅的战士们在一起时才不再难过。这儿有西班牙人、法国人、德国人、意大利人、波兰人、塞尔维亚人、英国人、黑人、俄国侨民。人们像在巴黎郊区一样唱着《青年近卫军歌》，唱意大利人传统的《红旗歌》，唱一支关于一座法国桥和4个将军的忧伤的马德里小调，也有人唱我国那支

军旅科学院

描写沃洛恰耶夫卡之战的歌曲，还有人唱了几支声音如漩涡般的保加利亚歌曲，歌词还能听懂，但那东方式的旋律却不曾听到过。人们回忆着遥远的城市，开着玩笑，相互鼓励。

许多年后，在头几次保卫和平代表大会上，当年轻的代表们唱着歌，举起花花绿绿的手绢热烈鼓掌的时候，我想起了西班牙：我在阿尔瓦塞特遇见过他们的父兄，其中有许多人在马德里和韦斯卡附近、在哈拉马河畔牺牲了。简直难以相信，在我们世纪的30年代，从人民群众中间竟能涌现一股兄弟情谊和自我牺牲的巨大而孤单的浪头。他们在当时没有用签字，也没有用语言，而是用鲜血证明了自己的忠诚。关于这些人中间的每个人，都可以写一部不平常的书。然而书没有写成：第二次世界大战爆发了，血的洪流冲掉了卡斯蒂利亚或阿拉贡的石块上的血迹。

4月底，我动身去安达卢西亚，那儿正在为一小块名叫"埃什特雷马杜拉耕地"的土地进行战斗。从莫特里尔到堂别尼托有几百公里。可以用同样的理由说，那里根本没有前线而又到处是前线。

在格林纳达周围，有些山头被共和国军或法西斯分子占据，住在这些山头之间的峡谷里的农民，对枪声正如对暴风雨一样已经习惯了，他们放牧着羊群。有时甚至无人保护道路。我遇见一个无政府主义战士，他俘虏了两个法西斯军官——他们不知道敌人在什么地方，坐着汽车就来了（这事发生在科尔多瓦附近的阿达穆斯，即南方战线最热闹的地段）。

法西斯分子向阿尔马丹发动了猛烈的攻势，那儿的水银矿诱惑着他们。矿工们不顾轰炸和饥饿，继续工作着。意大利的"蓝箭"师被增派到法西斯分子中，他们一直打到波索布朗科城下。这个小城遭到残酷的轰炸，大炮的轰击使它沦为一片瓦砾。双方兵力悬殊。但共和国军队坚守着波索布朗科。指挥他们的是正规军军官佩雷斯·萨列斯上校，他是个老派的彬彬有礼的人，一头鬃毛似的灰白头发。人不可貌相。我瞧着他，心里在想：假若我是在火车上，对面坐着这个人，难道我能猜出他是干什么的吗？……佩雷斯·萨列斯对我说："我不是共产党员，也不是无政府主义者，您要知道，我是一个最普通的西班牙人。我能干什么呢？自杀是不光彩的。您瞧，我们就在那个战壕里击退了敌人。两挺机枪……而他们有 9 个炮兵连。您不要以为这是吹牛。我告诉您：我们没有别的出路。我不大了解政治，但我是西班牙人，我爱自由……"

一支名为"斯大林营"的部队前来支援波索布朗科的保卫者。它是由安达卢西亚人组成的，其中大部分是利纳雷斯的铅矿工人。营指挥员是身材粗壮的、活泼的南方人加布里埃尔·戈多。他告诉我说，他从小便在矿场工作。他像一只温顺的熊，并且承认自己在写诗。

安达卢西亚秩序不大好，但是还有许多未耗尽的热情。在哈安的时候，他们逼我谈谈马雅可夫斯基。轰炸开始了，但没有一个人离开座位，继续贪婪地听着。

哈安遭到了疯狂的轰炸。我在那儿看见了一个场面，甚至在第二次世界大战之后，在发生了我们经历过的一切之后，每当我回想起这个场面，仍然感到痛苦。炸弹的碎片炸掉了一个小姑娘的头。母亲发疯了——她不愿交出小姑娘的尸体，在地上爬来爬去寻找女儿的头，嘴里喊着："不对！她活着……"

在哈安的一条街上，我久久地望着一个做瓦罐的老陶器匠。周围是一片瓦砾，而他却安详地揉着陶土。

在波索布朗科，一枚炸弹掀去了制呢厂的屋顶。机器完好无损，在被炮弹破坏了的凄凉的城市中，没有住房，也没有面包，工人们重新开始工作：他们在做军用被子。我站了片刻，心里想：他们最后定会胜利！但是事实违反了逻辑，违反了常理——佛朗哥的军队越战越强，然而，思想无法容忍这种结局：这样的勇气、这样慷慨的心灵到头来竟会是一场空。

我从波索布朗科返回巴伦西亚，路途遥远，旅程中可以考虑许多问题。

司机是个快活的安达卢西亚人，爱唱一些伤感的歌曲。我不知何故想起了莱万特布尼奥尔村，那儿原先有 7 千人。后来从马德里、马拉加、埃什特雷马杜拉来了 3 千难民。在每个家庭里，我都发现有别人的孩子。我被一户人家挽留了片刻，主人往桌子上放了一大盆汤。我问女主人："你们有几口人？""6 口，现在又增加了 3 口，是从马德里来的。""忙得过来吗？"她微笑着回答说："行。即使忙不过来，我们也会忍耐，不会委屈客人……"

我也考虑过这种高贵品质。我在任何地方都没有碰到过吝啬、只顾保存自己的财富，或者更为恶劣的那种靠别人的不幸大发横财的现象。他们用丰盛的饭菜招待我，因为我是俄国人。他们招待奥古斯托，因为他来自马德里。可是他们也招待佩佩、康奇塔、费尔南多，不问他们来自何方，他们说："这年头……"

佩雷斯·萨列斯上校说，他为自由而战。但我没有问清楚，他心目中的自由是什么样的，大概主要是活得有价值，死得也有价值。无政府主义者佩佩曾爬到法西斯战壕跟前把印有劝降书的卷烟纸扔给他们，他对我说，他是为新世界而战。所有的人都将劳动。"你的同乡巴枯宁说得对，让那些天使、部长、将军、警察见鬼去吧！没有他们会更好……"司机是共产党员。他对我说，何塞·迪亚斯比所有的人都聪明，打败法西斯分子以后，人们都要去学习，而他想学会写些使大家又哭又笑的剧本，就连佩雷斯·萨列斯老头子也不例外……

这是个短促的南方的春天，山谷里的野草已经发绿，罂粟花也红了。有时山冈挡住了去路，有时前方又是一望无际的平原：一个小屋、几株苍翠的橡树、一条小溪。我们越过了拉曼查。瞧，也许愁容骑士曾在这个客店里过夜……

我心中想着我从童年时代起就喜爱的那本书。当然，《堂吉诃德》已经译成了各种文字，它使距拉曼查千万里远的人们心情激动，但是只有西班牙人能写这本书。书里绝妙地把热情和讽刺、高尚和屈辱、寓言的冷酷道德和最崇高的诗意融为一体，认为胖子桑丘·潘沙是和堂吉诃德对立的，这是没有根据的，任何考验也没有分开他们。我想到这点是因为我不止一次看见堂吉诃德和桑丘肩并肩地去迎接死亡。

第 四 部

"桑丘，自由是上天给予人们最珍贵的恩赐之一，任何宝物，无论是埋在地心，抑或是藏在海底，都不能同它相比……同它相反的是受奴役，这是人类所能遇见的一切不幸中最大的不幸。"我也想起了这些话。我不该问年老的上校他心目中的自由是什么样的，他不是说过他是西班牙人，是波索布朗科的堂吉诃德，1937年的堂吉诃德……

25

作家将军马特维·米哈伊洛维奇

　　早在我携带流动电影放映机四处奔走的时期，我常去萨里年纳。那里现在有我国的一个顾问团。一个身材矮小结实的人坐在桌子旁边，脸色十分阴沉。他的面前摆着一张地图和一份《真理报》。我说，我应当向《消息报》报道韦斯卡争夺战的情况。他用高水杯给我斟了一杯冷茶。"这么热的天气，大概还不曾有过……"他指着地图上的切米利亚斯村。"任务是切断通哈卡的道路。明白吗？"他沉默了片刻，突然急促地问道："您听到消息了吗？图哈切夫斯基、亚基尔、乌博列维奇被枪毙了。人民公敌……"他把没吸完的纸烟扔到地板上，随即又点燃另一支，伏在地图上面，开始用口哨吹一支豪放的歌曲。他的脸色更加阴沉了。他久久地望着地图，好像已经忘记了我还在场。过了约莫半小时，他瞧了我一眼，闷闷不乐地说道："您说要给《消息报》写报道吗？……可科利佐夫在什么地方？……通往哈卡的公路，这儿是栋布罗瓦人，由海拉西指挥，这儿是加里波第营，指挥员是帕恰尔迪……卢卡奇会把一切情况告诉给您的。他大概还在卡斯珀。喝吧，汽车里会更热……"

　　这一天的确热得出奇。周围是炽热的山岩：没有一株树、一根草——而是满布石块的红褐色旷野。我坐在司机旁边，愚蠢地把裸露的手臂伸出车窗——汽车开得很快，这样也许会凉快些。卢卡奇不在卡斯珀，据说他远在伊格列斯。我的一只手肿了，全身发冷发热。伊格列斯的土房建筑在光秃秃的山坡上，很像晒得极热的中亚的山村。我在那儿最后一次见到了卢卡奇将军，说得更确切些，是马特·扎尔卡。遗憾的是，我没有牢牢记住这次会见的情形。我当时心绪不佳，也许是由于手臂被太阳灼伤了，也许是由于在萨里年纳的那次谈话。扎尔卡十分疲劳，他说他患有偏头痛。他骂我说："您应该爱护手臂：不论怎么说您是作家……"直到告别的当儿他才突然微笑着说："告诉我，您想不想去别墅？去一天？……"

第二天，我从巴瓦斯特罗动身去伊格列斯。我在那儿得知，卢卡奇的指挥所在阿匹耶斯村。我们的汽车走上一条蜿蜒曲折的小道，我多次打听，我们走的方向是否正确，突然一个战士不能自持地喊道："在下面的路上……一颗炮弹……将军……"我又掉转车头向回走，我们的车走了很久。医院设在一座石头房子里。起初不让我进去，后来一位医生走过来说："卢卡奇没救了。给雷格列尔输了血，他没有生命危险，但伤势很重。司机头部受伤，他坐在将军旁边。您的同胞腿部受了轻伤，他刚被送走……"

我通知《消息报》说，马特·扎尔卡牺牲了，雷格列尔负伤。第二天，我同编辑部谈话时问起我那篇关于雷格列尔的报道是否已经发表——我知道他的妻子在莫斯科，担心马德里一家报纸刊出雷格列尔牺牲的电讯会传到她的耳中。他们回答说，《真理报》已登了雷格列尔牺牲的消息。"我们不能驳斥《真理报》……"我给在巴伦西亚的科利佐夫打了电话。科利佐夫说："真糊涂！……好吧，我马上告诉他们。请问候雷格列尔……马特真不幸……"

第二天进攻开始了。我一天打两次电话：切米利亚斯、圣拉蒙、"亨克式飞机"、"菲亚特牌汽车"、空战、冲锋、反冲锋……

进攻失败了。韦斯卡周围的部队没有采取行动。战斗只是为了争夺通向哈卡的公路。坦克来晚了。国际旅的损失很大。五六天之后一切都结束了。

我现在想的不是韦斯卡，而是卢卡奇将军。我在谈到我所认识的人时，通常总是从我第一次遇见的那天谈起，或者从偶然的相识变成另一件事，从他们进入我的生活时谈起，然而对于马特·扎尔卡，我却要从他的死谈起：它使我震惊。

而且我是在他牺牲前不久才认识他的，我的全部回忆只限于 1937 年 3 月至 4 月：布里韦加、各种指挥所，随后是第 12 旅休息（在轰炸下）过的两个村子——范台斯和梅科，又是莫拉特-德-塔胡尼亚附近的指挥所、马德里和被烧光的伊格列斯村。

在苏联的时候，我同马特·扎尔卡见过两三次面，但每次只是问声好，我们没有共同的朋友。我不了解马特·扎尔卡——我后来遇见并爱上的是卢卡奇将军，一个保卫西班牙人民的匈牙利人，一个用战场代替书桌的作家。

当然，同卢卡奇谈话时，我也看见了马特·扎尔卡。他一生打过许多仗，但他并没有成为一个军人。他对待人的态度受一个作家的同情心和理解力所左右，这个作家对人的七情六欲要比对地图上的一个个正方形熟悉得多。

我重读了一遍他的长篇小说《多贝尔多》。很明显，马特·扎尔卡确有才华，但是他的一生使他始终觉得自己在文学事业上是个没有把握的初次登台的人。他的一本短篇小说集在他未满 18 岁时便出版了。然而父亲却为他安排了另一种职业，刚一成年便送他进了军队。年轻的马特·扎尔卡进了军事学校，后又上了前线。他在 1916 年被俘后进了战俘营，被送往遥远的哈巴罗夫斯克。十月革命后，他把一些从前的战俘编成一个支队，在远东为苏维埃政权战斗，在乌拉尔和乌克兰作战，参加了解放基辅的战斗，1920 年又参加了对彼列科普的进攻。战争结束了，但扎尔卡继续过着紧张的生活，在武装征粮队工作，写鼓动性的短篇小说，他同富尔曼诺夫接近并成为朋友，他出席过拉普的会议。直到 30 年代，他才认真考虑自己的写作事业，长篇小说《多贝尔多》是他动身去西班牙前几周完成的。扎尔卡是天生的作家。战争是时代强加予他的，良心促使他参加了军队。

在瓜达拉哈拉之役胜利后和莫拉特-德-塔胡尼亚战役（它被称作"战斗侦察"，且伤亡惨重）之前，马特·扎尔卡曾在范台斯村对我说："如果我没有被打死，5 年后我要写……《多贝尔多》只是证据。而现在无须什么证据——每块石头都在作证。只需要善于描写人在战争中的表现。不要唱走了调……我不喜欢高喊……"

扎尔卡牺牲时才 41 岁。死前不久，他在自己生日那天写道："我想过命运，想过生活的变幻无常和已往的岁月，我不满意自己，无所作为，成就甚微，收获也少。"他对别人十分宽厚，对自己却很严格。"生活的变幻无常"不时出现在他的创作道路上。

巴伦西亚隆重地安葬了著名的卢卡奇将军，只有几位战友知道，他们是

左：爱伦堡拍摄的阿拉贡农村
右：利斯捷尔和马特·扎尔卡（卢卡奇将军）在瓜达拉哈拉附近

同马特·扎尔卡告别，同没有写出他想写的那本巨著的作家告别。

他是个愉快的、善于交际的人，喜欢安静，但是他几乎一生都在听枪炮声，正如他自己所说，他是"耳朵贴在地上"睡觉的，然而他善于倾听人类心脏的跳动，他的一生是轰轰烈烈的，但他说话的声音却很低。

也许作家的才能帮助他了解士兵，大家都爱戴他。受他指挥的人不仅没有共同的语言，有时也没有共同的思想。在他指挥的部队里，有波兰的矿工、意大利的侨民——共产党员、社会党员、共和主义者、巴黎红色郊区的工人和法国形形色色的反法西斯主义者、维尔诺的犹太人、西班牙人、第一次世界大战的老兵、年轻小伙子。

我有时同海明威或萨维奇一起去第12旅的司令部，有时独自前往。不知何故，我们都喜欢去访问卢卡奇和他的战友。该旅的顾问是聪明、热诚的弗里茨（我前面提到过他）。卢卡奇的直接助手是两个保加利亚人——易冲动的彼得罗夫（科佐夫斯基）和参谋长、温和而谦逊的别洛夫（卢卡诺夫）。我记得他们在范台斯村弄到一只小羊羔，彼得罗夫用干树枝烧烤羊肉，大家饱餐了一顿。我的老朋友，西班牙画家费尔南多·海拉西起初在马特·扎尔卡的司令部工作，后来被调任营长。我曾和斯捷法一同去梅科，她是去探望丈夫的。马特·扎尔卡的副官阿廖沙·艾斯纳也是我在巴黎结识的。他小时候被带出俄

左：1937 年巴伦西亚举行的卢卡奇将军葬礼
右：雷格列尔

国，侨居巴黎期间，他写诗，在任何一个十字路口发表热情洋溢的共产主义演说。他在西班牙总是骑着马，崇拜卢卡奇将军，发表文学问题的谈话，钦佩海明威。他在那个可恶的时期来到莫斯科，亲身领教了"个人崇拜"。他同外界的往来虽然被切断，但他比许多人更好地保持了健全的心灵，我在 1955 年看见他时，发现他还是那样热情。旅政委是雷格列尔，他也喜欢谈文学，而且不时在自己的笔记本里写些什么。马特·扎尔卡笑着说："瞧，他准会写出一部长篇小说，而且还是大部头的……"在营长们中间，我记得有亚涅克、法国社会党人贝尔纳、勇敢而有魅力的帕恰尔迪。匈牙利人尼布尔格走路时几乎离不开拐杖，但在卢卡奇死后的第二天，他也在冲锋时牺牲了。

受伤的雷格列尔恢复知觉后说："您去看看卢卡奇，应该救救他……"（人们把将军牺牲的消息瞒着他。）过了两天，我在战士们中间遇见一个身体虚弱的犹太人，他是加利西亚一个哈西德派教徒的儿子，在马德里城下 4 次负伤，说起话来把欧洲各国的语言都混在一起，他啜泣着说："这是个……"

在莫拉特-德-塔胡尼亚时，卢卡奇闷闷不乐，他说："这是西班牙的多贝尔多。"应该探明敌人的情况，占据巩固的阵地，第二天又放弃它们。卢卡奇在进攻韦斯卡的前夕十分激动；他明白，突击的全部重担将落在国际旅的肩上。他爱惜人，但不爱惜自己，他之所以牺牲，是由于他急于去指挥所而让自己的汽车驶上了他禁止别的汽车行驶的一条遭到射击的公路。

我们从范台斯返回马德里时，海明威对我说："我不知道他是个什么样的作家，但我听他讲话、瞧着他时，我总是在微笑。一个出色的人！……"

卢卡奇是个风趣的人，他能使各种各样的人——战士、农民、新闻记者快活起来。他很有一手：他能用一张嘴奏出各种各样的咏叹调，他会唱各种各样的歌。有一次，他当着我的面同一个西班牙农妇跳舞，舞姿矫捷，舞毕回来对我们说："我没有忘，我毕竟是匈牙利的骠骑兵……"

他爱匈牙利。有一次他对我说："可惜您没有见过普什塔草原。我在这儿常常回忆……匈牙利真是绿意盎然……"

大家称呼他马特维·米哈伊洛维奇，他在苏联生活了很久，他把妻子和女儿留在那里，称她们是"我的后方"，他爱我们的国家，常说波尔塔瓦的夏天令人神往，他爱俄国人的性格，但他始终是匈牙利人——这既表现在音调和谐的口音上，也表现在富于诗意上和他竭力精心掩饰的内心激情上。

"战争是伤天害理的勾当"这句话他说过不止一次，他身上没有一点剽悍气概和寻衅斗殴的架势。回到莫斯科后，我读了他写给妻子和女儿的信。他的信直爽而坦白："现在是夜晚，黑暗而潮湿。心中有点不自在。不过在战争中常有不自在的时刻……""今天接到你和塔莉的信。我走起路来兴高采烈，十分幸福。大家都问我：'您怎么啦？像是喝醉了吧？'我回答说：'没有什么。'我不愿让任何人分享我的幸福。瞧，我成了一个多么自私的利己主义者……""今天我们这儿异常平静。在人声沉寂的间隙里，春天灌木丛中的鸟鸣简直令人难以忍受……"我不知道在这些自白中更多的是什么——是诚实还是智慧？

我曾说过，西班牙战争是最后一个浪头，它是一个时代的终结。我想起了"海洛尔德"旅馆中罗蒂的房间。我进去办事，罗蒂挽留我吃晚饭。室内人很多：我国的军人有格里申（扬·别尔津，他是革命初期保护过列宁的那些拉脱维亚人中的一个），格里戈罗维奇——施特恩，坦克部队的指挥员、高大而结实的帕夫洛夫，马特·扎尔卡，聪明而招人喜欢的南斯拉夫人乔皮奇、亚涅克。我们有说有笑，十分快乐，至于为何如此，我记不起来了。（这些人中间只有我还在人世。马特·扎尔卡是被敌人的炮弹打死的。而其余的人都是无缘无故地被自己人杀害的。)

在梅科的时候，当费尔南多同斯捷法说话时，我和马特·扎尔卡坐在地上。天气已经转暖，周围一片绿色。扎尔卡说："费尔南多有个小儿子叫季托，而我的女儿叫塔洛奇卡，小学快毕业了。一般来说，这听起来有点愚蠢，正如在艺术剧院里一样，但这确是真理——总有一天，天空会出现钻石般的光芒！如果不相信这个，一天都活不下去……"马特·扎尔卡当时和我们大家一样不知道许多事。现在我难过地想起：他是对的，"钻石"也不是愚蠢的臆造，钻石是会出现的，只是出现的时间要晚得多也难得多……

根据《圣经》的传说，罪孽深重的索多玛和蛾摩拉两城只要有10个遵守教规者便可得救。这对所有的城市和所有的时代而言都是正确的。马特·扎尔卡，卢卡奇将军，亲爱的马特维·米哈伊洛维奇便是这种遵守教规者之一。

26

国际作家代表大会在炮火下召开

　　我知道在布鲁涅特地区将发动一次攻势——这是军事秘密，所以没有对任何人谈起过。在战斗开始前的一个星期，司机奥古斯托告诉我说："你干吗去巴塞罗那？你会错过机会的。一个自己人昨天对我说，我们部队要在布鲁涅特打击敌人。但你要注意，这是军事秘密……"这种情形在西班牙屡见不鲜：新闻记者、女电话员、军需官、司机把正在准备的战斗行动"偷偷地"转告自己的朋友。某人突然因为间谍活动而受审。但是泄密现象仍在继续。

　　看来我应当高兴：我曾经为其成立花过不少心血的作家联合会，决定在马德里召开代表大会，这是在战争开始前早已决定的。这会鼓舞西班牙人，而且会给大家留下一个印象：作家们第一次在距法西斯战壕只有 3 公里的地方开会讨论保卫文化的问题。然而坦白地说，我心里很生气：即将到来的军事行动远比代表大会对我更有吸引力。

　　尽管韦斯卡之战失败了，我又一次沉湎在幻想中。阿拉贡前线很远，那儿有许多战斗力不强的部队。无论怎么说，无政府主义者的纵队，即使现在称它作师，在现代化战争中也是没有多大作用的。军人们都这么说，我也相信这种说法。（1955 年，一位作者在自己的回忆录中写道，对韦斯卡的进攻由于卢卡奇将军的死亡而中断，他似乎是被无政府主义者和鲍乌姆分子害死的。当然，当时我就知道，马特·扎尔卡的阵亡不是无政府主义者的罪过，而进攻的失败在一定程度上是由于许多部队没有战斗力。）在马德里方面却是另一种情况：这里秩序井然，有利斯特的第 11 师、国际旅、我国的坦克……

（如今回首往昔，我发现 1937 年的上半年具有决定性意义。3 月的瓜达拉哈拉之役胜利后，不仅我们这些在西班牙的人，甚至那些在英国或法国报纸上发表文章的军事专家也认为，佛朗哥军队处境危急。我们对卡萨-德尔-卡姆波的正面进攻没有成功。意大利和德国继续投入人员和技术装备。加泰罗尼亚爆发了内战。卡巴列罗醉心于南方战线的进攻计划。起初，佩尼亚罗亚之战给大家带来了希望，但法西斯分子不久便恢复了局势。军人们说，把希望寄托在南方战线是失策——那儿兵力有限，交通也很糟。政府更换了，采取了进攻韦斯卡的计划。一个月后，司令部决定突破敌人在布鲁涅特地区的防线。每次战役的最初几天，共和国军都取得了一些胜利，但佛朗哥迅速调来预备队，数量远超我们的德国飞机轰炸道路，又一次，攻势逐渐减弱了。）

我前往巴塞罗那迎接苏联作家代表团，但心里却想着即将在布鲁涅特开始的战斗。科利佐夫对我说："现在您应当只考虑代表大会的事，您参加了秘书处的工作，总之，这都是您想出来的。苏联代表团的事够我忙的了……"我回答说："好吧。"虽然如此，我对代表大会依然考虑得不多。

我没能到达巴塞罗那。在距巴伦西亚不远的海滨疗养地贝尼卡洛，我看见饭店里有许多代表，他们正在喝鱼汤。费·彼·斯塔夫斯基用餐巾擦着脸抱怨说："简直会热死人！……你瞧，鱼汤还是我们的好……"

根据当时的报纸判断，代表大会是成功的。当然，比起 1935 年的代表大会，有名气的人物少了一些——炸弹和炮弹并非对所有人都有诱惑力。很多作家对邀请的答复是：在这种环境里讨论文学问题是孩子气的举动，是谁也不需要的浪漫行为。各国的警察也横加阻挠：譬如弗兰兹·埃伦斯本想来参加，但比利时不发给他护照。虽然有这些情况，仍有一些著名作家来到了西班牙：安东尼奥·马查多、安德森-尼克索、阿·托尔斯泰、于连·本达、马尔罗、路德维希·雷恩、尚松、安娜·西格斯、斯彭德、纪廉、法捷耶夫、贝尔加明等许多人。

有人开玩笑地称呼这次代表大会是"巡回马戏团"。大会于 7 月 4 日在巴伦西亚开幕，大会的发言起先在马德里，后来又回到巴伦西亚，再移至巴塞罗那，闭幕式是两星期后在巴黎举行的。大会的参加者也在改变——阿尔

1937 年在西班牙举行的国际作家代表大会

瓦雷斯·德尔瓦约在巴伦西亚发表了演说（他曾以侨民身份参加了 1935 年在巴黎召开的代表大会），但这时他是部长，不能同我们一起去别处。路德维希·雷恩只参加了马德里的大会：他指挥着一支部队，所以留在前线了。亨利希·曼、阿拉贡、休斯、巴勃罗·聂鲁达是在巴黎的大会上发言的。大会仿佛有一个日程表，但谁也没有考虑它。发言的性质随着环境在变化。

在马德里期间，在炮击下举行的代表大会犹如群众大会，它的形形色色的参加者虽然没有打过仗，但走在市内的街上却摆出一副勇敢的样子，给一些尊贵的客人，如英国的议员代表团或美国的教友派教徒留下了深刻的印象。

在政府所在地巴伦西亚，一切都很隆重，作家曼努埃尔·阿萨尼亚——他是西班牙共和国总统——向我们祝贺，举行了一次盛大的宴会，有时好像根本没有战争，而是在举行笔会的例行代表大会。

在巴塞罗那，科姆帕尼斯坐在主席台上，而米基坚科则谈论着社会主义社会中民族文化的繁荣。

左：1937 年，代表大会前往巴塞罗那，内林格担任主席
右：1937 年，布拉多斯、萨维奇、爱伦堡、别捷列在巴塞罗那

　　我们在巴黎租下了圣马丁剧院，参加的人很多，大家高呼："打倒不干涉政策！"但是我们在 1935 年代表大会上见过的那种热情却不复存在。人民阵线摇摇欲坠。许多左派知识分子虽然同别人一起喊："打倒不干涉政策！"但他们听着马德里和格尔尼卡的情况时却暗自思量："幸好我们这里没有战争！"距慕尼黑已经不远了⋯⋯

　　讲话的人很多。我记得何塞·贝尔加明的发言，他很瘦，有一个大鼻子和一双忧郁的黑眼睛。我手头现有一份援引了他的发言的报纸。"语言是脆弱的，西班牙人民用'人的语言'称呼蒲公英这种其生命细若游丝的小花。人的语言的脆弱是无可争论的⋯⋯语言不只是我们正在加工的原料，它也是我们同世界的联系。这是对我们的孤独的肯定，同时也是对我们的闭塞的否定⋯⋯洛佩·德·维加曾说：'血在不会说话的书中呼喊真理。'血在我们不朽的堂吉诃德身上呼喊。这是对生命战胜死亡的永恒的肯定。所以忠于人道主义传统的西班牙人民迎接了这个战斗⋯⋯"我现在明白，为什么贝尔加明的话使我激动不已：他表达了我在横越拉曼查时模模糊糊想过的事。

　　还有其他许多出色的发言，如果我不记得它们，那不是发言人的过错。我一生经常发言反对古罗马人的格言："在兵器中间，缪斯沉默不语。"我一

向不喜欢这句格言的寓意，因为人们通常这样解释它：当外面有风暴的时候，诗人最好是沉默和等待。但是我现在问自己：古罗马人对这句话是否有不同的理解呢？他们有丰富的经验，他们不断地打仗，也许他们仅仅是指诗人的声音压不住战争的喧嚣，虽然在那个时代不仅没有原子弹，也没有火枪……1937 年夏天，作家们在马德里的发言不知怎么一点也不响亮。我们赞美的是别的东西。战士们来了，送来了战利品——刚刚在布鲁涅特的战斗中缴获的一面法西斯团旗。人们把雷格列尔从医院里送来，他走路挂着拐杖，不能站着发言，便请求允许他坐着，听众出于对这位负伤的战士的尊敬而站了起来。雷格列尔说："除了在反法西斯斗争中团结一致的问题之外，没有其他的结构问题。"在那个时刻，所有的人——无论是作家还是赶来向我们祝贺的战士都有同感。大家热烈地欢迎正在战斗的作家：马尔罗，路德维希·雷恩，年轻的西班牙诗人阿帕里西奥等。

许多苏联作家的发言使西班牙人惊讶和不安，他们对我说："贵国的革命已经获胜 20 年了，我们以为将军们是同人民站在一起的。原来贵国的情况和我国一样……"我竭力安慰西班牙人，虽然我自己什么也不明白。似乎只有阿·莉·巴尔托没有提到图哈切夫斯基和亚基尔，她谈的是苏联儿童的情况，其他的人则提高嗓门反复地说，一些"人民公敌"被消灭了，另一些也将被消灭。我曾试图问我国代表，为什么他们要在作家代表大会上，而且还是在马德里谈这个问题，谁也没有回答我，只有科利佐夫不快地说："应该这样。您最好别问……"

法西斯分子在广播中嘲笑代表大会。然而在夜里他们对它却表现出了一定程度的兴趣：开始放排炮轰击马德里市中心。几乎所有的代表都对此无动于衷，只有少数来自没有战火的国家的代表有点惊慌，此后有人谈起了一些有关他们的可笑的故事。不过总的来说炮击是猛烈的，而在战争中有时也容易出现恐惧感，特别是当一个人还不习惯的时候。

震耳欲聋的炮声使人无法入睡。我同于连·本达谈了很久。他当时已经 70 岁了，但依然精神饱满，整天东奔西跑，察看城市和阵地，而当夜晚炮击开始的时候，他对我说，他的睡眠一般很少，对爆炸声也毫不介意。在谈到代表大会时，他说他认为我们在马德里召开代表大会的做法很对："现在主要是要表明，珍惜文化的人们正站在火线上。"他批评了某些人的发言，微笑着说："您的一些朋友对安德烈·纪德的影响估计过高。他从来不掩饰自己对纯理性主义的蔑视，他一贯是不彻底的。你们曾经相信他的社会作用，把他奉为圣徒，而现在又把他革出教门。这太可笑了，尤其是在这儿——在马德里。安德烈·纪德是个在'无主的土地'上筑巢的小鸟，应该像法西斯分子这样轰击敌人的炮兵……"

对布鲁涅特的进攻开始于 7 月 6 日早晨。傍晚，弗·维·维什涅夫斯基把我拉到一旁。"咱们去布鲁涅特瞧瞧！带上斯塔夫斯基，他也想去。我们都是老兵。我就是为此而来的……"

维什涅夫斯基是个极易冲动的人，他有点像一个出色的西班牙无政府主义者。只要他一开始说话，他自己也不知道会扯到哪里又如何结束。他是个优秀的演说家，说得比写得好，有很多列宁格勒人曾对我说，在被围期间，他的广播讲话鼓舞了人们。有时他也使那些年代的我国听众目瞪口呆，人们不仅怕说话，也怕听出格的话，但是维什涅夫斯基一高兴便不顾环境了。有一次在亚·雅·泰罗夫家里，他因为生我的气竟掏出了手枪，简直和杜鲁蒂一模一样。他大骂西方，说他是一个水兵，是个老实巴交的普通人，同时却赞美乔伊斯和毕加索。他恨法西斯分子，在苏德和约期间曾帮助我在《旗》杂志上发表了长篇小说《巴黎的陷落》的前几章。

我去找西班牙人，他们对我说，第一天进展顺利，占领了布鲁涅特，现在正准备夺取比利亚努埃瓦德康亚达。然而形势不稳定，拿下布鲁涅特几乎是在袋中取物，法西斯分子会切断公路，参加大会的代表无论如何也不值得去那里参观，最好还是让他们去看看哈拉马或拉班切尔。

我回来后对维什涅夫斯基说："毫无结果，他们不同意。"这时，他完全失去理智地吼道："我还以为您是个勇敢的人……"我勃然大怒，回答说，我自己就要去布鲁涅特，我要向报社报道那儿的情况，我有汽车，西班牙人要求我不要带前来参加代表大会的作家，但是如果他坚持要去，那好吧：明天早晨 5 点钟跟我一起坐车去。

那些日子热得要命。现在每当我回想起夜里蹲在挂着黑窗帘的房间里的情形就不寒而栗。在一个闷热的斗室里要待上一个小时，有时甚至两个小时，用电话向报社转述消息（"听不清楚，一个字母一个字母地念"）：哪些人在会上发了言，共和国军队占领了哪些村庄。

尸体在烈日下迅速变黑，斯塔夫斯基把所有尸体都看成是敌人的——佛朗哥分子在这个地区拥有几个摩洛哥营。

我带着一只军用水壶。斯塔夫斯基和维什涅夫斯基一口气把水喝光了。我已经知道，在日落以前最好不要喝水——口渴会使人非常难受。他们的确受够了罪，只得向战士们要一口水喝。

当我们向布鲁涅特走去的时候，我遇见了"埃德加·安德烈"营的几个熟识的指挥员，他们说，道路遭到敌人的猛烈射击，最好不要再往前走。我回答说，我们一定要去布鲁涅特瞧瞧。"那千万别停下来，"他们说，"法西斯分子正在准备反扑。"

法西斯分子是一下子被赶出布鲁涅特的，我们看见有些屋子里的桌子上还摆着没有吃完的午饭。兵营里到处扔着传单、标语、译成西班牙文的戈培尔演说词。维什涅夫斯基收集了一些"战利品"——法西斯的徽章、小旗子、盖有印章的零散文件，他还请我把墙上的题词翻译给他听，总之，我们耽搁了一会儿。当我们前往比利亚努埃瓦时，斯塔夫斯基拣到一个法西斯钢盔戴在头上，而且一定要我给他和维什涅夫斯基照张相。

我们在归途中经过比利亚努埃瓦德康亚达时，道路遭到猛烈射击。弗·彼·斯塔夫斯基喊道："卧倒！我以一个老兵的资格对你们说话！……"

维什涅夫斯基匍匐前进，高兴地叫着："嗬！这太近啦！这些魔鬼，还在瞄准呢！……"

我们回到马德里后，他们便向法捷耶夫谈起我们这趟旅行多么有趣。我去向报社发消息。

我因为这次参观遭到了一顿申斥。我国的一位军人（好像是马克西莫夫）叫道："谁给您这种权利让我国作家去冒险？简直是胡闹！……"我难为情地说，我也是作家。这句话并没有使他息怒。"您是另一回事。您和科利佐夫出去是办公事。我们有指示不让代表们……"他突然改变了腔调："您有什么看法？打得怎么样？我们占领了吉霍尔纳墓地。坎佩西诺在那儿……6点以前我到过那儿，睡上3个钟头我还要去的——我要同格里戈罗维奇在这里谈谈。

这些坏蛋，刚才来电话说他们正在轰炸……"

头一天晚上我写好了在代表大会上的发言稿，但决定不发言了，便将稿子交给了《工人世界》的编辑，在我的发言中既没有谈到安德烈·纪德，也没有提起我们正在消灭"人民公敌"的事。前不久我接到 7 月 8 日的《工人世界》。上面印着我送给报社的那份讲稿，标题是《未发表的演说》。上边是一则战报："吉霍尔纳村被我军包围。我军士气高昂。一些投诚者供认，敌人正在调集新的部队，以便阻止我军挺进。"我的发言稿中有一个我至今依然觉得是正确的看法："我们进入了行动的时代。谁知道我们中间许多人已经构思好的书能不能写完。文化在一段时间将是战地文化，如果不是几十年，那也要有几年。它可以躲进防空洞，但在那儿迟早会碰上死神。它也可以转入进攻。"

"几年"，短了些；"几十年"，也许又太长了。从我写下这几行字的那天开始，我又在战场上度过了 8 个年头，而且后来也曾有过真正的和平。

然而一个作家很难放弃贝尔加明所说的"脆弱的语言"：文学使他陷了进去。马尔罗到春天已经不打仗了：没有飞机了。他开始写描写西班牙战争的长篇小说《希望》。西班牙前线出现了暂时的平静。路德维希·雷恩被派往美国、加拿大、古巴报告西班牙战争的情况。雷格列尔在南美洲从事同样的工作。马尔罗在美国为西班牙人募捐。科利佐夫在秋天返回莫斯科，并着手写《西班牙日记》一书。

代表大会结束后，我离开巴黎前往法国南部的一个小村子。那儿很安静，有时甚至太安静了。绿油油的烟草田，缓缓流淌的洛特河。我写了一部关于西班牙战争的中篇小说，说得确切些，是一部记录人物和事件的作品。

小说的一个主人公是德国侨民瓦尔特，他前往西班牙同法西斯分子作战。从车厢窗口望出去可以看到大海。他心里想："这儿多么好，石块、渔网、葡萄园，宁静。人需要什么？废话！需要的东西很多，非常多。又是隧道。这就是战争啊！……"我给中篇小说取名为《人需要什么》——这是主人公和作者在宁静的和平生活中感受到的，也是在开始了很久的战争中感受到的思想活动。

我能够在几个月里摆脱军事记者的工作。但是我再也不能离开战争，有野战望远镜、野战邮局、野战医院，我这一代人收到的礼物是漫长的野战岁月。

27

共和国军占领特鲁埃尔

一颗炸弹落在很近的地方，炸弹的碎片从窗口飞进室内，我听见一阵女人绝望的喊声，我觉得有许多人在喊叫，但有一个最高的声音盖过了一切。我六神无主地向周围看了一眼，抖掉身上的尘土，便向有喊声的方向走去。炸弹落在一个挤满了顾客的大咖啡馆里。后来我听说，炸死了58个人。一个女人不停地叫喊：我不知道是气浪打击了她还是她的什么亲人遇难了——她不回答。一刻钟后，消防队来了，接着是救护车。负伤者被运走了。消防队员久久地挖掘着尸体。我前往旅馆，本想向报社发消息，后来我改变了主意：编辑部曾预先通知我说，这几天报纸的版面几乎全部让给了即将举行的最高苏维埃选举，而且在西班牙可喜的事并不多……3天后，我交了一篇特写——《战斗前的巴塞罗那》，关于轰炸，我只简略地提了一笔。我写道，城市正在准备回击法西斯的进攻。文章在选举后的第二天刊出了。

我的老朋友和熟人留下来的寥寥无几。许多顾问都回国了。再也见不到安东诺夫-奥夫谢延科了。在梯比达鲍小山上的那个小屋里，萨维奇独自坐在一堆堆报纸面前，常常有西班牙人来找他，当他有咖啡的时候，宛若用象牙雕刻出来那样小巧易碎的加布里爱拉便拿它招待客人。我国使馆几乎就在萨维奇那间屋子的对面。盖基斯早已被召回莫斯科。接替他的是代办马尔琴科（曼达果）。

我仍住在那个"马热斯奇克"旅馆里，这里住着我国的几个顾问、德国

左：爱伦堡在巴塞罗那拍摄的《一颗炸弹落在很近的地方》
右：爱伦堡拍摄的轰炸后的巴塞罗那

记者基什、马尔塔·胡斯曼、伊莎贝拉·布吕姆。有时夜里服务员敲门："警报！快到防空洞去！"我知道他会继续催我，所以总是穿上衣服下楼站在前厅里或者走到大街上。我们所做的一切就是人们在这种情况下所做的：冷得打哆嗦、不时打个哈欠和用聊天消磨时间。马尔塔爱说几句刻薄话又爱争论，她的话题不外是绘画、战略或普苏克。基什悄悄地问我，皮利尼亚克真是日本间谍吗，他埋怨特列季亚科夫没有给他回信。伊莎贝拉请我吃巧克力糖，我贪婪地吞下了它——当时食物很少。

工作也很少：《消息报》对西班牙情况的报道越来越少了，中国发生了许多重大事件，报纸的版面被宪法、即将举行或已经举行的选举消息占满了。

我被邀请参加即将在第比利斯举行的纪念卢斯塔维里（12 世纪格鲁吉亚的诗人）的作家全体会议。这个建议是诱人的：我可以看见老朋友季齐安·塔比泽和帕奥洛·亚士维利，将有筵席主持人、碰杯和串烤羊肉。而且我离开莫斯科已经有两年的光景，该去瞧瞧我们国内的情况。资产阶级报纸在报道什么大规模的逮捕，不过它们从前也是这么写的，大概像往常一样是夸张……《工人世界》描绘人们庆祝新宪法颁布的盛况，这部宪法被称为"斯大林宪法"。我可以看见伊琳娜、拉宾、巴别尔、梅耶霍德以及所有的朋友。

第 四 部

我想歇口气，把工作搁在一边，所以往巴黎给柳芭打了一个电话，告诉她我12月20日去找她，以便一同回莫斯科住两个星期。

就在这个时候，马尔琴科对我说："在特鲁埃尔地区准备发动一次重大战役。"（这一次很少有人得知准备发动进攻，因而使法西斯分子措手不及。）

怎么办？我决定在特鲁埃尔附近待到18号——瞧瞧最初几天的战况。我动身前往巴伦西亚。那儿异常平静：政府在一个月前迁往巴塞罗那，已开始过那种宁静的外省生活，只是人们吃不饱肚子。我碰见了几个西班牙朋友。天气暖和，花园里玫瑰花盛开。海边那些挂满了金黄色橙子的橙树疲惫不堪。

我走在一条通向山中的道路上，果园消失了，吹来一阵狂风，我们登上了海拔一千米的高山，一片云雾，低吹雪抽打着面孔。

特鲁埃尔地区很冷，西班牙人受不了这种天气，刮大风的时候气温大概会下降到零下12度。石头上蒙着一层冰，人们滑倒了，只好爬着上山。

整整一年以前，即1936年12月，我来过特鲁埃尔，当时也很冷，我们打算夺取像楔子似的嵌入共和国军地区的城市，但毫无结果。

我立刻看出，这一次秩序良好得多。几个师看上去也比过去好，甚至在无政府主义者维万科斯指挥的民族劳动同盟的师中，也没有那些早已被大家忘记的乱七八糟的"百人团"。

在进攻前夕，40架共和国军的轰炸机轰炸了火车站、法西斯的阵地和通往萨拉戈萨的道路。这鼓舞了大家，进攻的开始很顺利，共和国军头一天便在某地推进了8至10公里。

我在一个西班牙旅的指挥所内。我永远不会忘记那一天。就算在这个悲惨的、好幻想的西班牙，我也没有见过类似的场面。周围是一座座红褐色的山，有着几座高塔的特鲁埃尔城宛若一座中世纪的要塞，它的上空是被风撕碎的铅灰色和紫色的云。雾散了，阳光灿烂，阴影鲜明。又是一次轰炸。这一切是史前时期的自然界同现代军事技术的结合。战士们在山岩上爬动，一些人在机枪火力下倒下了，另一些人继续往前爬。风愈吹愈猛。在布鲁涅特，大家都盼望着去阴凉地方，而在这里却只想溜进屋里取暖，哪怕只有一会儿工夫也好。圣布拉斯村被占领了。推进到公路旁，敌人被围住了：道路在我方机枪火力的控制下。

　　我用电话转述了一篇有关特鲁埃尔争夺战的特写，谈到了胜利，但一想起布里韦加和布鲁涅特，我便谨慎地预先说道："倘若处于另一种局势下，我们现在就可以推测特鲁埃尔的命运……然而现在的问题不是关于占领某个具有重大政治意义的中心，而是关于战略任务。如果今天开始的战斗将打扰正在准备进攻的敌人，那时就可以说，取得了巨大成就。"我希望相信能占领特鲁埃尔，但我怕使读者产生错觉。

　　第二天傍晚，我找到了格里戈罗维奇。他刚从观测所回来，冻得直打哆嗦。我们用农民的瓦盆喝了些热汤。格里戈罗维奇说，明天定要占领城市的墓地。可是我明天就要离开。遗憾得很，看不到结果！……

　　"格里戈罗维奇，您认为能够拿下特鲁埃尔吗？"他说，南面的部队落后了，但总的情况不错，几天之后定可占领城市。然而，根据空中侦察的结果判断，佛朗哥正把在阿斯图里亚斯粉碎了抵抗后腾出手来的几个师调往阿拉贡。"看来我们可以拿下特鲁埃尔。但能否守住，我不敢说。我们拿出一把，德国人和意大利人便拿出一把……多好的人民啊！"一丝温柔的微笑使格里戈罗维奇的脸都变了样。"我是一个军人，而军人在这里是艰苦的，我吃了苦头，但人民是多么出色啊！……我大概很快要离开了。但我永远不会忘记西班牙。科利佐夫对我说，他们是诚实的，然而问题不在骗子不多，虽然这也是实情。我觉得，诚实是个陈旧的概念，是个陈旧的字眼，您说对吗？您在这里随便走进哪一个农舍瞧瞧——有人一个字也不认识，但'诚实'却少不了，简直是一名骑士……我为他们难过，非常难过！……您就把这一切写下来，不是现在，而是10年以后，您也谈谈我们的人，您知道我们都很卖力。我们大家都爱上了西班牙，许多事情可以说明这一点……"

　　电话铃响了。格里戈罗维奇骂了一句，随后对我说："我不喜欢的就是这……联络似乎得到了保证。可是炮兵却不知道在康库德的后面有步兵，便开始向自己人射击。幸好打得不准，但影响极坏……"

　　我说我明天要去莫斯科，两星期后再回来，希望能在特鲁埃尔看见他。"您去一趟很好。看看家乡的情况……回头见！……"

　　夜里，我在巴塞罗那同海明威告别。我说："我们不久会见面的，你不是一月份还在这里吗？……"我此后再也没有看见他。

第 四 部

马尔琴科的桌子上放着一份《真理报》，我从中得知格里戈罗维奇当选为最高苏维埃代表："车臣－印古什苏维埃社会主义自治共和国——施特恩·格里戈罗维奇。"马尔琴科说："我羡慕您能够在家里迎接新年……快点回来吧，否则我们只剩下萨维奇一个人了……"我高兴地说："再见！"我们以后也常说这两个字，虽然在此后的那些年月里，我们在任何一次分手时也不知道日后将会怎样。倒不如老实点说"别了"。

我从此再也没有遇见过格里戈罗维奇，也再没有遇见过其他许多"墨西哥人"或"加列戈人"……

我们乘火车绕过德国，穿越奥地利国境。在维也纳要从一个车站转到另一个车站。我觉得这是个无忧无虑的城市。我不知道，3个月后德国的师团将开进这座城市。

我在车站上买了一份报纸。"共和国军队占领了特鲁埃尔。"我坐在阴暗的单间里，眼前出现了红褐色的阿拉贡，奥古斯托和他的俏皮话"你又要去哪儿"，举着拳头的年轻战士，巴塞罗那马路上的血迹，格里戈罗维奇不明显的微笑——我刚离开的那个世界的一串不连贯的幻景。

瞧，那就是涅戈列雷拱门。一个年轻英俊的边防军人走进了车厢。我对他笑了笑——我在阿尔卡拉－德－埃纳雷斯就是同这样的人交上朋友的。我忍不住说道："拿下了特鲁埃尔……"他也微笑了一下："昨天见报了……请进海关大厅吧。"

28

莫斯科：斯大林对作家作战

我们于 12 月 24 日回到莫斯科。伊琳娜在车站迎接我们。我们十分快乐，有说有笑地坐出租汽车来到拉夫鲁申胡同。我在电梯里看见一张手写的通告，它使我大吃一惊："禁止将书籍扔进厕所。违者严惩。""这是怎么回事？"我问伊琳娜。伊琳娜瞟了开电梯的女工一眼，说："您回来我很高兴！……"

我们走进房间后，伊琳娜弯下身子低声问我："怎么，你什么都不知道？……"

半夜，她和拉宾告诉了我们一些重大事件：一大堆名字，而每个名字后面都是"被捕"二字。

"米基坚科？他不是刚从西班牙回来吗，在代表大会上发过言……""那又怎么样，"伊琳娜回答说，"常有这种情形，头一天还发表演说或者在《真理报》发表文章……"

我无法平静下来，对每个名字都要问："可他是怎么回事？……"拉宾企图做一些推测：皮利尼亚克到过日本；特列季亚科夫常同外国作家见面；帕维尔·瓦西里耶夫酒后总爱胡说八道；布鲁诺·亚先斯基是波兰人，波兰共产党员全被捕了；阿尔乔姆·韦肖雷曾是"超越派"；画家舒哈耶夫的妻子认识戈别里泽的侄子；恰连茨在亚美尼亚受到过高的推崇；娜塔莎·斯托利亚罗娃不久前从巴黎回来。而伊琳娜对这一切则回答说："我哪儿知道？谁也不知道……"拉宾难为情地笑了笑，他劝我说："别问任何人。如果有人谈起，最好别插嘴……"

伊琳娜生气地问我："你为什么在电话里向我打听米罗娃？难道你不明白？她的丈夫被捕了，她回来后也被抓走了……"拉宾补充说："现在妻子往往被捕，孩子则被送进保育院……"

（不久我得知在"西班牙人"中间受难的不只米罗娃一人，我知道了安东诺夫－奥夫谢延科和他的妻子，罗森贝格，戈列夫，格里申等其他许多人的遭遇。）

当我说我们将要在第比利斯遇见帕奥洛和季齐安时，拉宾惊讶地说："您连这个也不知道？塔比泽被捕了，亚士维利用枪自杀了。"

第二天早晨，我前往《消息报》编辑部。人们热情地接待了我，但我没有看见一个熟悉的面孔。我不顾拉宾的劝告，打听某人在什么地方。有的人回答说"出事了"，有的人只摆摆手，还有一些人索性匆匆走开了。

当天晚上，我们动身去第比利斯。我随身带着 12 月份的报纸。报上有关劳动和取得成就的心平气和的文章，有时会被一些对"斯大林式的人民委员"叶若夫的赞扬所打断。我看见了他的照片——一张讨人喜欢的、普普通通的面孔。我不能入睡，一直想啊想啊，我想明白伊琳娜所说的谁也不会明白的事是怎样的。

人们在全体会议上谈论着卢斯塔维里的诗歌。西班牙作家普拉－伊－贝尔特兰在会上发言，受到热烈欢迎，我在巴伦西亚时见过他。

贝利亚坐在庆祝大会的主席台上。当有些发言者赞扬他的时候，全体起立向他鼓掌。贝利亚拍拍手，脸上露出得意的微笑。我已经明白，在提到斯大林的名字时大家都要鼓掌，如果是在发言结束时提到他，大家还要起立，但使我感到惊讶的是——这个贝利亚又是什么人呢？我低声问坐在旁边的一个格鲁吉亚人，他简短地答道："大人物。"

夜里柳芭告诉我说，塔比泽的妻子尼娜通知我们不要去找她，她不愿连累我们。

我遇见了许多我很熟悉的作家：费定、吉洪诺夫、列昂诺夫、安托科尔斯基、列昂尼泽、维什涅夫斯基。伊萨基扬也参加了会议，我想同他谈谈，但没有找到机会，直到战后他来到莫斯科时，我才同他有了一次推心置腹的谈话。冰岛作家拉克斯内斯也来了，我当时还没有读过他的作品，所以不知道我以后会喜欢它们。也有我原先设想的那种宴会和祝酒，但用不着再谈我的心情：我依然不能冷静下来。我们在列昂尼泽家里迎接新年。我们想使和蔼可亲的主人们开心，他们也努力使我们开心，说得确切些，是使我们忘忧，但结果却成了碰杯和无言的对饮。

我和一些作家同车返回莫斯科。江布尔叫我去他的单间。他的一位学生和翻译与他同行。江布尔谈起 40 年前他在一个大地主的婚礼上战胜了所有民间诗人的故事。开水送来了，茶煮好了。江布尔拿起自己的冬不拉，哼起一支单调的曲子。他的学生（江布尔称呼他"年轻人"，其实他已 60 岁了）解释说，江布尔正在作诗。我请他翻译一下，原来这位民间诗人只是为即将喝茶而高兴。随后他走向窗口，又唱了起来，这次翻译告诉我的诗句感动了我：

> 这些铁轨径直飞往异乡，
> 我的歌也在这样飞翔。

他脸上的皮肤颇像古代的羊皮纸，而眼神却生机勃勃——时而调皮，时而忧伤。他当时是 92 岁。

随后法捷耶夫来了，带来了曼德尔施塔姆的几首诗，他说他觉得可以在《新世界》上发表，当他回忆起马德里时，他那通常是冰冷的目光流露出笑意。

我们回到了莫斯科。编辑部告诉我说，他们打算提出我重返西班牙的问题，但现在一切都需要时间——上级领导很忙，我只得等一两个月。

我在莫斯科过了 5 个月，现在我感谢命运。我想回莫斯科解解闷并休息一下的愿望可真好：在一个民族的历史中，有一些日子就算从朋友们的口述中也很难了解，需要亲身体会。

首先我谈谈我那个时期的生活。我常去各种高等学校、工厂、军事学院报告我在西班牙的见闻。我收到了这种报告会的一份速记稿，报告是在汽车工厂俱乐部的晚会上做的，里面有一个统计数字——我说我已经在 50 个地方做了关于西班牙的报告。我发现听众对西班牙人民的不幸遭遇感到难过，这鼓舞了我。我的面前全是忠于共产主义的诚实而勇敢的人们，他们很像我在阿尔卡拉-德-埃纳雷斯遇见的我国飞行员。

我不能写作，我只给《消息报》写过两篇关于西班牙的文章——一篇写于法西斯分子打了几个胜仗的 3 月份，另一篇刊登在 5 月 1 日的那一期上。编辑部曾多次建议我写一篇关于诉讼程序、关于"斯大林式的人民委员"的文章，并且把西班牙的"第五纵队"同当时被称作"人民公敌"的人们做一下比较。我回答说写不了，我只写我十分熟悉的事，所以一行字也没有写。

我现在也只能写我看见过的事：谈谈我在莫斯科的生活，以及当时我见到过的 50 个也许是 100 个朋友和熟人的生活，我要努力描写日常生活以及我自己的和朋友们（主要是作家和艺术家）的精神状态。

那个时期，我们过着一种古怪的生活，可以用整本整本的书描写它，所以我未必能用几页纸将它描绘出来。这里有希望和失望、轻率和勇气、恐惧和尊严、宿命论和对思想的忠诚。在我的熟人中间，没有一个人相信明天，许多人都准备了一只装着两套内衣的小皮箱。在拉夫鲁申胡同的这座楼房里，有好几家请求夜里关上电梯，他们说电梯妨碍睡觉：每天夜里人们都倾听着电梯的响声。有一天巴别尔来了，他用他从来不会失去的幽默口吻说起被任命担任各种职务的人们的举止："他们坐在椅子的边上……"在《消息报》报社里，各办公室门口的小牌子上原先写着负责人的姓名，现在牌子依然挂在那儿，但玻璃下面什么也没有。一个女送信员对我解释说，现在没有这个必要："今天任命了，明天又抓走……"

我想在此回忆一个非常好的人——帕维尔·柳德维戈维奇·拉宾斯基。我曾写道，我是在第一次世界大战时期认识他的。我们住在"尼斯"旅馆里。当时我太年轻，还弄不清拉宾斯基的复杂性格，但我常津津有味地听他讲有关波兰和美国的情况。他揭露"护国派"的时候我没跟他争论：我不知道他说得对不对，但我觉得他是个可亲的人。命运有时会把一个人派到不大适合他的心情的岗位上去。迪埃戈·里维拉有可能不成为一个画家，而成为墨西哥革命的英雄。帕·柳·拉宾斯基的精神结构非常温和。他成了地下工作者、政论家，不过倘若他能和艺术一起度过一生，大概会使他轻松些。我在 20 世纪 30 年代常常见到他，他的敏锐和富于同情心使我惊讶。他没有成家，过了一辈子孤独的单身汉生活。每当我走进那套摆满书籍的住宅我就感到可怕：他多么孤独啊！拉宾斯基的朋友斯坦尼斯拉夫·拉耶夫斯基的遗孀不久前向我提到，当我说拉宾斯基应该养一条狗时，他竟大吃一惊：动物会破坏既定秩序。他管一只大理石色的小达克斯狗叫"苔丝德蒙娜"，对它宠爱备至。当"苔丝德蒙娜"的主人被一些陌生人带走时，它大概曾痛不欲生地吠叫。在那些令人不快的年头，我的许多朋友和同事牺牲了，当我在《消息报》报社的走廊里走过时，我觉得我是在墓地上行走。

生活似乎仍像过去一样。人们决定组织作家俱乐部、举行俱乐部日。谢·伊·基尔萨诺夫在这件事上也想表明自己是革新家，他在俱乐部里举办了孔恰洛夫斯基、特什列尔、杰伊涅卡的画展，甚至对饭菜也加以彻底改革。我记得那次设宴招待刚从列宁格勒来的米·米·左琴科的情形。罐头蟹做的汤端上来时，基尔萨诺夫解释说："大螯虾汤。"大厅的壁炉里生了火，旁边放着一些有待加热的酒瓶。有人提议为头一天在最高苏维埃办公厅里授予我的"红星勋章"干一杯。

大家离开餐桌后，一个我不大喜欢但相当著名的文学家将我拉到一旁，悄悄地说："您听到最新的消息了吗？斯捷茨基被捕了……多可怕的时代啊！不知道应该奉承谁和贬谁……"当时也有这样一些人……

有一天，我在俱乐部遇见了谢·谢·普罗科菲耶夫——他正用钢琴演奏自己的作品。他的神情忧郁，甚至有些严厉，他对我说："现在应当工作。只有工作！这样才能得救……"

许多作家继续写作，特尼扬诺夫完成了《普希金》的第一部，扎博洛茨基出版了新的诗集。另一些作家承认"没有写作的兴致"。

费·格·利金像往常一样，讲一些可笑的故事逗我们发笑。有一次他请我们吃晚饭，一个年轻人兴高采烈地跑来向我们表演木偶戏——卡门成了冷冰冰的女巫，两个圆球互诉爱情——这个人是谢·费·奥布拉兹佐夫。还有一次，我们在利金家里碰见了去北极探险的四位探险家之一的年轻而谦逊的埃·特·克伦克尔。他用幽默的口吻谈起冰上的生活，谈到一只莱卡狗如何帮助他们赶跑了企图抢劫储备的食物的熊。所有这些都是轻松愉快的。

我们也去看望过泰罗夫一家、叶夫根尼·彼得罗夫、列昂诺夫。巴别尔、吉洪诺夫、法尔克（他前不久才从巴黎回来）、维什涅夫斯基、卢戈夫斯科依、特什列尔、费定、基尔萨诺夫也常来找我们。拉宾有自己的朋友——哈茨列温、斯拉温，我们会在一起吃晚饭。有时我们也谈起文学上的一些论争或新的戏剧演出，有时也散布流言蜚语——要知道，人们在继续恋爱、同居和离婚。有时我向他们谈谈对我来说无限遥远而又无限亲近的西班牙，但是话题有时也不知不觉地触及我们不愿说，甚至也不愿想的那个问题。

伊琳娜有一只小鬈毛狗丘卡，又胖又可爱，而且像杜罗夫可能会说的那样具有敏锐的条件反射能力。拉宾让它学会了许多把戏：它会递纸烟、火柴，会关餐厅的门。吃晚饭的时候，客人们往往谈起某人被监禁的事，这时黑色的毛茸茸的丘卡为了得到一根香肠，便急忙把门关上。这使在座的人全笑了：即使在那个时期我们也爱笑。

有些熟人努力与外界断绝往来，只同亲人见面。多疑与谨慎损害了人与人之间的关系。巴别尔说："现在一个人只能同自己的妻子说知心话，而且要在夜里用被子蒙着头说……"我却相反，总想找朋友们谈天。几乎每天晚上都有朋友来看我们，否则我们便去朋友家做客。

我们常常去梅耶霍德家里。一月，公布了一个决定：梅耶霍德的剧院被作为"异端"封闭了。季娜伊达·尼古拉耶夫娜患了严重的神经活动失常症。梅耶霍德勇敢地支撑着，有时谈谈绘画和诗歌，有时回忆巴黎的情景。他继续在工作：考虑排演《哈姆雷特》，虽然他并不相信能让他实现这一愿望。我在梅耶霍德家里常常遇见彼得·彼得罗维奇·孔恰洛夫斯基——他当时正在给梅耶霍德画一幅肖像，也碰见过钢琴家列·尼·奥博林和几个依然把梅耶霍德看作导师的热心的年轻人。

有一次，我参加了一个作家的会议。各种各样的文学家指责弗·彼·斯塔夫斯基"疏忽大意"：杂志社、报刊联合公司和出版社里都有"人民公敌"。斯塔夫斯基满头大汗，不停地擦着前额。我回忆起他在布鲁涅特附近戴着敌人钢盔时的样子，心里在想：这里更热些……

伊·康·卢波尔请我们去吃午饭——他和我们一样住在拉夫鲁申胡同里。他的妻子说，他们不久前才搬来，买了家具，就是没有灯，她补充道："不知怎的，没有情绪买……"（卢波尔支撑了一年半的光景，后来和许多人经历了相同的命运。）

弗·维·维什涅夫斯基叫喊着说，所有作家都应当学习军事，老头子也不例外。他谈到在战斗中如何跃进、如何越过道路和对敌人如何侦察。

我和一些志趣不相投的人接触，甚至同他们交了朋友：我们像战争中的士兵们那样有互相支援的精神。战争还没有来到，但我们知道这是不可避免的。我们坐在战壕里，而炮兵，正如在特鲁埃尔发生的那样，却向自己人开炮。

格里戈罗维奇对我说，共和国军的一个炮兵连曾向占领了一个小村庄的自己的部队开炮，幸亏没有瞄准。叶若夫采用大面积的射击而且不吝惜炮弹。我提到"叶若夫"，因为我当时觉得整个问题全在他的身上。

我打算在本书的最后一部里谈谈对斯大林的看法，谈谈那像个石块似的压在我这一代每个人心头的一切。而现在我只谈谈我对我现在描述的那个时期所发生的一切是怎样理解的（确切些说是不理解）。我当时明白，有人把罪行加在没有犯过这些罪行而且也不可能犯这些罪行的人的身上，我问别人也问自己：由于什么，为了什么？没有人能回答我。我们什么也不了解。

我出席了最高苏维埃一次例会的开幕式——编辑部给了我一张列席券。最年长的代表、很早以前的民意党人、80岁的阿·尼·巴赫院士，照发言稿宣读了祝词，不用说，祝词是用斯大林的名字结尾的。会场响起了雷鸣般的掌声。我觉得，年老的学者似乎受到了气浪的冲击摇晃起来。我坐在高处，我的周围是普通的莫斯科人——工人、职员，他们也发狂了。

关于莫斯科人有什么可说的呢？我在遥远的安达卢西亚看见过民兵高喊着"艾斯大林"（西班牙人这样称呼斯大林）去冲锋陷阵。我们现在常说个人崇拜。在1938年初，只采用"崇拜"这个词最初的、宗教的意义倒更正确些。在千百万人的概念里，斯大林成了神话中的半神半人。所有的人都战战兢兢地反复说着他的名字，相信只有他一个人能拯救苏维埃国家，使其免遭侵犯和瓦解。

我们认为（大概因为我们想这么认为），斯大林并不知道对共产党员和苏联知识分子不明智的迫害。

梅耶霍德曾说："他们瞒着斯大林……"

一大夜里，我带着丘卡在拉夫鲁申胡同散步，遇见了帕斯捷尔纳克。他站在雪堆中间摆着手说："要是有人能把这一切告诉斯大林那该多好！……"

不仅是我，很多人都认为，罪行是来自一个号称"斯大林式的人民委员"的小人物。我们看见，从未加入过任何反对派的人也遭到逮捕，他们有些是斯大林的忠实信徒，有些是正直的非党专家。人们把那几年称作"叶若夫时代"。

看来巴别尔比我及其他许多人聪明。巴别尔认识叶若夫的妻子，在她出嫁以前便认识她。他有时去她家做客，他知道这很危险，但是他却像他所说的那样喜欢"猜谜"。有一次，他晃了晃脑袋对我说："问题不在叶若夫。当然，叶若夫很卖力，但问题不在他……"叶若夫有和亚戈达相同的命运。贝利亚接替了他，巴别尔、梅耶霍德、科利佐夫及其他许多无辜的人都是在贝利亚时期遇害的。

我记得在梅耶霍德家里的那个可怕的日子。我们正静静地坐着仔细看雷诺阿的专著，这时梅耶霍德的一位朋友、伊·潘·别洛夫军长前来找他。别洛夫十分激动，根本没有理会室内除了梅耶霍德一家人之外还有柳芭和我，他开始谈起审判图哈切夫斯基和其他军人的情形。别洛夫是最高法院军事委员会委员。"他们就坐在我们对面，乌博列维奇直勾勾地盯着我……"我记得洛夫还说："可明天也会让我坐在他们位子上的……"后来他突然转向我说："你知道乌斯宾斯基吗？不是格列布，是尼古拉？他写的才是真理啊！"他语无伦次地叙述了乌斯宾斯基的一篇小说的内容，篇名我不记得了，但故事很残酷，过了一会儿他就走了。我瞧了一眼梅耶霍德，他闭着眼睛坐在那儿，像一只被打伤的鸟。（此后不久，别洛夫也被捕了。）

还有一天我也不会忘记：广播里说将要审判谋害高尔基的凶手，有几个医生参与了谋害。巴别尔跑来了，他在高尔基在世时常常去看他，这时他在床上坐下，用手指着前额：他们疯啦！给了我一张旁听审讯的入场券。日后我还要回过头来谈谈这些日子。

1942年，我在一篇文章中写道："法西斯主义在进犯我国以前很久，便干预了我们的生活，葬送了许多人的前途……"在我现在所谈的那个时期，我不能把我们的不幸同来自西方的坏消息分开。

2月底，法西斯分子重新占领了特鲁埃尔。意大利和德国加强了对佛朗哥的援助。艾登试图提高嗓门反对意大利公开干涉西班牙战争，他被迫辞职，张伯伦来了，他主张同希特勒和墨索里尼亲近。对巴塞罗那的密集轰炸开始了，在3月份的几天内便有四千居民被炸死。法西斯分子集中兵力突破了共和国军在阿拉贡地区的战线。我在那几个月里写的唯一的一篇文章中有这样一段话："夜里我坐在室内收听巴塞罗那的广播。在这9层楼房的窗外，是一个大城市的万家灯火。广播的声音低沉：'在弗拉加地区，我们击退了进攻……'也许现在正在轰炸巴塞罗那？也许黑衫党徒'在弗拉加地区'又发动了进攻……"弗拉加对我来说不是一个抽象的名字，而是一个我去过多次的城市。我的眼前出现了巴塞罗那的街道，我明白，我们同法西斯主义之间的战争开始了。现在它不是在作家们讨论谁同布鲁诺·亚申斯基关系密切的会议上，而是在西班牙。

我考虑了很久我该怎么办，最后决定给斯大林写信。拉宾不知该不该劝阻我，但他总是说："值得引起对自己的注意吗？……"我在信中说，我在西班牙工作了一年多，我的位置在那儿，我在那儿能够斗争。

一个星期过去了，然后又过了一个星期——没有回答。在这种情况下，等待是最不愉快的事，但没有任何别的办法。有一天，我终于被《消息报》的编辑亚·格·谢利赫叫去了。他郑重其事地对我说："您给斯大林同志写了一封信。领导委托我同您谈谈。斯大林同志认为，在当前国际局势下，您最好留在苏联。您大概有东西留在巴黎，还有书吧？我们可以安排您的妻子去一趟，把东西都取回来……"

我闷闷不乐地回到家里，躺在床上思考起来。谢利赫转达的建议（如果这可以称作建议的话），我认为是不正确的。我在这儿能干什么？特尼扬诺夫在写普希金，托尔斯泰在写彼得大帝。卡尔曼在拍摄英勇的探险队，他还想去中国。科利佐夫参与了上层政治活动。而我现在在此却无事可做。但我在那儿还是有用的：我憎恨法西斯主义，了解西方。我的岗位不在拉夫鲁申胡同……

我在床上躺了一天，爬起来便说："再给斯大林写封信……"这句话简直把伊琳娜吓了一跳："你疯啦！你想让斯大林埋怨斯大林吗？"我愁眉苦脸地回答说："是的。"当然，我明白自己这种做法是愚蠢的，这封信一旦发出，我十分可能被捕，但最后我还是把信发走了。

这次的等待更加令人痛苦。我对肯定的答复不抱多大希望，我知道自己再也不能干任何事，只好听听广播，读读塞万提斯的作品，而内心的激动使我几乎失去了食欲。4 月末，编辑部用电话通知我说："您可以办手续啦，要发给您出国护照。"为什么有这样的结果？我不知道。

在 1938 年只有 5 岁的一个年轻作家不久前问我："可以向您提一个问题吗？请您告诉我，您居然能幸免于难，这是怎么回事？"我能回答他什么呢？也只能像我刚才所写的："我不知道。"如果我是个信教的人，我大概会说，上帝的安排是难以解释的。我在这本书的开头说过，我生活在这样一个时代里：一个人的命运不像一盘棋，而是像抽彩。

5 月 1 日，我坐在广播委员会的一间面向红场的屋子里，诗人们朗诵诗并讲解游行实况，而我谈的是西班牙。我知道战争将会扩大，将席卷全世界。

动身的日子来临了。许多朋友到车站送行，和他们告别使我们感到难受。我们在列宁格勒耽搁了几天，又是久久地议论正在发生的事，又是热烈地握别和没有把握的"再见！……"

在赫尔辛基还要换一次车。我和柳芭默默不语地坐在小公园里的长凳上：就连我们之间也不能交谈……

我 47 岁了，这是心灵上成熟的年纪。我知道发生了不幸，但我也知道，无论是我、我的朋友们还是我们全体人民，都永远不会从十月革命的道路上后退，无论是个别人的罪行，无论是给我国生活蒙上一层阴影的许多事件，都不能使我们离开这条艰巨而伟大的道路。有过这样一些日子，当时我简直不愿再活下去，但即使在这样的日子里，我也知道自己选择了正确的道路。

第 20 次党代表大会后，我在国外碰见了一些熟人和朋友。他们中间有的人问我，而且也问自己，共产主义思想本身是否遭受了致命的打击。他们有点不明白。我是个年老的非党作家，我知道：共产主义思想是那样强大，以致出现了这样一些共产党人，他们向我国人民和全世界讲出过去的种种罪行，讲出对共产主义哲学及其公正、团结和人道主义的原则的歪曲。我国人民不顾一切继续建筑自己的大厦，在几年以后击退了法西斯的侵略，建成了那座大厦，如今不知道过去那些极其严重错误的青年男女正在其中生活、学习、嬉戏和争吵。

我和柳芭默默地坐在小公园里破旧的长凳上。我心里想，我不得不沉默很久：人们正在西班牙进行斗争，我是不能向任何人倾诉自己的心境的。

不，思想没有遭到致命打击，遭到打击的是我这一辈人。一些人牺牲了，另一些人将终生铭记那些岁月。的确，他们的一生是不轻松的。

29

西班牙：战争的结局

在法国，人民阵线还正式存在，但现在这只是一个油漆脱落了的招牌。新政府的首脑是达拉第，他委任博内为外交部长，后者大声说他渴望和平，但又压低嗓门补充了一句：必须同柏林和罗马达成协议。

法国的悲剧早就开始了，那是 1936 年，利昂·勃鲁姆由于害怕右派而拒绝将武器卖给西班牙政府。这个行动既违背了已签订的条约，也违背了法国的利益以及勃鲁姆的政治信念。社会党的总理喜欢司汤达：他爱他的长篇小说中那些具有强烈激情的人物，然而他自己却没有性格。他曾感叹地说："我的心要碎啦。"接着便谈起"不干涉"来了。碎了的不仅是他的心，还有法兰西。

1938 年 6 月，许多法国政治家都明白，墨索里尼并不满足于夺取亚的斯亚贝巴和马拉加，对希特勒来说，奥地利只是一盘小吃，而西班牙是一次未来所需的演习。然而国家分裂了。被罢工激怒了的人民阵线的敌人，满怀希望地把法西斯分子看作有经验的外科医师。而普通法国人（其中许多人投过人民阵线的票）为自己既不在维也纳、也不在巴塞罗那而感到庆幸，这儿没有轰炸，也没有人强迫他们遵照口令举起手臂，他们可以坐在大咖啡店和小酒吧的凉台上喝绿色的、金色的或深红色的开胃酒。法兰西已在排演行将到来的退位典礼了。

我在车站的售货亭买了几份报纸和我不了解的作家莱昂·德·庞塞写的

一本书，书名颇有吸引力：《西班牙革命秘史》。一份法西斯报纸公布了悬奖启事：凡是能猜中佛朗哥将军占领巴塞罗那的日期的读者，可得到 5 万法郎的奖金。我从莱昂·德·庞塞的书中读到，共产党、社会党和共济会搞了一个阴谋，企图将西班牙交给犹太人，为此共产国际才将贝拉·库恩、弗龙斯基、安东诺夫-奥夫谢延科、爱伦堡、科利佐夫、米拉维列斯、戈列夫、图波列夫、普里马科夫及其他"犹太血统的罪犯"派往巴塞罗那。我心里想，疯子到处都有，便打起盹来了。

我大清早到达西班牙的边境城市布港，正好碰上轰炸。西班牙用血迎接了我：马路上躺着一个被炸死的小孩。

我是在特鲁埃尔争夺战期间离开西班牙的，当时大家对胜利满怀信心。半年后我回来了，看到的是另一番景象。当然，我在莫斯科时便知道，法西斯分子取得了巨大胜利，但是，从报纸上读到不幸消息是一回事，亲眼看见是另一回事。当你同一个你所爱的人分手时，他能工作、能生气、能幻想、能嫉妒，但当你再次见到他时，发现他的身体遭到严重的、也许是致命的疾病的损害，你会感到非常难受。我离开的时候，共和国军队处境困难，就连中立的观察家们都在推测战争的结局。现在我痛苦地竭力使自己相信，并非一切都预先注定，一个奇迹会拯救共和国。

我在埃布罗河畔遇见了一个 50 岁上下的西班牙人（名叫安希尔·萨皮卡），他在巴黎住了很久，他是在已无幻想余地的 1938 年参加志愿军的，他对我说："死，这是一种现象，一种平常的事故。生和死都不取决于我们。主要是要活得有价值，不要瞧不起自己。"也许他说这话时想到了另一点：即一个人总要死得有价值，总要不遗余力地使自己的死不要像一件"平常的事故"……

我来到了巴塞罗那。萨维奇照旧在写电讯稿，他说工作使他精疲力竭——甚至抽不出工夫上前线。他向我问起自己的妻子、米罗娃及几个军事顾问的情况。我回答说，阿莉娅身体很好，她努力克制自己，但米罗娃和其他许多人的情况却很不好："难以理解，为什么每天都抓无罪过的人……"萨维奇惊讶地瞧着我说："你怎么啦，成了托洛茨基分子？……"他不在莫斯科，所以许多事都不明白。

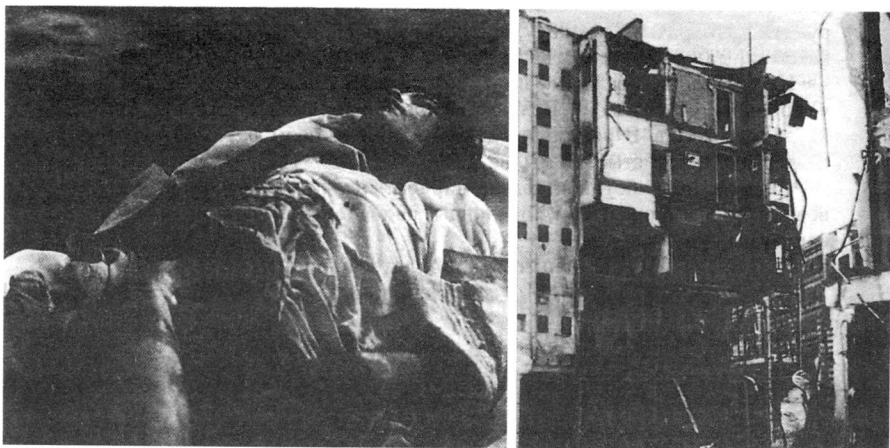

左：爱伦堡 1938 年拍摄的《在巴塞罗那》
右：爱伦堡 1938 年拍摄的巴塞罗那

　　萨维奇住在山上。我从山上下来走回城里去。在加泰罗尼亚广场上，一个老太婆仍像先前那样向坐在小公园里凳子上的行人索取 10 分钱，然后交给对方一张小小的收据。10 分钱是微不足道的，何况小公园里人又很少，周围是一片黑的房屋废墟。然而生活在继续着……就在这个广场上，几个老人正在用面包屑喂鸽子。凡此种种都会使人感到奇怪：口粮是 150 克的面包，有时只有 100 克，哪儿还能喂鸽子呢？而且鸽子可能飞跑，因为几乎每夜都有空袭。但我并不感到惊讶：很久以前我就明白，生活可以被拆毁、被破坏、被践踏，但情人们仍要接吻，要山盟海誓，而老太婆们仍要收拾房间、囚室、病床，大概甚至还有自己的棺材。

　　在拉伯雷大街上照旧有鲜花出售。剧院里初次上演《驯悍记》。富人住宅旁边的菜园里种着马铃薯和莴苣。饭馆里出售清水煮豆荚，但桌布很干净，没有肥皂。

　　擦皮鞋的人生意兴隆——黑鞋油不缺，巴塞罗那人忠实于自己的习惯，他们瞧着闪闪发光的皮鞋感到很得意。

　　新的一期《巴塞罗那集邮家》杂志出版了。我根据一张报纸做了一个统计：12 家剧院和 54 家电影院照常营业。就在这一期杂志上登着一条消息：

左：爱伦堡 1938 年拍摄的巴塞罗那图书周
右：爱伦堡 1938 年拍摄的炮兵

昨天巴塞罗那遭到第一百次、因而也是有纪念意义的一次轰炸。

渔民区被轰炸毁掉。报纸上每天都登有加黑框的启事：某人死于轰炸。有一次，一个炸弹落在墓地上，炸碎了几座坟墓，还有一次，一个炸弹落在产院里——伤亡很大。一个 13 世纪的大教堂和市场都挨过炸弹。《消息报》要我寄些照片，我拍摄了废墟和士兵们从石堆底下拖出残缺不全的尸体的情景。人可以习惯一切的，所以我想的只是定什么光圈合适……大概我很像那个靠凳子赚钱的老太婆。

共和制的西班牙已被分割为两部分：法西斯分子成功地冲到了海边。德国人派来了一些大专家：他们把西班牙看作征服欧洲前的一次出色的大演习。在争夺莱万特海岸出海口的战斗中，除了佛朗哥的军队外，4 个意大利师也参加了。

我动身前往报纸上习惯称作阿拉贡前线的地方，虽然法西斯分子已经侵占了阿拉贡的所有城市和乡村——巴瓦斯特罗、弗拉加、萨里年纳、皮纳、卡斯佩，这是我曾同好吵闹的无政府主义者争论过、交好过和争吵过的地方……我好不容易来到了莱里达的郊外。城市在法西斯分子的手中，但共和国军坚守着塞格雷河对岸的地区。我从阿拉贡前线到莱里达来过不知多少次了！这个城市在当时还是大后方。我走进"帕拉斯"旅馆，洗个澡，便在城里散步，这里的街道全有拱廊，到了晚上，古老的街灯一亮，使人恍若置身剧院中。咖啡馆出售苦艾酒。坐在邻桌上的人们在争论谁正确——是法伊还是普苏克。在咖啡馆旁边散步的姑娘们总是笑吟吟地，无论是无政府主义者还是社会主义者，都要用充满激情的目光注视她们。如今咖啡馆的旧址却被一堆堆沙袋和机枪的霰弹取代。我的眼前是一些有陡坡的狭窄街道和滨河街上几成废墟的房屋。

我不知何故想起了那个年老的独眼理发匠：我从前线回来后总要在他那儿理发和刮脸。他爱说逗乐的话，爱嘲笑将军们、无政府主义者、部长们，并且自豪地向每个人宣布说："我是个温和的无政府主义者和坚定的反法西斯主义者。"他是逃出了城市呢，还是牺牲了呢？……

一个从河对岸泅过来的莱里达居民说，城里还剩下 400 人（原先有 4 万人）："全走了。你记得派里亚广场上'帕拉斯'旁边的那座大房子吗？上面用红颜色写着几个大字：'我们不愿同凶手们住在一起。'这不是士兵们写的，而是一个居民在撤退时写的……"

很难解释怎么能在一条又窄又浅的小河右岸阻挡住法西斯分子。1936年秋他们被阻挡在马德里郊区。当时军人们解释说，城市容易防守。但这里的法西斯分子是在占领了城市后才突然遭到猛烈抵抗的。这种情况在西班牙发生过不止一次，看样子这同地形的特点无关，而是和性格的特点有关：人们几乎没打一枪就让出了一二百公里，却突然义愤填膺地迎击敌人，使他们甚至不能推进一百公尺。

我正和战士们坐在一起谈天，一颗炮弹的碎片打死了一个肤色黝黑的英俊战士，他叫库里托，是安达卢西亚的莫雷纳山民。另一个战士起先一直在开玩笑，这时在死难战友的身旁站了很久，嘴唇微微颤动，看来他是在忍住眼泪，最后他终于说道："我答应过给他缝一件衬衣……"他是个裁缝，巴塞罗那人。

弹片折断了一根桃树枝。我们默默地吃着香甜的桃子——莱里达的桃子熟得早。那个巴塞罗那的裁缝说："库里托爱吃桃子……"

营里有许多志愿兵，他们是不久前入伍的，有上了年纪的人，也有小伙子。政治家们说，战争快结束了，然而他们却来打仗……他们未必指望获胜，但他们不愿意，或者说不能够袖手旁观。我了解西班牙，可是它任何一天都仍使我感到惊讶。

我启程回巴塞罗那的时候，正碰上敌机轰炸公路。我们在草丛里躺了半小时。后来我看见麦田被炸得面目全非。不知为什么，我感受到了难以忍受的悲痛，尽管我看见过更可怕的景象。也许是因为当我还是个孩子的时候，保姆薇拉·普拉托诺夫娜见我掉了一小块面包，便生气地说："吻一吻。"我就吻了一下那块面包。

我在巴塞罗那同一个被俘的德国飞行员库特·凯特纳谈过一次话，他是勃兰登堡一个建筑师的儿子，早在1936年10月便来到了西班牙。他立刻对我说，他是国防军的一名中尉，驾驶"亨克-111"式飞机。我问他为什么要轰炸西班牙的城市，他高声笑了起来："又是那一套'穆赫列斯和尼尼奥斯'？（他说的是德语，但说到'女人和孩子'时却改用西班牙语。）全是胡说！不久前我看见了轰炸后升起的烟雾。这大概又是穆赫列斯和尼尼奥斯在冒烟吧。"

不能说他愚昧无知，他读了不少书，会谈"历史的哲学"，但我觉得他是个野人，既大胆又凶狠。类似的谈话帮助我认识了两年后我看到的那些从巴黎的街道上列队齐步走过，以及1941年出现在我国白俄罗斯领土上的军官和士兵的虽不复杂但却独特的内心世界。

所谓"不干涉"的可悲的滑稽戏在继续上演。我在塞尔维拉看见了几百把铁锹，据说是给加泰罗尼亚农民买来的。我动身去安戴，想瞧瞧法国和法西斯西班牙的交界处有什么情况。

安戴有我的几个朋友，我在前面叙述交换飞行员的时候已经提到过。他们介绍我认识了一个憎恨法西斯主义的海关负责人。他让我瞧瞧运往法西斯西班牙的货物的清单。当然，意大利和德国是从海上把飞机、坦克、大炮、弹药运往葡萄牙的港口、运往毕尔巴鄂和卡迪斯的。但是对一些比较无害的物资，他们却通过法国运进西班牙，其中有载重汽车、摩托车、橡胶、发动机、军事工业用的化学制品等。尽管法国政府做了一切保证，但在法国和西班牙的边境上却没有任何检察机关。

《消息报》发表了我的文章，法国警察当局十分恼火，他们认为我破坏了不干涉的原则。（我毕竟有点幼稚：原先想给某些人一点难堪，让他们把眼睛睁大一些——我以为事态正走向凡尔登，实际上却走向慕尼黑。）

我应该谈谈一个相当愚蠢的故事。我想亲眼瞧瞧法西斯西班牙的情况，哪怕在那儿只待几个小时也好。利用假证件根本不可能：伊伦有德国秘密警察担任顾问。在安戴有人告诉我说，走私者常带各种货物去西班牙边境的小村子。我碰见一个这样的人，他是法国的巴斯克人。他对我说："好吧。但是你要注意，我不搞政治。我知道法西斯分子是一帮坏蛋，但我得养活全家。我不会出卖你，可是万一——但愿不会如此——碰到边防军人，我要坦白地告诉他们说，我不认识你，我们是在路上碰见的。"

我们越过一条小河后，开始向上爬。老实说，我当时十分激动，受到了两三次惊吓，虽然都是虚惊一场，我甚至不记得我的引路人——我叫他雅克——带了些什么东西。最后我们来到一个普通的西班牙小村子，走进了一间散发着橄榄油和大蒜味的黑暗的屋子。雅克将安东尼奥带到了那儿。安东尼奥又将我领到另一座房子里去。我们刚回到安戴，我就记录了这次简单的谈话："女主人是个又老又聋的老太婆。安东尼奥告诉我说：'勒凯特分子杀死了她的儿子。是同阿吉勒分子一起干的。就在你和雅克走过的卡萨罗哈附近。他躺在地上大骂不已。她不知道，她来到的当儿他已经死了。他们把她留在这儿，因为她太老了。'老太婆一会儿瞧瞧我，一会儿瞧瞧安东尼奥。安东尼奥对着她的耳朵喊道：'他们留了你是因为你太老了。'她高兴地点点头说：'对，对，太老了。'随后又用干瘦的手指紧了紧黑头巾说道：'他不老，他还年轻。'接着便大声哭起来。安东尼奥将一个手指举到唇边，说：'近卫军！'我从护窗板的缝隙往外瞧。没有人……安东尼奥说：'这儿的人全怕他……我去过埃利桑多的集市。那儿也没有人敢开口。他们害怕……有一个人直截了当地对我说："我只能和老婆说话。而且也是提心吊胆的……"我是维利梅季安纳村的人，这是个小村子，一共160个人，但我们拥护社会党，因此被勒凯特分子枪毙了29个人。'"

安东尼奥又领来了4个人，对他们说："你们可以同他谈谈，这个法国人是我们这边的……"农民们谨慎地谈起了征收公粮和罚款的情形。不久雅克跑来找我，他说该走啦。

我们在清晨返回。一走进车站的酒吧，我们就喝起了白兰地。

　　总之我什么也没有看见，我就是不冒这次风险也能写下那段老太婆的故事。这是一个 20 岁的小伙子的调皮行为，我认识到这点，与其说是感到自豪，不如说是感到羞愧。我十分担心会被召回国去：他们会说，《消息报》的记者不应当干这种冒险事。但一切顺利，我回到了巴塞罗那。

　　幼稚的不仅是我，许多政治活动家还相信英国和法国会改变立场。应当回忆一下 1938 年夏天发生的事件，当时的形势已十分明显。希特勒每天都在威胁捷克斯洛伐克。苏台德地区德国人的领袖海伦去了一趟伦敦，归来后甚为不满。张伯伦虽然准备让步，但他还得考虑自由党和许多有影响的保守党人的反对立场。法国的情形更是令人眼花缭乱，要弄清楚并非易事：几乎每一个政党里都有抵抗派和投降派。右派新闻记者凯里利斯不久前还咒骂西班牙的共和主义者，现在却说希特勒企图侵占法国。左派的《作品报》早先反对佛朗哥，如今却成了一批自命为"和平拥护者"的喉舌，赞成对希特勒做出任何让步。大家都焦急不安。海滨或阿尔卑斯山的旅馆老板抱怨说：人们把暑假都忘了！

　　阿尔瓦雷斯·德尔瓦约始终是一个乐观主义者。我记得那年夏天他屡次对我说，德国和法国及其盟邦之间的战争是不可避免的。"法国人在西班牙不仅会发现正准备从背后袭击他们的敌人，也会发现盟友。"他认为到了夏末，世界上许多事会发生变化，便一再地说："我们的事情是坚持住……"

　　关于"马德里的奇迹"，关于 1936 年秋天西班牙人民在国际旅和苏联技术装备的帮助下阻止了法西斯军队一事，人们写了许多文章，如今还在写。但是对最近一个时期的报道却少得多：毁灭从来不是有吸引力的题材。然而我应该承认：我觉得 1938 年下半年的抵抗同战争第一年秋天的马德里保卫战相比，是一个更大的奇迹。

　　1938 年 4 月 15 日，佛朗哥军队占领了滨海地区，将共和国西班牙分割为两个部分，战争的结局已经注定了。当然，有过错误、惊慌失措和许多其他问题，但我现在不是写战争史，而是写一本回忆录。我一想起加泰罗尼亚又支撑了 10 个月，马德里支撑的时间更长，我便抑制不住内心的激动。民族也和个人一样：在灾难深重的日子里更容易使你了解。

　　6 月，共和国总统阿萨尼亚接见了我。有些人称他为"逃兵"，因为在

左：阿尔瓦雷斯·德尔瓦约
右：内格林和阿萨尼亚

1939 年 2 月他同政府一起逃到了法国。当然，共和国总统本应去马德里，但是法官们不仅是太严厉，而且仿佛也不愿去了解，阿萨尼亚是迫不得已才担任战斗的西班牙的总统的。当共和国接受了佛朗哥的挑战投入战斗后便更换了政府。政府更换了多次。然而总统却不能更换，他是继承性的象征，是西方资产阶级民主的招牌，是一面旗帜。

曼努埃尔·阿萨尼亚成为政治家多半是出于误会。他写小说，写随笔，同所有进步知识分子一起憎恨君主政体和普里莫·德·里维拉的独裁。他首先是个略识门径者，无论在文学上或政治上都是如此。他觉得自己在"文艺协会"俱乐部里比在总统府或总理办公室甚至议会里更舒服些，在那儿可以参加那些饱学之士通宵达旦的谈话。他还能够娓娓动听地同爱德华·赫里欧就巴洛克式、雷卡米耶夫人和卡尔德隆的全人类性争论一番。

没有人责备他胆小。1936 年我在马德里的时候，正碰上人民庆祝 4 月 14 日的共和国国庆，阿萨尼亚当时是总理。一个法西斯分子朝他开了一枪，引起了一片惊慌，阿萨尼亚却若无其事地微笑着。

以后的种种事情对他来说都是力所不及的考验：他是个自由主义的知识分子，当卡瓦列罗请他签署包括 4 个无政府主义者的新政府成员的名单时，他十分固执，试图争辩，认为否定国家的人没有资格担任部长。他争吵，但他们却不同他争吵——他仍是一面旗帜。

我是以苏联一家报纸的记者的身份受到他的接见的，他交给我一个声明，其中有这样一段话："由3个欧洲国家组织并予以支持的对共和国的武装进攻，迫使我们进行维护独立的战争，独立这个词不仅有政治意义，而且是最崇高、最根本的东西，并且比国家的机构和制度更为长久，这是为了使西班牙精神得到发展的自由而进行的斗争。这里所说的不是在欧洲是否将有一个较大或较小的共和国，也不是说某个政党能否坚持自己的纲领。这里所说的是一个在那么多的领域内博得荣誉的伟大民族，是能独立自主地参加现代文明的建设，还是将遭到扼杀。这就是西班牙的悲剧的世界意义，也是西班牙进行自卫的原因和力量。"

阿萨尼亚将声明递给我之后，突然伤心地微笑了一下，说道："现在我们可以以两个作家的身份谈话了……"我想，他大概要谈文学了，然而他说："我在自己的声明里用了'悲剧'这个词，也许这对一个国家元首来说不太妥当，但我想不出其他的词。内格林好像相信只有世界大战才能拯救西班牙。战争恐怕要爆发了。不过他们在扼杀西班牙之前是不会发动战争的……您熟悉我们的文学。我们一直追求全人类的理想。一个西班牙人创造了堂吉诃德的形象，大家都知道它的价值，它也成了大家取笑的对象。人们怜恤我们，怜恤的同时也嘲笑我们……西班牙将长期坐牢……"

我会见了巴塞罗那的无政府主义者们。他们骂政府和共产党人，说普列托是个老奸巨猾的政客，说每天发生的事都证明无政府主义者是正确的，同时他们还自豪地反复说，苏联报纸上热情地描写了西普里阿诺·梅拉指挥员，而他正是个无政府主义者。他们宣誓说，民族劳动同盟—法伊将战斗到底，并抱怨政府在组织游击战争方面几乎无所作为："每个西班牙人生来就是为了打游击……"他们中间有一个陪我去旅馆。途中碰上了空袭警报，于是我们就躲在一个仓库的大门旁边。这个无政府主义者说："好，我在1928年就已经是个有觉悟的无政府主义者，当时我25岁。我上过前线，胸部受了伤。今天我请求派我去埃布罗河。一则，我是个无政府主义者，这是责任……"他不做声了，我问他："那么其次呢？"他没有立刻回答我，过了一会儿有点难为情地说："其次吗？……可你希望什么？我在成为无政府主义者之前就是西班牙人。也许你以为我不是西班牙人？我和你的何塞（指当时的西班牙共产党总书记何塞·迪亚斯）一样，都是塞维利亚人，只不过他是面包工人，而我是理发师。我比佛朗哥这个坏蛋更像西班牙人！也许，你以为一个真正的无政府主义者可以不要西班牙？不，我不这样看。"

西班牙共产党人的任务非常艰巨，他们得随时进行解释工作：向无政府主义者解释什么是纪律，没有纪律就不能打败法西斯分子，向共和主义者解释什么是革命，向社会党人解释什么是团结，向苏联同志解释什么是西班牙。

我会见过何塞·迪亚斯、多洛雷斯·伊巴露丽、乌里贝以及党的其他领导人。他们帮助我了解形势。但是我现在想提起一次同当时各种事件无关的谈话。

我从来不喜欢斗牛，为此还同海明威争吵过不止一次。我厌恶老马被撕裂的肚皮，厌恶刺进痴呆的公牛身上的刺棒，也厌恶沙地上的血迹，而最主要的是因为这是一场欺骗：牛不知道游戏的规则，它一直冲向敌人，而斗牛士会及时地稍微向旁边一闪。整个艺术就在于及时躲闪，躲闪的时间不能太早，否则观众就要喝倒彩，但也不能太晚，不然牛会撞破的就不是老马的肚皮，而是西班牙的宠儿——斗牛士的肚皮了。何塞·迪亚斯曾抽出一小时见

著名的国际旅

何塞·迪亚斯

我。作为一个地道的安达卢西亚人，他十分喜欢斗牛，他对我说："你以为我们总是站在斗牛士的一边吗？不，我们往往站在牛的一边。你对此一点也不了解……"

不知为什么我现在想起了这段谈话，大概是因为诗人排挤这部追述往事的书的作者。让我回过头来谈谈1938年的事件。7月底，对埃布罗河的进攻开始了，这是共和国军为了恢复自己阵地而做的最后一次努力。士兵们在夜里坐上小船，在坚固设防的右岸登陆。埃布罗河是一条水流湍急的宽阔的大河。进攻部队成功地建立了进攻基地，架设了桥梁，并占领了小城莫拉-达-埃布罗及一些村子，威胁着法西斯分子的左翼。一场持久的血战开始了。

我曾两次前往埃布罗河右岸，目睹了各种战斗场面。法西斯飞机几乎是不停地轰炸桥梁，而舟桥兵们也不停地重又架起桥梁。他们有一支曲子：

　　埃布罗河上的舟桥兵，
　　住在洞穴里，
　　黑得像黑人，
　　凶猛如野兽。

他们的确住在被炸弹劈开的山岩间。当我打算给桥拍一张照片寄给《消息报》时，一个舟桥兵对我说："快点照，否则炸弹掉下来，你的照片也就完蛋了……"

这里的战争不像瓜达拉哈拉战役，甚至不像特鲁埃尔战役。佛朗哥方面有11个师参加了战斗。在一个只有3公里左右的扇形地带，法西斯分子集中了170门大炮。为了控制帕诺洛斯山的几个山头，双方进行了长期的争夺战，我发现山的轮廓由于长期的炮击而变了样。

我认识了指挥员米盖尔·塔关尼亚。他25岁，大家称呼他为共青团员。

战前他大学毕业，从事光学的研究，正在准备学位论文，然而战争爆发了，他不得不拿起武器。后来他担任了军长。他有一张微微浮肿的孩子般的面孔，但基干军人们谈起他的时候也怀着敬意。他说："我们要打到冈黛沙……"我不顾当时出现的各种迹象，也开始相信胜利是可能的了。前线上有时比巴塞罗那平静些。我不再想欧洲发生了什么事，甚至连巴伦西亚的命运也不去考虑——我的思想完全被544高地占据了，似乎这座不高的山的被炮火摧毁的光秃秃的山头掌握在谁的手中关系着整个战争的结局。

　　胡安·莫代斯托指挥着一个集团军。我们回忆着战争开始时的情形。当时莫代斯托招募了台尔曼营，我们认识的那天，他们正好俘虏了第一个法西斯分子，莫代斯托像孩子一样高兴地说："你明白吗，抓到了一个俘虏！当然，最好能抓到两个，那时便可以说'虏获了一些战利品和俘虏'。"他在埃布罗河上时也对我说，他一想起那遥远的一天便觉得那是最幸福的一天。他还把自己的生平讲给我听：他是安达卢西亚人，在锯木厂工作，喜爱足球，对政治没有兴趣。有一次，一个医生将一张小报——《无产者之声》拿给他看。莫代斯托读了后，经过一番考虑便参加了共产党。在他埃布罗河畔的小帐篷里，到处堆着书籍：他在学习军事科学。他是个快活的人，他的愉快情绪能感染大家。有人告诉我说，今年3月当人们情绪低落的时候，他却唱歌，开玩笑，讲一些安达卢西亚的笑话，大家都情不自禁地笑了起来。我们谈到了未来。莫代斯托并不沮丧，他说："你瞧，现在我们有一支多好的军队！"后来他叹了口气说："就是飞机少了些……你不用解释，我全明白……但太少啦……"

　　（经过长期的分别后，不久前我在罗马遇见了莫代斯托。我很高兴，仿佛踏上了西班牙的土地。他还是过去那副样子，还是用他在埃布罗河畔说话时的那种语调说："你瞧，现在西班牙的青年多棒！……"）

　　我没有失去希望，虽然我明白，没有什

胡安·莫代斯托

1938 年 11 月，告别共和主义者

么可指望的。心灵和理智常常发生争执：这是一对夫妻，他们既不能和睦相处，也不能离婚。是什么鼓舞了我呢？还是一些小小的征兆。没有烟抽，可是一个孤零零的站岗的士兵对我说："我有两支纸烟，请你把其中的一支转交给你遇见的第一个同志……"有一次，我在巴塞罗那的加泰罗尼亚广场上将一块从法国带来的巧克力糖送给两个小姑娘。她们喊来了同伴，将这块糖分成整整齐齐的 10 小块。又有一次在靠近前线的加泰罗尼亚小村子普吉韦德，我顺便走进一个农民家中，立刻发现那儿有几个从城市来的孩子。主人是个老头，他对我说："西班牙的土地现在不多了。你瞧，他们是从弗拉加来的。他们原先有土地，但被夺走了……"

这些不是感伤的故事，而是在结局到来前夕西班牙的日常生活现象。

夏天，特别是秋天，我常去法国：决定欧洲今后多年命运的一些事件还在发展。我不在巴塞罗那期间，请萨维奇给《消息报》写稿。他同意了，于是该报获得了一个有着美丽的西班牙名字的新记者：何塞·加尔西亚。每次在我离开的当儿，我总要不安地瞧瞧西班牙的边防军战士——我变得迷信了。此外，我不仅这样写，而且也这样想：还有希望！然而事与愿违……

30

忧郁和孤独使我重握诗笔

在本书的第四部里，几乎所有的章节都同 1934 年至 1938 年欧洲发生的政治事件有关。这很自然：事件是重大的，而我也不认为自己是个旁观者。我不能把自己的生平与同时代数亿人投入其中的寒战病的大发作割裂开。那样来叙述自己的生平是不真实的。

我 20 岁的时候，想的是卡佳、梅姆林的画和勃洛克的诗。白天充满着晚香玉的气味：我把吃饭节省下来的钱拿去买花。我甚至不知道法国政府的首脑是谁，虽然我住在巴黎；我对阿加迪尔发生的事不感兴趣，虽然阿加迪尔危机有引起世界大战的危险；我不去思索斯托雷平的农业改革，虽然我继续认为自己是革命者。

过了四分之一个世纪，我不仅在报纸上发表文章，还感到自己从属于这些报纸所报道的各种事件。嗅觉迫使记忆接受种种难以摆脱的细节，在我的记忆中，那个时期的许多日子不是同花香而是同油墨的气味连在一起的。

我现在既不高兴也不懊悔地谈起这点：我只能这样生活。在一个 20 岁的青年看来，他是自由地选择了合乎自己心意的生活。到了 20 世纪 30 年代末，我早已抛弃了许多幻想，我知道，一个人即使有可能选择道路，这条路的路线也并不取决于他。

既然名为蘑菇，就应听人采食。是的，当然如此。但篮子里的蘑菇彼此并不相同。我在前些章里叙述了西班牙的斗争、勃鲁姆或达拉第的胆怯、加泰罗尼亚的农民及德国的飞行员。现在我想稍微谈谈自己。

我说我常去法国，那儿的一些重大事件已日益迫近：报社要求我对此有所报道。而我自己也想了解——战争是否将要爆发。

柳芭在靠近西班牙边境附近的巴纽勒斯租了一座小房子。为了躲避轰炸，我有时去那儿休息，萨维奇和巴塞罗那的朋友们也常来。有一次，我的一个老朋友——无忧无虑又爱笑的杜霞从巴黎来到巴纽勒斯。随后马尔罗也来了，他刚刚拍完一部描写西班牙战争的影片。

巴黎令人心神不安，经过了西班牙战争，就难以容忍胆怯、吝啬及对日常生活中的无数欢乐的迷恋。我的老朋友们很少有人去蒙帕纳斯。画家们议论的已经不是油画的风格，而是苏台德的德国人和张伯伦了。伊琳娜很少写信来，偶尔寄来一封信，内容也很空洞，不过我也不期望别的。新大使苏里茨是个诚挚的人，但我真正同他交朋友还是在很久以后——战后时期。一个担任重要职务的人是很难与之谈话的：他不是要说服你就是要劝阻你。

1938 年，在中断了 15 年后我又写起诗来了，这使我自己也感到意外。为什么会这样？首先是由于忧伤和孤独。人在快乐的时候总想同旁人接近，希望同家中的亲人以至街上的人群分享自己的快乐。然而当一个人在幸福达到顶点的时候却沉默寡言，仿佛担心说话会加速时间的流逝，破坏内心的和谐。忧伤也需要用话语来表达，它有自己的语言，只是别人的耳朵很少听得见。有谁知道那些年月里我们是多么孤独！众说纷纭，大炮已在什么地方轰鸣，广播也从未停止，而人类的声音却似乎猝然中断了。有很多事情我们甚至向亲人也不能倾诉，有时只是紧紧地握一下朋友们的手——要知道，我们全是伟大的缄默抵制的参加者。

我深深迷恋着自己的基本工作——散文，我了解散文的乐趣与艰辛。这是一条通往山中的道路，有回头路，有山崩，有呼吸困难，有时甚至有心肌梗塞。这是面向人们又描写人们的一种语言。散文家的屋子里总是挤满了来访者看不见的许多主人公，有的可爱，有的可憎，有的是朋友，有的是敌人，有的是请来的，有的是生活迫使你接待的不速之客。散文家为了进行工作要寻找幽静的去处，需要一张写字台和安静，但是，说句实话，他却不得不在喧嚣而又令人不安的十字路口生活和写作。

诗人在街道上，在公共汽车里，在枯燥的会议上都可以作诗，但在这短短的几分钟里他是孤独的。无论哪一个散文家都从来不愿意同缪斯交谈，甚至在古代人们崇拜神话的时期也是如此。而诗人们，以及那些在学校里从来不曾听说手执里拉琴的埃拉托缪斯是抒情诗的化身的人们，却会突然想起缪斯。抒情诗很像日记，人们往往由于孤独才写诗。丘特切夫写道：

> 心儿怎样表现出自己？
>
> 别人怎会了解你？
>
> 他会明白你靠什么生活吗？
>
> 说出的思想是谎言。

隐藏在丘特切夫诗中的思想不是谎言。诗歌有一种伟大的力量：它产生于孤独，却能冲破存在于人与人之间的种种障碍。诗人同想象中的缪斯谈心，向她吐露自己的衷曲，她往往不去考虑萦绕于自己脑海中的诗句的命运，然而诗人的自白却成了许多人的活命之水。丘特切夫的诗集是朋友们为他出版的，伊万·阿克萨科夫后来写道："这次出版，丘特切夫自己显然是站在一旁，都是别人替他奔走和安排的。我们深信，他甚至没有看过这本小书一眼。"而列夫·托尔斯泰死前还在喃喃地念着我上面引用的那几行丘特切夫的诗句。

莱蒙托夫是多么孤独和不幸啊！魏尔兰的优秀诗句是在狱中写成的。勃洛克的日记以其孤独的忧伤使读者震惊。这类例子我可以写上几十页。我绝不是想颂扬孤独，但是我要像贝尔加明那样说：孤独——这不是离群索居，不是纲领，也不是使人厌倦的"象牙之塔"。怎么又是象牙——这是不幸啊！可世界上的不幸太多了……

我又开始写诗还有另一个原因。中篇小说《人需要什么》是 1937 年夏天我在布鲁涅特战役与特鲁埃尔战役之间写的，长篇小说《巴黎的陷落》是 1940 年秋天开始动笔。在这 3 年间，我写了一些论文、特写、关于军事行动或政治事件的简讯。每写完一篇我便对着电话把写好的东西复述一遍，或在电报纸上把俄文改成拉丁文发出。我不由得不再考虑用词了，我的语言变得苍白和千篇一律，几乎程式化了。

我愿意坦白地说出自己的激情。我想，没有人会怀疑我有民族主义思想，我在国外住了很久，学会了尊重其他民族的天才。我不是通晓多种语言的人，但懂得几国语言，然而我从儿时起直至今天仍爱着俄语。我觉得，它仿佛是专为诗歌创造的。每一个人都爱自己从孩提时代便使用来说话的那种语言，但我不仅爱俄语，而且崇拜它。它有我懂得的其他几种语言所没有的自由。在一个句子里，词的位置的变更可以改变意思。有的语言在不同的音节上具有音乐般的重音，我敢说，俄语在每个词上都有抒情的重音。自由，没有西欧语言中由严格的句法产生的那种必要的明确说明，没有冠词——这一切向作家们提供了无限的机会：诗人面前不是旧时代的贫瘠土壤，而是经久不变的处女地。

诗歌对我来说成了令人呼吸困难的稀薄空气和净化剂。我觉察到个别词的重要性，既感到了同过去的联系，也感到了未来的现实意义，我也摸到了生活的细节，这一切有助于我同悲观失望作斗争。

在汽车里或火车上，在休息时刻或喧闹的大会上，在街上或前线的窑洞里，我都作诗。过后我再把它们记录下来。诗很短，我先把它们记在心里。

15 岁的安妮·弗兰克（1929—1945，犹太小姑娘，生于德国，曾为逃避法西斯恐怖而躲藏在荷兰，遗留下一份闻名于世的文献《安妮日记》）躲着法西斯分子写日记，她在日记里同想象中的女朋友吉蒂（她这样称呼送给她的一个小本子）谈话。我不知道我该向谁倾诉衷肠，也许，还是向那个缪斯——那个不知所措的、蒙着一层前线道路上的尘土、被轰炸震聋了耳朵、不再出现在作家会议上并且的确是"没有身份证"的缪斯。

我用诗描写了先前我在报纸上报道过并在这本书里提到过的种种事件，当然是用另一种方式。在莫拉特-德-塔胡尼亚附近，卢卡奇旅进行了一次战斗侦察，这是一次困难的军事行动，做出了许多牺牲。我用以下的话来结束《战斗侦察》这首诗：

一小时后，朝霞给异邦那座山

墨黑的边缘镀上了金。

让咱们回头瞧瞧——那儿是我的坟墓，

战斗侦查，我的青春啊！

在关于试图进攻卡萨-德尔-卡姆波的工作报告中，我描写了一只金丝雀，编辑部对我大发雷霆，一般来说这是对的。我在诗中又提到了小鸟：

柜子和长凳，这些套着布罩的

圈椅和五斗橱，都在这里做什么？

甚至还有只鸟笼，笼中有只金丝雀，

该死的家伙正放声高歌……

但我不想隐瞒——小鸟儿的激情

一时曾把我感染，

那时我吃惊地想起

我那荒唐的职业：

这种痉挛掐着你的脖子，

直到天明也不松手——

无聊的游戏断送了多少感情，

又压制了多少话语和声音！

我描写了在一个西班牙的村子里安葬一名苏联飞行员的情形：

人们在油橄榄下挖好墓穴，

在墓上竖起一块石碑。

这位同志在何方长大？

曾在什么样的云彩下流泪？

战士们悲伤地稍稍弯下身去，

扭过脸吞下泪水。

也许白桦树朴直的忧愁，

要比油橄榄更讨他的喜欢？

我也写了我不能、也不愿告诉任何人的事，写了我在莫斯科的见闻和感受。下面是我1938年写的一首诗，当然，我引用它并不是因为我特别看重我的诗作，而是因为用诗比较容易表达许多用散文难以表达的东西：

> 让咱们别想得周全，我恳求你打断这个声音，
> 好让记忆瓦解、那苦恼破灭，
> 好让人们开玩笑、出现更多的笑话和喧闹，
> 好让人们一想起往事便跳起来打断自己的思路，
> 好让人们像醉鬼一样一下子倒在地板上长睡不醒，
> 好让钟在夜里嘀嗒作响、这个龙头滴水，
> 以便一滴接着一滴，以便数字、韵脚，以便什么东西，
> 那是精确的、紧急的工作的一种假象，
> 以便同敌人战斗，以便端起刺刀冲向枪林弹雨，
> 以便经得住死亡，以便人们相对而视，
> 让咱们不要看完，我恳求你发发这个慈悲，
> 别看，也别回忆咱们在生活中遇到的事。

我描写过时代，描写过后来变成一条宽阔、平稳的大河的湍急的山涧。我企图安慰自己：

> 在天蓝色的土地中央
> 我们的时代也将结束，
> 那儿的园子爱护种子
> 母亲推着摇篮，
> 那儿的夏日深远久长，
> 那儿的心灵充满宁静
> 那儿有一只疲倦的鸽子

正在手掌上啄食麦粒。

这些诗写得好不好，我不知道。但直到今天我仍然爱惜它，把它看作我的自白，我也不能不在这部回忆自己生平的书中给它提供一席之地。我觉得，这一章可以帮助读者更好地了解作者。有一句法国谚语说，门不是开着便是关着。不，忏悔室的帷幕可以既落下又升起。

31

《法国的悲哀》：慕尼黑伤害了法国

巴黎和伦敦来的消息使大家激动，甚至西班牙报纸也用整栏篇幅报道捷克斯洛伐克的局势。埃布罗河前线的战斗沉寂了。大家在等着瞧，这出不是在军事行动的舞台上，而是在局外人的眼睛看不见的部长办公室里演出的悲剧，将怎样收场。

9月23日，我来到了巴黎。天气闷热，看来一场风暴即将爆发。我前往捷克大使馆访问我见过几次的参赞沙夫拉涅克。他脸色阴沉，对我说："我个人对任何事情都不再抱希望了……"他是个身材魁伟的人，平时相当沉着，但这一天他却不能控制自己，他的声音变了，他一再地说："今天太热了，是吗？"他往茶杯里斟水时手也在发抖。窗外聚集着一群人：有工人代表、教授、作家，大家对策划中的背信弃义怒不可遏，向捷克斯洛伐克表示同情。

我不再等候编辑部的电话，独自走上工人区的街头。到处可以听见这样的声音："张伯伦""投降""达拉第""法西斯主义"。人们的情绪十分激昂。一个工人说："这一帮混蛋，莫非他们不明白，如果把捷克交给德国人，他们过一个月就会来打我们？这才是背叛者！……"

我在富人住宅区瞧见的情景使我回想起1914年。仆人们正在往汽车上装一些漂亮的箱子。这儿很安静，我只看见一位太太对一个显然有点耳聋的上年纪的人喊道："你又不明白？……人民阵线的这群败类希望巴黎也像马德里那样遭到毁灭！……"

我跑到《秩序报》编辑部去找胖子埃米尔·布勒，此人相当聪明，但在发表意见时却有点玩世不恭。作为新闻记者，他十分出色。他是旧法兰西的代表人物，他的信念是右倾的，认为人民阵线是个危险的玩意儿，但作为一个爱国者，他揭露投降派。"您知道他们怕什么吗？怕胜利。因为要是同德国人作战，就必须同你们联合起来。有位议员昨天对我说：'军人们发疯啦，他们坚持抵抗，不明白这会鼓舞共产党人。'我回答他说：'问题不在内阁的成分，而在法国的命运。'无论您抱着多大期望，我们是堕落了。需要一个克列孟梭，可我们只有个达拉第，这是一个没有幻想的达达兰。我记得两年前他曾举起拳头并拥抱多列士。您瞧吧，明天他会举起手并拥抱希特勒……"

我在《作品报》上读到季奥诺（1895—1970，法国作家）的一篇文章，他写道："活着的胆小鬼比死了的勇士更好。"

我想赶快回巴塞罗那。然而第二天早晨一走出屋门，我便看见一堆人在读贴在墙上的一张宣布部分动员的布告。达拉第宣布，法国将履行自己的义务，并将保卫捷克斯洛伐克。

〔当佛朗哥发动叛乱后，勃鲁姆也说过法国要帮助西班牙共和国。塔列兰（1754—1838，法国外交家，是个权变多诈，毫无原则的政客）曾说，任何时候也不应该遵循最初的感情，它往往是崇高的，因而也是愚蠢的。当然，我并不想拿厚颜无耻的大政客塔列兰和像达拉第这类偶然掌握了国家之舵的六神无主、眼光短浅的庸人来比较。〕

被动员起来的人们向火车站走去。有的人举起了拳头，唱着《国际歌》。在街道的拐弯处，行人们都停住脚步开始争吵。其中一个高喊道："捷克人跟我们有什么相干！让布尔什维克去保护贝奈斯吧！……"另一个人便叫他"法西斯分子"。警察没精打采地一再说道："散开，请散开！"他们的脸上有一种不知如何是好的神情：不知道该打谁。

巴黎的建筑工人举行了罢工。9月25日他们中止了罢工，声明他们不愿妨碍法国的国防，到处有人在运沙子预防烧夷弹，汽车挤满了通往南方的公路，资产阶级退却了，我无论到什么地方都听见一个字："战争"……公共汽车被征用了，女人们报名参加短期救护训练班，一些商店停业了。晚上，巴黎一片漆黑，有一瞬间我觉得自己正走在巴塞罗那的大街上。

9月30日，《慕尼黑协定》公布了。电灯又亮了，普通法国人有点得意忘形：他们以为自己胜利了。一个雾蒙蒙的黄昏，在大林荫道上，人们兴高采烈，这个景象使你感到恶心。人们互相祝贺。市政当局甚至将巴黎的一条街道命名为"9月30日大街"。

傍晚，我同普捷尔曼在蒙帕纳斯的"库波尔"咖啡馆吃晚饭。我在前面提到，我的朋友普捷尔曼编辑了一个"左倾"的周刊《观察》。他出生在比萨拉比亚，对普希金崇拜至极，喜欢收藏珍本图书，然而他的心却一点不像藏书家的心，而是既热烈又充满激情。我们坐着，刚发生的这件事使我们十分沮丧。然而邻桌的一些法国人却喝着香槟，设宴庆祝。一个邻座的人突然发现我们对碰杯、哈哈大笑和狂欢感到气愤，便问道："看来我们打扰了你们吧？"普捷尔曼回答说："不，先生。我是捷克斯洛伐克人。"他们不做声了，然而过了几分钟，他们又兴高采烈地喧嚷起来。

我看见达拉第驱车经过爱丽舍田园大街。人们向他的汽车扔玫瑰花。达拉第面露笑容。前一天还指责《慕尼黑协定》的社会党人，在国会投票支持政府。勃鲁姆写道："我的心在羞愧和松了口气的感觉之间碎裂……"我在卡皮尤辛林荫道上看见一家电影院的屋顶上插着4面旗子，其中有一面德国的万字旗。报纸征集签名作为赠给"调解人张伯伦"的礼物。阿尔萨斯的科尔马市有4条街道易名，其中之一被命名为"阿道尔夫·希特勒大街"。

苏里茨对我说，达拉第是懦夫，博内是投降派的代言人，曼德尔强烈反对，但是在最后一分钟收回了辞呈。

我的一篇例行报道以这样一句话收尾："在爱丽舍田园大街上，投降派向达拉第先生祝贺。但愿他们不久以后不会看见希特勒的师团向凯旋门走去。"编辑部删掉了这句话，他们向我解释说，应该等一等，也许会有清醒的时刻，请我多多报道各种事件的详情。

10月11日，《消息报》上出现了一个新的特派记者的名字 —— 保罗·若斯林。我采用这个笔名纯属偶然，当然并没有想到拉马丁（1790—1869，法国浪漫主义作家）的主人公。爱伦堡继续寄一些长篇文章，而保罗·若斯林则每天寄两三则简讯。

10月，我前往阿尔萨斯。阿尔萨斯的法西斯分子受到《慕尼黑协定》的鼓舞，开始议论并入德国的问题。我刚到斯特拉斯堡，省政府的一个官员便来找我。他立刻问我是否也像《每日快报》的记者那样，打算赞成阿尔萨斯脱离法国。我笑了起来，对他说，苏联的立场跟比弗布鲁克（1876—1964，英国报业大王，曾在政府任职）勋爵的立场毫无共同之处。他十分高兴，告诉我说有一个重要的警方人物会帮我搜集有关"自治派"（一个拥护希特勒的政党这样称呼自己）的活动的情报。

这位警方人士是个难得的人物：首先，他厌恶德国人，其次，自治派侮辱了他本人——他们在自己的报纸上称他为"戴绿帽子的"。他将搜查时发现的一些有趣的文件拿给我看，还让我看了秘密组织成员的名单，甚至还有阴谋分子为了在行动时能够互相识别而准备的臂章。他对我说，政府知道这一切，但肖当部长决定不声张出去，他怕得罪希特勒。我在斯特拉斯堡和工人城市米卢斯见过各种各样的政治活动家。

我的文章并非毫无影响，反对投降派的报纸引用过它们，就连政府也很关心这些文章。我后来得知，肖当曾建议将我逐出法国，但曼德尔反对，所以没有成功。

我在旧文件中找到了一份发给《消息报》国际部的电报："请于10月25日莫斯科时间12点打电话给我以便核对。我将用电报单独寄上同阿尔萨斯各种政治活动家简短的谈话记录。25日晚我将去马赛。"

激进党正在马赛举行代表大会，达拉第和大多数部长都是该党的党员。我记得激进党过去代表小资产阶级、南部各省的农民和具有自由思想的知识分子，它曾强调雅各宾派传统的纯洁性。然而在马赛他们并不提及雅各宾派，却滔滔不绝地大谈"共产主义的危险"，尽管人民阵线形式上还存在。发言者把工人说得一无是处，称他们是"懒汉"，赞扬达拉第爱好和平。不错，也还有另一些激进党人，例如皮埃尔·戈特和鲍苏特鲁，他们不喜欢达拉第的政策，但是我知道，即使他们不自动退党，也很快会被开除出党的。

我同爱德华·赫里欧谈过话。他心灰意冷，但又没有决心同达拉第断绝关系，他在发言中说，苏联准备履行自己的义务，法国丧失了同盟者，战争的危机在增长，他向我抱怨道："法国人张皇失措了。我们忘记自己是一个大国。我不知道这将怎样结束……"

在代表大会举行期间发生了一场大火，殃及了代表们居住的旅馆。原来，消防队的梯子不够用。赫里欧大发雷霆，叫道："也许，我得从里昂叫些消防队来？……"火灾的景象仿佛是为即将来临的灾难故意安排的一次预演。

没过多久，在南特举行了另一个代表大会——法国总工会代表大会，爱伦堡和保罗·若斯林这两个形影不离的朋友也去了。共产党人号召斗争，但是在南特也有主张投降的人，其中一个人说："拯救法国之道在于退居二等国的地位。"

形势混乱不堪。浓雾笼罩在城市上空和人们的意识中。《作品报》断言，它从刊载巴比塞的《炮火》的时候起就一直维护和平，如今它也不背弃自己的立场——为了避免发生战争应当向希特勒和墨索里尼做出新的让步。也有这样的一些"左派"，他们抗议西班牙解散鲍乌姆分子的组织，并要求禁止法国共产党。作家塞林建议在"反对犹太人和卡尔梅克人"（他把俄国人称作"卡尔梅克人"）的战争中同希特勒联合起来。

我被法国保安局请去了。一位负责官员彬彬有礼地问我是否发现有人在跟踪我。我回答说，有时我觉得有密探跟在我后面，但我习惯了，对此并不介意。这位官员说，有些极右翼的恐怖分子在监视我，他拿出几十张相片，请我认一认跟踪我的人。我微笑着说，我什么人也认不出，不过我对自己并

左：希特勒党徒推倒德国和捷克斯洛伐克之间的边防杆
右：1938 年，张伯伦、达拉第、希特勒、墨索里尼在慕尼黑

不担心。"不对。我们知道杀害罗塞利兄弟的一个组织决定要消灭你。"我对他们的关心表示了感谢便离开了。我不知为什么总觉得谁也不想暗算我,保安局希望我受惊之后离开法国。我的记者工作,同政治活动家的会见,抨击性的文章以及以保罗·若斯林这个笔名发表的内容丰富的报道,都不会受到当时法国执政者的欢迎。然而不久以前我在一些陈旧的剪报中发现了一份关于 1947 年在巴黎发生的一起诉讼案的工作报告。曾杀害意大利反法西斯的罗塞利兄弟的一小撮搞恐怖活动的"僧帽党党徒"被审判了。一名被告在法庭上说,他接受过跟踪我的任务。我不得不承认不该怀疑法国保安局:虽说这种事罕见,但保安人员的确曾想保护我。

一切都像是按时间表进行的。政府公布了对付工人的特别法令。11 月 30 日爆发了总罢工。政府决定派士兵代替罢工工人。不愿复工的公共汽车司机被关进了监狱。罢工失败了。达拉第可以为又一次胜利——镇压工人的胜利而干杯了。"人民阵线"这个名词在各处都消失了。

德国发生了大规模迫害犹太人的事件。不幸的人们企图越过国境进入法国避难。边防军捉住他们,根据巴黎的命令把其中的一部分交给了德国人。

12 月初,国际旅的法国士兵从西班牙回来了,工人群众迎接了他们。欢迎会令人十分感动,会场上充满无限哀伤的气氛:当国际旅在瓜达拉哈拉近郊和哈拉马河畔战斗的时候,法西斯主义却悄悄地从后门溜进他们家中。

法国的内战开始于 1934 年,这是一场隐蔽的战争,没有大炮,但是却有冲锋和反冲锋,有牺牲,有相互憎恨。《慕尼黑协定》不是一个偶然事件:资产阶级为了战胜工人不惜付出任何代价,而对背叛行为感到愤慨的工人却愁眉苦脸地沉默不语。

我清楚记得 1938 年的秋天。表面上看来,生活同过去毫无区别:人们在工作,喝开胃酒,玩牌,跳舞。但在这些现象的背后却是苦闷、不安和迷惘。我不能用旁观者的眼睛去看这一切——我了解法国,爱它,却看着它像个梦游病患者似的睁着两只视而不见的眼睛,唱着悲歌,拿着菊花,吃着馅饼,拨弄着是非,走向死亡……我把自己 11 月底写的一篇文章定名为《法国的悲哀》,我在其中写道:"我谈的不是贫困,甚至也不是痛苦,而是那降临在这块土地上的巨大悲哀——慕尼黑伤害了法国。"

1938 年 12 月，国际旅返回巴黎

保罗·若斯林在认真地报道：休尔·罗曼同里宾特洛甫吃了一顿早餐后便对法德联盟的前途有了信心，军火工厂的老板大力资助中小学教职员工会的和平主义宣传。

12 月 5 日，我在给莫斯科的信中写道："我想稍微摆脱一下正在排挤爱伦堡的若斯林，我疲倦了，没有一分钟空闲时间。希望编辑部能体谅我的苦衷……"

冬天来到了，街道上弥漫着炒栗子的气味，冷得发抖的情侣们紧紧地依偎在一起。

几天以后，我来到了巴塞罗那。我还没有来得及了解一下形势，便在电话上喊道："敌人在从特兰普到埃布罗的整个战线上发动了进攻！……"这里的人们还在战斗。

32

伟大的西班牙诗人马查多

　　来到巴塞罗那后不久,大概是新年前夕,我便去探望诗人安托尼奥·马查多——我从法国给他捎了些咖啡和纸烟。他和老母亲住在城郊一个寒冷而窄小的房子里,夏天我常来这儿。马查多气色不佳,微微有点驼背,他很少刮脸,因此更显得苍老,他当时 63 岁,然而走起路来已很吃力,只有他的一双眼睛还炯炯有神,充满着朝气。我保存着关于这最后一次会见的笔记:"马查多读起豪尔赫·曼里克(1440—1479,西班牙诗人)的一段哀诗:

> 我们的生命是条条江河,
> 而死亡则是大海,
> 大海能容纳百川,
> 我们的欢乐与痛苦,
> 还有人赖以生存的一切,
> 永远流向大海。

　　接着他谈到死亡:'一切问题在于那个"如何"。应当好好地笑,好好地写诗,好好地生活和好好地死亡。'他突然孩子般地笑了起来,又补充了一句:'如果演员进入了角色,那么对他来说,走下舞台也不困难……'"

爱伦堡拍摄的安托尼奥·马查多

安托尼奥·马查多的死是悲壮的，虽然他是我生平遇到的诗人中最谦逊的一个。当法西斯军队接近巴塞罗那时，他带着母亲踏上了边境地区的险峻道路。马查多只过了3周流亡生涯，死在科留尔斯小镇上，从那儿可以望见西班牙的群山。他的母亲比他多活了两天。马查多不能再活下去了。

现在他被公认为是 20 世纪最伟大的西班牙诗人。西班牙的院士们开会纪念他，西班牙的年轻诗人们用诗歌颂他。他已经不再是争论的焦点，也不是各种事件的中心，然而我在这里却要谈谈他，因为对于我来说，他的形象同西班牙遗弃西班牙的那些悲惨的日子是分不开的。

我们是 1936 年 4 月在马德里认识的。我还记得拉斐尔·阿尔维蒂、聂鲁达和几十个年轻作家是多么激动地倾听他的朗诵。我说他为人十分谦虚，这还不够。契诃夫在布宁称他为诗人时，他觉得不好意思，并提出抗议，说他是用粗野的手法描写粗野的生活。马查多就为人来说有点像安东·巴甫洛维奇，他有一次对我说："也许我并不是一个诗人。克维多才是诗人，还有龙萨、魏尔兰、卢本·达里奥。我爱诗歌，这是实情……"这不是故作谦虚，也不是装腔作势，60 岁的时候，他听到热情的赞扬还害羞呢。他十分善良，像契诃夫一样宽容别人的弱点，尽力替易动肝火、命运不济的批评家或倒霉的写作狂辩解。一切东西在他的眼中都有点善或有点美。他的诗首先是充满人情味的。

他将豪尔赫·曼里克的诗读给我听。很难找到一个没有写过死亡的西班牙诗人。1938 年夏天，我们在巴塞罗那谈起前线的形势和法国的动向，马查多说："国外有些人错误地认为西班牙人是宿命论者，认为他们对死亡采取听天由命的态度。不，他们是善于同死亡进行斗争的。"

我看见了他晚年怎样同死亡搏斗。无论是轰炸还是动荡的生活，都没有使他困惑。他不愿离开马德里，后来，他像普拉多博物馆的图画一样被送到

第 四 部

巴伦西亚。在马德里、巴伦西亚、巴塞罗那，他都没有放下过笔，他的十四行诗令人赞叹，而且他几乎每天都要为前线的报纸写文章。

然而，他还是不断地想到死亡，他在这方面如同在其他许多方面一样，仍是一个西班牙人。他写十四行诗、哀诗、无韵诗和有韵诗，喜欢格言诗——一种具有哲理性的短小的四行诗，他多半不推敲韵脚，根据罗曼采洛的传统，第二行和第四行末尾那个字有相同的重读元音，这比我们远古时代的元音重复更细腻和难以捉摸。

> 你说——什么也不会丢失，
> 可一旦你打碎了玻璃杯，
> 谁也不会用它喝茶，
> 再也不会有任何人用它。

> 你说一切都不会变样，
> 也许你说对啦。
> 只不过我们正失去一切，
> 一切也正失去我们。

> 一切都会过去，一切都不会变样，
> 而我们的事业却沿着道路
> 一步步前进，
> 走到大海，并越过它。

我也常常回忆他的另一些四行诗。

> 一个新的哈姆雷特，
> 将瞧着我的颅骨说：
> "嘉年华会上一个假面具的
> 美丽的化石。"

一个海上的人
根本不需要四件东西——
桨，舵，锚
和对航海的恐惧。

一个人在打两个仗，
每个人仗都不好打——
梦中同上帝作战，
醒来同大海打仗。

我们渴求知识时，
我们的每小时等于一分钟，
当我们知道了可以知道的事，
我们的每小时等于一世纪。

好的是我们知道——
杯子是为了让人用它喝水，
糟的是我们并不知道，
口渴为何存在。

　　卢本·达里奥是这样形容马查多的："他在放牧成千头狮子和成千只山羊羔。"马查多在诗歌中使草原上的艾蒿和夏日的恬静、使智慧和朴素奇妙地结合在一起。这是索里亚附近贫困的村落、卡斯蒂利亚的岩石、人类的灾难、勇气、希望等的幻影，也永远是他"一步步"走过的道路，是上山或下山的道路，是西班牙和一个人的艰难道路。

　　他的一生是"一步步"度过的，有时同人们一起，有时孑然一身，他从来没有登上舞台（虽然他同自己的兄弟写过几个剧本）——一辈子都是坐在生活的最后一排。他起初教法语，后来讲西班牙文学。他在索里亚、巴埃萨、塞哥维亚等外省城市居住过。1937年春天，当我从南线回来的时候，我决

第 四 部

定去看望马查多——他当时住在离巴伦西亚不远的地方。他向我打听待在维辛德拉卡贝斯的法西斯分子的情况，随后问我喜欢不喜欢拉曼查。我记录了他当时说的几句话："法国的风景玲珑纤细，它是上帝在成年时期画的，也许还是在老年时期画的，一切都经过了深思熟虑，很有分寸感，多一点或少一点都会破坏它的和谐。然而西班牙是上帝年轻时画的，他没有考虑色调的浓淡，甚至不知道堆砌了多少石块。我喜欢契诃夫的《草原》。我不知为什么觉得俄国人能理解西班牙的风景……拉曼查——大家都知道这个地方是堂吉诃德的故乡。但是为什么许多人都不明白，阿尔东萨就是杜尔西内娅？每个西班牙人都把健康的、结实的、善于持家的姑娘看作意中人，每个西班牙人也十分了解杜尔西内娅善于操持家务、搬弄是非和在衬衣上绣花。屠格涅夫在写到哈姆雷特和堂吉诃德时，不了解阿尔东萨和杜尔西内娅是融合在一起的。也许，这是因为他的所有女主人公不是纯洁的上天的创造物，便是凶残的野兽？堂吉诃德和桑丘·潘沙不是对立的，而是一张面孔的两副表情。我们没有这种差别，不过一致比任何对立更难创造。这既是拉曼查，也是整个西班牙……"

　　我逐字逐句翻译了关于堂吉诃德和桑丘·潘沙的格言诗。但我不敢翻译安托尼奥·马查多为阿尔东萨—杜尔西内娅所写的那些轻松而机智的诗句：它们是那样接近音乐，一个略不和谐的音节都会破坏它的魅力。这使马查多和写《夜钟》的勃洛克十分相似。而他之于西班牙也正如勃洛克之于俄国。

　　"一步步"……他在战争年代的行为是他整个人生早已决定了的，这儿既没有奇迹，没有突如其来的恍然大悟，也没有骤然的转变，有的只是信心——对自己、对西班牙、对时代的信心。许多人，甚至包括研究外国语言的人，都不懂艺术的语言。一位批评家在《文学百科全书》中写道："马查多是这样一部分小资产阶级知识分子的典型代表，他们在资本主义的进攻面前极力躲入自我分析的世界，并企图在小资产阶级的人道主义中找到解决当代各种矛盾的办法。"这段话写于1934年。而到了1954年，另一位批评家在《苏联大百科全书》中写道："诗集《卡斯蒂利亚的原野》（1912）浸透着对祖国土地的爱和对西班牙人民的命运的焦虑……在《新歌集》（1924）中，诗人挺身而出，反击反动的资产阶级艺术。"也许是马查多改变了？没有，两

995

位批评家评论的都是他在 1912 年和 1924 年出版的书。也许是评论的习惯改变了？一点也不。仅仅是战争的岁月帮助那些只懂报纸新闻而不懂诗歌的人决定了什么标签对马查多更合适些。

可悲的是，必须经历轰炸或集中营，才能使诗人们获得居住权……

我生平丢失了很多东西，但有马查多题词的几本书我始终保存着，我将它们带出了西班牙，后来又带出了被德国人占领的巴黎。我有时瞧着他的笔迹和照片（我在巴塞罗那给他拍的），人和诗行便渐渐融为一体：

> 你若在我的路上——要水还是要口渴？
> 告诉我，孤僻的女友……

他同人民一起战斗。我记得师长塔关尼亚在埃布罗河畔向战士们宣读马查多的贺信时的情形，他的声音由于激动而颤抖："熙德（10 世纪时的西班牙骑士，因在西班牙收复失地运动中功绩卓著而享有盛名）的西班牙、1808 年的西班牙认为你们是自己的儿子……"我们分别的时候，马查多说："也许我们还没有学会打仗。而我们的装备也太少……不过请不要过分严厉地责备西班牙人。结局到了，过不了几天他们便会占领巴塞罗那。对于战略家、政治家、历史学家来说，一切都将一目了然：我们打败了。然而从人道主义的观点来看，我不知道……也许是我们赢了……"

他送我到篱笆旁边，我回头望了一眼，瞧见他那忧伤的面容和微驼的身躯，像西班牙一样苍老，他是个贤明的人，也是个充满柔情的诗人，我还瞧见他的目光——是那样深不可测，这不是回答的目光，而是询问的目光。天晓得，这竟是最后的一面——响起了警报声，例行的空袭开始了。

33

加泰罗尼亚的最后一周

1939 年 1 月 28 日到 2 月 5 日，这是加泰罗尼亚的最后一周，是结局……怎样来谈谈这一切呢？要知道，从那以后，我们曾见识和经历过多少……但是在我的记忆里，那些日子仍历历在目——伤口尚未愈合。

1 月 28 日，我来到赫罗纳。从前这是个不大的古老城市，有美丽如画的街道，有拱门、花园、古代要塞的石墙，现在城市发出了喊声——不是一个人，也不是几百人，而是全城的人。赫罗纳从前只有 3 万居民，这时骤然增加到 40 万。广场上、街道上都挤满了拿着口袋和篮筐的人们，有的坐着，有的躺着，有的在睡觉，而法西斯的飞机几乎是不断地轰炸和扫射人群。再也见不到共和国的歼击机和高射炮了。那一天我觉得，除了叫喊声、血和坟场上的铁锹——人们为弟兄们掘墓，再也没有别的了。

1 月 30 日，一个身材高大、骨瘦如柴的西班牙师长对我说："我们没有铁锹。我们应该挖战壕，可我们没有铁锹……"道路被潮水般的逃难者所堵塞，他们多半是城里人，有人拖着一只安乐椅，一个令人肃然起敬的貌似教授的长胡子老人拖着一大捆用粗绳扎得结结实实的书籍，农民赶着羊群，小姑娘抱着玩偶。人民在退却。现在已经没有人在墙上写"人民不愿同法西斯分子一起生活"这类标语了——谁能顾到这个呢？我不知道这些逃难的人是否想到生活，他们向前走时，没有口号，没有希望，兴许也没有思想。

有些部队在继续战斗，阻截敌人。距离法国边境只有 20 公里的小城菲盖拉斯，在短期内成了西班牙共和国的首都。我在破旧的铁匠铺里遇见一位熟识的记者：那儿是巴塞罗那报纸的编辑部和印刷厂。人们正在工作。一个头上缠着绷带的人在昏暗的灯光下口述："成功地击退了数量上占优势的敌人的进攻……"

我到处寻找萨维奇，但找不到他。当我来到挤满了人的主要广场上的时候，正好碰上空袭。随后意大利飞机以超低空飞行扫射难民。参谋长告诉我说："我该写战报了，但是连打字机也没有。"到处都可以听到不祥的谣言：意大利人在边境的布港登陆并切断了菲盖拉斯同法国的交通，法国人甚至不许妇女越过边境。人们在一个咖啡馆中包扎伤员。

"俄国人大概在那儿。"一个指挥员指着学校的楼房对我说。但是我遇见的是内格林、阿尔瓦雷斯·德尔瓦约和其他几位部长。他们坐在一张长桌子周围的凳子上，桌上摆着地图和一袋袋文件。内格林告诉我说："我们应该争取时间把居民撤退到法国去。然后我们便可乘飞机去马德里了……"另一位部长说，最主要的是撤出军队和装备，再从马赛将人和武器运往巴伦西亚，然后从那儿同中央战线的部队一起转入进攻。并非一切幻想都没有了……

有人告诉我说，苏联同志在离城8公里的一个小村子里。我得花3个钟头的时间步行去这个村子。夜里很冷，难民们为了取暖，用家里带出来的破旧什物燃起一堆堆篝火。然而轰炸并未停止。

我走进一个农民家里便高兴得愣住了：壁炉里燃着熊熊大火。萨维奇和科托夫坐在壁炉前面。萨维奇解释说，不知何故用卡车把使馆的藏书运到这儿来了，必须把它烧掉，不能把俄文书留给法西斯分子。我对那个在西班牙名叫科托夫的人怀有戒心——他既不是外交人员，又不是军人。他以明显的满意神气将一本本书抛进火内，同时说道："这是谁的？卡维林？请吧！奥莉加·福尔什？不认识。不过里面更暖和些……"萨维奇也使我大吃一惊，他平时十分爱惜书籍，他去别人家中做客的时候，往往突然忘记一切礼貌，开始翻看桌上的书，甚至都不听谈话，不料这时也受到感染，发疯似的将书一本一本扔进壁炉。科托夫说道："嗯……《第二天》……只好将火葬权让给作者了。"我把书扔进了壁炉。

使馆的几个工作人员来了，他们对我说，从巴塞罗那撤退时忘了摘下屋顶上的国徽和国旗，他们刚刚才想起来，其中一个对萨维奇说："也许，您可以去一趟？……"萨维奇同自己的司机——勇敢的佩佩一起回到正在进行巷战的巴塞罗那，他爬上屋顶，取下了国徽和国旗。（萨维奇毕竟是个怪人：他居然能在法西斯分子进入巴塞罗那后十分沉着地返回城里，在炸弹下为塔斯社写报道，同科托夫坐在一起有说有笑地烧书，而在一周后回到巴黎时却吓得要死：他没有警察局的许可证，夜里躲在杜霞家，甚至连喜欢逗乐的杜霞也无法使他露出笑容。他拿给我看从法国一个边境小城发来的一份电报："汽车和我统归你支配，佩佩。"接着苦笑了一下。也许，这并没有什么可奇怪的，所有的人都是如此。）

有人告诉我们，国会 2 月 1 日要在菲盖拉斯开会。我和萨维奇在黑暗中摸索了好半天才找到旧城堡地下室的入口。意大利飞机不停地轰炸城市。入口处站着一个戴白手套的哨兵。一个小老头不知从何处弄来一条蹭鞋底用的破旧的粗地毯，铺在通向地下室的台阶上："不好意思啊，这儿毕竟是国会……"外交使团和新闻记者也有席位。我应管理人员的请求，坐在外交人员席上，为了不让它空着，后来我国使馆的一个人也来了。内格林满脸胡子，他的眼睛由于熬夜而红肿着。他说，英国和法国出卖了共和国，使加泰罗尼亚陷于四面包围中。法国人不愿接受重伤员。他的演说中有这样一句："法国会为自己的行为后悔的……"告人民书通过了：斗争在继续。表决采取点名的方式，代表们一个个站起来，郑重地回答"赞成"。一位代表的手臂是匆匆包扎起来的，血渗透了纱布。

我连夜赶赴法国城市佩皮尼昂，把国会开会情况报告给《消息报》，第二天一清早便回来了。

难民们不能在道路上行走，他们像春天的河流那样泛滥了，挤满了山坡的阶地。普伊格谢尔达附近落了一场大雪，有些孩子陷进了雪堆中。我在阿雷斯山口附近看见一些老太婆在结了一层冰的山岩上爬行。农民宰了羊，就地烤熟给士兵吃。一个女人在田野里分娩，我们喊来了一个医生，是个老头，鼻喉科专家，他接生完毕后坐在火堆旁烤火时突然说："这个孩子有福气，他来得及在西班牙的土地上降生……"这个医生一点也不像那些随随便便地道出具有历史意义的话的英雄，他穿着一件绿色的女用短上衣，伸出风湿病患

左：1939 年 1 月 28 日—2 月 5 日，在加泰罗尼亚的最后一周
右：1939 年 2 月 1 日，国会在菲盖拉斯城堡开会

者的浮肿手指去烤火。

　　我在一个牧人的窝棚里遇见了阿尔瓦雷斯·德尔瓦约，有人给他端来一碗淡褐色的热咖啡。他那忧郁的眼神使我不由得掉过头去，然而他却十分沉着，说起了一辆为士兵们运粮食的卡车，又谈到了拦阻射击和撤退伤员的事。（他是个有坚定信心的人，每过两三年，我都要在巴黎、莫斯科或日内瓦遇见他，每次都使我想起 2 月里的那一天，想起窝棚里的外交部长，以及他那忧伤的目光和沉着、平静的声音。）

　　3 天后，我同萨维奇站在国境线附近的一块巨石上。络绎不绝的逃难者从面前走过，驴子在尖叫，小孩在啼哭，一队战士走了过来，一名士兵不知为什么吹着喇叭，敌机在轰炸，一个农民抓了一把土，把它包在一条红色大头巾里。

　　后来我写了一些诗，诗中有我在本章中提到的各种细节，不过还有那次要方面，还有那只有用诗才能表达的激情：

　　　　在潮湿的夜里，风在磨平山岩。
　　　　西班牙拖着兵器，

朝北方走去。黎明前

疯狂的小号手吹着喇叭。

战士们从战斗中拉出大炮。

农民们赶着变傻了的牲口。

孩子们拿着自己的玩具，

一个玩偶的嘴被弄歪。

妇女们在田野里分娩，拿痛苦当襁褓，

然后继续前进，以便站着去死。

篝火还在燃烧——在离别前夕，

铜号还没有休息。

有什么可能更为可悲、更为奇妙——

一只手还握着一把泥土。

那夜歌曲摆脱了歌词，

一个个村庄也像舰艇般前进。

    法国人在边境站上不仅派有宪兵，还调来了军队——起初是塞内加尔人，后来是整营的法国军队。西班牙士兵放下武器后还要接受一次搜查，许多难民也要受到搜查。我在佩尔蒂看见法国人误将女人同她们的孩子们分开，她们叫喊着不愿走，但仍被赶走了。

    我有一张巴黎警察局发的记者证。在巴黎时它没有多大用处，但在这儿却有奇效：我可以自由地前往西班牙然后又回来。应该营救被拘留在集中营里的许多同志：记者、使馆的女清扫工、司机、一个初学写诗的人、国际旅的战士。一连好几天，我都在忙着这件事，甚至顾不得给报社发电讯稿，我比较喜欢往巴黎打电话，仿佛那儿真有一个保罗·若斯林似的。

    我发现了一些出色的人物。来自边境小城普拉茨德尔莫洛的一位教师在一个山口几乎值了几昼夜的班：给难民们煮汤，发给他们面包。成百上千的人给他送来食物。阿尔修尔杰什的一位技师，一个小汽车库的主人，驾驶着一辆破旧的汽车不停地往来于阿雷斯山口与城市之间，把疲惫不堪、饥寒交迫的难民运往城里。阿雷斯山口的宪兵比较好说话，这位技师帮我将许多同志载过国境，遗憾的是我没有记住他的名字。

2月6日是我留在西班牙土地上的最后的一天。这是在科姆普洛顿山村，周围还在战斗。

法国政府数次下达残酷的命令。但在各地人们却各行其道。每天我都可以看见团结、善良、同情和露骨的卑鄙。我在布留这个小城市里寻找过一个带着几个孩子的农妇——我身边有她丈夫托我捎给她的一封信和钱。市长是个肥头肥脑的家伙，生着一副呆板而冷漠的面孔，他回答我说："这种人这儿太多啦……"一名警察喊道："这不是你的事！快走吧！……"我提醒他要懂得人情，他回答说人情同他无关。在圣罗兰德谢尔丹、普拉茨德尔莫洛、阿尔修尔杰什这些小城中，居民们给难民食物，帮他们躲过警察。几列军用列车开到了里昂，市长爱德华·赫里欧在车站值班，帮着将食物分发给西班牙人，并将他们安排在营房和学校里。然而许多法国报纸却每天叫喊着要防止西班牙的"无政府主义者、共产党人、凶手和暴徒"进入法国。

夏天我就在佩皮尼昂认识了一个破旧旅店的主人，我在那儿住了几天，因为这次我带来了一些同志，所有的房间全住满了人，不得不在餐厅、账房等处睡觉。由于店主人没有向警察局报告来人的身份，那儿没有一个人被带走。然而城里正在进行搜捕。一辈子没戴过帽子的西班牙女人也买了小巧的时髦女帽，涂脂抹粉，为的是不露出痛苦的痕迹，也为了装扮成法国女人。在巴纽勒斯，一个右派报纸的记者因侮辱了战败者而被渔民们狠狠揍了一顿。是的，法国人是各种各样的，我不想不分青红皂白地责备他们或赞扬他们。

法国当局将西班牙人安置在阿尔热勒斯和圣西普林地区的集中营里。6个人分一个面包，喝的是臭水，还遭到各种侮辱。然而里宾特洛甫却在巴黎受到殷勤接待……不过谈起那些年代，最好别想什么正义，什么里宾特洛甫——谁又没有拥抱过他呢！

有人将诗人埃莱列·彼切列写的一个纸条交给我，他被关进了集中营。他说我的许多朋友也关在里面。我为此事前往巴黎交涉。阿拉贡、让-里沙尔·布洛克、卡苏以及我们联合会的其他参加者都挺身而出，为被拘禁的作家们辩护，过了两三个星期，他们终于获释了。

内格林和其他几位部长乘飞机飞往马德里。共和国军队控制的地区如今已处于四面包围中。英国和法国承认佛朗哥将军是西班牙的合法统治者。共和国遭到了封锁，在马赛港扣留了几条往巴伦西亚运粮食和土豆的船只。3月6日，中央战线的集团军司令卡萨多上校在婚礼将军米阿哈的赞许下发动了政变，使一小撮决定投降的人代替了内格林。然而，注定要陷落的马德里的挣扎还不是西班牙悲剧的结局，真正的结局是那年冬天，当时埃布罗河方面的军队尚十分完整，他们带着武器进入法国国境，希望由此转赴巴伦西亚。（然而士兵们带出来的武器全被法国人转交给佛朗哥将军了。）

希特勒在接二连三的胜利的鼓舞下占领了布拉格。马林娜·茨韦塔耶娃在最后一次同自己的朋友书桌会面时写道：

> 啊，眼中的泪水！
> 愤怒与爱情的哭泣！
> 啊，泪水中的捷克；
> 血泊中的西班牙！
> 啊，一座黑的山
> 遮住了整个世界；
> 是时候了——是时候了——是时候了
> 快把证件还给作家。

我在本书中同西班牙告别是不容易的。我还记得在阿雷斯山口一个西班牙的自动步枪手同妻子和两岁的小儿子告别时的情景。他请求我将他们母子二人带到一个安全的地方，他说："我不走了——我不相信法国人会送我们去巴伦西亚，他们已经同佛朗哥勾搭上了。而在这里还能干掉几十个法西斯分子……"我走了一程后回头一望，发现他握着自动步枪卧在地上，他没有望着我们，而是望着法西斯分子可能出现的南方。

在从布港去塞尔贝尔的公路的两旁，摆着成堆的步枪、手提机枪、钢盔、手枪乃至刀子。我突然发现一支矛和一个古时的帽盔：看来这是人们从加泰罗尼亚的一个不大的博物馆里带出来的陈列品，一个塞内加尔人把它们当成了武器。不错，堂吉诃德的矛和帽盔都是武器，西班牙在一千多个昼夜里用

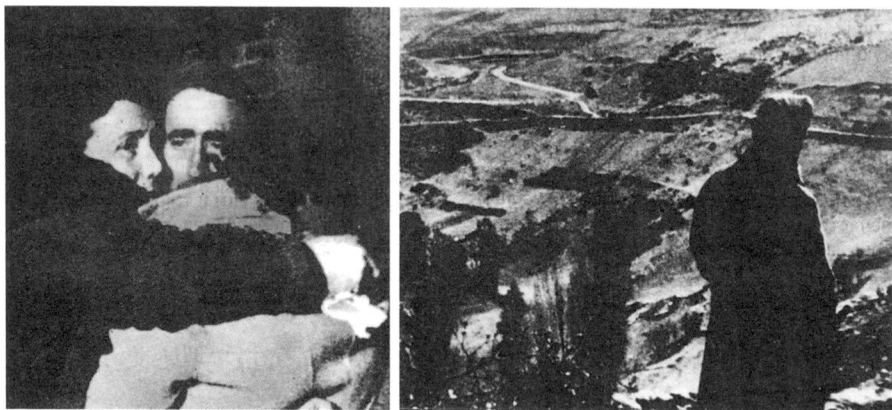

左：和孩子告别
右："这里可能躺着十个法西斯分子……"

它们抵御了两个法西斯大国——意大利和德国的进攻。

　　7个月后，第二次世界大战爆发了，出现了许多英雄事迹，法西斯主义被粉碎了。但是在新的时代中，愁容骑士企图用来保卫人的尊严的矛和旧式帽盔，已经没有存在的余地了。

34

我被迫放下记者的工作

1939 年春天，萨维奇回莫斯科去了。为了送他一程，我们一同乘车去勒阿弗尔。搭乘同一条船去苏联的还有许多西班牙人。我们站在岸上，海风猛烈地刮着。不幸的西班牙的影子又浮现在眼前。我请求萨维奇到莫斯科后给我写信，但我有很长一段时间不知道他的情况——人们当时不喜欢往国外寄信。

我每天都用保罗·若斯林这个名字给报纸写报道，这些报道五花八门，无所不有，同时也是单调的大事记：西班牙的法西斯恐怖，捷克斯洛伐克的垂死挣扎，意大利侵占阿尔巴尼亚，博内或赖伐尔的阴谋诡计，勃鲁姆怯懦的声音，达拉第的土头土脑的庸人政治。

4 月中旬，报纸突然停止发表我的通讯。起初我想也许是因为我写得不好，于是便和编辑部联系。末了他们通过大使馆通知我：《消息报》暂时不能发表爱伦堡或保罗·若斯林写的报道，不过我仍是常驻记者并照旧领取工资。

我一点也不明白，便去找苏里茨。苏里茨大声申斥了我一顿："对你没有任何要求，你反而要生气！……"他陷入了沉思。"今天刚接到消息，马克西姆·马克西莫维奇被撤职了。莫洛托夫得到了任命……不过顺便说说，这与你毫无关系……你难过什么？休息休息吧。写写长篇小说。现在有许多十分有趣的画展……"（苏里茨非常喜欢绘画。）

我被迫放下记者的工作毕竟是同报纸上所说的国际形势有关。保罗·若斯林还是像过去那样揭露法西斯分子，而复杂的外交谈判时期却越来越近。

局势不明朗，报社决定把我"储藏"起来以备他日之用。苏里茨对我说："将来还用得着你。"遗憾的是，他没有说错：1941 年 6 月 22 日编辑部打电话给我："给我们写点东西吧，您不是《消息报》的老人吗……"

英国和法国宣布，他们愿意制止侵略者同苏联达成协议，但是在慕尼黑会议后就很难相信达拉第和张伯伦的善良意图了。我回想起那个时期就感到无比厌恶。人们坐在收音机旁收听希特勒的演说，他们努力根据声调推测明天对他们预示着什么，甚至那些不懂德语的人也是如此。法国令人觉得是一只被蟒蛇的目光迷惑住了的肥兔子。

5 月，在巴黎召开了国际反法西斯代表会议，我参加了，碰见许多老相识——朗之万、加香、让-里沙尔·布洛克、马尔罗、阿拉贡、谢沙尔·法尔康，我认识了费林格。大家的心情都很忧郁，人们的发言看来也只是重复早已听到过的那些话——再也没有激情了。

有一天，费尔南多·海拉西带着一个腼腆的年轻作家来看我，从此我们做了朋友，他的名字叫让-保罗·萨特。他斜睨着眼睛看人，因此令人感到有点滑头，但是他坦率地谈到了自己的悲观失望。他送给我一本小说集《墙》，里面的短篇小说也是叙述失望情绪的。过了许多年，我又遇见了萨特，我了解了他并明白了，我最初的印象是正确的：在他身上，理性，敏锐的甚至是尖刻的才智同孩子般的天真、轻信与敏感罕见地融为一体。

我很难有条不紊地叙述那一年的情形：回忆宛如山中的云雾，它逐渐降落，压迫你，使你喘不过气。5 月，约瑟夫·罗特去世了。托勒尔上吊了。罗曼·雅可布逊从布拉格来到巴黎，他说奈兹瓦尔同他告别时像孩子似的哭了。许多德国作家到美国去了。巴勃罗·毕加索的家里坐满了衣衫褴褛、无家可归的西班牙人。巴勃罗第一次对我说："孩子，我很难工作，我们陷在琐事堆里了……"从表面上看，似乎没有什么变化。暑假开始了，报纸上写道，"整个巴黎"在多维拉，形形色色的招待会和游泳衣成了描绘的对象。但这一切看来只不过是对往昔的模仿。

我在西班牙的时候，斗争吸引了我，也排除了我的许多杂念。现在我却独自一人在沉思。我常想，在莫斯科比较轻松：那儿的人们都了解你。在巴黎，一种孤寂的感觉压抑着我。

关于科利佐夫的命运，我在巴塞罗那时便知道了，当时正是结局到来的前夕。在巴黎期间，丽莎和玛丽亚·奥斯滕（格罗斯赫涅尔）先后来找我。她们随后都回莫斯科去了。丽莎哭着说，科利佐夫在西班牙时便有病：“也许，我来得及把药交给他……”

关于梅耶霍德、巴别尔的命运的消息也传来了。我失去了最亲密的朋友。

来到大使馆后，我看到了一些陌生的面孔。凡是我先前认识的人们——参赞吉尔什菲尔德、武官文佐夫、空军武官瓦西里琴科、谢苗诺夫以及其他许多人，都不见了。甚至没有人敢提起这些名字。

有一天苏里茨对我说：“拉斯科尔尼科夫来了。莫斯科召他回去，可他吓得不知如何是好。他问我该怎么办。我说应当马上回国。他给我留下了令人苦恼的印象……”过了两天，拉斯科尔尼科夫（他当时是驻保加利亚的全权代表）跑来找我，也问我他该怎么办。20世纪20年代我们在莫斯科见过面，那时他主编《红色处女地》，是个快活而坚定的人。他给我的一本书写了序言，责骂我模棱两可和动摇不定。我还记得他在十月革命的日子里起过什么样的作用。然而现在他坐在我位于科坦登街的家中，他高大魁梧，像一个变傻了的孩子，他说，莫斯科召他回去，他同年轻的妻子和吃奶的婴儿已经动身，途中妻子哭了，他突然决定不去莫斯科了，便从布拉格来到了巴黎。他反复地说：“我不是替自己担心，而是替妻子担心。她常说：‘没有你我活不下去……’”我认识几个叛逃分子：别谢多夫斯基、德米特里耶夫斯基。他们都是投敌分子，是道德上肮脏的人。拉斯科尔尼科夫不像他们，可以感觉到他有一种惊慌情绪，一种真正的痛苦。他没有听从苏里茨的劝告，而是在法国留了下来，发表了一封致斯大林的公开信，半年后便死了。

苏联、英国和法国之间正在进行签订军事协定的谈判。西方大国在拖延时间。工党在议院里揭发张伯伦。我国报纸对谈判几乎只字未提。备战活动继续在各地进行。

我没有像苏里茨建议的那样坐下来写长篇小说，因为写散文作品时，不仅应当认清某种实在的事物，还得理解它的意义，可当时我还不能理解所发生的事件。对我来说，目的早已清楚了，但道路是如此错综复杂，有时简直不知道哪条道路通向何处。然而自己的感触却可以用抒情诗来表达，于是我选定了诗。1940 年，在莫斯科，一本小小的诗集《忠实》出版了，它收入了我在 1939 年夏天写的许多诗篇，书名是其中一首诗的名字：

> 忠实——我们一起穿过枪林弹雨，
> 我们一起把忠实的朋友们埋葬。
> 悲伤和勇气——我不会说。
> 忠实于面包并忠实于刀子，
> 忠实于死亡并忠实于委屈。
> 我不会回忆心灵的呓语，不会把它泄露。
> 瞄准心脏吧！对心灵的忠实
> 和对命运的忠实，将踩着你过去。

　　我再也没有那种能使人摆脱过分困难的思考的"精确而紧急的工作的假象"。在人生的小站上的某处，在两次大战之间，我不知道我们将面临的是什么，我开始思考自己的命运：

> 在要塞练兵场平静的石板上，
> 布置了陌生的哨兵。
> 说的是年龄？已不见梦境，
> 一本小册子——记着死者的住址。
> 哨兵们站着，一动不动。
> 朋友们逐渐减少，灾难沉默不语。
> 只剩下最普通的词汇：
> 关怀，空气，树木，水。

　　树木、河流以及某些固定的东西吸引着我，当我坐在巴黎郊区小公园中的时候，我不能不道出如下的自白：

> 时代，我知道你那严酷而巨大的命运，

不会把你背叛，

但让我在片刻之间

看到的不是你，而是桂竹香，

不是在谵妄中，而是当真看见

病弱憔悴的青草。

　　莫斯科、西班牙——总之，我前面说过的种种事件都使我感到疲劳。8月，我前往儒林纳休息了两个星期，这是鲍若勒附近葡萄酒酿造工居住的一个村子。我是清晨动身的，步行在漫长的道路上，翻越一座座山冈。四周尽是葡萄园，间或可以碰见一株孤零零的老树——榆树、槭树。我向树木寻求那使我烦恼的成千上万个问题的答案。批评家有时把这种行为称作"逃避生活"。但是葛兰西在狱中曾贪婪地注视着四季豆苍白的幼芽，扎尔卡死前不久也对田野上的鸟儿的歌声感到宽慰和心焦。老实说，人不是机器，而生命也并不按照火车时刻表运行。

　　在儒林纳，我住在一家小旅店里。主人是无政府主义者，他做得一手好菜：酒糟鸡和烤牛排。一天清早，他喝醉了酒，扔了几块肉给我的狼狗布祖，说："一切是那么忧伤，简直使人觉得可笑……"他向自己的顾客和酿造葡萄酒的农民讲起了我。随后便有两个人来见我——一老一少。原来在儒林纳有 6 个酿酒师是共产党员。他们领我去参观酒窖，用葡萄酒款待我，当然也问起苏联的情况。年老的问："你说说，莫斯科郊区的葡萄酒是不是比我们的好？……"（儒林纳以产葡萄酒闻名。）我犹豫不决地解释说："莫斯科郊区没有葡萄种植园，我们的葡萄酒全是在克里米亚和高加索酿造的。"这使他十分震惊：他相

1939 年，莫洛托夫、里宾特洛甫、斯大林在莫斯科签订了苏德协议

信莫斯科，也爱自己的事业。他考虑了片刻后说道："不要紧，一两个五年计划后，莫斯科郊区也会酿出比我们这儿更好的葡萄酒……"他寄了一箱葡萄酒给斯大林。（1946年我顺便访问了儒林纳。那个年轻的酿酒师认出了我。他现在是市长。我问他："老人活着吗？"他领我去看被烧毁的旧址："老人对大家说：'不要紧，过上一两年红军便会到这儿来的。'德国人枪毙了他，把房子也烧了……我当时在游击队里，你瞧，活下来了……"）

使我受到鼓舞的不仅是树木，而且还有人——这些酿酒工人。如果采用批评家的标签，那么可以说，我的诗并未丧失乐观主义：

> 我知道一切——岁月的窟窿和缺口、
> 险峻道路上的无数灾难。
> 不，使人宽慰并不容易！
> 可我还是要说雨，说树枝。
> 我们将胜利。拥护我们的是世上一切新生事物，
> 一切血管，一切幼芽，一切少年，
> 还有这整个苍天——要考虑到未来，
> 正如孩子穿的鲜艳童衫要肥大一点……

我在火车上从《巴黎晚报》上读到一条新闻，说有一个42岁的法国人打开了厨房的煤气开关并留下一个字条："报纸将依旧出版，而人却活不下去了。"

我回到巴黎后不久便从广播中听到苏联和德国在莫斯科签订了协定。当然，我不知道西方大国的代表同莫洛托夫之间谈判的详情，但我明白英国人和法国人在打扑克，在玩弄一桩不诚实的把戏。我的理智告诉我，不可避免的事终于发生了。但我的心灵还不能接受……苏里茨拿给我看最近一期的《真理报》。我瞧见一张照片：斯大林、里宾特洛甫和另一个人，所有的人都满意地微笑着。（6年后我在纽伦堡又看见了里宾特洛甫，不过他那时没有微笑，他已经预料到自己会被绞死。）

是的，我什么都明白了，但我并不因此而感到轻松些。一个名叫夏

尔·拉波波尔特的大胡子老人（他十分熟悉列宁、普列汉诺夫、饶勒斯、盖德、李卜克内西）说："资本主义可以如此，但我们不应该……"

就在那一天我得了一种使医生们束手无策的病：足有8个月，我吃不下任何东西，体重减了大约20公斤。衣服在我的身上肥大得直晃荡，我像一个稻草人。使馆的一位女医生对我十分恼火："您无权支配自己。"她说这话是为了让我去做透视。我不去，我知道我的病是突然发作的：我一面读报，一面吃饭，突然觉得自己连一小片面包也吞不下去了。（这个病的痊愈同发作一样突然——由于一次震动：我得知德国人侵入比利时的消息后，便开始进食。医生意味深长地说："一种痉挛现象……"）

事态发展迅速。8月24日公布了苏德条约。9月1日莫洛托夫宣布，这个条约有利于全面和平。然而就在两天之后，希特勒发动了第二次世界大战。

35

奇怪的战争

我们不止一次看见，血流成河的战斗总是不发表任何宣言便开始了。1939 年法国的宣战没有伴随什么军事行动。大家都在等候轰炸、进攻或退却，但前线上十分平静。法国人惊讶地说："奇怪的战争。"

我清晰地记得这场"奇怪的战争"的头几周的情况——我当时还能上街。携带着防毒面具的妓女在等候顾客。玻璃窗上贴了一些薄纸条，有些女主人还把纸条剪成独特的花纹。我有一次去区里办理外国人登记。一个酒窖的老板正在大发雷霆："我永远也不腾自己的仓库！人们可以躲在地下铁道里，那儿容得下所有的人。我存的是陈年布尔冈红酒，这可不是你们那愚蠢的政治，这是资本！"一位太太要求逮捕他的邻居："所有的人都知道他在西班牙打过仗，反对过佛朗哥将军。我告诉你们，他不是法国人，而是真正的卖国贼、共产党、奸细！……"几乎每夜都要举行防空演习。女人们穿着雅致的外套，涂脂抹粉地出来了，而一个可怜的守门女人在防空洞里往地上洒水：区指导员不知何故下了这样的指示。

喜剧不久便使大家厌倦了，生活走上了常轨。钱赚得多也花得快：那种认为战争不可能长期"奇怪"下去的想法甚至使明显的守财奴也大肆挥霍起来。报纸上说，前线的士兵寂寞得要死。给他们送去了各种玩具、侦探小说、烈性饮料以及上面写着"法国某地"的绸手绢。"奇怪的战争"在玩弄军事秘密："你的朋友在哪儿？""不知道。我非常替他担心！他在法国某地……"

莫里斯·谢瓦利埃唱过一支小调——《巴黎永远是巴黎》，它成了开场白，成了节目单，成了咒语。报纸评论员在论述战争的远景时就像在分析一个大托拉斯可能取得的红利，他们计算石油、铁、铝的储量，拼命想证明盟国比德国和意大利更富足、更牢固。"我们会胜利，因为我们更强大。"这个口号在任何一面墙上都可以看到，旁边则是电气用具和开胃酒的广告。广播里每天都说，盟国使敌人的多少吨货物沉入海底。但关于波兰的灭亡则谁也不提，虽然战争是由于希特勒对波兰人进行威胁后开始的。

一个德国飞行员在法国领土上摔死了。人们用军队的仪式埋葬了他。报纸大为感动地把葬仪渲染了一番。很多人收听斯图加特的法语广播。斯图加特的播音员断言，胜利将属于德国，因为它更强大。法国人微笑着一再地说："奇怪的战争。"他们既不考虑沉没的船只、铜的储量，也不考虑胜利：活着就得像活着的样子。

毕竟是在进行战争，因此也需要有敌人。法国共产党人便被看成了敌人。《人道报》和《今晚报》被查封了。不仅共产党被取缔，数以百计有同情共产主义嫌疑的团体、协会、联盟也被查禁。大规模逮捕行动开始了。国会允许检察机关将共产党议员提交法庭审判，他们受到的指责是他们不愿将苏联革出教门。这无非是个借口，实际上资产阶级是为自己在 1936 年经受的恐惧向工人进行报复。

还在不久以前，"法西斯主义"这个词到处都可以听到。突然间它从所有的演说中和报纸上消失了。可以认为法西斯主义也消失了。然而谁都明白，法西斯分子正在准备决定性的进攻。

早晨，克列芒斯来我们家里待了两小时，收拾了一下房间。她的兄弟是共产党员，他对她说："我不知道俄国人是怎么想的。《人道报》被查封了，负责同志被捕。但是我看见，赖伐尔、弗兰登及所有法西斯歹徒照旧在攻击共产党人。这就是说，共产党人是对的……"克列芒斯补充道："我的兄弟说，如果他能弄到《人道报》，他就什么都会明白……"

我仔细地读着莫斯科的报纸，但我不能说我什么都明白。我记得博内和张伯伦是多么希望希特勒向乌克兰进攻，德苏条约的签订看来是出于必要。"奇怪的战争"和对共产党员的迫害表明，达拉第不打算同希特勒作战。不过莫洛托夫关于"近视的反法西斯主义者"的话刺痛了我。那年冬天，我头一回配了一副眼镜，但我不能承认自己"近视"：西班牙战争的情景犹历历在目，法西斯主义对我来说仍然是主要的敌人。斯大林发给里宾特洛甫的电报使我吃惊，电报中谈到鲜血结成的友谊。这份电报我读过将近 10 次，虽然我相信斯大林具有治国的天才，但我的心里总是异常激动。这难道不是亵渎行为！难道可以将红军战士的血同希特勒分子的血相提并论？又怎能忘记法西斯分子在西班牙、捷克斯洛伐克、波兰以及德国本土的大屠杀呢？

我忍耐不住，所以当雅·扎·苏里茨来看望我的当儿，便提起了这封惹是生非的电报。起初他只做了表面上的回答，说这是外交礼节，对贺电不应过分重视等等。不料他突然激动地跳了起来说道："全部不幸都在于我和你是老一代的人。我们受的是另一种教育……你现在为一封电报感到激动。还有更糟的呢。将来总有一天我们会谈起这一切的。现在你应当考虑考虑自己，如今不是操心的时候……"

1940 年 3 月，苏里茨突然走了。在这之前，他一直卧病不起：他得了肺炎。在使馆工作人员的一次例会上通过了给斯大林的贺电，根据当时的惯例，贺电谴责了法英帝国主义者发动反对德国的战争。电报稿送请苏里茨签署。一个缺乏经验的年轻工作人员没有将电报稿交给使馆的译电员，而是送给了电报局。第二天，巴黎各报登载了这封电报。对于那些认为不应该同法西斯德国作战而应该同苏联作战的政客们来说，这是一个意外的收获。法国政府宣布苏里茨为"不受欢迎的人"。当我来到使馆的时候，人们告诉我说，苏里茨已经走了——"可以说是犯了个错误……"

我身体虚弱，极易疲倦，不能工作了。那年冬天，很少有人来探望我们，旧朋友中间有些人认为我背叛了法国，有些人怕警察——因为我受到监视。前来看望我或邀我前去的人简直屈指可数：安德烈·马尔罗、让-里沙尔·布洛克、参加过西班牙战争的飞行员蓬斯、吉尔苏姆夫妇、沃热尔、拉斐尔·阿尔维蒂、海拉西、医生西蒙和住在隔壁的朋友普捷尔曼。

当时同普捷尔曼谈话很不容易，刚发生的种种事件——达拉第、德苏条约、英国人、芬兰——使他控制不住自己，他的高血压恶化了。在他生命的最后几天，一个晚上，他突然开始背诵普希金的诗句：

哀悼吧，亲爱的，我的命运在寂静里；

你们害怕用眼泪引起怀疑；

你们知道，在我们的时代流泪也是犯罪………

他3天后便死了。他死后，警察还进行了一次搜查，抖散了普希金的作品……沃热尔参加了葬礼。我记得他作为"全巴黎"的代表时那么生机勃勃，这时站在墓地上，显得苍老而悲伤。

这年冬天冷得异乎寻常，报纸上说，就连塞维利亚也落了雪。苏芬战争正在进行，报纸都忘了世界上有个德国。许多政治家要求派远征军前往芬兰。马赛·德阿不久前还在袒护希特勒，并说过"不值得为但泽市而死"这么一句尖锐有力的话，现在却企图证明，必须为赫尔辛基而死。在马德林教堂里，人们在为曼讷林（1867—1951，苏芬战争期间任芬兰军总司令，后曾担任总统）的胜利祈祷。女士们在为芬兰士兵织毛衣。达拉第想表示，他也能作战，即使不在莱茵河上作战，那也能在维堡作战。当芬兰和莫斯科举行和谈的消息突然传来时，发生了战争前夕的混乱现象。部长们愤怒了一阵，又回头去办早先待办的事务去了。

政府认为士兵太多而战线太短，应当放一些年轻的农民回家：农业万岁！

粮食是充足的，但部长们想显示自己有远见，做了一些无害的限制：无点心日、无牛肉日、无香肠日。

很难说法国的将军们在指望什么。他们诚心诚意地相信两条防线：马其诺防线和齐格菲防线。甚至像我这个完全不懂军事的人也明白，在西班牙，决定战役结果的是空军和庞大的坦克兵团，但法国的将军们却不喜欢新鲜事物，对他们来说，戴高乐将军是未来派。

我在等候出境签证。在右派报纸《老实人》上出现了一篇针对我的令人生厌的短文。《万事通》报问道："爱伦堡为什么还留在巴黎？……"我自己在警察局里也提出过这个问题，但官员们却不回答我，反而向我提出一大堆问题。我躺在床上，感到很苦恼，翻来覆去地读着蒙田、契诃夫等人的作品和《圣经》。

希特勒在4月占领了挪威和丹麦。新总理决定派遣少数士兵去挪威。战报上出现了远方峡湾的名称。

我保存着一本 1940 年的笔记，上面有些简短的记事。现在摘录其中几段，它们既可以说明当时法国发生的事情，也可以说明我当时对种种事件的认识。"4 月 9 日。斯堪的纳维亚的战争。奥斯陆。17 名共产党员被捕。""4 月 11 日。罗亚尔大街。商店的橱窗，坦克式夹子和飞机式夹子。4 月 16 日。纳尔维克。54 名共产党员被捕。""4 月 17 日。一个名叫佩罗尔的聋哑人因进行反民族的宣传被逮捕。""4 月 23 日。费尔南多说，雷格列尔在集中营里遭毒打。""4 月 28 日。一个喝醉了的休假士兵在阿尔莫里克大街上喊道：'这不是战争，这是欺骗！'""4 月 29 日。埃尔扎·尤里耶夫娜将穆西纳克被捕的经过告诉我。""4 月 30 日。《作品报》报道说，一工人因读列宁的自传被捕。""5 月 1 日。《鸭鸣报》写道：'这是 1918 年以来第一个平静的五一节。'"

"奇怪的战争"……人们正在波兰、芬兰、挪威死去。船只被击沉，人们在波涛汹涌的海洋中死去。夜里警报声长鸣。但所有这些既不像战争，又不像和平。可悲的滑稽戏在继续上演。

法国在排练投降。许多国家的千百万人在排练轰炸、逃跑、机枪火力和垂死挣扎。但排练是无精打采、毫无生气的，谁也不知道自己担任的是什么角色，演说者语无伦次，战略家像地理学家一样坐在两半球的地图面前，甚至连进行一次小规模的侦察也下不了决心。我有这种感觉，也许是由于疾病和环境使我注定毫无作为吧？我不知道。一个人幸福的时候，他可以什么都不做，然而一旦遇到不幸却必须有主动性，不论这个主动性是多么虚幻。

36

画家马尔凯也死了

我们在让-里沙尔·布洛克的家里坐了很久。他谈起了穆西纳克被捕的事，后者被关在桑台监狱。监狱里的制度是针对刑事犯的，而穆西纳克有病……布洛克也谈到了被捕的共产党员们被运走的情形，军用列车在一个车站上耽误了。紧闭的车厢里突然传出了《马赛曲》的歌声。开赴前线的士兵十分惊讶：有人告诉他们，车上关着叛徒、奸细。布洛克的妻子玛格丽特苦笑了一下。

随后我们行走在这一片漆黑的城市里。我跌了一跤，便骂了起来：真是活见鬼，打仗不像打仗，扭伤脚倒挺容易！……

我们回到家后，空袭警报响了。这次警报的时间特别长。我们没有去防空洞：厌倦了。何况又没有战争……但猫却吵得你不能睡觉，它不知从什么地方回来，喵喵地叫个不停，要进屋子。

大清早，我们听到了惊人的消息：德国人侵入了荷兰和比利时。这一天是 5 月 10 日。胖子蓬斯来了，他说："现在开始了……"我在《巴黎晚报》上看到了一些好像是西班牙的照片——被炸死的儿童。

在我那个小笔记本中有这样一句话："5 月 11 日，星期六。马尔凯。"我记得还在这些戏剧性事件开始之前，柳斯·吉尔苏梅便告诉我们，马尔凯约我们 5 月 11 日去他家，他听说我打算送他一个古代圣像，也想回赠我一幅自己的油画。

在我叙述战争的情况，叙述被击沉的运输船只、伞兵队以及法国的毁灭时，我想先用一章的篇幅来谈谈画家阿尔贝·马尔凯。很难说那一天大家在做些什么。巴黎就像一只受到惊扰的蜂窝，昨天还是无忧无虑的人们突然明白，戏演完了，报应开始了。如果这是同其他任何画家或作家的会面，那倒没有什么奇怪。但是这里谈的是马尔凯和他那明快清晰的风景画，这是怎么回事？他一生从未打算在画布上表现自己的愤怒和不平，他很喜欢画水，而他的性格，照俄罗斯古老的说法，比水还温和。他画塞纳河——画巴黎的，也画诺曼底的，有的画上有驳船，有的则没有；他也画在斯德哥尔摩的峭壁间迷路的大海，画威尼斯的运河和荷兰的运河，画辽阔的尼罗河和小小的马恩河，随后又画塞纳河——有黎明的、正午的和傍晚的，有的上面是苍翠的树木，有的上面是老树秃枝，有的是雨景，有的是雪景。他的画布上几乎总有水，很多的水。

（16 世纪的法国诗人若阿基姆·杜倍雷目睹了古罗马的废墟。近几百年来，这些废墟遭到人们的盗窃和拆毁，然而根据游览者的描写，当时其宏伟之势曾使人惊倒。杜倍雷对罗马做了如下的描述：

......它

战胜过异邦的城市，

它战胜了自己——这就是一个战士的遭遇。

只有巨大的台伯河的黄水，

仍像早先那样疾驰。

曾被认为是永恒的东西轰然倒塌，分崩离析。

只留下一条匆匆流去的小溪。）

马尔凯的画室的窗口面向塞纳河：一座桥、滨河街和旧书商们关上的箱子。自然，我们同马尔凯的妻子马赛开始议论当前的事件：德国人将向何处进攻，比利时人会抵抗吗？我们在讨论，在推测。马尔凯站在窗口，望着塞纳河。后来他向我们转过身来。他有一对聪明的眼睛，带点嘲弄神情，但是善良的。他说："一切尚未结束......"他在想什么？想战争的结局吗？想人们的命运吗？在那一天，我明白了艺术的力量。大家都在谈论雷诺，谈论利奥波德国王，谈论魏刚，谈论凯特尔（雷诺是当时的法国总理，利奥波德是当时比利时的国王，魏刚是当时法国的将军，凯特尔是当时德国的将军）——我现在好不容易才想起这几个名字。25年过去了，看来一切都改变了。然而水还是原来的样子——一条是横穿巴黎的塞纳河，另一条是马尔凯画布上的塞纳河。

我说过，我生平遇见过的最谦逊的诗人是安托尼奥·马查多。而在我遇见的画家中间，要数阿尔贝·马尔凯最谦逊了。他厌恶荣誉。当有人想推举他做院士时，他几乎病倒了，他提出抗议，请求人们忘记他。他也不曾试图打倒任何人，也没有写过宣言或声明。年轻时，有几年他参加了"野兽派"团体，但这不是因为他迷恋他们的艺术准则，而是不愿意得罪自己的朋友马蒂斯。他不喜欢争论，回避新闻记者。在我们初次相识时，他歉然地微笑着说："您要原谅我……我只会用画笔说话……"

他不关心自己作品的命运，对各种物质享受十分淡漠。年轻时他相当贫困，很少有吃饱的时候。马蒂斯曾向我谈起1900年他们一起举办画展的情形，他笑着说："一般说来，我们倒像是油漆匠……"马蒂斯还对我说："我没有见过比马尔凯更不贪图私利的人。他的画是坚实的，有时还很尖锐，就像古代日本人的画一样……但他的心却是古代情歌中的少女的心，不仅不伤害任何人，还会为某人没有狠狠得罪自己而感到难过……"

1934年，马尔凯跟一群旅游者前往苏联。（他旅行过许多地方。）他返回巴黎后，有人问他苏联是否真是一个地狱。他回答说，自己对政治一窍不通，生平从来没有参加过投票选举："不过我倒是喜欢住在俄国。您想想看，一个大国，在那儿金钱不能决定一个人的命运！这难道不好吗？……还有，那儿好像没有美术学院，无论如何我没有听人谈起过它……"（美术学院是在马尔凯来到列宁格勒之前不久才恢复的，他看见了涅瓦河、工人、学生，但没有留意院士。）

在巴黎的工人共产党员中间，有一些业余艺术小组的参加者，他们喜欢马尔凯的绘画，也对苏联怀有热忱。他们募到了一些钱，马尔凯刚从俄国回来，他们便跑去对他说："我们给你出路费，付你工资，请你去列宁格勒住几个月，画画涅瓦河……"

我在1946年又遇见了马尔凯。他邀请我们在7月14日（这一天是法国的国庆日）晚上去他家里观赏塞纳河上的烟火。经过几年的战争，他变得苍老了，但精神依然饱满，他用上好的波尔多葡萄酒招待我们（他是波尔多人，对葡萄酒十分内行）。烟火的火星落在漆黑的河上。马尔凯说："你们说我喜欢水……不，我也喜欢另外的东西……譬如，树木、星星……"他喜欢人，但由于他非常害羞，所以从来不谈这一点。他回忆起法兰西崩溃之初的我们的那次见面："我在战争年代里懂得了许多事。共产党人是对的……可怕的是许多人什么也不懂，总想使一切回到过去……"他沉默了片刻后又突然重复了我清楚地记得我们在1940年见面时他说过的那句话："一切尚未结束……"

他又瘦又矮，待人十分朴实。无论是外表还是他使用的语汇都不能表现出他的本质。他用绘画说话。他的绘画语言是审慎的、纯朴的和有说服力的。他没有许多印象派画家所固有的那种华丽和紊乱，生平从来没有向几何学寻求灵感：他是以人道精神进行概括，不用圆规，也不用必要的逻辑，而是像诗歌或爱情那样进行概括。他的油画的表现手法贫乏得令人惊讶，就其朴素而论是费解的，就内心的率真而论是精致的。灰色、蓝色、绿色——于是世界便充满生机。他喜欢南方——阿尔及利亚、摩洛哥、埃及，但他最优秀的风景画却是北方的，看来南方的色调使他本人感到吃惊，而在北方那灰色的、羞涩的、稳重的自然景色中，他寻找的是使我们感到吃惊的色彩。

1940年，他请我为自己挑选一幅我最喜欢的风景画。我选中的一幅是塞纳河的风景：一条滨河街，灰暗的天幕下的一座桥，墙上有一张"左翼联盟"的宣传画，时间是1924年。1946年，马尔凯又送给我另一幅风景画，也是塞纳河，一片空旷，画面上几乎什么也没有。

我怎能想到再也见不到他了呢？关于他去世前数日的情况，他的妻子有过记述。马尔凯在1947年1月动了手术。手术也无济于事，他一天天虚弱下去，明白自己不久于人世，但仍在继续工作。他又作了8幅画——全是塞纳河……他死于6月。

我现在叙述的是一个很少有人想到艺术的时期，刹那间便有成批的人死去。但是，他们的死正是为了使别人能够看见河流、树木和星空，为了使艺术能回到这又聋又瞎的大地上来。"一切尚未结束……"

马尔凯喜欢诗歌，他爱波德莱尔、拉弗格，我想他也爱阿波利奈尔。我望着他的画，有时暗自低吟：

> 一天天过去，过了一年又一年。
> 塞纳河在米拉波桥下流过。
> 时钟在打点。岁月在流逝。
> 逝去的东西一去不复返。
> 爱情在消失。岁月在流逝。
> 我还活着。但水在流着……

这几行诗的作者阿波利奈尔早已死了。马尔凯也死了。"水在流……"但我突然觉得，在街上偶尔听来的话语中仿佛有关于米拉波桥的古老诗句，在过路人的眸子里仿佛闪动着阿尔贝·马尔凯画室窗下灰色的塞纳河。谁知道，也许我们每个人死后会留下些什么？兴许这也是艺术？……

37

在巴黎：再次遭逮捕

　　5 月 12 日，即我去拜访马尔凯的第二天，大清早警察便来抓我，把我带到警察局。起初我被关在囚室里，里面已经关了三十几个人：有同情共产党嫌疑的巴黎工人，有德国侨民，还有一个波兰人和一个巴塞罗那的大学生。一个德国犹太人对我说："您知道我为什么被逮捕吗？我有一个兄弟在西班牙打过仗。我不能打仗，因为法西斯的冲锋队弄断了我一只手臂。现在他们查出我那个在台尔曼营作战的兄弟寄来的一封信。密探嚷道：'你是共产党，是间谍！……'难道他们这是同希特勒作战吗？……"一个上了年纪的法国女人大声呜咽着说："我怎能知道阿尔弗列德和谁有过来往？这同我没有关系。我甚至不问丈夫有些什么朋友……我可不是守门的女人……"

　　随后我被带到楼上一个办理驱逐外国人出境的手续的房间。人很多，一个官员匆匆地说："爱伦堡·伊利亚？限期 3 日。"我企图向他解释我早就在等候出境签证，但他打断了我的话："这不是我们的事。到二楼去吧……"

　　我碰到了一件我怎么也弄不清楚的倒霉事。1939 年春天，莫斯科汇给我一笔稿费，托我转交给一群西班牙作家，这些作家有的打算去墨西哥，有的打算去智利。一共有 9 个或 10 个作家，稿费的数目相当可观。当我登记我上一年的收入时，自然没有将由我转交给西班牙作家的这笔钱填上。1940 年初，警察在对"北欧银行"进行突击检查时，翻阅了汇款单和账本，查明我向税务检查机构隐瞒了西班牙作家的稿费和 1936 年就得到的一笔给西班牙买载重汽车的钱。他们要我交出我从未拿到手的一笔款子，并且说，在交清以前不许我离开法国。在二楼，一个官员气势汹汹地回答说："这与我无关。您到三楼去……在您带来交清税款和罚款的证明以前，我们不会给您出境签证的。"我又去找那个办理驱逐出境手续的官员，站了3小时的队才轮到我，我说："他们不放我走。""我已经对您说过，这与我无关。5月14日您必须离开法国。"

我已经说过，我病后身体很弱，这时我觉得两条腿软得像棉花一样。我勉勉强强回到家里。响起了一阵阵高射炮的射击声。

第二天，德国人在色当附近突破法国防线，进入法国。巴黎城内出现了一群群提着篮子和包袱的比利时难民，他们惊恐万状，满面泪痕。

事态发展迅速。荷兰投降了。德国人占领了布鲁塞尔。公共汽车不见了，据说它们被征用去将马其诺防线的军队调往北部。人们正在万塞讷森林挖战壕。富人居住区变得冷冷清清。管理城市交通的警察也背上了步枪。我看见了一辆辆弹痕累累的比利时汽车。

突然大家如释重负地叹了口气：据说德国人转向沿岸地区，打算进攻伦敦。雷诺前往圣母院为盟国的胜利祈祷。交易所里的全部商品价格突然上涨，经纪人兴高采烈地号叫。生活在继续，餐厅和咖啡馆人满为患。报社在谈论新的时髦样式：女人的帽子就像军人的船形帽。无线电在广播北极圈内纳尔维克地区的战事。

5月21日，我又被叫到警察局去，他们问我为什么没有离开法国。我又毫无结果地从一层楼跑到另一层。空袭警报响了。警察将我们赶进了防空洞。警察局的官员们也往那儿跑。我的旁边正好是那个赶我离开法国的官员。他不停地嘟囔着"糟透了……糟透了……糟透了……"我不知道这是对谁：是对空防、对德国人还是对我。

总理在国会发表了演说，他说发生了忘恩负义的事，为首的将会受到惩罚，法国要和英国一起抵抗敌人。

突然我们得知，政府决定派皮埃尔·戈特前往莫斯科，以便"改善同苏联的关系"。我国的代办尼古拉·尼古拉耶维奇·伊万诺夫对此十分高兴。他悄悄地对我说，希特勒一定要进攻苏联的，最好能和盟国达成协议以防万一。

然而我不相信雷诺能够约束亲法西斯分子。政府内部正在进行一场斗争。副总理贝当认为雷诺是英国的傀儡。外交部长博杜安坚持与墨索里尼亲善。内政部长曼德尔从前是克列孟梭的朋友和助手，他愿意同德国人认真地打一仗，但他的手被捆了起来，当他试着逮捕了5个公开赞成跟希特勒媾和的记者时，在报界引起了很大的一场风波，最后还是将他们释放了事。而逮捕共产党员的事却每天不断。

我躺在科坦登街上那间阴暗的屋子里。我那些像一只只大棺材的箱子里塞满了书籍。屋角堆着旧的西班牙报纸、人民阵线的传单和希特勒的小册子——全是过去给报纸写通讯的材料。

5月24日，社会工作部部长德蒙西给我打来电话。以前我们见过面。德蒙西是最早访问苏联的法国人之一。他写了一本叙述自己旅途见闻的书，而且多次强调要发展同苏联的文化与经济关系。有一次，他主持了一个由我来报告苏联文学情况的晚会。他一看见我，便生气地说："谁请你推光头的？"原来他打算在开幕词中引用列宁关于蓬头鬼伊利亚的话，我破坏了他这个能给人留下深刻印象的故事。德蒙西在政治上是个没有明确见解的人物，有时同左派一起，有时又同右派一起，与其说他有什么打算和考虑，不如说他任性。他在电话里对我说："伊利亚，忘记老朋友是不好的。听说你打算回俄国。为什么不来向我告别？"我们之间的关系并非亲密到可以用感情来解释这些话的程度，我明白，此事与政治有关。德蒙西补充说，他想马上见我，问我能不能现在就到圣日尔曼林荫道的部里去找他。

德蒙西像往常那样抽着烟斗，也像往常那样打算开开玩笑，但他很快进入正题："贝当、博杜安和其他一些人想投降。雷诺反对，曼德尔更不用说了。前景不妙，我国军人准备进行长期阵地战。而马其诺防线就是护身符，如此而已。我们缺少坦克，主要的是缺少飞机。情况十分危急……"我问他，为什么政府继续同共产党人作战，为什么同工人处于对立状态：军工厂里的奸细几乎比工人还多。德蒙西并不打算规避这类问题，他说，有3万共产党员被捕，司法部长、社会党人塞罗尔拒绝给他们以政治犯待遇。他补充道："我知道塞马尔。他是共产党员，但他是法国人，是爱国者。他被捕了。我同塞罗尔谈起过他，但毫无结果。我坦白地告诉你：我相信塞马尔胜于相信塞罗尔……"

我们沉默了片刻。德蒙西放下烟斗，站起身，也不看我就说："如果苏联人卖飞机给我们，我们是能够抵抗的。难道法兰西的毁灭能给苏联带来什么好处吗？希特勒定会进攻你们的……我们只有一点要求：卖飞机给我们。我们决定派皮埃尔·戈特去莫斯科。您认识他——他是你们的朋友。不要以为一切都很顺利，许多人反对……但是现在我不只是代表我自己跟您谈话。请您告诉莫斯科……如果不卖飞机给我们，一两个月后德国人便会占领整个法国。"

（我不由得想起了 1936 年的夏天，当时西班牙政府的代表在巴黎一再地说："如果法国不卖飞机给我们，我们就要完啦。"）

我离开德蒙西后径直去大使馆找尼古拉·尼古拉耶维奇·伊万诺夫，把谈话的内容告诉他。他让我坐在桌子旁边，说："你的责任是写报告。让莫斯科去决定吧。但你应当马上就写……"

在叙述以后的事件之前，我应该先谈谈尼古拉·尼古拉耶维奇·伊万诺夫。他过去是经济学家，是突然被派到巴黎来的，起先是大使馆的秘书，后来担任参赞。他是一个正直的好人，对人的信任往往搭救了他。他来到巴黎时既年轻又缺乏经验，然而在苏里茨离开后，他成了代办，也就是说实际上成了大使。他很快学会了说法语，读了很多书，他曾请我给他谈谈法国作家和戏剧界的情况，问我吃鱼和吃肉时该要什么酒——总之，他对大大小小的许多事都感兴趣。

后来他跟随法国政府去图尔、波尔多、克莱蒙费朗。7 月初，我在维希附近的小镇布尔布勒碰见了他。他是 1940 年 12 月回莫斯科的，他来看我时向我谈起了抵抗运动开始时的情况，也谈到了法国作家们的遭遇。没过多久，我听说他被捕。1954 年，在给尼古拉·尼古拉耶维奇·伊万诺夫恢复名誉后，人们把当时特别会议的判决书拿给他看：尼古拉·尼古拉耶维奇·伊万诺夫"因有反德情绪"于 1941 年 9 月被判处 5 年徒刑。这令人难以理解：希特勒的军队正在冲向莫斯科，报纸上在谈论"狗骑士"（德国军队的外号），然而国家保安机关的某官员却在心平气和地办理苏德条约时期制造出来的案件，编上号码，放进档案袋，为子孙后代把一切都保存下来……

对正义必胜的信心自始至终鼓舞着尼古拉·尼古拉耶维奇·伊万诺夫。他在集中营的时候，听说国家保安机关的人员侵吞了他的书籍和图画，由于判决书中没有提到要没收财产，他便向检察官提出申诉，使集中营领导吃惊的是，他居然胜诉了，在释放他的时候，赔了他一笔钱。虽然他没有权利居住在大城市里，但他第一件事还是去莫斯科，跑上卢比扬卡大街，开始质问为什么他无缘无故被监禁了 5 年。他碰上一个富于同情心的人，这个人说："您走吧。我本应将您扣押起来，但我就当您没有来过……"尼古拉·尼古拉耶维奇·伊万诺夫始终保持着乐观情绪和信心，他结了婚，有工作，说自己是幸福的。他于 1965 年去世。

现在回过头来谈谈 5 月的巴黎。在我同德蒙西谈话的 3 天以后，有人大清早来按门铃。来的是几个警察，其中一个向我出示了副总理贝当元帅办公室签发的逮捕证。

搜查持续了几个小时。他们打开了我的书箱，扒开废物堆，甚至把枕头也拆开了。警察们之中有一个俄国人，别人叫他尼古拉。看来他在搜集书籍，因为他发现我有一本科学院版的《一千零一夜》，便兴高采烈地说："我恰巧没有这一卷……"警察长最感兴趣的倒是堆在地板上的西班牙报纸和希特勒的歌曲集，他满意地说："罪证有啦……"

尼古拉和一个法国人留下来监视柳芭。其他的人则带我朝科坦登街上的一辆汽车走去。邻居们惊奇地瞧着，有人问，莫非我真是间谍？警察回答说："德国人和共产党人串通了。"他拿着手枪跟在我的背后威胁我说："您如果打算逃跑，我立刻开枪……"从我家里搜出的大量罪证也被带到警察局来了，不久便开始了讯问。"您用电话通知说，一切都准备好了。你们打算星期五，即 5 月 31 日开始行动……""我告诉我国代办说，我动身的事都准备好了，在等他的电话。他对我说，希望星期五，即 5 月 31 日能领到出境签证……""您想抵赖。我们知道您领导着一批共产党员，决定把德国人引进巴黎。从您家中搜出的文件便证明您同德国间谍有密切关系。"

我觉得好笑，便说："这太荒唐了，只有《鸭鸣报》（一个"左倾"的幽默杂志）才需要这种新闻。"警察掏出了手枪说："我们不打算再同莫斯科和柏林的间谍客气。您别笑，再过一刻钟您就要打嗝了。"

关于我将在一刻钟后如何如何的谈话是在晚上进行的。电话铃响了。警察不太乐意地拿起听筒，懒洋洋地说了声"哈罗"便突然站了起来："是我，部长先生……"同时迅速将我推出屋子，关上屋门。

下面是我后来听柳芭和尼古拉·尼古拉耶维奇·伊万诺夫谈的一些情况。我前面说过，有两个警察留在我的家里。他们不许柳芭到电话机跟前去。克列芒斯来了，她也被扣留了。她叫喊着说："应当逮捕的是比利时国王，而不是爱伦堡先生。也许你们没有听广播，比利时国王同法西斯分子勾勾搭搭并投降了。而爱伦堡先生去过西班牙，他恨法西斯分子……"随后她谈起了一些不值一提的琐事："我要带狗出去。如果它们拉在地板上，谁来收拾——是你们还是我？"过了几分钟，门铃响了——我国大使馆的司机来了。原来是尼古拉·尼古拉耶维奇·伊万诺夫来找我，他想带我去布洛涅林苑，克列芒斯把发生的事告诉了他。

尼古拉·尼古拉耶维奇·伊万诺夫知道问题相当严重。照规矩他应该去外交部，但他了解在那儿是不会得到什么同情的。他考虑了一下后，决定不去理会外交规则，径直去找内政部长曼德尔，我已说过，他憎恨德国人，主张与苏联亲近。

就在审问从一般的话题转向玩弄手枪的时候，曼德尔给警察局的侦查员打了电话。

"您自由了，可以走啦。"警察恶狠狠地对我说。我回答说，我不能步行回去——一片漆黑，又没有公共汽车，这里距科坦登大街太远，而且应当把从我那儿没收的书籍和文稿还给我。警察大怒，他说："您还想让我们用车送您回去？"但他很快就控制住自己：不管怎么说，曼德尔毕竟是他的顶头上司。

过了一个小时，科坦登街上的住户看见，"阴谋家"坐车回来了，警察把他的书也送还了。他们并不感到惊讶，只因为在那些日子里大家对这一切已习以为常了。

第二天早晨我去面包店的时候，门铃又响了，柳芭开门一看，又是一个警察，他穿着便服，拿出自己的证件给柳芭看。柳芭生气地说："天天如此吗？您瞧瞧你们昨天干的好事……"屋子里简直就像遭到抢劫的书店。警察想说点什么，但柳芭没有让他开口。最后他利用一秒钟的间隙突然说道："可我是受局长先生之托来道歉的……"他们害怕曼德尔。(德国人知道，他是吓不倒也不能被收买的，所以杀害了他。)

我后来得知，我的被捕与德蒙西托我代转的要求有关。贝当害怕同苏联的关系得到改善。曼德尔能设法使我获释，因为警察局归他领导。但他不能改变法国的对外政策，就在密探代表警察局长向我道歉的那一天，政府发表公告说，皮埃尔·戈特的莫斯科之行"延期"了。

尼古拉·尼古拉耶维奇·伊万诺夫救了我一命，我的第二次被捕发生在结局到来之前不久。当时根本就不能幻想什么遵守法纪，警察局的记录中常有"因企图逃跑而被击毙"的字样。

5月26日，我去找爱米尔·布勒。他说，德国人在5月16日便能轻而易举地占领巴黎。德国人正向亚眠挺进，试图包围法军。布勒再三地说："我们没有飞机。"我遇见了各种各样的人：沃热尔、让-里沙尔·布洛克、埃尔扎·尤里耶夫娜·特里奥莱、比利时画家麦绥莱勒，大家都很沮丧。

美国大使布利特在圣母院祈祷，他跪下，代表总统向贞德的雕像献上一束玫瑰花。布勒说："我们需要的不是祈祷，而是飞机。"天主教的《黎明报》写道："只有机械化的贞德才能拯救法兰西。"

6月3日，德国人对巴黎狂轰滥炸。死伤惨重，我瞧见了我在马德里和巴塞罗那所熟悉的场面。但是没有愤怒，只有绝望。不知是谁在人群中说："这个战争在打第一枪之前我们就输了……"

巴黎人开始逃难。盖着草垫的汽车排成长队向伊塔利和奥尔良城门移动。高射炮彻夜轰鸣。战报含混不清，无线电在继续广播有关被击沉的德国运输舰的消息。大家都说德国人不远了。吉尔苏姆夫妇、福京斯基和我的一些西班牙朋友都走了。我什么地方也不能去：警察局拿走了我的全部证件。城市空了。

只有我和柳芭还留在人已走空的那幢房子里。我心里感到不安。最后伊万诺夫也走了，他说大使馆里还留了几个工作人员，他已托他们多多关照我们。

(正是在这个时期，莫斯科有一种流言，说什么我成了"叛逃分子"。伊琳娜不得不忍受许多沉重的压力。同巴黎的联系中断了，到处有人问她："您父亲成了叛逃分子，这是真的吗？")

第 四 部

6月9日，许多商店、餐厅、咖啡馆都挂出了"暂停营业"的牌子。共和国总统接见了赖伐尔。有人跑来说："买了汽车，可是没有汽油。如果能有一匹马那该多好！……"德国人在广播里说，他们占领了鲁昂，巴黎的攻克指日可待。我试图收听莫斯科的广播，播音员久久地叙述《法兰克福日报》对莫斯科的农业展览会给予极高的评价。克列芒斯来向我们告别，她哭着说："多么丢脸！……"各火车站全挤满了人。有的人甚至骑自行车逃难。报上登着开始审讯 33 个共产党人的消息。

6月10日，法西斯意大利向法国宣战。我正在我国大使馆的花园里散步，突然听见快活的叫喊声和歌声，旁边是意大利大使馆，法西斯的外交人员决定不回国了——德国人已逼近了，不妨在避难所待上几天。他们毫无愧色地唱着《青年之歌》。

6月11日，到处的人们都在说着似乎苏联已向德国宣战。大家振奋起来。我国大使馆的大门旁边聚集了许多工人，他们高喊："苏联万岁！"几个小时以后，又来了辟谣的消息。巴黎人在步行逃难。一个老人吃力地推着一辆小车，车上坐着一个小姑娘和一只狂吠着的老狮子狗，还堆着几只枕头。在拉斯派林荫道上，逃难的人群络绎不绝。在战争开始前不久，"洛东达"对面立了一座出自罗丹之手的巴尔扎克雕像，疯狂的巴尔扎克仿佛要从底座上跳下来似的。我在这个十字路口伫立良久，我的青年时代就是在这儿度过的，突然我觉得，巴尔扎克也和大家一起离开了。

科坦登街拐角上的一家小店铺的主人抛下了自己的店铺，甚至没有关上门，香蕉、罐头扔了一地。人们已经不是在乘车或步行离开，而是在逃跑了。6月11日我为了买一份什么报纸，在街上跑了半天。《巴黎晚报》终于出版了。头版有一幅照片：一个老妇人在塞纳河里给一只狗洗澡，下面有一排大字，"巴黎永远是巴黎"。但是巴黎倒很像一座被匆匆遗弃的房子。虽然已经宣布：德国人切断了铁路，火车停驶，但在里昂车站上仍有几万人在等候离开。无线电在广播祈祷词和各种矛盾的呼吁：一会儿说对居民的撤退将给予保证，一会儿又劝巴黎人留在自己家里，要保持镇静。

6月13日，我在阿萨斯街上散步。一个人也没有——这不是巴黎，这是庞贝……下着黑雨（燃烧汽油的结果）。在雷恩大街的拐角上，一个年轻女人拥抱着一个跛足的士兵。一滴滴黑色的眼泪从她的脸上流下来。我明白了，我正在同许多东西告别……

后来我用诗描写了这幅情景：

> 死亡的确是比较轻松。
>
> 从前这儿的每块石头都可爱而珍贵。
>
> 运走大炮。烧掉储存的石油。
>
> 黑雨降入黑色的城市。
>
> 一个女人对一名步兵说
>
> （眼里滚出黑色的泪珠）：
>
> "等一等，亲爱的，让咱们告别。"——
>
> 于是他的眼睛一动不动。
>
> 我看见了那忧郁的目光。
>
> 城里又黑又空。
>
> 像人一般黑的艺术
>
> 和步兵一同离去。

夜间，门铃响了。我感到奇怪：法国当局已经迁走，而德国人还没有来。原来是大使馆派汽车来接我们，他们建议我们搬到格伦奈尔街去，那儿更安全。

我们被安顿到从前是外交信使住的一个小房间里。清晨，标有黑十字徽号的飞机从上空掠过。我们走出大使馆。一个法国士兵跑过来问我，去奥尔良城门怎么走。街上一个人也没有。垃圾箱臭气熏天。被遗弃的狗在狂吠。我们步行到德曼林荫道，我突然看见一队德国兵。他们一面走，一面吃着什么。

我扭过脸去，在墙边默默地站了一会儿。这也该经受得起。

38

法西斯占领下的巴黎

时间会抹去许多名字，许多人会被遗忘，过去的灿烂岁月也会变得暗淡，但是有一些情景，不管你多想忘掉它们，却将依然萦绕心头。1940年6月的巴黎仍旧浮现在我的眼前。这是一个死城，它的美使我陷入绝望，再也没有汽车、繁忙的交易和熙熙攘攘的行人遮挡那一幢幢的高楼大厦——这是被扒掉了衣服的躯体，也可以说是一具以街道作为关节的骨头架子。巴黎，这个在许多世纪里建设起来的城市，这个不是由某位建筑师的构思，也不是由某个时代的风格，而是由继承性和民族性格所形成的城市，宛若一座鸟兽均已离去的石林。

偶尔遇见的人都是畸形人：驼背、缺腿或缺手的残废者。在工人区里，老太婆们坐在凳子上编织着什么，她们细长的手指变成了长长的织针。

德国人感到诧异：他们想象中的"新巴比伦"不是眼前这个样子。他们在少数开门营业的饭馆里大吃大喝，并且争先恐后地在圣母院或埃菲尔铁塔前面互相拍照。

没过多久，逃难的人开始返回巴黎：他们勉强走到卢瓦尔河边，看见了河对岸的德国部队。巴黎渐渐恢复了生机，但它的生活却是虚幻而离奇的。德国人在小商店里购买纪念品、淫秽的明信片、袖珍词典。饭馆里贴出了这样的字句："此地说德语"。妓女们叽叽喳喳地用德语说："我亲爱的……"一些小小的叛徒从缝隙里钻出来了。报纸开始出版。《晨报》报道，一个有名的地方长官吉雅普和他的朋友们留在巴黎了，又说德国人对"法国的精美菜肴评价甚高"。很早以前曾经是无政府主义者、后来又成了沙文主义者的居斯塔夫·爱尔威重又出版《胜利报》。报童们叫喊着：《胜利》！"这使为数不多的行人发抖。《巴黎晚报》雇用了作家皮埃尔·阿姆普。该报还建议用德文刊登广告，"以便活跃交易"。广告不多："我是阿利安人，征求工作，同意一切条件"；"我读过两个系，能说非常流利的德语，希望寻找侍者或店员的职位"；"我正在编家谱，寻找有关的文件"。我顺路走进圣日耳曼林荫道上一家面包店。一位可敬的太太正在大发议论："德国人将教会我国工人如何工作，而不是去组织愚蠢的罢工。"商店门口出现了排队现象。一个名叫《法兰西劳动报》的新报纸教导读者说："我们每个人身上都有一点点犹太人的气味，因此必须进行内心的清洗……"时钟拨快了一小时，太阳尚未西下，扩音器里便提醒道："回家去吧！"有些饭馆和咖啡店增添了这样的告示："此系雅利安人商号。犹太人禁止入内。"在犹太人和东欧人居住的地区，在洛色尔街上，一些蓄着胡子的老头吓得东躲西藏，德国人为了寻开心，故意吓唬他们。警备司令部采取措施防备德国士兵同"可疑分子"交往。蒙帕纳斯林荫道上的"多姆"咖啡馆在战前常有艺术家出入，如今在门口贴了一张布告："禁止德国军人光顾此咖啡馆。"然而在"斯芬克斯"妓院的门上我却看见了另一张布告："此处对本国人和外国人均开放。"游艺剧场里正在上演时事短剧《巴黎帝国》，这是古老的童话引子《巴黎依然是巴黎》的德译本。

然而巴黎已不再是巴黎了：刚刚发生的事不是近百年来那些军事变故中的一次变故，而是一次破坏性的剧变。

在第二次世界大战后，如果有人还在证明同法西斯分子不可能居住在同一个地球上，那未免可笑。然而在当时我却不得不时刻约束自己。我只能用诗表达自己的心愿：

> 巴尔扎克不是为它而写作。
> 异邦士兵们铁一般的步伐。
> 黑夜袭来，酷热难耐。
> 汽油和马尿。

　　我崇拜那些石头——德勒克吕泽（1809—1871，法国 1848 年革命
的参加者，后为巴黎公社社员，在街垒战中牺牲）
　　不是为它而倒在那些石头上。
　　那个城市不是为它而成长，
　　那些急风暴雨的岁月、
　　色与声的自然界都不是为了它，
　　不是为了它，不是为了它！……

我用如下的自白结束这首诗：

　　闭上眼睛别吭声——
　　异邦的司号员们在行进，
　　异邦的铜，异邦的傲气。
　　我在这儿长大不是为了它！

这是呐喊，但我不仅呐喊，我企图了解刚发生的事变的意义：

　　时钟不打点了。星星变得近了。
　　荒凉，古怪，令人莫名其妙。
　　在被大家遗忘、被抛弃的巴黎，
　　一望无际的罗马已经发呆。

　　我回到莫斯科后，安娜·阿赫玛托娃来看我，向我仔细打听巴黎的情况。
她很早以前在这个城市里住过，那是在第一次世界大战前，对巴黎这次陷落
的详细情况一无所知。在某些批评家看来，阿赫玛托娃是"生活在小圈子里
的一个具有种种隐秘情感的女诗人"。安娜·安德烈耶夫娜将她得知巴黎陷落
的消息后写的一篇诗读给我听：

　　埋葬时代的当儿，

听不见挽歌声，

将要装饰它的

是荨麻，飞廉。

只有掘墓人在利落地干活。

事情不等人！

多么安静，天哪，多么安静，

连时间的脚步声也能听清。

日后时代浮了上来，

像春天的河流中一具尸体——

但是儿子将认不出母亲，

孙子将悲伤地扭过脸去。

人们低下脑袋，

月亮像钟摆那样徘徊。

正是如此——在死去的巴黎上空

如今就是这样寂静。

在这些诗句中，使人惊叹的不仅是准确地表现了阿赫玛托娃未曾看见的东西，而且还有那种洞察力。现在我常常看见过去的时代，看见"春天的河流中一具尸体"。我认识它，也不会弄错，然而对子孙们来说，它不知是幻影，还是被毁掉的码头或被打翻的小船。

我们在小铺里买些香肠或罐头，间或也去饭馆吃顿饭——如果确知那儿没有德国人的话。有一次我走进一家商店，想买一公升葡萄酒，店主人对我说："你把布尔冈陈酒拿去吧，我把它当作零酒卖给你，与其给德国人喝，不如给你喝。"我们离开巴黎后，大概有人会说我是酒鬼，因为在外交信使的那间屋子里留下了五六十只贴有诱人商标的空酒瓶。

大使馆的一位工作人员对我说，他要去"自由地带"，即进入布里夫城，建议我陪他去，因为他的法语说得不好。路线是这样的：日延，讷韦尔，穆兰，克莱蒙费朗，鲁瓦，布尔布勒，布里夫，利摩日，奥尔良。旅途见闻极多：有日延的废墟，有被炸毁的奥尔良，有鲁瓦的糖果店，"整个巴黎"在店

左：1914 年和 1939 年法国的紧急征召
右：1940 年，德国人在巴黎

里一面大吃点心，一面唉声叹气，并为元帅祈福。在卢瓦尔河两岸到处可以看见被毁坏的汽车、士兵的钢盔、玩具。战俘们在埋葬被打死的难民。人们在巴黎的"巴斯提利亚—马德伦"的公共汽车上过夜。

政府在这一天从波尔多迁往克莱蒙费朗。我应该打听清楚我国大使馆在什么地方。有人告诉我，部长们住在一个中学里。我瞧见门口站着一个卫兵，一个模样像伏尔泰的小老头，他叫喊道："没有，谢天谢地，他们不在这里。大概在警察局……"那些失去理智的官员们在警察局的走廊里跑来跑去，什么也打听不出。我朝一个房间里瞧了瞧。突然有人冲着我叫道："你在这里干什么？"原来这是赖伐尔的办公室。

一个在野外过夜的难民告诉我，他原打算同另外几个人从波尔多逃往西班牙，但西班牙的边防军人不让他们过去。历史不是古典小说的亲戚，它有时用谁也不懂的语言写诗，有时又采用通俗寓言这种最古老的体裁……

我生平不止一次体验过马雅可夫斯基写关于苏联护照的诗时鼓舞着他的那种感情——我向那些凶恶的警察出示自己的护照时感到自豪，而当我被拘捕、驱逐出境和拒绝发给我签证时，我也感到自豪。我感到自豪是因为我是苏联人，1936 年在阿拉贡是如此，10 年后在种族主义的密西西比州和亚拉

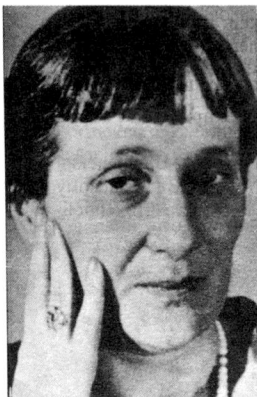

安娜·阿赫玛托娃

巴马州也是如此。然而在我现在所叙述的这个时期（这个时期不长），我的处境却很困难。有一天，我国大使馆旁边站着两个女人，从衣着上看，是工人，她们举起拳头向国徽致敬："红色阵线。"警察赶开了她们，因为这时一辆有纳粹万字符的汽车开到了门口——几名希特勒的军官决定来拜访大使馆的官员。我从窗口看见这一切，心里很不自在。我想，读者是会了解我的。

我把我的收音机搬进大使馆，每天晚上收听伦敦的广播。7月18日，即德国人进入巴黎后的第5天，戴高乐首次发表演说，他说战争没有结束，号召法国人不要听命于叛国分子。我听着，感到高兴。窗户敞开着，在大使馆大门口值班的两个警察也在听，一个像军人似的挺直身子站着，我不知道他以后干了些什么事，也许非常起劲地替德国人卖力，但在当时戴高乐是他的上司；另一个则怀疑地微笑着。

7月13日，安娜·西格斯来到大使馆。有人在监视她，死亡威胁着她。她请求帮助她进入"自由地带"。

维什尼亚克夫妇没能离开巴黎。我们常去他们家做客。我们竭力开玩笑，回忆过去，回忆安德烈·别雷、马林娜、帕斯捷尔纳克。杜霞和她的生病的母亲也没有能够离开。她再也不笑了，只是说："静得让人害怕……"我将龙萨描写正午和幸福的诗读给她听。这年夏天异常寒冷。时常下雨。

我和一些德国军官在咖啡馆里交谈，他们寻找谈话的对象，把我当作法国人。一些人说首先应当打败英国人，但大多数人一再地说："我们不久便要打扫俄国了……"他们怀着完全可以理解的仇恨毫无顾忌地议论共产党员和苏联。我记得有一个家伙说："我们先从俄国榨取石油，然后榨取鲜血……"

歌剧院广场有军乐队在演奏。战胜者坐在"德利亚派"咖啡馆里，一面晒太阳、喝白兰地，一面讨论今后的远征。巴黎对他们来说是一座可以持免费许可证前往的漂亮休养所。

启程的一天终于来到了。我们是夜里上车的。与我们同路的有大使馆的司机、厨师和办事员，在这一列满载着德国官兵的火车上大概共有七八个苏联公民。一个参观过劳改营的文学家在回答他有何感触的问题时曾说："如同一只落入毛皮店的活狐狸。"我在这列火车上也有这种感觉。

我们走了很久——足有一个星期。我看见了杜埃的废墟、法国北部的几座城市、德文标语。在布鲁塞尔停留了一天。我们在大使馆住了一夜。我去拜访埃伦斯，人们告诉我说，他已经离开了。布鲁塞尔人愁眉苦脸地默不作声。

我们在夜里越过国境。响了两次空袭警报。火车停住了。我盼望：要是英国人扔下一枚炸弹该多好！……然而过了半小时，火车又继续前进了。在慕尼黑-格拉特巴赫火车站上，一些德国女人向战胜者送上了花束和咖啡。接着到了柏林。我们在旅馆里住了两夜。旅馆的大门上写着："犹太人禁止入内。"但我此行不是以爱伦堡的身份，而是以大使馆一个职员的身份来的，证件上没有我的姓名。何况德国人又需要苏联的石油和许多其他物资，他们不想为一些小事争吵。

我们带了一些茶叶、糖、干饼、干酪。旅馆的一位女服务员送开水时瞧见我们有干酪，便问柳芭这些好吃的东西是从哪儿弄来的。柳芭回答说："从法国。"这个德国女人叫道："多么幸福的法国人！……"这句话使我感到高兴：刚刚占领了丹麦、挪威、荷兰、比利时、法国的战胜者，居然羡慕法国人！

早在 1932 年，在第一次胜利的前夕，我便在柏林看见了他们，我注视着他们的一切行为，想起了西班牙的情景。我又在巴黎看见了他们。我学会了许多东西。就自己的性格和所受的教育来说，我是 19 世纪的人，我宁愿进行争吵，不愿诉诸武力。让我学会仇恨是不容易的。这种感情不能美化一个人，也不会使人为之自豪。然而我们却生活在这样的时代里：普普通通的年轻人，有的还生着讨人喜欢的面孔，表白过自己的爱情，身上揣着心爱的姑娘的相片，但是在相信自己是"优等人"以后，便开始消灭"劣等人"，只有真正的、深刻的仇恨才能制止法西斯主义的称霸。我再重复一遍，这是不容易的。我常常产生怜悯心，我最憎恨法西斯主义，也许正是由于它教给我不仅要憎恨那荒谬残暴的思想，还要憎恨具有这种思想的人。

39

斯大林戏言《巴黎的陷落》

1940 年 7 月 29 日，我回到了莫斯科。我深信德国人不久将进攻我国，我的眼前出现了巴塞罗那和巴黎撤退时的可怕景象。然而在莫斯科，人们的情绪却相当平静。报纸写道，苏联和德国之间的友好关系已经巩固下来了。

我给维·米·莫洛托夫写了一封信，想对他谈谈法国的情况，谈谈德国官兵说了些什么话。接待我的是莫洛托夫的副手所·阿·洛佐夫斯基。早在革命以前我就知道他，他在巴黎社会民主党的集会上讲话时，我见到过他。他漫不经心地听着我讲，忧郁地瞧着一旁。我忍不住问道："难道我所谈的你一点也不感兴趣？"洛佐夫斯基苦笑了一下说："我个人对此感兴趣……但你要知道，我们是另一种政策……"（我还是那么天真——我以为，真实的情报有助于制定政策，实际上正好相反——能证明所采取的政策的正确性的情报才是需要的。）

（在战时，我同洛佐夫斯基在一起工作，他当时是苏联情报局的领导人。他在我的记忆里仍是一个温和的、十分正派的人，他十分了解西方的工人阶级，但是他没有任何权力——任何问题都要请示莫洛托夫或谢尔巴科夫。作为苏联情报局的领导人，他应该领导在战争初期建立起来的各种委员会，包括其中的犹太人反法西斯委员会。洛佐夫斯基同这个委员会的领导一起于 1948 年年底被捕，他在 74 岁的时候被审判并被判处枪决，死后恢复了名誉。）

第 四 部

自然，我在寻找十分了解并继续憎恨法西斯分子的人们，从捷克斯洛伐克回来的博加特廖夫来看我，告诉我捷克朋友们的遭遇，我在叶·费·乌西耶维奇家里认识了万·利·华西列夫斯卡娅，并从她那儿打听到诗人布罗涅夫斯基的情况，从前的国际旅的成员也来看我，他们是别洛夫、彼得罗夫、巴列尔，还有几个西班牙人：拉·卡沙、阿尔贝托、桑切斯·阿尔卡斯。我现在翻了翻笔记本，看看谁在 1940 年至 1941 年的冬天来看过我们：孔恰洛夫斯基、法尔克、什捷连别尔格、苏里茨、托尔斯泰、伊格纳季耶夫、奥列沙、斯拉温、阿赫玛托娃、帕斯捷尔纳克、维什涅夫斯基、马丁诺夫、卢戈夫斯科依。我同他们谈话是轻松的。

也有这样一些作家和记者，他们认为我的见解不像一个苏联公民的见解，因为我在法国居住的时间太久，对它的感情太深，所以在描绘希特勒分子时"加重了色彩"。有一次我甚至听到这样的话（这在当时是奇怪的）："某个民族的一些人不喜欢我国的对外政策。这是可以理解的。但是请他们把这种感情留给家里人去用吧……"这使我十分惊讶。我还不清楚，等待着我们的是什么。

我记得同院士莉娜·所罗门诺夫娜·什泰恩的一次谈话。我们谈到希特勒分子的暴行，谈到西班牙、巴黎条约。莉娜·所罗门诺夫娜说："一位负责同志向我解释说，这是一桩各有打算的婚姻。但我回答他说，各有打算的婚姻会生出孩子的……"（8 年后，莉娜·所罗门诺夫娜·什泰恩亲身领略了自己预言的正确性：她和犹太人反法西斯委员会的其他一些活动家一起被捕，幸运的是她没有牺牲。）

有一天，我在剧院碰见了杜格拉斯——这是我国空军司令雅·弗·斯穆什克维奇在西班牙使用的名字。他的腿有点跛，拄着拐杖。我立刻注意到他胸前有两枚英雄奖章。我们想起了西班牙。我很高兴：并非所有的人都遇害了！……萨维奇说，他遇见过哈吉和尼古拉斯。关于格里戈罗维奇的情况我是从报纸上读到的。可是你瞧，杜格拉斯在指挥空军……我想，西班牙的经验在即将到来的战争中是有用处的。（雅·弗·斯穆什克维奇是在希特勒进攻苏联前两星期被捕并被枪决的。）

应当写作，并找到敢于发表我的文章的地方。我打算把我在法国的见闻统统写下来，说明法国军队的迅速崩溃和贝当的投降是由于精神上的软弱，是由于大资产阶级害怕本国人民，而根本不是因为德国国防军的神奇力量。要知道，现在问题不在贝当，而在于我们不久便要同德国军队打仗……我去《消息报》报社——我为这个报纸工作了7年。接待我的是国际部主任，他问我是否要预支点钱，随后他坦率地说，他们不打算发表我的文章。

国家文学出版社的人告诉我，我那本关于西班牙的书不能出版了：印刷厂耽误了，这时正赶上公布了条约，所以把版拆了。他们送给我一份校样作为纪念。

我不记得我是在什么地方认识当时在《劳动报》工作的舍伊尼斯的。他告诉我，关于德国人我应该只字不提，然后可以骂法国的卖国贼。编辑部试图把我的随笔塞进去。果然，经过长期的谈判、修改、删节，我的几篇随笔终于在《劳动报》上发表了。我稍稍振作起来。

（后来我收到一本在日内瓦印刷的小册子——我发表在《劳动报》上的几篇随笔：法国共产党人在国内秘密地散发了它。）

我被叫去参加莫斯科作家的一个会议，这是一个气氛紧张的会议——原来斯大林邀请了一批作家，他把阿夫杰延科叫作"敌人"，攻击列昂诺夫的剧本《暴风雪》和卡达耶夫的《小房子》。我们不得不举手赞成把阿夫杰延科开除出作家协会。各种各样的文学家争先恐后地责骂列昂诺夫和卡达耶夫。我坐着，很是惊讶：战争日益逼近，难道斯大林如此相信我国的力量，以至于有时间从事文学批评工作？这一切使我困惑不解，我感到痛苦，但聪明的巴别尔不见了，以前我曾屡次求教于他……

我写了一些关于巴黎、战争、忠诚和死亡的诗：

> ……总有一天，它将从骸骨中钻出来——
>
> 像种子发芽一般——
>
> 从装满北方鲟鱼的一个个渔网，
>
> 直到一片黄沙的撒哈拉，
>
> 到处将伸出手臂和刺刀，
>
> 死去的团队将走起来，

没穿皮靴的脚将走起来，

没脚的皮靴将走起来，

城市的痛苦将走起来。

沉没的船只将漂起来，

一个同志和云彩的影子

将不戴手表去值班……

维什涅夫斯基主编《旗》杂志。他拿走了我的诗，排出了那些根本没有提及未来的诗篇，打算把它们发表在下一期上。不久他告诉我，外交人民委员部扣下了我的诗，最好我亲自到那里去谈谈。

外交人民委员部报刊处主任是尼·格·帕利古诺夫，我在巴黎时就认识他，他当时是塔斯社驻巴黎的记者。帕利古诺夫友好地接待了我，他立刻说，描写巴黎陷落的诗句可以发表。抒情诗使他不安。他久久地反复读着：

……战斗结束了。在痛苦的上空和荣誉的上空

一株桐叶槭在炎热的中午呈天蓝色……

他问道："您要坦白地说，桐叶槭您指的是谁？"我发誓说，桐叶槭就是树，是槭树的一个变种，普希金的诗也提到过桐叶槭。我发现帕利古诺夫不完全相信我的话。他说："您可明白，我担负着什么责任？……"最后他同意也发表抒情诗。

我胆子大起来了，将诗集《忠诚》的手稿寄给了出版社。

每天夜里我都收听伦敦的法语广播，我记得那像短促的敲门声的呼号。消息使人不愉快：德国飞机疯狂轰炸伦敦。一天夜里我写了一篇诗，我在诗中承认，伦敦的命运对我来说十分亲切：

我觉得那个城市可贵是由于它的苦难，

而不是由于命运三女神编结的雾霭，

也不是由于苍翠的公园中那一对对情侣，

不是由于长度，而它比苦闷还长，

也不是由于海神的三叉戟，

我夜夜看见一座黑色的城市，

那儿的痛苦数以吨计，

警报器在轻柔的潮气中呻吟，

房屋在倒塌，白昼愁眉不展

在异乡丑陋的废墟中间……

我把诗交给了维什涅夫斯基。他说："关于伦敦的诗你对谁也别读。"接着又补充了一句："斯大林比我们了解得更清楚……"

一个诗人来看望我，并读了他自己写的诗，他使我立刻兴奋起来。这就是列昂尼德·马丁诺夫。他问起战争，问起巴黎，不停地说"是啊，是啊"，还针对天气补充道："冬天很冷……"他的诗像是一种自然现象——夏季喧嚣的雨或雄鸟求偶的鸣叫。我们就音节诗一直谈到午夜——马丁诺夫的嘴唇在颤动：他在寻找新的音乐。

9月16日，我坐下来开始写长篇小说《巴黎的陷落》。在我所写的全部作品中，这本书也许最像传统的长篇小说，尽管我在其中写了大量的人物和快速的蒙太奇。我津津有味地写道。现在我又重读了这部小说，我觉得我成功地描写了战前的法国，表现了曾被我称之为被赶入内心的内战的那种东西。有些人物我觉得是有血有肉、栩栩如生的，另一些人物则是肤浅的，像招贴画一样。我在哪一点上失败了呢？就是在《巴黎的陷落》之前和以后使我的许多同庚遭到失败的那一点：我描写的人物，不论是共产党员米绍和丹尼兹还是法西斯分子布莱德尔，都完全被政治斗争吸引住了，我没有找到足够分量的色彩，常常只涂白色和黑色。看来即使我讨厌招贴画式的文学，嘲笑过分热心的批评家，我还是在一定程度上陷入了简单化。相反，另一些人物看起来则十分自然——女演员让奈特，聪明、讨人喜欢但又常干蠢事的资本家德赛尔，天真的工程师皮埃尔，出卖灵魂的政客戴沙，画家安德烈，最后还有战后法国文学的许多主人公的先驱之一、多愁善感的犬儒主义者柳辛。

（1941年6月21日，我完成了最后一部的第39章，只剩下短短的7

章还没有动笔。战争爆发了，我没有心思再去写长篇小说。在撤离莫斯科的时候，第3部的手稿遗失了。我不能再回过头来写长篇小说，所以决定让它成为一部未完成的作品。然而12月我听说印刷《旗》杂志的印刷厂有一位工人拣到了散失的手稿。1月底，前线的战事转入沉寂，我写完了最后几章，小说是在1942年春发表的。英译本很快问世，从一篇偶然保存下来的报纸文章来看，在伦敦遭到空袭期间，地下铁道里常常可以看见拿着我这部小说的男女读者。）

弗·维·维什涅夫斯基每次见到我总要说起即将来临的战争。如今他的日记的一些片段发表了。他在1940年12月写道："憎恨普鲁士兵营、法西斯主义和'新秩序'——这是我们的天性……我们在有形和无形的军事限制的条件下写作。我想控诉敌人，大声疾呼地反对在被踩躏的欧洲所发生的一切。但暂时还得沉默……"维什涅夫斯基从我处拿走了《巴黎的陷落》第一部手稿，说他打算把它"塞进"刊物里。两个月后，就在我50岁生日那天，他带来了好消息：第一部已同意发表，但得加以删削。虽然这一部里谈的是1935年至1937年的巴黎，那儿还没有德国人，但"法西斯主义"这个字眼还得去掉。其中有一段描写巴黎的游行示威，书刊检查员要我把口号"打倒法西斯分子"改为"打倒反动分子"。我不同意，扯了一阵皮。

我手头十分拮据，便在一些群众场合朗诵小说的片段。听众相当满意，但在这方面也碰到了困难。

有一天，我正在电影宫朗诵小说中的几章。休息时有人告诉我，德国大使馆的一位参赞来了，他想听听我朗诵。我提出抗议："我不能当着他的面读……"他们打算说服我。在苏联对外文化协会工作的一位姑娘感到诧异："怎么能够这样？显然他对这个题目很感兴趣……一般说来，他是个很有修养的人，喜欢文学……往后上面会怎么说呢？"她用手指着天花板。我回答说，晚会是内部性质的，如果有法西斯分子进入大厅，我立刻就走。后来他们告诉那位德国外交官说，晚会结束了，我已读完了要读的段落。

我的朗诵引起了种种议论。我的朗诵晚会被取消了。我打算获得作家协会书记亚·亚·法捷耶夫的接见，但这是没有希望的。我写了些文章，以便弄到点钱，我给《三十天》《环球》《地球仪》《列宁格勒真理报》《莫斯科共青报》等报刊都写了文章，几乎我的所有文章都被否定了，编辑们在每一行里都找到了暗示法西斯分子的话，当时爱说俏皮话的人把法西斯分子称为"不共戴天的朋友"。

我前面说过，那年冬天我度过了 50 岁的生日。塞翁失马，焉知非福，我那不稳定的地位使我没有收到虚情假意的祝贺和装在人造革夹子里的致敬信。一些朋友来了。拉宾一面腼腆地微笑，一面往杯子里斟着当时莫斯科人爱喝的利沃夫甜酒。帕斯捷尔纳克寄来一封贺信："……自从我们相识以来，已经过去了那么多年，这恰巧是我们当时的年龄。我们要珍惜我们所剩无几的精力！……"那年冬天我常常害病，但我盼望的不是爱惜精力，而是更快地消耗它：暂息时期是太难过了。

消息越来越令人不安。3 月初以来，伦敦的广播便说希特勒正准备侵占巴尔干。我国的报刊仍十分沉着。有一天我去听关于国际形势的报告：报告人详尽地讲到了英帝国主义的贪婪本性，我等着听他对德国会说些什么，但他根本没有提到德国。

有一天，我走进了"大都会"咖啡馆。邻桌坐着几个德国人。他们一边喝酒，一边大叫大嚷。我急忙走开了。

我有时也去剧院，当可怜的艾玛·包法利在狂欢节的喧闹声中辗转不安时，我曾为之叹息——阿利萨·科宁善于打动观众的心。我还参观了萨·德·列别杰娃的展览会，我喜欢快马和卡尔梅克女人的头像。在另一个展览会上我对奥西梅尔金使用的色彩感到高兴。

4 月是令人不安的一个月份。6 日，我从广播里听到德国人进攻南斯拉夫和希腊的消息。9 日，德国人占领了萨洛尼卡，13 日，占领了贝尔格莱德。

4 月 14 日，我遇见了维什涅夫斯基，他闷闷不乐地说："对您的小说有不同意见。我们不会让步……但是对第二部我什么也不能说……"第二部写的是 1937 年至 1938 年的事件，德国人还没有出现。"谁在骂？骂什么？"维什涅夫斯基什么也没有回答。

我知道让-里沙尔·布洛克将要来莫斯科：有人建议他和一批苏联职员一起离开法国。我请求作协外委会事先通知我：我想去接他。然而外委会却认定像我这种处境的人最好不要同外国人接触。可我还是偶然打听到了布洛克夫妇 4 月 18 日到达的消息。我和柳芭一起来到火车站。让-里沙尔和玛加丽塔的气色不佳，显得苍老，却向朋友们，向自由和向莫斯科流露出信任的微笑。他们花了半天工夫向我讲了讲法国的情况：作家们中间很少有人同德国人合作；《法兰西新评论报》是一种可怜的伪装；人们不相信报纸，在伦敦的法语广播时间，小城市的街道都空了；朗之万的举止令人注目；阿拉贡写了出色的诗篇……

4 月 20 日，我得知《巴黎的陷落》的第二部未通过。我的情绪恶劣，但我决心继续写下去。

4 月 24 日，我正在写第 3 部第 14 章的时候，从斯大林的秘书处打来了电话，让我拨一个电话号码："斯大林同志要同您谈话。"

伊琳娜急忙牵走了小狮子狗，因为它们不合时宜地玩耍和吠叫起来。

斯大林说，他读了我的小说的开头部分，认为很有趣，他想将安德烈·西蒙的一本书的译稿送给我——也许对我有用处。我表示感谢，说我已经读过西蒙这本书的原文。（这本书后来出版了俄译本，书名是《他们出卖了法国》，至于作者西蒙，则在斯大林去世前不久在布拉格被处死了。）

斯大林问我是否打算描写德国法西斯分子。我回答说，我正在写的最后一部是描述战争和希特勒分子入侵法国的最初几周。我补充说，我担心第 3 部会被禁，因为甚至对法国人，甚至在对话中都不许我使用"法西斯分子"的字眼。斯大林开玩笑地说："你写吧，我们一起努力来推动第 3 部……"

柳芭和伊琳娜急不可耐地等待着："他说了些什么？……"我脸色阴沉："战争快爆发了……"当然，我又补充道，关于小说的事一切顺利。但我立刻明白，问题不在文学上，斯大林知道，到处都将议论这次电话中的谈话——他想提醒大家。

（看来斯大林在 4 月底感到不安了。而且也很难设想，在南斯拉夫被占领后，一项条约会阻止希特勒。然而两个月以后，进攻还是使我们措手不及。几个军人成了替罪羊，其中一个是我在阿尔卡拉和瓜达拉哈拉见过多次面的坦克兵——德·格·巴甫洛夫大将，他被枪毙了。）

我前往《旗》杂志编辑部，谈起了电话的事。维什涅夫斯基笑逐颜开，他向我说，中央委员会有人狠狠地骂了他一顿。正在这个时候，那个骂了维

1940 年，爱伦堡在莫斯科创
作长篇小说《巴黎的陷落》

什涅夫斯基的同志打来电话，说是"发生了误会"。

各报刊的编辑部纷纷打来电话，要求发表小说的片段。

我见了法捷耶夫。法捷耶夫是个伟大而复杂的人，我是在战后年代才了解他的。而在 1941 年，他对我来说是上级，他不是以作家的身份，而是以作协书记的身份同我谈话，他解释说，他不知道国际形势会发生什么变化。（我现在引用当时记录下来的他说的一句话："从我这方面来说，这是政治上的过分谨小慎微，不过这是就这个词的褒义而言。"）

这次谈话之后不久，在作家俱乐部举行了一次亚美尼亚诗歌晚会。主席法捷耶夫看见我便说："请爱伦堡加入主席团。"

我结识了杰出的诗人阿韦季克·伊萨基扬。法捷耶夫在晚会上谈到他时说"阳光灿烂的亚美尼亚给了他幸福"，又说他"改造了自己的诗才"。伊萨基扬向我仔细打听法国的悲惨遭遇（他在这个国家住了很久，我们用法语交谈）。他问我是否读过他的长诗《阿布勒·阿拉·玛丽》的译文，我说我读过一个法文片段。他若有所思地说："应该善于离开，这是最重要的。你刚才谈到巴黎是怎样离开的。但是这还不够……我不久前对托尔斯泰的事想了很多——他也离开了……"我们的谈话被打断了。我瞧了瞧他的面孔，我怎么看也看不够：这已经不是"阳光灿烂的"面孔，而是苍老的面孔，它的苍老不是由于一个人老了，而是由于许多世纪的历史、苦难、石块、鲜血……何况诗才也不可能改造。

这对于我来说是一次短暂的出游：鱼儿潜入了水中。

5 月，我去了哈尔科夫、基辅、列宁格勒。我同许多老朋友见了面，有丽莎·波隆斯卡娅、特尼扬诺夫、卡维林、乌沙科夫、奥·德·福尔什。我在哈尔科夫认识了一个写诗的年轻大学生——鲍里斯·斯卢茨基。基辅的"大陆"旅馆里正举行舞会。我们的桌旁坐着一个年轻的波兰人，他谈起华沙的德国人。索菲娅·格里戈里耶夫娜·多尔马托夫斯卡娅哭了。在列宁格勒的"欧洲旅馆"里，喝醉的德国人在狂叫。我在维堡文化宫做了一次报告，听众纷纷向我提出问题，德国人真的打算撕毁条约吗，还是说这只是英国人在挑拨离间？

德国人占领了希腊。斯大林成了人民委员会的主席。赫斯乘飞机去英国求和。丘吉尔宣布，最困难的考验还在前面。

下面是我在那些日子里写的笔记。"5 月 21 日。革命军事委员会政治部打来电话：'写点德国人的情况，但写得要像你的长篇小说的提纲，给"军人

1941 年，拉弗列涅夫、吉洪诺夫、卡维林、爱伦堡在列宁格勒

们"看.'舍伊尼斯打来电话:给《劳动报》的文章暂不发表。大家都在谈论战争。5月23日。克里特岛上有战事。区委指导员说:'不必惊慌失措。德国人明白……'6月2日。英国放弃了克里特岛。6月3日。《三十天》抽掉了我的文章。伦敦广播说,莫斯科驱逐了希腊大使馆的全体人员。6月5日。傍晚安娜·安德烈耶夫娜来访:'没有什么值得惊讶。'6月11日。让-里沙尔·布洛克说:'文章已约好,但不发表。'6月7日。同卡恰洛夫和莫斯克温谈话:'法国的情况如何?我们一点不了解。'6月9日。托尔斯泰说,他接到布宁的一封来信。'德国人什么都干得出来……'6月10日。苏里茨说:'最危险的是精神上解除武装。'6月11日。外交人民委员部举行晚会。'您为什么不在小说里揭露英帝国主义?'6月12日。广播,美国记者杜兰特发表演说:德国人在东部集中了近一百个师。6月13日。塔斯社辟谣。晚上在总参谋部朗诵。6月14日。伦敦广播再次强调:德国人在苏联边境集结重兵。向边防人员朗诵。'他们唱《如果明天爆发战争》,可做了些什么呢?……轰隆声太多了……'6月17日。卡尔曼放映了关于中国的影片。到处都一样,只是中国人不是在逃跑,而是在河里漂流。向政治指导员们朗诵,他们问我,斯大林当真给我打过电话吗?'应该得出几点结论……'6月18日。访帕利古诺夫,长期谈判。德国和土耳其签订了条约。6月19日。伦敦广播说,德国人在芬兰加强备战活动。给民航驾驶员做报告。一个人送来一张字条:'我们常常可以碰见一种简单的、但却是奇怪的见解。'6月20日。酷热。《劳动报》来电话:'太尖锐了。'6月21日。在工厂朗诵。主席说:'我们不是小岛,我们是世界的一大洲。'字条:'听到这样的话,真想骂娘。'"

6月21日下大雨。柳芭打算星期天去城外租别墅。

6月22日一清早,米尔曼打来的电话唤醒了我们:德国人宣战了,轰炸了苏联城市。我们坐在收音机旁,等着听斯大林讲话。莫洛托夫代替斯大林发表讲话,他很激动。"背信弃义的进攻"这句话使我惊讶。背信弃义指的是破坏对人格或者哪怕是对通常的诚实承担的义务。但是很难把希特勒归入懂得什么是正派的人之列。能指望法西斯分子干出什么好事呢?……

我们久久地坐在收音机旁边。希特勒发表了演说。丘吉尔也讲了话。然而莫斯科却播着轻松、豪放的歌曲,这些歌曲同人们的心情太不协调了。演说、文章均没有准备，只好播放歌曲……

　　随后我被接到《劳动报》《红星报》、广播电台。我写了第一篇战时的文章。革命军事委员会政治部打来电话，请我星期一早晨 8 点钟到他们那里去，他们问："您有军衔吗？"我回答说："没有，但我有志向——派我去哪儿我就去哪儿，叫我干什么我就干什么。"

　　夜晚，我在奥尔登卡看见一对情人。年轻女人在哭。男的对她说："别难过！听我说，廖利娅，我对你说，别难过！……"

　　这是一年中最长的一天，这一天延续了很久——将近 4 年，这是充满了重大考验、巨大勇气、深重苦难的一天，苏联人民在这一天显示了自己的精神力量。